KB131063

문학사와 문학비평

문학사와 문학비평

권영민 평론집

문학동네

책머리에

이 책에 '문학사와 문학비평'이라는 제목을 붙인다.

나는 문학비평이라는 것이 언제나 그 대상이 되는 문학 텍스트와 조화로운 짝을 이룰 수 있어야 한다고 생각한다. 그렇게 할 수 있을 때에만 비평은 문학의 전체적인 모습을 균형 잡아주고 그 가치의 영역을 확정해줄 수 있다. 문학비평은 그 대상으로서의 작품이 없으면 성립되기 어려운 일이다. 여기서 주목해야 할 것이 비평적 방법의 확립이다. 비평은 다양한 모습으로 무질서하게 분산되어 있는 문학작품들을 대상으로 하여 그것들에 대한 체계적이고도 개별적인 인식을 가능하게 해준다. 그러나 결정론적 사고방식을 가장 경계한다. 문학비평은 다시 작품으로 떳떳이 돌아오고자 하는 목표에서 이루어지는 인식 행위이기 때문이다. 그러므로 문학비평은 그 방법론의 모색이 어느 정도 성공적이냐를 따지는 데에서 만족할 수 없다. 오히려 어떤 방법론의 적용이 얼마나 작품의 의미에 활기를 불러일으켜주느냐에 더 큰 의미를 부여할 수 있을 것이다.

문학사 연구는 문학비평의 궁극적인 지점에 해당한다. 문학사는 그 연구 대상이 되는 작품들에 대한 역사적 관련성과 그 시대적 위치를 규정하는 작업이다. 이 작업은 창작을 둘러싼 모든 사회 문화적 조건들을 검토하고 그 속에서 양식의 발전 과정을 이해하는 것이 선결과제이다. 문학사 연구는 한편으로는 역사적 사실로서의 문학작품의 실체에 대한 확인 작업을 필요로 하며 동시에 그것이 드러내는 양식적 특성에 대한 비평을 수행해야 한다. 문학 텍스트에 대한 역사적 설명과 문학적 해석을 동시에 수반하면서 문학 텍스트로부터 추상할 수 있는 지배적 관심을 통해 그 텍스트의 존재 의미를 규정할 수 있어야만 한다. 이때 무엇보다도 다양한 문학적 사실을 놓고 이루어지는 종합에 대한 감각의 중요성을 인식할 필요가 있다.

　나는 이 책을 문학비평의 방법과 실천을 놓고 고심하는 문학의 독자들에게 바친다. 그리고 문학비평이 하나의 새로운 '문화적 시학'을 지향해야 한다는 것을 독자들과 함께 다시 생각해보고자 한다. 이 책의 출간을 권유해준 류보선 교수에게 고마움을 표한다. 문학동네 편집부 여러분에게도 감사드린다.

2009년 1월, 관악의 연구실에서
권영민

책머리에 · 4

제1부

시적 언어의 해석 문제 1 ― **김소월의 경우** · 11

시적 언어의 해석 문제 2 ― **김영랑의 경우** · 31

시적 언어의 해석 문제 3 ― **정지용의 경우** · 59

시적 언어의 해석 문제 4 ― **이육사의 경우** · 86

제2부

『혈의 누』와 왜곡된 문명개화의 길 · 113

한용운의 소설과 도덕적 상상력 · 132

박화성의 문학, 그 여성성과 계급성 · 152

이상의 시 「출판법」과 「파첩」 · 168

정지용의 「유선애상」 · 197

명창 이동백과 판소리의 변모 · 214

제3부

『저항의 문학』 그리고 비평의 논리와 방법 — 서간체로 쓰는 이어령론 · 241

시조의 형식 혹은 운명의 형식을 넘어서기 — 조오현 시집
『아득한 성자』를 보면서 · 256

개인적 경험과 서사의 방법 — 이문구를 생각하며 · 277

시 정신의 높이와 시학의 깊이 — 시인 오세영의 경우 · 287

제4부

한국 근대문학사의 연구 방법 · 313

근대소설의 기원으로서의 신소설 · 338

한국 근대문학의 성립과 식민주의 담론 · 360

한국 현대문학비평의 논리 · 397

찾아보기 · 417

제1부

시적 언어의 해석 문제 1
― 김소월의 경우

시적 언어의 해석 문제 2
― 김영랑의 경우

시적 언어의 해석 문제 3
― 정지용의 경우

시적 언어의 해석 문제 4
― 이육사의 경우

시적 언어의 해석 문제 1
―김소월의 경우

한국 근대시의 형성 과정에서 김소월은 시 정신과 시적 형식의 조화를 통해 한국적인 서정시의 정형을 확립한 대표적인 시인으로 손꼽을 수 있다. 근대시의 성립과 함께 문제시되었던 새로운 시 형식의 추구를 염두에 둘 경우, 김소월의 시는 분명 시적 형식의 독창성을 확립하고 있다. 그는 서구시의 형식을 번안하는 수준에 머물러 있던 한국 근대시의 형식에 새로운 독자적인 가능성을 부여하고 있다. 그가 발견한 새로운 시적 형식은 전통적인 민요의 율조와 토속적인 언어 감각의 결합을 통해 이루어진 것이다. 그의 작품들은 모두 균제된 시적 형식을 이루고 있으며, 그 자체의 형식을 통해 완결의 미학을 추구하고 있다. 간결하면서 절제된 형식을 이루고 있으면서도, 그의 시들은 율조의 흐름에 무리가 없으며, 내적인 호흡의 자유로움을 구현하고 있다.

김소월의 시가 포괄하고 있는 정서의 폭과 깊이는 서정시가 도달할 수 있는 궁극적인 경지에 맞닿아 있다. 흔히 정한(情恨)의 노래라는 이름으로 소월 시의 정서적 특질을 규정하기도 하지만, 거기에는 민족적 현실에 대한 비극적 인식이 가로놓여 있다. 김소월이 그의 시에서 즐겨 노래하고 있는 대상은 '가신 님'이거나, '떠나온 고향'이다. 모두가 현실 속에서는 존재하지 않는 것들이다. 임과 고향을 그리워하는 그의 심정은 어떤 면에서 자못 퇴영적인 느낌을 주기도 한다. 그러나, 그의 시는 다시 만나기 어렵고, 다시 찾기 힘든 그리움의 대상을 끈질기게 추구하면서 노래하고 있다는 점에서 오히려 낭만적이기도 하다. 물론, 김소월의 시에서 볼 수 있는 슬픔의 미학은 슬픔의 근원에 대한 객관적인 이해의 결여를 들어 무의지적 측면이 비판되기도 한다. 그의 시적 지향 자체가 지나치게 회고적이고 퇴영적이라는 지적도 타당성을 갖는다. 그렇지만, 그의 시가 보여주고 있는 정한의 세계가 좌절과 절망에 빠진 3·1운동 이후의 식민지 현실에서 비롯된 것임을 생각한다면, 그 비극적인 상황 인식 자체가 현실에 대한 거부의 의미를 담고 있음을 부인할 수 없는 일이다.

김소월은 그의 대부분의 시에서 서정시의 본령이라고 할 수 있는 개인적인 정감의 세계를 중요시하고 있다. 그는 자연을 노래하면서도 대상으로서의 자연을 그려내기보다는, 개인적인 정감의 세계 속으로 자연을 끌어들여 그 정조에 바탕을 두고 그것을 노래하고 있다. 그렇기 때문에, 그의 시에서 즐겨 다루어지고 있는 자연은 서정적 자아의 내면 공간으로 바뀌고 있으며, 개별적인 정서의 실체로 기능하고 있다.

김소월의 시가 지니고 있는 또다른 미덕은 토착적인 한국어의 시적 가능성을 최대한 살려내고 있다는 점이다. 그는 평범하고도 일상적인 언어를 그대로 시 속에 끌어들이고 있다. 심지어는, 관서지방의 방언까지도 그의 시에서 훌륭한 시어로 활용되고 있는 것이다. 일상의 언어를 전통적인 율조의 형식으로 재구성하고 있는 김소월의 시는, 바로 그러한 언어의 특성에 기초하여 민족의 정서를 시적으로 표현하고 있다. 경험의 현실에 깊이 뿌리내리고 있는 일상의 언어는 정감의 깊이를 드러내어 보여줄 수 있으며, 짙은 호소력도 지닌다. 그의 시적 언어의 토착성이라는 것은 그 언어를 바탕으로 생활하고 있는 민중의 정서가 언어와 밀착되어 있음을 의미한다. 실제로 김소월의 시에는 추상적인 개념어가 거의 없으며, 구체적인 정황이나 동태를 드러내는 토착어가 자연스럽게 활용되고 있다. 그의 시가 실감의 정서를 깊이 있게 표현하고 있는 것은 이같은 언어적 특성과 깊은 관계가 있다. 특히 그의 시의 율조는 민중의 호흡과 같이하면서 유장한 가락에 빠져들지 않고 오히려 간결하면서도 가벼운 음악성을 잘 살려내고 있다.

「진달래꽃」과 '사뿐히 즈려밟고'의 의미

꽃을 노래한 시 가운데 첫손을 꼽으라면, 나는 당연히 김소월의 「진달래꽃」을 들겠다. 절창의 가락으로는 김영랑의 「모란이 피기까지는」을 떠올릴 수도 있다. 그러나 아무래도 「진달래꽃」이 담아내고 있는 정서의 진폭이 더 깊고 진하게 울린다.

김소월의 시 「진달래꽃」을 읽을 때마다 나는 이 작품의 세번째 연에 등장하는 "사뿐히 즈려밟고 가시옵소서"라는 구절이 마음에 걸린다. '즈려밟다'라는 말이 문제다. 이 말을 국립국어원이 펴낸 『표준국어대사전』에서 찾아보면, '즈려밟다'라고 쓰고 있다. 그리고 '지르밟다'의 잘못'이라고 풀이한다. 무엇이 잘못되었다는 것인지 아무 말도 없다. 다시 '지르밟다'를 찾아보면, '…을 위에서 내리눌러 밟다'라고 뜻을 밝히고 있다. 『표준국어대사전』이 풀이한 대로 따라 이 구절을 다시 읽어보자. 길 위에 뿌려놓은 진달래꽃을 사뿐히 위에서 내리눌러 밟고 가시라는 뜻이 된다. 이렇게 읽게 되면 '사뿐히'라는 말과 뒤에 이어지는 '내리눌러 밟다'라는 말이 서로 의미상 충돌한다. 어떻게 사뿐히(가볍게 살짝) 내리눌러(꾹 힘주어) 밟을 수 있겠는가? 길 위에 뿌린 꽃을 내

리눌러 밟는다는 것도 정서상으로 받아들이기 어렵다. 그렇다면 어찌
할 것인가?

　　나 보기가 역겨워
　　가실 때에는
　　말없이 고이 보내드리우리다

　　영변(寧邊)에 약산(藥山)
　　진달래꽃
　　아름 따다 가실 길에 뿌리우리다

　　가시는 걸음걸음
　　놓인 그 꽃을
　　사뿐히 즈려밟고 가시옵소서

　　나 보기가 역겨워
　　가실 때에는
　　죽어도 아니 눈물 흘리우리다

　　　　　　　　　　　　　　　　　　　—「진달래꽃」 전문

　김소월의 시 「진달래꽃」은 1922년 7월, 잡지 『개벽』(제25호, 146∼
147쪽)에 발표된다. 이 해에 김소월은 고향인 평안북도 정주를 떠나 서
울로 올라왔고, 배재고보 5학년에 편입한다. 이 작품은 그 뒤 시집 『진
달내꼿』(매문사, 1925)의 표제작이 될 만큼 김소월 자신도 애착을 두고
있었음을 알 수 있다. 당시 『개벽』지의 표기대로 이 작품을 옮겨놓고 시
집 『진달내꼿』에 수록된 것과 대조해보면, 여러 군데 다르게 고쳐진 표

현이 있음을 확인할 수 있다.

(가)
나보기가 역겨워
가실째에는 말업시
고히고히 보내들이우리다.

寧邊엔 藥山
그 진달내꼿을
한아름 짜다 가실길에 쑤리우리다.

가시는길 발거름마다
쑤려노흔 그꼿을
고히나 즈러밟고 가시옵소서.

나보기가 역겨워
가실째에는
죽어도 아니, 눈물흘니우리다.

(나)
나보기가 역겨워
가실째에는
말업시 고히 보내드리우리다

寧邊에 藥山
진달내꼿

아름짜다 가실길에 뿌리우리다

가시는거름거름
노힌그꼿츨
삽분히즈려밟고 가시옵소서

나보기가 역겨워
가실째에는
죽어도아니 눈물흘니우리다

　　앞의 인용에서 (가)는『개벽』에 처음 발표되었을 때의 원문 표기를
그대로 따른 것이며, (나)는 시집『진달내꼿』에 수록된 작품의 원문을
옮긴 것이다. (가)와 (나)는 동일 작품이긴 하지만, (나)의 경우 (가)와
는 달리 각 연의 구성과 시어의 선택에서 몇 가지 변화가 나타나 있음을
알 수 있다.
　　제1연의 경우는 제2행 "가실째에는 말업시"가 "가실째에는"이라는
하나의 구절로 줄고, '말업시'라는 단어는 제3행으로 옮겨진다. 그리
고 제3행의 "고히고히 보내들이우리다"에서는 '고히고히'라는 단어가
'말업시 고히'로 바뀐다. 제2연에서는 제2행 "그 진달내꼿 을"에서
'그'라는 관형사와 '-을'이라는 조사가 모두 생략되고 '진달내꼿'이
라는 명사만 남아 있다. 그리고 제3행의 '한아름 짜다'를 '아름짜다'
로 고친다. 제3연은 각 행이 모두 바뀌었기 때문에 가장 큰 변화가 생긴
다. 제1행에서는 "가시는길 발거름마다"가 "가시는거름거름"으로 고쳐
진다. 제2행 "뿌려노흔 그꼿을"은 "노힌그꼿츨"로 고쳐진다. 그리고 제
3행 "고히나 즈러밟고 가시옵소서"는 "삽분히즈려밟고 가시옵소서"로
바꾸어놓는다. '고히나'라는 부사를 '삽분히'로 바꾸고, '즈러밟고'는

'즈려밟고'로 고쳐 쓴 것이다. 제4연에서는 제3행 "죽어도 아니, 눈물"의 '아니'라는 부사 뒤에 표시했던 쉼표가 사라진다. 이같은 텍스트의 변화는 김소월이 시집을 펴내면서 작품을 고친 것이라고 생각된다. 김소월은 각 연과 행의 구성에 일정한 규칙성을 부여함으로써, 자연스럽게 시적 리듬을 창조해내고 있다.

여기서 가장 주목되는 것이 제3연의 변화이다. 제3연의 변화를 좀더 자세히 살펴보자. (가)의 제3연 첫 행은 "가시는길 발거름마다"로 쓰여 있다. (나)에서는 이것을 "가시는거름거름"으로 모두 고친다. '길'이라는 명사를 삭제하고 '걸음'이라는 말을 중첩하여 시적 율동감을 살려낸다. (가)의 제3연 제2행 "쑤려노흔 그곳을"은 (나)에서 "노힌그곳츨"로 고쳐놓는다. 제2연의 세번째 행에 쓰인 '쑤리우리다'와 어휘가 중복되기 때문에 '쑤려노흔' 대신에 '노힌'이라는 말을 선택한 것이다. 그리고 (가)의 제3연 제3행에 등장하는 '고히나'라는 부사를 (나)에서 '삽분히'로 바꾸고, '즈려밟고'는 '즈려밟고'로 고쳐 쓰고 있다.

그런데 시 「진달래꽃」은 김소월이 세상을 떠난 후 그의 스승 김억이 엮은 시집 『소월시초素月詩抄』에 수록되면서 몇 군데 표기법이 바뀌고 띄어쓰기가 정비된다. 특히 제3연의 경우 '즈려밟고'가 '지레 밟고'로 바뀐다. 『소월시초』(77~78쪽)의 「진달래꽃」은 아래와 같이 오늘날 우리가 알고 있는 작품과 별로 다를 바 없다.

(다)
나보기가 역겨워
가실 때에는
말없이 고이 보내드리우리다.

寧邊에 藥山

진달래꽃
아름 따다 가실길에 뿌리우리다.

가시는 걸음걸음
놓인 그 꽃을
사분히 지레 밟고 가시옵소서.

나보기가 역겨워
가실 때에는
죽어도 아니 눈물 흘리우리다.

앞의 (다)에서 확인할 수 있는 텍스트의 변화 가운데 일부 단어의 표기와 띄어쓰기가 바뀐 것은 『소월시초』가 발간된 시기에 이미 일반화되었던 한글맞춤법에 따른 결과라고 할 것이다. 그런데 여기서 가볍게 보아 넘기기 어려운 부분이 제3연의 "사분히 지레 밟고 가시옵소서"의 변화이다. 이 부분을 자세히 살피기 위해 (가) (나) (다)의 텍스트에서 해당 시행을 그대로 옮겨보기로 한다.

　　(가) 고히나 즈려밟고 가시옵소서.
　　(나) 삽분히즈려밟고 가시옵소서
　　(다) 사분히 지레 밟고 가시옵소서.

　(가)에서 (나)로 바뀐 것은 김소월이 시집을 펴내면서 손을 댄 것이라는 점을 이미 밝힌 바 있다. 그런데 김소월이 쓴 (나) '즈려밟고'를 김억은 (다) '지레 밟고'라는 두 개의 단어로 띄어 쓰면서 그 표기도 달리하고 있다. (나) '즈려밟고'라는 말은 앞서 예시한 것처럼, 최초에는

(가) '즈려밟고'로 표기되어 있었던 것이다. 김억의 『소월시초』가 한글 맞춤법이 제정된 후에 만들어진 텍스트라는 점을 생각한다면, 김소월의 『진달내꼿』의 표기 방식이 맞춤법 통일 이전의 것이므로 규범성을 잃고 있다는 것은 당연하다. 그러므로 김억의 『소월시초』에 수록된 작품들의 텍스트적 성격도 충분히 검토할 필요가 있다.

김억이 「진달래꽃」의 '즈려밟고'를 '지레 밟고'로 고쳐 쓴 이유가 무엇일까? 이 문제를 해결하기 위해 먼저 다음과 같은 질문을 제기해봄 직하다. '즈려밟다'를 하나의 단어로 볼 것인가, '지레 밟다'에서처럼 두 개의 단어로 나누어 볼 것인가?

이 시에서 '즈려밟고'를 김소월의 표기 그대로 하나의 단어로 볼 경우, 그 정확한 문법적 형태와 의미를 밝혀줄 수 있는 또다른 용례가 있는지를 확인할 필요가 있다. 그러나 이 말은 김소월의 시 가운데서는 다른 어디서도 찾아볼 수가 없다. 이 말에 대해 이기문 교수의 「소월시의 언어에 대하여」(『심상』, 1982. 12)에는 이렇게 설명되어 있다.

여기에 나오는 '즈려'는 지금까지 그 해석이 상당히 문제가 되어온 것으로 안다. 적어도 서울말에서 이에 해당되는 것이 발견되지 않는다. 이것은 정주 방언의 '지레' 또는 '지리'에서 온 것으로 볼 수밖에 없지 않은가 한다. '지레밟다' 또는 '지리밟다'는 발밑에 있는 것을 힘을 주어 밟는 동작을 가리킨다. 『평북사전平北辭典』에 '지리디디다(발밑에 든 물건이 움직이거나 빠져나가지 못하도록 짓눌러 디디다)'가 보인다.

문제는 이렇게 볼 때, '즈려밟고'와 그 위에 있는 '삽분히' 사이에 의미상의 어긋남이 생기는 점이다. 그러나 이렇게 생각하는 것은 잘못이다. 풀밭을 걸어갈 때, 아무리 가만히 밟아도, 풀이 발밑에 쓰러진다. 이렇게 힘을 준 것과 동일한 결과가 될 때, 역시 '지리밟다'를 쓰는 것은 정주 방언에서는 조금도 어색한 일이 아니다. 위의 시에서는 꽃을 밟는 동작인데, 이 경우는 아무리 사뿐히 한다 해도 잔혹한 결과가 된다. 이렇게 볼 때, '삽분히 즈려밟고'란 표현의 참뜻을 이해하게 된다.

이기문 교수의 이 해석은 「진달래꽃」의 '즈려밟고'라는 말에 대한 가장 본격적인 언어학적 해석이라고 할 수 있다. 중고등학교 교과서에서도 모두 이에 따라 '즈려밟고'의 뜻을 '발밑에 있는 것을 힘을 주어 밟고'라고 풀이한다. 이희승 편 『국어대사전』에는 '즈려밟다'라는 말이 등재되어 있지 않다. 그런데 '지르디디다'라는 말이 방언으로 표시되어 있다. 그리고 이 말을 '제겨 디디다'라고 풀이한다. '발끝이나 뒤꿈치로 땅을 제기어서 디디다'라는 뜻이다. 이기문 교수가 제시하고 있는 '지리디디다'와 같은 말임을 알 수 있다.

이러한 해석과 사례에도 불구하고, 나는 이 시에서 '즈려밟고'라는 동사와 이를 한정하고 있는 '사뿐히'라는 부사가 서로 어울리지 못한다는 점을 지적하고 싶다. '사뿐히 힘주어 밟고'라는 해석은 아무래도 어색하다. 이승훈 교수는 이것을 아이러니의 구조로 설명하고 있지만(『한국 현대시 새롭게 읽기』, 세계사, 1996, 21쪽) 이를 납득하기 어렵다.

나는 이 부자연스런 의미가 '즈려밟고'를 하나의 단어로 본 데에서 비롯된 것으로 생각한다. 그러므로 '지레 밟고'라는 김억의 표기를 주목하고자 한다. 김억은 '즈려밟고'를 '지레'와 '밟고'라는 두 개의 단어로 나누어 고쳐 써놓고 있다. 이런 접근이 가능한 일인가? 물론 가능하다. 이렇게 볼 수 있는 근거는 우선 띄어쓰기의 방법에서 찾을 수 있다. 김소월의 경우 '삽분히즈려밟고'를 모두 붙여 쓰고 있다. 이를 한글 맞춤법에 따라 띄어 쓸 경우, (1) '삽분히/즈려밟고'와 (2) '삽분히/즈려/밟고'라는 두 가지 표기가 가능하다. (1)을 따를 경우에는 '즈려밟고'를 하나의 단어로 보는 관점에 서게 된다. 그러나 (2)를 따를 경우 '즈려'와 '밟고'를 각각 독립된 두 개의 단어로 볼 수 있는 가능성이 생긴다. 바로 김억의 『소월시초』가 이러한 방식을 따르고 있지 않은가?

그렇다면 이제는 '즈려'를 '지레'라고 표기할 수 있게 된 근거를 찾아야 한다. 이를 위해서는 김소월의 시에서 '즈려'라는 말이 당초에 '즈러'로 표기되었던 점을 상기할 필요가 있다. '즈려'의 표기가 불안정한 것은 그 발음이 방언에 따라 다르기 때문이다. '즈려'는 방언에 따라 '즈러, 즈레, 지러, 지레' 등으로 실현된다. 그리고 이 말은 '지레'를 표준어로 한다. 이러한 사실을 놓고, 김소월이 '지레'라는 부사를 평안도 방언의 발음대로 '즈러' 또는 '즈려'로 표기했으리라 생각하게 되는 것은 자연스러운 일이다.

『표준국어대사전』을 보면, '지레'는 '어떤 일이 일어나기 전 또는 어떤 기회나 때가 무르익기 전에 미리'라고 풀이하고 있다. 예를 들면, '지레 오다(미리 먼저 오다)'라든지, '지레짐작하다' 또는 '지레 채다(미리 알아채다)'에서처럼 뒤의 말과 어울려 쓰인다. 명사와 결합하여 복합명사를 이루는 예로는 '지레김치(보통 김장 김치보다 일찍이 담가 먹는 김치)' '지레뜸(밥에 뜸이 들기 전에 푸는 일. 또는 그 밥)' 등이 있다.

이처럼 '즈려'를 '지레'라는 말의 방언으로 보고 그 뜻을 앞의 사전의 의미대로 따른다면, 김소월의 시에서 '지레 밟고'는 '남이 밟고 가기 전에 먼저 밟고'라는 뜻으로 풀이된다. 그리고 바로 이같은 뜻을 전체 시의 내용과 결부시키면 그 의미가 아주 자연스럽게 이어지고 있음을 볼 수 있다.

이제 「진달래꽃」의 시적 의미를 살펴보기로 하자. 이 작품은 이별의 정한을 그려낸 것으로 알려져 있으며, 사랑하는 임과 헤어지는 슬픔을 노래하고 있는 것으로 해석되고 있다. 그러나 텍스트의 언어적 특성을 정밀하게 분석해보면 이 작품이 단순한 이별의 노래가 아님을 쉽게 알 수 있다.

「진달래꽃」에는 서정적 자아가 '나'라는 1인칭의 시적 화자로 등장한다. 그리고 그 대상으로 '나 보기가 역겨워' 떠나가는 사람을 상정한다. 떠나는 사람과 보내는 사람, 이들의 관계가 이별의 순간에 직면해 있음을 우리는 쉽게 알 수 있다. 그런데 여기서 주목해야 하는 것은 이러한 이별의 상황 자체가 현재 일어나고 있는 실제 상황은 아니라는 점이다. 이 시에서 이별은 실제의 일이 아니라 가능성의 상황일 뿐이다. "나 보기가 역겨워/가실 때에는"이라는 구절에서 '가실'이라는 동사에 붙은 어미 '-ㄹ'은 문법상 관형형 어미라고 한다. 이 관형형 어미는 체언을 수식하는 문법적 기능을 지니는 것이지만, 대개가 시간상으로 아직 일어나지 않았지만 앞으로 일어나게 되는 일이나 동작을 표시한다. 그러므로 이 첫 구절에서 '내가 보기 싫어져서 나를 버리고 떠나가실 때'는 현재 일어나고 있는 상황을 말해주는 것이라고 보기 어렵다. '언젠가 내가 보기 싫어져서 나를 버리고 떠나게 될 때'라고 읽는 것이 타당하다.

그리고 "나 보기가 역겨워" 떠나는 상대를 놓고 "말없이 고이 보내드리우리다"라고 말하는 '나'의 심사도 예사롭지 않음을 주목해야 한다. '말없이 고이'라는 두 개의 시어는 아주 단순한 부사어로 쓰이고 있지만, 엄청난 의미의 진폭을 보여준다. 떠나는 상대에 대한 숱한 원망의 말도 없다. 이별의 아픔을 견디지 못한 채 몸부림친다거나, 떠나지 못하게 붙잡고 늘어지는 고통스런 몸짓을 보여주지도 않는다. 순순히 이별을 받아들이면서 모든 괴로움을 혼자 참고 견딘다. 바로 이러한 의미가 이 두 개의 부사어에 담겨 있다.

이 첫 연에서 시적 화자는 사랑하는 사람을 앞에 두고 사랑과는 정반대가 되는 극단적 상황으로서의 이별이라는 비극을 가정한다. '언젠가 내가 더이상 보기 싫어진다면, 그래서 나를 버리고 떠나신다면'이라는 괴롭고 슬픈 이별의 장면을 사랑 앞에서 그려보고 있는 것이다. 그리고 그러한 상황이 실제로 일어나게 된다면, 떠나지 못하게 붙잡고 늘어지지도 않고 아무 원망도 없이 임을 고이 보내드리겠다고 말한다. 시적 화자는 현실의 사랑을 앞에 두고 반대로 이별의 상황을 설정하여, 자신을 버리고 떠나는 사람에 대해 자기가 취하게 될 태도를 담담하게 서술하고 있는 것이다.

제2연에서 시적 화자는 자신을 버리고 떠나가는 사람 앞에서 오히려 자신의 변함이 없는 사랑을 드러내고자 한다. 여기서 자기 사랑의 표상으로 선택한 것이 '진달래꽃'이다. '영변의 약산'에 피어 있는 진달래꽃은 시인 김소월에게는 일상의 체험 속에 자리잡고 있는 것. 시인은 이같은 일상적인 체험의 영역에 근거하여 자기 정서를 표현하고, 그 표현에서 새로운 시적 감응력을 끌어낸다. 봄이면 '영변의 약산'에서 보았던 아름다운 진달래꽃은 이제 영변 약산에만 피어나는 것이 아니라, 시인의 상상력에 의해 사랑의 의미로 채색되어 새롭게 시적 대상으로 창조된다.

이 시에서 진달래꽃이 사랑을 표상하는 것이라면, 그 사랑이라는 시적 의미가 내면적으로 확대되는 과정은 "아름 따다 가실 길에 뿌리우리다"라는 구절을 통해 확인해볼 수 있다. 떠나가는 길 위에 뿌리는 한 아름의 진달래꽃은 사랑의 크기를 나타내며, 사랑의 깊이를 보여주고 있기 때문이다. 한 아름이라는 말은 두 팔을 벌려 껴안은 둘레의 길이를 나타낸다. 이것은 인간의 육체를 통해 드러낼 수 있는 가장 크고 많은 양이다. 이 말에 내포되어 있는 '두 팔을 벌려 껴안다'라는 동작의 의미는 사랑을 말해주는 몸의 언어에 해당한다. 시적 화자는 사랑하던 사람과 이별하면서 슬픔의 눈물을 보이지 않고, 떠나는 임 앞에서 한 아름의 진달래꽃을 통해 자기 자신의 변함없는 커다란 사랑을 보여주고 있는 것이다. 이 시에서 이별의 슬픔 대신에 크고 깊은 사랑의 진실이 자리잡게 되는 것은 이러한 시적 형상화의 과정을 통해서 가능해진다.

이 시의 텍스트에서 좀더 주목해야 할 부분이 제3연이다. 김소월이 시집 『진달내옷』을 펴내면서 이 부분을 가장 많이 고쳤다. 이 시에서 이루어지고 있는 시적 진술을 서법상으로 구분해본다면, 제3연은 서술형 문장으로 종결되고 있는 것이 아니라, 청유형 문장으로 이루어져 있다. 제1연, 제2연, 제4연의 경우는 모두 시적 화자인 '나'를 서술적 주체로 하여 '나'의 행위를 서술한다. 그러나 제3연은 떠나는 임에게 당부하는 말로 이루어져 있다. 시적 화자는 진달래꽃을 "사뿐히 즈려밟고 가시옵소서"라고 말하고 있다. 가시는 길 위에 뿌려놓은 그 진달래꽃을 임께서 사뿐히 즈려밟고 가라고 간곡하게 청한다. 여기서 '즈려밟고'라는 말을 '지레 밟고'로 읽게 되면 길 위에 뿌려진 진달래꽃에 또하나의 의미가 덧붙여져 있음을 알게 된다. 그것은 바로 사랑의 순결성이다. 앞서 설명한 대로 '지레'라는 말이 '미리 먼저'라는 뜻이라는 점을 놓고 본다면, 이 대목은 다른 사람이 밟고 지나기 전에 임께서 먼저 밟고 가시라는 뜻을 말한다고 할 수 있다. 아무도 밟지 않은, 누구도 손대지 않은 한 아름의 진달래꽃, 그것은 사랑의 순결성을 의미한다. 이별의 순간에 한 아름의 진달래꽃으로 자기 사랑의 크기를 보여주고, 다시그 사랑의 순결성을 표시하고자 한다. 이 시의 정조는 이 대목에서 절정에 이른다고 할 수 있다.

이 시에서 시적 화자가 가정하고 있는 이별의 상황은 슬픔의 장면이될 수가 없다. 오히려 자기 사랑의 깊이와 진정성과 순결함을 보여주면서 자신의 모든 것을 임에게 바칠 수 있는 황홀한 순간이 되고 있기 때문이다. 시적 화자는 이별의 상황을 가정해보며, 그 비극적인 순간을 눈물의 언어 대신에 사랑의 아름다움으로 꾸며낸다. 이 작품의 마지막 구절에서 시적 화자는 진달래꽃으로 표상되고 있는 바로 그 사랑의 모든 것을 다 드러내어 보였기 때문에, 죽어도 눈물을 흘리지 않으리라고 말하고 있다. 이별의 슬픔이 내면화하고 그 대신에 사랑의 진실이 자리잡게 되는 것, 그것이 바로 가장 빛나는 시적 성취라고 할 수 있다. 이별의 순간에 펼쳐놓는 이 아름다운 사랑의 확인법을 누구도 놓칠 수가 없기 때문이다. 그러므로 「진달래꽃」은 이별의 노래가 아니다. 이별의 아픔과 슬픔을 훨씬 뛰어넘는 아름다운 사랑의 노래이다. 임에 대한 크고 깊은 사랑, 깨끗하고 정결한 사랑이 가득 담겨 있지 않은가?

이제 한 가지만 더 이 작품에 나타난 언어적 표현의 특징을 함께 생각해보자. 이 시에서는 시적 화자의 상대가 되고 있는 대상을 단 한 차례도 지칭하거나 호칭하지 않는다. 시에 나오는 '가시다'라는 동사의 주체를 시적 진술 속에서 어떤 말로도 표시하여 드러낸 적이 없다. 그 이유는 무엇일까? 이것은 사랑하는 임에 대한 경외감과 존경심 때문일까? 사랑하는 임은 너무나 크고 귀한 존재이기 때문에 함부로 지칭할 수도 없으며, 감히 부를 수도 없는 것이 아닌가? 이 시의 시적 진술에는 존대법이 최대한 활용된다. 상대를 높이고 자신을 낮추어 말하는 이러한 시적 진술의 특징은 '보내드리우리다' '뿌리우리다' '가시옵소서' '흘리우리다'와 같은 서술어에서 쉽게 확인된다. 시적 화자가 자신의 자리를 가장 낮추어 발 아래 밟히는 진달래꽃이 된 것도 이러한 시적 진술의 특징과 관련지어 볼 수 있지 않은가?

「산유화」와 '저만치 혼자서'의 의미

「산유화」는 김소월의 시 가운데 가장 단조로운 시적 형식을 드러내면서도 정서의 깊이를 잘 간직하고 있는 작품으로 알려져왔다. 김동리는 시 「산유화」를 놓고 "청산과의 거리"(『문학과 인간』)라는 말로써 소월 시의 본질을 논한 바 있다. 그는 이 시가 자연을 동경하는 시인의 심정을 노래하고 있다는 사실을 인정하면서도, 시의 화자가 자연과 일정한 거리를 두고 자연에 귀의할 수 없는 상태에 있음을 주목한다. 그것은

'저만치'라는 시어에 의해 드러나는 거리 때문이다. 동경의 대상이 되고 있는 산이 시적 화자와의 사이에 '저만치'라는 거리를 두고 있다는 것이다. 이같은 견해에 대해 김용직 교수(『한국문학의 비평적 성찰』)는 시적 언어가 지니는 애매성의 문제를 내세워 새로운 의미 해석의 가능성을 제기한 바 있다. 그는 "산에/산에/피는 꽃은/저만치 혼자서 피어 있네"라는 구절의 '저만치'를 개념 지시에 불과한 거리의 뜻으로만 읽는 것을 비판한다. 오히려 산과 꽃에 담겨 있는 화자의 정감을 주목하면서 '저기 저 산에 피어 있는 꽃은 저렇게도 소담하게 외롭게 또는 앙징스럽게 피어 있네'라는 감정이 이 구절에 곁들여져 있다고 해석하였다. 그리고 '저만치'라는 말이 장소와 거리(저기 저쪽), 상태와 정황(저렇게, 저와 같이)을 모두 드러내고 있음을 밝히고 있다.

산에는 꽃 피네
꽃이 피네
갈 봄 여름 없이 꽃이 피네

산에
산에
피는 꽃은
저만치 혼자서 피어 있네

산에서 사는
작은 새여
꽃이 좋아 산에서 사노라네

산에는 꽃 지네

꽃이 지네

갈 봄 여름 없이 꽃이 지네

—「산유화」 전문

　그런데 이같은 새로운 해석에도 불구하고 김동리가 주장한 자연과의
거리에 대한 논의는 뒤의 연구자들에게 거의 그대로 받아들여졌고, 존
재론적인 의미가 덧붙여졌다. 그 대표적인 예를 보면 다음과 같다.

　(1) 시 「산유화」는 자아와 세계의 불연속을 잘 표상해주고 있다. 시인
은 자연(꽃이 피고 지는 산)과 합일하려고 하지만 항상 '저만치'의 거리
밖에서 거부당한다. 그렇다면 그를 용납하지 않는 자연이란 무엇인가.
「산유화」의 자연은 동시에 소월 시 전체를 대표하는 자연이기도 한데 시
인은 그것을 다만 침묵하는 산, 기호로 제시되는 산으로만 묘사하고 있
다. (…) 하염없이 꽃이 피고 지는 산의 모습이란 일면 평범하고 일상적
인 광경같이 보인다. 그러나 반면 꽃을 피우고 지게 하는 자연은 인간의
논리를 벗어난 '저만치'의 존재이며 절대 차원의 섭리임을 알아야 한다.
그것은 죽음과 재생의 끝없는 회귀의 질서일 수도 있고 삶과 죽음을 초
월한 절대 자유의 원리일 수도 있다. (오세영, 『한국 낭만주의 시 연구』,
일지사, 1982, 314쪽)

　(2) '산에/산에'처럼 행을 병렬한 것은 율격의 변화를 의도한 것과 함
께 자연의 공간적 배치를 시각화한 것이다. 문제는 '꽃'이 무엇이며, 이
것이 왜 '저만치 혼자서 피어' 있나라는 데 놓여진다. 단적으로 말해서
꽃은 자연 위에 살아 있는 것들의 표상이며 동시에 인간의 객관적 상관
물로 이해된다. 왜냐하면 산에 피는 꽃은 식물로서의 꽃이라는 단순한
의미를 넘어서 모든 생명 있는 것들, 혹은 존재의 표상으로 해석할 수 있

기 때문이다. 따라서 "저만치 혼자서 피어 있네"라는 것은 모든 존재들이 지닐 수밖에 없는 운명의 거리를 뜻하는 것으로 보인다. 단독자로서 홀로의 존재로서 지상 위에 놓여져서 덧없이 살아갈 수밖에 없는 존재와 존재 사이에 가로놓인 공간적 거리이며 시간적 거리이고 동시에 영혼 사이의 운명적 거리인 것이다. 즉 모든 존재의 본질을 서로 '혼자 있음' '떨어져 있음'으로 파악한 것으로 볼 수 있다. 이것은 항상 '너와 나/가고 옴/옛날과 지금' 등 대립적인 거리 감각으로 세계를 인식하는 소월의 태도와 연결된 것으로 해석되기 때문이다. (김재홍, 『한국 현대시인 연구』, 일지사, 1990, 34~35쪽)

앞의 인용에서 볼 수 있는 것처럼 「산유화」에서 여전히 문제가 되는 것은 '저만치'라는 시어임을 알 수 있다. 두 분의 시론가들이 모두 절대적인 거리의 문제를 「산유화」를 두고 강조하고 있기 때문이다. 그러나 이러한 시의 해석에 대해 나는 솔직히 동의하지 않는다. 시적 텍스트 자체를 지나치게 확대 해석하고 있는 것처럼 보이기도 하고 해석의 주관성도 문제라는 생각이 든다. 여기서 결론부터 말한다면 나 자신은 김용직 교수의 견해를 따르는 것이 타당하다는 생각을 갖고 있다. 그 이유는 '저만치'라는 말의 바로 뒤에 이어지는 '혼자서'라는 시어의 해석을 통해 자연스럽게 밝혀지게 된다.

"산에/산에/피는 꽃은/저만치 혼자서 피어 있네"라는 제2연에서 문제가 되는 것은 "저만치 혼자서 피어 있네"라는 부분이다. 이 구절에서 '저만치'가 김용직 교수의 해석대로 거리와 정황을 모두 나타낸다는 것을 인정하기로 하자. 그 다음에는 문제가 되는 것이 '혼자서'라는 말의 의미이다. 이 말은 아주 평범한 단어이지만 '저만치'와 마찬가지로 의미의 이중성을 지니고 있다. 앞에 인용된 글의 논자들처럼 이 말에 고립감이나 단절감 등과 같은 정의(情意)적 의미를 붙여볼 수 있다. 그러나 이 말이 지니는 이같은 의미를 확대 해석해서는 안 된다.

산에 꽃이 혼자서 피어 있다는 것은 멀리 떨어져 고립되어 있다는 뜻만은 아니다. 오히려 산에 있는 꽃은 아무도 돌보는 이가 없는 상태에서 '저절로 저 혼자의 힘으로' 피어나기 때문이다. 그러므로, 이 구절의 '혼자서'라는 말을 '외로이 홀로 떨어져서'라고 해석하는 것이 옳은가를 다시 반성할 필요가 있다. 다음의 예를 보기로 하자.

(1) 그는 아무도 없이 혼자서 살아간다.
(2) 나는 혼자서 그 일을 마쳤다.
(3) 기계가 혼자서 돌아간다.

앞의 예문에서 쓰이고 있는 '혼자서'라는 말은 그 의미가 각각 다르다. (1)의 경우는 '외롭게 홀로'라는 의미가 가능하다. (2)는 '자기 힘으로 아무 도움도 없이'라는 뜻이다. (3)은 '저절로' 또는 '자연적으로'라는 의미를 지닌다. 이 세 가지 예문 가운데에서 쓰이고 있는 '혼자서'라는 말의 의미를 보면, "저만치 혼자서 피어 있네"에서 쓰인 '혼자서'의 경우 그 의미를 함부로 단정할 수 없음을 쉽게 이해할 수 있다. 오히려「산유화」의 경우에는 세 가지 의미를 모두 포괄하고 있는 것처럼 생각되기도 한다.

"저만치 혼자서 피어 있네"에서 '혼자서'라는 말의 의미를 보다 포괄적으로 해석한다면, 이 시구는 아주 자연스럽게 이해된다. '산에 산에 피는 꽃은 아무도 돌보는 이가 없는데도 저렇게 저만치에서 저절로 혼자 피어 있구나'라고 해석할 수 있기 때문이다. 이러한 의미는 제1연에서 노래하고 있듯, 산에서 피고 지는 꽃이 보여주는 자연의 순환적인 질서, 자연 그 자체의 의미를 부연하고 있는 것이라고 할 수 있다.

이처럼「산유화」에서 제1연과 제2연의 의미를 서로 연결시켜 이해한다면, 이제 나머지 제3연과 제4연의 의미는 쉽게 해석이 가능하다. 산에서 자연스럽게 피어나는 꽃에 어울려 사는 것이 새이다. 그러므로 제3연에서 산과 꽃과 새가 모두 하나의 전체를 이룬다. 이것은 자연의 조화를 말하는 것이며, 바로 이 대목이 이 시의 주제를 담고 있다고 할 수 있다. 제4연은 제1연과 마찬가지의 의미를 지니는 것으로서 시적 의미의 종결이 이루어진다.

「산유화」의 세계는 자연의 세계이다. 산에는 꽃이 피고 진다. 이것은 자연의 순환적인 질서를 말한다. 이 엄연한 사실을 놓고 본다면, 꽃이 저만치 혼자서 피어 있다는 것은 지극히 당연한 일이다. 꽃은 아무도 돌보는 이가 없는 산에서 혼자 저절로 피고 지는 것이다. 이것은 자연의 섭리이다. 이러한 엄연한 이치에 따라 자연은 그렇게 늘 순환한다. 이 시의 단조로운 형식과 간명한 표현 속에서 시인은 바로 그러한 자연의 순환과 질서를 보여주고 있는 셈이다. 이 자연의 질서 속에서 새도 함께 살아간다. 산에 피는 꽃과 산에서 우는 새가 서로 하나의 전체를 이룬다. 이것이 바로 자연의 조화이다. 이 시에서 자아와 세계의 단절을 읽어낼 수 있다거나 운명적인 거리를 감지할 수 있다고 하는 것은 지나친 과장이다. 그리고 자연과의 거리라든지 존재의 단절이나 고립이란 주관적 해석에 불과할 뿐이다. 산에서 저절로 피고 지는 꽃, 그 속에 살고 있는 작은 새, 이런 것들을 함께 노래하고 있는 것이 「산유화」가 아닌가?

시적 언어의 해석 문제 2
─김영랑의 경우

김영랑은 박용철, 정지용, 이하윤 등과 동인지 『시문학』(1930)에 참여하면서부터 본격적인 시창작 활동을 보여준다. 그의 초기 시들은 『영랑시집』(1935)으로 묶이고 있는데 서정적 자아의 깊은 내면에서 우러나오는 비애의 정감을 섬세한 율조의 언어로 형상화하고 있다. 그의 시에는 '슬픔'이나 '눈물'과 같은 시어가 수없이 반복되고 있다. 그러나 과장적인 수사에 의한 영탄이나 감상에 기울지 않고, 오히려 균제된 언어로 표현되는 정감의 시세계를 잘 보여준다.

김영랑의 시에서 볼 수 있는 중요한 특성은 섬세한 언어적 감각과 그 언어 감각을 시적 율조로 살려내는 리듬 의식이다. 그의 시의 언어적 율조는 결코 시인 자신의 내적 정서의 흐름만을 그대로 따르는 것은 아니다. 김소월의 시에서 느낄 수 있는 율조가 시인의 내적 정서의 흐름에 크게 의존하고 있는 것과는 달리, 김영랑의 경우는 시적 언어 자체의 음성적 자질과 연관된 리듬 감각을 살려내는 조형성(造形性)이 그 특징이라고 할 수 있다. 그의 시적 언어는 율조를 형성하기 위해 결코 시적 형태에 구속당하는 법이 없다. 1920년대 이후 서정시들은 대개 리듬의 형성을 위해 시적 형태에 매달려 시행의 구분과 시의 연을 나눔에 어떤 규칙성을 부여하고자 했던 것이 사실이다. 그가 초기 시에서 즐겨 만들어낸 1연 4행의 형태는 매우 자연스럽게 시상을 통제하면서 전체적인 율조를 살려낸다. 이것은 자유시로서의 서정시가 추구하는 시적 정서의 긴장과 이완을 자연스럽게 구현하고자 했던 그의 노력의 소산이었다고 할 수 있다. 그러나 김영랑은 깊은 정감을 부드러운 언어로 표현하기 위해 시적 형태의 균제에만 집착하지는 않는다. 그는 언어와 리듬을 보다 개방적으로 변형시킬 수 있는 형태적 자유로움을 추구하였으며, 오히려 이같은 자유로움 속에서 진정한 시적 율조의 아름다움을 발견하고 있다.

김영랑이 그의 시에서 지향하고자 했던 정감과 율조의 언어는 서정시가 도달해야 하는 궁극적인 경지에 해당한다. 그는 이러한 시적 지향을 견지하는 것으로써 시인으로서의 자신의 존재 의미를 확인한다. 그러나 이러한 자기 내면의 시적 욕망을 더이상 지속해 나아갈 수 없는 현실 상황에 대면하면서 그의 시는 더욱 분명하게 자기 지향성을 드러내게 된다. 김영랑의 시가 서정시의 궁극적인 영역인 마음의 세계에서 벗어나 현실과 삶의 문제로 확대되면서 보다 의지적인 면모를 보여주기 시작한 것은 1930년대 후반의 일이다. 이같은 변화는 물론 시대적인 상황의 변화와 관련된다고 할 수 있지만, 무엇보다도 시인 자신이 지켜온 섬세한 감각의 언어와 순수한 시 정신이 더이상 의미를 가지기 어렵게 되었음을 보여주는 것이라고 하겠다. 김영랑의 초기 시에서 볼 수 있었던 것처럼 곱고 아름다운 것에 대한 지향은 후기의 시에 이르러 큰 변화를 보여준다. 그가 정감과 율조의 언어보다 더욱 중요시한 것은 시의 정신을 제대로 지켜나가고자 하는 의지이다. 이러한 시적 지향은 물론 식민지 상황이라는 현실적 조건을 전제할 경우, 보다 구체적인 역사적 의미를 부여할 수 있다. 김영랑에게 있어서 시인으로서 사는 길은 곧 민족의 삶을 위한 길과 통하는 것이기 때문이다.

「모란이 피기까지는」과 '삼백 예순 날 하냥 섭섭해 우옵내다'

　김영랑의 시는 깊은 정감을 부드러운 언어로 표현한다. 그리고 이를 위해 시적 형태의 긴장과 균형에도 상당한 관심이 기울여져 있음을 보게 된다. 그러나 그는 결코 형식적인 틀에 매여 시의 언어를 희생시키지는 않는다. 그의 시 가운데에는 시적 언어와 리듬을 보다 개방적으로 변형시킬 수 있는 형태적 자유로움을 추구하고 있는 작품들이 많이 있다. 오히려 이같은 자유로움을 추구함으로써 진정한 시적 율조의 아름다움을 발견하고 있는 것이다. 김영랑의 대표작으로 널리 알려져 있는 「모란이 피기까지는」과 같은 작품이 바로 이러한 예에 속한다.

　(가)
　모란이 피기까지는
　나는 아즉 나의봄을 기둘리고 잇슬테요
　모란이 뚝뚝 떠러져버린날
　나는 비로소 봄을여횐 서름에 잠길테요
　五月어느날 그하로 무덥든날
　떠러져누은 꼿닙마져 시드러버리고는
　천지에 모란은 자최도 업서지고
　뻐처오르던 내보람 서운케 문허젓느니
　모란이 지고말면 그뿐 내 한해는 다 가고말아
　三百예순날 하냥 섭섭해 우옵내다
　모란이 피기까지는
　나는 아즉 기둘리고잇슬테요 찰란한슬픔의 봄을
　(『영랑시집』, 시문학사, 1935)

(나)

모란이 피기까지는

나는 아직 나의 봄을 기다리고 있을 테요

모란이 뚝뚝 떨어져버린 날

나는 비로소 봄을 여읜 설움에 잠길 테요

오월 어느 날 그 하루 무덥던 날

떨어져 누운 꽃잎마저 시들어버리고는

천지에 모란은 자취도 없어지고

뻗쳐오르던 내 보람 서운케 무너졌느니

모란이 지고 말면 그뿐 내 한 해는 다 가고 말아

삼백 예순 날 하냥 섭섭해 우옵내다

모란이 피기까지는

나는 아직 기다리고 있을 테요 찬란한 슬픔의 봄을

김영랑의 시 「모란이 피기까지는」을 초간본 시집의 텍스트 그대로 옮긴 것이 (가)이다. 시인 자신이 구사하고 있던 토속적인 일상어를 시적 언어로 표현하고 있다. (나)는 (가)를 현대 국어의 맞춤법에 따라 고쳐 쓴 것이다. (가)와 (나)를 그대로 따라 읽어보면 그 느낌이 사뭇 다르다. 나는 이 시를 (가)의 텍스트로 읽을 때 훨씬 더 가까이 시인의 정서에 접근할 수 있는 것이 아닌가 생각할 때가 많다. 토속적인 언어 그대로 읽을 때마다 이 시의 정감이 잘 살아나고 있기 때문이다.

「모란이 피기까지는」에는 모란꽃을 늘 곁에서 아끼며 보아왔던 사람이 아니면 느낄 수 없는 감응이 담겨 있다. 이 시는 아름답게 피어나는 모란꽃을 보는 기쁨을 애써 감추고 오히려 그 꽃이 피었다가 떨어지는 순간의 애처로움과 안타까움을 노래한다. 꽃이 피어나는 아름다움보다 그 꽃이 지는 순간을 포착한다. 김재홍 교수가 이를 두고 '소멸의 미학'

이라고 말한 것은 참으로 적절한 설명이다. 이 시에는 시적 대상으로서의 '모란'과 시적 주체로서의 '나' 사이에 일어나는 미묘한 교감의 상태가 잘 드러나 있다. 모란은 늦은 봄에 꽃이 핀다. 온갖 꽃들이 서로 다투어 피어나는 봄을 생각한다면, 모란은 봄의 막바지 장면을 장식하는 꽃이라고 할 만하다. 모란꽃이 피어날 때면 벌써 신록의 아름다움이 시작된다. 그리고 이제 계절은 여름의 문턱에 들어서는 것이다. 그러므로 모란꽃이 떨어지면 그 싱그러운 봄의 아름다움도 끝난다. 시인이 노래하고자 하는 것은 바로 이 모란이 떨어지는 순간이며, 화려한 봄을 잃어버리는 순간이다. 이 시에서 볼 수 있는 시적 진술은 모두가 이같은 상실과 소멸의 순간에 느끼는 비애를 시의 아름다움으로 승화시키는 데에 바쳐진다. "모란이 뚝뚝 떠러져버린날/나는 비로소 봄을여휜 서름에 잠길테요"라든지 "나는 아즉 기둘리고잇슬테요 찰란한슬픔의 봄을"이라는 대목에서 바로 이같은 내용을 실감할 수 있다.

이 시에서 시적 주체로서의 '나'와 대상으로서의 '모란'은 몇 개의 동사에 의해 그 상태와 동작이 서로 연결되면서 구체적 형상을 드러낸다. 그러나 시적 의미를 형성하는 데에 중심이 되는 것은 '기다리다'라는 뜻을 지닌 '기둘리고 잇슬테요'라는 말이다. 시의 첫 대목과 끝 대목에서 쓰이고 있는 이 말은 모두가 봄을 대상으로 하고 있다. 여기서 봄은 모란이 피어나는 것과 동격에 해당한다. '나'의 기다림의 대상이 봄이라고 말하고 있지만, 봄이 바로 모란이 피는 때이기 때문이다. 그러나 모란이 피어 있는 순간은 매우 짧고 마찬가지로 화려한 봄도 길지 않다. 그 짧은 화려한 봄과 잃어버린 봄을 다시 기다리는 오랜 세월은 이 시 속에서 모란이 피었다가 떨어지는 짧은 순간을 통해 구체적으로 대비되어 나타난다.

이 시에는 시적 주체를 서술하고 있는 세 개의 동사 '기둘리다'(서름에) 잠기다' '울다'가 등장한다. 이 가운데에서 '기둘리다'와 '잠기다'는 모두 그 주체가 '나'라는 것을 쉽게 알 수 있다. 그런데 '우옵내다(울다)'의 경우에는 주체가 분명하게 드러나 있지 않다. 이를 분명히 하기 위해 그 대목을 다시 옮겨보자.

> 오월 어느 날 그 하루 무덥던 날
> 떨어져 누운 꽃잎마저 시들어버리고는
> 천지에 모란은 자취도 없어지고
> 뻗쳐오르던 내 보람 서운케 무너졌느니
> 모란이 지고 말면 그뿐 내 한 해는 다 가고 말아
> 삼백 예순 날 하냥 섭섭해 우옵내다

앞의 인용에서 '오월~무너졌느니'와 '모란이~다 가고 말아'를 각각 나누어 하나의 문장으로 본다면, "삼백 예순 날 하냥 섭섭해 우옵내다"도 독립된 문장이 된다. 그러나 통사론적인 차원에서 앞의 인용 부분은 세 개의 문장이 각각 독립되어 있는 것이 아니라, 넓게 보아 하나의 문장으로 이어져 있다. 말하자면 매우 복잡한 구조를 지닌 복합문에 해당한다. 여기서 주목해야 할 것이 바로 마지막 구절에 등장하는 '우옵내다'의 주어가 무엇인가 하는 점이다. 대개는 문장에 드러나 있지는 않지만 생략된 상태의 '나'라는 주어를 떠올리기 쉽다. 그러나 이 대목의 해석이 매우 중요하다. 결론부터 말한다면, 나는 이 시의 이 대목은 시적 주체인 '나'와 시적 대상인 '모란' 사이에 간격이 사라지고 주체와 대상이 합일화되는 상태를 말해주고 있다고 생각한다. 여기서 '우옵내다'라는 동사가 표시해주는 울음의 주체를 '나'만으로 한정해서는 안 된다. 모란도 꽃잎을 떨구면서 봄을 여읜 설움에 젖어 울고 있기 때문이다. 시적 주체로서의 '나'는 떨어지는 모란을 보고 그 모란과 함께 울면서 봄을 기다릴 수밖에 없다고 말하는 것이다.

이같은 해석을 놓고 다시 "삼백 예순 날 하냥 섭섭해 우웁내다"라는 시구를 면밀하게 살펴보자. 이 시구에 '우웁내다'의 주어가 무엇인가를 해결해줄 수 있는 징표가 하나 있다. 그것은 '우웁내다'를 한정하고 있는 '하냥'이라는 부사이다. 이 말은 한글학회의 『우리말 큰사전』에 '늘'이라는 뜻으로 풀이되어 있고, 그 용례로 들고 있는 것도 바로 「모란이 피기까지는」의 이 구절이다. 금성출판사 판 『국어대사전』에도 '한결같이 줄곧'이라는 의미로 풀이하고 있으며, 역시 그 용례로 이 시구를 들고 있다. 대부분의 교과서도 모두 이같은 풀이를 따르고 있다.

그러나 이것은 잘못된 풀이라고 생각한다. '하냥'이라는 말이 일상적인 용법에서 '늘'과 같이 시간을 표시하는 말로 쓰이는 예는 찾을 수가 없다. 충청도 지방과 호남 지방에서 '하냥'이라는 말이 쓰이는 예로 '(1) 나하고 하냥 가자 (2) 온 식구들이 모두 하냥 사는 것이 소원이다' 등과 같은 말을 들 수 있다. 이러한 예로 본다면 '하냥'은 '함께 더불어' 또는 '같이 함께'와 같은 의미를 지닌다. 다행히도 이희승 편 『국어대사전』에는 '하냥'이라는 말을 이같이 정확하게 풀이하고 있다. 이 사전에서는 '하냥'을 방언으로 표시하였고 '함께 같이'라는 뜻으로 풀이하고 있다. 이것이 바른 해석이다. 여기서 '같이'는 '처럼'이라는 뜻이 아님을 알아야 한다. 결국 이 구절은 '삼백 예순 날 함께 섭섭해 우웁내다'로 읽어야만 한다. 그렇다면 누구와 함께 운다는 말인가?

이 물음에 대한 해답을 찾기 위해 좀더 흥미 있는 구석을 뒤져보자. 앞의 사전의 잘못된 풀이 때문에 "삼백 예순 날 하냥 섭섭해 우웁내다"라는 이 구절의 해석에 오류가 생겨난 예가 많다. 최근에 우리 현대시 작품을 상세하게 분석 비평하고 있는 비슷한 성격의 책 두 권이 나왔는데, 두 책의 저자들이 모두 이 시구를 잘못 해석하고 있다.

(1) '하냥'은 '항상' 혹은 '마냥'과 유사한 뜻을 지니고 있지만 그 뉘앙

스는 다른 말이다. '항상'과 비교해볼 경우 '하냥'은 그 발음이 매우 유연하며 아름답다. 무성음(ㅅ)이 중심이 되어 만들어진 '상'과 달리 '냥'은 구성 음운 전체가 유성음으로 되어 있기 때문이다. 음운 중에서 격음(ㅊ,ㅋ,ㅌ 등)이나 경음(ㄲ, ㄸ, ㅃ 등)보다는 평음(ㄱ, ㄷ, ㅂ 등)이 그리고 평음보다는 유성음(모음과 ㄴ,ㄹ,ㅁ,ㅇ)이 더 음악적이라는 것은 언어학적으로 잘 알려진 사실이다. '하냥'과 같은 뜻의 표준어에는 '언제나'라는 말도 있다. 그러나 이 단어는 시의 리듬상 맞지가 않다. 즉 이 시행(열번째 시행)의 '하냥'이 놓인 위치에는 2음절 단어가 와야만 음악적이다. 한편 '마냥'은 그 뜻에 있어서나 뉘앙스에 있어서 '하냥'과는 다르다. '하냥'이란 '한가지로 한없이 기다린다'는 뜻을 지니고 있으나 '마냥'은 '늦잡아 하는 모양'(이희승 편, 『국어대사전』)이라는 뜻을 지니고 있으며 대체로 행위의 부정적 측면을 묘사할 때 자주 쓰이기 때문이다. 가령 '마냥 지각을 했다' 혹은 '수업이 시작되었는데 그는 마냥 장난을 쳤다' 등이다. 따라서 원문의 사투리 '하냥'은 그 뜻에 비추어보거나 언어 음악성이라는 관점에서 '항상' '언제나' 혹은 '마냥'보다 훨씬 시적 의미에 적합하며 또한 소리가 아름답다. (오세영, 『한국 현대시 분석적 읽기』, 고려대출판부, 1998, 165~166쪽)

(2)9, 10행에서 화자는 "모란이 지고 말면 그뿐 내 한 해는 다 가고 말아/삼백 예순 날 하냥 섭섭해 우옵내다"라고 노래한다. 여기서 노래되듯 현재는 '모란이 부재하는 시간'이며 이런 시간은 '삼백 예순 날'에 해당한다. 화자가 "삼백 예순 날 하냥 섭섭해" 우는 것은 현재이며, 이 현재는 모란이 부재하는 시간으로 인식된다. 줄여 말하면 화자의 경우 현재는 '모란이 부재하는 시간'이며 그 시간은 일 년에 해당한다. 어째서 '모란이 부재하는 시간'이 일 년이란 말인가?

9행에서 화자는 "내 한 해" 하고 말하며, 10행에서는 그냥 "삼백 예순 날"이라고 말한다. 말하자면 9행에 나오는 '한 해'는 '내 한 해'이며 10행에 나오는 '삼백 예순 날'은 내 '삼백 예순 날'이 아니다. '내 한 해'란 그 일 년이 어디까지나 주관적 속성을 띠고 있음을 암시한다. 말하자면 9행에 나오는 '한 해'는 주관적 시간을 뜻하고, 10행에 나오는 '삼백 예순 날'은 객관적 시간을 뜻한다.

흔히 주관적 시간을 심리적 시간이라고도 하는바 이런 용어를 사용하는 것은 같은 시간이더라도 물리적으로 측량되는 시간과 심리적으로 체험되는 시간이 다르기 때문이다. 이 시에서는 일 년이 '모란이 피어 있는 시간'에 해당한다. 이런 시간은 어디까지나 심리적으로 체험되는 그런 시간이다. 물리적 시간은 비가역성을 본질로 하며 심리적 시간은 우리가 상상 속에서 과거 현재 미래를 자유롭게 여행하듯 가역성을 본질로 한다.

결국 9, 10행은 현재시제로 되어 있지만 9행은 심리적 시간을 다루고 10행은 물리적 시간을 다룬다는 점에서 대립된다. 따라서 화자가 "하냥 섭섭해" 우는 것은 사라진 심리적 시간으로서의 일 년과 존재하는 물리적 시간으로서의 일 년이 불화의 관계에 있기 때문이다. '하냥'은 '같이'의 방언이다. "삼백 예순 날 하냥 섭섭해 우옵내다"는 365일을 똑같이 곧 한결같이 섭섭해서 운다는 뜻이고 화자가 이렇게 우는 것은 심리적 시간으로서의 일 년이 존재하지 않기 때문이다. 그 일 년은 '모란이 피어 있는 시간'을 뜻한다. 화자가 진정한 삶의 기쁨을 체험하는 것은 모란이 피어 있을 때이며, 이 시간이 심리적 시간으로서의 일 년이다. (이승훈, 『한국 현대시 새롭게 읽기』, 세계사, 1996, 73~74쪽)

앞의 (1)의 필자는 '하냥'이라는 말을 '늘'의 뜻으로 풀이한다. 음성적인 자질을 자세히 분석하여 이 말이 지니고 있는 시어로서의 자질을 밝혀보고자 애를 썼지만, 잘못된 사전의 뜻풀이에 매달려 있다. (2)의 경우는 이희승의 『국어대사전』에 나와 있는 대로 이 말이 방언으로서

'같이'의 뜻을 지니고 있다는 사실을 확인하였으면서도 '같이'라는 뜻을 '한결같이' 또는 '똑같이'라는 전혀 다른 뜻으로 이해한다. 그렇기 때문에 이 시구의 해석에서 (1)과 똑같은 오류를 범하고 있다.

이제 다시 '우옵내다'의 주어가 무엇인가를 생각해보자. "삼백 예순 날 하냥 섭섭해 우옵내다"에서 '하냥'은 '함께'라는 말로 해석해야 한다. '하냥'을 '늘'이라는 부사와 같은 의미로 해석할 경우는 '삼백 예순 날'이라는 말과 서로 겹쳐서 불필요한 의미의 중복이 생겨난다. 이런 불필요한 의미의 중복은 시적 표현으로 보기 어렵다. 앞서 '우옵내다'의 주어가 무엇인가를 해결해줄 수 있는 징표가 '하냥'이라고 지적한 바 있다. '하냥'이라는 말을 '함께'라고 풀이한다면 주어의 윤곽이 상당히 분명해진다. 문맥에 숨어 있는 '나'와 누군가가 '함께' 섭섭해 울고 있다는 해석이 가능하기 때문이다. 여기서 '함께(하냥)'라는 말이 지시하고 있는 대상은 누구인가? 누구와 함께 섭섭해 운다는 것인가?

「모란이 피기까지는」의 전체 텍스트의 짜임새를 보면 시의 첫 구절에서부터 시적 대상으로서의 모란과 주체로서의 시적 자아가 봄이라는 주제를 중심으로 조건과 이행의 관계로 연결되어 있음을 알 수 있다. 이때 시적 주체인 '나'는 '모란'과 일정한 간격을 둔다. 그러나 시적 진술에서 흔히 볼 수 있는 주체와 대상 사이의 거리는 바로 이 열번째 구절인 "삼백 예순 날 하냥 섭섭해 우옵내다"에 이르러 그 간격이 사라진다. 모란이 뚝뚝 떨어지는 것을 보고 나는 봄을 여읜 슬픔에 잠긴다. 잃어버린 봄을 슬퍼하는 것은 나의 경우나 모란꽃의 경우가 모두 마찬가지다. 그러므로 모란 꽃잎이 지는 것마저도 나에게는 눈물처럼 보인다. 모란도 나도 함께 울며 봄을 잃은 슬픔에 잠겨 있는 것이다. 여기서 '삼백 예순 날'은 모란꽃이 피어 있는 네댓새를 제외하고 남은 기간이다. 모란의 화려한 모습이 모두 사라져버린 '부재의 세월'을 삼백 예순 날이라는 구체적인 숫자로 표시하여 강조하고 있는 것이 아닌가? 짧은 기간의 화려한 존재와 거기서 느끼는 안타까움, 그리고 기나긴 부재의 세월 속에서 다시 봄을 기다리는 심사를 시인은 이렇게 애닯도록 노래하고 있는 셈이다. 이렇게 본다면 사실은 「모란이 피기까지는」에서 노래하고 있는 봄이 곧 모란이며 모란이 곧 봄에 해당한다. 그러므로 '기다림의 정서'와 '잃어버린 설움'을 대응시키고 있는 이 시에서 '모란'은 시인 자신의 정신적 거점으로 자리하게 되는 것이다.

「달」과 '사개 틀린 고풍의 툇마루'

김영랑의 시를 읽다보면 가끔 재미있는 언어 표현이 등장한다. 호남 지역의 방언을 시어로 훌륭하게 살려낸 것도 많고, 지금은 별로 쓰지 않는 고유어들을 적절하게 활용한 언어 감각도 뛰어나다. 그래서 나는 가끔 김영랑의 첫 시집 『영랑시집』을 펼쳐놓고 시를 읽는다. 이 초판본에는 작품의 제목이 붙어 있지 않다. 작품의 배열 순서대로 일련번호를 달고 있을 뿐이다. 원래 신문이나 잡지에 시를 발표할 때에는 분명 제목이 붙어 있는 것들도 모두 그 제목을 그대로 표시하지 않은 이유가 무엇인지 알 수 없다. 해방 직후에 나온 『영랑시선』에서는 다시 각각의 작품에 제목을 표시하고 있다.

김영랑의 시들을 온전히 원래의 모습대로 읽어볼 수 있는 시집은, 이 두 가지 판본을 제외하고는 없다. 김영랑이 세상을 떠난 후에 만든 대부분의 시집들은 앞의 두 시집 초판본의 어휘나 표기를 함부로 바꿔놓아서 원문의 감흥을 해치고 있는 경우가 많기 때문이다. 이것은 우리의 출판 풍토에서 볼 수 있는 옳지 않은 관행이지만, 무엇보다도 전문적인 연구자들이 작품의 원문이 하나의 판본으로 정착되는 과정을 소홀하게 다루고 있거나 판본 연구 자체의 중요성에 무관심했던 데에서 비롯된 일이다.

  김영랑의 작품 가운데 「달」이라는 시가 있다. 이 시는 널리 알려진 작품은 아니지만, 그 감각적인 표현은 매우 놀랄 만하다. 김영랑의 첫 시집 『영랑시집』에 제목 없이 수록되었는데, 그 전문을 원문대로 옮기면 다음과 같다.

> 사개틀린 古風의퇴마루에 업는듯이안져
> 아즉 떠오르는긔척도 업는달을 기둘린다
> 아모런 생각업시
> 아모런 뜻업시
>
> 이제 저 감나무그림자가
> 삿분 한치식 올마오고
> 이 마루우에 빛갈의방석이
> 보시시 깔니우면
>
> 나는 내하나인 외론벗
> 간열푼 내그림자와
> 말업시 몸짓업시 서로맛대고 잇스려니
> 이밤 옴기는 발짓이나 들려오리라

  이 작품은 달이 떠오르는 밤의 정경을 그려놓고 있다. 시의 화자는 툇마루에 엎드리듯 앉아서 달이 떠오르기를 기다린다. 이러한 시적 정황의 설정에서 가장 주목되는 것은 시적 대상으로 등장하고 있는 '달'의 형상과 그 이미지이다. 전체 3연으로 구성되어 있는 작품에서 '달'은 시적 감흥을 형성하고 있는 중심소재이다.

제1연에서 시적 주체가 되고 있는 '나'는 툇마루에서 달이 떠오르기를 기다린다. 이같은 시적 정황은 자연스럽게 제2연과 제3연으로 이어지면서, 떠오르는 달의 형상으로 시선이 옮겨진다. 그러나 여기서 정작 시 속에 그려지는 것은 달이 아니다. 툇마루에 엎드려 있는 '나'에게 감지되는 것은 떠오르는 달이 아니다. 어찌 감히 달을 직접 바라볼 수 있겠는가? 달이 떠오르는 황홀한 순간에 대한 섬세한 배려는 제2연에서 참으로 가슴 서늘하게 그려진다.

제2연을 보자. 마루에 엎드려 있는 '나'라는 시적 주체에 의해 감지되는 것은 달빛에 따라 조금씩 마루 위로 얼비치는 '감나무 그림자'이다. 달이 떠오르는 모습을 그 빛에 따라 옮겨지는 그림자를 통해 그려보이는 놀라운 감각은 "이제 저 감나무그림자가/샅분 한치식 올마오고/이 마루우에 빛갈의방석이/보시시 깔니우면"에서 표현의 극치를 이룬다. 달이 떠오른 것이 아니라 감나무 그림자가 한 치씩 옮아온다. 그리고 마룻바닥 위로 빛의 방석이 깔리듯 달빛이 들기 시작한다. 시인은 결코 떠오르는 달을 보지 않는다. 달빛이 빚어내는 감나무 그림자의 모습과 마루 위로 비치는 달빛을 묶어 떠오르는 달의 아름다움과 그 고요한 움직임을 한 폭의 그림으로 엮어내고 있는 것이다. 정(靜)함 가운데 동(動)이라고 했던가. 고요 속에서 이루어지는 빛의 움직임을 이처럼 섬세하게 포착해낸 경우를 우리는 달리 찾아보기 힘들다.

제3연은 시적 주체인 '나'의 모습을 '간열푼 내그림자'와 함께 보여준다. 여기서 가장 주목할 만한 것은 마지막 행의 표현이다. "이밤 옴기는 발짓이나 들려오리라"라는 대목에서 우리는 시간의 흐름을 청각적으로 간취하는 놀라운 시적 감각을 다시 발견하게 된다. 이제 밤은 깊어가고 달은 중천에 떠 있는데, '나'는 감나무 그림자가 드리운 툇마루에 홀로 앉아 '나' 자신의 그림자와 대면하고 있는 것이다. 이제 시적 주체는 대상으로서의 '달'을 통해 자신을 보게 된다. 이 단아한 자기

관조가 바로 이 시의 참 주제에 해당하는 것이 아닐까?

그런데 여기서 한 가지 짚고 넘어가야 할 중요한 문제가 있다. 근래에 발간된 김영랑 시집들 가운데 시 「달」의 첫 행인 "사개틀린 古風의退마루에 업는듯이안져"를 잘못 표기하고 있는 것들이 많다. 시의 원문을 제대로 해석하지 못한 채 제멋대로 표기를 바꾸어 "사개를 인 고풍의 툇마루에 없는 듯이 앉아"라고 적고 있는 것이다. 첫 어절인 '사개틀린'을 잘못 읽고 있다. 이 말은 좀더 자세한 설명이 필요하다. '업는듯이안져'의 경우에도 '없는 듯이 앉아'라고 고친 것은 시적 정황과 제대로 어울리지 않는다. 이것은 마룻바닥에 어리는 감나무 그림자와 달빛을 감지하고 있는 시적 주체의 위치를 생각하면 쉽게 풀린다. 시어의 뜻을 제대로 확인하지 않고, 그 말의 쓰임을 전체적인 정황에 맞춰 생각하지 못한 데서 오는 엄청난 잘못을 저지른 셈이다.

'사개틀린'이라는 말은 하나의 단어가 아니다. 띄어쓰기를 제대로 한다면 '사개 틀린'이라고 쓰는 것이 옳다. '사개가 틀리다'라고 풀어 쓰면 그 의미가 더욱 분명해진다. '사개틀린'이라는 구절은 이 시에서 무슨 대단한 시적 의미를 구현하기 위한 것이 아니다. 낡고 헌 툇마루를 묘사하는 말이다. 여기서 '사개'라는 것이 무엇인가를 먼저 알아야만 한다. '사개틀린'이라는 말은 원래 목공(木工)에서 자주 쓰고 있는 '사개'라는 말에서 비롯된 것이다. 이희승 편 『국어대사전』에는 "(1) 상자 같은 것의 네 모퉁이를 요철형으로 만들어 끼워 맞추게 된 부분 (2) 기둥머리를 도리나 장여를 박기 위해 네 갈래로 오려낸 부분"이라고 설명하고 있다.

집을 짓거나 가구를 만들 때, 목재의 이음새 부분이 서로 맞물려 움직이지 않도록 요철형으로 나무를 깎아낸다. 바로 이 요철형으로 깎아낸 이음새 부분을 '사개'라고 한다. 나무기둥을 세우고 서까래를 얹으면서 그 연결 부위가 뒤틀리지 않도록 '사개'를 물리는 것이다. 요즘 주택 공사장에서는 벽돌과 시멘트를 쓰니까 이런 장면을 보기 어렵다. 목공소에서 책장이나 상자를 만들 때도 사개를 맞춰야 튼튼하다. 그런데 목공소에서도 대개는 합판을 써서 간단히 귀퉁이에 못을 박아 고정시키거나 강력한 접착제로 붙여버리기 때문에 '사개'를 물려 모서리를 고정시키는 경우가 흔하지 않다. 그러니 이같은 말이 널리 쓰이지 않게 된 것이다.

내가 어렸을 때는 고향에서 어른들이 하는 말씀 가운데 '사개가 맞다'는 말을 자주 들었다. 일의 이치가 제대로 맞거나 말의 앞뒤가 들어맞을 때 '사개가 딱 들어맞는다'고 표현한다. 문짝이나 상자를 만들 때, '사개가 제대로 딱 물려야' 그 틀이 흔들리지 않고 단단하게 고정되는 것을 보고 만들어낸 표현이다. 지금은 '사개가 딱 들어맞게' 말을 하는 사람도 많지 않고, 이런 표현조차 제대로 아는 사람이 드물다.

김영랑의 시로 다시 돌아가보자. 이 시에서 '사개틀린'이라는 말은 '사개가 맞다'는 표현과 상반되는 의미를 나타낸다. 툇마루가 너무 오래되어 낡고 헐어서 마루판을 이루고 있는 나무들의 이음새가 서로 어긋나 있음을 말한다. '사개가 딱 들어맞지 않고 뒤틀린' 툇마루라고 풀이하는 것이 옳다. 그러므로 최근 출판된 시집들에서 "사개를 인 툇마루에 없는 듯이 앉아"라고 고쳐놓은 것은 모두 다시 원문대로 바로잡아야만 한다.

「연」과 '편편한 연실은 조매롭고'

김영랑의 시 가운데는 우리에게 추억 속의 옛날을 떠올리게 하는 풍경들이 많이 있다. 그 낯익은 풍경의 하나가 바로 「연」이라는 시를 통해 그려진다. 이 시는 김영랑 자신이 추구해온 시적 형태의 균제미(均齊

美)를 바탕으로 특유의 정감을 섬세한 감각으로 형상화한다. 이 작품은
1939년 『여성』지에 발표된 것으로 해방 직후에 나온 『영랑시선』에 수
록되어 있다. 파란 하늘 높이 연을 날리던 가난한 어린 시절, 그 아련한
꿈을 이처럼 밀도 있게 그려낸 작품도 드물다. 시집의 원문대로 옮기면
다음과 같다.

　　내 어린날!
　　아슬한 하늘에 뜬 연같이
　　바람에 깜박이는 연실같이
　　내 어린날! 아슨풀 하다

　　하늘은 파 — 랗고 끝없고
　　편편한 연실은 조매롭고
　　오! 힌연 그새에 높이
　　아실아실 떠놀다 내어린날!

　　바람이러 끊어지든날
　　엄마 아빠 부르고 울다
　　히끗 히끗한 실낫이 서러워
　　아침 저녁 나무밑에 울다

　　오! 내 어린날 하얀옷 입고
　　외로히 자랐다 하얀 넋 담스고
　　조마조마 길가에 붉은발자옥
　　자옥마다 눈물이 고이였었다

이 작품에서 그려지고 있는 시적 정황은 지나버린 어린 시절 추억의 한 자락으로 이어지고 있는 연날리기이다. 연날리기는 겨울철이 제격이다. 바람이 세차게 불어야 하고 날씨는 콧날이 시큰하게 차가워야 한다. 햇살이 마당에까지 내리비칠 때, 대청마루 구석에 조심스럽게 모셔둔 연과 자새(연줄을 감는 기구. 얼레라고도 한다)를 들고 밖으로 뛰어나간다. 어머니가 토끼털 목도리를 들고 대문간까지 쫓아나오시지만 뒤돌아볼 겨를이 없다. 그렇게 언제나 숨 가쁘게 내달아 동네 어귀까지 나와야 한다. 동네 어귀까지 나와야만 집 근처의 대추나무나 감나무 가지에 연줄이 감길 위험이 없기 때문이다. 검불을 한 움큼 쥐어 바람에 높이 날려본다. 바람의 방향을 감 잡기 위해서이다. 연을 매단 목줄들이 제대로 묶여 있는지 챙겨보고는 바람을 맞대고 내달으면서 연을 날린다. 연줄을 조금씩 풀어주면 연이 하늘로 오르기 시작한다. 얼레로 얼르면서 연줄을 풀어주고 잡아당긴다. 연은 바람을 타고 팽팽하게 줄을 당기면서 하늘 높이 오른다.

파란 하늘에 높이 떠오른 연은 아련하게 눈에 들어온다. 하늘 끝에 닿는 것처럼 높이 연이 떠오를수록 어린 가슴을 조바심치게 만든 것은 팽팽하게 느껴지는 연줄의 감촉이다. 얼레에 감겨 있던 연줄이 절반 이상 풀려나가면 줄을 얼마나 더 풀어줄까 망설인다. 할머니를 졸라서 명주실을 두 겹으로 꼬아 만든 연줄이다. 사금파리를 갈아넣은 풀을 먹여야지. 다가오는 대보름날 이웃 마을 애들과 연싸움을 할 생각을 벌써부터 궁리한다. 조심스럽게 연줄을 더 풀어준다. 얼레에는 실가닥이 만져질 정도로 줄이 거의 다 풀려나갔다. 이제는 더이상 줄을 당길 필요도 없다. 높이 오른 연이 스스로 바람을 타고 있기 때문이다. 연줄을 풀리지 않게 얽어놓고는 옆구리에 얼레를 꼭 낀다. 언 손을 호주머니에 넣고 한껏 여유를 부린다. 저 정도면 아마 당산 꼭대기까지 올라갔겠지. 솟재 너머 살고 있는 동무들이 내 연을 보게 될지도 몰라. 부푼 마음은 바람을 타고 하늘 높이 오르고 먼 산을 넘어가기도 한다.

　그런데 얼레에 얽어놓은 연줄이 세찬 바람을 견디지 못하고 툭― 끊어진다. 팽팽하던 긴장이 갑자기 허망하게 풀린다. 뒤로 넘어질 듯 아찔하다. 바람에 날리면서 연줄이 가뭇없이 사라진다. 멀리 하늘로 작은 거울 조각이 반짝거리며 떠간다. 밭고랑을 따라 달려가지만 연줄을 다시 잡지 못한다. 울음이 터진다. 높이 날았던 연이 어디론가 사라져버리고 어린 마음 한 자락도 그 연을 따라간다. 하늘까지 날고 싶던 어린 마음의 설렘 대신에 얼레에 감긴 얼마 남지 않은 연줄처럼 서러움이 남는다. 정월 대보름이 며칠 남지 않으니 다시 연을 만들기도 어렵다. 대보름에는 연을 멀리 날려보내야 한다. 그해의 액운을 멀리 떠나보내기 위해서다. 빈 얼레만 들고 울면서 집으로 돌아온 손주를 할머니가 달래신다. 명년에는 더 질긴 명주실로 연줄을 만들어준다는 할머니의 약조에 아쉬운 마음을 겨우 달랜다. 어린 시절의 연날리기는 이런 식으로 끝난다.

　김영랑의 시 「연」을 보면 누구든지 어린 시절의 연날리기를 이렇게 떠올린다. 이 시의 시적 정서가 추억의 장면을 생생하게 그려놓고 있기 때문이다.

　　내 어린날!
　　아슬한 하늘에 뜬 연같이
　　바람에 깜박이는 연실같이
　　내 어린날! 아슴풀 하다

　이 작품의 첫머리에서는 어렴풋한 어린 시절의 추억을 더듬는다. 하늘 높이 떠 있어 눈에 잘 보이지 않는 연의 모습을 통해 머릿속에 남아 있는 어린 시절의 기억을 불러내고 있다. "아슬한 하늘에 뜬 연같이"라든지 "내 어린날! 아슬풀 하다"와 같은 표현에서 바로 그 추억의 자취를 따라가는 섬세한 언어 표현을 보게 되는 것이다.

이 시에서 시인이 아스라한 기억을 통해 불러낸 연날리기는 '파란 하늘'과 '흰 연'과 '길가에 붉은 발자욱'이라는 시적 심상의 대조를 통해 뚜렷한 형상으로 자리잡는다. 이같은 감각적인 시적 심상의 대조는 아스라한 어린 시절의 추억을 시적 정황으로 끌어들여 보다 구체화시켜 주면서 동시에 그 내면의 공간을 확대하는 역할을 하고 있는 것이다. 하늘 높이 아슬하게 떠돌던 '흰 연'은 이미지 자체의 역동성을 섬세한 감각으로 구현한다. 그것은 '아실아실 떠놀다 내어린날'이라는 구절에서 곧바로 시적 자아와 정서적 일체감을 형성한다. 그리고 '하얀 옷'과 '하얀 넋'이라는 정신적 가치와 결합되어 시적 변용을 거침으로써 어린 시절의 꿈을 보다 선명하게 드러내게 된다.

여기서 '파란 하늘'이 무한한 꿈과 동경의 세계를 의미한다면, '흰 연'은 아슬하게 하늘로 떠오르던 어린 가슴과 그 소망을 의미한다. 그리고 '붉은 발자욱'은 꿈을 접은 후에 현실 속에서 살아온 힘들었던 삶의 자취라고 규정해볼 수 있다. 연실에 매달려 하늘 높이 떠돌던 '흰 연'이 더욱 아쉽게 느껴지는 것은 그것이 이미 사라져버린 꿈과 동경을 향한 발돋움으로 자리하고 있기 때문이다.

이 작품을 다시 한번 음미해보면 하늘 높이 떠오른 연을 쳐다보며 팽팽하게 느껴지는 연실의 감촉을 동심의 떨림으로 예리하게 포착하고 있는 다음과 같은 시구가 눈에 들어온다.

하늘은 파—랗고 끝없고
편편한 연실은 조매롭고
오! 흰연 그새에 높이
아실아실 떠놀다 내어린날!

이 구절에서 우리가 주목하고자 하는 것이 "편편한 연실은 조매롭고"의 '조매롭다'라는 말이다. 이 시어는 흔히 볼 수 있는 말은 아니다. 이 말이 쓰인 일상어의 표현을 접해본 경우가 없는 것 같다. 이 말은 팽팽하게 드리운 연실이 바람에 끊어질까봐 조바심치던 초조한 어린 가슴을 그대로 드러낸다. 그리고 이 말은 다시 "오! 내 어린날 하얀옷 입고/외로히 자랐다 하얀 넋 담ㅅ고/조마조마 길가에 붉은발자옥/자옥마다 눈물이 고이였었다"에서 두드러지게 사용된 '조마조마'와 연결되어 있다. 참으로 그 표현이 흥미롭다.

'조매롭다'라는 말은 한글학회의 『우리말 큰사전』이나 이희승 편 『국어대사전』에 올라 있지 않다. 최근 국립국어원이 펴낸 『표준국어대사전』에는 '조마롭다'라는 말을 표준어로 삼아 '매우 조마조마하거나 조마조마한 데가 있다'라고 설명하고 있다. '조매롭다'는 아마도 '조마롭다'의 방언일 가능성이 높다. 마찬가지로 그 의미도 '마음이 조마조마하다'라고 설명할 수 있다. 이 말은 마음이 초조하거나 불안한 모양을 나타내는 '조마조마'라는 말과 그 뿌리가 같은 것이다. '조매롭다'가 '조마조마'에서 파생된 것인지 그 반대의 경우에 해당하는지 여기서 따질 문제는 아니다. 그런데 이 두 가지 시어를 김영랑이 하나의 작품 안에서 이렇듯 유별나게 구별하여 사용하고 있다는 것은 참으로 흥미롭다고 할 수 있다. 시인의 언어적 감각이 얼마나 섬세한가를 말해주고 있기 때문이다.

김영랑의 다른 시에도 '조매롭다'는 말이 등장한다. '가야금'이라는 제목의 시에서 마음을 졸이며 초조해하는 서정적 자아의 내면 심정을 긴장감 있게 그려낸 대목에 이 말이 쓰였다. 이 시의 마지막 구절에 나오는 "가냘픈 실오라기/네 목숨이 조매로아"라는 표현이 그것이다. 이 마지막 구절은 시적 주제가 집약된 부분이다. 이것은 끊어질 듯 이어지는 가냘픈 가야금의 선율을 의미하기도 하고 그러한 소리 가락을 만들어내는 가야금 자체의 모습을 의미하기도 한다. 그리고 여기에 덧붙여 서정적 자아의 형상을 투영하고 있다고 말할 수도 있다. '조매롭다'는 시어가 작품 안에서 그 의미 기능을 풍부하게 발휘하고 있는 것이다. 김영랑이 자주 썼던 4행시 가운데 "님두시고 가는길의 애끈한 마음이여/한숨쉬면 꺼질듯한 조매로운 꿈길이여/이밤은 캉캄한 어느뉘 시골인가/이슬같이 고흰눈물을 손끝으로 깨치나니"(「사행시 30」)에도 '조매롭다'라는 말이 등장한다. '조매롭다'라는 말이 시어로서 제대로 자리잡고 있음을 여기서도 확인할 수 있다.

김영랑은 해방이 된 후 1949년 『백민』지에 「연 2」라는 시를 또 한 편 남겼다. 이 작품은 앞의 「연」과 십 년의 간격을 두고 있다. 이 연륜의 거리만큼 시의 정조도 상당히 다르다. 그러나 어린 시절 하늘 높이 날리던 '연'이 바로 서정적 자아의 꿈과 희망의 징표였던 것만은 변함이 없다.

　　　좀평나무 높은 가지 끝에 얽힌 다 해진
　　　　흰 실낱을 남은 몰라도
　　　보름 전에 산을 넘어 멀리 가버린 내 연의
　　　　한알 남긴 설움의 첫씨
　　　태어난 뒤 처음 높이 띄운 보람 맛본 보람
　　　안 끊어졌드면 그럴 수 없지
　　　찬 바람 쐬며 콧물 흘리며 그 겨울내
　　　　그 실낱 치어다보러 다녔으리
　　　내 인생이란 그때버텀 벌써 시든 상싶어
　　　철든 어른을 뽐내다가도 그 실낱같은 병의 실마리
　　　마음 한 구석에 도사리고 있어 얼씬거리면
　　　아이고! 모르지
　　　불다 자는 바람 타다 꺼진 불똥

아! 인생도 겨레도 다아 멀어지는구나

—「연2」 전문

「강물」과 '아심찮이 그 꿈도 떠 싣고 갔소'

김영랑의 시 「강물」은 시적 짜임새가 비교적 단순하다. 내가 이 시를
주목하여 읽어보게 된 것은 시의 의미 내용이나 표현 기법에 대한 관심
에서가 아니다. 제5연의 "아심찮이 그 꿈도 떠 싣고 갔소"라는 시행에
서 볼 수 있는 '아심찮이'라는 낯선 시어가 마음에 걸렸던 것이다. 이
단어는 『국어대사전』에 등재되어 있는데, '안심찮다'는 말의 방언으로
경상도나 함경도 지역에서 쓰는 말이라는 설명이 붙어 있다. '남에게
폐를 끼쳐서 미안하다' '미안하다' '안심이 아니 되다' 등의 의미로 쓰
인다. 그러나 이러한 사전적 해설이 이 구절에 잘 어울리지 않는다. '미
안하게도 그 꿈도 떠 싣고 갔소'라고 읽는 것에 만족할 수 없으니 어쩌
나?

잠자리가 설워서 일어났소
꿈이 고웁지 못해 눈을 떴소

베개에 차단히 눈물은 젖었는디
흐르다 못해 한 방울 애끈히 고이었소

꿈에 본 강물이라 몹시 보고 싶었소
무럭무럭 김 오르며 내리는 강물

언덕을 혼자서 거니노라니
물오리 갈매기도 끼룩끼룩

강물은 철철 흘러가면서
아심찮이 그 꿈도 떠 싣고 갔소

꿈이 아닌 생시 가진 설움도
자꾸 강물은 떠 싣고 갔소

                              —「강물」 전문

　이 시에서 전체 6연으로 이루어진 텍스트의 구조를 살펴보면 전반부
의 2연과 중반부 2연과 후반부의 2연이 시상의 전개상 서로 구별됨을
알 수 있다. 전반부에 해당하는 제1연부터 제2연까지는 시적 주체의 형
상을 그려낸다. 서러운 잠자리에서 일어난 것은 무언가 마음이 편치 않
은 꿈을 꾸었던 모양이다. 베개가 눈물에 젖어 있음으로 보아 설움이
북받쳐올랐음을 짐작할 수 있다. ‘꿈’과 ‘눈물’이라는 시어가 이 시의
첫머리에서 애상을 더욱 짙게 드러낸다. 시의 중반부에 해당하는 제3연
과 제4연에서는 시적 배경이 바뀐다. 잠자리에서 일어나 밖으로 나와
언덕에 올라서 꿈에 본 강물을 보고자 한다. 말하자면 이 중반부는 시
상의 전환을 꾀하는 부분이다. 주관적 내면의 세계에서 객관적인 외부
세계로 시상의 전환이 이루어진다. 물론 여기서 말하는 주관적인 내면
의 세계는 시적 주체의 정서와 연관되는 서러운 잠자리의 어수선했던
꿈이다. 그리고 언덕 위에 올라서 내려다보는 강물은 이제 꿈속의 강물
이 아니다. 객관적인 외부 세계로서의 강이 비로소 구체적인 시적 대상
으로 제시되고 있는 것이다.
　여기까지의 내용으로 본다면, 이 시는 시상의 전개 방법 자체도 단조

롭고 그 의미 또한 단순하다. 그러나 마지막 제5연과 제6연에서 시적 주체의 내면에 해당하는 주관적인 세계와 객관적인 외부 세계로서의 시적 대상에 해당하는 강물이 하나로 통합된다. 이것은 시적 상상력의 힘에 의해 가능해진다. 강물이 '철철 흘러가면서' 시적 주체의 내면에 설움으로 남아 있던 꿈을 떠 싣고 흘러가는 것이다. 그리고 그 강물은 꿈만이 아니라 현실적인 고통과 서러움마저도 모두 싣고 간다. 여기서 시적 대상으로서의 강물은 일정하게 유지하던 거리를 넘어서서 시적 자아와 일치를 이룬다. 강물의 흐름은 곧 삶의 변화를 의미하고 그 긴 흐름을 말하기도 한다. 그러므로 그것은 개인의 삶의 과정에 대응한다.

강물은 철철 흘러가면서
아심찮이 그 꿈도 떠 싣고 갔소

꿈이 아닌 생시 가진 설움도
자꾸 강물은 떠 싣고 갔소

이 마지막 두 개의 연에서 시적 의미의 단순함에 어떤 깊이가 덧붙여진다. 그리고 그 의미의 새로운 확대를 이해하기 위해 다시 '아심찮이'의 분명한 뜻을 이해할 필요가 생긴다. 호남 지역의 방언에서 '아심찮이'는 '아슴찮이'와 혼용된다. 신석정의 시 「등반」에 "항상 정점을 목적하는 등반 코-스는/직선을 거부하기에/이리도 아슴잖게 나선상으로 가다가는/지쳐서/더러는 전쟁으로 더러는 휴전으로/고달픈 호흡과 불평을 표정한다"는 구절이 나온다. 여기서는 '아슴잖게'라고 표기되어 있으나 '아심찮이'와 같은 말이라고 할 수 있다. 이 말을 사전적 해석대로 '안심이 아니 되다'라고 풀이해서는 시의 의미를 오히려 해친다. 일상어에서 흔히 들어볼 수도 있는 이 말은 어떤 일을 기대하지 않았는데 그 일이 이루어졌을 때 그 일을 위해 애쓴 상대방의 노고를 치하하면서 동시에 미안함을 표시하는 말로 쓰인다. 김영랑의 다른 작품에서는 그 용례를 찾을 수 없지만, 고마움의 뜻과 미안스러움의 뜻이 합쳐져 있는 특이한 단어라고 할 수 있다. 다시 위의 시에서 '아심찮이'는 강물이 서러운 꿈을 싣고 흘러감을 한정하고 있는 말이다. 그리고 여기서 '아심찮이'는 한편으로 미안하기도 하면서 동시에 고맙게도 느껴진다는 뜻을 강물에 표시하는 말이다. 다시 말하면, 대상이 되는 '강물'에 대한 시적 자아의 내면 정서를 그대로 표시해주는 말이라고 할 것이다. 이 부분에서 주체와 대상의 시적 통합이 이루어지고 있음을 상기한다면, 이 특이한 시어의 쓰임이 바로 그러한 정서적 통합에 일정 부분 기여하고 있음을 알 수 있다.

「가늘한 내음」과 '먼 산허리에 슬리는 보랏빛'

시의 본질이 마음에 있음은 김영랑의 시를 보면 더욱 실감이 된다. 김영랑의 시 가운데에는 시적 정서의 특성에 어울리는 섬세한 감각의 언어 표현이 두드러진 작품들이 많이 있다. 다음의 시 「가늘한 내음」의 경우도 그 대표적인 예의 하나이다. 이 작품은 서정적 주체로서의 시인의 마음을 노래한다. 서정적 주체를 대상화하여 노래하고 있는 것이 바로 이 작품의 특징이다. 이 작품에서 눈에 보이지 않고 손에 잡히지 않는 마음을 시적으로 형상화하기 위해 시인이 적극적으로 활용하고 있는 것이 감각적인 이미지이다.

> 내 가슴 속에 가늘한 내음
> 애끈히 떠도는 내음

저녁 해 고요히 지는 제
머—ㄴ 산허리에 슬리는 보랏빛

오! 그 수심 뜬 보랏빛
내가 잃은 마음의 그림자
한 이틀 정열에 뚝뚝 떨어진 모란의
깃든 향취가 이 가슴 놓고 갔을 줄이야

얼결에 여읜 봄 흐르는 마음
헛되이 찾으려 허덕이는 날
뻘 위에 철석 갯물이 놓이듯
얼컥 이는 홋근한 내음

아! 홋근한 내음 내키다마는
서어한 가슴에 그늘이 도나니
수심 뜨고 애끈하고 고요하기
산허리에 슬리는 저녁 보랏빛

                              —「가늘한 내음」 전문

　제1연의 경우, 시적 대상은 마음 깊이 스며든 여린 향기이다. 서정적
자아의 내면에 깊이 가늘한 향기가 남아 있다. 그리고 그 향기는 애닲
게도 가슴에 떠돈다. 저녁 해 질 무렵 먼 산허리에 감기는 보랏빛처럼.
마음에 남아 있는 향기가 "산허리에 슬리는 보랏빛"이라는 시각적인 표
현에 의해 그 구체성을 획득한다. 보이지 않는 것의 향기를 시인은 시
의 눈으로 보고 있다.
　제2연의 첫 행에서 마음속의 향기는 '수심 뜬 보랏빛'으로 바뀌었다.

그리고 그것은 곧바로 잃어버린 마음의 그림자로 대치된다. 그러니까 마음속의 가늘한 향기가 수심 뜬 보랏빛으로 시적 변용을 일으키고, 다시 그 보랏빛은 잃어버린 마음의 그림자라는 시적 진술로 의미가 규정된 것이다. 이같은 시적 변용을 거친 뒤에야 비로소 '가늘한 내음'의 정체가 드러난다. "한 이틀 정열에 뚝뚝 떨어진 모란의/깃든 향취가 이 가슴 놓고 갔을 줄이야"에서 말하고 있는 모란의 향취가 바로 그것이다. 김영랑이 시「모란이 피기까지는」에서 노래했던 찬란한 슬픔의 봄은, 피었다가 지는 모란의 형상이 없었다면 그 시적 감흥을 전하기 어려웠을 것이다. 시「가늘한 내음」에서도 모란은 매우 중요한 시적 모티프로 자리하고 있다. 한 이틀 짧은 시간 동안 붉게 피어났다가 떨어진 모란의 향기가 시적 자아의 가슴에 남아 있다는 것을 깨닫는다. 이 깨달음의 순간을 시인은 "모란의 깃든 향취가 이 가슴 놓고 갔을 줄이야"라고 표현한다.

제3연은 모란의 향기가 가슴에 남은 뜨거운 열정까지도 담아내는 '홧근한 내음'으로 바뀌고 있음을 보여준다. 모란이 떨어진 순간을 봄을 여읜 슬픔으로 표현했던 「모란이 피기까지는」을 머릿속에 되살려보면, '얼결에 여읜 봄'의 의미를 이해할 수가 있다. 잃은 봄에 대한 아쉬움에 젖어 있는 동안 모란의 향기가 호끈 가슴을 치밀며 다시 일고 있는 것이다. 이 시의 제4연에서 모란의 향기는 다시 애끈한 보랏빛으로 바뀐다. 가슴속에서 호끈하게 치밀어오르는 그 무엇이 있음에도 불구하고, 그것은 저물녘에 산허리에 슬리는 보랏빛으로 그려진다. 애절하면서도 고요함이 거기 머문다.

이 시에서 노래하고 있는 것은 결국 찬란히 피었다가 떨어져버린 모란에 대한 아쉬움이다. '가늘한 내음'은 여운처럼 가슴에 남은 여릿한 모란의 향기임은 이미 지적한 바 있다. 이 시에서 시인은 애닯게 마음에 어리는 모란의 향기를 '가늘한 내음'이라고 이름했지만, 저녁 무렵

'산허리에 스치는 보랏빛'이라는 색채와 '훗근한 내음'이라는 촉감을 동시에 활용하여 그 향기에 대한 감각을 표현하고 있다. 그러므로 이 시를 통해 우리는 모란의 향기를 눈으로 보고 촉감으로 감지하는 것이다. 이 시에서 낯이 익지 않은 '애끈히(애끈히 떠도는 내음)' '슬리는(산허리에 슬리는 보랏빛)' '훗근한(얼컥 이는 훗근한 내음)' '서어한(서어한 가슴에 그늘이 도나니)'과 같은 말의 정확한 의미를 따져보자. '애끈히'는 '애끓다'의 부사형이라고 할 수 있다. '근심스럽거나 안타깝다'는 의미를 가진다. 여기서는 '안타깝게' 정도로 이해하면 된다. '슬리는'은 '슬리다'를 원형으로 한다. '스치며 걸치다'의 뜻으로 읽을 수 있다. '훗근한'은 '후끈하다'보다 어감이 작은 말인 '호끈하다'에서 나온 것으로 '갑자기 조금 뜨끈하다'는 의미를 가진다. 현대 표기법으로 고친다면 '호끈한'이라고 적어야 한다. '서어한'이라는 말은 요즘의 일상어에서는 사용하는 예가 별로 없다. '손이 서툴다' 또는 '뜻이 맞지 않아 낯설다'는 의미를 가진다. 이 시에서는 가슴에서 호끈한 모란의 향기가 어딘지 익숙하지 않게 느껴짐을 말한 것으로 볼 수 있다.

여기서 한 가지만 덧붙이기로 한다. 시인 정지용은 「가늘한 내음」에 대해 이렇게 말한다. "시도 이에 이르러서는 무슨 주석을 시험해볼 수가 없다. 다만 시인의 오관에 자연의 광선과 색채와 방향과 자극이 교차되어 생동하는 기묘한 슬픔과 기쁨의 음악이 오열하는 것을 체감할 수밖에 없다."(「영랑과 그의 시」)

시적 언어의 해석 문제 3
―정지용의 경우

정지용은 한국 현대시의 발전 과정에서 시적 언어에 대한 자각을 각별하게 드러낸 시인으로 평가되고 있다. 그의 시들은 두 권의 시집『정지용시집』(1935)과『백록담』(1941)으로 집약되고 있는데, 자기 감정의 분출에 의하여 이루어지는 1920년대의 서정시와는 달리, 시적 대상에 대한 다양한 감각적 경험을 선명한 심상과 절제된 언어로 포착해내고 있다. 이같은 시 창작의 방법은 시적 언어에 대한 그의 남다른 관심과 자각에 의해 가능했다.

정지용은 30년대 중반에 그가 빠져들어 있던 종교적인 구도의 세계를 노래한 일련의 시들을 제외한다면 거의 일관되게 시적 대상으로서의 자연을 노래하고 있다. 어떤 연구자들은 종교적인 시들을 제외한 초기의 시와 후기의 시를 각각 감각적인 시와 동양적인 시라는 서로 다른 차원의 세계로 구분하기도 하지만, 그가 초기의 시에서부터 시집『백록담』의 경우에 이르기까지 시를 통해 발견한 것은 자연 그 자체였다는 것을 부인할 수는 없다. 물론 정지용 이전에도 시를 통해 자연을 노래한 경우는 허다하게 많은 것이 사실이다. 여기서 시를 통한 자연의 발견이라는 명제를 유달리 정지용의 시에서만 문제 삼는 것은 시적 대상으로서의 자연을 노래하는 방법이 그 이전의 서정시와는 본질적으로 차이를 드러내고 있기 때문이다. 그의 시는 자연을 통해 자신의 주관적인 정서와 감정의 세계를 토로하고 있는 것이 아니라 오히려 자신의 감정을 억제하면서 자연에 대한 자신의 감각적인 인식 그 자체를 언어를 통해 새롭게 질서화하고 있다. 이 새로운 시법은 모더니즘이라는 커다란 문학적 조류 안에서 설명되기도 하고 이미지즘이라는 이름으로 규정되기도 한다.

정지용이 보여주고 있는 새로운 시법으로서 가장 중요시되어야 하는 것은 예리하고도 섬세한 언어적 감각이라고 할 수 있다. 시의 언어에 대한 자각은 물론 그 이전의 김소월이나 동시대의 김영랑의 경우에도 그 중요성이 인정된다. 이들은 모두 시를 통해 전통적인 정서에 알맞은 율조의 언어를 재창조하였기 때문이다. 정지용의 경우 이들과는 달리 율조의 언어에 매달린 것이 아니라, 언어의 조형성에 대한 탐구에 관심을 집중한다. 그는 시의 언어를 통해 음악적인 가락의 미를 창조한 것이 아니라 공간적인 조형의 미를 창조한다. 이같은 특징은 언어의 감각성을 최대한 살려내고자 하는 시인의 노력에 의해 가능해지는 것이다. 정지용은 생활 속에서 감각의 즉물성과 체험의 진실성에 가장 잘 부합될 수 있는 일상어를 그대로 시의 언어로 채용한다. 그러므로 정지용의 시에는 상태와 동작을 동시에 드러내는 형용동사들이 많이 쓰이며 상태와 동작을 한정하는 고유어로 된 부사들을 자주 활용하여 사물의 상태와 움직임을 예리하게 포착하고 있는 것이다.

정지용이 그의 시에서 활용하고 있는 또하나의 시법은 주관적 감정의 절제와 정서의 균제라고 할 수 있다. 이같은 방법은 정지용과 함께 시문학파라는 문단적인 유파로 분류되었던 다른 어떤 시인도 감당해내지 못한 방법이다. 그는 개인적이고도 감정적인 것들을 철저하게 배제하면서 사물과 현상을 순수관념으로 포착하여 이것을 시를 통해 표현하고자 한다. 이러한 시적 표현은 사물의 언어와 교신하는 그의 특이한 언어 감각을 바탕으로 기왕의 고정된 감각과 인식을 모두 해체시켜 새롭게 재구성하고자 하는 시적 지향을 보여주고 있는 것이다.

정지용의 시에서 절제된 감정과 언어의 균제미는 시집 『백록담』에 이르러 거의 절정에 이른다. 이 시집에 수록되어 있는 작품들은 대부분 시적 심상 자체가 일체의 동적인 요소를 배제한다. 그리고 명징한 언어적 심상으로 하나의 고요한 새로운 시공의 세계를 창조해낸다. 이러한 시적 방법에서 우리는 정지용이 체득하고 있는 은일(隱逸)의 정신을 보게 된다. 자연의 역동성을 거부하고 있는 정지용의 태도가 지나치게 소극적인 세계인식이라고 폄하할 사람도 없지 않을 것이지만, 우리 시가 도달하고 있는 정신적인 성숙의 경지를 정지용이 보여주고 있다는 사실을 부인하기는 어려울 것이다.

정지용의 시가 보여주는 절제된 감정의 세계는 섬세한 언어 감각을 통해 가능해진다. 이 언어 감각은 물론 시적 대상에 대한 깊은 통찰을 바탕으로 성립되는 것이다. 정지용은 대상에 대한 언어적 소묘를 통해 하나의 독특한 시적 공간을 형상화한다. 정지용이 일체의 주관적 감정을 억제한 채 시적 대상을 관조하면서 만들어낸 이 새로운 시의 세계는 대상으로서의 자연과 동화하거나 합일화하기를 소망하였던 전통적인 자연관을 벗어나고 있다. 정지용은 오히려 자연과 거리를 둠으로써 거기에 그렇게 존재하는 자연을 새롭게 발견한다. 자연이라는 것을 철저하게 대상화하면서 그것을 언어를 통해 소묘적으로 재구성한다. 다시 말하면 자신의 주관적 정서를 철저히 배제하고 감각적인 언어로 시적 대상을 소묘적으로 그려냄으로써, 자연 그 자체를 공간적으로 재구한다. 여기서 말하는 자연은 인간이 그 속에 의존하거나 동화하는 세계가 아니다. 인간이 범접하지 못하는 자연 그대로의 모습이다. 정지용의 시가 구축하고 있는 세계가 바로 그것이다. 정지용은 자연 그대로의 질서와 자연 그대로의 미를 추구한다. 정지용이 그의 시를 통해 발견한 이러한 자연은 어떤 의미에서 존재 그 자체를 의미한다고 할 수 있다.

「향수」와 '해설피 금빛 게으른 울음을 우는 곳'

성악가 박인수 교수가 노래하는 정지용의 시 「향수鄕愁」를 들어보면, 이 시의 언어가 구현하고 있는 조형적인 아름다움이 그 특이한 음색을 통해 절절하게 흘러넘치고 있음을 느끼게 된다. 「향수」는 물론 정지용의 시 세계를 대표하는 작품이라고 말하기 어렵다. 정지용이 지향하였던 시의 방법과 정신에 비추어본다면 이 시는 그의 다른 작품들과는 분명히 다른 특징을 지닌다. 이 시는 시적 언어 자체가 압축과 긴장을 살려내기보다는 지나치게 서술적이고 설명적이다. 고향의 옛 모습을 회상적으로 제시하기 위한 방법이라고 할 수 있다. 시상의 전개 자체도 특별한 공간적인 구상을 염두에 둔 것 같지 않다. 자연스럽게 연상되는 여러 가지 생각들을 얽어놓고 있기 때문이다. 이 시에서 유별나게 드러나는 것은 "그곳이 차마 꿈엔들 잊힐 리야"라는 후렴구이다. 이같은 반복적인 후렴구를 쓴 경우는 다른 작품에서 거의 찾아보기 어렵지만, 이 후렴구가 없다면 시의 묘미를 살리기 어려울 것 같다. 고향에 대한 사무친 그리움을 직접적으로 토로하고 있기 때문이다. 특히 이 시는 후렴구를 가짐으로써 오히려 노래로서 널리 가창된 것이 아닌가 생각되기도 한다.

넓은 벌 동쪽 끝으로
옛이야기 지줄대는 실개천이 휘돌아 나가고,

얼룩백이 황소가
해설피 금빛 게으른 울음을 우는 곳,
― 그곳이 차마 꿈엔들 잊힐 리야.

질화로에 재가 식어지면
비인 밭에 밤바람 소리 말을 달리고,
엷은 졸음에 겨운 늙으신 아버지가
짚베개를 돋아 고이시는 곳,
― 그곳이 차마 꿈엔들 잊힐 리야.

흙에서 자란 내 마음
파아란 하늘빛이 그리워
함부로 쏜 화살을 찾으러
풀섶 이슬에 함추름 휘적시던 곳,
― 그곳이 차마 꿈엔들 잊힐 리야.

전설바다에 춤추는 밤물결 같은
검은 귀밑머리 날리는 어린 누이와
아무렇지도 않고 예쁠 것도 없는
사철 발 벗는 아내가
따가운 햇살을 등에 지고 이삭 줍던 곳,
― 그곳이 차마 꿈엔들 잊힐 리야.

하늘에는 성근 별
알 수도 없는 모래성으로 발을 옮기고,
서리 까마귀 우지짖고 지나가는 초라한 지붕,

흐릿한 불빛에 돌아앉아 도란도란거리는 곳,

—그곳이 차마 꿈엔들 잊힐 리야.

—「향수」 전문

이 시의 첫 연에 "얼룩백이 황소가/해설피 금빛 게으른 울음을 우는 곳"이라는 표현이 나온다. 여기서 '얼룩백이 황소'는 검고 흰 무늬의 젖소와 같은 외양을 지닌 소를 말하는 것이 아니다. '칡소'와 같이 거무스레한 짙은 갈색의 무늬를 지닌 황소라고 생각해야 한다. 이 구절에서 좀 낯선 것이 '해설피'라는 말이다. 이 말은 이희승 편 『국어대사전』에도 등재되어 있지 않으며, 한글학회 편 『우리말 큰사전』에도 나와 있지 않다. 김재홍 교수가 펴낸 『한국 현대시 시어사전』에 바로 이 단어가 그대로 인용되어 있다. 그리고 그 뜻을 '해가 질 무렵'이라고 적어놓고 있다. 정확한 근거를 밝혀두지는 않았으나 이 시어를 시간 표시의 부사어로 보고 있는 셈이다. 그런데 이와는 달리 정의적인 부사어로 생각하는 사람들이 많이 있는 모양이다. 어느 학회의 연례 발표대회에서도 이 구절을 '구슬프게'라든지 '별 뜻 없이' 등의 의미로 보아야 한다는 주장이 나오기도 했다는 것이다.

'해설피'라는 말은 '해가 질 무렵'으로 해석하는 것이 옳다. 충청도 지방에서는 저녁 무렵에 외출을 하려고 한다든지, 밭이나 논에서 어떤 일을 새로 시작하려고 하면, '해설피 어디 나가느냐?' 또는 '해설핏한데 이제 그만 끝내자'라고 말한다. 이 경우에 '해설피'나 '해설핏하다'는 말은 '해+설핏하다'를 근거로 삼아 그 의미를 해석해야 한다. '설핏하다'는 말은 대부분의 사전에 등재되어 있다. 『국어대사전』에는 '해가 져 밝은 빛이 약하다'로 설명되어 있다. 이렇게 본다면, '해설피'는 '해가 설핏하다'는 말에서 비롯된 합성어임을 알 수 있다. '해설피'의 의미를 시간적인 부사어로 보면, 다음에 연결되어 있는 '금빛'이라

는 말이 바로 무엇을 의미하는지 쉽게 연상된다. 해 질 무렵의 저녁노
을 속에서 황소가 길게 울음을 우는 모습을 떠올릴 수 있는 것이다.

정지용의 다른 시 작품 가운데 '설핏하다'는 시어를 사용한 사례가
하나 있다. 「구성동九城洞」이라는 시의 마지막 연에 나오는 '산그림자
도 설핏하면'이라는 구절이다. 해가 지기 시작하여 산그림자가 어둑해
지는 순간을 묘사한 부분이다. 이 시구를 함께 보면 '해설피'의 근원을
헤아리는 데에 도움이 될 듯싶다.

　　골짝에는 흔히
　　유성이 묻힌다.

　　황혼에
　　누리가 소란히 쌓이기도 하고,

　　꽃도
　　귀양 사는 곳,

　　절터더랬는데
　　바람도 모이지 않고

　　산그림자도 설핏하면
　　사슴이 일어나 등을 넘어간다.

　　　　　　　　　　　　　　　　　　　　　—「구성동」 전문

이 시는 깊은 산골의 고요한 풍경을 언어를 통해 완벽하게 묘사해낸
다. 까다로운 기교를 사용하지 않고 있으면서도 매우 섬세하게 시적 정

황을 드러내고 있다. 밤이면 별똥이 떨어지는 깊은 산골. 황혼이 깃들 무렵에는 가끔 누리가 소란스럽게 내려 쌓인다. 여기서 '누리'라는 낱 말이 낯설다. '누리'는 우박(雨雹)을 가리키는 순우리말이다. 중부지 방에서 흔히 들을 수 있다. 우박이라는 한자어와 겨루다가 이제는 그 세력이 약해져서 기상청의 일기예보에서도 공식적으로 거의 쓰이지 않 는다. 이런 말은 얼마든지 다시 살려 쓰면 좋겠다. 깊은 골짜기라서 사 방이 조용하다보니 누리가 내리는 것도 술렁거리어 어수선하게 느껴질 정도이다. 시인의 눈이 머문 것은 호젓이 골짜기에 피어 있는 꽃이다. "꽃도/귀양 사는 곳"이라는 표현에서 적막감이 더 깊어진다. 이 고요 의 경지를 깨치는 것은 마지막 구절의 "산그림자도 설핏하면/사슴이 일어나 등을 넘어간다"는 표현이다. 해가 넘어가면서 산그림자가 어둑 해지면 사슴이 일어나 산등을 넘어간다.

「절정」과 '민들레 같은 두 다리 간조롱해지오'

정지용의 시 「절정絶頂」은 그리 널리 알려진 작품은 아니다. 이 시에 서는 감각적인 언어들이 예사롭지 않게 서로 이어진다. 여기서 형상화 되는 새로운 이미지를 주목하지 못하면 그 표현의 묘미를 제대로 맛볼 수 없다. 나는 이 작품을 몇 번이나 읽어보면서 이 시에서 볼 수 있는 시 인의 언어 표현의 섬세한 감각에 다시 한번 놀란다. 동해 일출을 볼 수 있는 높은 산의 정상에 올라 느끼는 일종의 전율이 시의 언어를 통해 그 대로 전해지고 있기 때문이다.

석벽에는
주사(朱砂)가 찍혀 있소.

이슬 같은 물이 흐르오.

나래 붉은 새가

위태한 데 앉아 따 먹으오.

산포도 순이 지나갔소.

향그런 꽃뱀이

고원 꿈에 옴치고 있소.

거대한 주검 같은 장엄한 이마,

기후조가 첫번 돌아오는 곳,

상현달이 사라지는 곳,

쌍무지개 다리 디디는 곳,

아래서 볼 때 오리온성좌와 키가 나란하오.

나는 이제 상상봉에 섰소.

별만한 흰 꽃이 하늘대오.

민들레 같은 두 다리 간조롱해지오.

해 솟아오르는 동해

바람에 향하는 먼 기폭처럼

뺨에 나부끼오.

—「절정」 전문

이 작품의 전반부는 주로 산의 정상을 중심으로 하는 자연적 배경에 대한 묘사를 위주로 한다. 그러나 이 시적 묘사는 치밀한 구도에 의해 이루어지고 있다. "석벽에는/주사가 찍혀 있소"라는 첫 구절의 이미지는 곧바로 "나래 붉은 새가/위태한 데 앉아 따 먹으오"에서 구체적인 형상을 획득한다. '주사가 찍힌 석벽'이나 '석벽에 위태롭게 앉아 있는 나래 붉은 새'가 모두 하나의 이미지를 드러내고 있기 때문이다. 여기서 '주사'라든지 '나래 붉은 새' 등과 같은 시어에서 유달리 강조되고 있는 색채에 대한 감각을 주의할 필요가 있다. 이것은 시의 마지막 구절인 "해 솟아오르는 동해"와 관련된다. 해가 떠오르기 전에 사방이 이미 붉은빛으로 물들어 있음을 말해주기 때문이다. 이와 같이 시적 이미지의 대비를 통해 구현되고 있는 특이한 공간 감각이 이 시의 전체적인 구조를 지탱한다.

"산포도 순이 지나갔소"라는 구절과 이어지는 "향그런 꽃뱀이/고원 꿈에 옴치고 있소"의 경우에도 시적 이미지의 형상이 뛰어나다. 여기서는 산포도의 넝쿨이 여기저기 뻗어 있는 모습과 함께 몸을 작게 옴츠리고 있는 꽃뱀의 형상이 그려진다. 이 두 구절에서 시인이 선택하고 있는 두 개의 동사를 보자. 앞의 "산포도 순이 지나갔소"는 '지나다'라는 동적인 의미의 동사를 쓰고 있다. 그런데 뒤의 "향그런 꽃뱀이/고원 꿈에 옴치고 있소"의 경우는 '옴치고 있다'라는 정적 상태를 표현하는 동사가 쓰였다. 식물인 산포도의 넝쿨을 동적으로 표현하고 동물인 꽃뱀을 정적 상태로 그려냄으로써, 이 두 가지 시적 이미지가 하나로 겹친다. '고원에 옴치고 있는 꽃뱀'의 이미지는 그 형상이 바로 앞 구절에 등장하는 '산포도 순'의 이미지에서부터 구축되기 시작한 것이다. '산포도' 넝쿨은 서로 얽혀 움츠러든 것처럼 산등성이 위로 뻗어 있고, 그 모습이 바로 움츠린 뱀의 형상과 겹쳐져서 시의 이미지가 더욱 뚜렷해지고 있는 것이다.

이 시의 첫머리에서 시각적 인상을 강하게 드러내는 색채와 형상을 통해 감각적으로 재창조된 높은 산의 정상은 "거대한 주검 같은 장엄한 이마,/기후조가 첫번 돌아오는 곳,/상현달이 사라지는 곳,/쌍무지개 다리 디디는 곳"으로 다시 규정된다. 시적 대상이 된 산의 정상은 인간의 힘으로 감당하기 어려운 공간으로 인식되고 있음을 이 구절에서 확인할 수 있다.

이 시의 후반부는 시적 대상으로서의 자연을 그리고 있는 것이 아니라 바로 그 자연과 대면하고 있는 시적 주체를 묘사한다. 그러나 시적 주체를 지향하는 진술이라 하더라도 주관적 정서를 직접적으로 표출하지 않는다. 상상봉에 서서 느끼는 특이한 긴장을 살려내기 위해 세심한 언어적 배려가 이루어지고 있는 것이다. 특히 "나는 이제 상상봉에 섰소./별만한 흰 꽃이 하늘대오./민들레 같은 두 다리 간조롱해지오"라는 구절은 실제의 체험에 맞닿아 있는 표현이라고 할 수 있다. 산 정상에 올라서서 느끼는 아슬아슬한 느낌이 그대로 전달될 정도로 섬세한 묘사가 이루어지고 있기 때문이다. 그런데 여기서 일상생활에서 익숙하지 않은 '간조롱해지오'라는 말이 유별나게 느껴진다. '간조롱하다' 또는 '간조롱해지다'라는 말은 어떤 상태를 말하는가? '두 다리 간조롱해지오'라는 말은 대체 무슨 의미인가? 이 구절에 나오는 '간조롱해지오(간조롱하다)'라는 말은 정지용이 쓴 수필 「내금강 소묘」의 첫 단락에도 등장한다.

　　춘천 쪽으로 지는 해가 꼬아리처럼 붉게 매어달리고 트일 듯이 개인 하늘이 바닷빛처럼 짙어가는데 멀리 동쪽으로 비로상봉에는 검은 구름이 갈가마귀떼같이 쏘알거리고 있다. 쾌히 개인 날도 저 봉 위에는 하루 세 차례씩 검은 구름이 음습한다고 한다. 내일 낮 쯤은 우리 다리가 간조롱히 하늘 끝 낮별 가장자리를 밟겠구나.
　　　　　　　　　　　　　　　　　　—「수수어II-4—내금강 소묘 2」 중에서

　이 수필에서 볼 수 있는 산문적 표현에도 정지용은 감각적 묘사를 최대한 자랑한다. 비로봉의 정상에 올라서게 될 것을 상상하면서 쓴 "내일 낮 쯤은 우리 다리가 간조롱히 하늘 끝 낮별 가장자리를 밟겠구나"라는 표현은 앞의 시적 진술과 그 느낌이 그대로 일치한다. 참으로 재미있는 표현이다.

정지용이 쓰고 있는 '간조롱하다'는 말은 '가지런하다' 또는 '앞뒤를 제대로 맞춰 가지런하게 간추리다'라는 뜻을 가진 말이다. 지역에 따라 '감조롬하다' '강조롱하다' 등으로 말해진다. 내가 어렸을 때 숙제를 한답시고 방바닥에 책과 공책을 흩어놓고 있노라면, 방으로 들어오신 어머니가 "얘야, 그것들 좀 강조롱허게 해놓구 공부를 하지 그게 뭐냐?"라고 나무라셨던 기억이 난다. 이 경우에 '간조롱하다'는 '흩어진 물건을 가지런하게 하다'라는 뜻으로 생각할 수 있다. 그런데 문제는 "민들레 같은 두 다리 간조롱해지오"라는 구절은 이러한 의미와 그대로 부합되는 것 같지 않다는 점이다. 가지런하게 다리를 모으는 동작에 덧붙여져 있는 산 정상에 올라 장엄한 일출을 내려다보는 특이한 긴장감을 동시에 읽어내는 일이 필요하다. 사람들은 누구나 긴장할 경우에 다리를 오므리고 가지런하게 하는 것이니까.

해 솟아오르는 동해
바람에 향하는 먼 기폭처럼
뺨에 나부끼오.

이 시의 결말은 바다 위로 떠오르는 해의 정경으로 이어진다. 이미 앞서 지적한 것처럼 동해 바다 위로 솟아오르는 태양의 황홀한 붉은빛이 석벽을 붉게 물들이고 그 석벽에 앉아 있는 새의 날개조차 붉게 비쳤던 것을 기억해두자. 그 놀랍던 색채의 감각이 이번에는 "해 솟아오르는 동해/바람에 향하는 먼 기폭처럼/뺨에 나부끼오"라는 구절로 다시 살아난다. 실상 이 마지막 구절은 전체가 비문법적인 통사 구조로 되어 있다. 이같은 문법적 일탈은 오히려 일출의 장엄함을 표현하기 위한 시적 고안이라고 할 수도 있지 않을까? 그렇지만 한번 세심하게 따져보자. 우선 "뺨에 나부끼오"라는 구절의 주어는 무엇인가? "바람에 향하는 먼 기폭처럼"이라는 구절에서 '바람에 향하는'이라는 말은 정확히 무엇을 뜻하는가? 이 마지막 구절을 다음과 같이 풀어놓고 보면 질문의 답을 쉽게 구할 수 있다. 붉게 타오르는 태양이 바다 위로 솟아오른다. 넘실대는 파도를 싣고 있는 동해 바다가 마치 바람에 날리는 먼 깃발처럼 느껴진다. 붉은 태양의 빛을 싣고 넘실대는 바다가 뺨에 어른거리는 것처럼 느껴진다. 산의 정상에서 맞이하는 일출의 장엄한 광경을 시인 정지용은 절제된 정서 위에 섬세한 언어적 감각으로 이렇게 그려놓는다!

「춘설」과 '서늘옵고 빛난 이마받이하다'

정지용의 시 가운데 「춘설春雪」은 계절적 감각을 가장 잘 묘사하고 있는 작품 중 하나이다. 이 시에서 그려내고 있는 시적 정황은 '우수절(雨水節)'이라는 구체적인 절기를 통해 어느 정도 암시된다. '우수(雨水) 경칩(驚蟄) 지나면 대동강도 풀린다'는 말이 있는 것처럼 우수절은 겨울이 물러나고 봄이 시작됨을 알리는 시기이다. 입춘(立春)을 지난 후 보름쯤 뒤에 오는 우수절은 대개는 양력 2월 18일 전후가 되는데 이 시기에 추위가 풀리는 것은 예나 지금이나 마찬가지이다. 우수가 지난 뒤 어느 날 아침에 일어나보니 먼 산에 하얗게 눈이 쌓였다. 이 순간의 느낌을 이 시는 이렇게 그려낸다.

문 열자 선뜻!
먼 산이 이마에 차라.

우수절 들어

바로 초하루 아침.

새삼스레 눈이 덮인 뫼뿌리와
서늘옵고 빛난 이마받이하다.

얼음 금가고 바람 새로 따르거니
흰 옷고름 절로 향기로워라.

웅숭거리고 살아난 양이
아아 꿈 같기에 설어라.

미나리 파릇한 새순 돋고
옴짓 아니 기던 고기 입이 오물거리는,

꽃 피기 전 철아닌 눈에
핫옷 벗고 도로 춥고 싶어라.

　　　　　　　　　　　　　　　　　　　—「춘설」전문

　제1연에서부터 제3연에 이르기까지의 시의 전반부의 내용은 아주 단
순하다. 먼 산에 쌓인 눈을 시적 대상으로 하여 그 느낌을 그려놓고 있
기 때문이다. 제1연에서 볼 수 있는 "먼 산이 이마에 차라"라는 구절은
제3연의 "눈이 덮인 뫼뿌리와/서늘옵고 빛난 이마받이하다"를 통해
구체적으로 그 정황이 다시 묘사되고 있다. 제1연에서 제시되고 있는
것은 눈 쌓인 먼 산을 보면서 이마로 느끼는 차가운 감촉이다. 이 감촉
을 다시 구체적인 형상을 통해 그려낸 것이 바로 제3연의 내용이다. 눈
이 덮인 산마루를 이마로 부딪친 것과 같이 서늘하다는 것이다. 말하자

면 제1연의 감촉을 다시 시각적 감각을 통해 구체적 형상으로 그려내고 있는 셈이다.

　이 대목에 등장하는 재미있는 시어가 하나 있다. "서늘옵고 빛난 이마받이하다"에서 볼 수 있는 '이마받이하다'라는 말이다. 이 시어는 정지용의 다른 작품에서는 찾아볼 수 없다. 이 말은 '이마로 부딪치다'는 의미를 가진다. 왜 이같은 시어를 골랐을까? 아마도 그것은 산봉우리의 높이와 관련될 것이다. 눈이 하얗게 쌓인 산봉우리가 그것을 바라보는 시적 주체의 이마와 마주 선 듯한 느낌을 주고 있기 때문이다.

　이 시의 후반부는 전반부의 서늘한 감촉과는 다르게 봄의 느낌을 그린다. 제4연의 경우 "얼음 금가고 바람 새로 따르거니 / 흰 옷고름 절로 향기로워라"는 표현 그대로 겨울 동안 얼어붙었던 강물의 얼음장이 풀리기 시작하고 바람도 매서운 찬 기운을 벗어던지고 있음을 말해준다. 그리고 곧바로 제5연에서 겨우내 추위에 몸을 움츠리고 살아온 것이 꿈 같다고 술회한다. 주관적인 정서가 과장 없이 진술되고 있는 것이다. 제6연의 "미나리 파릇한 새순 돋고 / 옴짓 아니 기던 고기 입이 오물거리는"은 봄이 오고 있는 모양을 매우 섬세한 감각으로 묘사한다. 이 대목은 '웅숭거리고 살아난' 겨울의 모습과 선명하게 대조를 보인다. '파릇한 미나리의 새순'과 미동도 없던 물고기의 입이 오물거리는 모양은 봄이라는 계절에 대한 감각적 인식이 얼마나 예리하게 감촉되고 있는가를 보여준다.

　이 시의 마지막 연은 다시 첫번째 연에서 그려낸 서늘한 느낌으로 돌아간다. "꽃 피기 전 철아닌 눈에 / 핫옷 벗고 도로 춥고 싶어라"는 때늦은 눈을 보면서 다시 한번 겨울에 대한 감각을 떠올린다. 때늦게 내린 먼 산마루의 하얀 눈을 바라보며 서늘한 아침 기운을 이마로 느끼는 동안 지나온 겨울을 다시 돌아보는 시적 자아의 형상도 이 대목에서 다시 구체화된다.

이 마지막 구절에도 요즘에는 들어보기 힘든 '핫옷'이라는 시어가 하나 등장한다. '핫옷'에서 '핫-'은 일종의 접두사이다. 흔히 옷이나 이불과 같은 말의 앞에 붙어서 솜을 둔 것이라는 의미를 나타낸다. '핫옷'은 솜을 두어 지은 옷이다. 요즘은 한복을 별로 입지 않으니 이런 옷을 보기 힘들다. 저고리나 바지에 두툼하게 솜을 두어 겨울 추위를 이길 수 있도록 지은 옷을 말한다. 겉옷으로 입는 두루마기에도 얇게 솜을 두기도 한다. 솜을 두어 지은 두툼한 옷이나 이불 등을 모두 통틀어서 '핫것'이라고 한다. '핫바지'라는 말은 솜을 두툼하게 두어 지은 바지이다. 이렇게 솜을 두어 지은 바지를 입으면 몸을 움직이기가 둔하다. 어리숙하고 바보스런 사람들을 '핫바지'라고 부르게 된 연유가 여기 있다. '핫것'과 달리 한 겹으로 안을 두지 않은 이불이나 옷가지 등을 '홑것'이라고 한다. 그러나 '홑것'이라는 말은 '핫것'의 반대말은 아니다. '홑-'과 대립되는 것은 '겹-'이라는 말이 따로 있다.

「폭포」와 '갑자기 호숨어질라니'

정지용의 시 「폭포瀑布」는 산골짜기를 흘러내리는 폭포를 그려낸다. 시의 내용은 폭포를 이루어 흘러내리는 물 자체가 시적 진술의 주체로 내세워지고 있음을 알 수 있다. 말하자면 흐르는 물줄기가 살아 있는 생명체처럼 느끼고 생각하고 말하기도 한다. 모든 시적 진술의 중심에 흐르는 물이 자리잡고 있다.

산골에서 자란 물도
돌 베람빡 낭떠러지에서 겁이 났다.

눈뎅이 옆에서 졸다가
꽃나무 아래로 우정 돌아

가재가 기는 골짝
죄그만 하늘이 갑갑했다.

갑자기 호숩어질라니
마음 조일 밖에.

흰 발톱 갈가리
앙징스레도 할퀸다.

어쨌든 너무 재재거린다.
나려 질리자 쭐뺏 물도 단번에 감수했다.

심심산천에 고사리밥
모조리 졸리운 날

송화가루
노랗게 날리네.

산수 따라온 신혼 한 쌍
앵두같이 상기했다.

돌뿌리 뾰죽뾰죽 무척 고부라진 길이
아기자기 좋아라 왔지!

하인리히 하이네 적부터
동그란 오오 나의 태양도

겨우 끼리끼리의 발꿈치를
조롱조롱 한나절 따라왔다.

산간에 폭포수는 암만 해도 무서워서
기엄기엄 기며 나린다.

—「폭포」 전문

　이 시의 전반부에 해당하는 제1연부터 제6연까지는 산골짜기를 흘러
내리는 물줄기가 골골이 모여 폭포를 이루며 떨어지기 직전까지의 과정
을 형상화한다. 여기서 산골짜기를 여울지어 흘러가는 물이 모든 시적
진술의 주체가 된다. 낭떠러지에서는 겁을 내고 아직 다 녹지 않은 눈덩
이 옆을 천천히 돌아간다. 꽃나무 아래를 돌아 흘러내리는 물은 가파른
골짜기에 가려 조그맣게 트인 하늘이 갑갑하게 느껴진다. 그런데 물의
흐름이 갑자기 빨라지면서 폭포를 이루어 아래로 떨어지게 된다. 사방
으로 물줄기가 하얗게 갈라진다. 이 순간은 다음과 같이 묘사되고 있다.

갑자기 호숩어질라니
마음 조일 밖에.

흰 발톱 갈가리
앙징스레도 할퀸다.

어쨌든 너무 재재거린다.

나려 질리자 쭐뻿 물도 단번에 감수했다.

앞의 인용 부분은 흘러내리던 물이 폭포를 이루어 떨어지기 직전의 상태를 그려낸다. 이 구절에서도 시적 서술의 주체는 물이다. "갑자기 호숩어질라니/마음 조일 밖에"라고 하는 것은 폭포로 떨어지기 직전의 느낌을 표현한 것이다.

여기서 '호숩어질라니'라는 말이 조금 낯설다. 이 말은 일반 사전에 제대로 등재되어 있지 않다. 내가 어렸을 때, 고향 충청도 지방에서는 흔히 듣던 말이다. 누나가 나를 무동 태우고 흔들면 나는 땅으로 떨어질까 겁에 질리면서도 흔들거리는 느낌이 좋아서 자꾸 다시 해달라고 졸라대곤 하였다. 그러면 누나가 나를 번쩍 들어 머리 위로 올렸다가 다시 내려놓는다. 그러면서 "호숩지? 아가야" 하고 묻는다. 나는 다시 한번 더 '호숩' 태워달라고 조른다. 이때 썼던 '호숩다'라든지 '호숩'이라는 말이 여기 나오는 '호숩어질라니'와 같은 말이 아닌가 생각된다. 놀이터 마당에 있는 시소를 타면서 높이 솟아올랐다가 아래로 떨어질 때 아찔하게 느껴지는 느낌을 '호숩다' 또는 '호숩다'라고 말하기도 한다. 요즘 유행하는 번지점프의 경우에도 높은 망대에 올라서서 아래로 뛰어내릴 때 느끼는 그 아찔함을 달리 표현할 말이 없는데 바로 이런 말을 살려 쓸 수 있을 것이다.

폭포를 이루면서 떨어지는 물은 "흰 발톱 갈가리/앙징스레도 할퀸다"는 표현대로 하얗게 갈라진다. 마치 하얀 발톱으로 갈가리 할퀴는 것처럼 보인다. 그리고 폭포로 빠르게 내리지르는 물줄기를 보고 "나려 질리자 쭐뻿 물도 단번에 감수했다"고 그려놓고 있다.

그런데 이 시의 묘미는 바로 이 전반부에서부터 후반부로 이어지는 시상의 전개 방식에서 찾아볼 수 있다. 제6연까지의 내용은 시적 의미로 보아 곧바로 제13연 "산간에 폭포수는 암만 해도 무서워서/기염기염 기며 나린다"라는 마지막 구절과 이어진다. 그러나 시인은 내리지르는 폭포의 물줄기에서 잠깐 시선을 돌린다. 폭포를 이룬 물 흐름의 절정의 순간을 시의 마지막 연으로 미루어놓은 것이다. 그리고 시적 긴장을 정서적으로 지속시키기 위해 폭포가 떨어지는 주변의 정경을 마치 떨어지는 물줄기가 주인공이 되어 사방을 구경이라도 하듯 묘사한다. 졸린 듯이 머리 부분이 곱아 수그러진 고사리순, 노랗게 날리는 송홧가루, 그리고 거기에 곁들여 돌부리가 뾰죽하게 나온 꼬부라진 산골길을 따라와 폭포를 구경하고 있는 신혼 한 쌍의 정겨운 모습도 그려진다. 그리고 좁게 트인 하늘에 비치는 해가 어느덧 한나절이 지나고 있음을 알아본다. 물론 태양도 산골짜기를 흘러온 물길을 한나절 동안 따라온 것이라고 말하고 있다. 이렇게 폭포수 주변을 그려놓은 뒤에야 마지막 구절로 이어진다.

산간에 폭포수는 암만 해도 무서워서
기염기염 기며 나린다.

이 마지막 구절은 폭포수가 떨어지는 모습 그 자체를 보여준다. 여울지며 흘러내려온 물줄기가 폭포를 이루면서 하얗게 떨어진다. 높은 낭떠러지에서 떨어지는 것이 무서운 듯 폭포가 "기염기염 기며 나린다". 절정의 순간에 맞는 시적 긴장을 정서적으로 지연시켜온 놀라운 수법이 이 구절에서도 그대로 살아난다. 내리지르는 폭포를 보고 기염기염 기면서 내린다고 표현할 정도로 대상을 보는 시적 감각이 섬세하면서도 예리하다.

「비」와 '새삼 돋는 빗낱'

　정지용의 언어 감각과 시적 상상력이 얼마나 뛰어난 형상성을 드러
내고 있는가를 확인할 수 있는 작품으로 「비」라는 작품을 들 수 있다.
시적 이미지의 특성과 시의 공간 구조를 설명하기 위해 나는 자주 이 작
품을 학생들에게 예로 든다. 이 작품은 가을비가 떨어지기 시작하는 순
간을 공간적으로 형상화한다. 이 과정에서 동적인 심상을 특이하게 공
간적으로 배치함으로써 늦가을 산골짜기에 떨어지기 시작하는 빗방울
과 그 수선스런 분위기를 섬세하게 포착해내고 있다.

　　돌에
　　그늘이 차고,

　　따로 몰리는
　　소소리 바람.

　　앞섰거니 하야
　　꼬리 치날리어 세우고,

　　종종 다리 까칠한
　　산새 걸음걸이.

　　여울 지어
　　수척한 흰 물살,

　　갈가리

손가락 펴고.

멎은 듯
새삼 듣는 빗낱

붉은 잎 잎
소란히 밟고 간다.

─「비」전문

  이 작품은 늦가을 산골짜기에 비가 떨어지기 시작하는 순간을 공간적으로 형상화하기 위해 정적인 이미지와 동적인 이미지를 특이하게 공간적으로 배치하고 있다.

  이 시의 전체적인 짜임새를 보면, 제1연부터 제6연까지의 내용이 모두 가을비가 내리기 직전의 소란스런 산골짜기의 분위기를 묘사하고 있다. 여기서 시적 화자는 시적 묘사의 핵심을 이루는 '지배적 인상'의 포착에 힘쓴다. 시적 발단을 이루고 있는 것은 산골짜기에 어리는 그늘과 몰려오는 바람이다. 구름이 밀려와 햇빛을 가리자 그늘이 드리워지고 뒤이어 바람이 몰려온다.

  첫 연에서는 "돌에/그늘이 차고"라는 진술 속에 담긴 감각적 이미지가 인상적이다. 이 대목을 산문적으로 풀이한다면, 실상은 하늘에 구름이 끼어 흐려지고 있음을 말한다. 하늘이 흐려지고 있다는 사실을 직설적으로 서술하지 않고 오히려 바위 위로 드리우는 그늘과 거기서 느껴지는 촉감을 통해 날씨의 변화를 암시한다. 그리고 곧바로 음산하고도 찬 기운을 담고 있는 소소리 바람이 골짜기로 밀려온다. "돌에/그늘이 차고,//따로 몰리는/소소리 바람"에서 앞부분이 정적인 이미지가 강하다고 한다면 뒷부분은 동적인 이미지를 주축으로 하고 있다. 그리고 여기에 촉감을 중심으로 하는 묘사와 시각적 감각을 중심으로 하는 묘사가 한데 어울려 있다고 할 수 있다.

시적 발단부의 어수선해지기 시작한 분위기를 깨치는 것이 어딘가에서 날아온 산새 한 마리이다. 바람이 스치는 골짜기에 꼬리를 세우고 산새가 돌 위에서 이리저리 움직인다. 산새의 가늘한 다리가 까칠하게 느껴지는 것은 아마도 바람의 차가운 기운 탓일 것이다. 이 대목을 최동호 교수는 "빗방울이 후두둑 떨어지기 시작하는 장면"(최동호,『하나의 도에 이르는 시학』, 고려대학교출판부, 1997, 134쪽)이라고 규정한다. 빗방울이 떨어지는 장면을 직접적으로 표현하지 않고 '산새 걸음걸이'에 유추시켜 표현했다는 것이다. '산새 걸음걸이' 라는 시각적 심상에 겉으로 표현되지 않은 빗방울이 떨어지는 장면을 투영시켰다는 해석은 설득적이다. 그러나 좀더 자세히 살펴보기로 하자.

앞섰거니 하야
꼬리 치날리어 세우고,

종종 다리 까칠한
산새 걸음걸이.

시의 발단부에서 '그늘' 과 '바람' 이라는 이미지의 지배적 인상을 포착함으로써 산골짜기의 날씨 변화를 암시했던 시적 화자는 여기서 '산새' 라는 시적 대상을 통해 이러한 지배적 인상을 더욱 구체화시킨다. 우선 주목할 것은 '앞섰거니 하야' 라는 서술어이다. 이 서술어의 주체가 산새라는 것은 쉽게 알 수 있다. 그런데 무엇을 앞섰다는 것일까? 이것은 바로 앞의 제2연에서 묘사한 '따로 몰리는 소소리 바람' 을 두고 하는 말이다. 어쩌면 바람의 뒤에 따라올 비를 염두에 두고 있는 것이라고 생각할 수도 있다! '꼬리 치날리어 세우고'라는 말에서 볼 수 있 듯이, 바람결에 꼬리가 위로 치날리어 세워진 산새의 모습을 떠올릴 수 있다면, 산새가 비를 몰고 오는 바람에 앞섰다는 것은 누구나 이해할 수 있다. 이 장면을 놓고 빗방울이 떨어지는 모습이라고 설명한 것은 시적 표현 기법에 대한 과잉 해석이다.

여울 지어
수척한 흰 물살,

갈가리
손가락 펴고.

이 대목은 돌틈으로 흐르는 물을 그린다. 앞의 제4연에서 까칠한 다 리로 종종걸음을 치는 산새와 대조를 이루는 이미지이다. '수척한 흰 물살'은 여름철같이 불어나 있지 않은 채 흘러가는 가을 산골짜기의 물 을 말한다. 골짜기로 흐르는 물이 급하게 여울져 흐르기 때문에 하얀 물살이 이리저리 갈라진다. "여울 지어/수척한 흰 물살,//갈가리/손 가락 펴고"라는 구절에는 정지용이 자주 활용하고 있는 비유적 표현이 등장한다. 시「폭포」에서는 폭포를 이루며 하얗게 갈라지는 물살을 놓 고 "흰 발톱 갈가리/앙징스레도 할퀸다"고 표현한 적이 있다. 물살이 하얗게 갈라지는 모습을 마치 하얀 물살이 손가락을 편 것처럼 보인다 고 말하고 있다. 특히 '까칠한'이라는 형용사를 동원하여 산새의 다리 를 묘사한 것과 함께 물이 줄어들어 있는 골골이 갈라지며 흐르는 흰 물 살을 '수척한'이라는 형용사로 묘사하고 있는 것도 좋은 대조를 이룬 다. 그런데 최동호 교수는 이 대목을, 비가 내려 빗물이 모여 여울이 되 어 흘러가는 장면이라고 해석한다. 아직 비가 내리지 않았는데 어찌 빗물이 모여 여울지어 흐른다고 할 수 있겠는가?

나는 이 시의 제1연에서부터 제6연까지 비가 내리기 직전, 늦가을 산골짜기의 음산하고도 어수선한 분위기를 감각적으로 그려낸 것으로 본다. 골짜기로 드리운 구름의 그림자, 갑자기 몰아드는 음산하고도 차가운 기운을 담고 있는 바람, 바람에 몰리듯 바람을 앞서듯 돌 위로 날아와 종종걸음 치는 산새 한 마리, 그리고 물이 줄어들어 하얗게 이리저리 갈라지면서 여울져 흐르는 골짜기의 물살. 구름과 바람, 산새와 시냇물이 모두 한데 어울려서 하나의 시적 공간을 만들어낸다. 구름과 바람이 짝을 이루고, 산새와 물이 한데 어울린다. 물론 이들이 만들어낸 시적 공간은 이 시의 마지막 장면을 위한 무대장치에 해당한다.

멎은 듯
새삼 듣는 빗낱

붉은 잎 잎
소란히 밟고 간다.

이 시의 시적 주제에 온전하게 다가서기 위해서는 제7연과 제8연까지 기다려야 한다. 이 대목에 이르러서야 빗방울이 떨어진다! 여기서 떨어지기 시작하는 빗방울은 어두운 그늘을 드리우는 구름, 음산한 소소리 바람, 까칠한 다리로 종종걸음 치는 산새, 하얗게 여울져 흐르는 물살로 이어지는 시적 심상의 결합에 의해 만들어지는 하나의 시적 결정체이다. 그러므로 이 시에서 비는 우주와 자연의 산물이 된다. 이러한 시적 진실에 대한 발견이 절제된 정서를 바탕으로 이루어지고 있다는 것이 경이롭다.

여기서 "새삼 듣는 빗낱"이라는 구절 속의 '듣는'이라는 말을 좀 자세히 살펴보자. '새삼'이라는 부사어는 '듣는'이라는 말을 한정한다. 이것은 마치 떨어지는 듯하다가 멈추고 다시 또 떨어지는 빗방울을 묘사한다고 할 수 있다. '듣는'이라는 말은 요즘에는 별로 눈에 띄지 않는다. 비가 내리는 경우를 서술하는 문장이라는 것이 겨우 '비가 온다' '비가 내린다' '비가 쏟아진다' '빗방울이 떨어진다' 정도에서 더 나아가지 않는다. '듣는'의 기본형은 '듣다'인데, 이 말은 고어에서도 '방울지어 떨어지다'는 뜻으로 쓰였다. 『두시언해』에 나오는 '가부야온 고지 듣놋다'(落輕花, 7권 5쪽)라는 구절에서 볼 수 있는 것처럼, '떨어지다'라는 의미로 본래부터 쓰이고 있었음을 알 수 있다. 여기서 한 가지 밝혀야 할 것은 「비」라는 시를 최초로 소개한 잡지 『문장』(22호, 1941)이나 시집 『백록담』(1941)에 모두 이 말이 '돋는'이라고 표기되어 있다는 점이다. 이것은 '듣는'의 명백한 오식이다. '빗낱이 돋다'라는 말은 의미상으로 성립되기 어렵기 때문이다. 이 구절을 빗방울이 멈칫하다가 다시 떨어지기 시작하는 것으로 보아야만 시의 마지막 구절과 자연스럽게 이어진다.

이 시의 마지막 구절인 "붉은 잎 잎/소란히 밟고 간다"는 정지용이 아니고서는 누구도 이룰 수 없는 고도의 시적 성취에 해당한다. 붉게 물든 나뭇잎 위로 소란스럽게 떨어지기 시작하는 빗방울을 감각적이면서도 사실적으로 묘사하고 있는 이 대목은 묘사 그 자체로 끝나는 것은 아니다. 시적 대상에 대해 생명을 불어넣는 언어적 기법이 놀랍다. 빗방울이 나뭇잎을 밟고 간다! 이것을 단순한 의인화의 표현으로 규정하는 것은 이 섬세한 시적 감각과는 거리가 멀다. 소란스럽게 붉은 나뭇잎 위로 떨어지는 것을 보고 나뭇잎을 밟고 간다고 표현한 것은 시각적인 감각과 청각적인 감각이 공감각적으로 작용하여 빚어낸 하나의 발견이라고 할 수 있다. 물론 앞서 그려낸 까칠한 다리의 산새의 종종걸음을 함께 연상하도록 고안된 구절이라는 점도 주목해야 한다. 산새가 앞섰던 것이 결국은 바로 이 빗방울이 아니었던가?

이 시를 놓고 송욱은 "자연의 묘사만으로 이루어진 시" "여운을 맛볼수 없는 메마른 시"(『시학평전』, 일조각, 1963, 204쪽)라고 혹평한 바 있다. 일체의 주관적 진술을 제거한 채, 시적 심상의 공간적 구성을 통해 도달하고 있는 이 새로운 시의 경지를 송욱은 내면성의 표현에 이르지 못한 것으로 판단한다. 그러나 이것은 이 시가 이루어내고 있는 시적 공간의 형상성을 평면적으로 이해하고 있는 데에 기인한 그릇된 판단이다. 이 시는 '빗방울'이라는 시적 이미지의 결정(結晶)을 위해 수많은 이미지들을 통합한다. 구름이 이는 하늘, 골짜기로 몰아오는 바람, 두 다리가 까칠한 산새, 흰 물살 여울진 시냇물 — 이러한 이미지들은 그대로 평면 위에 펼쳐진 것이 아니다. 이것들은 서로가 서로를 따르고 감싸면서 특이한 공간적 질서를 형성한다. 그리고 이 공간적 질서는 그대로 자연의 질서로 통한다. 빗방울은 다시 시냇물로 흘러갈 것이다. 그리고 구름이 되고 바람이 일고 또 산새를 몰아대면서 빗방울로 떨어질 것이다. 이 대자연의 조화로운 순환의 질서가 이 시의 시적 공간에 담긴다. 이 시적 공간의 깊이와 넓이를 누가 따를 수 있겠는가?

시적 언어의 해석 문제 4
─이육사의 경우

　이육사의 시를 보면 시적 정서의 절제가 곧바로 시적 어조의 균형으로 나타나고 있음을 쉽게 확인할 수 있다. 그리고 그 시 정신의 초월성은 그가 보여주고 있는 행동에의 의지와 함께 삶의 현실 속에 더욱 절실하게 구체화되어 나타난다. 그는 식민지 현실에 대한 적극적인 투쟁의지를 끝내 버리지 않았으며 목숨을 거두게 될 때까지 그것을 행동으로 실천하고자 노력한다. 그러나 이육사에 있어서 그 저항적 행동은 개인적 의지의 투철함에도 불구하고 그 참담한 현실의 극복에 이르지 못한다는 점에서 더욱 비극적이기도 하다. 식민지 시대의 모든 현실적 조건이 이 시인의 삶과 그 정신을 용납하지 않고 있었기 때문이다.

　이육사의 시에서 널리 확인할 수 있는 자기 인식과 그 정신적 초연성은 그가 보여준 현실에서의 실천적 행동과는 대조적인 일면도 있다. 신념에 가까운 고결한 정신을 바탕으로 이루어지고 있는 그의 시는 절제와 균형의 세계를 구축하고 있기 때문에 일상적인 현실 체험의 공간을 넘어서고 있는 것이 대부분이다. 그의 시에서 시적 자아가 자리잡고 있는 그 정신의 의연함을 고절의식(孤節意識)이란 말로 흔히 지적하고 있다. 시인 이육사가 식민지 현실에서 시를 통해 도달할 수 있었던 자기 확인의 과정은 결국 고통의 현실에 대한 정신적 초월의 의지로 구현되고 있는 셈이다.

이육사의 시에는 시대적 상황에 대응하고 있는 시적 주체로서의 '나'의 존재가 분명하게 제시되어 있다. 그리고 그것은 개인적인 삶을 하나의 시대 정신이라고 할 수 있는 가치의 영역에 일치시켜나가고자 하는 정신적 지향을 드러낸다. 물론 이러한 시적 자아의 확립을 위해 이육사는 현실이 강요하는 모든 고통을 정신적 의지로 극복하고 또한 적극적인 행동으로 이에 저항하고 있다. 이육사가 보여주고 있는 자기 확립의 철저성은 그의 행동에의 의지로 인하여 삶의 현실 속에 더욱 절실하게 구체화되어 나타난다. 그는 식민지 현실에 대한 적극적인 투쟁 의지를 끝내 버리지 않았으며 북경의 감옥에서 목숨을 거두게 될 때까지 그것을 행동으로 실천하고자 노력한다. 그러나 이육사에 있어서 그 저항적 행동은 개인적 의지의 투철함에도 불구하고 비극적 현실을 구제할 수 있을 정도로 민족의 역량을 집중하는 데까지는 미치지 못하고 있다. 이미 식민지 시대의 모든 현실적 조건이 그것을 용납하지 않았기 때문이다.

「광야」와 '어데 닭 우는 소리 들렸으랴'

이육사의 시 「광야曠野」는 역사적 현실에 맞서고자 하는 시적 주체의 강한 의지를 형상화하고 있는 작품이다. 이 작품의 시적 구조는 흔히 기-승-전-결의 고전적 형식이라든지, 과거-현재-미래의 계기적인 시간 구조에 근거한다든지 하는 여러 가지 주장이 있어왔다. 그러나 시상의 전개와 시적 의미 구조를 놓고 본다면, 이 시의 짜임새는 제1연부터 제3연까지의 전반부와 제4연부터 제5연까지의 후반부로 크게 구분된다. 이 시의 시적 정황은 '나'라는 시적 화자가 눈앞에 펼쳐져 있는 넓은 광야를 보면서 먼 옛날의 과거 사실을 회상하고 다시 더 먼 미래를 향해 자신의 강한 의지를 표출하고 있는 것으로 요약된다. 그러므로 시의 전반부는 '나'에 의해 추측되고 회상된 먼 과거의 시간과 공간의 변화들이 시적으로 진술되어 있으며, 후반부는 현실 속에서 더 먼 미래를 기약해보는 '나'의 강한 의지가 표출되어 있다.

까마득한 날에
하늘이 처음 열리고
어데 닭 우는 소리 들렸으랴

모든 산맥들이
바다를 연모해 휘달릴 때도
차마 이곳을 범하던 못하였으리라

끊임없는 광음(光陰)을
부지런한 계절이 피어선 지고
큰 강물이 비로소 길을 열었다

지금 눈 나리고
매화 향기 홀로 아득하니
내 여기 가난한 노래의 씨를 뿌려라

다시 천고(千古)의 뒤에
백마(白馬) 타고 오는 초인(超人)이 있어

이 광야에서 목놓아 부르게 하리라

―「광야」전문

　이 시의 전반부는 천지의 창조가 이루어지던 태초의 순간에서부터 인간의 역사가 전개되는 과정을 '나'의 입장에서 추측하고 회상하는 내용이 주축을 이루는데, 각 연마다 그 표현 방식이 달라지고 있다. 제1연의 경우는 천지창조의 순간과 그 적막한 상황을 그려낸다. 하늘이 처음 열리는 '까마득한 날'은 천지개벽이 이루어진 태고의 날이다. 시적 화자는 이 순간을 아무 소리도 없는 적막의 순간이었을 것이라고 상상한다. '닭'의 울음소리(닭의 소리 그 자체라기보다는 인간의 흔적 또는 인적人跡을 의미한다고 볼 수도 있다)가 '들렸으랴'라고 하는 문투는 쉽게 내릴 수 있는 결론을 일부러 의문의 형식으로 바꾸어 독자들이 판단할 수 있도록 하는 일종의 수사적 표현에 해당한다. 제2연에서는 천지개벽 이후 산과 바다가 생기고 그리고 광활한 대지가 열리게 됨으로써 자연의 형상이 갖춰지게 되었음을 요약적으로 제시한다. 이 대목은 '못 하였으리라'라는 서술어의 서법상의 특성으로 볼 때, 지나버린 과거의 사실에 대한 일종의 추측에 해당한다. 제3연은 오랜 역사의 흐름 속에서 인간의 삶이 새롭게 전개되기 시작하였음을 말한다. '광음' '계절' '강물' 등의 시어는 모두 시간의 흐름, 역사의 변화를 암시한다.

　이와 같이 과거의 사실에 대한 추측과 회상이 중심을 이루고 있는 전반부가 끝나면, 시의 후반부는 현실 상황 속에 서 있는 '나'라는 화자의 시대적 역할이 제시된다. 제4연의 경우에는 "지금 눈 나리고／매화 향기 홀로 아득하니"라는 말에서 당대적 현실의 조건이 비유적으로 표현된다. 광활한 대지 위에 '눈'이 내린다는 것은 혹독한 추위와 고난이 몰려오고 있음을 의미하지만, 그 눈을 이겨낼 수 있는 '매화'를 등장시킴으로써 봄이 올 수 있음을 암시한다. 혹독한 현실적 조건 속에서 그것을 이겨낼 수 있는 의지와 정신이 그만큼 강조되는 것이라고 할 수 있다. 그리고 '가난한 노래의 씨'를 뿌리는 일이 시인 자신의 시대적 소명임을 제시한다. 여기서 '가난한 노래의 씨'를 다른 어떤 의미를 가진 것으로 해석할 필요가 없을 것이다. 말 그대로 시인이 부르는 노래이며 시라고 해도 좋다. 제5연에서 "다시 천고(千古)의 뒤에/백마(白馬) 타고 오는 초인(超人)이 있어/이 광야에서 목놓아 부르게 하리라"라고 말하는 것은 제4연의 내용과 연결시켜야 그 의미가 분명해진다. 시적 화자가 씨 뿌린 바 있는 '가난한 노래'를 먼 훗날 '백마 타고 오는 초인'에게 큰 소리로 노래 부르게 하겠다고 다짐하고 있기 때문이다. 그러므로 이 마지막 연은 단순한 미래가 아니라 미래를 향한 현실 속의 기원임을 알 수 있다. 특히 '백마 타고 오는 초인'의 존재에 대해서는 여러 가지 해석이 가능하지만, 제4연의 경우와 대조되는 시적 정황을 그려내기 위한 수사적 표현으로 보는 것이 좋을 듯하다. 눈이 내리는 황량한 광야에서 서서 홀로 가난한 노래의 씨를 뿌리는 시적 화자의 현재의 모습과 천고의 뒤에 백마를 타고 오는 초인이 큰 소리로 그 노래를 부르게 되는 미래의 환상적인 장면은 서로 극적인 대조를 이루고 있다.

이 시에서 '광야'라는 시적 공간은 '까마득한 날'에서부터 '다시 천고의 뒤'까지로 이어지는 무한한 시간을 배경으로 하고 있다. 그리고 태초의 천지창조와 함께 인간의 역사가 열린 엄청난 변화를 담고 있다. 이 시적 공간의 광활함에 대응하는 시적 화자의 형상은 '가난한 노래의 씨'를 뿌리는 시인으로 그려진다. 그리고 '천고의 뒤에 백마 타고 오는 초인'이 그 노래를 다시 부를 수 있게 되길 기원하고 있다. 가난한 시인의 현실과 미래의 환상적인 초인이 모두 '광야'에 서 있게 되는 것이다.

이 시에서 첫번째 연의 "어데 닭 우는 소리 들렸으랴"라는 구절은 좀 더 세심하게 읽어볼 필요가 있는 대목이다. 이 구절을 의문문의 형태로 보느냐 추측 예단의 평서문으로 보느냐 하는 것이 여전히 쟁점으로 남아 있다. 특히 이육사와 동향인 시인 김종길 교수가 이 대목이 의문문이 아닌 추리 또는 상상을 나타내는 것으로 정리해놓고 있는 점이 문제다.

> 까마득한 날에
> 하늘이 처음 열리고
> 어데 닭 우는 소리 들렸으랴

마지막 구절인 "어데 닭 우는 소리 들렸으랴"에서 먼저 주목해야 할 것은 '어데'라는 말이라고 생각한다. '들렸으랴'의 통사론적인 성격만을 문제 삼게 되면, 의문의 형태인 '들렸겠는가'로 읽을 수도 있고 추측을 드러내는 '들렸으리라'로 읽을 수도 있다. 그러므로 이 문제는 잠시 뒤로 미루고 먼저 '어데'라는 말의 속성을 살펴보기로 하자. 경상도 방언의 '어데' 또는 '어대'는 모두 '어디'라는 표준말로 바꿀 수 있다. '어디'는 장소를 말해주는 지시대명사로서 '어느 곳'이라는 미지칭으로 쓰이기도 하고 '아무 곳'이라는 부정칭으로 쓰이기도 한다.

그런데 이 말은 경상도 방언에서 '어느 곳'이라는 미지칭의 대명사로 쓰이기보다는 '아무 곳'이라는 부정칭의 대명사로 쓰이는 경우가 많으며 일상적인 대화문에서는 이 말의 뒤에 오는 진술 내용을 강하게 부정하는 기능을 더 두드러지게 나타낸다.

다음의 예문을 보자.

> "너, 시험 잘 봤어?"
> "어데, 모두 망쳤는기라."

앞의 예문에서처럼 뒷사람의 대답에 쓰인 '어데'라는 말은 상대방의 질문 내용을 강하게 부정하는 일종의 감탄사처럼 쓰이고 있다. 이 경우에 '아니'라는 부정의 의미가 강조된다. 그러므로 이 말이 어떤 환경에서 사용되고 있는지를 제대로 살펴보지 않고는 이 말이 드러내는 미묘한 어감을 제대로 이해하기 어렵다. 시적 진술의 경우에도 마찬가지다.

이육사의 시 가운데 '어데'라는 시어가 사용되고 있는 작품을 몇 수 찾아 그 쓰임을 보면 다음과 같다. 이 작품들에서 찾아볼 수 있는 '어데'라는 말은 그 쓰임이 시 「광야」의 경우와 별로 다를 바가 없다.

(1)
연기는 돛대처럼 내려 항구에 들고
옛날의 들창마다 눈동자엔 짜운 소금이 저려

바람불고 눈보래 치잖으면 못살리라
매운 술을 마셔 돌아가는 그림자 발자취소리

숨막힐 마음 속에 어데 강물이 흐르느뇨
달은 강을 따르고 나는 차디찬 강 맘에 드리느라
 ―「자야곡子夜曲」 중에서

(2)
높대보다 높다란 어깨
얄은 구름쪽 거미줄 가려
파도나 바람을 귀밑에 듣네

갈매긴양 떠도는 심사
어데 하난들 끝간델 알리

으릇한 사념(思念)을 기폭(旗幅)에 흘리네

—「독백 獨白」 중에서

앞의 두 가지 사례에서 볼 수 있듯이 '어데' 라는 말은 '어느 곳' 이라는 장소를 말해주는 것으로 보기 어렵다. 지시대명사로서의 역할보다는 오히려 의미상으로 뒤에 이어지는 서술 내용을 강하게 부정하는 한정적 기능이 더욱 잘 드러난다. 예컨대, (1)의 경우 "숨막힐 마음 속에 어데 강물이 흐르느뇨"는 '강물이 전혀 흐르지 않는다' 는 부정적 의미를 담고 있다고 보는 것이 옳다. (2)에서도 "어데 하난들 끝간델 알리"의 경우 '어딘가에 하나쯤 끝간 데를 알겠구나' 라고 해석하기보다는 '어디 하나인들 끝간 데를 알 수 있겠는가' 라든지 또는 '하나도 끝간 데를 알 수 없다' 는 부정적인 의미로 이해하는 것이 시적 문맥으로 보아 적절함을 알 수 있다.

그러므로 시 「광야」의 경우에도 "어데 닭 우는 소리 들렸으랴"는 '어디 닭 우는 소리가 들렸겠는가' 라든지 '어디에도 닭 우는 소리가 들리지 않았을 것이다' 라고 풀이하여 부정적 의미를 표시하는 것으로 읽어야 한다. 특히 '어데' 라는 말을 쓸 경우 시적 진술 자체의 내용에 대한 일종의 판단 유보와 같은 의미가 정의적으로 곁들여지고 있는 듯한 느낌을 준다는 점도 주목할 필요가 있다.

「절정」과 '강철로 된 무지개' 의 의미

이육사의 시 「절정絶頂」을 읽노라면 일오(一悟) 정한숙(鄭漢淑) 선생이 생각난다. 선생께서 생존해 계실 때 관악 캠퍼스로 박사학위 논문심사를 하러 오신 적이 있다. 약속 시간보다 좀 이르게 도착하신 선생이 내 연구실에 들르셨다. 내가 차 한잔을 대접해드렸더니, 내 서가를 이리저리 둘러보시던 선생께서 갑자기 이육사의 시집을 보자고 하시는 것이었다. 나는 서가에 꽂혀 있던 육사 시집을 내놓았다. 선생은 그 시집을 펼쳐 몇 장을 넘기면서 육사의 시 「절정」을 단숨에 내리 읊고는, "자네는 어떻게 생각하나? 이 마지막 구절을 말야. 강철로 된 무지개라는" 하고 물으셨다. 나는 황망하여 머뭇거리다가, 간신히 몇 분 선배 학자들의 논문을 떠올려 그 비유적 특성을 더듬더듬 지적하였다. 그러자 선생께서 크게 웃으시면서 이렇게 말씀하셨다. "그게 문제야. 시를 연구한다는 사람들은 시를 너무나 시적으로만 해석하려고 하거든. 시도 일상적인 언어의 산물인데 그 일상 언어의 의미를 뛰어넘으려고만 해. 그따위 작위적인 시적 해석은 모두 집어치우라고." 나는 선생께서 무슨 말씀을 하고 싶어하는지를 헤아리지 못했다. 선생은 스스로 아주 비시적(非詩的)이고도 산문적인 해석이라고 규정하면서도, 당신 고향 사람들의 사투리까지 거론하면서 '강철로 된 무지개'를 '쇳덩어리로 만든 물지게'라고 하셨고, 짊어지고 다니기 어려운 고통을 의미하는 것으로 볼 수 있다는 새로운 해설까지 덧붙이셨다. 나는 그때 '물지게'를 '무지개'라고도 발음할 수 있다는 것은 납득할 수 있었지만, 선생의 해석에 동조할 수가 없었다. 선생은 나의 반응이 신통치 않다고 생각하셨는지 바로 나를 이렇게 나무라셨다. "자네도 그러한 시적 해석에만 관심을 두는구먼, 문학의 언어를 지나치게 신비화하는 것도 병이야." 나는 선생의 이 말씀을 지금도 잘 기억하고 있다.

　　매운 季節의 채찍에 갈겨
　　마침내 北方으로 휩쓸려오다.

　　하늘도 그만 지쳐 끝난 高原

서릿발 칼날진 그 우에 서다.

어데다 무릎을 꿇어야 하나
한 발 재겨 디딜곳 조차 없다.

이러매 눈 감아 생각해 볼 밖에
겨울은 강철로 된 무지갠가 보다.

—「절정」 전문

　시 「절정」에서 우리는 대상으로서의 현실과 주체로서의 자아의 날카
로운 대응을 확인할 수 있다. 이미 시적 자아가 자리잡고 있는 현실은
상황의 극한에 도달하여 있기 때문에 '한발 재겨 디딜' 여유조차 용납
하지 않는다. '매운 계절의 채찍'에 쫓겨온 자아가 그 생존의 가능성조
차도 가늠하기 어려운 상태에 직면하였을 때, 그 순간 일체의 행위가
거부되고, '눈 감아 생각해 볼 밖에' 없는 자기 확인만이 유일한 방법
으로 제시된다. 여기서의 자기 확인이란 절박한 상황에 대한 자기 초월
의 의미까지도 포함하고 있다. 그러므로 이 비극적인 절정의 순간에 과
연, 눈 감아 생각한 것이 무엇이었을까를 질문한다는 것은 부질없는 일
일 수밖에 없다. 이 시에서 드러나고 있는 그 정신의 초월성이 이미 모
든 것을 넘어서고 있기 때문이다. 그러나 문제는 이 시의 마지막 구절
인 "겨울은 강철로 된 무지갠가 보다"에 있다. 이 구절을 무엇이라고 설
명할 것인가?
　나는 시 「절정」을 읽을 적마다 일오 선생의 말씀을 떨쳐버릴 수가 없
다. 그리고 이 시의 마지막 구절을 해석해온 여러 연구자들의 논의가
정말로 지나치게 언어의 시적 해석에만 얽매였던 것은 아닌지 생각하
고 있다. '겨울은 강철로 된 무지개'라는 이 엄청난 비유는 어떤 해석으

로도 감당하기 어려운 것이 사실이다. 시 「절정」에 대해 가장 상세한 분석을 시도한 바 있는 신동욱 교수의 해설을 먼저 보기로 하자.

이 작품의 화자는 혹독한 일제의 힘에 밀려서 '북방'으로 밀려간다고 상황을 제시한다. 첫 행에서는 시간이라는 추상적 개념이 감각화되어 '휩쓸려오는' 상태가 어떠했음을 예리하게 표현하고 있으며, 제2연에서 이 이상은 더 갈 수 없는 극한적 상태를 제시한다. 고원의 칼날진 벼랑 끝에서 쫓겨온 시의 화자는 급박하고도 위급한 처지를 "한 발 재겨 디딜 곳 조차 없다"고 말한다. 이러한 상태에서 화자는 더이상 행동으로는 어떻게 해볼 수 없으므로 '눈 감아 생각해 볼' 수밖에 없다고 하여 행동은 중단되고 사고 작용으로 그것을 대신할 수밖에 없음을 표명한다. 이러한 표명 속에서 인간으로서는 최선을 다하고 난 다음 행동의 끝이 나타나 있고, 그런 다음에 심리 상태를 "겨울은 강철로 된 무지갠가 보다"와 같이 천명하고 있다. (⋯)

이 시인은 시의 화자로 하여금 '겨울'은 강철로 만들어진 '무지개'인가보다라고 진술한다. 이 진술은 무엇을 뜻하는가. 겨울은 작품이 설정하고 있는바 시인이 살고 있는 시대이고, 이 작품의 화자가 쫓김을 당하게 하는 원동력이다. 즉 대립적 적대관계이다. 그런데 '강철'로 만들어진 '무지개'라는 인식은 거의 움직일 수 없이 견고한 적이라는 뜻이 담겨 있다고도 하겠다. 뜨거운 고열이 아니면 도저히 녹일 수 없는 '강철'로 인식되어 있는 데서 계절이 담고 있는 속뜻을 알 수 있다. 작품의 전개에서 나타난 대로 '채찍'은 계절의 채찍이므로 고열로도 녹일 수 없는 큰 것임을 짐작할 수 있다. 그것은 절망적으로 불가능하다는 인식이 밑바닥에 깔려 있다는 뜻으로도 해석된다. 작품의 화자가 대결하여 싸워야 할 대상은 단순한 '채찍'이 아니라 '계절'인 것이다. 이것은 우주의 운행 원리에 의하여 적어도 태양계의 운행 원리에 의하여 움직이고 있는 시간이다. 이렇게 풀이한다면 '채찍'으로 예각화된 제국주의 일본의 힘은 계절과 같이 어마어마한 것이고, 세계적으로 풍미했던 파시즘의 계절이라는 인식이 육사의 현실 인식의 윤곽으로 드러난다. 이렇게 거대한 제국주의의 계절적 풍미를 한 시인이 대적할 때 이렇게 결단할 수 있을 것인가. 여기에서 육사의 '강철로 된 무지개'가 뜻하는 의미가 풀릴 것 같다. 무지개는 흔히 우리에게 놀랍고도 아름다운 것으로 받아들여지는 기상 현상의 하나이다. 이 기적과 같은 아름다움의 인식은 목숨을 바쳐서 싸워야 할 대상을 이제까지는 쫓기기만 했지만, 그것을 절연히 정면으로 맞이하는 비상한 받아들임에서 일어나는 정신적 승리를 다짐하는 비약적 결단인 것이다. 이 비상한 결단 앞에서 적은 이제 무서운 존재도 아니다. 이 과업은 또 시인 개인의 과업만이 아니라 온 민족의 과업이기도 하다. 이때 시적 자아의 신념에 찬 자세로 민족적 과업을 수행하려는 극한 상황에서의 결의가 황홀한 '무지개'로 인식된 것이다. 절망으로부터 솟아났고, 절망으로부터 불붙은 육사의 구국에의 사명 의식이 기쁨으로 융합된 것을 읽을 수 있다.(신동욱, 『우리 시의 역사적 연구』, 새문사, 1981, 49~51쪽)

신동욱 교수의 해설에서 우리가 주목해야 할 대목은 겨울을 시인이 살고 있는 시대로 해석한 부분이다. 신교수는 시적 화자와 겨울을 대립된 적대관계로 해석하면서, '강철'로 만들어진 '무지개'라는 것이 움직일 수 없이 견고한 '적'이라는 뜻을 담고 있다고 설명하고 있다. 그는 이러한 해석을 더욱 확대시켜서 일제 파시즘의 학대와 이에 대항하는 시인의 비상한 결단이 이 시구에 담겨 있다고 강조하고 있다.

이같은 해석과 비슷한 시각은 김종길 교수의 분석에서도 발견할 수 있다. 김교수는 이 시의 "마지막 행이 보여주는 '겨울'의 이미지는 특이하고도 독창적이며, 아마 육사의 시에 있어서도 가장 독특한 이미지에 속할 것"이라고 말하면서 "육사가 우리 현대시에서 가장 뚜렷하게 비극적인 삶을 살고 간 시인이라면, 그의 삶은 바로 「절정」에서 궁극적인 시적 표현을 얻은 셈"이라고 강조하였다. 그는 "「절정」은 하나의 한계 상황을 상징하지만, 거기서도 그는 한 발자국의 후퇴나 양보가 없을 뿐만 아니라, 오히려 '매운 계절'인 겨울, 즉 그 상황 자체에서 황홀을 찾는 것이다. 그러나 그 황홀은 단순한 도취를 의미하는 것이 아니다. 그것은 강철과 같은 차가운 비정과 날카로운 결의를 내포한 황홀이다" (김종길, 『시에 대하여』, 민음사, 1986, 181~182쪽)라고 해석하고 있다.

신동욱 교수의 경우나 김종길 교수의 경우보다 더 분석적인 접근을 보여주는 것은 김재홍 교수의 경우이다.

"겨울은 강철로 된 무지갠가 보다"라는 이 시의 결구는 무수한 상황과의 부딪침 끝에 자기 극복의 치열한 몸부림의 절정에 도달하여 운명에 대한 뜨거운 사랑을 성취하는 순간에 나타나는 비극적 자기 초월의 아름다움에 해당하는 것이다. 어쩌면 이 구절은 오랜 방황과 갈등 끝에 마침내 자아 발견을 성취하고 다시금 묵묵히 삶의 본질을 향하여 힘차게 나아가는 위버멘쉬의 모습을 형상한 것일 수도 있다. 아울러 '겨울'이 표상하는 현실 인식이 '강철'이라는 광물적 이미저리의 대결 정신과 결합하고 이것이 다시 '무지개'가 상징하는 예술 의식으로 탁월한 상승을 성취한 모습일는지도 모른다. 그 어느 것이라 하더라도 이 구절이 새로운 출발을 다짐하는 운명의 전환점이 되리라는 것은 분명한 사실이다.(김재홍, 『한국 현대시인 연구』, 일지사, 1986, 275쪽)

김재홍 교수의 해석은 '비극적 자기 초월의 아름다움'이라는 말로 요약할 수 있다. '겨울'을 현실 인식을 표상하는 것으로 이해하는 것은 앞의 두 분의 경우와 비슷하다. 그러나 '강철'을 광물적 이미저리의 대결 정신으로, 그리고 '무지개'를 예술 의식으로의 탁월한 상승으로 이해하는 것은 매우 의미 있는 해석이라고 할 수 있다.

그렇지만, 다시 이 시를 놓고 보면 이 마지막 구절의 해석에 마음이 놓이지 않는 것이 사실이다. 어딘지 석연치 않다. 일오 선생께서도 아마 이같은 느낌을 떨치지 못하셨던 것이 아닌가 생각된다. 그러기에 일오 선생은 시어의 의미에 대한 '지나친 시적 해석'이라는 말로 불만을 표시하셨던 것이다.

이제 다시 「절정」의 마지막 구절인 "겨울은 강철로 된 무지갠가 보다"를 세밀하게 살펴보자. 이 구절에서 '-ㄴ가 보다'라는 말은 화자의 입장과 판단을 표시하는 서법상의 징표이다. 그러므로 이 부분을 제거하고 보면, 이 시구의 진술 내용은 '겨울은 강철로 된 무지개' 속에 그 핵심이 담겨 있다고 할 수 있다. 앞서 살펴본 모든 연구자들도 이같은 판단에 근거하여 이 구절을 분석하고 있다. 이들은 '겨울은 강철로 된 무지개'를 놓고 '겨울＝무지개'라는 은유관계를 설정한다. 그리고 '무지개'를 강철로 만들어진 것으로 이해하고 있다. 이러한 내용을 바탕으로 '겨울은 강철로 된 무지개'라는 이 시구를 통사적으로 분석해보면, 다음과 같은 두 개의 문장이 서로 안고 안기는 관계에 있음을 알 수 있다.

(1) 겨울은 무지개다.
(2) 무지개는 강철로 되었다.

이 두 개의 문장에서 (1)은 객관적 사실의 진술과는 거리가 있는 비유적인 표현으로 보지 않을 수 없다. '겨울'과 '무지개' 사이에는 은유관계가 성립된다. 그러나 이 은유관계는 쉽사리 그 원관념과 보조관념의 관계를 파악하기 어렵다. 그만큼 비약이 심하다. (2)의 경우에도 문제는 마찬가지다. 강철로 만들어진 무지개라는 것은 상상하기도 힘들 정도다. 그러므로 이 구절의 의미 해석에 어려움을 겪는다. '겨울'과 '무지개'와 '강철' 사이에 어떤 의미상의 연관을 찾아낼 수 있다면 좋겠지만, 그것은 사실 불가능하다. 이 구절의 해석 자체가 정한숙 선생의 지적대로 지나치게 '시적인 것'으로 되어버리는 이유가 여기 있다.

나는 이 구절의 해석 방법을 근본적으로 달리하고자 한다. 우선 '강철'과 '무지개'라는 단어의 의미부터 새롭게 규정해보기로 한다. 대부분의 국어사전을 보면, '강철'은 독룡(毒龍)을 의미한다. 용이 되어 승천하지 못한 큰 뱀을 강철이라고 일컫는다. '강철이 지나간 데에 봄가을이 없다'는 속담이 있다. 농사철에 알맞게 비가 내리지 않고 한발이 계속되면 사람들은 흔히 용이 되어 승천하지 못한 큰 뱀 강철이가 심술을 부려서 비를 오지 못하게 한다고 생각한다. 그래서 강철이 간 데에는 농사를 지을 수가 없고, 봄가을이 없는 것처럼 모두가 황폐해진다. 물론, 이같은 황폐를 인간의 능력으로 극복할 수 없다는 사실도 사람들은 대개 인정한다. 봄가을이 없다는 것은 결국 혹독한 시련의 계절이 지속되고 있다는 것으로 그 의미를 해석할 수 있다. 이 시에서 그려내고 있는 '겨울'이라는 원관념과 바로 이같은 의미에서 서로 상통하는 것임은 의심의 여지가 없는 것이다.

이제 문제가 되는 것은 '무지개'라는 말이다. '무지개'와 유사한 말 가운데 '무지기'라는 말이 있다. '무지기'는 대사(大蛇), 즉 큰 뱀을 일컫는 말이다. 지금은 이 단어를 거의 찾아보기 어렵지만, 내 고향인 충청도에서 내가 어렸을 때 들었던 말이다. 구한말에 게일(H. Gale)이 펴낸 우리말 사전에도 분명히 '무지기(무직이)'라는 단어가 등재되어 있고, 그 뜻이 큰 뱀으로 풀이되어 있다. 이 단어와 유의적인 관계를 이루는 '이무기'라는 말은 누구나 알고 있을 것이다. 나는 이 시에서 '무지개'를 '무지기'의 오식으로 보고자 한다. 물론 이 시에서 '무지개'라는 표기는 1940년 1월 잡지 『문장』에 이 시를 발표한 때부터 나타난다. 그렇다면, '무지개'로 이미 처음부터 표기된 시어를 굳이 '무지기'로 바꾸어 읽어야 할 이유가 없다는 반론이 가능하다. 그러나 아주 재미있는 또다른 증거가 있다. 경상도 지역 방언에서 '무지개'를 뜻하는 말이 '무지기'로 나타난다. 이희승의 『국어대사전』에도 '무지기'는 경상도 지역 방언으로 무지개를 뜻한다고 표시되어 있다. 바로 이 점에 주목할 필요가 있다. 아마도 시인은 이 시구를 '무지기(큰 뱀)'로 표기하였을 가능성이 크다. 그러나 경상도 방언에서 '무지기'가 '무지개'를 뜻하기 때문에, 경상도 방언에 익숙한 어떤 편집자가 '무지기'라는 말의 본래 뜻이 '큰 뱀'이라는 사실을 잘 모르고 이를 '무지개'로 고쳤을 가능성이 있다. 시인 이육사가 경상도 태생임은 누구나 알고 있는 일이다.

여기서 한 가지 더 생각할 문제가 있다. '강철로 된'에서의 '된'이라는 동사이다. 보조동사로도 쓰이지만 이 시에서는 해당되지 않는다. 이 말은 두 가지 의미가 있다.

(1) A를 B로 만들다(원료)
(2) A가 B로 바뀌다(변화)

위의 (1)의 경우를 이 시구와 결합시켜보면, '겨울은 강철로 만든 무지개'로 읽을 수 있다. 기왕의 연구자들은 모두 겨울=무지개라는 비유적 관계를 인정하였고, '무지개'가 '강철'로 만들어졌다고 생각하였던 것이다. 이같은 비유와 언어적 비약을 그대로 인정할 경우, 이에 대한 언어적 분석은 사실상 불가능해진다. 그러므로 이 표현을 대단한 시적 상상력의 소산으로 돌릴 수밖에 없는 것이다. 이육사와 같은 시인이라면 이같은 비상한 상상력을 동원할 수 있다고 모두가 생각하고 있는 것이 아닌가?

그런데 (2)의 경우를 이 시구에 연결시켜보면, '겨울은 강철로 변한 무지개'가 된다. 여기서는 겨울=무지개라는 은유적 관계가 성립하는 것이 아니라, 겨울=강철이라는 의미 관계가 성립된다. 그리고 '무지개〉 강철'의 관계가 가로놓인다. 이같은 관계를 놓고 여기에 '무지기(큰 뱀)'와 '무지기(무지개)'의 의미 관계의 혼란 가능성을 덧붙여 인정하게 된다면, 이 시구는 결국 '겨울은 독룡(강철)으로 변해버린 큰 뱀'이라는 의미로 해석될 수 있는 가능성이 생긴다. 그리고 이것은 '강철이 지나간 데 봄가을이 없다'는 속담처럼 계절의 속성과 연관된 담론의 시적 표현으로 볼 수 있는 것이다. 더구나 이 구절이 매서운 겨울을 '봄가을이 오지 못하게 가로막는 독룡의 혹독한 횡포와 그로 인한 계절의 황폐'에 비유한 것이라는 언어적 해석에까지 이를 경우, 우리는 시인이 느끼는 시대에 대한 참담한 절망의 극한을 이 구절에서 그대로 읽어낼 수도 있는 것이다.

나는 이같은 시구의 새로운 해석을 하나의 가능성으로 제시하고자 한다. '강철로 된 무지개'와 같은 언어의 미로를 찾는 이같은 지적인 모험은 문학하는 사람들만이 느끼는 희열에 속하는 것이므로……

「반묘」와 '마노의 노래야 한층 더 잔조우리라'

이육사의 작품 가운데 「반묘斑猫」라는 시가 있다. 이 작품은 원래 1940년 3월 잡지 『인문평론』에 발표되었던 것이다. 이육사가 세상을 떠난 뒤에 해방이 되자 그의 작품들을 모아 엮은 첫 시집 『육사시집陸史詩集』(서울출판사, 1946)에도 이 작품이 그대로 수록되어 있다.

이 시에서 노래하고 있는 시적 대상은 제목 그대로 얼룩무늬 고양이다. 전체 10행으로 되어 있는 이 작품은 2행씩 각각 짝을 이루어 시적

의미를 구성한다. 고양이의 눈동자(3, 4행)에서 고향 땅의 황혼을 읽어
내기도 하고, 사람의 품에 안기는 고양이의 움직임(5, 6행)을 게으른 산
맥에 비유하기도 한다. 그리고 조그맣게 들리는 고양이의 울음소리(7,
8행)를 가늘고 잔잔한 '마노(瑪瑙)의 노래'에 견주기도 한다. 시 자체
의 전체적인 분위기는 정적인 느낌 위주로 하고 있지만, 시각적인 심상
의 표현 자체가 시적 공간을 크게 확장시켜놓고 있다.

   이 작품이 처음 발표되었던『인문평론』을 보면 시집에 수록된 작품의
몇 군데 그 표기가 달라진 곳을 확인할 수 있다. 우선 시의 제목에서
'반묘'의 한자 표기가 '班猫'로 되어 있었는데 시집에서 '斑猫'로 바로
잡았다. 6행의 '느낄사록'은 당초 그 표기가 '늣깃사록'으로 되어 있었
고, 마지막 행의 '지킴직하고'는 '직힘직하고'로 표기되었던 것을 고쳐
쓰고 있다.

   어느 사막(沙漠)의 나라 유폐(幽閉)된 후궁(後宮)의 넋이기에
   몸과 마음도 아롱져 근심스러워라

   칠색(七色) 바다를 건너서 와도 그냥 눈동자(瞳子)에
   고향의 황혼(黃昏)을 간직해 서럽지 안뇨

   사람의 품에 깃들면 등을 굽히는 짓새
   산맥(山脈)을 느낄사록 끝없이 게을너라

   그 적은 포효(咆哮)는 어느 조선(祖先)때 유전(遺傳)이길래
   마노의 노래야 한층 더 잔조우리라

   그보다 뜰안에 흰나비 나즉이 날라올땐

한낮의 태양(太陽)과 튜립 한송이 지킴직하고

—「반묘」전문

이 작품에서 일상적인 말에 익지 않은 시어를 하나 찾는다면 제4연의 끝 구절에 나오는 '잔조우리라'라는 말이다. 이 단어는 형태론적으로 그 짜임새가 불분명하기 때문에, 어간과 어미를 정확하게 구분하기 어렵다. 시의 표기대로 인정한다면, '잔좁다' '잔조웁다' '잔조우다' 등에서 그 기본형을 정할 수 있지 않을까 한다. 그러나 이런 단어들은 모두 『국어대사전』(이희승)에 등재되어 있지 않다. 『한국 현대시 시어사전』(김재홍 편)을 보면, 바로 이 작품의 '잔조우리라'라는 말을 그 용례로 삼아 이 말의 기본형을 '잔조웁다'로 표기하고 있는데, 그 용례 자체가 바로 이 작품이라는 점이 문제다.

북한의 『조선말대사전』에는 이 말과 유사한 '잔조롭다'라는 단어가 등재되어 있다. 국립국어원의 『표준국어대사전』에서는 북한의 『조선말대사전』에 등재된 것을 그 용례까지 그대로 옮겨놓고 있다. '잔조롭다'는 말은 '움직이는 모양새가 가늘고 잔잔하다'로 그 의미가 설명되어 있으며, '잔조롬하다'와 같은 뜻으로 쓰이고 있음을 밝히고 있다. '강위에는 잔조로운 물결의 노래가 흐르고 있었다'와 같은 용례도 있다. 그런데 '잔조롭다'는 말은 우리 현대시에서는 여러 군데에서 그 용례를 찾아볼 수 있다. 『한국현대시 시어사전』의 경우, "피리 젓대 고운 노래 잔조로운 꿈을 따라"(조지훈,「무고舞鼓」), "백제와 신라의 백성들이 / 잔조로히 모여 사는 곳에"(신석초,「바라춤」) 등을 예시한다. 여기서 '잔조롭다'는 말은 모두가 '잔잔하고 조용하다'는 뜻을 지니는 것이다.

이쯤 되면, 이육사의 시에 나와 있는 '잔조우리라'는 말이 '잔조롭다'에서 나온 것이 아닌가 하는 생각을 얼마든지 할 수 있다. 필자는 '잔조우리라'가 '잔조로우리라'에서 나온 것이라고 믿는다. 그리고 이 단어 표기 자체가 오기였을 가능성을 배제하지 않는다. 만일 '잔조로우리라'에서 어떤 이유로 '-로-'가 탈락하여 '잔조우리라'가 될 수 있다면, 이는 더할 말이 필요 없는 일이다. 이같은 현상이 불가능한 것이라면, '잔조로우리라'에서 '-로-'가 탈락된 오기로 보는 것이 정당할 것이다. 그렇게 된다면, 이 말의 기본형도 '잔조롭다'로 고정시킬 수 있으며, 이 시어의 표기도 자연스럽게 '잔조로우리라'로 바로잡아놓아야 할 것이다. 이 시 가운데 또하나 눈길을 끄는 시어가 '짓새'라는 말이다. 고양이가 사람의 품에 들어와 안기면서 등을 굽히는 몸짓을 하는 모양을 묘사한 대목에 '짓새'라는 말이 나온다. 느릿한 고양이의 동작에서 느끼는 게으름과 한가로움의 느낌이 이 구절에 담겨 있다.

> 사람의 품에 깃들면 등을 굽히는 짓새
> 산맥을 느낄사록 끝없이 게을너라

여기서 쓰인 '짓새'라는 말은 사전에서는 찾아보기 어렵다. 이 말은 그 형태가 '짓＋새'로 이루어져 있다. 여기서 '짓'은 '몸을 놀려 움직이는 일'을 말한다. 이 말은 홀로 쓰이지만, 몸의 어떤 부분을 가리키는 말에 붙여 쓰는 경우가 많다. 예컨대, 몸짓, 발짓, 손짓, 날갯짓 등과 같은 말을 들 수 있다. '새'의 경우는 사물의 모양, 형태, 정도 등을 나타내는 접사이다. 일부 명사나 동사의 명사형 뒤에 붙어서 그 꼴이나 됨됨이를 표시한다. 이 말은 홀로 쓰이지 못하기 때문에, 모양새, 옷매무새, 걸음새, 먹음새, 생김새, 차림새 등과 같은 말에서처럼, 그 의미를 되풀이하여 드러내준다. 그러므로 '등을 굽히는 짓새'라는 구절은 '등을 굽히는 움직임의 모양'이라고 풀이할 수 있다. 시인은 고양이가 등을 굽히며 움직이는 모양을 '짓새'라는 말로 표시한 것이다. 이 말은 다른 시인들의 작품에서는 찾아보기 어렵고, 일상적인 언어에서 잘 쓰는 말도 아니지만, 이육사가 활용하고 있는 시어로서 그 새로운 맛을 더하고 있다.

「파초」와 '이닷 타는 입술을 축여주렴'

이육사의 시 가운데 그리 널리 알려진 작품은 아니지만 그 시작의 짜임새와 시적 긴장이 균형을 이루고 있는 작품으로 「파초芭蕉」를 들 수 있다. 이 작품은 이육사의 후기작에 속하며, 일본이 황민화운동을 내세워 국문 말살을 본격화하기 시작한 1941년 12월 잡지 『춘추春秋』에 발표되었다. 그리고 이육사가 세상을 떠난 후 해방과 함께 출간된 『육사시집』에 수록되었다.

이 작품에서 시적 대상이 되고 있는 '파초'는 예사롭게 볼 수 있는 식물이 아니라는 데에서 그 상징성이 주목된다. 파초는 중국 남방 지역의 따뜻한 땅에서 자라나는 다년초이다. 타원형으로 크게 자라는 푸른 잎의 싱그러움을 사랑하여 우리나라에서는 관상용으로 재배한다. 이 시에서 그려내고 있는 파초는 자기 고향을 잃어버린 채 타지에 뿌리를 내리고 서 있지만, 그 푸른 잎을 늘 자랑한다. 그럼에도 불구하고 파초는 계절의 호사스러움을 모두 잃은 존재로 그려지고 있으며, 과거의 풍요로움이 추억으로만 존재한다. 이 시에서 느낄 수 있는 시적 긴장은 바로 이같은 시적 대상으로서의 파초를 삶의 현실에 지쳐 있는 시적 주체와 일치시켜놓고 있는 점에서 비롯된다. 주체와 대상의 자연스러운 조우를 통해 주관적인 정조(情操)의 감상성을 벗어나고 있는 것이다.

항상 앓는 나의 숨결이 오늘은
해월(海月)처럼 게을러 은(銀)빛 물결에 뜨나니

파초 너의 푸른 옷깃을 들어
이닷 타는 입술을 축여주렴

그 옛적 사라센의 마지막 날엔
기약(期約)없이 흩어진 두날 넋이었어라

젊은 여인들의 잡아 못논 소매끝엔
고은 손금조차 아직 꿈을 짜는데

먼 성좌(星座)와 새로운 꽃들을 볼 때마다
잊었던 계절을 몇번 눈위에 그렸느뇨

차라리 천년(千年) 뒤 이 가을밤 나와 함께
빗소리는 얼마나 긴가 재어보자

그리고 새벽 하늘에 어데 무지개 서면
무지개 밟고 다시 끝없이 헤어지세

―「파초」 전문

　이 시에서 제1연은 시적 주체로서의 ‘나’의 존재를 암시적으로 그려
낸다. ‘나’는 항상 고통스럽고 지친 모습이다. ‘항상 앓는 나의 숨결’이
라는 직설적인 진술은 곧 하나의 시각적 이미지로 전환되어 바다 위로
비치는 달이라는 형상을 취한다. 제2연에서는 시적 대상이 되고 있는
‘파초’가 등장한다. 시적 주체는 파초의 넉넉한 푸른 잎으로 자신의 타
는 입술을 축이고 싶어한다. 시적 주체와 대상의 합일을 목마름 또는
갈망으로 표현하고 있다. 제3연부터 제5연까지의 시적 진술은 모두 파

초에 집중된다. 시인의 상상력에 의해 파초의 화려한 과거가 그려진다. 잊었던 계절의 꿈도 여기서 다시 살아난다. 우리나라에서는 겨울에 파초의 화려한 잎을 볼 수가 없다. 파초는 여름 한철을 보내고 가을을 지내면 이제 그 넓고 푸른 잎을 접고 화려한 계절을 모두 잃게 된다. 제6연과 제7연은 이 시의 제1연 제2연에서 드러나고 있는 시적 주체와 그 대상이 되는 '파초'가 서로 대응하고 있는 상황을 그려내면서 시상을 종결한다.

이 작품에서 제2연의 "파초 너의 푸른 옷깃을 들어/이닷 타는 입술을 축여주렴"에 나와 있는 '이닷'이라는 시어가 낯설다. 이 말은 일상적인 회화에서 볼 수 있는 방언의 일종이다. 그 시적 변용이 자못 흥미롭다. '이닷'이라는 시어는 사전에도 등재되어 있지 않으며, 어떤 말에서 비롯된 것인지 확인하기 어렵고 그 뜻도 불분명하다. 『춘추』지의 발표 당시의 원문에도, 그리고 첫 시집에서도 '이닷'이라는 표기를 그대로 지키고 있기 때문에, 표기상의 오류라고 말하기 어렵다.

　　파초 너의 푸른 옷깃을 들어
　　이닷 타는 입술을 축여주렴

앞의 인용 구절의 통사적 구조를 살펴보면, '이닷'은 (1) '타는'이라는 동사를 한정하는 말, (2) '입술'이라는 명사를 꾸며주는 말, (3) '축여주렴'이라는 동사를 한정하는 말 등으로 그 기능과 속성을 따져볼 수 있다. 그러나 '이닷'의 의미를 모르고서는 이 세 가지 경우 가운데 어느 것에 해당하는지를 알아낼 수 없는 일이다.

'이닷'의 형태론적인 특성을 염두에 두면서 필자가 생각해낸 말이 '그닷(그닷)'이다. 다음의 예를 보자.

(1) 사십 리 길이라더니, 그닷 멀지 않구나.

(2) 값은 비싼데, 물색이 그닷 고와 보이지 않네.

여기서 '그닷'은 비교 또는 상태를 말해주는 '그다지'의 준말이며 '그렇게'라는 뜻을 가진다. 일상적인 회화에서는 '그다지'보다는 '그 닷(그닷)'이라는 준말이 더 많이 쓰인다. '그닷'이라는 말은 전제되는 상황 또는 조건에 반하는 부정적 진술을 반드시 수반하기 때문에, '그 닷 ~하지 않다'라는 형태로 사용된다.

이같은 '그닷'의 쓰임을 놓고 보면, '이닷'이라는 말이 '이다지'의 준말일 가능성을 추론할 수 있다. '이다지'는 '이렇게'의 뜻으로 사용되는 부사로서, 역시 비교 또는 상태의 제시를 말해준다. 그러나 '그닷'과는 달리 이 말은 강한 긍정 또는 강조의 의미를 가진다. 위의 시구에서는 '이렇게 타는 입술을 축여주렴'으로 풀이할 수 있다. 이로 본다면, '이닷'은 '타는'을 한정하는 부사임에 틀림없다.

제2부

『혈의 누』와 왜곡된 문명개화의 길

한용운의 소설과 도덕적 상상력

박화성의 문학, 그 여성성과 계급성

이상의 시 「출판법」과 「파첩」

정지용의 「유선애상」

명창 이동백과 판소리의 변모

『혈의 누』와 왜곡된 문명개화의 길

이인직과 신소설의 시대

한국문학에 등장하는 근대적 풍경, 그 첫 장면에서 우리는 신소설이라는 새로운 서사 양식을 만난다. 근대문학이라는 것을 이식문학으로 규정했던 임화의 경우도, 문예사조의 지방성을 인정해야 했던 백철의 경우도 모두 신소설을 한국 근대문학의 첫 장으로 기록한 바 있다. 대학이라는 제도 안에서 한국 현대문학 분야의 교과과정을 정착시키는데에 기여했던 전광용도 신소설 연구에 학문적인 전 생애를 걸었고, 북한 사회과학원 문학연구소에서 주체문학의 이념을 정립한 김하명도 월북 전에 남긴 가장 대표적인 글이 신소설에 대한 것이다. 이들이 모두 신소설에 주목한 것은 신소설이 지니고 있는 새로움 때문이다. 대부분의 연구자들은 신소설에서 그려지고 있는 새로운 세계와 새로운 이념에 대한 요구를 가장 중요한 서사적 특성으로 내세우고 있다. 새것과 낡은 것이 대비적으로 인식되기 시작하면서 생겨난 사회적 가치의 대립을 놓고 본다면, 새것을 추구하는 모든 개화계몽 담론 가운데 신소설은 매우 특이한 위치를 차지하고 있는 것이 사실이다.

그렇지만, 신소설이라는 문학의 양식에서 주목해야 할 것은 새로운 세계와 새로운 이념만은 아니다. 새로운 이념과 새로운 세계는 인간의 삶의 방식에 대응해온 서사 양식에서는 언제나 등장한다. 시대가 바뀌고 삶의 방식이 변화하면 서사 양식도 그에 따라 바뀐다. 새로운 시대에는 늘 새로운 이야기가 나타나며, 새로운 시대의 사람들은 또한 새로운 이야기를 요구한다. 신소설에 담겨 있는 새로운 것에 대한 지향은 낡은 것에 대한 명확한 인식에 근거할 경우에만 그 의미가 살아난다. 새로움의 정체를 과장하여 해석할 경우 그 새로움이 기원하고 있는 낡은 것을 제대로 보지 못하게 되거나 새로움 자체에만 집착하게 된다.

신소설이란 무엇인가? 이같은 질문이 여전히 필요한 이유는 신소설의 양식적인 성격을 새로움의 의미에만 집중시켜 설명해온 기존 연구의 문제성 때문이다. 신소설은 개화계몽 시대 서사 양식을 통칭하는 용어로 쓰인 경우가 많지만, 개화계몽 시대 서사 양식의 하위 장르 가운데 하나에 불과하다. 개화계몽 시대에 다양하게 분화된 서사 양식 가운데 놓여 있는 하위 장르로서의 신소설은 국문체를 기반으로 문학이라는 새로운 제도가 정착되는 과정에서 성립되고 있다. 신소설이 성립된 시기에는 한국의 근대화 과정에서 가장 충동적인 사회 문화적 변화가 이루어졌는데, 그 충동적인 변화가 신소설이라는 문학 양식의 특성과 그 담론구조와도 깊이 관련되어 있다는 점이 중요하다. 국문체의 확대와 문체의 변혁 과정을 통해 확인할 수 있는 언어층의 혼재 상태와 함께 정치 사회 문화적인 차원의 변화와 충동이 동시에 그 담론구조로 자리잡고 있기 때문이다. 그러나 신소설의 서사구조와 그 담론적 특성은 개화계몽 시대의 민중의 삶에 대한 깊은 이해를 바탕으로 성립된 것은 아니다. 오히려 신소설은 당대의 정치 사회적인 권력과 그 권력이 만들어내는 새로운 이념과 가치에 대응하고 있는 부분이 더 뚜렷하다. 신소설이라는 문학 양식이 개화계몽 의식을 담고 있는 것으로 평가되어온 것은 바로 이같은 이념과 가치에 대한 지향성을 중시한 데에서 비롯된 일이다.

　신소설이 성립된 1905년 전후는 일본의 통감부가 설치되고 이른바 보호정치가 시행되었던 시기이다. 일본은 청일전쟁의 승리를 계기로 하여 조선에 대한 청국의 간섭을 배제하게 되었고, 러일전쟁을 통해 한국에 대한 독자적인 지배력을 확보하게 된다. 그리고 대한제국의 독립과 영토 보존을 위해 정치적 간섭과 군사적인 점령을 인정한다는 한일의정서(1904. 2)를 체결하게 된다. 일본은 한국 내에 군대와 경찰을 주둔시킨 후에 영국 미국 러시아 등으로부터 한국에 대한 일본의 여러 분야의 이권과 일본의 보호 지도 감리 조치를 인정받자, 대한제국의 황제는 그대로 두고 대신에 모든 정치 외교 군사권을 가지는 일본 통감부를 설치한다는 이른바 보호조약(1905. 11)을 강제로 체결하게 된다. 이같은 지배 절차를 진행하면서 일본은 송병준, 이용구 등의 친일 관료를 중심으로 일진회라는 친일 사회단체를 조직하게 하여 일본의 보호국이 되는 것을 지지하고, 그 필요성을 인정하도록 한다. 일본이 을사조약을 통해 한국의 외교권을 박탈한 것은 한국 문제에 대한 모든 국제적인 권익을 일본이 독점하게 됨을 의미한다.

　이러한 정치 상황의 변화 속에서 일본과 일본을 지지하는 지배 세력이 가장 큰 관심을 기울이게 된 것은 일본에 대한 한국인들의 저항을 무마시키는 일이다. 이를 위해서 가장 먼저 강조된 것이 바로 아시아에서의 일본의 역할론이다. 한국인들을 설득시키기 위해 만들어낸 이 정치 담론의 배면에는 한국이 독립국이 되기 위해 문명개화가 필요하다는 것, 한국은 아직 미개의 상태를 벗어나지 못하고 있기 때문에 외세의 침략을 혼자서 막아내기 어렵다는 것, 한국에 대한 서구 세력의 간섭이나 침략을 일본이 나서서 막아주고 한국을 도와 한국의 문명개화의 과정을 지도한다는 것 등의 세부적인 방향까지 나열된다. 그리고 이같은 주장은 곧바로 보호정치를 내세운 통감부의 설치로 구체화되어 나타난다. 한국의 외교권을 박탈하고 주변의 모든 외국과의 외교적 관계를 단절시킨 일본은 보호라는 이름으로 조선에 대한 모든 권리를 지배자의 입장에서 행사하게 되는 것이다.

일본이라는 새로운 강자의 힘의 작용에 의해 만들어지는 식민주의 담론은 열악한 조선의 정치 현실을 과장적으로 강조하여 한국인들이 현실에 대해 패배주의적 인식에 빠져들도록 하는 것이 중요하다. 그리고 일본의 조선에 대한 역할론을 강조한다. 동양의 새로운 강자로서 일본이 조선을 보호하여 서구 세력의 침략을 막아내고 문명개화의 길로 인도한다는 것이 그 역할론의 핵심이다. 이같은 논리는 정치적인 면에서는 일본 통감부의 설치를 통해 강압적으로 실천되고 있다. 그리고 이 논리를 사회적으로 확대하고 일반화시키기 위해 대중적인 매체가 동원되고 친일적인 지식인들이 앞장서게 된다. 신소설은 바로 이같은 동원된 힘에 의해 만들어진 사회적 기반 위에 자리하고 있기 때문에, 그 담론구조가 일본의 보호 정치론이라는 지배 담론의 영향을 벗어나지 못한다. 신소설이 문명개화의 이상을 강조하고 있는 것처럼 보이는 가운데 일본에 대한 친화적인 성향을 드러내는 것은 바로 이 때문이다. 신소설이 조선에서 발행된 일본인 신문 또는 친일 성향의 신문에서부터 등장하기 시작했다는 것은 이같은 사실과 무관하지 않은 일이다.

보호받아야 할 조선 — 『일념홍』의 경우

개화계몽 시대 신소설의 담론구조를 이해하는 데에 있어서 우리가 주목해야 할 작품이 있다. 『일념홍—捻紅』이라는 소설이다. 이 작품은 1906년 1월 23일부터 2월 18일까지 일본인들이 발간한 신문 대한일보에 연재되고 있다. 이것은 이인직의 『혈의 누』가 만세보에 연재되었던 때보다 6개월 정도 앞선 시기에 해당한다. 이 작품은 연재 당시 일학산인(一鶴散人)이라는 저작자의 필명을 밝히고 있었는데, 일학산인이 누구인지는 아직도 밝혀내지 못하고 있다. 중국의 백화체(白話體)에 가까운 한문 위주의 국한문 혼용체로 표기되어 있는 이 작품은 회장체(回章體) 형식으로 구성된 이야기가 전체 16회의 단락으로 나누어져 있다.

이 소설의 전체적인 줄거리는 여주인공이 일본 공사의 도움으로 개인적인 불행을 벗어나 일본으로 건너가 신식 교육을 받으며 개화의 길을 가게 되는 과정으로 이어진다. 소설의 주인공 일념홍은 자목단(紫牧丹) 꽃이 인간의 모습으로 현신한 것으로 설명되어 있다. 이러한 인물 설정은 주인공의 신분의 고귀함이나 재질의 비범함을 드러내기 위한 것으로, 전통적인 서사에서 흔히 볼 수 있는 변신 모티프의 수용에 해당한다. 그러나 소설의 주인공은 그 탄생에서 확인할 수 있는 비범성에도 불구하고 생모를 잃고 고아가 된다. 주인공은 그녀를 키워준 양모마저 세상을 떠나게 되자, 절간으로 보내져 성장하면서 고통스런 삶의 과정을 시작한다. 그리고 결국은 교방에 팔린 신세가 되어 기생이라는 신분적인 전락을 면할 수 없게 된다. 이 소설의 전반부는 주인공의 신분적 전락 과정과 삶의 시련으로 점철되어 있다. 생모와 양모의 죽음은 여주인공이 겪는 첫번째 시련이다. 그리고 산사에서의 고난의 생활에 뒤이어 교방에 기생으로 팔려가는 또다른 시련을 맞는다. 여주인공은 기생의 신분이기 때문에 모든 공적인 관계로부터 사회적으로 단절되고 있으며, 자기 스스로 자신의 사회적 신분적 지위를 고쳐나가기가 힘들다. 그런데 여주인공 앞에 그녀를 이해하고 사랑하는 청년이 등장한다. 하지만, 오히려 이들의 사랑을 방해하는 막강한 장애물이 또다른 시련으로 등장한다. 여주인공의 미모를 탐하는 조선 대관이 여러 차례 그녀를 납치하고자 하였고, 여주인공을 사랑하던 청년은 대관의 횡포와 술책으로 국사범의 누명을 쓰고 경무청에 갇힌다.

　이 작품에서는 바로 여기서부터 시련의 극복 과정이 시작된다. 소설의 주인공은 고통과 시련이 최고조에 달하는 극한의 상황에서 구원자를 만난다. 고전소설에서도 주인공이 고난에 빠지면 구원자가 등장한다. 그 구원자는 대개 초인간적인 존재로서 신성의 세계와 인간의 세계를 매개하는 역할을 한다. 주인공은 구원자로부터 지혜를 얻고 도술을 배워 다시 자신이 이탈한 사회로 귀환한다. 전통적인 서사에서는 이러한 주인공의 이탈의 과정에서부터 귀환의 과정에 이르는 이른바 '영웅의 일생'이 핵심적인 서사구조의 패턴으로 형상화되어 나타난다. 그런데 『일념홍』에서 고난에 처한 주인공을 돕는 구원자는 서울에 주재하고 있는 일본 공사로 설정되어 있다. 개화계몽 시대 조선 사회에 가장 강력한 세력으로 등장한 일본이 구원자가 되고 있는 것이다. 일본 공사는 악덕의 조선 대관을 퇴치하고 여주인공을 구출하게 된다. 그리고 여주인공은 자기 선택에 의해서가 아니라 일본인들의 도움으로 기생이라는 신분적인 제약을 벗어난다. 이같은 여주인공의 신분적 상승 과정은 그녀가 개화주의자로 변모하는 과정 속에서 구체화되고 있다. 그녀는 일본 공사의 도움으로 유학의 길에 오르고, 일본에서 새로운 학문을 닦은 후 영국 유학을 거쳐 스스로 개화운동가로서의 면모를 내세울 수 있게 된다. 여주인공을 사랑했던 청년도 일본인의 도움으로 구출된다. 그리고 그는 일본에서 사관학교를 다닌 후 일본군 장교가 되어 러일전쟁에서 일본을 위해 전공을 세운다. 이렇게 새로운 삶의 길을 걷게 된 두 사람은 함께 귀국하여 개화운동에 앞장선다.

　이 작품의 서사구조의 핵심은 기생의 신분에 불과했던 여주인공이 사회적인 관습의 질곡으로부터 벗어나 신분적 상승을 이루는 점이다. 이러한 이야기의 패턴은 고전소설 『춘향전』에서 이미 보았던 것이다. 그러나 이 소설의 경우는 『춘향전』과 그 서사적 가치 지향에서 분명한 차이를 드러낸다. 그것은 보조적인 인물로 등장하는 조선인 대관과 일본 공사의 대조적인 위상과 역할 때문이다. 이 작품의 이야기에서 조선인 대관은 두 가지 차원에서 비판되고 단죄된다. 하나는 그가 보여주는 구시대적인 악덕에 대한 사회 윤리적 차원의 비판이다. 그는 기생의 신분에 불과한 일념홍을 자기 손안에 넣기 위해 권세를 이용하고 폭력을 쓰기도 한다. 그는 봉건시대의 낡은 사고방식을 그대로 지니고 있는 인물로서, 악덕과 비행을 일삼고 무고하게 사람을 죽이기도 하며, 자신의 개인적인 욕망을 채우기 위해 권력을 이용한다는 점에서 『춘향전』의 변학도와 같은 탐관오리의 전형으로 그려지고 있다. 또하나는 조선인 대관의 정치적인 입장에 대한 비판이다. 그는 고위 관직에 자리잡고 있으면서 국가의 기밀을 러시아 공관에 넘겨준 반국가적인 인물이 되기도 하고 일진회 회원을 살해한 살인 혐의를 받기도 한다. 이러한 내용을 정리해본다면, 조선 대관은 낡은 사고방식과 악덕의 인물이며, 러시아와 내통하면서 일본에 대해 반대하고 있는 인물이다. 그리고 바로 이같은 이유 때문에 응징을 받게 되고 권좌에서 쫓겨나 몰락하게 되는 것으로 그려져 있다.

이 작품에서 여주인공이 가야 하는 문명개화의 길을 가로막는 훼방자가 조선 대관이라면, 이 훼방자를 퇴치하는 구원자로 등장하는 것이 바로 일본 공사이다. 일본 공사는 조선 대관의 야욕으로 궁지에 몰린 여주인공을 구원하여 일본 유학을 가능하게 하고, 여주인공을 사랑하던 청년에게도 학업의 기회를 주어 일본 장교가 될 수 있도록 배려한다. 일본 공사는 시련의 주인공을 고통으로부터 벗어나게 하는 구원자의 역할을 수행하고 있으며, 여주인공이 새로운 학문을 닦고 그 학문에 기반하여 개화주의자로 변모할 수 있도록 도와주는 안내자의 역할을 하고 있는 셈이다. 결국 기생의 신분으로 시련을 겪고 있던 여주인공이 근대적인 교육을 받은 개화운동가로 변신할 수 있었던 것은 매개항으로서의 일본이라는 거대한 세력의 작용에 의해 이루어진 것이다. 일본 공사의 힘이 없었다면 여주인공은 운명적으로 시련의 삶을 계속하여 살아야 하며, 그 신분적인 질곡을 벗어나지 못하게 되었을 것이다.

소설 『일념홍』은 서사구조는 여주인공의 삶에 나타나는 시련과 그 극복의 과정으로 집약되고 있지만, 조선 대관과 일본 공사의 상반되는 역할을 강조함으로써 보수적인 집단에 대한 도덕적 단죄와 함께 개화주의에 대한 적극적인 긍정을 담론화하고 있는 것으로 볼 수 있다. 특히 시련으로부터의 구원자이면서 동시에 문명개화로의 안내자가 된 일본 공사의 역할을 강조하고 있는 것은 조선 보호론이라는 식민주의 담론의 서사적 구현에 해당하는 것이며, 일본 지향적인 의식을 부추기는 정치적 성격이 강하다. 소설 『일념홍』이 지니고 있는 이러한 담론적 성격은 이 작품의 뒤에 발표된 여러 신소설들에서 비슷한 양상으로 반복되어 나타난다. 안국선의 단편집 『공진회』에 수록된 「기생」이라는 작품의 주인공 향운개의 이야기는 이 작품을 거의 그대로 옮겨놓은 것과 같다. 그리고 이광수의 『무정』에서도 여주인공 박영채가 보여주는 삶의 과정도 이와 흡사하다. 가족의 몰락과 기생으로의 신분의 전락, 배학감이라는 인물의 횡포에 의한 정조의 상실과 삶의 의욕의 상실, 병욱이라는 구원자 또는 매개항을 만남으로써 문명세계를 향한 새로운 출발을 시도하는 것은 그 패턴이 일치한다. 특히 이 작품의 여주인공을 곤경에서 구출하는 구원자로 일본인을 등장시킨 점은 이인직의 『혈의 누』를 비롯한 여러 신소설 작품에서도 확인되는 요소이다. 신소설의 이야기 속에서 일본 또는 일본인이 소설의 주인공을 낡은 세계로부터 벗어나도록 도와주는 구원자 또는 매개항으로 설정되기 시작한 것은 당대 현실에서 일본의 정치적인 위상과 그 세력의 확대 과정을 말해주는 일종의 담론의 정치성에 해당한다고 할 것이다.

신소설 『혈의 누』와 몇 가지 텍스트

　이인직의 신소설 『혈의 누』는 한국 근대소설의 형성 과정에서 매우 중요한 위치를 차지한다. 이 작품의 구조와 특성에 대해서는 그동안 수많은 논의가 있어왔다. 『혈의 누』의 텍스트는 모두 네 가지 형태가 서로 관련되어 있기 때문에 보다 면밀한 검토가 필요하다. 신소설 『혈의 누』는 1906년 만세보 연재본이 그 원형에 해당한다. 신소설의 본격적인 출현을 의미하는 이 텍스트는 1906년 7월 22일부터 10월 10일까지 모두 50회에 걸쳐서 연재되었던 것으로 국한문 혼용방식을 따르면서도 모든 한자에 국문으로 음을 표시하거나 한자로 표기된 한자어 자체를 고유어로 고쳐 국문으로 병기하는 특이한 방식을 사용하고 있다. 이 표기 방식은 당시 일본 신문들이 취하고 있던 일본어 표기 방식을 모방한 것이라고 할 수 있는데, 만세보의 일반 기사들도 모두 이러한 표기 방식을 따르고 있었던 것이다. 그 첫 대목을 보면 다음과 같다.

　　일청전쟁　　　　　　　　　평양일경
　　日淸戰爭의 총쇼리는, 平壤一境이 쩌ᄂᆞ가는 듯ᄒᆞ더니, 그 총쇼리가 긋

　　청인　　피　군ᄉ　츄풍　낙엽　　　　　　　　　일본
　치미, 靑人의 敗ᄒᆞᆫ 軍士는 秋風에 落葉갓치 훗터지고, 日本군사는 물미듯

　서북　　　향　　　　　　　　　　　손
　西北으로 向ᄒᆞ야 가니 그 뒤는 山과 들에, 사람 죽은 송장뿐이라

　『혈의 누』는 1907년 3월 광학서포(廣學書鋪)에서 단행본으로 간행됨으로써 대중의 독서를 위한 상품으로 포장된 바 있다. 이 새로운 『혈의 누』 텍스트는 서두에서 부분적인 내용의 첨삭이 생겨나고 있기는 하지만 그 줄거리 자체가 만세보의 그것을 그대로 옮겨놓은 것이다. 이러한 텍스트의 전환 방법은 신소설이 신문연재 후 상업적인 목적에 따라 단행본으로 출판되는 하나의 관행을 심어놓게 된다. 신소설 『혈의 누』는

대중적 독자를 대상으로 하는 하나의 상품으로서 단행본으로 출간되면서 그 표기 방식에 있어서 완전한 국문체를 실현하고 있다. 만세보 연재 당시 『혈의 누』가 국한문 혼용체를 사용하면서 국문으로 한자에 음을 병기하는 방식을 채택했던 것에 비한다면, 단행본 『혈의 누』의 국문체 지향은 개화계몽 시대의 문체 변혁 과정에서 국문체의 대중적 사회기반을 고려한 새로운 변화를 의미하는 것이라고 하겠다. 앞에 인용된 만세보 연재분과 동일한 서두 부분이 단행본에서 달리 표현된 예를 보면 다음과 같다.

일청전장의 총쇼리는 평양일경이 떠는가는 듯하더니 그 총쇼리가 긋치미 사롬의 즈취는 씃너지고 산과 들에 비린 씌쓸뿐이라

이같은 텍스트의 변화와 문체 양상에 대해서는 뒤에 다시 논하겠지만, 『혈의 누』의 텍스트가 신문연재에서 단행본 출판으로 이어지는 매체적인 속성의 변화에 따라 그 표기 방식상으로 상당한 차이를 드러내고 있는 것은 주목할 만한 특징이라고 할 수 있다.

『혈의 누』의 또하나의 텍스트는 1907년 5월 17일부터 6월 1일까지 국초(菊初)라는 서명으로 제국신문에 연재한 『혈의 누』 하편이 그것이다. 이 짤막한 연재는 당시의 상황으로 비춰볼 때 여러 가지 의문을 불러일으키는 부분이다. 이인직이 『혈의 누』 하편의 연재를 제국신문에 시작하게 된 시기는 만세보에 『귀의 성』을 연재하고 있던 시기와 겹쳐 있다. 『귀의 성』은 『혈의 누』 연재가 완전히 끝난 후 1906년 10월 14일부터 1906년 12월 29일까지 그 상편이 발표되었고, 다시 1907년 1월 8일부터 1907년 5월 31일까지 그 하편이 연재되었던 것이다. 그러므로 제국신문의 『혈의 누』 하편 연재는 『귀의 성』 연재와 그 시기가 서로 겹쳐 있음을 알 수 있다. 더구나 『혈의 누』 하편은 두 주일 동안의 연재 이후

특별한 언급 없이 중단되고 만다. 이같은 변화는 만세보의 경영 악화와 그 폐간으로 인한 이인직 자신의 신상의 변화와 어떤 연관이 있는 것이 아닌가 생각되기도 한다. 만세보는 1906년 6월 17일 창간된 후 일 년이 지난 1907년 6월 29일까지 293호를 내고 폐간되었으며, 이인직은 이 신문을 이완용의 도움으로 인수하여 이해 7월 18일 대한신문이라는 이름으로 개제하고 그 사장에 취임하게 되었던 것이다. 이같은 변화 속에서 시도되었던 『혈의 누』 하편은 제국신문을 통한 연재 중단과 함께 그 결말을 보지 못하게 된다.

이인직이 『혈의 누』의 완결을 시도한 것은 1913년 매일신보의 연재를 통해서이다. '모란봉(牧丹峰)'이라고 제목을 고쳐 쓴 『혈의 누』 하편이 바로 그것이다. 이인직의 『모란봉』은 다음의 신문연재 광고에서도 확인할 수 있듯이 『혈의 누』와 상하로 연결되는 작품이다.

(1)

여러 달 쟈미 잇게 이독ᄒ시던 쌍옥루(雙玉淚)는 오날 본보로써 그 저가 다 되옵고 이 다음에는 모란봉(牧丹峰)이라ᄒ는 신쇼셜을 개지ᄒ옵는 디 이 쇼셜은 죠션의 쇼셜가로 유명ᄒ혼 리인직(李人稙)씨가 교묘혼 의량을 다하야 혈루(血淚)의 하편으로 민든 것인디 곳 옥련의 십칠셰 이후 소젹 져슐혼 것이오 또혼 샹편되는 혈루와 독립되는 셩질이 잇스니 그 진々 취미는 미일 아참에 본보를 고디치 안이치 못ᄒ리이다(매일신보, 1913. 2. 4)

(2)

此小說(차소설)은 翼年(익년)에 江湖愛讀者(강호애독자)의 歡迎(환영)을 得(득)ᄒ던 玉蓮(옥련)의 事蹟(사적)인디 今(금)에 其全篇(기전편)을 訂正(정정)ᄒ고 且血淚(차혈루)라 ᄒ는 題目(제목)이 悲觀(비관)

에 近(근)홈을 嫌避(혐피)ᄒ야 牧丹峰(모란봉)이라 改題(개제)ᄒ고 下篇(하편)을 著述(저술)ᄒ야 玉蓮(옥련)의 末路(말로)를 알고즈 ᄒ시던 諸氏(제씨)의 一覽(일람)을 供(공)ᄒ읍는딕 此 牧丹峰(차모란봉)에 비록 上下篇(상하편)이나 兩篇(양편)이 各(각)히 獨立(독립)ᄒ 性質(성질)이 有(유)ᄒ야 上篇(상편)은 玉蓮(옥련)의 七歲(칠세)부터 世間風霜(세간풍상)을 閱(열)ᄒ던 事實(사실)로 組織(조직)ᄒ얏는딕 其 下篇(기하편)이 無(무)ᄒ야도 無妨(무방)ᄒ며 下篇(하편)은 玉蓮(옥련)의 十七歲 以後 事蹟(십칠세 이후 사적)을 述(술)ᄒ 것인딕 其 上篇(기상편)이 無(무)ᄒ더리도 또ᄒ 無妨(무방)ᄒ 故(고)로 玆(자)에 其 下篇(기하편)을 揭載(게재)ᄒ오니 或 上篇(혹 상편)을 閱覽(열람)코자 ᄒ시는 人氏(인씨)는 京城中部 鐵物橋 東洋書院(경성부중 철물교 동양서원)에 請求(청구)ᄒ시옵(매일신보, 1913. 2. 5)

앞의 광고에서 작가 자신은 『모란봉』의 독자성에 대해서도 강조하고 있지만, 『혈의 누』 상편에서 그 결말이 분명치 않은 주인공 옥련의 이야기를 그려놓고 있는 것이 사실이다. 그러나 신소설 『모란봉』도 이야기의 완결을 보지 못한다. 이 작품은 1913년 2월 5일부터 1913년 6월 3일까지 65회로 그 연재를 마감한 채, 연재 중단에 대한 어떤 연유도 설명하지 않고 있다.

이같은 텍스트의 변화 과정을 보면, 신소설 『혈의 누』의 텍스트는 만세보의 연재와 광학서포의 단행본 출간으로 그 상편이 확정된다. 그리고 제국신문에 잠시 연재되었던 하편의 일부와 매일신보에서 『모란봉』이라는 이름으로 연재하다가 중단된 하편을 연결할 때 그 텍스트의 전체적인 내용을 이해할 수 있다. 그러나 신소설 『혈의 누』의 전편에 해당하는 이야기는 완결된 형태로 존재하는 것은 아니다. 상편과 하편으로 이어지는 이야기의 서사구조가 미완의 형태로 방치되고 있기 때문이다.

『혈의 누』의 서사구조와 식민주의 담론

신소설『혈의 누』는 조선 말기 청일전쟁을 겪은 평양의 한 가족을 중심으로 하고 있다. 이 작품의 주인공 옥련은 전란 속에 부모와 서로 헤어진 후 홀로 헤매다가 일본 군인의 도움으로 구출된다. 그리고 부모를 찾을 수 없게 되자, 일본으로 보내진다. 옥련은 일본에서 행복하게 성장하게 된다. 그녀가 일본에서 위기에 처했을 때 나타난 것은 조선인 유학생 구완서이다. 옥련은 다시 구완서를 따라 미국으로 건너가며, 미국에서 근대적인 문물을 익힌다. 이 소설의 이야기는 여주인공이 미국에서의 공부를 마치고 구완서와 약혼하며, 미국에 유학하고 있는 아버지를 만나게 되어 조선에 남아 있던 어머니의 생사도 확인하게 된다는 것으로 끝이 난다. 여주인공과 가족 간의 이산과 상봉이라는 이야기의 짜임새를 놓고 본다면, 이 소설의 서사구조는 전대의 고전소설에서도 흔히 볼 수 있었던 가족이합(家族離合)에 따른 고난과 행복의 유형구조를 보여준다. 그러나 이같은 유형구조는『혈의 누』가 다른 소설들과 함께 공유하는 일반적인 서사적 패턴에 해당하기 때문에『혈의 누』의 소설사적인 의미를 말해주는 요소라고 보기 어렵다. 인간의 삶의 방식을 예술적 형식으로 형상화하고 있는 서사문학에서 이같은 유형구조는 보편적인 요소로 드러나는 것이다.

『혈의 누』에서 먼저 주목해야 할 것은 일본적 식민주의 담론의 소설화 과정이다. 이 소설에서 청일전쟁의 장면을 이야기의 출발점으로 삼고 있다는 사실은 매우 중요하다. 이것은 이인직이 지니고 있는 정치적 현실감각을 말해주는 대목이기 때문이다. 청일전쟁이라는 역사적 사건을『혈의 누』라는 소설의 형식 속으로 어떻게 끌어들이고 있는가 하는 문제는 작가 이인직의 정치적 현실감각이 허구적인 서사 양식을 통해 어떠한 담론구조로 자리잡는가를 드러내주는 것이다. 청일전쟁은 조선에 대한 지배력을 쟁취하기 위한 청국과 일본의 전쟁이다. 이 전쟁의 승리자는 일본이며, 그 패자는 청국이다. 일본은 이 전쟁의 승리로 아시아의 새로운 강자로 등장하였으며, 청국으로부터 요동반도를 보상받고 청국의 조선에 대한 정치적 간섭을 배제하게 된다. 이인직이 주목하고 있는 대목이 바로 이것이다. 그는 청일전쟁에서 일본이 승리함으로써 조선에 대한 청국의 간섭을 배제할 수 있게 된 점을 조선의 독립적 지위의 확보와 연관시켜 강조하고 있다. 물론 청국을 조선이라는 주체의 영역에서 타자의 영역으로 분리시키는 작업은 개화계몽운동에서도 줄기차게 강조되었던 점이다. 그러나 엄밀히 말한다면, 이 전쟁에서 일본이 승리했다는 것은 조선의 독립적 지위 확보와는 아무 관련이 없다. 오히려 일본은 청국을 배제시킨 뒤에 조선에 대한 지배력을 확대할 수 있게 되었던 것이다. 그러므로 청일전쟁의 패배자가 전쟁의 당사자였던 청국임에도 불구하고 조선이 더 큰 패배자가 되었다는 점을 주목할 필요가 있다.

『혈의 누』에서 청일전쟁의 장면은 조선인들이 겪게 되는 전쟁의 참상과 그 비극적인 현실을 말해주는 소설적 서두를 장식한다. 그러나 이 비극적인 장면은 결과적으로 소설의 등장인물들에게 새로운 삶의 출발점이 된다. 전란 속에서 흩어진 가족 가운데 여주인공은 청군의 총탄을 맞고 부상을 입었으나 일본 군인들의 도움으로 구출된다. 그리고 일본 군인의 양녀가 되어 일본으로 보내져서 문명개화의 길을 걷는다. 밤길을 잃고 헤매던 여주인공의 어머니는 일본 헌병대의 보호를 받고 다시 집을 찾아 돌아온다. 전란을 걱정하던 아버지는 뜻한 바 있어 나라를 벗어나 미국 유학길에 오른다. 이처럼 주인공 일가의 새로운 운명이 청일전쟁으로부터 시작된다. 이 작품에서 전란 속에 흩어진 한 가족의 모습은 조선의 현실 그 자체임에 틀림없다. 그러나 이들에게 새로운 삶의 가능성이 열리게 된다. 여기서 등장하는 것이 바로 일본 군대이다. 일본 군대는 조선에 주둔해 있던 청나라의 군사들을 모두 물리치고 조선을 청국의 지배로부터 독립할 수 있도록 만든다. 그러나 조선인들은 모두『혈의 누』의 가족처럼 힘없고 어디로 나아갈 바를 알지 못한다. 스스로 자기 길을 찾지 못하는 이들에게는 힘을 넣어주고 새로운 길을 제시해줄 수 있는 구원자와 안내자가 필요하다. 일본 군대가 바로 그같은 역할을 할 수 있다. 실제로 소설『혈의 누』에서 부모를 잃은 어린 여주인공을 구원한 것은 일본 군인들이다. 길을 잃었던 여주인공의 어머니도 일본 헌병대의 보호를 받는다. 일본은 새로운 강자로서 조선에 군림하는 것이 아니라 조선인들을 구원하고 보호한다. 조선의 개화의 길은 일본을 매개로 하여 이루어질 수밖에 없다.

『혈의 누』의 소설적 출발은 바로 이같은 현실 인식을 바탕으로 이루어지고 있다. 물론 이것은 일본적 식민주의 담론에서 강조되는 조선 보호론의 논리에 대한 승인에 다름아니다. 그리고 이러한 논리의 승인이야말로 당대의 친일 정객들 사이를 넘나들던 이인직에게는 현실적 선택으로서의 하나의 정치감각이었다고 할 수 있을 것이다. 그러나 조선 보호론을 앞세워서 이야기로 만들어진 이 소설에서 여주인공에게 부여된 새로운 교육과 개화의 길이란 하나의 허상에 불과하다. 문명개화의 세계는 조선 사람은 누구도 체험해보지 못한 미지의 세계이며, 현실로 도래하기를 소망하는 미래의 세계일 뿐이다. 그렇기 때문에『혈의 누』에서는 문명개화의 실상을 인물의 행위의 구체성을 통해 제대로 제시하지 못한다. 문명개화의 이상세계를 향한 변화와 발전의 과정을 추구하고자 하는 의도를 보여주고 있을 뿐이다. 신교육이라든지 자유연애라든지 여성의 사회 진출이라든지 하는 계몽적 담론들은 바로 이 과정을 서사화하기 위해 동원된 것이라고 할 수 있다.

『혈의 누』에는 두 개의 현실 공간이 등장한다. 하나는 미개와 야만의 상태에 놓여 있는 조선의 현실이며, 또다른 하나는 일본과 미국으로 상정되어 있는 문명과 개화의 세계이다. 조선의 현실은 철저하게 부정해야만 하는 대상이며 그곳으로부터 벗어나야만 하는 질곡이다. 그러므로 이 소설에서 조선의 모든 것들이 비판되고 부정된다. 반대로 일본의 경우는 소설의 주인공이 문명개화의 세계를 향하도록 도와주는 매개항으로서의 역할까지 수행한다. 소설의 주인공은 비참한 현실의 땅을 벗어날 능력이 없다. 일본이 보고 있는 조선이 바로 그러한 미개의 상태인 것과 마찬가지이다. 그러므로 이 힘없고 갈 바를 모르는 주인공에게 보호자와 안내자가 필요하다. 주인공은 보호자와 안내자라는 이 매개항의 개입에 의해 낡은 세계에서 벗어나며 새로운 세계로 나아간다. 이 매개항을 일본 또는 일본인으로 설정하고 있는 것은 신소설 『혈의 누』의 서사담론이 이미 정치적인 식민주의 담론의 영향권에서 구성되고 있음을 말해준다. 이 담론의 틀 속에서 문명개화의 매개자로 설정된 일본과 일본인은 절대적인 강자이면서 인도적인 구원자로 나타난다. 그리고 일본 자체가 문명개화의 새로운 이상세계로 표상되기도 한다. 신소설 『혈의 누』 이후 개화계몽 시대의 서사 양식에서 일본과 일본이라는 타자가 문명개화의 세계를 향한 매개항으로 등장하게 되는 것은 당대 현실 속에서의 일본의 위상과 그 세력의 확대가 서사 양식 속에서 담론화한 것으로 볼 수 있다. 『혈의 누』는 여주인공 옥련의 가족 상봉, 구완서와의 혼담 등을 보여주는 『모란봉』으로 이어진다. 『모란봉』은 여주인공의 가족 상봉과 결혼 문제가 이야기의 중요한 골격을 이루고 있지만, 『혈의 누』의 출발점과는 전혀 다른 방향으로 전개된다. 옥련의 부모들은 옥련을 돈이 많은 건달에게 시집보내려고 술수를 쓴다. 그리고 구완서의 귀국이 가까워지자, 그의 부모에게도 술수의 손이 미치게 된다. 이 소설도 미완의 상태에서 끝이 났기 때문에 그 결말을 알 수 없다. 그러나 혼사 장애담의 낡은 패턴을 그대로 답습하고 있는 이야기에서 가족 윤리의 타락과 인간적 신뢰의 붕괴라는 또다른 현실의 문제성만이 노출된다.

소설『혈의 누』에서『모란봉』으로 이어지는 여주인공 옥련의 이야기는 그 자체가 하나의 모순이라고 할 수 있다. 여주인공은 미개한 조선의 현실에서부터 벗어나 문명의 나라로 건너간다. 그리고 이 소설의 후반부에서는 신학문을 공부하고 개명하여 귀환하는 것으로 그려진다. 이같은 이야기의 구도는 물론 조선의 현실을 문명개화의 길로 이끌어가야 한다는 개화계몽 담론의 구조를 구체적으로 형상화하고 있는 것으로 생각된다. 그러나 여주인공 옥련이 일본에서 배우고 미국에서 공부한 새로운 학문이라는 것이 어떤 힘도 발휘하지 못하고 있다. 일본의 보호에 의한 개화라는 것이 결국은 일본의 식민지 지배로 귀착되어버렸기 때문에, 주체적 실천이 결여된 문명개화가 하나의 허상에 불과하였다는 것을 확인시켜주고 있을 뿐이다. 실제로『모란봉』에서 옥련은 인간적 윤리마저도 붕괴되어버린 참담한 현실에서 개인적인 결혼 문제에 얽혀 허둥대다가 아무런 구체적 역할도 담당하지 못하고 있는 것이다.

『혈의 누』의 소설적 성취 그리고 실패

신소설『혈의 누』는 당대적 현실의 소설적 구현과 일상적인 개인의 발견이라는 새로운 서사적 요소를 통해 그 근대적 성격을 어느 정도 인정받을 수 있다. 이 소설에서 주인공은 고전소설의 주인공들이 누리고 있던 초월적인 세계와 단절함으로써 탈마법(脫魔法)의 구체적인 현실 공간 속에서 그 존재 의미를 드러낸다. 주인공의 운명은 신에 의해서 계시되는 것이 아니라 그 자신의 삶에 의해서 결정된다. 주인공의 삶에는 선험적으로 주어진 생의 좌표가 없으며, 고전소설에서처럼 다시 신의 품으로 돌아가지 못한다. 인간의 세계 속에서 자신의 운명을 스스로 살아야 한다. 이제 운명이라는 것이 비로소 개인으로서 자신의 몫이 된 것이다.

신소설 『혈의 누』에서 개인의 운명은 외부적으로 주어진 이념적 속성에 의해 담론화되기도 하고, 내면에서 비롯되는 개인적 욕망에 의해 담론화되기도 한다. 개인적 운명이 이념적 속성에 따라 담론화되는 경우, 그 서사담론의 구조는 새것과 낡은 것의 갈등을 표상하는 신/구의 대립을 핵심으로 하여 성립된다. 이러한 담론구조는 이 시대에 등장한 모든 계몽 담론의 공통적인 기반이 되고 있다. 『혈의 누』에서 등장인물들은 낡은 것으로 표상된 제도로서의 가족을 벗어나면서 낡은 도덕적 전통과 사회적 규범의 속박으로부터 자유로워진다. 그리고 개화라는 이름으로 제시되는 새것을 찾아 새로운 가치 개념으로서의 문명개화의 길을 걸어가게 된다. 이 새로운 세계를 향한 길이 바로 신교육의 길이며 구체적으로는 일본 또는 미국으로의 해외유학이다. 신소설 『혈의 누』의 서사구조에서 긴장을 수반하는 부분이 바로 이 낡은 것으로부터 새것으로의 전환 과정이다. 그리고 이 과정이 가장 풍부하게 서사화되고 있다.

그렇지만 신소설 『혈의 누』의 등장인물들은 작품 속에서 사회적 존재로서의 개인의 의미를 완전하게 구현하는 경우가 많지 않다. 개화 조선의 현실 자체를 보더라도, 개인의 삶과 그 존재 의미가 사회적인 요건에 의해 규정되고 그 사회적인 요건들이 다시 개인의 삶에 의해 새롭게 규정될 수 있는 단계에까지 이르지는 못하고 있다. 이 소설의 인물들은 기껏 가족 또는 가정이라는 사회적 제도의 울타리에 머물러 있다. 이인직 이후의 신소설에서 가장 흔하게 다루고 있는 이야기는 이 가정이라는 제도가 파괴되는 과정에서 드러나는 개인의 문제들이다. 조선 사회에서 가장 완고하게 정체성을 유지해온 사회적 단위는 가문 또는 가족이다. 그러나 개화계몽 시대에 들어서면서 가족의 정체성을 지켜준 도덕적 관념들이 무너지기 시작한다. 대가족제도를 구성하던 가치 개념과 소유구조와 윤리 의식 등이 약화되자, 가족 구성원으로서의 개인의 위치도 불안정한 상태에 빠지게 된다. 신소설은 바로 이 불안정한 위치에 서 있는 개인의 모습을 부각시켜놓고 있을 뿐이다.

한용운의 소설과 도덕적 상상력

만해 소설의 성격

만해 한용운에게 있어서 소설이라는 것은 무슨 의미가 있을까? 이 질문은 만해 문학의 성격을 이해하는 데에 있어서 매우 본질적인 의문을 제기한다. 만해는 이미 한국문학사에서 하나의 거대한 봉우리로 자리하고 있는 시인이며, 그의 시의 위대성은 이제 더이상의 논의가 필요하지 않을 정도로 다양한 관점에서 평가된 바 있다. 그러나 만해는 단순한 시인이 아니다. 그의 문학활동도 시라는 특정 영역에 국한되지 않는다. 그의 수많은 저작물들은 글이라는 것과 그 글을 만드는 정신과 그 글의 가치를 구현하는 실천이 모두 한데 어우러져서 하나의 전체를 이루고 있다. 그러므로 만해는 시인이지만 시인만은 아니며, 소설을 썼지만 소설가만은 아니다.

만해가 발표한 소설은 『흑풍黑風』(조선일보, 1935. 4. 9~1936. 2. 4)과 『박명薄命』(조선일보, 1938. 5. 18~1939. 3. 12) 두 편이 있다. 그러나 이미 1924년경에 탈고한 채 발표하지 않은 『죽음』이라든지 미완성의 『후회後悔』(조선중앙일보, 1936), 『철혈미인鐵血美人』(『불교』, 1937)

등을 들어본다면, 만해 자신이 소설의 양식에 상당한 관심을 가지고 있었음을 알 수 있다. 이 소설들이 지니고 있는 의미를 보다 구체적으로 이해하기 위해서는 만해가 소설 창작에 임하게 되는 과정을 점검해볼 필요가 있다.

만해가 소설 창작에 집중적인 관심을 보이고 있는 1930년대 후반은 일본이 군국주의적인 체제를 강화하면서 '동화의 논리'를 내세워 한국 민족의 말살을 기도했던 시련과 고통의 시대이다. 한국문학은 이 시기부터 일제의 사상 탄압으로 인하여 표면적으로는 집단적 이념적인 성향을 드러내지 못하게 된다. 당시 문학이 보여주고 있는 예술주의적 경향은 사상의 탄압에서 비롯된 문학정신의 위축과 깊은 관계가 있다. 만해의 소설은 바로 이같은 문제의 시대에 등장한다. 물론 만해의 경우에도 이같은 외압을 면하기 어려웠던 것이 사실이다. 예컨대, 『흑풍』과 같은 작품을 보면 그 이야기의 무대를 청나라로 정해야 했고, 시대의 모순에 대한 중국의 젊은이들의 반발을 혁명이라는 이름으로 포장해야 했던 것이다. 소설 『박명』의 경우에는 극한적인 상황 속에서도 변함이 없는 인간의 도덕적 본질을 제시함으로써 현실의 문제성을 포괄하고자 한다. 만해는 소설이라는 것을 인간 존재의 본질을 드러내는 것으로 이해함으로써, 삶의 현실적인 조건을 넘어서는 곳에 그의 소설이 자리하게 한다.

만해의 소설은 인간 존재의 가치 문제를 떠나서는 이해하기 어려운 것이다. 그의 소설이 당대의 비평적 관심에서 제외되어 있었던 것은 만해 소설의 의미에 대한 비평적 몰이해와 관련되는 것으로 생각할 수 있다. 물론 만해가 당대의 문단과 일정한 거리를 두고 소원했다는 점도 지적할 수 있지만, 반대로 당대의 비평적 논리를 대변하고 있던 사실주의 미학이나 모더니즘적 방식이 모두 만해의 소설을 이해하는 데에 적절하지 못했던 것임을 알아야만 한다. 만해의 소설은 삶의 전체성을 지향하거나 반영의 충실성을 의도하는 것과도 거리가 멀고, 개인의 내면과 왜곡된 현실의 아이러니를 추구하는 방법과도 일정한 거리를 둔다. 만해의 소설은 당대적인 현실의 디테일을 기술하는 것이 아니라 진실하면서도 강렬한 인간의 감정 또는 인간 정신의 어떤 정수를 포착하는 것이었다고 할 수 있다. 이것은 삶을 바라보는 서사적인 원리에 의한 것이라기보다는 오히려 시적인 자세에 가까운 것이라고 할 수 있다.

만해와 소설적 양식의 발견

만해 한용운이 완결된 형식으로 발표한 첫 소설이 『흑풍』이다. 이 소설의 이야기는 그 공간적 배경의 변화에 따라 크게 세 부분으로 이어진다. 첫째는 이야기의 서두 부분으로 가난한 소작인 일가의 수난과 고통이 그려진다. 지주의 횡포로 이미 혼약을 해놓은 장성한 딸을 지주의 첩으로 넘겨주는 고통을 감수한다. 이야기의 주인공은 이 소작인의 아들 서왕한이다. 그는 집을 뛰쳐나와 상해로 가서 취직을 하고자 하지만 결국은 어디에도 발을 붙이지 못하고 강도가 된다. 그러고는 자기 여동생을 첩으로 빼앗아간 지주에게 보복한다. 그리고 부패한 부자를 골라 응징하고 돈을 빼앗아 가난한 하층민들에게 나누어주기도 한다. 두번째 무대는 미국이다. 경찰에 잡힌 왕한은 경찰청장의 도움으로 풀려나와 그의 주선으로 미국 유학을 떠나게 된다. 소설의 이야기는 배경이 미국으로 바뀌면서 성격도 달라진다. 미국 유학생활을 하면서 왕한은 청국 유학생 집단이 혁명파와 보수파로 나뉘어 갈등을 겪는 가운데에 끼어들게 된다. 그는 유학생 가운데 주목받는 인물이 되지만 그의 후원자인 경찰청장이 보수파의 중심인물이라는 것을 알고는 점차 혁명파의 활동을 지지한다. 그리고 그의 주변에 여성들이 등장한다. 세번째 무대는 왕한이 귀국하면서 다시 청국으로 바뀐다. 혼란스런 청국의 정치적 현실과 함께 혁명 세력에 대한 보수 진영의 탄압이 거세진다. 왕한은 옛 여인을 만나 사랑에 빠진다. 혁명 세력의 본거지마저 보수파에 의해 점거되고 대부분의 인사들이 검거되자 왕한은 몸을 피하여 숨는다. 혁명 동지들은 왕한이 다시 나와 혁명운동에 동참할 것을 권유하지만, 왕한은 일상적인 인간으로서의 가정적 삶에 파묻힌다. 소설의 결말은 왕한의 아내가 왕한의 혁명운동을 위해 자결하여 가정을 파괴하고 왕한이 다시 혁명 대열에 나서도록 촉구하는 유서를 남기는 것으로 되어 있다.

만해가 소설 『흑풍』에서 다루고 있는 문제는 정치적인 성격이 강하다. 그것은 혁명이라는 주제와 연결되어 있다. 혁명은 타락한 사회 현실을 근본적으로 변혁하기 위한 운동이다. 그러므로 그 과정은 매우 단호하고 격렬하며 투쟁적인 것이 특징이다. 만해는 물론 이 소설에서 혁명의 전 과정을 그려내지는 않는다. 오히려 혁명의 필요성과 그 발단의 징후를 그려내고 있다고 해야 할 것이다. 그러나 이야기 자체는 과장적이고 우여곡절이 많고 변화가 무쌍하다. 소설 『흑풍』의 경우, 이야기의 서두에서부터 지주 계층의 비인간적인 착취 행위에서 비롯되는 계급적인 갈등과 모순이 묘사된다. 그리고 이 갈등과 모순을 극복하기 위해 개인적인 응징을 시도하기도 한다. 그러나 이같은 개인적인 응징은 그 자체가 모순의 극복과는 관계없이 더 큰 고통을 초래할 수 있기 때문에, 본질적인 사회구조의 변혁이 없이는 근본적인 해결이 불가능하다. 바로 이같은 인식에 근거하여 소설의 주인공은 사회 혁명의 대열로 나아가고 있다. 그러나 혁명운동은 언제나 가능성을 향한 위험스런 도전이기 때문에 그 자체가 어떤 구체성을 가지기는 어렵다. 더구나 미국이라는 해외에서 유학생의 신분으로 혁명운동에 가담한다는 것이 실천적 한계를 분명하게 드러낸다. 혁명적인 열정에 사로잡혀 있던 주인공이 결혼을 한 후에 보수파의 추적을 피해 은신하면서 일상적인 가정생활의 안일 속으로 빠져드는 과정을 그려 보여주는 것은 바로 인간적인 면모의 어떤 부분이라고 할 수 있다. 그러나 소설의 결말에서 혁명의 열정을 강조하며 자결하는 주인공의 아내의 단호한 태도는 그 자체가 이미 멜로드라마적 구성의 극한을 보여주는 극적 전환에 해당한다고 할수 있다.

만해의 소설 『흑풍』에서 가장 두드러지게 드러나는 것은 등장인물의 행위와 성격은 모두 어김없이 선과 악의 대결이라는 이분법적인 도식 위에 자리한다는 점이다. 사회적 혁명이라는 정치적인 주제를 내세우고 있는 이 소설에서 보수 세력과 혁명 세력은 그들이 지키고자 하는 가치와 내세우고자 하는 이념에 의해 구별되지 않는다. 정치적 이념과 가치가 문제가 되는 것이 아니라 인간 본질의 도덕성과 윤리가 문제가 된다. 개별적인 등장인물들의 면면을 살펴보더라도, 그들이 개성적으로 개별화되는 것이 아니라 인간 본성의 전형적인 일면을 반영하기 때문에 알레고리적인 면이 강조된다. 그러므로 만해의 소설에서는 인물의 도덕적 위상이 어느 무엇보다 우선한다고 할 수 있다. 이러한 인물들은 사회적 관계의 특수성이 별로 중시되지 않는다. 모든 인물들은 그들이 위치하고 있는 사회적인 기반이나 계급적 요건에 의해 좌우되는 법이 없고, 자기 내면에 자리하고 있는 윤리적 가치를 중심으로 그 정서적 갈등을 극화하는 데에 초점을 맞추고 있다.

만해의 소설 가운데 또다른 완결성의 의미를 보여주는 것은 소설 『박명』이다. 이 작품은 강원도 산골에서 계모의 구박을 받으면서 자라나던 여주인공 순영의 파란 많은 생애를 그려놓고 있으며, '유혹' '색주가' '결혼' '이혼' '말로'로 이어지는 다섯 장으로 구성되어 있다. 이같은 구성은 자연적 시간의 순차구조를 그대로 따르고 있기 때문에 이야기의 내용 자체의 전개에 어떤 긴장을 부여하고 있지는 않다. '유혹'이라는 제목을 붙인 소설의 첫 장은 여주인공 순영이 강원도 산골 고향을 벗어나는 과정이 중심을 이룬다. 순영은 생모와 사별하고 계모의 슬하에서 자란다. 그러나 아버지마저 세상을 떠나자 생모의 구박이 심해진다. 순영은 비단옷을 입고 학교에 다닐 수 있게 해준다는 서울에서 온 송씨의 꾐에 빠져 집을 나와 서울로 올라온다. 그러나 이것은 고통스런 계모의 속박을 벗어나는 길이 되기는 하였지만, 순영에게는 새로운 시련의 삶을 가져다준다. 송씨는 시골 처녀들을 꾀어내어 색주가에 팔아넘기는 뚜쟁이이다. 송씨는 순영에게 기생 수업을 받게 한다. 순영은 처음에는 반발했지만 모든 것을 자신의 운명으로 돌리고 체념한 채 기생수업을 받는다. 이 소설의 두번째 장면은 '색주가'라는 제목이 붙어 있으며, 순영이 인천의 색주가로 팔려와 신산스런 삶을 살아가는 과정을 그려놓고 있다. 송씨는 칠백원을 받고 순영을 인천 술집의 작부로 팔아넘긴다. 인천으로 팔려온 순영은 그곳에서 온갖 고초를 겪지만, 끝까지 자신의 몸을 지킨다. 순영은 술집의 동료들로부터 따돌림을 당하기도 하고 손님의 물건에 손을 대는 도둑으로 오해받기도 하지만 끝까지 자신의 고통을 참고 견딘다. 그리고 결국은 자신의 결백을 모두 인정받게된다. '결혼'이라는 제목을 붙인 이 소설의 세번째 장면은 순영에게 도래한 새로운 삶으로의 전환 과정을 보여준다. 순영은 인천 술집에서 생활하던 중 송도 해수욕장에 구경 나갔다가 우연히도 한 남자를 만나게된다. 그는 순영이 고향을 떠나올 때 배에서 떨어져 물에 빠져 허우적이던 것을 구해준 사람이다. 순영은 이 남자에 대해 연모의 마음을 가지게 된다. 자신의 생명을 구해준 그 남자에게 자기 몸을 바치는 것이 보은의 길이라고 믿었기 때문이다. 그 남자도 순영의 뜻을 받아들인다. 순영은 색주가의 생활을 청산하고 그동안 모은 돈으로 살림을 장만하여 그 남자와 새로운 삶을 시작한다. 그러나 그 남자는 순영을 사랑하는 것이 아니라 그녀가 모은 돈에만 관심이 있다. 그는 순영의 돈을 모두 가로채고 결국은 그녀를 버리고 떠난다. 소설의 마지막 두 장면 '이혼'과 '말로'는 새로운 삶의 행복에 대한 순영의 꿈이 모두 깨지고 더 깊은 나락으로 빠져드는 비극적인 종말로 치닫는다. 그 남자는 순영과의 사이에 태어난 자식마저도 버리고 순영과의 결혼관계도 파한다. 순영은 그 남자가 요구하는 대로 모든 것을 따른다. 바느질 품으로 살아가는 순영에게 그 남자는 아편중독자가 되어 다시 나타난다. 순영은 그 남자를 버리지 않고 다시 맞아들인다. 그리고 정성껏 그를 뒷바라지한다. 그러나 순영의 능력으로 아편중독자를 거느릴 수 없게 되고 끝내 그녀 자신도 걸인의 처지가 되고 만다. 순영의 고통은 아편중독자인 사내의 죽음과 함께 끝난다. 그녀는 스스로 절간에 들어가 구도자의 길을 걷게 된다.

소설 『박명』의 여주인공은 강원도 산골에 사는 순박한 열네 살의 소녀이다. 일곱 살에 어머니가 세상을 떠나자 계모가 들어왔고 그 뒤 아버지마저 세상을 떠난다. 부모가 모두 세상을 떠났고, 계모의 슬하에서 십 리 밖 세상에도 나가본 적이 없는 이 소녀는 집안의 온갖 궂은일을 도맡아 하면서 자신의 운명에 대해 판단하거나 고뇌할 만한 여유를 가질 수가 없다. 이같은 상황적 조건에서 그녀는 서울에서 내려온 뚜쟁이의 유혹에 넘어간다. 초년 고생이지만 부자가 되고 호강한다는 말로 거짓 관상을 말하면서 집을 떠날 것을 유혹하는 뚜쟁이의 말에 이 주인공이 특별한 머뭇거림 없이 빠져든 것은 자기 선택의 가능성이 전혀 없는 상태에 놓여 있었기 때문이다. 결국 이 여주인공은 서울에 올라와 기생 수업을 받는다. 먹고살 수 있다는 것만으로 만족해야 하는 삶의 조건 때문에 그녀는 자신을 색주가로 팔아넘겨 상품화하는 것에도 기꺼이 응한다. 인천의 술집으로 삼 년 기한으로 팔려간 그녀는 자신의 위치에서 스스로 할 수 있는 최선을 다한다. 손님들에게 정성을 들이고 자기 몸을 지키면서 착실하게 돈을 모으는 것이다. 이러한 과정은 여주인공의 입장에서 볼 때 타락의 삶으로 비춰질 수도 있지만, 소설은 이러한 통속적 흥미에서 벗어나 오히려 이같은 상황을 초래하게 된 외적 조건들을 더욱 자세히 보여준다.

여주인공의 삶의 비극성은 외부적인 조건에 주로 기인한다. 첫째는 양친의 사망과 계모의 학대라는 가정 비극적 요소가 중요하다. 가족 윤리의 붕괴와 갈등을 고조화하기 위해 만들어내는 낡은 도식 가운데 계모형 설화 모티프가 얼마나 오랫동안 우리 문학의 서사구조에 출현했었는지를 쉽게 짐작할 수 있는 일이다. 여주인공의 운명의 비극성을 강조하기 위해 만해는 바로 이 설화적 모티프의 변용을 시도하고 있다. 이같은 시도는 미발표 소설 『죽음』의 경우에도 나타난다. 여주인공을 구박하는 계모를 설정함으로써 계모와 전실 소생의 딸 사이에 빚어지는 갈등에 대한 전통적인 정서적 구조에 기대고 있는 것이다. 두번째는 타락한 자본주의 사회의 향락주의의 실상을 보여주는 인신매매 과정이다. 여주인공은 유혹에 끌려 집을 나온 후 결국은 색주가로 팔려간다. 이같은 인신매매의 모티프는 신소설에서도 흔히 볼 수 있는 요소이다. 여주인공이 색주가로 팔리기도 하고 부잣집의 첩실로 팔리기도 하는 것은 물질적인 것에 의한 성의 상품화 또는 사유화가 봉건적인 사회제도 속에서도 일어나고 있음을 말해준다. 소설 『박명』에서 여주인공은 이같은 고난의 과정을 모두 인내하고 있지만, 이 주인공의 가정으로부터의 탈출과 사회라는 제도로부터의 착취 과정은 서로 겹쳐 드러난다. 그녀는 색주가를 벗어나 가정을 꾸미게 되지만, 남편이라는 존재로부터 다시 갈취의 대상이 되어버린다. 사기꾼이며 철저하게 비인간적인 남편은 주인공이 고향을 떠나올 때 배에서 바다로 떨어졌던 것을 구해준 남자로 꾸며짐으로써 인연의 우연성을 강조한다. 여주인공은 자신을 구해주었던 남자를 사랑하면서 동시에 은혜에 대한 보답으로서 철저하게 헌신적이며 희생적 태도로 일관한다. 그러나 남편은 사랑을 위장하여 여주인공의 일방적인 희생을 강요한다.

소설 『박명』에서 후반부의 이야기 구조의 핵심을 이루고 있는 보은의 윤리 의식은 새로운 가치관은 아니다. 생명의 은인에게 자신의 몸을 바쳐 은혜를 갚아야 한다는 것은 전통사회에서 흔히 볼 수 있었던 일이다. 여주인공이 이같은 낡은 윤리 의식을 벗어나지 못하고 있는 것은 이미 앞에서도 지적한 바 있듯이 그녀의 삶 자체가 그렇게 조건지어져 있기 때문이다. 그녀는 온갖 고통과 시련을 모두 감수하면서 자신이 믿어온 삶의 가치를 구현하고자 한다. 이것이 운명론적인 체념주의로 비판될 수 있다 하더라도 그녀의 정체성이 그런 방식으로 규정된다는 것은 부인할 수 없다. 그러므로 그녀가 모든 고통을 이겨낸 뒤에야 불도에 귀의하는 것은 스스로 자기 가치를 구현하기 위한 최초이자 마지막의 주체적 선택이 된다. 바로 이같은 극적인 결말이 또한 구성의 멜로드라마적인 전환에 해당한다고 할 수 있다. 이 작품에서 여주인공은 도덕적 정신적 의미가 고갈된 현실세계를 인내하며 극복한 뒤에야 스스로 생불이 되고 있는 것이다.

만해의 소설 『흑풍』과 『박명』은 그 내용과 주제가 서로 다르다. 소설 『흑풍』의 경우 이야기 속에 등장하는 인물들의 극한적인 행동과 사건의 우연성이 두드러지게 나타난다. 혁명이라는 것이 가지는 절대적인 가치를 위해 개인적인 모든 것을 희생하도록 강요한다. 이 작품에서 그려내는 혁명을 위한 준비 과정은 혁명이라는 것이 갖는 냉엄성과 연관되어 있다. 특히 혁명은 열정에 의해서가 아니라 단호한 결단에 의해 가능하다는 것을 말해준다. 소설 『박명』에서는 인간의 삶에서 흔히 문제가 되는 은혜와 배반의 논리가 참된 것과 거짓된 것 사이에서 극한적인 대립관계로 구체화된다.

그런데 이 작품들은 이러한 극한적인 대립적 모티프의 결합에 따른 구성의 우연성과 사건의 비약으로 인하여 실재성에 대한 설득력을 발휘하지 못한다는 공통점을 지닌다. 특히 인물의 성격 묘사에 있어서도 악에 대한 응징을 강조하면서 원수를 갚기 위해 죽음을 불사하는 극한적인 행동으로 대응한다든가 아니면 인간의 인내력을 넘어서는 순종적인 자세를 과장적으로 보여주기도 한다. 이러한 성격화 방식은 개성의 발견이라는 근대소설의 개념과는 거리가 멀다. 오히려 모든 인물들의 성격이 인간적인 품성의 어떤 특성으로 귀착되는 것이 문제가 된다. 물론 이같은 지적은 모두 근대소설의 구성 원리와 기법에 근거한 판단에 따른 것이다.

만해 소설과 도덕주의 미학

만해의 소설은 서사구성에서의 행위의 원리나 성격화의 방법으로부터 자유로운 반면에, 인간의 도덕적 원리와 규범을 보여주고자 한다. 그의 소설은 모두가 궁극적으로는 선과 악의 문제로 귀결되고 있으며, 이 도덕적인 가치 규범을 극단적인 행동으로 구체화시켜놓은 것이라고 할 수 있다. 그가 도덕적 가치 규범의 절대성을 강조하면 할수록 소설에서 드러나는 행동은 과장되고 개연성의 논리를 벗어나게 되는 것이다. 소설 『흑풍』에서 볼 수 있는 사건의 극적인 반전과 우연성의 개입이라든지 『박명』에서의 극한적인 사건의 전개 등이 이를 말해준다. 이같은 특징으로 인하여 만해의 소설은 그 구성 방법과 기법의 수준이 신소설적인 것에 머물러 있다(백철의 해설)고 평가되거나 사회의식의 결여(김우창)로 지적되기도 한다. 실제로 소설 『흑풍』의 경우에 확인할 수 있는 숱한 사건의 극적인 반전은 이야기 자체의 실재성을 그만큼 감쇄시키고 있다. 소설 『박명』에서도 인물의 성격에서 볼 수 있는 도덕성과 윤리 의식에 대한 지나친 강조, 이야기의 전개에서 드러나는 개연성 없는 플롯, 소설 문장에 나타나는 수사적인 과장 등이 모두 문제점으로 지적될 수 있는 것들이다.

만해의 소설이 가지는 의미에 대한 본격적인 논의는 이명재, 「만해소설고」(『국어국문학』 제70호, 1976), 김우창, 「한용운의 소설」(『궁핍한 시대의 시인』, 민음사, 1977), 김재홍, 「소설론」(『한용운 문학 연구』, 일지사, 1982) 등이 있고, 조동일 교수의 문학사에서의 언급도 찾아볼 수 있다. 그러나 이들 논의에서 한용운의 소설은 대체로 실패한 것으로 규정된다. 이 가운데 김우창의 경우가 우리의 관심을 끈다.

다시 한용운으로 돌아가볼 때, 그는 그 근본적인 사고에 있어서 도덕주의적 테두리를 벗어나지 못함으로써 인간의 윤리적 해방에 기여할 수 있는 소설을 쓰는 데에 실패하였고, 또 완전한 의미에 있어서의 근대 정신의 출발점이 되지 못하였다. 이렇게 말하는 것은 한용운보다 더 객관적인 출발을 한 다른 사람이 있었다는 것도 아니고 또 그렇게 할 수 있었다고 말하는 것도 아니다. 어쩌면 한용운의 길은 당대의 길로서는 가장 적절한 것의 하나였을는지 모른다. 다만 내가 말하고자 하는 것은 그것이 단순한 찬탄의 대상이 될 수 있는 것은 아니며 복합적인 양상을 띤 것이라는 것이다.(김우창, 171쪽)

김우창은 만해의 소설이 선과 악이라는 윤리적 가치를 구획짓는 도덕주의의 기준이 분명하고 은혜에 대한 보답과 원수에 대한 보복이라는 행위가 서사의 패턴으로 자리하고 있다는 점에서 근대적 소설의 긴장구조를 지니지 못하고 있다고 평가한다. 그리고 사회적 성격이 결여되어 있다는 점을 한계로 지적하고 있다. 이같은 관점은 조동일에 의해 그대로 수용되어 "인간생활의 사회적 조건에 진지한 관심을 가지지 않았다"(『한국문학통사5』, 지식산업사, 1994, 120쪽)고 평가되기도 한다.

만해의 소설이 실패하였다는 것은 무엇을 의미하는가? 이러한 질문은 소설이라는 문학 양식이 만해에게 있어서 어떤 것인가를 되묻는 것과 다를 바가 없다. 만해 자신은 그의 첫 연재소설인 『흑풍』의 발표에 즈음하여 자기 자신이 '소설을 쓸 소질이 있는 사람도 아니요, 또 소설가가 되고 싶어 애쓰는 사람도 아님'을 강조하고 있다. 그러나 그는 자신이 한번 알려주고 싶은 이야기를 소설을 통해 알릴 수 있게 된 것을 다행으로 여기고 있음도 밝히고 있다. 만해가 알리고 싶었던 이야기가 무엇이었는가를 여기서 다시 따지는 일은 별로 중요하지 않다. 오히려 만해가 바로 어떤 의도에 근거하여 소설을 쓰고자 하였다는 사실 자체가 문제가 된다. 이 의도의 문제는 만해 소설이 보여주는 과장적인 수사와 기법 등에 관련되기 때문이다.

만해의 소설들은 모두 일반적인 의미에서의 소설의 구성 원리나 이론적인 틀과는 거리가 멀다. 이것은 그의 작품들이 근대적인 소설 양식이 구현하는 어떤 규범에 미달한다는 것을 의미한다. 그리고 그의 소설적 실패를 말해주는 요건이 되기도 한다. 그러나 만해의 소설이 근대소설의 규범을 벗어나고 있다는 것은 만해 소설의 어떤 양식적 특성을 다시 논의해볼 수는 근거가 되기도 한다. 그의 소설들은 모두 한 인간의 삶의 전체적인 과정을 그려내고 있다는 점에서 장편소설의 서사적인 성격을 유지한다. 그러나 장편소설에서 추구하는 삶의 전체적인 인식이라든지 삶의 방식과 그 과정을 그려내는 리얼리티의 원칙을 중시하지 않는다. 오히려 그의 소설들은 텍스트의 의미와 사건을 과장적으로 구조화하여 그가 의도하는 어떤 주제에 도달하고 있다. 이러한 특징은 그의 소설들이 일종의 도덕적 우화의 속성을 지니고 있음을 말해주는 것이다.

만해의 소설이 근대소설의 이론적인 틀에서 벗어나 있는 것은 수준의 문제가 아니라 기법의 문제에 해당한다. 그의 소설은 이른바 멜로드라마적인 구성을 중시하고 있기 때문이다. 그는 이미 앞에서도 검토한 바 있듯이, 문학의 목적이 현실을 있는 그대로 보여주는 데에 있다고 생각하지 않는다. 오히려 그는 그렇게 되어야만 하는 당위의 현실을 위해 어떤 주제에 접근하고자 하며, 보다 아름다운 언어로 아름다운 생각을 드러내는 것이 중요하다고 생각한다. 그의 문학적 태도는 한편으로는 감상적이면서도 도덕적이고 교훈적이다. 바로 이러한 태도에서 비롯된 것이 만해 소설이 보여주고 있는 특이한 멜로드라마적 구성법이다.

원래 멜로드라마라는 이야기의 형식은 서구의 경우 18세기에 처음 발생한 것이다. 멜로드라마에는 특수한 어떤 서사논리나 원칙 같은 것이 존재하지 않는다. 오히려 다양한 이야기의 형식 속에서 나타나는 미학적인 표현양식이 중시된다. 그러므로 멜로드라마는 강렬한 주정주의의 성향을 드러낸다. 이것은 서사의 기본 원리와 어긋나는 것이지만, 인간 심성에 근거한 본질적인 주제를 형상화하기 위해 의도적으로 드러내는 현상이기도 하다. 멜로드라마에서 가장 두드러진 특징은 성격과 행위의 극단성이다. 구성의 원리와 상관없는 행위의 극단적인 배치는 멜로드라마적이라는 관형어의 대표적인 표시이다. 인물의 성격의 경우에도 도덕적인 양극화 현상에서 나타나는 선에 대한 악의 박해와 선에 대한 최후의 보상이 강조된다. 그러므로 개인의 성격의 내면이라든지 인간관계의 사회적인 양상이라든지 하는 문제가 개입될 여지가 별로 없다. 도덕적 정신적 절대성을 강조하는 것이기 때문에, 멜로드라마에는 극단적인 수사학과 과장적 표현이 자주 등장하는 것이다.

이러한 멜로드라마적 속성은 만해의 소설『흑풍』과『박명』에 그대로 적용된다. 소설『흑풍』은 그 구성 자체가 철저하게 멜로드라마적이다. 이야기의 서두에서 주인공이 악질 지주를 응징하는 방식이라든지, 미국 유학의 길에서 해적의 습격을 당하는 이야기라든지 하는 것은 일종의 협객소설처럼 거침이 없다. 주인공이 자신의 신분을 위장하는 방법이나 복수의 날을 기다렸던 등장인물의 정체를 마지막 단계에서 벗겨내는 수법 등은 탐정물의 추리적인 흥미를 자아내기도 한다. 거친 현실 속에서 고통스런 혁명의 대열을 지켜온 주인공이 피신처에서 아내와 함께 은거하는 중 처음으로 느끼는 인간적인 삶의 안일성에 빠져드는 장면은 오히려 정서적인 공감을 불러일으킨다. 그러나 일상의 안일에 빠져든 남편이 나태성을 벗어나게 하기 위해 자결해버리는 아내의 극단적인 선택은 충격적인 감흥을 던져주기도 한다. 이같이 걷잡을 수 없이 전개되는 이야기 속에서도 만해는 오직 하나의 목표를 놓치지 않는다. 혁명은 모든 것의 희생을 전제할 때 그 위대성에 도달한다. 이 엄청난 명제는 자기희생의 의미를 다시 묻게 한다는 점에서 소설 『박명』의 경우와 일맥상통하는 바가 있다.

　소설 『박명』에 등장하는 주인공의 삶의 과정은 철저하게 낡은 관습에 의존하여 이루어지고 있다. 그리고 그 낡은 관습에 따라 대중들의 심정에 남아 있는 연민과 동정이라는 낡은 감정을 부추긴다. 여기서 낡은 관습이라는 말이 의미하는 바는 주인공이 개별적인 주체로서 보여주는 행위가 지나치게 수동적으로 그려지고 있음을 말하기 위한 것이다. 이 소설에서 삶의 전체적인 과정에 대응하는 주인공의 수동적 자세는 어떤 선택의 가능성을 모두 박탈당한 상태에서 야기된 것이므로, 거의 숙명적인 것처럼 보인다. 그러나 그 숙명적인 삶을 살아가면서 주인공은 심성에 자리하고 있는 본질적인 순수와 자기희생의 자세를 끝까지 지킨다. 바로 이 점이 대중적인 정서에 호소하는 숭고한 가치로 부각된다. 특히 소설의 결말에서 볼 수 있는 자기 초월의 가능성을 통해 인간 심성의 원리에 대한 도덕주의적 관심이 고조됨을 확인할 수 있다. 이러한 주제의식은 근대소설이 추구하는 실재성에 의해서는 전혀 구체화될 수 없는 것이다. 오히려 멜로드라마적인 상상력에 의해서 그 주제의 구체화가 가능해진 것이라고 할 수 있다.

『박명』의 여주인공은 비록 미모를 갖추지는 못했지만, 단정하고 순박한 여성으로 그려지며 가장 완전한 덕성의 소유자로 등장한다. 그녀는 정직성, 의리감, 정절 의식, 희생 정신 등을 두루 갖추고 있다. 그러나 그러한 덕성이 사회의 밑바닥에 사는 신분적 도덕적 희생자의 삶에서 어떠한 의미를 갖는지를 제대로 이해하기 어렵다. 소설의 여러 사건이 드러내줄 사회적인 연관 속에서 그러한 덕성이라는 것이 어떤 의미가 있는지 알 수 없고, 또 주인공의 내면생활에 있어서의 의미를 알지 못하는 것(김우창, 165쪽)이 사실이다. 이 여주인공의 인간상은 한마디로 순정적이며 희생적이며 헌신적이다. 그녀는 진정한 개성적 자각이나 비판적 자아 성찰 없이 주어진 운명에 피동적으로 순응하는 전근대적인 여인상으로 나타나 있다. 그녀는 색주가의 몸으로 정조 관념을 크게 손상당하지 않을 정도로 주체적이기도 하지만, 생명의 은인에 대한 보은이라는 숙명적 업고에 무작정 순응하는 소극성을 보여주기도 한다. 그러나 이 여주인공은 자신을 돌보지 않는 헌신적인 사랑을 이상화할 수 있는 능력을 통해 남성들이 헤어나지 못하는 물질적 욕망과 허영을 초월해버린다. 그녀는 고난의 세월 속에서 묵묵히 참고 견디며 사랑하는 사람을 위해 모든 것을 희생하며 결코 변하거나 망설이지 않는다. 이것이 그녀의 본성이며 사랑이다. 이것은 신성한 것이기 때문에 남성들은 결코 이러한 사랑을 통해 자신의 삶을 정화하거나 고무시키지 못한다. 그렇기 때문에 여주인공은 비록 행위의 능동성을 보여주지 못하고 있다 하더라도 그 도덕적 진정성과 순진성이 남성의 나태와 비겁과 사기에 대한 정신적 우월성으로 나타난다. 이같은 문제성으로 인하여 이 소설은 당대의 현실에 일반화되어 있던 여성의 문제에까지 깊숙이 접근한다.

소설 『박명』의 여주인공이 지니고 있는 비극의 기원은 자신에 대한 자각과 각성을 이루지 못하도록 그러한 각성의 계기를 당초부터 제거한 점이다. 그녀는 전통적인 여성적 특성으로 길들여졌고, 자신에게 부여된 속박으로부터 벗어나 집을 나왔지만, 규범을 어겼다는 죄의식 속에서 스스로 자기 운명을 옥죄게 된다. 그러므로 그녀는 주어진 조건 속에서 살 수밖에 없게 된다. 주어진 그대로 기생 수업을 받아야 하고 술집의 작부로 팔려가야 한다. 그것을 벗어나는 방법도 없고, 설령 벗어난다고 하더라도 그녀에게 새로운 삶의 가능성은 없다. 그것이 바로 현실이다. 마치 그녀가 무의지적인 인간으로 보이는 것은 그렇게 그녀를 길들인 사회가 있기 때문이다. 그녀가 할 수 있는 것은 바로 스스로 견디는 순종적인 삶이며 그러한 가운데에서도 자기 자신의 순결을 지키는 일이다. 그녀는 스스로 비극적인 황폐한 삶을 살면서도 결코 좌절하지 않는다. 이것은 자신을 억압하고 있는 현실이 너무 강한 힘을 가지고 있어서 그것에 정면으로 도전했을 경우 패배할 수밖에 없다는 것을 알고 있음을 보여주는 것이다. 그렇기 때문에 현실에 대한 희망도 체념도 있을 수 없고 기대와 회한이 없기 때문에 주어진 대로 살아간다. 그녀의 경우와 같은 삶의 모습을 보고 그 비참한 삶이 결국은 그녀 스스로가 파놓은 운명적인 것이라고 말하는 것은 잘못된 판단이다. 그러므로 이 소설에서 여주인공의 삶은 인간으로서의 순영의 실패가 아니다. 오히려 그녀가 충실하게 좇으려고 했던 남성적 지배 이념이 그녀를 배반하고 있을 뿐이다. 그녀는 비록 자신이 처한 상황을 비판적으로 인식할 수 있는 능력을 가지지 못하였지만, 스스로 자기를 지배할 수 있는 힘을 가지게 됨으로써 자신의 가치를 지킬 수 있게 된다. 바로 이같은 인간적 본질에 대한 접근은 만해가 지니고 있는 도덕적 상상력과 종교적 인식에 의해 가능해진 것이라고 할 수 있다.

만해의 소설이 멜로드라마적인 구성을 통해 구현하고자 한 것은 인간 심성의 본질이다. 만해 자신은 자신의 소설에 대해 "오직 나로서 평소부터 여러분께 대하여 한번 알리었으면 하던 그것을 알리게 된 것"

(『흑풍』작자의 말, 조선일보, 1935. 4. 8)을 강조하였고, "결코 그 여성을 옛날 열녀 관념으로써 그리려는 것이 아니고 다만 한 사람의 인간이 다른 한 사람을 위해서 처음에 먹었던 마음을 끝까지 변하지 않고 완전히 자기를 포기하면서 남을 섬긴다는, 이 고귀하고 거룩한 심정을 그려보려는 것"(『박명』작자의 말, 조선일보, 1938. 5. 10)이라고 말하기도 한다. 실제로 이같은 작가의 말을 참고하지 않더라도 만해의 소설은 모두 인간의 본질에 대한 해명을 의도하고 있다고 할 수 있다.

맺는말

만해의 소설은 도덕적 정신적 절대성의 언어로 구현된 세계이다. 그의 소설에서 인간관계는 사회적 계급의 대립이나 이념적 갈등으로 구체화한다 하더라도, 도덕적 논리에 해당하는 선과 악이라는 구분이 명확하게 적용된다. 경제적인 착취구조를 보여주는 경우에도 그것은 계급 논리가 아니라 인간의 부도덕과 비윤리성을 말해주는 악행으로 설정된다. 그러므로 만해의 소설이 현실사회에 대한 사실적인 접근이나 보고가 되기에는 분명 부적절하다.

만해의 소설은 일반적인 소설의 개념으로 설명하기 어렵다. 그는 멜로드라마의 구성 방식을 활용하여 인간 정신의 본질적인 가치를 구현하고자 한다. 만해 자신이 지니고 있는 도덕적 상상력이 여기서 함께 작용한다. 그러므로 그의 소설의 사회 문화적 윤리적 관심이 다른 곳에 놓여 있다는 것은 분명하다. 만해의 소설은 신성성이 부재하는 상황에서 정신적인 것의 의미를 극화하려는 기획으로 볼 수 있다. 그의 소설은 현실세계에 초월이라는 것이 부재한다는 것을 받아들이기를 거부하고 오히려 신성한 것을 인간적인 차원으로 이전한다. 개별적인 인물에게 도덕적인 절대성을 표현하도록 요구하고 있기 때문이다. 그의 소설에서 자살이라든지 복수라든지 하는 극단적인 행위가 자주 등장하는 것은 이와 관련된다.

만해의 소설은 물론 성공적인 소설 양식으로 자리하고 있지 않다. 그는 현존하는 현실로서의 삶보다는 그가 대망하는 약속으로서의 미래에 관심을 두고 있다. 이러한 태도는 현실에 대한 객관적인 사실적 접근을 요구하는 근대소설의 논리와 어긋난다. 만해는 소설 속에서 자기 인식이라는 문제의 중요성을 제기하면서 현실 인식의 가능성을 크게 열어놓지 않는다. 그러므로 만해 소설의 주인공들은 주관성의 좁은 한계에 갇혀 있기 때문에 자기 밖으로 나올 수가 없다. 소설의 주인공이 하나의 사회에 속해 있으면서 그 사회에 대항하여 싸워야 하는 존재라는 점을 생각한다면 만해의 소설은 자기와의 싸움에 더 큰 의미가 부여되고 있음을 알 수 있다.

만해가 가지고 있던 문학과 예술에 대한 관심을 이해할 수 있는 하나의 단서를 제공하는 에피소드를 소개하는 것으로 이 글을 마치기로 한다. 만해가 성북동의 자택 심우장(尋牛莊)에 기거하고 있을 때였다. 만해는 조선일보에 장편소설 『흑풍』을 연재한 후에 잇달아 『후회』라는 소설을 조선중앙일보에 연재하면서 세인의 관심을 끌어모으고 있었다. 당시 종합잡지 『삼천리』의 한 기자가 만해를 찾아갔다. 잡지에 기획물로 연재하고 있던 「당대 처사處士 찾어」라는 기사에 만해의 근황을 소개하기 위해서였다. 담당 기자는, 불승의 몸으로 민족운동의 지도자가 되었고 신문예에도 널리 통하고 있는 만해에게 문예에 대하여 어떻게 생각하고 있는가를 물었다. 참선을 하고 있던 만해는 이렇게 대답했다.

"예술이란 인생의 한 사치품이지요. 오락이라고밖에 안 보지요. 요사

이에 와서는 예술을 이지(理智) 방면으로 끌어가며 그렇게 해석하려는 사람들도 있지만, 감정을 토대로 한 예술이 이지에 사로잡히는 날이면 그것은 벌써 예술성을 잃었다고 하겠지요. 그리고 또 근자에 이르러 너무나 감정이 극단으로 흐르는 예술은 오히려 우리 인간 전체에 비겁과 유약(柔弱)을 가져오는 것이나 아닌가 하고 우려까지 하지요. 예를 들면, 우리의 생활에 있어서 기름이나 고추나 깨는 없어도 생활할 수 있어도 쌀과 불과 나무가 없으면 도저히 생활할 수 없는 것과 마찬가지로, 예술이 없어도 최저한의 인간생활은 이룰 수가 있겠지요. 그러나 좀더 맛있게 먹자면 고추와 깨와 기름이 필요없었다고는 할 수 없겠지요. 어떤 사람은 항의하리다마는 나는 이렇게 예술을 보니까요."
　　　　─「심우장에 참선하는 한용운씨를 차저」(『삼천리』, 1936. 6)

잡지 『삼천리』의 기자가 적고 있는 만해의 말 가운데에서 우리는 감성(感性)과 이지 어느 쪽에도 기울어져서는 안 된다는 예술의 중용(中庸)을 눈치챌 수 있다. 예술이 이지에 빠지면 예술성을 잃게 된다는 말이 관념에 빠져드는 것을 경계한 것이라면, 예술이 감정의 극단에 이를 때 인간을 비겁과 유약으로 몰아간다고 한 것은 감정에의 지나친 탐닉을 또한 경계한 것이라고 할 수 있다.

만해의 말 그대로, 1930년대 일제 식민지 지배 아래에서 우리 민족이 '쌀과 나무' 조차도 구하기 어려운 삶을 누렸던 것을 생각한다면, '기름이나 고추나 깨' 와 같은 것은 없어도 살아갈 수 있는 사치품들이었다고 할 수도 있을 것이다. 그러나 최소한의 삶을 꾸려가면서 최대한의 인간으로 존재할 수 있기 위해서 먹고사는 것에만 매달릴 수 없다는 것은 당연한 논리라고 할 것이다. 만해의 말 속에는 문화니 예술이니 하는 것의 참다운 의미와 가치가 잘 설명되어 있다. 만해는 인간이 먹고살기 위해 필요한 최소한의 요건으로서 쌀과 불과 나무를 들고 있다. 생존의 문제만을 생각한다면 이러한 삶의 최소한의 요건만으로도 인간은 살아나갈 수 있다. 하지만 인간의 삶은 보다 높은 인간 존재의 가치를 필요로 한다. 먹고살기 위해서가 아니라 좀더 인간다운 존재로서 살기 위해, 먹고사는 것 이외의 것을 요구하는 것이다. 만해는 맛있게 음식을 먹기 위해 거기에 첨가하는 기름, 고추, 깨와 같은 양념이 필요하다고 비유적인 표현을 쓰고 있지만, 바로 여기에 예술의 필요성이 제시되고 있다.

박화성의 문학, 그 여성성과 계급성

1

박화성은 한국 근대문학의 전개 과정에서 그 존재가 특이하게 인정되는 여성작가이다. 박화성의 문학은 일반적으로 지칭하는 '여류문학'의 범주에 포함되지 않는다. 박화성 자신은 여성작가로서의 길을 걸어왔지만, 스스로 '여류' 다운 작품을 거부한 적도 있다. "제발 여류문인은 여자다운 작품만 써라, 여자로만 쓸 수 있는 작품을 써라, 이따위 소리를 말아주셨으면 합니다. 글을 쓰는 데 그다지 엄격하게 성별을 해서 말할 게 무엇입니까?"(『삼천리』, 1936. 2) 이러한 박화성의 주장은 여류작가 또는 여류문학이라는 말에 내포되어 있는 문단의 성적 차별 의식을 거부한 것으로 볼 수도 있고, 문학 자체에서도 그 소재와 기법, 주제에서 성별의 차이를 스스로 무시하고자 하였음을 말하는 것으로 볼 수 있다.

박화성이 여류문학이라는 말을 거부한 이유는 무엇인가? 근대문학 초창기부터 등장하게 된 여류문학이라는 말은 창작 주체의 유별성을 드러낸다. 그렇지만 그 의미는 여성적 주체의 중요성과는 하등 관계가 없다. 오히려 남성 중심적 글쓰기만을 당연한 사회 문화적 현상으로 파악해온 현실에서 여성 차별을 드러내기 위한 의도를 담고 있기 때문이다. 여류문학이라는 말은 여성작가 또는 여성 문필가의 존재의 희소성을 강조하고 있었던 것이 사실이며, 여성문인들은 '여류'로서의 희소 가치만으로도 그 존재 의미를 인정받고 있었던 것이다. 이러한 현상은 여성의 사회적인 활동이 극히 제약되어 있던 시기에 문필가로서 여성의 등장 자체가 대중적 관심사가 되었던 점과도 무관하지 않다. 그런데, 여류문학이라는 말은 창작적 주체로서의 여성에 대한 관심만을 강조하는 것은 아니다. 이 말은 문학 자체의 여류적인 특성과 경향을 더 강하게 드러내고 있는 것이 사실이다. 여류문학이라면 여성의 개인적인 정서와 내면의 세계를 표현하고 있는 것으로 인정하기 시작하면서, 이 말은 문학적 관심의 방향을 외부적인 세계에서 내면적인 세계로 바꾸어놓았고, 문학의 범주도 사회와 역사로부터 개인으로 국한시켜놓고 있다. 이러한 경향은 '여류'의 기준이 얼마나 편협하게 적용될 수 있는 것인지를 잘 말해준다. 여류문학이란 그 표현의 방식조차도 섬세한 감각성을 우선적인 것으로 치부한다. 이러한 특성을 벗어날 경우, 그것은 여류적인 감각을 벗어나는 '남성적인 것'으로 이해되기도 하였던 것이다. 박화성이 여류문학이라는 말을 거부한 것은 여성문학 자체를 거부한 것은 아니다. 오히려 문학의 남성 중심적 경향, 또는 남성 중심으로 문학을 보는 태도를 거부한 것이다. 여류문학이라는 것이 우리 문학의 중심부에 자리하지 못한 채, 자기 존재의 의미를 제대로 평가받지도 못하는 것에 대한 비판도 포함되어 있다고 할 것이다.

박화성은 여류문학이라는 말이 하나의 사회적 통념처럼 드러내고 있는 몇 가지 고정관념을 스스로 자신의 문학을 통해 깨치는 작업을 시도하고 있다. 박화성은 식민지 시대 여성들의 삶의 과정에 깊은 관심을 기울였고, 여성들의 삶을 억압하고 있는 사회적 조건들에 대해 비판을 가하기도 한다. 여성들은 전통적으로 가부장적인 삶의 방식에 얽혀 스스로 자기 역할을 조절하지 못하고 수동적인 삶을 살아왔다. 그러므로, 그 정치적 경제적 기능이 남성에 비해 제한되어 있었던 것이 사실이다. 그러나 박화성은 여성의 사회적 존재와 그 기능에 대한 인식에 있어서 남성적인 것과의 격차를 인정하면서도 여성적인 것의 가능성과 독자성을 확보하기 위한 노력을 작품을 통해 실천적으로 보여주고 있다. 그러므로 박화성의 문학은 하나의 사회적 도전이었다고 할 수 있다. 식민지 시대 사회 현실의 모순구조를 놓고 본다면, 여성의 사회적 존재와 그 역할에 대한 인식은 그리 단순하게 논의하기 어려운 문제이다. 박화성이 일제 식민지 시대에 발표한 작품들을 보면 대체로 궁핍한 농민생활을 이야기의 중심에 놓고 있다. 이러한 경향을 단순화하여 다시 설명한다면, 식민지 시대 농민문학의 일반적인 경향이 박화성의 문학에 그대로 나타나 있다고 할 것이다. 그러나 박화성의 경우, 궁핍한 농민들의 생활상 그 자체만이 관심사는 아니다. 박화성은 그의 작품에서 하나의 새로운 문제의식을 덧붙여놓고 있다. 그것이 바로 식민지 시대 농촌 여성의 문제이다. 식민지 시대 농민들의 궁핍한 생활상을 그려내면서 농촌 여성의 사회적 역할과 그 존재 문제를 깊이 있게 파헤치고 있는 것이다.

박화성의 등단 작품 「추석전야」는 식민지 시대 박화성 문학이 추구했던 하나의 특징적인 경향을 잘 암시하고 있다. 이 작품은 박화성 문학의 출발점이면서 동시에 그 목표에 해당한다고 할 수 있을 정도의 문제성을 지니고 있다. 이 작품의 주인공은 여성 노동자이다. 방직공장 직공인 주인공은 어린 남매를 키우면서 가정을 이끌어간다. 그러나 궁핍한 생활을 모면하지 못한다. 그녀는 아이들을 제대로 먹이지도 못하고 입히지도 못하지만, 학교에 다니게 한다. 아이들은 월사금을 제때 내지 못하여 학교에서 놀림감이 되기 일쑤다. 그런데 여주인공에게 또하나의 고통이 닥친다. 공장 감독이 동료 여직공을 희롱하는 것을 보고 이를 항의하다가 그만 기계에 팔을 다친 것이다. 그러나 치료비도 제대로 받지 못한다. 추석이 가까워오자, 그녀는 어린 딸에게 머리댕기라도 하나 사주고, 추석상이라도 마련해야 한다는 생각으로 밤마다 삯바느질을 한다. 아픈 손을 돌보지 않고 밤낮으로 일한 대가로 적은 돈을 얻게 되지만, 다음날 그녀는 그 돈을 모두 땅주인에게 빼앗겨버린다.

이같은 작품의 이야기에서 여주인공과 그녀의 가족들이 겪는 궁핍한 생활과 고통은 하나의 표면적인 스토리에 불과하다. 작가가 주목하고 있는 것은 이러한 표면적인 이야기가 아니라, 그 내면에 숨겨져 있는 또다른 하나의 담론이다. 그것은 식민지 현실에서 여성에게 강요하고 있는 이중적인 억압구조에 대한 항변이라고 할 것이다. 작가가 주목하고 있는 이중적인 억압구조는 사회적 계급의 문제와 남녀 차별의 문제이다. 소설 「추석전야」의 주인공은 공장의 단순 임금 노동자가 아니라, 그 노동의 대가로 살림을 꾸려나가는 여성 가장이다. 그러나 아무리 힘들여 노동을 한다고 하더라도 그 대가는 가족들이 생활하기에 턱없이 부족하다. 아이들의 학교 월사금도 제때에 낼 수가 없고 제대로 먹이기도 힘들다. 그러므로, 주인공은 언제나 더 많은 일을 하려고 노력한다. 부상을 당하고도 삯바느질을 하여 돈을 모으는 것이다. 하지만, 이러한 노력에도 불구하고 주인공은 자신이 처한 궁핍의 현실을 벗어날 수가 없다. 이러한 모순의 현실은 주인공의 개인적인 노력으로 극복될 수는 없다. 현실사회의 계급적인 모순에서 비롯된 주인공의 궁핍은 그 모순구조 자체를 극복하지 못할 경우에는 해결하기 어려운 것이다.

이 경우에 주목해야 하는 것은 자본주의 체제 아래에서의 노동의 개념이다. 방직공장의 노동자들은 그들이 만들어내고 있는 노동의 산물과는 아무런 관계를 맺지 못한 채 노동의 산물로부터 소외된다. 그리고 오히려 동료 노동자들보다 더 많은 일을 해야만 더 많은 임금을 얻을 수 있다는 경쟁의 논리 때문에 같은 동료들로부터 스스로를 소외시킨다. 그러므로 그들은 모두 가난한 노동자들이지만 인간적인 유대를 제대로 유지하며 살지 못한다. 이러한 모순구조는 자본주의의 본질에 해당하는 것이다. 그렇기 때문에 이러한 모순구조를 어떻게 인식하느냐 하는 문제는 계급의식의 형성에 가장 기본적인 것임은 물론이다. 하지만, 이 작품은 그와 같은 의식의 고양 단계에까지 관심을 보여주고 있지는 않다.

이 작품에서 주인공이 직면하고 있는 또하나의 모순은 여성에 대한 성적 학대와 차별이다. 방직공장의 여성 노동자들은 남성에 비해 훨씬 낮은 임금을 받고 있으며, 공장의 감독으로부터 숱하게 성적 희롱을 당한다. 여성 노동자에 대한 차별과 성적 학대에 대항하려고 했던 주인공은 오히려 기계에 팔을 다치지만 아무런 보상도 받지 못한다. 그러나 주인공은 이러한 부당한 대우를 받고서도 자신에게 미칠지도 모르는 피해를 생각하여 별다른 항의를 하지 못한 채, 혼자서 고통을 참아야만 한다. 여성에 대한 차별과 성적 학대는 가부장제 사회의 공통적인 문제이다. 여성은 대개 이러한 문제들에 대해 수동적이고 소극적인 대응을 보이며, 오히려 사회적인 통념에 따라 스스로의 역할과 지위를 낮추고자 한다. 말하자면 여성 스스로 자기를 비하하고 자신의 처지를 운명적인 것으로 받아들이는 것이다. 그러나 이 작품에서 주인공은 자신에게 부여된 가장으로서의 역할을 최대한 수행하고자 한다. 그리고 부당한 성적 학대에 대해 적극적으로 항의함으로써 자기 정체의 확립을 가능하게 한다. 물론 그 결과는 주인공 자신에게 더 큰 고통으로 다가오고 있다. 이러한 사회적인 조건들은 박화성 문학의 전개 과정에서 그 해결의 방향이 어느 정도 암시되고 있다. 이 글에서는 박화성 문학에서 제기되고 있는 식민지 시대 여성과 계급의 문제를 초기의 몇몇 작품을 통해 확인해보고자 한다.

2

　박화성의 작품들이 공통적으로 다루고 있는 가장 큰 문제는 농촌의 경제적인 궁핍이다. 박화성은 농촌의 궁핍이 홍수와 한발에 의해 거듭된 자연적 재해에서 비롯되기도 하지만, 대체로 토지 소유 관계의 왜곡으로 인하여 초래된 것임을 분명하게 제시하고 있다. 농민들은 비록 소규모의 토지를 소유하고 있는 경우라 하더라도 매년 상승하는 영농비의 부담으로 부채를 안고, 결국은 토지의 소유 자체가 불가능해져 소작농으로 전락하고 만다. 그러므로 지주와 마름의 횡포에 따른 농민에 대한 착취구조가 사회적으로 확대될 수밖에 없다. 이러한 모순구조를 극복할 만한 힘을 농민들은 가지지 못한다. 그들이 할 수 있는 일은 그 선택의 폭이 한정되어 있다. 가난한 농민들에게는, 서로 다투어 지주와 마름의 신임을 계속 얻어내어 경작권을 유지하는 일이 최상의 선택인 것처럼 보인다. 그렇지 않을 경우는 경작할 토지를 잃고 농촌을 떠나 도시나 부두로 밀려나가 노동으로 생계를 유지해야 하며, 아내나 딸을 여관이나 술집에 팔아넘겨 그 돈으로 목숨을 연명해야 한다.

　이러한 현실적인 문제를 포괄적으로 그려내고 있는 것이 「춘소春宵」라는 작품이다. 이 작품은 부둣가에서 살고 있는 궁핍한 일가족의 삶의 모습을 그려낸다. 농촌에서 볏백이나 하면서 살던 이 가족은 농토를 모두 잃고 부두로 몰려나온다. 남편이 선창가에서 얻는 노동의 대가로 식구들의 끼니도 충당하기가 어렵다. 아들이 회사의 사환으로 다니면서 살림에 도움을 주었지만, 지금은 어떤 일로 감옥에 들어가 있다. 아낙은 채소 장사로 살림을 보탠다. 그리고 큰딸이 집안일을 돌볼 수 있기를 기다린다.

　이 작품에서 서사의 핵심을 이루는 중요한 사건은 어린 막내딸의 죽음이다. 제대로 먹지도 입지도 못하고 자라는 어린아이의 죽음이 가난에서 비롯되었다는 것이다. 아낙은 떡을 사달라고 보채는 어린 딸을 두고 야채 장사를 하러 시장터에 나간다. 거리 단속을 하는 순사에게 붙들리지도 않고, 외상으로 얻어간 야채를 모두 팔게 되는 재수 좋은 날이다. 장사를 마친 후 집에 돌아온 아낙은 큰딸에게 떡을 사오라고 하고 자신은 저녁을 짓는다. 그사이에 어린 딸이 똥통에 빠져 죽는다.

이 작품에서 그리고 있는 이야기는 가난한 삶에서 일어나는 단편적인 사건들이다. 그러나 각각의 삽화에서 드러나고 있는 문제의 해결 전망이 전혀 보이지 않는다는 점에서 문제적이다. 이 가족들이 가난의 문제를 근본적으로 해결할 가능성은 전혀 보이지 않으며, 벗어날 수 없는 가난의 굴레에 갇혀 있으므로 안락한 삶이란 것도 보장될 수 없는 일이다. 이 작품에서 볼 수 있는 것처럼, 농민들이 삶의 기반이 되는 농토를 잃게 되면 농촌으로부터 유리된다. 그리고 그들은 가족과 함께 도시로 내몰려 형편없는 도시 노동자로 전락한다. 이같은 생활 속에서 여성은 이중의 고통을 감당해야 한다. 돈을 벌기 위해 일을 해야 하고, 가족의 삶을 보살펴야 한다. 「춘소」의 아낙은 이같은 현실의 문제성을 가난의 죄로 돌려놓고 있다.

농민들이 겪어야 하는 삶의 궁핍은 구조적인 것이기 때문에 그 극복이 가능하지 않다. 그렇기 때문에 농민들은 현실 문제의 타결책으로 가장 손쉬운 선택을 할 수밖에 없다. 그것은 바로 여성의 인신매매이다. 아내를 팔기도 하고, 딸을 돈 많은 지주에게 넘기거나 술집에 팔아넘기기도 한다. 이러한 이야기는 박화성의 소설 「중굿날」과 「온천장의 봄」에서도 읽을 수 있다.

「중굿날」은 조그마한 섬마을에 살고 있는 가난한 일가의 이야기이다. 이야기의 중심에 금례라는 여자아이가 등장한다. 금례네는 소농으로 생활의 궁핍을 면하지 못하고 있다. 더구나 금례 아버지가 면화공장에 나가 일하다가 허리를 다쳐 누워 있다. 이웃 칠순 아버지는 금례 아버지를 고쳐준다고 용한 의원을 소개한다. 칠순 아버지는 색시를 놓고 술장사를 하는 사람이다. 금례네는 칠순 아버지가 시키는 대로 의원을 부르고 약도 많이 썼지만, 오히려 빚만 커지고 아버지의 병세를 걷잡지 못한다. 칠순이 아버지는 의원 약값과 치료비로 돈 백원을 빚으로 내준다. 그러고는 그 빚을 빌미로 하여 딸 금례를 목포의 술집으로 팔아넘긴다. 금례는 팔려가는 자기 신세를 한탄하지만, 가난에 찌들려 사는 처지를 저주하면서, 술집에 가서 팔자를 고치고 호사할 수 있을지 모른다는 생각도 한다. 금례를 좋아하는 동네 총각 국범이가 이 사실을 알고 금례를 구할 궁리를 한다. 국범이네는 재력이 있는 집안이지만, 그부친이 매우 완고한 사람이다. 국범이의 부친은 국범이 사회주의에 물들어 계몽운동이나 하러 다니는 것을 보고는 집안 망할 일이라고 야단친다. 국범은 어머니가 맡겨둔 돈을 가지고 금례를 구할 결심을 한다. 그러나, 보름날에 목포로 나가기로 했던 금례는 칠순 아버지의 독촉에 중굿날 섬마을을 떠나고, 국범은 허탈감에 빠져든다.

「온천장의 봄」의 주인공 명례는 남편의 손에 여관집에 팔려 종살이를 하던 여인이다. 가난한 시집살이를 하다가 시댁의 빈곤을 구하기 위해 여관의 종으로 팔려나간다. 남편은 일 년만 참고 일하고 있으면 일년 뒤에 찾으러 오겠다고 한다. 얼굴도 미색이고 마음도 고운 명례는 여관에서 일하다가 어떤 부인의 유혹에 빠져 여관집을 도망나온다. 그러나 그 부인은 색시들을 사다가 매춘을 시키면서 돈을 모으는 포주다. 명례는 그 집에서 돈 많은 영감을 만난다. 영감은 명례의 생김새에 반하여 큰돈을 지불하고 명례를 데려다가 소실로 삼게 된다. 그러나 이 사실을 알게 된 영감의 본처가 나타나 명례를 구박한다. 영감은 자신의 병 치료도 하고 명례가 본처에게 얻어맞은 독풀이도 해주기 위해 온천장에 데리고 온다. 명례는 온천장에서 처음으로 여성으로서의 호사를 느끼며, 비록 소실이지만 돈 많은 영감을 만난 것을 다행으로 생각한다. 그러나 명례의 호사도 금방 끝이 난다. 명례가 도망쳐나온 여관 주인마님을 온천장에서 만나게 된 것이다. 명례를 알아본 여관 주인마님이 명례와 영감이 묵어 있는 곳으로 따라와 자신이 금전적으로 손해를 본 것을 모두 배상할 것을 요구한다. 영감은 시끄러운 것이 귀찮아서 요구대로 돈을 내준다. 명례는 이러한 과정을 겪으면서 자신이 남편의 손에 팔려나왔고, 우여곡절 끝에 영감에게까지 팔려온 것을 생각하며, 남의 손에 팔려다니는 자신의 처지를 깨닫는다. 온천탕에서 명례는 영감의 사랑을 받으며 호사스럽게 살 궁리를 하기도 하였지만, 갑자기 자신의 처지를 생각하고는 영감의 손을 벗어나야겠다고 결심한다. 그리고 변소에 가는 것처럼 방을 나와 영감의 곁을 떠나 도망친다.

「중굿날」의 금례와 「온천장의 봄」의 명례는 모두 가난에 의해 희생되는 제물이다. 금례는 아버지와 가족을 위해 자신에게 닥쳐오는 운명을 수용하지만, 명례의 경우는 그녀의 노동력과 성 자체가 하나의 상품이 되어 자신의 의사와는 관계없이 팔린다. 이러한 여성의 수난은 이중적인 구조에 얽혀 있다. 수난받는 여성이 속해 있는 사회집단이 사회 경제적으로 궁핍한 농민이라는 것은 계급성에서 비롯된 문제이다. 이것은 여성 자체의 힘으로 극복하기 어려운 사회 계급적 모순이다. 그리고 자신이 속해 있는 집단 자체 내에서도 여성은 남성의 소유물이거나 남성의 지배를 벗어나지 못하고 있다. 가부장적인 사회제도 속에서 여성이 남성으로부터 받는 억압은 일종의 사회 문화적 모순을 말하는 것이다. 이러한 문제의 극복 가능성은 여성 자신으로부터 나올 수 있다. 「온천장의 봄」의 명례처럼 남성의 지배에서 벗어나는 길이 가능하기 때문이다. 물론 명례의 선택이 과연 어떠한 결과를 초래할 것인지는 판단하기 어렵다. 그러나 그녀는 자신이 한 번도 생각해보지 못한 자유로운 인간다운 삶을 택하고자 하였고, 그러한 선택을 스스로 결정하였다는 것이 그녀에게는 매우 중요한 의미를 가진다.

3

　박화성의 소설 가운데에는 여성의 사회적 존재에 대한 인식 문제를 소설적 주제로 등장시킨 경우도 적지 않다. 이미 앞에서 검토한 대로 식민지 시대 농촌의 궁핍화 과정 자체에서 커다란 희생을 치른 것이 여성이다. 대부분의 여성들은 가족을 위해 자신의 몸을 바치면서도 자신의 운명을 스스로 거역하지 못하고 있다. 가난하기 때문에 몸을 팔아야 하고, 가족을 먹여 살리기 위해 힘에 겨운 노동을 해야만 한다. 박화성은 이러한 모순구조를 벗어나게 하기 위해 여성 자신이 자기 존재의 의미를 제대로 인식할 수 있어야 한다는 점을 문학을 통해 강조하기 시작한다. 박화성이 의도하고 있는 것은 우선 계급적인 자기 각성이다. 이 각성의 길에 매개항으로서의 사회주의적 이념이 암시된다.

　「논 갈 때」「헐어진 청년회관」과 같은 작품에서 박화성은 여성의 계급적인 각성과 그 실천적 가능성을 제시한다. 「논 갈 때」의 경우는 여성 주인공 해선이 계몽대장 서봉을 통해 자기 인식의 가능성을 획득한다. 작권의 이동 문제가 터지면서 마을이 온통 어수선한 가운데 여러 날이 지나가도록 서봉이 마을에 나타나지 않자, 해선은 속을 태우면서 그를 기다린다. 마을 사람들은 토지 경작권의 이전 문제를 놓고 지주와 마름 사이를 오가며 소동을 부린다. 자칫 경작권을 빼앗기면 당장 살아갈 방도가 없어지기 때문이다. 해선의 아버지는 마름에게 잘 보이기 위해 집 안에서 기르던 닭 세 마리 가운데 수탉과 암탉 한 마리를 잡아 바친다. 마름의 집에는 닭이며 돼지가 넘쳐날 지경이지만, 해선의 아버지는 작권을 지키기 위해 마름의 위세 앞에 아부해야 한다. 해선은 서봉이 마름과 지주의 횡포에 대응하여 소작인들을 불러 모아 집단적인 항의를 벌이다가 주모자로 붙잡혀 갔다는 사실을 뒤늦게 알고, 자신의 관심이 오직 서봉에 대한 개인적인 연모에 기초해 있다는 사실을 부끄러워한다. 그 이유는 물론 해선이 지니게 된 현실에 대한 인식과 관련된다. 마을 사람 모두의 문제를 고민하지 못하고 오직 서봉 한 사람에 대한 열정에만 사로잡혀 있었던 자신의 개인적인 태도를 비판적으로 인식하게 된 것이다.

「헐어진 청년회관」은 꿈과 현실이라는 상황의 이중성을 통하여 여성 주인공의 의식의 변화를 묘사하고 있다. 주인공의 꿈 이야기는 이미 세상을 떠난 오빠에 관한 것이다. 꿈속에서 오빠는 청년회관에 사람들을 모아놓고 강연을 하면서 '진정한 자유와 해방의 길은 우리 약소민족과 우리 무산자가 서로 한 뭉치로 굳게 단결하여 일본 제국주의와 자본가 계급에 맹렬히 반항하여 싸워 승리를 얻는 그 길밖에 없다'고 부르짖는다. 이야기의 현실 공간은 폭우와 홍수로 얼룩진 삶의 터전이다. 여주인공의 집도 한밤의 폭우로 지붕이 허물어져내렸고, 온 마을에 홍수 피해로 수많은 이재민이 생겨난다. 여주인공은 이재민을 돕기 위해 사람들을 모은다. 그러다가 폭우로 헐린 청년회관 앞에 서게 된다. 간밤 꿈에 오빠가 사람들을 모아 강연을 벌이던 바로 그 청년회관이다. 그러나, 이 청년회관은 오빠가 일제의 탄압에서 벗어나고자 북으로 망명하였다가 병을 얻어 세상을 떠난 후 아무도 돌보는 사람이 없이 방치되었던 것이다. 여주인공은 꿈속의 오빠를 생각하면서 헐린 청년회관의 참담한 모습에 눈물을 흘린다. 그리고 스스로 청년회관과 마찬가지로 헐려 쓸모없이 되어버린 자신의 모습을 되돌아본다. 사회주의 운동의 후일담 형식으로 이루어진 이 작품은 여주인공이 현실에 대한 적극적인 활동을 결심하는 것으로 결말을 맺는다. 일상의 현실에 갇혀서 수동적으로 살아온 여주인공은 꿈속에서 만난 오빠와 현실에서 대면한 헐린 청년회관의 모습을 통해 그들이 추구했던 이념이 모두 무너져버린 것을 알게 된다. 이 작품의 참 주제가 바로 여주인공의 자기 발견에 가로놓여 있다. 여주인공은 복역중인 남편을 찾아가서 자신의 결심을 말하고 보다 적극적인 행동을 펼칠 것을 각오하고 있는 것이다.

박화성이 식민지 시대의 삶에서 여성성과 계급성의 문제를 동시에 그려내고 있는 것은 「비탈」이라는 작품이다. 이 소설은 중편소설의 이중적 구조를 지니고 있으며, 사회적 출신 성장 기반과 성격이 서로 대조를 보이고 있는 수옥과 주희라는 두 사람의 여성을 등장시키고 있다. 이들은 어린 시절부터 인근 마을에서 자랐고, 보통학교와 여학교를 함께 다닌 동창이다. 두 사람 모두 재질이 뛰어나 여학교를 졸업한 후에는 상급학교에 진학한다. 수옥은 서울에서 전문학교 영문과에 다니고 있으며, 주희는 동경 유학을 떠나 동경여자대학에서 사회학을 공부하고 있다. 수옥의 집안은 한때 많은 토지를 소유하였던 부농이었지만, 거듭되는 흉년과 홍수 등 자연 재난으로 인한 농사의 부진, 턱없이 높은 영농비의 증가, 그리고 자녀의 학업으로 인한 과다한 교육비의 지출 등으로 경제적인 궁핍에 몰린 빈농이다. 딸의 교육을 반대하는 아버지의 고집에도 불구하고, 수옥은 어머니와 남동생의 지원으로 서울로 진학할 수 있게 된다. 그러나 수옥은 자신이 처해 있는 현실적 조건과 상황을 제대로 인식하지 못하고, 학창이라는 제한된 공간에 얽혀 있다. 그녀는 현실에 입각하여 자신의 위치와 처지를 제대로 인식하지 못한 채, 수동적으로 학교생활에 갇혀 있는 것이다. 수옥의 친구인 주희의 경우는 이와는 전혀 다르다. 주희는 인동에서 가장 돈 많은 지주의 딸이다. 그녀는 매우 활달하고 매사에 적극적인 성격이다. 동경 유학중인 그녀는 첩살림에 빠져 있는 아버지를 경멸하며 사회와 현실에서 요구되는 인간이 되고자 한다. 그녀는 호사스런 자기 집을 부러워하는 친구 수옥과는 달리, 오히려 아버지의 탐욕과 비리를 못마땅하게 여기며, 아버지의 총애를 다투는 작은어머니들을 경멸하기도 한다. 그녀는 사회학을 공부하였기 때문에 일찍 모순의 현실에 눈떴고, 방학이 되어 고향으로 돌아와서는 야학을 열고 계몽에 앞장선다.

수옥과 주희에게 현실에 대한 각성을 요구하는 매개적인 인물 정찬이라는 남성이 있다. 정은 주희의 오빠인 철주의 친구로서 서울에서 공부하고 있는 진보적인 청년이다. 그는 수옥에게 현실사회가 요구하는 여성이 될 것을 충고한다. 가정과 고향을 제대로 알고 사회와 현실의 문제를 바르게 파악하여 개척과 성장을 적극적으로 실천할 수 있는 여성이 되기를 요구하는 것이다. 수옥은 정의 충고를 듣고 극도의 신경쇠약에 걸려 더이상 학교에 머물러 있지 못하고 고향으로 내려오게 된다. 수옥은 고향에 돌아와서도 농사일에 바쁜 집안의 일은 거의 돌보지도 못하고 있다. 그러나 정찬의 충고대로 이번만은 집안에서 좀더 꼼꼼하게 농사일을 지켜보리라 마음먹는다. 그러나, 그녀의 눈에는 농사의 어려움이라든지 농촌의 궁핍이라든지 노동의 의미 같은 것은 거의 들어오지 않는다. 그런데 주희의 경우는 이와 대조적이다. 주희는 정찬의 충고를 적극적으로 받아들여 스스로 실천에 옮기고자 한다. 그녀는 정찬의 도움을 받아 계몽운동을 전개하면서 근로 조건이 열악한 공장의 여직공들을 조직화하여 파업을 선동하기도 한다. 수옥은 정찬과 주희의 관계를 알고는 더욱 심한 고뇌에 빠져든다. 그녀는 정찬과 주희를 질투하면서, 유부남인 철주의 유혹에 빠져 불륜을 저지른다. 그녀는 정찬과 주희가 서로 만나서 자신들이 뒤에서 주도한 공장 파업의 성과를 이야기하는 것을 몰래 훔쳐보다가 비탈에서 굴러떨어져 결국 죽고 만다.

이 작품에서 작가가 제시하고 있는 두 여성은 부정적 인물로서의 수옥과 긍정적 인물로서의 주희가 대별된다. 그리고 전체 작품의 이야기도 두 인물의 이중적인 대비를 통해 어떤 결말에 이르고 있다. 물론 이 같은 대비는 소설적 구조로 볼 때 매우 도식적인 것이 사실이다. 이 작품에서 계급적 현실에 대한 자기 각성에 이르지 못하는 수옥의 도덕적 몰락과 죽음은 당연한 결과로 제시된다. 반대로 부르주아 계급의 자기 모순을 인식하고 이에 반발하면서 자신의 출신 계급적 기반 자체를 거부하고 있는 주희의 선택과 실천 의지를 긍정하고 그 의식의 성장을 지지하고 있다.

수옥은 현실의 모순과 고통을 전혀 알지 못한 채 사랑에 대한 개인적인 열정과 허영에 사로잡혀 있다. 그녀는 농토를 모두 팔아넘기고 소작인으로 전락해버린 아버지의 고뇌도 이해하지 못하며, 누나의 서울 진학을 돕기 위해 스스로 학교를 중도에서 포기하고 역부로 취직한 동생의 고통도 이해하지 못한다. 그녀를 감싸고도는 어머니의 보호 속에서 자신의 존재만을 드러내고 있을 뿐이다. 수옥이 지니고 있는 관심은 개인적인 것뿐이다. 자신의 외모와 건강과 자신의 사랑이 그녀에게는 가장 중요하다. 그리고 친구인 주희가 누리고 있는 부와 여유 있는 생활을 부러워한다. 자기 삶의 기반을 제대로 인식하지 못하고 있는 수옥의 가장 큰 결점은 여성으로서의 자기 정체성 자체를 상실하고 있는 점이다. 그녀에게 자신이 있는 것은 그녀의 외모뿐이다. 그녀는 자신의 외모에 반해 있던 철주의 유혹을 벗어나지 못함으로써 스스로 남성에게 종속되어 살고자 하는 노예적인 근성을 버리지 못한다. 그리고 바로 그러한 선택이 곧바로 그녀의 몰락과 죽음을 부르게 된다.

이 작품에서 정찬의 입장과 주희의 역할은 작가의 적극적인 긍정에도 불구하고 실천적인 구체성을 드러내고 있지는 않다. 정찬의 계급적인 입장과 이념적인 성격은 불분명하다. 그는 농촌 태생으로 법학을 전공하는 대학생이라는 신분을 지니고 있을 뿐, 사회적인 성격을 드러내는 요건을 찾아보기 어렵다. 그러나 그가 수옥이나 주희와 나누었던 대화의 내용을 통하여 그의 진보적 성향을 충분히 짐작할 수 있다. 그는 이 작품에서 이념적 매개항으로서의 존재 의미를 감추고 있다고 할 것이다. 정찬의 충고를 받아들인 주희는 적극적인 성격과 활달함을 보여준다. 그리고 지주의 딸로서 누릴 수 있는 계급적 허영을 벗어버린 채 현실에 적극적인 관심을 보여준다. 그녀는 정찬으로부터 조직적인 계몽운동과 그 사회적 실천의 가능성을 배운다. 주희는 방학이 되어 고향으로 돌아와 야학을 운영하면서 계몽에 앞장섰고, 자기 집안에서 경영하는 공장의 여직공들을 선동하여 부당한 대우에 조직적으로 항거하도록 하고 있는 것이다. 소설 「비탈」에서 아이러니의 수법을 활용한 두 인물의 성격의 대조는 비교적 치밀하다. 수옥이라는 인물이 보여주는 소극성과 수동적인 행동에 비해 주희의 적극성은 특기할 만하다. 그러나, 이러한 행동이 자신의 계급적 기반 자체를 부정하는 것인지, 현실에 대한 계몽주의적인 차원의 비판적인 접근인지 구분하기 어렵다. 소설의 결말에서 수옥의 죽음을 앞에 두고 철주 자신이 부르주아 의식의 청산을 맹세하는 장면이 있지만, 그것은 관념적인 수사에 그쳐버린 느낌이다. 실천의 구체성을 담보하기 어렵기 때문이다.

4

박화성은 여성 문제에 대한 계급적인 인식의 가능성을 문학을 통하여 열어놓고 있다. 박화성의 문학에서 자주 등장하는 궁핍한 농민의 삶은 그 핵심이 주로 농촌 여성의 문제와 연결되어 있다. 박화성은 가난한 소작농들이 자연의 재해를 이겨내면서 얻어낸 곡식을 지주와 마름들이 모두 차지해버리는 모순구조가 계급적인 것임을 분명히 한다. 그리고 그 모순의 현실 속에서 가장 큰 피해를 겪는 것이 바로 여성임을 말해주고 있다. 그런데, 식민지 시대 농촌의 여성은 전통적인 가부장제의 체제에 갇혀 있었기 때문에, 계급적 모순 속에서 가난하게 살아가면서도 남성의 지배의 울타리를 벗어나지 못한다. 여성에 대한 이같은 이중적인 억압구조는 정치 경제적인 문제만이 아니라 사회 문화적인 문제성을 동시에 내포한다. 박화성의 문학이 이러한 문제의식에 기초하고 있다는 것은 식민지 시대 여성주의 문학의 성격을 이해할 수 있는 하나의 단서를 제공하고 있다.

박화성의 문학은 농민들의 궁핍한 생활을 토지 소유 문제를 둘러싼 지주 계층과 마름, 그리고 소작농의 대립에서 비롯된 것으로 이해하고 있다는 점에서 계급주의적 경향을 드러낸다. 특히 「하수도 공사」에서 볼 수 있는 노동자들의 계급적 연대 투쟁, 「논 갈 때」에서의 농민의 집단 투쟁 등은 모두 계급의식의 고양과 투쟁 의지를 강조하고 있다고 할 것이다. 그렇지만, 박화성의 문학이 계급의식에 근거하여 현실과 역사에 대한 긍정적인 전망까지도 포함하고 있는 것은 아니다. 박화성의 문학 자체가 단편적인 삽화성을 벗어나지 못하고 있는데다가, 객관적인 현실 자체가 이념의 실천적인 가능성을 차단하고 있었기 때문이다.

그런데 여성 문제에 국한시킬 경우, 박화성의 문학은 계급적 성향만을 중시하는 것은 아니다. 오히려 박화성이 주목하고 있는 여성 문제는 가부장제의 사회체제에서 벗어나지 못하고 있는 여성의 소극성이다. 여성 자신의 자기 정체성의 확립은 현실사회의 모순구조를 벗어나 고통의 삶으로부터 해방될 수 있는 기반이다. 「헐어진 청년회관」이나 「비탈」 등에서 제시하고 있는 여성의 자기 각성은 실천적 구체성을 지니는 것은 아니지만 그 자체로서 강한 설득력을 지니는 것임은 부인할 수 없다.

박화성의 문학은 여성주의 문학의 한 도정에 속한다. 그것은 하나의 시도이고 가능성일 뿐이다. 박화성이 문제 삼고 있는 조건들과 그 해결 방안이 어떤 의미를 지니는 것인지를 판단해야 하는 것은 우리들의 몫이다. 여성주의는 여전히 하나의 대안으로 남아 있으니까.

이상의 시 「출판법」과 「파첩」

1

이상의 시는 하나의 충격이다. 이 충격은 시적 감성의 영역을 시적 인식의 세계로 바꾸어놓은 시 정신의 전환과 관련된다. 이상의 시가 보여주는 기법과 양식에 대한 반동은 외관의 무의미성을 강조하면서 끊임없이 상상력의 하부구조를 열어간다는 데에 그 특징이 있다. 이상 시의 언어는 경험과 현실을 담아놓는 그릇도 아니며, 그러한 일련의 의미가 자연스럽게 표현되는 매개체도 아니다. 다시 말하자면 그것은 문학 텍스트에서 정서와 사고의 단순한 매개체로서만 기능하지는 않는다. 그것은 텍스트를 통해 구현하게 되는 물질적인 사회적 과정의 구성적 요소로서 작동한다. 물론 그것은 매우 특이한 인지의 과정을 필요로 한다. 언어 표현과 상상력의 관계라든지 정보의 상호작용이라든지 하는 것은 추상적인 사고가 직접적인 감각으로 현실화될 수 있는 물질적 행위이자 과정에 해당하기 때문이다.

이상 문학의 모든 텍스트는 그 실험성에도 불구하고 실제로는 그 자신이 언어와 문자 행위를 통해 얻어낸 어떤 관념과 의미의 공유 의식에 근거한다. 그가 사용하고 있는 어떤 언어의 표현, 어떤 문자적 기술은 자연적이거나 직접적인 것이 많지 않다. 그의 언어는 각각의 텍스트 내에서 독자적인 일종의 기호 체계를 지향한다. 이상의 시적 텍스트는 하나의 기호 체계로서의 자기 통제적 규칙을 지니고 있다. 그리고 현실이나 경험의 영역이 함부로 끼어들지 못하게 차단한다. 그 결과 그의 기호는 자의적일 수밖에 없다. 그리고 기호들의 내적 관계를 통해서만 어떤 인식의 의미화를 가능하게 할 뿐이다.

그러나 이상의 시가 어떤 기호 체계를 지향한다고 해서 그것이 경험의 영역과 완전히 차단되어 있다고 보기는 어렵다. 그의 언어와 문자가 기호화하고 있는 것들은 경험적 현실과 사회적 활동의 영역과 내밀하게 연관되어 있다. 그리고 그것은 물질적 사회적 행위에 대한 의미화의 과정 자체를 벗어나고 있는 것은 아니다. 그가 조작해내고 있는 기호들의 텍스트화 과정은 오히려 경험과 현실을 스스로 차단함으로써 더 다양한 인식의 공간을 열어놓는다. 이상 텍스트의 모든 언어와 문자가 지향하고 있는 기호적 전략은 기호 자체의 유희성에서부터 출발하는 것처럼 보이는 경우가 많다. 하지만 그것은 언제나 하나의 사회 문화적 행위로 확산된다. 그 이유는 텍스트를 구성하고 있는 기호 자체의 물질적이며 사회적인 관계들이 실질적으로 작용하면서 더 넓게 의미의 지평을 열어놓고 있기 때문이다.

이상의 문학 텍스트에서 언어의 기호적 속성을 제대로 이해하지 못하는 경우 그 진정한 의미와 가치에 도달할 수 없는 상황에 빠져든다. 우리는 이상 문학 연구에서 이러한 오류를 숱하게 경험한 바 있다. 텍스트의 구조를 제대로 분석하지 못하는 경우 쉽게 그것을 작가의 경험 세계로 치환하기도 하고 추상화된 이념으로 이를 재단하기도 한다. '심리적 사실주의'라는 이름으로 자행된 이상 문학에 대한 무분별한 논의들은 문학 텍스트 자체가 구현하고 있는 의미와 가치로부터 독자의 관심이 빗나가도록 조정하고 이상 문학을 또다른 미궁으로 몰아넣기도 한다.

이 글은 이상 시 「출판법出版法」과 「파첩破帖」의 텍스트에서 두드러지게 드러나고 있는 특유의 공간 감각을 '타이포그래피(typography)의 시학'이라는 차원에서 새롭게 검토하고자 하는 데에서 출발한다. 이 공간 감각은 텍스트 자체의 시각적 구성에 관련되는 것이다.[1] 그리고 그 의미구조는 궁극적으로 주체의 존재론적인 위기 상황을 제시하기 위한 고도의 전략으로 작용한다.

이상의 시에서 '타이포그래피의 상상력'과 연관되는 다양한 시각적인 기법이 활용되고 있다는 것은 널리 알려진 사실이다. 타이포그래피는 텍스트의 의미를 명료화하고 그것을 널리 분배할 수 있는 기술의 하나이다. 언어의 시각적 형식으로서의 타이포그래피가 추구하는 명료성은 텍스트에 내재하는 논리를 외형적인 논리로 변형하는 데에 있다. 타이포그래피는 텍스트와 그 밖의 요소 사이의 시각적 관련성을 실제적 관계의 반영체로 구현한다.[2] 이상의 시 텍스트는 타이포그래피의 기법을 통하여 언어의 물질성을 텍스트 공간에서 새로운 형태로 살려낸다. 이상의 텍스트에서 타이포그래피의 공간은 단순한 인쇄 기술의 영역에 국한되는 것이 아니라, 기호적 의미의 생산이라는 새로운 창조력의 공간을 제공한다. 때로는 공간의 활용을 통해 때로는 글자 자체의 크기나 모양을 통해 때로는 기호와 숫자의 활용을 통해 끊임없이 새로운 의미의 생산에 작용한다. 그러므로 이상의 문학 텍스트에서는 언어 문자 표

---

1) 이상 문학 텍스트가 보여주는 타이포그래피의 특성은 안상수 교수의 「타이포그라피적 관점에서 본 이상 시에 대한 연구」(한양대대학원, 1995), 김민수 교수의 「시각예술의 관점에서 본 이상 시의 혁명성」(권영민 편, 『이상문학연구 60년』, 문학사상사, 1998) 등에 의해 집중적으로 논의된 후 지속적인 관심사가 되고 있다.
2) Robert Bringhurst, *The Elements of Typographic Style*, Hartly & Marks, 2005, p. 21.

현의 어떤 단위도 하나의 기호적 체계를 형성하기 위해 동원된다. 말하자면 그의 텍스트에서 드러나는 언어 문자의 표현은 자연스런 것이지만 그 자체가 하나의 기호화 과정임을 알 수 있다. 그러므로 이 기호 체계를 통해 창조해내는 새로운 의미구조를 이해하기 위해서는 기호 체계 자체의 분석과 해독이 필수적이다.

시 「출판법」과 「파첩」은 타이포그래피의 세계를 패러디하면서 특이한 시적 텍스트의 공간을 창출한다. 소리의 세계를 시각적 공간의 세계로 바꾸어놓는 것이 글쓰기라면, 타이포그래피는 글쓰기에 동원된 문자들을 금속성의 활자로 변환시켜 특정한 형태로 특정의 위치에 배치하는 물질적 공간을 창출한다. 이 공간의 배치에 관련되는 복잡한 작업의 절차는 인쇄된 텍스트의 표면에 등장하지는 않지만, 종이 위에 규칙적으로 배열된 문자 기호의 기계적 통제를 독자들은 어떤 방식으로든지 느낄 수밖에 없다. 이 활자라는 물질화된 문자 기호의 공간 배치는 철저하게 비인간적이며 엄격하다. 모든 텍스트는 타이포그래피에 의해 시각적으로 구성되는 공간화 과정에서 일정한 자기 규칙을 따른다. 타이포그래피는 높은 예술적 창조성보다는 형식과 기능을 동시에 충족하는 일종의 현실성을 목표로 한다.[3] 기계로 만들어낸 활자를 일정한 규격에 따라 일정하게 배열하는 것은 정확한 구성과 명확한 균형감각을 요구한다. 타이포그래피는 질서와 균형과 조화를 중시한다. 그리고 이것은 기호적 유희가 아니라 소통의 원리에 봉사하는 것이므로 실제성과 정확성을 생명으로 한다. 하지만 타이포그래피의 공간은 문학적 상상력에도 깊이 작용한다. 이 새로운 공간적 구성이 시인 자신의 현실에 대한 인식의 지평을 열어 보일 수 있기 때문이다.

시 「출판법」과 「파첩」에서 텍스트 구성의 기반을 이루고 있는 타이포

---

3) 조르주 장, 『문자의 역사』, 이종인 옮김, 시공사, 140쪽.

그래피의 세계를 정확하게 이해하기 위해서는 활판 인쇄의 방법과 절차를 단계별로 미리 알아둘 필요가 있다. 인쇄 과정은 원고가 완료되고 편집 지시가 끝난 뒤부터 이루어진다. 원고의 편집 지시대로 문선공들이 활자 케이스에서 활자를 뽑아(채자) 상자에 모으는 일이 문선 작업이다. 원고가 보기 쉽게 잘 정리되어 있을 경우 채자의 속도가 그만큼 빨라져서 문선 작업의 능률이 높아진다. 활자 상자에는 다양한 크기의 활자를 배열해놓고 있다. 문선 작업에서는 텍스트의 원고에 표시되어 있는 띄어쓰기나 줄 바꾸기 등에는 신경을 쓰지 않고 단지 각각의 글자와 기호와 구두점에 해당하는 활자만을 크기에 따라 골라내어 그것을 조판하기 위해 식자공에게 넘겨준다.

식자공들은 문선 작업에 의해서 골라낸 활자와 구두점·기호 등을 식자대(植字臺) 위에 준비하고, 원고를 보면서 필요한 활자나 공목·약물 등을 골라서 '스틱'이라고 하는 소형 도구 안에 몇 행분을 짜놓고, 이것을 '게라'라고 하는 테두리가 있는 판자에 옮겨 한 페이지분을 모아 끈으로 잡아맨다. 이 과정이 조판 작업의 핵심에 해당한다. 한 페이지씩 조판이 되면 이것을 간단한 인쇄기에 올려놓고 시험인쇄를 한다. 이렇게 인쇄된 종이를 '교정쇄(校正刷)'라고 한다. 이 교정쇄를 보고 원고 내용과 대조하여 판의 잘못된 글자(오식)를 바로잡고 편집 지시 내용을 검토하는 것이 교정 작업이다. 교정은 인쇄소와 인쇄를 주문한 쪽이 함께 행하는 것이 보통이다. 최초의 교정을 초교, 2회째 이후를 재교, 3교, 4교…… 라 하며, 교정 종료를 교료(校了), 인쇄소의 책임 아래 바로잡는 지시를 책임교료라 한다.

교정 작업이 모두 완료되면 인쇄 작업이 이루어진다. 신문의 경우는 여러 면으로 구성되어 있으므로 조판된 각 면을 연결하여 인쇄한다. 그러나 책의 경우에는 그 크기에 따라 면을 달리하여 조판하고 이를 몇 페이지씩 배열하여 인쇄한다. 이때 활자 등을 짜놓은 판을 인쇄 원판(原

版)이라 하는데, 이것을 직접 인쇄기에 걸어 인쇄한 것을 원판쇄라 한다. 그러나 원판 자체는 보관하기 어렵기 때문에 대개는 원판의 내용 그대로 복판을 만들기 위해 지형을 제작한다. 지형은 원판 위에 특수 가공한 용지를 깔고 열과 압력을 가해 원판과 요철이 반대가 되어 나타나도록 만든 것이다. 지형(紙型) 위에 납을 부어넣으면 원판과 같은 모양의 연판(鉛版)이 만들어진다. 인쇄 과정에서는 이 연판을 인쇄기에 걸어 종이에 인쇄한다. 지형을 만든 후에는 조판된 활자를 모두 헐어 다시 활자 상자에 보관한다. 이러한 방식으로 이루어지던 활판 인쇄는 최근 컴퓨터가 인쇄 과정에 도입되면서 점차 사라지고 있다. 문선 조판 교정 등의 과정을 모두 컴퓨터에서 처리하도록 함으로써 그 절차가 간단해졌기 때문이다.

2

이상의 「출판법」은 1932년 7월 『조선과 건축朝鮮と建築』에 일본어로 발표된다. 이 시는 신문 호외판에 대한 검열과 그 제작 과정을 타이포그래피의 방법과 절차로 패러디하여 특이한 시적 공간을 창조해내고 있다. 이 시의 텍스트는 표면적으로 타이포그래피의 기술적 메커니즘을 통해 하나의 텍스트가 구축되는 과정을 보여주고 있지만, 일본 식민지 시대의 정치현실과 함께 신문의 기사를 통제하는 일본 경찰의 검열(censorship) 과정을 패러디의 기법을 통해 교묘하게 감추어놓고 있다. 검열이란 하나의 텍스트가 구축되는 과정에 대한 강제적인 외부 간섭을 의미한다. 이것은 자기 규율을 통해 하나의 완성을 지향하고자 하는 텍스트의 자율적 속성을 무력하게 만들어버리는 폭력적인 파괴행위에 해당한다. 검열은 권력의 힘으로 타이포그래피의 공간을 강제적으로

점령하여 활자라는 문자 기호의 지시 기능을 마비시키고 텍스트 안에 담기는 메시지를 왜곡시켜놓는 것이다.

이 시의 제목인 '출판법'이라는 말을 먼저 검토해볼 필요가 있다. 출판법은 인쇄 출판에 관한 법규를 뜻한다. 한국에서 인쇄 출판의 방법과 절차, 출판물의 내용, 출판물의 발행과 보급 등이 법적 제도로 처음 정해진 것은 1907년 일본 통감부가 주도하여 제정 공포한 '신문지법(新聞紙法)'과 1909년의 '출판법'을 들 수 있다. 이것은 표면적으로는 인쇄와 출판문화의 발전을 도모하기 위한 것이라고 내세우고 있지만 출판물의 내용에 대한 검열, 출판물의 발행과 보급에 대한 규제 장치로 활용된다. 한국 사회에 대한 일본의 식민지 지배가 시작된 1910년 이후 일본 총독부는 이 법적 제도를 더욱 강화한다. '신문지법'과 '출판법'의 내용 가운데에는 신문 발행과 도서 출판물의 발간은 반드시 허가를 받아야 한다는 원칙이 정해져 있으며, 발매 반포의 금지, 압수, 발행정지 등의 행정처분과 언론인에 대한 체형과 같은 사법처분에 따르는 처벌 조항도 담겨 있다. 이 법의 규정 가운데 주목해야 할 것이 바로 신문이나 도서 출판물에 대한 사전 검열 조항이다. 신문, 잡지, 그리고 도서 출판물은 발행하기 전에 경찰부서에 반드시 검열용 2부를 미리 납부하도록 규정하고 있다. 먼저 검열을 실시하고 검열이 끝난 후에 발행 배포를 허가하는 것이다. 1920년 이후 신문에 대한 검열은 인쇄된 신문의 첫 판을 일본 총독부에 납본하여 인쇄 허가를 받도록 되어 있고, 잡지와 도서는 원고 자체를 인쇄 작업 전에 검열하게 되어 있다.[4] 검열에서 지적 사항이 생기면 문제된 내용을 모두 삭제하고 새로운 내용의 기사를 보충해야 한다. 그러나 신문이나 잡지는 발행 날짜가 정해져 있기 때문에 새로운 기사를 보충하지 못하는 경우도 많다. 이 경우

---

4) 정진석, 『조선총독부의 언론 검열과 탄압』, 커뮤니케이션북스, 2007, 93~94쪽.

검열에 의해 삭제된 부분이 그대로 노출되기 때문에 인쇄된 텍스트의 체제가 무너지고 그것이 만들어내는 지식과 정보가 왜곡되기도 한다.

그런데 '출판법'이라는 말은 출판에 관한 법적 제도만을 뜻하는 것은 아니다. 이 말은 글자 그대로 인쇄 출판의 기술과 방법에 해당하는 타이포그래피 자체를 뜻하기도 한다. 타이포그래피는 텍스트의 의미를 언어 문자의 시각적 형식을 통해 명료하게 하고 그것을 널리 분배하는 기술의 하나이다. 타이포그래피는 텍스트에 내재하는 의미와 그 논리를 외형적이고도 시각적인 형태로 변형하는 데에 그 목표가 있다.[5] 타이포그래피의 세부적인 절차에 해당하는 활자의 선택과 배열, 조판과 교정, 인쇄의 방법과 인쇄물의 제작 등은 모두 하나의 시각적 텍스트를 만들어내기 위한 과정이다. 이 과정과 방법은 고도의 기술적인 숙련과 엄밀성을 요구한다. 그러므로 각각의 과정마다 그 자체 내에서 반드시 지켜야 하는 규칙과 제약이 따른다. 만일 어느 한 부분이라도 자체 내의 규칙과 제약에서 벗어나는 경우에는 제대로 된 시각적 텍스트로서의 인쇄물을 생산할 수 없게 된다. 결국 '출판법'이라는 말은 인쇄 출판에 관한 법적 제도적 장치를 의미하기도 하고, 타이포그래피의 원리와 방법에 의해 텍스트를 구성하고 산출하는 방법을 뜻하기도 한다. 그러므로 이 시는 타이포그래피를 둘러싸고 있는 내적 규율과 외적 간섭이라는 역설적 상황이 패러디의 기법을 통해 시적 텍스트로 재구성되고 있다고 할 것이다.

시 「출판법」에는 '나'라는 시적 화자가 전면에 등장한다. '나'는 실제적인 인물이 아니다. 인쇄에 필수적인 '활자'를 의인화한 가상적 인물이라고 할 수 있다. 전체 텍스트가 네 개의 단락으로 구분되어 있는데, 전반부에 해당하는 I, II 단락은 신문 호외판 제작을 위한 조판 단계

---

5) Robert Bringhurst, *Ibid.*, p. 21.

에서 행해지는 기사 검열을 교정과 정판 과정 속에 숨겨서 보여준다. 그리고 후반부에 해당하는 III, IV 단락에서는 인쇄기에 올려진 원판을 최종 점검한 후 기계를 작동시켜 종이 위에 인쇄하게 되는 과정이 그려진다. 검열로 인하여 호외 기사는 앞뒤의 문맥이 제대로 맞지 않지만 '암살(暗殺)'이라는 글자가 선명하게 찍혀 나온다.

I

虛僞告發이라는罪名이나에게死刑을言渡하였다。 자취를隱匿한蒸氣속에몸을記入하고서나는아스팔트가마를睥睨하였다。

— 直에關한典古一則 —

其父攘羊 其子直之

나는아이는것을아알며있었던典故로하여아알지못하고그만둔나에게의執行의中間에서더욱새로운것을알지아니하면아니되었다。

나는雪白으로曝露된骨片을줏어모으기始作하였다。

「筋肉은이따가라도附着할것이니라」

剝落된膏血에對하여나는斷念하지아니하면아니되었다。

II 어느警察探偵의秘密訊問室에있어서

嫌疑者로서檢擧된사나이는地圖의印刷된糞尿를排泄하고다시그것을嚥下한것에對하여警察探偵은아아는바의하나를아니가진다。發覺當하는일은없는級數性消化作用。사람들은이것이야말로卽妖術이라말할것이다。

「물론너는鑛夫이니라」

參考 男子의 筋肉의 斷面은 黑曜石과같이 光彩가나고있었다고한다.

III 號　外

磁石收縮을開始

原因極히不明하나 對內經濟破綻에因한脫獄事件에關聯되는바濃厚하다고보임. 斯界의要人鳩首를모아秘密裡에研究調查中.

開放된試驗管의열쇠는나의손바닥에全等形의運河를掘鑿하고있다. 未久에濾過된膏血과같은河水가汪洋하게흘러들어왔다.

IV

落葉이窓戶를滲透하여나의正裝의자개단추를掩護한다.

暗　殺

地形明細作業의只今도完了가되지아니한이窮僻의地에不可思議한郵遞交通은벌써施行되었다. 나는不安을絶望하였다.

日曆의反逆的으로나는方向을紛失하였다. 나의眼睛은冷却된液體를散散으로切斷하고落葉의奔忙을熱心으로幫助하고있지아니하면아니되었다.

(나의猿猴類에의進化)

(『이상전집』, 유정 옮김, 1956)

I

虚偽告發と云ふ罪目が僕に死刑を言渡した。樣姿を隱匿した蒸氣の中に身を構へて僕はアスフアルト釜を睥睨した。

―直に關する典古一則 ―

其父攘羊 其子直之

僕は知ることを知りつつあつた故に知り得なかつた僕への執行の最中こ僕は更に新しいものを知らなければならなかつた。

僕は雪白に曝露された骨片を搔き拾ひ始めた。

「肌肉は以後からても着くことであらう」

剝落された膏血に對して僕は斷念しなければならなかつた。

II 或る警察探偵の秘密訊問室に於ける

嫌疑者として擧げられた男子は地圖の印刷された糞尿を排泄して更にそれを嚥下したことに就いて警察探偵は知る所の一つを有たない。發覺されることはない級數性消化作用 人々はこれをこそ正に妖術と呼ぶであらう。

「お前は鑛夫に違ひない」

因に男子の筋肉の斷面はは曜石の樣に光つてゐたと云ふ。

III 號外

磁石收縮し始む

原因頗る不明なれども對內經濟破綻に依る脫獄事件に關聯する所多々有りと見ゆ。斯道の要人鳩首秘かに研究調查中なり。

開放された試驗管の鍵は僕の掌皮に全等形の運河を掘鑿してゐる。雛で濾過された膏血の樣な河水が汪洋として流れ流んで來た。

IV

落葉が窓戶を滲透して僕の正裝の貝釦を掩護する。

暗 殺

地形明細作業の未だに完了していないこの窮僻の地に不可思議な郵遞
交通が既に施行されてゐる。僕は不安を絶望した。

日曆の反逆的に僕は方向を失つた。僕の眼睛は冷却された液體を幾切に
も斷ち剪つて落葉の奔忙を懸命に幇助していなければならなかつた。

(僕は猿猴類への進化)

(『朝鮮と建築』, 1932. 7, 26쪽)

앞에 인용한 시 「출판법」의 첫 단락은 신문 호외판의 조판 과정에서
행해지는 기사에 대한 검열 작업을 교정의 절차와 방법에 빗대어 그려
낸다. 텍스트에 등장하는 '나'라는 시적 화자는 검열에 의해 삭제당한
기사 내용을 표시했던 인쇄 활자라고 할 수 있다. 검열관에 의해 허위
사실이라고 지적된 기사는 원판에서 그 활자들을 제거해야 한다. 텍스
트 자체가 지향하던 객관성이나 공정성과는 관계없이 권력의 강압에
의해 기사가 지워지면, 그 기사를 조판한 원판에서 무수한 활자(골편)
를 빼내야 한다. 이러한 과정은 마치 조판에서 오식으로 판명된 글자를
교정 작업을 통해 바로잡는 것과 흡사하다. 인쇄 원판에 잘못 배열된
활자를 찾아 뽑아내고 다른 활자로 바꾸는 작업은 새로이 구축되는 텍
스트의 세계로부터 오식된 활자를 영구 추방하는 과정(사형)에 해당한
다. 텍스트에서 등장하는 "허위고발이라는 죄명이 나에게 사형을 언도
하였다"라는 진술은 바로 이러한 경우에 해당한다. 그 뒤로 이어지는
"자취를 은닉한 증기 속에 몸을 기입하고서 나는 아스팔트 가마를 비예
하였다"라는 구절은 '자태를 숨겼던 증기 속에서 움칫하며 나는 아스팔
트 가마를 노려봤다'라고 다시 풀어쓰면 의미가 자연스럽게 살아난다.

인쇄 과정에서 생겨나는 증기 때문에 '나(활자)'의 모습이 잘 드러나지 않는다. 그러나 '나'는 검열에 의해 제거당할 처지에 놓여 있기 때문에, 몸을 움칫하고 검은 인쇄기(인쇄 잉크가 묻어 있으므로 아스팔트 가마라고 칭함)를 노려보는 것으로 묘사하고 있다.

그런데 여기서 '곧고 바른 것에 관한 전고 한 가지(直에關한典古一則)'라고 하여 『논어』의 한 대목을 패러디하고 있는 것이 흥미롭다. 텍스트에서 예시하고 있는 "기부양양 기자직지(其父攘羊 其子直之)"라는 구절이 바로 그것이다. 『논어』「자로子路」편에 다음과 같은 이야기가 나온다. 섭공이 공자에게 말한다. "우리들 중에 정직한 사람이 있는데, 그 아버지가 남의 양을 훔친 것을 아들이 증언했습니다." 이에 공자께서 말씀하시길, "우리들 중의 정직한 사람은 그와 다릅니다. 아버지가 아들을 위해 숨겨주고 아들이 아버지를 위해 숨겨주는데, 정직한 것은 그 속에 있습니다(葉公語孔子曰吾黨有直躬者 其父攘羊 而子證之 孔子曰吾黨之直者 異於是 父爲子隱 子爲父隱 直在 其中矣)." 이 짤막한 이야기를 패러디하면서 이상은 "其父攘羊 而子證之"라는 구절을 "其父攘羊 其子直之"라고 고쳐놓고 있다. '아버지가 양을 훔쳤는데 그 아들이 그것을 증언하였다'는 뜻에서 '아버지가 양을 훔쳤는데 그 아들이 그것을 바로잡았다'라는 뜻으로 그 의미가 바뀐다.

이 시에서 『논어』문구의 패러디적 변형은 식자공이 활자를 잘못 조판한 것을 원고에 따라 바로잡아가는 교정 과정의 메커니즘을 그대로 암시한다. 이것은 텍스트의 구축에 동원되는 문자 기호의 물질성이 엄격한 자기 규율에 의해 조정되는 것임을 의미한다. 『논어』에서 볼 수 있는 공자의 말씀은 아비가 아들을 덮어주고 아들이 그 아비를 감싸는 인간적 정서와 덕망을 강조한 것이다. 하지만 정확한 지식과 정보를 산출하는 텍스트의 세계는 이같은 인간적인 정서와 아무 관계가 없다. 만일 이러한 정서적 가치를 내세울 경우, 텍스트의 구축에서 가장 중시되는 엄밀한 과학성 또는 정확성이라는 자기 규율이 무너진다. 그렇기 때문에 문자 기호가 활자라는 물질성에 근거하여 구축하는 텍스트의 세계에서는 틀린 것을 즉시 바로잡고 잘못된 것을 고쳐야만 한다. 아비가 한 일이라도 잘못된 것이면 그 아들이 바로잡아야 하는 것이다. 이러한 엄격함과 냉정함이 텍스트의 세계가 추구하는 과학성의 미덕을 뒷받침하는 것이라고 할 수 있다. 이러한 원칙을 놓고 본다면, 권력의 요구가 아무리 강하다 하더라도 옳은 것이 아니라면 텍스트를 함부로 훼손할 수 없는 일이라는 주장도 가능해진다. 결국 여기서 이루어지고 있는 『논어』 한 구절의 패러디적 변형은 검열의 부당성을 지적하기 위한 것임을 알 수 있다.

첫 단락에서 시적 화자인 '나'는 이러한 텍스트의 본질을 교정 절차와 방법을 통해 비로소 새롭게 깨닫는다. 원고에 기록된 사실 그 자체만을 그대로 구현하는 것으로 알고 있던 '나'는 검열 과정의 저변에 숨겨진 권력의 속성을 알게 되면서 뽑혀 흩어진 다른 활자들과 함께 모아진다. 그리고 현재 이루어지고 있는 텍스트의 구축 과정에 대해 더이상의 미련을 가지지 않게 된다.

이 시의 둘째 단락에는 "어느 경찰탐정의 비밀신문실에 있어서"라는 구절이 소제목처럼 앞에 붙어 있다. 여기서는 검열 과정에서 삭제된 기사 내용을 원판에서 수정하는 장면을 그대로 제시한다. 삭제된 기사 내용에 해당하는 활자를 판에서 찾아내는 작업은 간단한 일이 아니다. 더구나 신문의 호외처럼 촌각을 다투어 인쇄해야 하는 경우에는 삭제된 기사를 대체하여 새로운 기사를 써넣을 시간이 없다. 이럴 경우에는 하는 수 없이 원판에서 해당 기사의 활자를 뒤집어놓는다. 이렇게 되면 활자가 뒤집혀서 검정색 네모꼴이 그대로 종이에 찍히게 된다. 텍스트에서는 이러한 현상을 '지도의 인쇄된 분노를 배설하고 다시 그것을 연하한 것'이라고 묘사한다. 이렇게 고쳐져서 인쇄된 것을 놓고 왜 이러한 현상이 나타났는지를 아무도 알아내지 못한다. 텍스트에서 이를 두고 '발각당하는 일은 없는 급수성소화불량'이라고 비유적으로 표현하고 있다. 원판을 앞에 놓고 활자를 교정하는 작업을 보면서 '광부'의 작업에 빗대고 있는 것도 흥미롭다. "남자의 근육의 단면은 흑요석과 같이 광채가 나고 있었다"라는 대목은 오식된 활자의 뒷면에서 느낄 수 있는 광채를 흑요석에 비유하고 있다.

셋째 단락에는 '호외'라는 소제목이 붙어 있다. 첫 단락에서부터 묘사하고 있는 타이포그래피의 과정이 사실은 신문사에서 이루어지는 호외판의 제작 과정임을 여기서 확인할 수 있다. 호외 기사의 내용도 '원인 극히 불명하나 대내 경제파탄에 인한 탈옥사건'이라는 구절을 통해 부분적으로 암시된다. '사계의 요인 구수를 모아 비밀리에 연구조사 중'이라는 구절은 인쇄 직전 원판의 이상 유무를 최종적으로 점검하는 과정에 해당한다고 할 수 있다. 정판 작업이 끝난 후 인쇄기에 판을 걸어 인쇄를 개시하는 장면이 뒤로 이어진다. 활판 인쇄에서는 일반적으로 정판 후에 지형을 뜨고 연판을 만들어 그것을 인쇄기에 걸게 된다. 그러나 이 시에서는 원판을 그대로 직접 인쇄하는 것으로 그려져 있다. 이러한 방식은 신문사에서 긴급 뉴스나 사건 상황을 빠르게 보도하기 위해 '호외'를 발행할 경우 시간 절약을 위해 행하는 인쇄방식이다. 물론 인쇄 물량이 많지 않은 경우에도 원판을 직접 사용한다. "전등형의 운하를 굴착하고 있다"라는 구절과 "고혈과 같은 하수"는 인쇄 작업이 시작되기 직전에 인쇄기에 올려진 판 위로 인쇄 잉크를 주입하는 과정을 과장적으로 그려낸 부분이다.

넷째 단락은 종이에 신문 호외판 기사의 인쇄가 시작되는 광경을 묘사한다. 인쇄기로 물려들어가는 종이를 '낙엽'에 비유하고 오톨도톨하게 글자가 새겨진 활자 위로 종이가 덮이면서 글자가 찍히는 것을 '자개단추를 엄호'한다고 비유하기도 한다. 네모 상자 안에 **暗殺**(암살)

이라는 활자가 찍힌 것을 보면 '호외'로 내보내는 뉴스가 매우 긴박한 사건임을 말해준다. 이것은 어떤 의미에서 소리로서의 말과 활자라는 물질적인 문자 기호가 만들어낸 공간적 상호작용의 절정에 해당한다. 굵게 박힌 '**暗殺**'이라는 두 글자와 그 글자를 둘러싸고 있는 네모난 상자는 이 글자가 환기하는 소리의 공명을 매우 강렬하게 시각화한다. 그리고 상황의 긴박성을 감각적으로 빠르게 전달한다. 그러므로 이 문자 기호는 사실 소리를 내어 읽지 않아도 된다. 문자 텍스트성의 한계를 뛰어넘는 감각적 호소력을 살려내고 있기 때문이다. '불가사의한 우체 교통'이라는 표현도 흥미롭다. 활자라는 물질화된 문자 기호를 조작하여 만들어내는 하나의 텍스트, 활자와 활자가 서로 배열되면서 서로 의미가 통하는 문자 텍스트로 만들어지는 과정을 이렇게 표현하고 있는 것이다. 텍스트의 마지막 구절들은 인쇄기가 빠르게 작동하기 시작하면서 종이가 인쇄되어 넘어가는 모습을 묘사하고 있다. '나는 원후류에의 진화'라고 적고 있는 것은 인간이 언어와 문자를 가지고 문명을 발전시켜온 과정을 암시하고 있는 것으로 볼 수 있다.

시 「출판법」의 텍스트에서 조판과 인쇄 과정을 통해 암시하고 있는 신문 호외의 기사에 대한 검열은 이른바 '5·15사건'으로 알려지고 있는 일본의 정치테러 사건 보도와 관련되어 있는 것으로 보인다. 이러한 사실은 작품 텍스트에서 단편적으로 언급되어 있는 '대내 경제파탄' '탈옥사건' '암살' 등의 문구가 모두 '5·15 사건'의 동기와 그 핵심 내용을 암시하고 있다는 점, 그리고 이 작품의 발표 시기가 '5·15 사건' 직후라는 점 등을 통해 추측이 가능하다. 1932년 5월 15일 일본 동경에서는 헌정주의자로 신망이 높았던 일본 이누카이 쓰요시(犬養毅) 수상이 해군 장교들에 의해 관저에서 암살당하는 정치적 테러 사건이 발발한다. 일본의 정계는 완전 공황 상태에 빠져들고 대혼란을 겪는다. 이

일본 이누카이 수상 암살 사건을 긴급보도한 1932년 5월 16일 조선일보 호외판.

정치테러는 일본 현대 정치사에서 정당 정치의 후퇴와 함께 군국주의
가 크게 대두되는 결정적 계기를 이룬다. 당시 한국 내에서는 일본 제
국의 정치체제의 혼란과 권력구조의 급격한 변화에 모든 언론이 촉각
을 세우고 있었기 때문에, 모든 신문들이 앞다투어 호외판을 발행하여
이 사건을 상세하게 보도한 바 있다.[6] 당시 조선일보와 동아일보의 호
외를 보면 기사 내용이 부분적으로 삭제되어 앞뒤의 문맥이 제대로 연
결되지 않을 정도로 일본 경찰의 검열이 심각했던 것을 확인해볼 수 있

---

6) '5·15사건'의 내용에 대해서는 조선일보(1932. 5. 17) 해당 기사 참조.

다. 이 시의 텍스트에서도 호외에 실린 기사 내용은 '대내 경제파탄' '탈옥사건' '암살' 등의 문구를 통해 부분적으로만 제시하고 있을 뿐이다. 이것은 일본 경찰의 검열에 의해 신문 기사가 왜곡되고 있는 상황을 시적 텍스트 위에 그대로 실현하여 보여주기 위한 일종의 타이포그래피적 고안에 해당한다. 결국 시 「출판법」에서는 정치적 사건의 보도와 관련하여 행해진 일본 경찰의 신문 검열과 언론 통제의 방식을 패러디하여 그 내용을 텍스트 내부에 교묘하게 감추어놓고 있는 셈이다. 이처럼 시 「출판법」의 텍스트 구조는 그 의미의 중첩성을 전제하지 않고는 이해하기 어렵다. 물론 타이포그래피의 방법에 의해 하나의 텍스트가 구축되는 과정이 중심에 놓여 있다. 그리고 그 기호적 공간에 실제 텍스트에 대해 강제로 행해지는 검열이라는 외부적 간섭을 중첩시킨다. 이러한 시적 구상은 식민지 시대에 이루어진 모든 담론의 모순구조를 우회적으로 비판하는 의미까지 포괄한다고 할 수 있다.

이처럼 이상의 난해시 가운데 하나로 지목되어온 「출판법」은 신문 호외판의 제작에서 이루어진 검열 과정의 한 단면을 실제의 타이포그래피를 염두에 두고 서술하고 있다. 이 작품에 그려지고 있는 문자 텍스트의 구축 과정은 모두가 타이포그래피의 인공적 기술적 단계를 거친다. 입에서 발화되는 말을 문자 기호로 전화시키는 것은 특정한 규칙에 지배된다. 하지만 텍스트의 구성을 위해 문자가 배열되는 조건은 말이 발화되는 조건과는 전혀 다르다. 문자 텍스트는 그 기호적 콘텍스트 안에서 고립된 채 쓰인다. 그러므로 시인 이상은 이 작품에서 음성적 성질이 결여된 시각적인 문자 텍스트를 놓고 그 음성적 요소의 소생을 꿈꾼다. 그는 **"直에關한典古一則"**이라든지 **"磁石收縮을開始"**와 같은 구절에서 문자 기호의 크기를 일부러 크게 확대하여 표시하기도 하고, "「筋肉은이따가라도附着할것이니라」"라든지, "「물론너는鑛夫이니라」" 등에서처럼 어조가 다른 말을 바꾸어 삽입해놓기도 한다. 이러한 노력은 일종의 '말소리 살려내기'의 고안에 해당한다. 말하자면 이것은 음성적 기호의 시각화를 시도하는 것이라고 할 수 있다. 특히 '암살'이라는 충격적 사건을 텍스트화하기 위해 네모 안에 활자를 박아놓고 그 자체를 하나의 기호로 시각화한 것은 타이포그래피의 공간 속에 던져진 커다란 외침이면서 동시에 엄청난 침묵의 등가물이 된다. 그러므로 이 문자 기호가 지시하는 것은 시적 상상 속의 것이긴 하지만 시각적으로 감지되는 현실 공간의 어떤 부문과 합치될 수 있는 일이다.

3

이상의 시 가운데에는 「출판법」과 마찬가지로 타이포그래피적 상상력에 기반하고 있는 「파첩」이라는 작품이 있다. 이 작품의 경우에도 텍스트 구조의 난해성 때문에 제대로 된 분석이 이루어진 적이 없다. 「파첩」은 이상이 세상을 떠난 일 년 후에 시 동인지 『자오선子午線』(1937. 10)에 유고(遺稿)의 형식으로 수록된다. 이 작품은 10연으로 구분되어 있으며, 텍스트의 표층에 어떤 '도시'의 소란과 그 붕괴 과정이 드러나 있다. 그러나 여기서 묘사되고 있는 '도시'는 실제의 도시가 아니다. 이 작품은 고도의 비유와 암시 속에서 이상 자신이 발표한 일본어 시 「출판법」의 텍스트를 패러디하며 새로운 시적 공간을 창조해내고 있다.

이 작품의 시적 화자인 '나'는 인쇄활자를 의인화한 것이다. 거대한 '도시'의 형상은 조판을 통해 구축된 텍스트의 물질세계를 암시한다. 이 작품의 전체 내용은 타이포그래피에서의 조판 과정, 원판의 복판을 만들어두기 위한 지형(紙型) 제작, 원판 자체를 헐어버리는 해판 과정을 교묘하게 숨겨두고 있다. 하나하나의 활자들이 모여 '글'이라는 새로운 텍스트의 세계를 구축하는 조판 과정을 '시가전'에 비유한다. 그리고 이 원판을 바탕으로 지형을 제작한 후에 원판 자체를 헐어버리는 해판 과정이 '도시의 붕락(崩落)'처럼 묘사된다. 이같은 시법을 통해 시인은 인간에 의해 발명된 언어와 문자가 인간의 문명을 만들고 그것이 숱하게 신의 뜻을 거절하면서 스스로 멸망의 길에 빠져들게 되는 과정을 고도의 비유로 암시하고 있는 것이다.

1

優雅한女賊이 내뒤를밟는다고 想像하라
내門 빗장을 내가질으는소리는내心頭의凍結하는錄音이거나, 그「겹」이거나……
―無情하구나―
燈불이 침침하니까 女賊 乳白의裸體가 참 魅力있는汚穢 ― 가안이면乾淨이다

2

市街戰이끝난都市 步道에「麻」가어즈럽다. 黨道의命을받들고月光이이「麻」어즈러운우에 먹을즐느니라
(色이여 保護色이거라) 나는 이런일을흉내내여 껄껄 껄

3

人民이 펵죽은모양인데거의의亡骸를남기지안았다 悽慘한砲火가 은근히濕氣를불은다 그런다음에는世上것이發芽치안는다 그리고夜陰이夜陰에繼續된다

猴는 드디어 깊은睡眠에빠젓다 空氣는乳白으로化粧되고
나는?
사람의屍體를밟고집으로도라오는길에 皮膚面에털이소삿다 멀리 내뒤
에서 내讀書소리가들려왓다

4

이 首都의廢墟에 왜遞信이있나
응? (조용합시다 할머니의下門입니다)

5

쉬─트우에 내稀薄한輪廓이찍혓다 이런頭蓋骨에는解剖圖가參加하지
않는다
내正面은가을이다 丹楓근방에透明한洪水가沈澱한다
睡眠뒤에는손까락끝이濃黃의小便으로 차겁드니 기어 방울이저서떨어
젓다

6

건너다보히는二層에서大陸게집들창을닫어버린다 닫기前에춤을배았
었다
마치 내게射擊하듯이…….
室內에展開될생각하고 나는嫉妬한다 上氣한四肢를壁에기대어 그 춤
을 디려다보면 淫亂한
外國語가허고많은細

菌처럼 꿈틀거린다

나는 홀로 閨房에病身을기른다 病身은각금窒息하고 血循이여기저기
서망설거린다

7

단초를감춘다 남보는데서「싸인」을하지말고……어디 어디 暗殺이 부
헝이처럼 드새는지 ― 누구든지모른다

8

……步道「마이크로폰」은 마즈막 發電을 마첫다

夜陰을發掘하는月光 ―

死體는 일어버린體溫보다훨신차다 灰燼우에 시러가나럿건만……

별안간 波狀鐵板이넌머젔다 頑固한音響에는 餘韻도업다

그밑에서 늙은 議員과 늙은 敎授가 번차례로講演한다

「무엇이 무엇과 와야만되느냐」

이들의상판은 個個 이들의先輩상판을달멋다

烏有된驛構內에貨物車가 웃둑하다 向하고잇다

9

喪章을부친暗號인가 電流우에올나앉어서 死滅의「가나안」을 指示한다

都市의崩落은 아―風說보다빠르다

市廳은法典을감추고 散亂한 處分을拒絶하엿다.

「콩크리―토」田園에는 草根木皮도없다 物體의陰影에生理가없다

―孤獨한奇術師「카인」은都市關門에서人力車를나리고 항용 이거리를
緩步하리라

(『자오선』, 1937. 10, 48~51쪽)

「파첩」의 시적 텍스트는 그 의미구조에 따라 제1연에서 제4연까지의
조판 과정, 제5연에서 제8연까지의 지형 제작, 그리고 제9연과 제10연
의 원판 해체라는 세 부분으로 크게 나누어볼 수 있다. 타이포그래피의
핵심 과정에 해당하는 조판은 매우 정밀한 여러 단계의 기술적인 작업
을 요구한다. 이 과정을 통해 글쓰기의 결과물인 원고의 내용대로 활자
가 배열되어 하나의 텍스트의 근간이 구축된다. 이러한 작업 과정은 최
종적으로 산출되는 인쇄 텍스트에는 전혀 드러나지 않지만, 수많은 활
자를 원고의 편집 지시에 따라 골라내어 인쇄 원판을 짜기 위해서는 엄
청난 시간과 집중적인 노동이 요구된다. 하나의 텍스트를 구축하기 위
해 진행되는 이 복잡한 절차와 방법은 궁극적으로 글쓰기의 소산인 원
고라는 문자 텍스트를 물질적인 활자 공간으로 바꾸는 작업이다. 여기
저기 숱한 활자들이 어지럽게 놓여 있다가도 그것들이 모두 원고 위에
표시된 편집 지시대로 자리잡으면서 질서화한다. 그리고 낱낱의 문자
기호가 합쳐져 하나의 문장, 하나의 단락, 한 페이지로 합쳐지며 의미
있는 텍스트를 생산하게 된다. 여기서 구축된 타이포그래피의 공간은
전란과 같은 무질서의 세계를 벗어나 질서화하면서 거대한 문명의 공
간, 하나의 도시처럼 새로운 텍스트의 세계를 펼쳐내는 것이다.

이 작품의 제1연부터 좀더 세밀하게 읽어보자. 제1연에서 '나'는 타

이포그래피의 공간에 자신의 위치를 고정해야 되는 낱낱의 활자를 지칭한다. 그러므로 '나'는 아직 유동적이다. '나'의 시각적 형상을 물질적으로 구현하고 있는 '활자'를 여기서는 '우아한 여적'이라고 비유적으로 설명하고 있다. 타이포그래피는 청각에 호소하는 말을 시각적 평면에 문자 기호로 고정시켜 배치한다. 이 기호의 공간적 고정 과정을 물질적으로 실현하는 것이 활자인 셈이다. 타이포그래피의 활자는 문자의 기호와는 그 성질이 다르다. 말이 글로 씌어지는 순간에는 그 음성적 속성에 따라 정해진 문자 기호로 표시된다. 발음기관을 통해 나오는 '가'라는 소리는 언제나 '가'라는 하나의 문자 기호로 표시된다. 그런데 타이포그래피에서는 '가'라는 문자 기호는 원고에 표시된 수만큼의 '가'라고 새겨진 금속성의 활자를 필요로 한다. 이러한 물질적인 속성을 시인은 '우아한 여적이 내 뒤를 밟는다'라고 상정한다. 이 '여적'의 발자국이 곧 인쇄된 글자가 된다는 것을 암시하고 있는 셈이다.

문선 과정에서 채자된 활자는 모두가 원고대로 한 줄의 문장을 이루고 그것들이 다시 한데 모여 한 페이지의 텍스트를 구축하게 된다. 이때 낱낱의 활자 가운데 조판에 처음 쓰이는 새 활자의 경우 '건정(乾淨)'이라고 그 상태를 묘사하고, 두세 번 사용된 적이 있는 것들은 이미 인쇄 잉크가 묻어 있기 때문에 '오예(汚穢)'라고 표현한다. 이제 활자는 그 크기와 위치에 따라 자기 자리를 잡는다. 말하자면 모든 활자는 타이포그래피의 공간에서 자신의 위치가 고정된다. "내門 빗장을 내가 질으는소리는내心頭의凍結하는錄音"이라고 표현한 것은 이같은 활자의 고정 작업, 말하자면 '식자'의 과정을 의미한다. 모든 활자는 식자 과정에서 원판에 고정 배열되면 자기 위치를 떠날 수 없다. 단 오식된 경우는 예외이다.

타이포그래피 공간의 절대적 고정성은 불변의 법칙에 해당한다. 타이포그래피는 그 자체로 하나의 공간을 창조하게 되지만 자기 폐쇄성을 벗어나지 못한다. 그리고 주어진 공간 안에서 하나의 완벽한 텍스트를 구현하고 있다는 완결성에 대한 감각을 거의 무의식적으로 강조하게 된다. 모든 텍스트는 타이포그래피의 과정을 거쳐야만 하나의 완결된 형태, 궁극적인 것으로 간주된다. 정해진 공간 위에 규칙에 따라 문자 기호가 배열되고 그것이 하나의 의미 내용을 이루도록 고안되어 종이 위에 잉크로 찍히면 텍스트는 더이상 손을 댈 수 있는 여지를 남기지 않는다. 이러한 절차와 과정이 때로는 인간의 내면의식, 사고와 지식, 정서와 충동까지도 사물화하는 과정으로 몰아간다. 이 특이한 감각은 타이포그래피 자체의 물질성과 관련된다.

제2연을 보면, 조판대(식자대라고도 한다)가 마치 격렬한 시가전을 치른 것처럼 어지럽다. 여기저기 활자를 동여매기 위해 노끈(시에서는 '마麻'라고 표현됨)들이 널려 있다. 원고에 표시된 편집 지시 내용은 '당도(黨道)의 명(命)'처럼 절대적이다. 조판의 과정은 이 지시 내용대로 전개된다. 제3연에서 수많은 활자가 채자되어 흩어져 있던 모습이 마치 죽은 시체가 널려 있는 것처럼 보이기도 하지만, 조판이 끝나면 모두가 원판 위에 자기 자리를 차지하게 되므로 바닥에 남아 있는 활자가 별로 없다. 타이포그래피의 과정에서 이렇게 활자를 원고대로 배열해가는 작업을 '식자(植字)'라고 한다. 활자를 판에 심는다는 뜻이다. 그러나 이렇게 판에 심어놓은 활자는 꽃이나 나무처럼 싹이 터서 올라오는 것은 아니다. 고정된 자신의 위치에서 텍스트의 구축을 위한 하나의 기호로 기능할 뿐이다. 인쇄공들이 원고를 읽으면서 부지런히 활자를 찾고 있는 소리(독서 소리)가 들려온다. 제4연의 '체신(遞信)'은 일본어 시 「출판법」의 마지막 연에 등장하는 '우체교통(郵遞交通)'이라는 말과 같은 의미라고 할 수 있다.

「파첩」의 제5연부터 제8연까지는 지형의 제작 과정을 묘사한다. 조판이 완료되면 페이지별로 짜맞춘 원판을 일정한 순서대로 배열하여 그 원판의 복판(複版)을 제작한다. 원판 자체는 활자를 배열한 것이므로 그것을 그대로 인쇄하고 보관한다는 것은 불편하고 비효율적이다. 그러므로 지형이라는 복판을 제작하게 된다. 인쇄 원판을 지형 제작기에 장착하고 특수 제작된 두꺼운 판지(板紙)를 물에 불려 눅여서 인쇄 원판 위에 덮어놓는다. "쉬—트우에 내稀薄한輪廓이쩍혓다"라든지 '홍수(洪水)의 침전(沈澱)'이라든지 '농황(濃黃)의 소변(小便)'이라든지 하는 것은 모두 이 과정에서 생겨나는 현상들을 암시한다. 그리고 그 위에 철판 뚜껑을 닫는다. "二層에서大陸게집들창을닫어버린다"(6연)라는 구절이 이를 암시한다. 철판 뚜껑의 압력에 의해 종이 덮인 인쇄 원판이 함께 눌린다. 그리고 열이 가해진다. 이 장면은 "室內에展開될 생각하고 나는嫉妬한다 上氣한四肢를壁에기대어 그 춤을 디려다보면 淫亂한/外國語가허고많은細/菌처럼 꿈틀거린다/나는 홀로 閨房에病身을기른다 病身은각금窒息하고 血循이여기저기서망설거린다"라고 설명되어 있다. 이 과정을 거치면서 활자의 돌기된 부분이 그대로 종이에 박혀(단초를 감춘다) 건조되면 '뒤집힌 형태'의 원판 글자 모양이 지형 위에 생긴다. 제8연은 지형의 제작 과정이 종료되는 모습을 보여준다. 열을 가해주던 전기가 차단('마지막 발전發電을 마쳤다')되면 원판과 지형이 모두 함께 점차 식어간다('체온體溫보다 훨씬 차다'). 그리고 철판 뚜껑을 열어젖힌다. 인쇄공들이 지형이 만들어진 상태를 살핀다. 모든 지형의 형태는 그대로 인쇄 원판의 모습을 복제한 형태('선배先輩 상판을 닮았다')가 된다.

「파첩」의 마지막 두 연은 인쇄 원판의 해체 과정을 말해준다. 원고의 편집 지시에 따라 거대하게 구축되었던 인쇄 원판—활자로 만들어진 물질세계로서의 텍스트(도시)는 지형이라는 가볍고 보관이 용이한 복판 제작이 끝나면 그 존재 의미를 잃어버린다. '모조(카피)'라고 할 수 있는 복제판이 살아남고 원판이 해체되는 이 허망하기 그지없는 타이포그래피의 물질성은 기술 복제의 아이러니를 그대로 반영한다. 이 작품에서 동원하고 있는 '상장(喪章)' '사멸(死滅)' '도시(都市)의 붕락(崩落)' 등과 같은 시어들은 모두 이 허망의 '도시'의 해체를 말하기 위해 동원된다. 인쇄 원판의 제작과 그 해체의 과정은 인쇄된 텍스트가 말해주는 타이포그래피의 세계에서는 전혀 겉으로 드러나지 않는 땅(가나안)일 뿐이다. 이제 지형이라는 복판이 생겼기 때문에 모든 편집 내용을 그 지시대로 따라서 시행했던 원고('법전法典을 감추고')조차도 챙길 필요가 없어진다. "「콩크리―토」田園에는 草根木皮도없다 物體의陰影에生理가없다"는 설명은 타이포그래피 자체의 물질성을 잘 지적해낸다. 활자('물체의 음영')는 생리적인 것이 아니다. 그것은 하나의 물질화된 문자 기호에 불과하다. 이같은 해석은 타이포그래피라는 기술 자체의 비인간적 속성과도 연관된다. 말하고 듣는 관계에서 볼 수 있었던 인간적인 유대는 인쇄된 글을 혼자 읽는 상황에서는 찾아볼 수 없다. 그러므로 일단 문자 기호로 인쇄된 말들은 모두가 그 인간적인 생동감을 잃은 것으로 볼 수 있다. 한때는 그 아름다운 자태를 자랑하였지만 향기도 없고 색깔도 드러나지 않는 언어 문자로 묘사되어 그려진 여인의 모습은 책갈피에 담기는 순간 이미 죽은 것이다. 이 기호화된 여인의 모습은 오직 타이포그래피의 세계에서는 문자 텍스트의 심리적 등가물에 불과할 뿐이다. 살아 있는 인간생활에서 격리된 채 시각적으로 고정된 텍스트 안에 갇혀버린 존재이기 때문이다. 그러므로 "物體의 陰影에 生理가 없다"는 시적 진술이야말로 매우 복잡한 현대 문자 문명의 속성을 암시하기도 한다.

타이포그래피는 인간 사회의 문명의 중심을 이룬다. 이것은 무엇보다도 인간의 공통 소유에 해당하는 말의 사적인 소유를 가능하게 만든다. 무엇보다도 말 그 자체의 상품화를 이끌어낸다. 이러한 경향은 결국 인간생활의 개인주의화라는 방향으로 작용한다.[7] 그런데 여기서 더 중요한 것은 사람의 손에 의해 씌어진 원고(원본)가 버려지고, 복판을 위해 제작하는 지형이 만들어지면 그 힘든 노동에 의해 구축된 인쇄 원판도 다 해체한다는 사실이다. 복제된 지형을 보존하기 위해 행해지는 타이포그래피의 복잡한 절차와 방법, 그리고 거기 바쳐지는 인간의 노동을 어떻게 설명할 것인가? 이것은 벤야민이 주장했던 기술 복제의 시대가 이미 도래했음을 말해주는 것이지만, 보드리야르가 경고한 '시뮬라크르'의 세계에 이상의 시적 상상력이 벌써 도달해 있음을 의미하기도 한다.

「파첩」은 '고독(孤獨)한 기술사(奇術師) 카인'의 모습을 거리 위에 세움으로써 타이포그래피에 기대어 이루어진 시적 진술의 대미를 장식한다. 에덴에서 추방된 카인. 이는 신을 거역한 인간을 의미한다. '태초에 말씀이 있었다'라는 경전의 구절은 오직 신의 말씀만을 유일의 실재로 규정하는 것이다. 그런데 타이포그래피는 신의 말씀이 아닌 인간의 언어를 조작한다. 이 엄청난 거역을 우리는 문명이라고 말한다. 도시의 거리에 나도는 숱한 인간의 언어들, 타이포그래피가 쏟아내는 이 시대의 '카인'을 이상은 그의 상상력 속에서 아득하게 만나고 있었던 것이다.

4

인간의 언어는 직접적이며 구체적인 행위의 과정이다. 그러나 문자 기호는 이러한 구체성이나 직접성을 드러내지 못한다. 오히려 타이포그래피라는 물질적 생산의 과정을 거치면서 텍스트라는 환상을 구축한

---

7) 월터 J. 옹, 『구술문화와 문자문화』, 이기우·임명진 옮김, 문예출판사, 2003, 199쪽.

다. 시인 이상은 바로 이러한 기호 체계의 물질적 전환을 의미하는 타이포그래피의 세계를 그의 시적 상상력에 접합시킨다. 그가 즐겨 활용하고 있는 숫자와 기호, 글자의 변형과 크기의 조작 등은 명백하게도 어떤 함축적인 사고를 표시한다. 특히 타이포그래피를 통해 구현하고 있는 기호의 질서, 배열, 공간 등은 모두가 하나의 독특한 글쓰기의 방법으로 활용된다. 이상의 시들은 타이포그래피의 방법으로 인하여 다른 어떤 작품들보다 더 시각적으로 구성된 텍스트를 구축함으로써 그 독자성을 강조한다.

이상의 시 텍스트에서 언어 문자의 기호들은 타이포그래피의 공간을 활용하여 특이한 시각 경험을 체현한다. 이것은 이상이 자주 동원하고 있는 '거울'의 이미지와도 연결되고, 이른바 '모조'의 모티프로 발전하기도 한다. 이상 자신이 '외로 된 사업'이라는 말로 암시하고 있는 타이포그래피의 공간은 수학 공식이나 기하학적 도형, 그리고 여러 가지 형태의 도표 등을 쉽게 포괄하고, 문학과 거리가 멀어 보였던 물리학이나 기하학의 방대한 새로운 지식을 시적 레토릭으로 살려낸다. 그러나 이상의 시는 이러한 기교의 극점에서 자족하지 않는다.

이상의 시는 서구적 합리주의에 대한 거대한 반역을 꿈꾼다. 자아의 절대성과 이성에 대한 신뢰를 중시하는 근대적인 가치체계를 놓고 볼 때, 이상이 강조하고 있는 실체와 모조 사이의 분열 현상은 절대적인 것으로 신뢰되어온 주체의 의미를 부정하는 것이라고 할 수 있다. 실제로 이상이 자주 활용하고 있는 기하학적인 공리나 대수학의 원리는 모두 절대적으로 신뢰되어온 규칙에 대한 부정을 위해 동원된 것들이다. 이상은 그러한 원리와 규칙들이 부정될 수 있는 가능성과 그 가능성의 현실을 열어 보이고자 한다. 바로 이러한 상상력의 개방성에서 우리는 이상의 시에 드러나 있는 새로운 세계 인식의 가능성을 발견한다.

정지용의 「유선애상」

1

정지용의 「유선애상流線哀傷」은 '구인회'의 기관지였던 『시와 소설』 (1936. 3)에 발표된 작품으로 시집 『백록담』에 수록되어 있다. 이 작품 은 시적 대상에 대한 묘사 기법이 어떤 하나의 패턴으로 고정되어 있지 않다. 다양한 비유적 표현으로 이루어져 있는 시적 진술의 주관성도 문 제이다. 그 비유적 의미의 중층성을 이해하지 못하면 시적 진술의 내용 을 파악하기 어렵다. 이 시는 시적 화자와 대상 사이의 간격도 일정하 지 않기 때문에, 시적 묘사에서의 초점의 이동과 거기서 생겨나는 설명 적 진술의 서사성을 이해하는 것도 중요하다. 이러한 여러 가지 문제 때문에 이 시는 그 의미 해석의 요체에 도달하지 못한 채 여전히 논란거 리가 되고 있다. 특히 핵심을 이루는 쟁점은 이 작품에서 시적 묘사의 대상이 되고 있는 것이 무엇인가 하는 문제이다. 이 시의 복잡한 비유 구조와 묘사 방식이 시적 대상에 대한 접근조차 쉽게 허용하지 않는다.

생김생김이 피아노보담 낫다.

얼마나 뛰어난 燕尾服맵시냐.

산뜻한 이紳士를 아스빨트우로 꼰돌라인듯
몰고들 다니길래 하도 딱하길래 하로 청해왔다.

손에 맞는 품이 길이 아조 들었다.
열고보니 허술히도 쑤릎키―가 하나 남었더라.

줄창 練習을 시켜도 이건 철로판에서 밴 소리로구나.
舞臺로 내보낼 생각을 아예 아니했다.

애초 달랑거리는 버릇 때문에 궂인날 막잡어부렸다.
함초롬 젖여 새초롬하기는새레 회회 떨어 다듬고 나선다.

대체 슬퍼하는 때는 언제길래
아장아장 꽉꽉거리기가 위주냐.

허리가 모조리 가느래지도록 슬픈 行列에 끼여
아조 천연스레 굴던게 옆으로 솔쳐나자―

春川三百里 벼루ㅅ길을 냅다 뽑는데
그런 喪章을 두른 表情은 그만하겠다고 꽥― 꽥―

몇킬로 휘달리고나서 거북 처럼 興奮한다.
징징거리는 神經방석우에 소스듬 이대로 견딜 밖에.

쌍쌍이 날러오는 風景들을 뺨으로 헤치며
내처 살폿 엉긴 꿈을 깨여 진저리를 쳤다.

어늬 花園으로 꾀여내어 바눌로 찔렀더니만
그만 蝴蝶같이 죽드라.

                                ―「유선애상」 전문

　「유선애상」은 그 시적 의미의 해석을 둘러싸고 여러 가지 논란이 이루어져왔다. 특히 이 시에서 그려내고 있는 시적 대상에 대해서는 해석자마다 그 시각을 달리한다. 이숭원 교수의 『정지용 시의 심층적 탐구』(태학사, 1999)에서는 이 시가 '오리'를 대상으로 하는 것임을 분석해 보인 바 있다. 그런데 최근 황현산 교수의 글「정지용의 '누뤼'와 '연미복의 신사'」(『현대시학』, 2000. 4)에서 이 시의 시적 대상을 '자동차'로 규정한 뒤 대체로 이 의견에 동조하는 듯하다. 이숭원 교수도 『원본 정지용 시집』(깊은샘, 2003)에서 시적 대상을 자동차로 본다고 밝힘으로써 본래의 견해를 수정한 바 있다. 이근화 교수는 '담배 파이프와 흡연의 경험'(「어느 낭만주의자의 외출」, 최동호 외, 『다시 읽는 정지용 시』, 월인, 2003)이라는 전혀 새로운 해석도 제기한다.
　이 작품에서 주목되는 것은 섬세한 언어 감각과 특이한 비유적 표현이다. 특히 시적 대상에 대한 고정관념을 모두 해체시켜 새롭게 재구성하고 있는 감각과 기법이 특이하다. 이 작품은 절제된 감정을 기반으로 언어적 소묘를 통해 시적 대상을 그려낸다. 이 작품에 동원하고 있는 시어들은 상태와 동작을 동시에 드러내는 형용동사가 많다. 그러나 이 언어들은 시적 대상에 대한 개개의 디테일을 추구하는 것이 아니라, 대상에 대한 지배적인 인상을 포착한다. 이를 위해 시적 화자는 스스로 위치와 관점을 바꾸면서 움직이는 시적 대상을 묘사해낸다. 이같은 묘사 방법을 동적 관점형(動的觀點型)이라고 말할 수 있는데, 동시적 표상으로 그려내기 불가능한 대상을 상관적인 연속적 표상으로 변용하여 시적 형상성을 부여하는 데에 기능적이다. 그러나 시적 대상에 대한 묘사적 표현 자체가 하나의 서사를 구축하는 방식으로 이루어지고 있어서, 이러한 서사의 진행 과정을 놓치는 경우 시의 내용을 제대로 이해하기 어렵게 되기도 한다. 이 시가 난해한 작품으로 치부되는 이유가 여기 있다.

2

「유선애상」의 시적 의미구조는 그 진술법의 특징을 통해 암시된다. 이 시의 첫 연은 두 개의 문장으로 구성되어 있다. 그러나 두 문장은 통사적으로 보아 서술부만 드러나 있다. 각각의 서술부에 호응하는 주체가 무엇인지 알 수 없다. 시적 화자는 비유적 표현을 위해 동원하고 있는 보조관념들 속에 시적 대상을 숨겨두고 있는 것이다. 이같은 시적 대상에 대한 숨기기의 전략은 텍스트의 결말에 이르기까지 지속된다. 그리고 독자들의 상상을 자극하면서 시적 긴장을 고조시킨다.

제1연에서 시적 대상은 주로 그 생김생김과 모양새를 통해 숨겨진 실체를 암시한다. 시인은 시적 대상을 '피아노'와 비교하기도 하고 '연미복'의 맵시와 비교하기도 한다. '피아노'와 '연미복'이라는 보조관념들을 통해 연상하고 유추해낼 수 있는 모든 요소들은 검은 색깔, 유선형의 날렵한 모양 등 여러 가지가 있다. 그러나 이러한 단편적인 암시만으로는 대상의 실체를 알아낼 수 없다. 뒤에 이어지는 시적 진술을 함께 검토하면서 연상작용의 끈을 놓치지 말아야 한다.

생김생김이 피아노보담 낫다.
얼마나 뛰어난 燕尾服맵시냐.

이 시의 제2연에서부터 제4연까지는 시적 대상과 연관되는 기능과 동작을 암시적으로 표현한다. 제2연은 '연미복'으로부터 연상되는 '신사'라는 새로운 보조관념을 등장시킨다. 그리고 아스팔트 위로 '꼰돌라'인 듯 몰고 다닌다고 비유한다. 여기서 '꼰돌라'라는 보조관념은 '몰고들 다니길래'라는 동사구와 결합됨으로써 이 시에서 묘사하고 있는 시적 대상이 '몰고 다니는 것'이라는 기능성을 지닌 것임을 암시한다. 어떤 연구자는 여기서 바로 '자동차'를 떠올린다. 사람들이 마치 꼰돌라처럼 아스팔트 위로 몰고 다닌다는 것만 놓고 본다면, 이러한 직감이 설득력을 지닌다. 그러나 너무 섣불리 단정할 일은 아니다. '몰고들 다니길래'라는 말은 '꼰돌라'와 연결할 경우, 타고 다닌다는 말로 바꾸어도 될 것이다.

제3연의 경우에도 여전히 시적 진술을 구성하는 문장들이 통사적인 결합을 보여준다. 첫 행은 시적 화자의 주관적 진술로 이루어져 있는데, '손에 맞다' '길이 들다'와 같은 서술부에 호응하는 주체가 드러나 있지 않다. '손에 맞다'라는 말은 손에 들어올 정도로 크기가 적절할 때 쓰는 표현이다. '길이 들다'라는 말은 여러 번 사용하여 손때가 묻고 익숙하여 제대로 잘 작동이 된다는 뜻이다. 이러한 표현은 시적 화자와 대상의 관계가 일반적인 의미에서 인간과 도구의 관계로 연결될 수 있다는 사실을 암시한다. 사람들이 직접 가지고 부리는 것, 어떤 도구나 물건이 아니고는 이런 식의 표현을 하기 어렵다. 그러므로 여기서는 시의 서두에 등장한 '피아노'라는 보조관념을 비유적으로 활용하여 대상화한 것으로 볼 수 있다. '반음 키'가 남았다든지 '연습'이라든지 '무대'라든지 하는 시어가 모두 '피아노'를 비유적으로 끌어들이고 있음을 말해준다. 특히 '열고 보니 허술히도 반음 키가 하나 남았더라' 는 진술을 주목할 필요가 있다. 피아노와 같은 생김새로 보아 여러 개의 키가 붙어 있을 것으로 여겨졌는데, 겉모양과는 다르게 '반음 키' 하나만 남아 있다고 설명하고 있는 것이다. 이 대목에서 시적 대상의 외양이 피아노 비슷하지만 '반음 키' 가 하나뿐이라는 구조적인 특성을 암시한다.

제4연은 시적 화자가 연습을 시작하는 장면을 그린다. 그러나 아무리 해도 '반음 키 하나' 만 가지고는 피아노처럼 아름다운 소리를 내지 못한다. '철로판에서 밴 소리' 만 낸다. '무대로 내보낼 생각을 아예 아니했다' 는 것은 아무리 연습해도 신통하지 않음을 말한다. 여기서 암시되고 있는 '철로판에서 밴 소리' 의 정체는 뒤에 구체적으로 의성화되어 나타난다. 그러나 모두가 비유적으로 표현되어 있기 때문에 실제로 무엇을 가지고 어떤 소리를 내는 연습을 했는지 알 수 없다. 이 부분에서 주목해야 할 것은 '철로판에서 밴 소리' 를 내는 '반음 키' 라는 보조개념이다. 이미 밝혀진 대로 시적 대상은 피아노와 외양이 비슷하지만, 소리를 내는 키는 오직 '반음 키' 하나뿐이다. 그런데 여기서 그 '반음 키' 가 '철로판에서 밴 소리' 를 낸다는 사실이 밝혀진 것이다.

산뜻한 이 紳士를 아스팔트우로 꼰돌라인듯
몰고들 다니길래 하도 딱하길래 하로 청해왔다.

손에 맞는 품이 길이 아조 들었다.
열고보니 허술히도 半音키―가 하나 남었더라.

줄창 練習을 시켜도 이건 철로판에서 밴 소리로구나.
舞臺로 내보낼 생각을 아예 아니했다.

「유선애상」의 텍스트는 제5연에서부터 그 시적 진술법이 바뀐다. 시적 배경이 구체적으로 묘사되는 가운데 시적 화자 자신이 동작의 주체로 등장한다. 전반부에서 비유적으로 끌어들였던 '피아노'와 관련되는 진술은 더이상 등장하지 않는다. 시적 화자는 궂은 날에도 불구하고, '막잡아부렸다'고 진술한다. '피아노'라는 보조관념 대신에 '꼰돌라'라는 보조관념을 여기서부터 활용함으로써 시적 이미지의 전환과 비약을 시도한다. 시적 화자는 '꼰돌라'를 밖으로 끌고 나와 막 잡아 부린다. 비를 맞아 새초롬하기는커녕 빗방울을 떨어버리며 밖으로 나선다. 여기서 비가 오는 가운데에도 부릴 수가 있다는 새로운 사실이 하나 더 첨가된다. 피아노와 같은 악기라면 빗속을 몰고 다닐 수 없는 일이다.

제6연에서 "대체 슬퍼하는 때는 언제길래 / 아장아장 꽥꽥거리기가 위주냐"는 표현은 구어적 산문체로 표현된다. 이러한 진술은 시적 대상에 하나의 생명체와 같은 정의적 요소를 부여함으로써 가능해진다. 시의 결말에 이르기까지 이러한 의인화의 기법이 유지된다. '아장아장'이라는 의태적인 표현과 '꽥꽥'이라는 의성적 표현은 비유적으로 끌어들인 '꼰돌라'의 움직이는 모습과 그것이 내는 소리를 암시한다. 이 부분에서 드러나는 감각적 표현에 착안하여 시적 대상을 '오리'라고 판단했던 연구자도 있다. 그러나 '아장아장'은 뒤뚱거리며 움직이는 모습을 비유적으로 표현한 것이며, '꽥꽥'이라는 소리는 사실 앞서 말한 바 있는 '반음 키'에서 나는 소리라는 점을 놓쳐서는 안 된다.

애초 달랑거리는 버릇 때문에 궂인날 막잡어부렸다.
함초롬 젖여 새초롬하기는새레 회회 떨어 다듬고 나선다.

대체 슬퍼하는 때는 언제길래
아장아장 꽥꽥거리기가 위주냐.

「유선애상」의 후반부를 이루는 제7연부터 제10연에서는 시적 대상의 이동에 따라 시적 화자의 묘사적 관점도 이동한다. 이 부분에서도 시적 화자는 '꼰돌라'라는 보조관념의 기능성을 주목하여 그것을 몰고 다니는 장면을 그려낸다. 제7연에서 '허리가 모조리 가느래지도록'이라는 표현은 몸의 균형을 잡기 위해 긴장하며 힘을 주는 모습을 말해준다. 이 구절은 통사적으로 볼 때, 둘째 행의 '솔쳐나자'를 한정하는 것으로 보는 것이 가장 적절하다. '슬픈 행렬에 끼여 아조 천연스레 굴던게, 허리가 가느래지도록 솔쳐나자'와 같이 부사절의 위치를 변동시켜보면 그 통사적 결합 관계가 분명하게 드러난다. 사람들이 오가는 속에 끼어서 자연스럽게 굴다가, 허리를 낮추고 힘을 주어("허리가 모조리 가느래지도록") 그 무리에서 빠져나와 앞서 가는 모습이 그려진다. 제8연은 춘천으로 가는 벼랑길로 달리는 모습이다. 사람들과 같은 슬픈 표정을 짓지 않겠다고 꽥꽥거리면서 속력을 내어 달린다. 이미 제6연에서도 시적 대상을 놓고 슬퍼하는 때가 없다고 진술한 바 있다. 그러나 제9연에서는 금방 힘이 빠진 모습이다. 몇 킬로를 휘달리니 힘에 부친다. '거북처럼 흥분한다'는 진술에 이르면 '꼰돌라'에 '거북'이라는 또다른 보조관념을 덧붙여 비유적으로 활용한다. 거북이는 아무리 빨리 달려가려고 해도 빨리 가기 어렵다. 발을 굴러도 앞으로 나가지 못하는 것을 두고, 거북이가 흥분하고 있다고 비유한 것이다. 더구나 길이 험하여 방석 위에 앉아 있는 몸이 덜그럭거리면서 솟아뜨기 일쑤다. 그러니 자칫 쓰러질까 조바심하며 참는다. 제발 그만 편하게 쉬었으면 하는 생각이 들 법하다. 제10연에서는 두 뺨으로 스치는 바람 속에 펼쳐지는 풍경들이 상쾌하다. 그 바람에 몸을 추스르고 다시 정신을 차린다.

　　허리가 모조리 가느래지도록 슬픈 行列에 끼여
　　아조 천연스레 굴던게 옆으로 솔쳐나자—

春川三百里 벼루ㅅ길을 냅다 뽑는데
그런 喪章을 두른 表情은 그만하겠다고 꽥— 꽥—

몇킬로 휘달리고나서 거북 처럼 興奮한다.
징징거리는 神經방석우에 소스듬 이대로 견딜 밖에.

쌍쌍이 날러오는 風景들을 뺨으로 헤치며
내처 살폿 엉긴 꿈을 깨여 진저리를 쳤다.

　「유선애상」의 마지막 연은 시상의 종결 부분이다. "어늬 花園으로 꾀여내어 바눌로 쩔렀더니만/그만 蝴蝶같이 죽드라"는 대목은 제10연의 '살폿 엉긴 꿈'과 의미상의 연결이 이루어진다. 시적 화자는 더이상 달리지 못하고 풀밭 위에서 쉬고 있다. '화원'이라는 말이나 '호접(나비)'이라는 말은 모두 쉬고 있는 시적 대상을 묘사하기 위해 비유적으로 동원된 보조개념들이다. 화자는 풀밭에 있는 시적 대상의 형상을 놓고, 채집하여 바늘로 쩔러놓은 죽은 나비의 형상을 떠올린다. 마치 나비가 바늘에 쩔린 채 두 날개를 펼치고 죽은 것처럼 그렇게 풀밭에 누운 것이다. 춘천길의 힘든 달리기를 잠시 멈추고 죽음처럼 평화로운 휴식을 누리고 있는 셈이다.
　「유선애상」의 시적 텍스트를 자세히 분석해보면, 대상에 대한 비유적 표현에 동원하고 있는 여러 가지 보조관념들 가운데 '피아노' '연미복' '꼰돌라' '거북' '호접' 등이 시적 진술의 핵심적인 내용을 구성한다는 점을 확인할 수 있다. '꼰돌라'는 사람이 타거나 몰고 다닐 수 있는 것이라는 기능성을 암시하는 보조관념이다. '꼰돌라'처럼 사람이 타고 다니는 것이라면, 더구나 그것이 땅 위로 다니는 것이라면, 그 범위가 별로 넓지 않다. 가장 손쉽게 생각할 수 있는 것이 자동차이다. 그리고 자전거, 오토바이 등을 추가할 수 있다. 이러한 것들을 놓고 나머지 보조관념들과 관련지어보면, 어느 정도 대상의 윤곽이 드러난다. 더구나 '피아노' '연미복' '호접'과 같은 보조관념들이 암시하는 형상적 특징을 찾아내어 '꼰돌라'의 기능성과 결부시킨다면, 시적 대상이 무엇인가를 알아낼 수 있게 될 것이다.

3

「유선애상」에서 그리고 있는 시적 대상은 무엇일까? 어떤 연구자의 주장대로 '택시'일까? 아니면 다른 어떤 해석이 가능한가? 이쯤에서 나 자신이 이제껏 숨겨둔 답을 먼저 공개하기로 하자. 나의 카드에는 '자전거'라고 적었다. 이 시에서 그려내고 있는 시적 대상은 자전거다. 시적 화자는 자전거 타는 방법을 익힌 후 자전거를 타고 춘천길로 한번 나들이를 나간 것이다. 어떻게 그런 해석이 가능한가? 비유적 묘사에 스며들어 있는 시적 대상에 대한 다양한 이미지들을 주목하면서 다시 한번 시를 살펴보자.

제1연에서 '피아노'니 '연미복'이니 하는 것은 자전거의 검은 색깔과 특정 부위의 모양에서 연상된 이미지들이다. 자전거 앞뒤 바퀴의 바로 위에 바퀴를 덮는 덮개가 붙어 있다. 흙탕물이 튀어오르지 못하도록 막기 위해 흙받침이 그 덮개의 끝에 매달려 있다. 이 흙받침의 모양에서 연미복의 꼬리 모양을 연상할 수 있다. 그런데 왜 하필 피아노일까? 여기에 대해서는 제3연의 시적 진술을 보아야만 구체적인 해명이 가능하다. 제2연에서 자전거는 '꼰돌라'에 비유되면서 사람이 타고 다니는 것이라는 기능성을 부각시킨다. 여기서 아스팔트 위로 몰고들 다닌다는 표현 때문에 이내 '택시(자동차)'라고 생각할 수 있다. 그러나 타고 다니는 것이 어찌 자동차뿐인가? 더구나 이 시기의 택시(자동차)는 결코 유선형의 외양을 갖추고 있지 않다. 1930년대 일본과 한국에서 운행되던 택시는 투박한 지프차의 외양을 닮아 있다. 우리의 생활 속에서 자동차가 일반화된 것은 1970년대 이후의 일이다. 1960년대만 하더라도 자전거 한 대를 가지는 것이 얼마나 자랑스러웠는가?

제3, 4연에서 처음 자전거를 만져보고 타보는 모습이 '피아노'를 만지는 것처럼 비유적으로 표현된다. 그리고 "열고보니 허술히도 반음 키─가 하나 남었더라"라는 진술을 통해 시적 대상의 특징적인 형상을 하나 암시해놓고 있다. 피아노의 뚜껑을 열어보면 부챗살 모양으로 배치되어 있는 피아노의 현(絃)이 금방 눈에 들어온다. 자전거에도 두 바퀴의 원형(휠)을 제대로 지탱하기 위해 강철 철사로 된 수많은 살을 부챗살 모양으로 고정시켜놓고 있다. 이 자전거 바퀴의 살이 마치 피아노의 현처럼 보인다. 피아노에 붙어 있는 수많은 현들은 모두 건반 위의 키와 연결되어 있어서 건반 위의 키를 두드리면 여러 가지 소리가 난다. 그러나 자전거 바퀴에서 볼 수 있는 현은 소리를 내기 위한 것이 아니다. 그러므로 시적 화자는 '열고 보니 허술히도 반음 키만 하나 남었더라'라고 진술한다. 자전거에는 손잡이 부분에 오직 한 가지 소리(반음)만을 내는 경적과 연결된 까만 키가 달려 있을 뿐이다. 이 자전거의 경적 소리는 뒤에 '꽥꽥'과 '쾍쾍'이라는 의성어로 두 차례 묘사된다. 자동차에도 비슷한 경적(클랙슨)이 있지만, 피아노와 자전거처럼 따로 까만 키의 모습은 아니다. 더구나 자동차에는 피아노에서 소리를 내는 강철 철사로 된 현은 어디에도 없다. 이러한 사실에 착안한다면, 자동차가 이 시의 시적 대상이 되기 어려움을 일찍부터 짐작할 수 있다. 이 대목에서 시적 화자는 피아노와 자전거의 특징적인 부분에서 얻어낸 공통적인 이미지를 지배적 인상으로 확대시켜놓고 있는 셈이다. 아주 작은 부분에서 느낀 강한 인상을 보고 그것을 전체 사물의 형상으로 대체시키는 일종의 환유적 기법을 변용하고 있는 것이다.

제5,6연에서는 드디어 자전거를 몰아본다. 처음 자전거를 배우고 뒤뚱거리면서 달리는 모습이 그려진다. 자전거를 배우기 시작한 사람은 잠시도 참지 못하고 자전거를 타려고 한다. 심지어는 남의 가게 앞에 세워둔 자전거도 몰래 끌어다가 타기도 하니까. 비가 오는 날에도 밖에 자전거를 끌고 나와 연습을 한다. 서툴게 자전거를 타는 뒷모습이 마치 오리걸음 하듯 엉덩이가 뒤뚱거린다. 오리는 빗속에서도 몸에 젖은 빗물을 휘 떨어버리고 꽥꽥거리면서 뒤뚱뒤뚱 걸어간다. 빗속에서 엉덩이를 뒤뚱거리면서 서투르게 자전거를 타는 모습이 오리걸음처럼 보이는 것이다.

이 시의 후반부에 해당하는 제7연에서부터 자전거 타기에 점차 익숙해진다. 자전거를 타고 거리를 달리면서 사람들 사이를 지날 때는 천천히 조심한다. 그러다가 사람들 틈에서 벗어나려고 '허리가 모조리 가느래지도록' 윗몸을 약간 앞으로 빼면서 내닫는다. 제8연에서는 자전거를 타고 야외로 나선다. 춘천 가는 벼룻길로 자전거를 몰아본다는 것은 참으로 기분 좋은 일이다. 사람들 틈에서 천천히 조심스럽게 타는 그런 모양새가 아니다. 이제는 몸을 흔들며 힘을 주고 빠르게 달린다. 경적 소리도 '꽥꽥'이 아니라 '꽥꽥' 힘을 준다. 제9, 10연은 춘천길을 달리는 힘든 과정이 그려진다. 자전거를 타고 춘천 가는 벼룻길을 달리는 것은 출발은 즐거웠지만 몹시 힘들다. 더구나 포장도 되지 않은 길이라 불과 몇 킬로를 달리자 지쳐버린다. 힘이 들어 제대로 달리지도 못하면서도 열심히 몸을 움직인다. 자전거 위에 앉아 있기도 힘들다. 작은 돌부리에 걸려도 몸이 솟아뜬다. 그러나 이 모든 고통을 견딜 수밖에. 두 뺨으로 바람이 스쳐가고 산과 강의 경치가 함께 스친다.

제11연의 "어늬 花園으로 꾀여내어 바늘로 찔렀더니만／그만 蝴蝶같이 죽드라"는 자전거를 세우고 쉬는 장면을 비유적으로 묘사하고 있는 부분이다. 시적 화자는 자전거를 풀밭에 눕힌다. 표본 채집을 위해 바늘로 찔러놓은 나비처럼 자전거가 죽은 듯이 풀밭에 눕혀져 있다. 자전거가 나비처럼 죽었다! '피아노'처럼 연습을 했던 자전거, '오리'처럼 뒤뚱거리면서 타기 시작한 자전거, 춘천 가는 길을 '거북처럼' 힘들게 달린 자전거가 바늘에 찔려 죽은 나비가 되어 풀밭에 눕혀져 있는 것이다! 죽은 나비가 된 자전거라는 이 놀라운 비유는 정지용만이 지니는 상상력의 소산이다.

이 대목에서 '나비'는 시적 대상인 자전거의 전체적인 모습을 그대로 보여주는 보조개념으로 활용된다. 풀밭의 자전거가 죽은 나비의 형상과 흡사하다. 자전거의 두 바퀴와 손잡이의 형상이 나비의 두 날개와 더듬이를 연상하게 한다. 그리고 시적 대상을 비유적으로 그리기 위해 동원한 '피아노' '연미복' '꼰돌라' 등의 보조관념들을 통해 부분적으로 인상지었던 이미지들이 모두 여기서 '나비'라는 보조관념과 결합되면서 자전거라는 시적 대상의 실체를 드러낸다.

그런데 이같은 비유적 표현에서 주목해야 할 것은 자전거라는 것이 가지는 속성이다. 자전거는 달릴 때만 유선형을 이룬다. 그러므로 자전거는 언제나 바퀴를 돌리면서 땅 위로 굴러다녀야 한다. 자전거가 땅 위를 달리지 못하고 풀 위에 눕혀지면, 자전거로서의 가치와 기능을 잃는 것이다. 그것은 마치 바늘에 찔려 죽은 나비와 같다고 할 수 있다. '유선애상'이라는 이 시의 제목이 바로 이같은 자전거의 숙명을 암시한다. 길 위로 달릴 때에만 자신의 존재 의미와 가치를 드러낼 수 있다는 것은 얼마나 힘들고 고된 운명인가? 어쩌면 이것은 '유선형'이라는 형상적 특질로 규정되었던 현대적 문명의 속도와 움직임 자체가 안고 있는 슬픈 운명일지도 모른다.

　　정지용의 「유선애상」에서 볼 수 있는 시적 진술은 산문성(散文性)을 특징으로 한다. 이 시는 분명 아름다운 율조를 가진 언어로 이루어진 것이 아니다. 시인은 의도적으로 이른바 시적 언어라고 명명해온 아름다운 리듬을 가진 부드러운 말들을 제거한다. 그 대신에 시인이 채용하고 있는 것은 비시적인 요소로 지목받았던 일상적인 구어와 산문적 표현이다. 다음과 같은 표현을 보자.

　　春川三百里(춘천삼백리) 벼루ㅅ길을 냅다 뽑는데
　　그런 喪章(상장)을 두른 表情(표정)은 그만하겠다고 꽥— 꽥—

　　몇킬로 휘달리고나서 거북 처럼 興奮(흥분)한다.
　　징징거리는 神經(신경)방석우에 소스듬 이대로 견딜 밖에.

　　이 작품에서 볼 수 있는 이러한 구어체의 산문은 시적 정감의 표현을 위해서라기보다는 경험적 현실감을 살리는 데에 더욱 기능적이다. 이것은 말할 나위도 없이 자연스러운 말로 들린다. 이 자연스러움을 달리 경험적 진실성이라고 할 수 있을 것이다. 이 산문적 표현은 한편으로는 시적 진술의 정확성을 드러내면서도 동시에 매우 까다로운 암시로 이루어진다. 그것은 산문적 진술을 이루는 문장 안에서 특정의 문장 구성 성분을 탈락시키고 있는 점을 통해 확인된다. 이 시의 첫 문장인 "생김 생김이 피아노보담 낫다"라는 표현은 통사적으로 완전하지 않다. 시적 진술의 대상을 구체적으로 지시하는 말을 생략함으로써 얻어내는 암시와 비유의 효과는 산문적 진술의 명료성을 방해하면서 시적 의미의 긴장을 살려낸다. 이와 같은 진술법은 「유선애상」의 시적 공간 안에서 현실적 감각의 구체성과 암시적 표현의 추상성을 함께 펼쳐낸다.

「유선애상」의 시적 텍스트를 이루는 각 연의 구성과 결합 방식은 매우 특이하다. 시적 텍스트의 구성은 일반적으로 동질성의 법칙을 기준으로 한다. 그리고 모든 요소들의 상위성(相違性)을 조정하는 데에는 질서와 균형을 추구하는 통합을 필요로 한다. 그러나 이 작품은 시적 이미지와 모티프들이 질서 있게 배열되지 않고 있다. 이 느슨하게 보이는 텍스트의 구조는 몽타주의 기법을 차용하고 있다. 영화의 편집 기법에서 비롯된 몽타주는 여러 가지 요소들을 하나의 작품 속에서 결합시켜놓는 일종의 조립 기법이라고 할 수 있다. 「유선애상」은 모든 구성요소들을 하나로 통일시키는 유기적 구조 대신에 몽타주의 기법을 활용하여 여러 가지 요소들의 불균형과 부조화를 극복한다. 이 작품에서 외견상 드러나는 동적인 이미지와 정적인 이미지의 대립, 시각적인 것과 청각적인 것의 부조화 등은 몽타주의 기법으로 본다면 오히려 자연스러운 일이다. 시적 대상을 따라 움직이는 동적 관점에 의해 통일성과 집중성을 잃고 있는 시적 진술도 마찬가지라고 할 수 있다. 시적 텍스트를 구성하는 요소들 사이의 이질성, 시적 모티프의 불연속성, 서로 관련성이 없어 보이는 모티프의 삽입, 시간과 공간의 비약 등을 통해 실제의 현실 속에서 일어나고 있는 다양한 이동성(移動性)을 어떻게 형상화하느냐 하는 문제는 이 작품의 섬세한 독법을 통해 확인할 수 있을 것이다. 물론 정지용이 「유선애상」 이외의 다른 작품에서도 영화적 기법인 몽타주의 방식 자체를 시적 텍스트의 구성에 적용하고자 노력했는지 하는 것은 크게 문제될 것이 없어 보인다. 여기서 중요한 것은 대상에 대한 묘사에 있어서 감각적인 시선과 각도를 발견하고 거리와 높이와 척도를 다양하게 바꿔나가는 점에 있다. 그리고 부분적인 것에 대한 세부적인 분석과 묘사를 통해 실제성의 감각을 높인다. 그리고 작품 속에서 그 수용의 공간을 새롭게 확장하고 보다 역동적으로 대상을 따라 움직이는 듯한 감각을 심어준다.

　쌍쌍이 날러오는 風景(풍경)들을 뺨으로 헤치며
　내처 살폿 엉긴 꿈을 깨여 진저리를 쳤다.

　어늬 花園(화원)으로 꾀여내어 바눌로 찔렀더니만
　그만 蝴蝶(호접)같이 죽드라.

　앞의 인용은 두 개의 연을 몽타주의 기법으로 연결시켜놓은 대표적인 예에 해당한다. 이때 중요한 것이 장면을 포착하는 시선의 위치와 그 이동이다. 어떤 각도에서 어떻게 특정의 대상을 묘사하느냐 하는 것은 시의 독자에게 어떤 특이한 정서적 감응을 유도하느냐 하는 문제와 직결된다. 시적 진술의 각도는 언제나 대상에 대한 새로운 이미지를 생산하면서 전혀 다른 관심을 드러낼 수 있기 때문이다. 그러므로 몽타주의 기법은 어떤 대상이나 개념에 대한 연상작용을 시각적으로 표현한다. 이미지는 언제나 대상을 현재의 상태로 보여준다. 과거나 미래의 것을 이미지로 보여줄 수는 없다.

　「유선애상」의 시적 공간에서 시인은 시적 이미지를 통해 구현할 수 있는 경험적 동시성의 문제를 놓고 그 진술의 언어적 한계를 고민하면서 몽타주의 기법을 활용한다. 영화의 모든 장면들은 카메라의 각도 안에 들어오는 모든 대상들을 동시적으로 포착하여 한꺼번에 공간을 채워놓는다. 이러한 방식은 말을 하거나 그림을 직접 손으로 그려나가는 방식과는 구별된다. 화가가 그림을 그릴 때는 하나의 선 하나의 형체를 만들어가면서 어떤 순서에 따라 서서히 캔버스를 채워간다. 이렇게 화가는 자신이 그려내고자 하는 대상을 자신의 의식 속에서 스스로 통제하면서 순차적으로 시간적 선후관계를 고려하여 그려간다. 그러나 영화 속의 카메라는 이와 다르다. 카메라는 일단 각도가 정해지고 위치가 고정되면 시야에 들어오는 모든 것을 동시에 재현한다. 정지용은 동시성의 감각을 최대한 구현할 수 있는 장면 묘사와 그 결합을 몽타주의 기법으로 실현해 보인다. 몽타주는 본질적으로 시각적인 세계 안에서의 분절과 그 한계를 제시하면서 동시에 그 분절과 한계를 뛰어넘는 방법이 된다. 그리고 서로 다른 관점과 시각을 병치시키면서도 모든 것을 하나로 통합할 수 있는 단일한 관점을 펼칠 수도 있다. 그러므로 몽타주의 기법에 의해 새로이 구성된 시적 텍스트는 여러 가지 서로 다른 경험적 요소들의 혼성물이 되고 다중적 관점을 보여주면서 동시성의 감각을 살릴 수 있게 된다.

정지용의 「유선애상」은 시 읽기의 고통스러움과 즐거움을 동시에 보여준다. 이 작품은 비유적 이미지의 결합 과정 자체가 시적 텍스트의 내부에서 하나의 '작은 서사'를 형성하고 있다. 이 서사의 줄기를 따라 시적 정황 속으로 몰입하지 않으면, 다양한 비유적 표현과 산문적 진술들이 몽타주의 기법을 통해 새롭게 결합되면서 빚어내는 시적 의미를 이해하기 어렵게 된다. 이 시의 시적 진술 방법은 시적 대상에 대한 지배적인 인상을 중심으로 비유적 묘사를 이끌어간다는 점에 그 특징이 있다. 이러한 비유적 묘사에서 암시하는 대상에 접근하는 것을 돕기 위해, 시적 화자는 정황의 변화를 요약적으로 제시하기도 하지만, 어떤 경우에는 그 접근을 지연시키기 위해 엉뚱한 비약을 시도하기도 한다. 그러므로 시인의 상상력을 따라잡기 위해 시를 읽으면서도 긴장을 늦춰서는 안 된다. 이 작품의 마지막 연에 이르러 '피아노' '연미복' '꼰돌라' 등의 부분적 이미지와 암시적 표현을 뒤로하고 '나비가 된 자전거'를 읽어낼 수 있게 되는 것은 독자의 입장에서 시인의 시적 상상력에 함께 동참하는 기쁨에 해당한다.

명창 이동백과 판소리의 변모

1

'소리하는 법례'를 소리를 통해 가르치고 있는 신재효의 〈광대가廣大哥〉에는 명창과 광대 사이를 오갔던 숱한 소리꾼들의 모습이 어려 있다. 생활 속에서 자연스럽게 만들어진 소리이지만 이름도 제대로 알 수 없는 사람들의 입으로 불려야 했기에 그 법례가 더욱 원원한 것인지도 모른다. 그럼에도 입에서 입으로 건네진 그 사설과 가락이 가슴에서 가슴으로 이어지는 감동을 간직한 채 살아남아 있다는 것은 참으로 소중한 일이다.

> 광대라 하는 것이
> 제일은 인물치레
> 둘째는 사설치레
> 그 직차 득음(得音)이요
> 그 직차 너름새라.

너름새라 하는 것은
귀성끼고 맵시 있고
경각(頃刻)에 천태만상
위선위귀(爲仙爲鬼) 천변만화
좌중의 풍류 호걸
구경하는 남녀노소
울게 하고 웃게 하는
이 귀성 이 맵시가
어찌 아니 어려우며

득음이라 하는 것은
오음(五音)을 분별하고
육률(六律)을 변화하여
오장(五臟)에서 나는 소리
농락하여 자아낼 제
그도 또한 어렵고나.

사설이라 하는 것은
성금 미옥 좋은 말로
분명하고 완연하게
색색이 금상첨화
칠보 단장 미부인이
병풍 뒤에 나서는 듯
삼오야 밝은 달이
구름 밖에 나오는 듯
새눈 뜨고 웃게 하기

대단히 어렵구나

인물은 천성이라
변통할 수 없거니와
원원한 이속판이
소리하는 법례로다.

판소리. 혼자서 부른다 해도 모듬의 소리일 수밖에 없는 것이라서 그
이름마저 '판소리'라고 했던가? 그러나 지금은 소리하는 이가 목청껏
뽑는 사설에 어울리는 소리판이 별로 없다. 소리판이 제대로 벌어지지
못하니 소리에도 흥이 있을 수 없고, 흥이 없으니 감동이 살지 못한다.
소리가 소리판을 떠나 보존되어야 하는 실정이니 더 말할 나위도 없거니
와, 소리를 스스로 즐길 수 있는 풍요로운 감정까지 제발 함께 보존할 수
있길 바랄 뿐이다. 소리를 보존하는 길은 소리 그 자체뿐이다. 소리하는
법례가 소리로써 전해진 것처럼, 소리는 소리로써 살아나야 할 것이다.
　판소리를 논하는 사람들은 모두 그 전통예술로서의 의미를 높이 평가
한다. 그리고 사설의 문학성이나 가락의 음악성을 중요시한다. 그러나
정작 그것을 지켜온 사람들의 이름은 별로 헤아려보지 않고 있다. 광대
라는 천시 속에서도 소리 한 가락에 생애를 실었던 숱한 이름들을 언제
까지나 그렇게 묻어둘 수는 없는 일이다. 그들이 소리의 주인이었고 그
들의 소리가 곧 예술이었으니 더이상 말해 무엇하겠는가?

2

한평생을 소리와 함께 살았던 불우한 시대의 사람, 이동백(李東白).

당대의 명창으로 칭송되었으나, 광대니 창부(唱夫)니 하는 천대의 말을 더 많이 들을 수밖에 없었던 불우한 가인(歌人). 그가 세상을 떠났을 때, 사람들은 판소리의 근본을 지켜온 조선시대 마지막 명창이 떠나갔다고 하였다.

1967년 충남 서천 비인의 도마니라는 마을에서 태어난 그는 유복자로서 아버지의 얼굴도 알지 못한 채 자랐다. 집안은 비교적 여유가 있는 편이라서 머슴을 두고 농사를 거둘 정도였지만, 이동백은 서당에서 배우는 천자문에 흥미를 갖지 못하였다. 홀어머니의 성화에 못 이겨 훈장님 앞에 나아갔지만, 글 읽는 시늉만을 계속해온 그의 실력은 조금도 쌓이지 않았다. 『사략史略』의 첫 권을 떼었으나 제대로 읽지조차 못하는 형편이었으니, 훈장님의 호통이 여간 아니었다. "너는 도대체 무슨 생각으로 서당에 다니는 것이냐" 하면서 종아리를 후려치는 훈장 앞에서 울음을 터뜨렸던 그가 아예 글방을 떠난 것은 15세 때였다. 그때부터 그는 더이상 무서운 훈장을 만나지 않았다.

이동백의 가슴속에는 서당을 오가며 이웃에서 익히 들어온 소리 가락이 요동치고 있었다. 가슴을 후비는 듯한 감흥에 이끌려 소리 가락에 귀를 기울였던 그에게는 타고난 목청도 있었다. 어머니의 만류가 심해지고 이웃의 눈총도 따가웠다. 광대놀음에 정신을 팔고 있다는 꾸중도 듣지 않을 수가 없었다. 그러나 이동백은 이러한 비난에 관심을 두지 않았다. 그가 찾은 첫번째 스승은 당시 강경(江景) 바닥과 서천 일대에 명창으로 이름난 김정근(金定根)이었다. 김정근은 떠꺼머리 총각으로 소리 가락에 끌려 자신을 찾아온 이동백을 내몰지 않았다. 사내답게 후리후리한 키에 건장한 몸집을 지니고 있는 이동백의 모습이 우선 눈에 들었고, 흠이 없고 똑바른 이목구비와 온화한 얼굴이 더욱 사람의 마음을 끌었던 것이었다. 김정근은 이동백의 청을 받아들여 자기의 문하에서 소리 공부를 할 수 있도록 허락하였다. 이미 호서지방 일대에 이름난 명창이었던 김정근은 그의 아버지인 김성옥(金成玉)으로부터 소리를 익혀 판소리의 일가를 이루고 있었다. 조선 순조(純祖) 때의 명창이었던 김성옥은 가왕(歌王)으로 손꼽히고 있던 송흥록(宋興祿)과 처남 매부 간이었다.

당시 판소리는 팔명창(八名唱)의 원로라고 할 수 있는 권삼득(權三得), 송흥록, 모흥갑(牟興甲), 염계달(廉季達), 고수관(高壽寬) 등에 의해 널리 퍼져 있었는데, 법제가 제정되어 있지 않았고, 그 장단도 '중모리' '중중모리' '자진모리' 가락만 불리고 있었다. 김성옥은 타고난 성음과 뛰어난 가락이 있었지만 일찍부터 학슬풍(鶴膝風)으로 다리를 쓰지 못하고 병석에 누워 있어야만 하였다. 그러면서도 창악에 대한 의욕을 버리지 않았기에 그는 판소리 가락의 하나인 '진양조'를 창시할 수 있었다. 이에 대해서는 정노식(鄭魯湜)의 『조선창극사』에 다음과 같은 일화가 수록되어 있다.

김성옥이 학슬풍을 앓고 앉은뱅이가 되어서 다년간 바깥출입을 못 하고 병석에 누워 가곡을 연구하다가 진양조를 만들어내었다. 송흥록과 처남 매부 간이므로 송씨가 종종 방문하였다. 어느 날 한번은 송씨가 찾아와 '근래는 병세가 여연하여 과히 고적지는 아니한가'라는 인사말을 늦은 중모리로 부르면서 방으로 들어섰다. 김씨가 자리에 누운 채로 '병석에서 고독의 비애를 몹시 느낀다'는 말을 진양조로 화답하였다. 그때까지는 중모리만 있었고 진양조는 없었다. 늦은 중모리에 '한 각'만 더 넣으면 진양조가 되는 것이다.

송씨는 이를 처음 들은 후에 가창계에 일대 신발견이라고 칭송하기를 마지아니하였다. 그후로 송씨는 이것을 다년간 연마하여 극치의 경지에 이르게 되었다. 그러나 김성옥은 자신이 발견한 새로운 가락을 크게 이루지 못하고 고생 끝에 일찍 세상을 떠났다.(정노식, 『조선창극사』, 조선

일보사, 1940, 34쪽)

진양조 가락을 창시한 김성옥의 천재성을 그대로 이어받은 김정근은 철종, 고종 양대에 걸쳐 〈무숙이 타령〉으로 유명했으며 '상궁접'이라는 새로운 곡조를 창시할 만큼 창악의 근본에 밝았다. 그는 이동백의 아름다운 성음을 더욱 가다듬을 수 있도록 수련시켰다. 이동백은 스승이 부르는 〈심청가〉의 가락에 몹시 심취하였다. '나도 한번 소리를 잘하여 그것을 세상에 알림을 인생의 사업으로 삼겠다'는 결심을 굳힌 것도 그 무렵이었다.

그런데 이동백의 집안에서는 홀어머니의 성화가 날로 더하였다. 하나밖에 없는 아들이 글공부도 집어치우고, 농사일도 마다하고 소리 가락에 정신을 빼앗기고 있는 일이 그의 어머니에게는 큰 걱정이 아닐 수 없었다. 아들의 마음을 잡아놓기 위해 어머니는 이동백의 나이에 어울리는 근동의 처자를 며느리로 맞아들였다. 이동백의 부인 박씨는 천성이 착했고, 남편의 뜻을 만류하지 못하였다. 소리하는 일을 아름답게 여기지 않던 당시의 습속도 문제였거니와, 가사를 도맡을 사람도 없는 터여서, 억지결혼 후에 이동백은 언제나 불안한 나날을 보내야만 하였다. 어머니의 뜻을 거역하는 불효를 저지르며 아내의 사랑을 물리치는 배반을 감행해야 하는 그의 심경은 착잡하기 이를 데 없었다. 하지만 한번 결심으로 이미 창악에 뜻을 두었으니, 그것을 다시 굽힐 수가 없었던 것이다.

이동백은 스승인 김정근의 가르침에 따라 성음을 가다듬기에 열중하였다. 도마니 마을의 뒷산에는 옛날에 용이 승천했다는 커다란 동굴이 있었는데, 이동백은 그곳을 자신의 수련장으로 삼았다. 통나무로 움막을 짓고 그 굴 속에 들어가 소리 연습을 시작했다. 밤낮으로 소리에 전념하면서 그는 목에서 피가 나오는 고통을 여러 차례나 겪어야 했다.

먹칠한 듯 캄캄한 밤중에 혼자서 목청껏 소리를 뽑으면 밖에서는 짐승들의 무시무시한 울음소리가 이에 화답하였다. 너무 힘을 주어 뱃속에서부터 소리를 모아 뽑으니 나중에는 배가 부어오르고 목도 쉬어 소리가 나오지 못할 지경에 달한 적도 있었다. 그러나 처음에 탁하고 쉰 듯했던 그의 목이 실낱같이 열리기 시작했다. 뱃속에서부터 울려나오는 소리는 굴 속을 진동시켰고, 그 낭랑한 울림이 산골짜기에 퍼졌다. 이동백은 드디어 '득음'의 경지에 달한 것이었는데, 그의 나이가 이십 줄에 들어서던 때였다. 스승인 김정근은 수리성(쉰 목소리처럼 걸걸하게 나오는 소리)에 가까우면서도 내뽑는 가락이 하늘에 이를 듯하고 아름다운 음질이 각양 각조를 넘나드는 이동백의 성음을 칭찬하면서 그에게 〈심청가〉를 가르쳤다. 소리의 어단성장(語短聲長)과 고저청탁(高低淸濁)을 법도대로 따라잡아가는 이동백에게 명창에의 길이 열리기 시작한 것은 바로 이때부터였다.

이동백은 견문을 넓히기 위해 집을 나서기로 결심하였다. 소리의 길을 가르쳐준 스승의 곁을 떠나야 했고, 어머니의 곁을 떠나야 했다. 착한 아내도 저버릴 수밖에 없었다. 이동백이 판소리의 수련을 위해 방랑의 길에 나선 것은 나이 스물을 훨씬 넘어선 청년 시절이었다. 당시의 창악계는 전성기에 이르고 있다고 할 만큼 많은 명창들이 자리잡고 있었다. 점차로 악조(樂調)의 법도와 가락의 규범이 서고, 유파도 생겨나게 되었다. 판소리의 창조(唱調)도 다양하게 구분되었고 그 음조의 특성을 살려내는 창법의 차이도 나타나게 되었다. 이러한 음조를 장단과 고저에 얹어서 음률적인 변화를 자유자재로 발휘하면 그 절묘한 가락은 무궁한 조화를 부릴 수 있었다. 순조, 철종 연간의 팔명창 이후에 전라도의 각 지방에서 많은 명창이 등장하게 되자, 자연히 창조의 가닥을 잇는 법제가 만들어지게 되었다. 명창 송흥록의 문하에서 그의 소리를 따라 배운 사람들은 주로 섬진강의 동쪽에 자리잡은 운봉(雲峰), 구례

(求禮), 순창(淳昌), 흥덕(興德) 지역의 가인들이었는데, 박만순(朴萬順)을 위시하여 김세종(金世宗), 송우룡(宋雨龍), 전도성(全道成), 김정문(金正文) 등의 대가들이 있었다. 이들은 창법에 있어서 특별한 기교를 부리지 않고, 타고난 성량 그대로 큰 가락의 장단에 따라 사설을 풀어가는 것이 특징이었기 때문에, 이들의 창악 법제를 흔히 '동편제'라고 부르게 되었다. 동편의 고졸(古拙)한 창법에서 벗어나고자 하는 새로운 가풍은 섬진강의 서쪽에 자리잡고 있는 광주(光州), 나주(羅州), 보성(寶城), 장흥(長興) 등지의 가인들 사이에 일어났다. 타고난 명창의 성음을 자랑하여 '천구성'의 칭호까지 받았던 박유전(朴裕全), 김채만(金采萬), 김창환(金昌煥) 등의 명창들은 소리에 기교를 넣고 장단 박자에 변화를 주었다. 이들의 소리는 여유가 있었기 때문에 그만큼 '발림(명창의 몸짓)'도 풍부해졌다. 그런데 동편제의 창제가 우조(羽調)의 창조를 바탕으로 하는 데에 반하여 서편제의 경우는 계면조(界面調)의 창조를 주장함으로써 이들의 가풍(歌風)에 자연히 더 큰 차이가 생길 수밖에 없었다.

창극조에 있어서 기본되는 조(調)를 설명할 필요가 있다. 조에는 두 가지가 있는데, 하나는 우조요, 다른 하나는 계면조이니, 이것은 결국 목청(音色)이므로 우조는 어떤 것이며 계면조는 어떤 것이라고 설명하기가 자못 어렵다. 직접 소리를 들어서 지적하여 분별할 수 있는 것이고, 말로는 형용할 수 없으나 대체로 그 범위만 들어서 말하자면, 우조는 기해단전(氣海丹田), 즉 뱃속에서 우러나오는 소리이니 담담연온화(淡淡然溫和)하고도 웅건청원(雄健淸遠)한 편이고, 계면조는 후설치아간(喉舌齒牙間)에서 나오는 소리이니 평평연(平平然) 애원하고도 연미부화(軟美浮華)한 편이다. 소리의 기본인 음색을 잘 조절하여 신경(神境)에 들어가면 각색의 조가 변화무궁으로 발휘되는 것이다.(정노식, 같은 책, 8쪽)

이러한 창제의 정비와 함께 판소리의 사설도 정리되었다. 전북 고창 태생인 신재효는 한학에 널리 통하면서도 고금의 음률에 해박한 지식을 지니고 있었다. 그는 아무도 돌보지 않았던 창악의 정리에 뜻을 두고 전래되던 열두 마당의 판소리—〈춘향가〉〈심청가〉〈홍보가〉〈수궁가〉〈적벽가〉〈변강쇠 타령〉〈배비장 타령〉〈옹고집 타령〉〈강릉 매화전〉〈장끼 타령〉〈왈자 타령〉〈가짜신선 타령〉— 중에서 앞의 여섯 마당에 새로운 판을 짜놓음으로써 창악의 기풍을 가다듬는 데에 결정적인 역할을 하게 되었다. 그의 지침과 법도를 따르지 않고는 아무도 명창의 반열에 오를 수 없으리만큼 창악계의 권위를 세우게 되었으니, 명창으로 이름을 떨친 이날치(李捺致), 박만순, 김세종, 정창업 등이 모두 그의 문도를 거쳤다.

이동백은 김성옥, 김정근으로 이어지는 이른바 '중고제'의 법도를 따르고 있었지만, 거기에 크게 구애받지는 않았다. 그는 스승 김정근의 곁을 떠나 소리를 벗 삼아 방랑의 길에 올랐다. 경기 일대를 헤매고 남도의 지방으로 떠돌았다. 이름만 들었던 유명한 가인들도 만나게 되었다. 점잖고 엄숙하면서도 사람의 마음을 끄는 친밀한 그의 모습은 어디서도 박대를 모면할 수 있었다. 그의 타고난 성음과 구성진 가락은 아름다운 자태에서 비롯되는 '발림'과 어우러져 사람들의 넋을 사로잡기에 충분하였다.

이동백이 두번째로 만난 스승은 신재효의 문하에서 동편제의 창제를 연마했던 김세종이었다. 김세종은 스승인 신재효 못지않게 음률에 밝고 창악의 이론과 비평에서 독보적인 위치에 있었다. 동편제의 창제가 지나치게 고졸하다는 당시의 비판을 받아들여, 김세종은 '발림'의 중요성을 강조하는 자기 나름의 판소리 이론을 펴기도 하였다. '판소리는 물론 창을 주체로 하여 그 짜임새와 말씨를 놓는 것과 창의 억양 반복, 고저장단에 규율을 맞게 해야 한다. 그러나 형용 동작을 등한히 하면 안 된다. 말하자면, 창극인 만큼 극에 대한 의의를 잊어서는 안 된다는 것이다. 가령 울 때에는 실제로 수건으로 얼굴을 가리고 엎드려 울든지 경우에 따라서는 여실히 우는 동작을 표시해야 한다. 태연히 아무런 비애의 감정도 표현하지 않고 아무 동작도 없이 그저 우두커니 앉아서 곡성만 낸다면 창과 극이 각분하여 실격이 된다.' 이러한 판소리에 대한 포부를 지니고 있던 김세종은 그를 찾아온 젊은 가객 이동백의 자태에 흠칫 놀라지 않을 수가 없었다. 그 장건한 체격은 당당한 대장부였고, 안광에 흐르는 빛이 사람의 가슴을 찌르는 듯하였다. 김세종은 이동백에게 한 마당 소리를 청하였다. 이동백은 김세종을 스승으로 예우하고 자신이 익힌 〈심청가〉 한 대목을 구성지게 가창하였다. 그 체격과 그 아름다운 소리가 좌중을 사로잡았다. 그의 하성(下聲)의 웅장함과 그 '발림'의 유연함과 그 '너름새'가 모두 비할 데 없는 명창이었다. 김세종은 〈심청가〉 한 대목이 끝나자, 이동백의 손을 잡고 칭송하였다. '이제 명창이 하나 나오게 되었다. 소리의 길이 바로 잡혔으니 꼭 그대로만 지켜나아가도록 하라'는 것이 김세종의 말이었다.

이동백은 자신의 소리가 당대의 창악 이론가인 김세종에 의해 인정받게 되었다는 사실에 너무나 기뻤다. 그는 김세종의 가르침을 받으면서도 자신의 타고난 미성(美聲)의 장기를 살려 서편제 대가들의 창조에도 관심을 기울였다. 그가 장기로 삼았던 〈새타령〉은 국창(國唱)으로 명성을 날리고 있던 서편제의 대가 이날치의 소리를 방창(倣唱, 명창들의 소리를 흉내내어 부름)하면서 익힌 것이었다.

야월공산(夜月空山) 깊은 밤에
두견새는 슬피운다.
오색 채의(彩衣) 떨쳐 입고
아홉 아들 열두 딸을

좌우로 거느리고
상평전(上坪田) 하평전(下坪田)으로
아조 펄펄 날아든다.
장끼 까투리가 울음 운다
꺽구루루 울음 운다.
저 무슨 새가 울음 우나.
저 버꾹새가 울음 운다.
꽃 피어서 만발하고
잎 피어서 우거진데
청계변(淸溪邊)으로 날아든다.
이 산으로 가도 버꾹
저 산으로 가도 버꾹 버꾹버꾹
좌우로 날아 울음 운다.
야월공산 저문 날에
저 두견이 울음 운다
이 산으로 오매 귀촉도(歸蜀道)
저 산으로 가매 귀촉도
짝을 지어서 울음 운다.
저 꾀꼴이 울음 운다.
황금 갑옷을 떨쳐 입고
양유청청(楊柳靑靑) 버드나무
제 이름을 제가 불러
이리로 가매 꾀꼬리루
저리로 가매 꾀꼬리루
머리 곱게 곱게 빗고
물 건네로 시집가고 지고

가가감실 날아든다.

이날치가 이 〈새타령〉을 노래하면서 온갖 새들의 지저귀는 소리를 내노라면, 정말 새들이 그 소리를 듣고 날아들었다는 일화가 전해지고 있지만, 이동백의 경우에도 결코 이날치의 음률에 뒤지지는 않았다. 호남 일대에 이동백의 명창이 소개되면서 소문이 널리 퍼지게 되자, 이곳저곳에서 이동백의 소리를 듣고자 하는 사람들이 많아졌다. 이동백은 자기의 성음에 자신을 가질 수 있을 정도로 목이 좋아지자 청하는 자리에 나아가 스스럼없이 소리 한 마당을 펼쳐낼 수 있게 되었다. 그러나 당시 호남 지역에는 쟁쟁한 대가들이 자리잡고 있었기 때문에, 이동백이 자신의 기량을 마음껏 발휘하기에는 적당하지 않았다. 창악계에서 활동하는 비슷한 연배의 벗들을 사귀어 송만갑, 김창환, 김채만, 유성준, 전도성 등을 알게 되었으나, 이동백은 자신의 갈 길을 스스로 개척해야만 하였다.

이동백이 방랑의 생활을 청산하고 새로운 삶의 터전을 마련하게 된 것은 방랑 십여 년의 세월을 보낸 삼십대의 중반이었다. 정확히 말하여 1899년에 경상도 진주로 내려가 그곳에서 자리를 잡게 되었던 것이다. 처음에는 절간에 머물면서 소리 공부에 전념하고자 하였다. 그러나 인근에 소문이 퍼지자 밀리는 부산에서 가까이는 마산, 창원, 함안 등지에 이르기까지 말을 타고 왔다갔다하면서 마음껏 소리를 할 수 있게 되었다. 이동백은 양반네들의 잔치에 초대되어 소리를 하였고 대감댁의 사랑에서 호사하였다. 생활의 기반이 잡히게 되자, 그는 홀어머니를 창원에서 모시고 살게 되었다. 그의 본처도 역시 그곳에 내려와 생활하게 되었기 때문에 십여 년의 생이별을 끝막을 수가 있었다.

이동백은 이 시기를 명창으로서 기반을 굳힌 때였다고 회고한 바 있거니와 실제로 그는 명창으로서의 대우를 호사스럽게 받았다. 1937년

3월에 잡지 『조광』의 한 기자가 그를 찾아갔을 때, 그는 여성들과의 관계가 어떠했는지를 묻는 기자에게 이렇게 대답하였다.

　　허우대는 좋고 노래하는 사람의 생활이니 여성과의 정사도 많겠다구요? 천만에 그렇지 않습니다. 지금은 내가 나이 많아서 전같이 교만한 마음이 없지만, 젊었을 때는 퍽 교만하여 뚝뚝하였으므로 여자가 그리 가까이하지 않았습니다. 남들은 그렇게 무슨 정사가 많은 듯이 아는 모양이나…… 나 역시 타고나기를 여자가 따르지 않는 성품인지 그런 여난(女難)이란 것은 없었고 그렇다고 나를 이해하고 도와주는 사람도 없었습니다. 또 그런 정욕의 생활이 내 노래의 생명인 목에는 무서운 독해인 줄 알았기 때문에 노래 한번 잘해보겠다고 결심한 나로서는 극히 조심하지 않을 수 없었습니다.(『조광』, 1937. 3)

　이동백에게도 많은 뒷얘기가 따랐다. 명창이 가는 곳마다 사람들이 모였고, 소리판이 벌어지고 여인이 끼어들었다. 이동백은 자신의 목을 스스로 보호해야 했기 때문에 절제의 생활을 지켜나가야 하였다. 경남 지역에서의 이동백의 생활은 화려한 것이었지만 그것이 오랫동안 지속되지는 않았다. 세상에 태어난 후부터 계속 불효를 저질러왔다고 생각했기에 노년의 모친을 잘 모셔보겠다는 이동백의 결심과는 반대로 그의 어머니는 창원에서 세상을 떠났다. 어머니를 여읜 후부터 이동백은 소리 마당에 나서는 것을 삼갔다. 게다가 세상의 물정도 변하기 시작하였다. 나라의 형세는 더욱 어지럽고 일본의 세력이 점차 확대되는 기미가 엿보이기 시작하였다. 이곳저곳에서 난리가 끊이지 않았기에 인심도 점차 흉흉해졌다. 부잣집 양반들의 도움으로 생계를 유지하던 이동백도, 그들의 후원이 점차 줄어들자 더이상 타관에 머물 수가 없었다. 그는 틈을 보아 그곳을 떠나기로 마음먹게 되었던 것이다.

3

  이동백이 창원, 진주 지방을 떠나 서울로 올라온 것은 그의 나이 사십을 넘은 때였다. 그 무렵에 서울에서는 궁내부(宮內府) 장악원(掌樂院)에 협률사(協律社)라는 조직이 생겨 전국의 명창, 재인들이 모여들고 있었다.

  협률사라는 명칭이 나오게 된 기록을 보면 1895년에 궁내부 관제를 공포 시행하는 가운데 궁내부 장악원에 협률랑(協律郎)이라는 관직을 두고 있는 것이 눈에 띄며 그 뒤에 궁내부 장악원에 군악대를 설치하는 과정에서 협률사의 성립이 이루어진 것처럼 보인다. 당시 왕실에서는 왕실의 연회와 경연에 동원할 새로운 악단의 구성이 필요했기 때문에, 여러 가지 방안을 모색하다가 결국은 1900년 12월에 칙령으로 군악대에 설립을 재가하게 되었다. 그러나 군악대의 설립에는 많은 비용이 필요하였고 그 운영에도 막대한 예산이 소요되었다. 1902년은 고종의 재위 40년에 해당하는 해였기 때문에 각국의 경축 사절이 서울에 모이게 되어 있었으므로 그 기념행사의 준비가 한창이었다. 군악대의 경우에도 물론 이에 동원될 예정이었으며, 전통적인 가무 음률도 필요하게 되었다. 궁내부 장악원의 협률사에서는 전통 가악을 도맡고 있었기 때문에 전국의 명창과 기녀들을 모으게 되었다. 그러나 이해 가을 콜레라가 창궐하였기에 고종의 등극 40년을 기념할 칭경예식(稱慶禮式)은 9월 20일을 기하여 이듬해로 연기한다는 공고가 정식으로 내려지게 되었다. 막대한 경비를 소요하면서 준비한 예식의 절차가 모두 연기되자, 군악대의 운영에 차질이 생기게 되었다. 나라에서 대주는 예산으로 그 비용을 감당할 수 없게 되자, 군악대의 창설에 관계했던 육군 참령(參領) 장봉환(張鳳煥)은 그 경비를 보충하기 위해, 기왕에 모집해놓은 광대, 재인, 기녀들을 훈련시켜 희대를 열어 일반에게 관람료를 거두어야겠다는 계획을 세우게 되었다. 당시 서울 장안에는 유사한 연희장이 여러 곳에 개설되어 있는 터여서, 일반 대중들의 경우에도 연희에 대한 관심이 점차 높아지고 있었다.

협률사는 연전에 장봉환씨가 황상 폐하께 상주하되, 군악대를 설진한 경비를 보충할 계획으로 협률사를 창설하자고 누누히 천총(天聰)을 기폐(欺蔽)하여 탕금(帑金) 4만원을 내하하여 구주(歐洲) 연희옥(演戲屋) 양자(樣子)로 건축하고 예기(藝妓)를 초선(招選)하여 창우(倡優)를 모집하여 소위 춘향가·화용도 타령을 일반 연극으로 완희(玩戲)를 정(呈)하여 금전을 모취(謀取)하야 악대 경비를 기분(幾分)이나 보충하였는지……(「논 협률사」, 대한매일신보, 1906. 3. 8)

당시의 신문 기사 내용으로 본다면, 협률사는 군악대의 설치 비용을 조달하기 위한 일반 상대의 연희를 준비하였음에 틀림없으며, 여기에 많은 가객과 기녀들이 동원되었음을 알 수 있다. 협률사에 대한 기록으로는 장봉환 주무의 희대 교습(황성신문, 1902. 8. 5)에 대한 기록을 보아도 그 내용을 짐작할 수 있다. 그런데, 칭경예식을 위해 마련된 협률사의 무대는 군악대 운영 경비를 조달하기 위한 방편으로 일반에게 공개되면서 갖가지 문제를 야기하게 되었다. 궁내부에서 관할하고 있는 관람료의 징수를 놓고 나라에서 백성을 상대로 돈을 벌고 있다는 소문도 나게 되었고, 광대, 기생들을 모아놓았기에 장안의 한량과 청춘 남녀들에게 풍기의 문란을 초래하게 한다는 여론도 높아지게 되었다.

이동백은 협률사의 소식을 듣고 경상도 땅에서의 생활을 다시 청산하기로 하였다. 이동백의 살림을 걱정해주던 양반 대감들의 호의가 그래도 지속되긴 하였으나, 세월이 바뀌면서 생활은 더욱 궁하기만 하였다. 명창을 찾는 사람도 많지 않았고 명창을 후원해주는 양반도 줄어들었다. 소리를 알아주고 그것을 즐길 줄 아는 사람도 점차 줄어들게 되자, 이동백은 서울로부터 소식을 전해 들은 협률사의 이야기에 더욱 관심을 갖게 되었다. 협률사에 가담하고 있는 명창 중에 김창환, 송만갑 등이 끼어 있다는 사실을 알게 되자, 마침내 그는 상경을 결심하고 가솔을 이끌어 서울로 올라오게 되었다. 이동백은 1905년 무렵에 서울로 올라와 김창환, 송만갑 등의 주선으로 협률사에 가담하게 되었다.

이동백이 가담하게 된 협률사의 연희는 판소리의 창극화 과정에 중대한 계기를 제공하게 되었다. 원래 명창과 고수(鼓手) 두 사람이면 족했던 판소리는 넓은 무대와 그 무대 앞에 모여든 숱한 관객을 맞이하면서 그 무대적 요건에 알맞은 연출 방식을 새로이 고안하지 않을 수 없게 되었다. 여기서 착안된 것이 배역의 설정과 분창(分唱)의 방법이었다. 한 사람의 명창이 판소리의 사설을 장단에 맞추어 가창하던 전통적인 방식보다는, 각 등장인물의 배역에 따라 남녀 명창이 그 역할을 분담하여 극적인 연출 효과를 거두는 것이 대중관객에게는 이채로운 것이 되었다. 판소리의 명창이 양반 대감 등을 찾아나서고 소리를 즐기는 그들을 위해 소리 마당을 펼친 것은 지극히 개인적인 활동 영역에 속했던 것이었다. 명창은 소리를 하고 양반 대감은 그 명창을 후원하는 입장에 놓여 있었던 것이 전통적인 판소리의 가창 양상이었다. 그러나 협률사의 연희장은 이와 전혀 성질이 달랐다. 판소리 한 마당에 여러 명의 명창이 등장하게 되었고, 그것을 보고 듣는 관객도 특정한 개인이 아니라 집단적인 일반 대중이었다. 결국 판소리는 개인적인 가창 형태에서 집단적인 창극 형태의 변화를 보게 되었던 것이다. 이동백은 이러한 판소리의 변화가 판소리 자체의 고유한 법제와 전통을 손상시키지 않을까 걱정하였다. 소리를 제대로 알아듣지 못하는 청중을 안타까이 여기기도 하였다. 비록 구경꾼은 많아졌고 명성도 얻게 되었으나, 소리의 본뜻을 모르고 명창의 신분을 '광대'니 하며 손가락질하는 관중들의 태도가 마음에 걸렸다. 게다가 이동백이 협률사에 가담할 무렵에는 이미 장안의 여론이 협률사의 공연을 비난하는 방향으로 기울어지고 있었다. 1906년 4월에는 황성신문(4월 13일)에서도 풍기 문제를 협률사의 연희와 연관시켜 기사화하였고, 대한매일신보는 3월 8일과 4월 7일의 논설을 통해 협률사의 폐해를 지적하였다. 그리고 이해 4월 17일에는 협률사와 연관이 있는 궁내부 봉상사(奉常司, 궁중의 각종 제례에 수용품을 준비하는 관서)의 봉상 부제조(奉常副提調) 이필화(李苾和)가 협률사의 폐지를 간하는 상소를 올리는 데까지 이르게 되었다. 이 상소는 즉각 효력을 발생하여 영업적인 연희장 개설을 국법으로 중지하도록 하였다. 서구의 극장을 모범 삼아 건축한 협률사의 연희장은 이후에 군악대의 연습장으로 이용되면서 한때는 관인 구락부가 들어와 사용하기도 하였지만, 군대가 해산되고 1907년 9월에 군악대원으로 황실음악대(皇室音樂隊)를 조직하게 되자, 완전히 그 주인을 잃게 되었다. 그러다가 이 건물은 다시 일반 연희장으로 쓸 수 있도록 허가되었으며, 그 명칭도 '원각사(圓覺社)'로 고쳐지게 되었다.

이동백은 협률사의 폐지와 함께 생활의 곤란을 일시 겪지 않을 수 없었다. 자신의 소리를 목청껏 펼쳐볼 수 있는 기회를 잃은 것도 여간 마음에 걸리지 않았다. 그는 몸져누워 병에 신음하였고 빈곤한 생활은 더욱 견디기 어려운 지경에까지 이르게 되었다. 그가 다시 무대에 설 수 있게 된 것은 원각사의 연희 개장과 함께였는데, 그의 생애 중에서 가장 화려한 시절이 바로 원각사의 무대 위에서 펼쳐지게 되었던 것이다.

원각사의 성격에 대해서는 협률사와 마찬가지로 의견이 분분하다. 당시의 상황과 어느 정도 연관성을 갖고 있는 것처럼 보이는 다음과 같은 기록은 원각사의 설립 배경을 헤아려볼 수 있는 하나의 단서가 될 것 같기에 길게 인용하기로 한다.

일본인 이등박문공이 조선에서 권리를 잡고 있을 때에, 이등공의 주장으로 한국이 일국 체면으로 연극이 없는 것이 대단한 수치이니 정부에 말을 하여 한국에 연극을 일으키는 것이 좋다 하므로, 조중응(趙重應)은 당시 법부 대신으로 어떤 기회를 얻어 대신 회의 시에 이 말을 제출한 일이 있었다고 한다.

여러 대신들은 조대신의 말을 듣고 대경실색하여 하는 말이 법부 대신으로 이러한 일을 금지할 것인데 연극 기용 운운은 천만 망상 밖이라 하여 개중에는 책망하는 이도 있고 개중에는 귀도 기울이지 않는 사람도 있어 말을 낸 사람으로 무색하기 짝이 없게 되었다. 할 수 없이 논의에 실패하게 된 조대신은 이 사연을 이등공에게 말한즉, 이등공이 웃으면서 그러면 내가 사전(私錢)을 내어 이 일에 착수할 것이니 당신이 맡아 일이 성사되도록 하여달라고 부탁하므로, 조대신은 즉시 응락을 하고 제일 착수로 '마네쟈' 될 사람, 즉 감독 될 사람을 양성할 필요가 있어 각방으로 물색한 결과 광무와 융희 연간에 신소설 작가로 『치악산』『귀의 성』 등 여러 가지 소설을 쓴 이인직공을 선발하여 일본 동경에 유학을 시키게 되었다.

그런데 이공이 일본에 가서 연극을 연구한 것이 아니라 중앙신문사(中央新聞社)에 들어가서 소설을 연구하여, 나와가지고 여러 가지 소설을 지은 것이지마는 연극에 대해서는 하등의 소득이 없었던 것이야 당시 이등공이나 조대신이 알 이치가 없었다. 그러나 일본까지 보내어 연극을 연구해오라고 한 사람이 무엇을 연구하고 왔든지 간에 근 이 년이나 있다가 연구를 마치고 나왔다 하기에 인제는 한국에도 무슨 연극이 새로 나오는가보다 하고 곧 이 말을 이등공에게 하였더니 공이 또 돈을 내어 원각사에 자리를 정하고 한국 연극을 시작하게 하였다.

물론 이 연극의 비용은 이등공의 자출(自出)로 당시 금으로도 수천원이 넘었으나 어찌된 까닭인지 들어가는 돈만 있고 나오는 돈은 한 푼도 없었다. 다시 말하면 수지가 맞지 아니하고 비용만 많이 난 모양인데, 그것저것 할 것 없이 조대신 역시 이공에게 일임한 이상 내용에 들어서는 간섭할 필요도 없었고 또 내용을 간섭하려고 하여도 그것을 알 까닭이 없었던 것이다. 돈이 없다면 없다는 그 말만 이등공에게 전하여 또 돈을 얻어줄 뿐이었다.

그리하여 그럭저럭 반년이나 지난 뒤에 하루는 이등공이 그 연극을 한 번 가보겠다고 하므로, 조대신과 함께 원각사에 가본 일이 있었다. 이등공도 속으로는 무슨 큰 기대가 있었던 것이고 조대신도 어떠한 좋은 연극을 하나 하고 가서 본즉, 놀라지 않을 수 없는 것은 지금 소위 구파라고 하는 광대소리로 춘향가니 심청가니 하여 배경도 없고 분장도 없이 소리판인지 연극판인지 알 수가 없어 곧 그냥 돌아왔다.

이등공도 그것이 연극이라고 할 수 없다 하여 심히 낙담한 모양이고 조대신 역시 이등공에게 대하여 면목이 없게 되었던 것이다. 그리하여 이등공도 그후로는 출전(出錢)을 즐겨 하지 아니하고 조대신도 또다시 무엇이라고 말을 할 수가 없게 되었다.(현철玄哲, 「반도 극계의 소하담 消夏淡」, 『신민』, 1927. 8)

현철의 이러한 이야기는 실제로 자신이 조중응을 만나서 들은 내용을 옮긴 것이라고 적고 있긴 하지만, 어느 정도의 확실성을 지니고 있는지 단언하기는 어렵다. 그러나 당시 신문(대한매일신보, 1908. 7. 10, 7. 21 또는 황성신문, 7. 28) 지상에 이인직의 연극장 개설에 대한 기사가 실리고 있는 것을 보면, 현철의 회고담에 상당한 신빙성이 있는 것이 아닌가 생각되기도 한다.

원각사의 설립 경위야 어떠하든지 간에, 이인직이 중심이 되어 새로운 연극장이 설치되자, 협률사에 속했던 대부분의 명창, 재인, 기생 들이 모두 다시 여기에 모여들게 되었다. 이동백도 여기에 가담하였다.

김창환을 중심으로 다시 모인 사람들로는 가인으로서 이름을 떨치고 있던 송만갑, 염덕준(廉德俊), 강용환(姜龍煥) 등이 있었으며, 홍도, 보패 등의 여류 명창도 있었다. 이동백은 무대에 다시 서면서 그 이름을 더욱 떨치게 되자, 순종의 어전에까지 나아갈 수 있게 되었다. 그는 통영 갓에 옥관자를 달고 화려한 옷차림으로 왕궁을 드나들면서 왕의 환심을 사게 되어 정이품 통정대부의 직함을 받기도 하였다.

이동백: 광대나 고수 할 것 없이 제일 호사스러웠을 때가 언제라고 할고.

한성준(韓成俊): 그야 원각사 시절이겠지요.

이동백: 나도 그래, 그때는 정말 비록 상놈 대접을 받았으나 노래 부르고 춤출 만했었지. 순종을 한 대청에서 모시고 놀기까지 했으니까.

한성준: 그때 김인호가 두꺼비 재주 넘다가 바로 순종의 무릎에 떨어지자 기쁘게 웃으시겠지. 그 광경이 지금도 눈에 선하니 생각됩니다그려. 그 당시 형님은 순종의 귀염을 상당히 받았을걸요. 원각사에서 형님이 소리할 때면, 순종께서 전화통을 귀에 대시고 듣기까지 하셨으니까.(「가무의 제문제」, 『춘추』, 1941. 3)

창악생활 중에 가장 화려했던 시절로 회고하고 있는 원각사 무대에서는 여전히 〈춘향가〉와 〈심청가〉를 창극으로 엮어놓았기 때문에, 협률사 이후 판소리는 명창의 소리보다 무대 예술로서의 변화를 더욱 빠르게 드러내게 되었다. 이동백은 특기인 〈심청가〉를 목청껏 소리하였고, 창악의 길에 나서면서 처음으로 보람을 맛보게 되었다.

당시 이인직은 광대라고 지칭되던 명창들을 모아놓고 이들에게 새로운 연극을 가르치고자 하였으나 제대로 실현되지 못하였다. 신연극의 효시로 알려져 있는 소설 『은세계』의 연극 공연이라는 것도 이동백의 회고담에 의할 것 같으면, 창극의 일종이었던 것처럼 보인다. 이동백은 이인직의 『은세계』 연극 공연을 두고 '원주 감사의 폭정을 창극으로 한 것'이라고까지 말하고 있으니 소설 『은세계』의 내용을 말하는 것은 사실인데, 신연극이라는 것이 소설 『은세계』의 창극화에 지나지 않음을 짐작할 수 있는 것이다.

그러나 원각사의 무대도 오래 지속되지는 못하였다. 일제의 식민지 시대가 시작되면서 원각사도 그 문을 닫게 되었다. 그 대신에 일본식 신파극이 새로운 관심거리가 되었고 관객도 자연 그쪽으로 몰리게 되었다. 서울에 모여 있던 명창들은 하나둘 흩어지기 시작하였다. 지방으로 돌며 '협률사'라는 이름으로 공연을 계속한 사람도 있었지만, 이동백은 서울에 자리를 잡았다. 원각사 대신에 새로운 연극장이 생기고, 서울에 기생조합이 생겨나게 되자, 그는 한편으로는 무대 위에서 활동하고, 다른 한편으로는 자신의 성음을 전수시켜주기 위해 제자들을 가르치게 되었던 것이다.

4

이동백이 창악운동의 새로운 부흥을 주장하게 된 것은 1930년대에 들어서면서부터였다. 이미 판소리의 법제가 혼란에 빠지고, 전통음악에 대한 일반의 관심도 점차 멀어져가는 상태에 놓여 있었기 때문에, 이동백은 창악을 바로잡기 위해서는 재능 있는 후진 양성에 힘을 써야 한다고 생각하였다. 그러한 이동백의 의지는 1933년 조선성악연구회의 결성으로 실현되기에 이르렀다.

이동백의 뜻에 동조하는 송만갑, 정정열, 김창룡, 김세준 등이 모두 참여한 이 단체는 '지금의 노래는 화이불류(和而不流)와 낙이불음(樂

而不淫)의 정신에 어겨짐이 있어 고아한 진수를 듣기 어려운 지경에 이르니 한심하지 아니할 수 없다. 이를 우려하여 흩어지고 쇠하여가는 것을 모으고 바로잡고 또 때에 맞고 풍화를 바르게 할 것을 더하여 연구 진흥코자 한다'는 취지를 내걸고 전국의 창악계 인사를 모두 규합하게 되었다. 이동백은 이 단체의 이사장이라는 대표직에 앉게 되어 창극운동의 전개와 후배 양성의 적극화라는 두 가지 목표에 전력을 쏟았다. 성악연구회의 직속 단체로 '창극좌(唱劇座)'를 조직하여 『춘향전』을 창극으로 만든 화려한 공연을 전국 도시를 돌아다니며 무대에 올렸다. 뜻있는 이들의 성원과 박수가 끊이지 않았다. 더구나 레코드의 유행에 따라 명창들의 소리가 모두 취입되어 더욱 널리 보급될 수도 있게 되었다. 광대니 창부니 하는 천대의 말 대신에 전통예술의 신봉자로서의 명창들의 위치가 점차 분명하게 인식되었다.

이동백은 성악연구회의 일을 보게 될 무렵에 이미 일흔을 넘나드는 노경에 있었다. 그러나 그는 자신이 비록 나이가 들었다고 하더라도 소리에 대한 창법이 반드시 오행(五行)으로 음률을 따라야만 한다는 점을 고집하였다. 그리고 그는 새로운 판소리가 만들어지지 못하고 있는 것에 답답해하였다. 옛것을 제대로 지키지도 못하고, 새것을 만들어내지도 못하니 창악의 전통이 머지않아 끊기는 것이 아닌가 우려하였다. 그는 자신의 소리를 레코드에 취입하고 나서도 그것이 진짜 자신의 소리일 수 없다고 생각하였다. 그것이야 기계가 하는 일이지 사람이 하는 것이 아니니, 생생한 맛이 살아날 수 없다는 것이었다. 생기가 없는 것이 예술일 수 없다는 고집스런 생각을 그는 꺾지 않았다. 그렇기 때문에 그는 자신이 죽으면 그와 동시에 자신의 소리도 죽는 것이라고 했으며, 바로 그 소리가 죽는다는 것이 원통한 일이라고 하였다.

이미 앞에서도 인용한 바 있지만, 1941년 3월, 잡지 『춘추』가 주선한 이동백과 한성준의 대담은 이동백이 지니고 있던 판소리에 대한 신념을 다시 한번 확인할 수 있는 근거가 되고 있다. 그의 성음에 대한 관심은 다음과 같은 말에서 분명하게 드러나고 있다.

이동백: 사내가 부르는 노래란 건 역시 사내다워야 하지. 노래가 사내다우면 그 목소리가 사내다워야 하고, 그렇다고 목소리가 까다로워서는 또 못쓴단 말야. 평범한 것이 좋으나 또 그것이 그냥 평범해버려서는 못써. 평범하면서도 거기에 색다른 맛이 있어야 그 목소리가 값이 나간단 말야. 허허 한참봉은 이런 것쯤은 잘 알고 있는데 내 잔소리를 너무 늘어놓았군.

한성준: 천만에요. 모두 옳은 말이죠.

이동백: 또 잔소리가 나옵니다만, 목소리란 상·중·하의 소리가 분명하고 남성(男聲), 여성(女聲)의 구별을 똑똑히 해야죠. 그리고 늘 배우는 사람에게 주의시키는 거지만 목소리를 꼭 오행대로 해야 한단 말이요. 금성(金聲)은 쇳소리니까 쨍그렁 소리가 나야 하고, 목성(木聲)은 나무 패듯 와지끌 해야 하고, 수성(水聲)은 잔잔하여 평평한 맛이 있어야 하고 화성(火聲)은 불이 확 나듯 고함치는 맛이 있어야 하고, 토성(土聲)은 땅과 같이 목소리가 두터운 맛을 주어야 한단 말요.

한성준: 이선생의 하성은 대들보가 다 울린다고 하지 않습니까.

이동백: 그런데 이런 소리를 하는 것은 나만이 소리할 줄 안대서가 아니라, 소리의 진가를 알아주는 사람이 없어서 폭폭허니까 한단 말요. 소리로 실감이 있어야 한단 것은 고저장단이 소리 내용과 합치되어야 해. 예를 들면 춘향이가 이도령 떠나는 직전에 우는 것과 떠난 후에 혼자 방안에 앉아서 우는 것이 전혀 달라야 하거든. 떠나기 전에는 다소 소리를 높여서 울겠지만, 떠난 후 혼자 앉아서 우는 것은 새살부리는 어조로 가늘게 우는 것이 실감이 있잖겠소?

이동백의 이러한 견해는 그의 스승인 김정근과 김세종의 해박한 음률과 창악 이론을 이어받은 대가의 면모를 짐작게 하는 바 있다. 판소리가 창극화되면서 과장된 '발림'에 힘을 쓰고, 성음에 지나친 기교를 부리게 되는 것을 경계하고 있는 이동백의 말 속에는 창악의 전통을 지켜보고자 하는 명창의 의지도 담겨 있는 것이다. 이동백이 무엇보다도 문제 삼고 있는 것은 소리를 제대로 알아들을 수 있는 사람이 점차 적어지고 있다는 점이었다. 알아듣는 사람이 적어지니 제대로 소리를 하는 사람도 줄게 된다는 것이 그의 탄식이었다.

이동백의 창법과 그의 더늠이 누구에게 전해지고 있는지를 지목하기는 쉽지 않다. 그 자신이 창악의 법통을 이을 만한 제자가 없다고 말하고 있으니, 더욱 난감한 일이다. 해방 직후 1947년 이동백은 세상을 떠났는데, 그가 우려했던 대로 그의 소리도 함께 떠나버렸다. 축음기 판에 몇 가닥 남아 있는 그의 소리는 분명히 낡은 축음기 소리일 뿐, 이동백의 생기 있는 소리가 아니다. 그토록 많은 사람들에게 애호받던 판소리가 이제는 몇몇 명창의 입에서 입으로만 전해지는 문화재로 보호되는 입장에 놓여 있다는 사실도, 한 시대를 주름잡던 명창 이동백의 이름 앞에서는 부끄러운 일이다. 소리를 알아듣는 사람이 거의 없는 것은 말할 것도 없거니와 이제는 '우리 것'이 무엇인지조차 관심을 갖지 않는 이가 숱하게 많음을 어찌하랴.

제3부

『저항의 문학』 그리고 비평의 논리와 방법
— 서간체로 쓰는 이어령론

시조의 형식 혹은 운명의 형식을 넘어서기
— 조오현 시집 『아득한 성자』를 보면서

개인적 경험과 서사의 방법
— 이문구를 생각하며

시 정신의 높이와 시학의 깊이
— 시인 오세영의 경우

『저항의 문학』 그리고 비평의 논리와 방법

—서간체로 쓰는 이어령론

1

김군.

이어령 선생의 비평집 『저항의 문학』(경지사, 1959)을 책상 위에 펼쳐놓았다. 선생의 수많은 저서 가운데에는 이 책보다 훨씬 화제를 모으고 대중적 관심을 불러일으킨 것들이 많다. 그러나 나는 이 책의 의미를 소중하게 여기고 있다. 그 까닭은 이 책에서 비로소 우리는 문학비평이라는 것이 문학 자체의 의미와 지향을 정당화하기 위해 필요로 하는 일종의 인식 행위에 해당된다는 사실을 확인할 수 있기 때문이다.

김군은 이같은 내 생각에 동의하지 않아도 좋다. 1920년대 중반 한국 문학이 가장 근대적인 이념이었던 사회주의와 만나면서 비평적 방법의 과학화를 확립했다는 백철 식의 해석을 우리는 강의실에서 대체로 승인하지 않았는가? 하지만, 이 책이 출간되기 이전의 한국 문학비평의 흐름을 검토해보면, 문학 외적인 상황이나 어떤 사회적 이념이 비평의 논리와 방법을 크게 좌우해왔음을 알 수 있다. 이러한 현상은 문학비평이 시대적 조건이나 현실 상황에 대하여 예각적으로 대응하고 있는 중요한 정신 영역의 하나임을 말해주는 것으로 생각된다. 문학비평이 문학 외적인 상황에 따라 그 논리와 방법을 바꾸어왔다는 것은 문학 자체의 미학적 의미보다는 사회적 요건을 더욱 중시하고 있음을 뜻한다. 문학비평이 직접적인 대상이 되는 작품 자체보다 작품 외적인 문제에 관심을 기울이게 될 경우 그것은 자칫 비평적 행위에서의 미학의 포기라는 부정적 의미를 띨 수도 있는 일이다. 내가 『저항의 문학』을 놓고 비평의 본질 문제를 논하고 있는 이유를 이제 김군은 알아차렸을 것으로 생각된다.

나는 문학적 가치의 다양성을 어떻게 포괄할 수 있을 것인가 하는 비평적 방법의 문제에 대해 고심한 적이 많다. 김군도 그렇고 대개의 비평가들도 비슷한 경험을 가지고 있을 것이다. 한국 문학비평이 직면하고 있는 가장 중요한 과제는 문학의 미적 가치와 그것이 지향하고 있는 정신세계를 총체적으로 해명해낼 수 있는 방법론의 정립이 아니겠는가? 한국 현대문학사에서 본격적인 문학비평이 성립된 것은 3·1운동을 전후한 시기라고 할 수 있다. 그러나 문학비평의 독자성을 인정할 수 있는 정도로 그 영역이 확대 심화되었다고 말하기는 어렵다. 우리 문학비평은 전통적인 심미사상을 제대로 계승하지도 못했고, 스스로 어떤 방법을 창조하지도 못한 것이 사실이다. 광복 이후 서구 비평이론의 폭넓은 수용이 이루어지고 있긴 하지만, 오늘의 한국 문학비평은 여전히 방법론의 자기 모색 단계에 머물러 있음을 시인하지 않을 수 없다.

김군.

문학비평은 그 방법과 지향이 어떠한 속성을 드러내든지 간에 문학의 존재 의미를 정당화하기 위해 필요한 방법과 정신을 대변해야 한다. 이같은 비평의 성격을 『저항의 문학』의 저자인 이어령 선생이 일찍부터 감지하고 있었다는 것은 후학인 우리에게는 행복한 일이다. 『저항의 문학』은 우리 문학의 성격을 규정지을 수 있는 중요한 비평적 쟁점을 담고 있으면서 동시에 비평의 방법론적 확립을 문제 삼고 있다. 이 책에서 한국의 문학에 대한 평가의 기준을 놓고 이루어진 비평적 견해의 충돌을 우리는 현란한 수사로만 넘겨버려서는 안 된다. 방법과 관점의 전환이라는 것이 얼마나 큰 변화를 의미하는 것인지를 지켜보아야 하기 때문이다.

2

비평집 『저항의 문학』에는 격한 어조로 적시하고 있는 전후사회의 삶의 질곡들이 여기저기 나열되어 있다. 인간적 가치의 상실과 붕괴, 그리고 훼손으로 이어지는 부정의 현실을 놓고 이 책의 저자는 인간의 자유와 해방, 자기 주체의 발견, 인간적 가치의 회복을 문학을 통해 구상하고 있다. 이 도저한 구상이 과연 가능할 것인가? 이같은 질문은 지금 우리에게는 별로 의미가 없다. 그러나 모든 것을 다 불 지르고 박토 위에 새싹을 틔워야 했던 당대의 현실에서 볼 때, '화전민'의 개척 의식을 강조해야 했던 이 책의 저자에게는 가장 절박한 질문이었음은 부인할 수 없는 일이다.

김군.

나는 이어령 선생의 용어 가운데 먼저 '부정(否定)'과 '저항'이라는 말을 주목하기로 한다. 이 두 개의 용어는 매우 격렬한 투쟁적 의미를 지니고 있지만, 사실은 인간적인 가치에 대한 옹호를 뜻하는 말이다. 물론 역사와 현실을 외면한 채 외쳐대는 허울의 휴머니즘을 말하는 것은 아니다.

역사가 인간을 살육하는 문명을 낳았다면 그같은 역사를 만든 책임은 우리 인간이 져야 할 것이며 따라서 당연히 우리가 그러한 역사의 움직임에 대하여 저항하지 않을 수가 없다. 자연이 일으키는 사건 그것의 책임은 신이 져야 한다. 그러나 역사가 저질러놓은 이 현실의 모든 사고는 인간이 져야만 할 책임이다. 그러므로 미아리의 비석들은 하늘을 향하여 항거하고 있지만 동작동 군묘의 십자가는 이 대지를 향하여 역사를 향하여 바로 그 인간을 향하여 항변하고 있다.

　　그리하여 우리는 이윽고 인간이 인간과 싸워야 하는 슬픈 계절을 맞이하였다. 인간이 인간과 싸워야 한다는 것은 인간이 인간의 역사와 대결한다는 말이며 그 역사 속에서 우리가 눈을 떠야 한다는 것이며 오늘의 이 역사적 현실을 비판하고 폭로하고 그리고 지양해나가야 한다는 것이다. (『저항의 문학』, 111~112쪽)

　　앞의 인용에서 '저항'이라는 말은 인간을 파괴하는 역사의 흐름에 대한 저항과 부정을 의미한다. 이것은 새로운 시대가 요구하는 역사의식과도 통하지만, 기성의 모든 문학적 관념들에 대한 비판과 반성을 포함한다. 실제로 이어령 선생의 평문 가운데 가장 탁월하게 빛나는 대목들은 한국의 문학을 지방성의 테두리에 묶어두게 만들고 있는 관념적 어사들에 대한 비판이다. 예컨대, 당대의 비평가 조연현이나 소설가 김동리 등이 별다른 이의를 달지 않고 한국적인 토속의 세계나 향토성과 혼동해온 전통이라는 개념의 오류를 가장 날카롭게 지적한 것이 선생이다. 엘리엇의 전통론을 들지 않더라도 전통이란 시대적 한계나 공간적 제약 속에 문학을 묶어두는 것이 아니다. 오히려 그러한 제약으로부터 자유로워지는 보편적인 가치의 회복을 더 중요시한다. 이 시기의 비평에서 문학이라는 말의 앞자리에 관형적 투어처럼 붙어다니는 민족이라는 말을 선생의 평문에서는 거의 찾아볼 수 없다는 것도 동일한 맥락에서 이해할 수 있다. 휴머니즘이라는 말의 애매한 의미 영역을 간명하게 정리하면서 김동리의 이른바 제3휴머니즘의 비논리성을 공박한 것도 선생이다.

김군.

김군은 이어령 선생의 비평에서 볼 수 있듯이 그가 진정으로 저항하고자 한 것은 무엇이라고 생각하고 있는가? 나는 이 문제의 해답을 구하기 위해 이어령 선생 이전의 한국 문학비평의 구도를 간단히 살펴보기로 한다. 선생의 시대를 우리는 전후문학의 시대라고 부른다. 그렇다면 선생 이전의 시대는 이른바 해방공간이라는 특이한 공간에 해당한다. 이 시기는 이데올로기의 대립과 갈등이 문학의 영역에서 가장 격렬한 비평적 담론으로 구조화하여 논쟁으로 표출된 때이다. 식민지 시대에서 벗어나면서 새로운 민족의 문학을 건설한다는 데에 관심이 모아지자, 그 방법과 이념의 선택이 문제시되었던 것이다. 해방공간의 계급/순수론은 서로 다른 두 가지 방향의 민족문학론을 비평적 담론의 주제로 등장하게 한다.

'진보적' '민주주의적'이라는 관형어를 붙이고 있는 계급문학론은 좌익문학단체인 조선문학가동맹이 채택한 강령 속에 자리잡으면서 이데올로기의 문학적 실천을 위한 방편으로 이용된다. 임화와 김남천 등이 내세운 민주주의적 민족문학은 노동계급의 이념을 구현하기 위한 문학이며, 이원조의 경우에는 '민족의 절대다수인 근로인민이 민주주의적 민족구성원으로서 행복된 생활 속에 함께 향락할 수 있는 민족 전체의 문학'으로 규정하기도 한다. 이들은 모두 민족의 개념을 계급적 차원에 국한시키고 있으며, 민족문학의 성격도 계급적 이념에 의거하여 설명하고 있다. 그리고 노동계급을 민족해방의 원동력으로 내세움으로써, 민족운동의 방향을 계급운동으로 전환시켜보고자 한다. 그러므로 이들의 주장 속에는 정치이념과 예술적 사상의 통합을 위한 기도와 구상이 숨겨져 있음을 알 수 있다. 이들이 '진보적'이니 '민주주의적'이니 하는 말을 떼어버리고 직접 '당의 문학'을 강조하기에 이른 것은 공산당의 정치운동에서 문학을 하나의 조직적 실천 행위로 활용하고 있다는 사실을 드러내주는 것이다.

그렇다면 우파 민족진영의 경우는 어떠했는가? 민족진영의 김광섭, 이헌구 등이 내세우고 있는 민족문학은 '민족 전체를 한 개의 공동운명체로 인식하고 그 지성과 감성을 다하여 민족의 당면 위기를 극복해나아갈 수 있는 것'이어야 한다는 전제가 붙어 있다. 이를 위해서는 물론 민족 전체가 염원하고 있는 당면의 요구가 문학의 근본이념과 일치되어야 한다든지, 문학의 보편성에 대한 신념을 지켜야 한다든지 하는 조건이 뒤따른다. 그러나 이 경우 문제가 되는 것은 민족이라는 말에 내포되어 있는 이념적 속성을 어떻게 규정해야 할 것인가 하는 점이다. 민족의 실체는 어디까지나 역사적인 존재로 인식되어야 하며, 역사적 현실 가운데에서 그 구체적인 존재방식이 검토되어야 한다. 그러므로 민족에 대한 이념적 규정에 있어서 그 초역사적인 절대 개념에 매달린 관념론적인 해석이 문제가 된다고 할 것이다. 그렇기 때문에 김동리, 조지훈, 조연현 등은 순수문학론을 내세우고, 민족문학에 대한 논의 자체가 이데올로기의 문학적 실천이나 정치적 선동을 위한 수단으로 이용되는 것에 반대한다. 이들의 주장은 우익 민족진영의 문인들에 의해 호응을 받게 되면서 좌익 문학단체의 계급문학으로서의 민족문학론과 대립되기에 이른다. 김동리는 민족문학을 순수문학으로 규정한다. 문학의 본질적인 속성을 인간성에 대한 옹호에서 찾고 민족 단위의 휴머니즘으로 이해함으로써, 본격문학에 대한 김동리의 신념은 변함없이 지속된다. 더구나 정부 수립 후 순수문학으로서의 민족문학이라는 개념은 체제 선택의 기로에서 한국문학의 진로를 규정해준 하나의 명제로 자리잡게 되는 것이다.

김군.

이어령 선생은 이같은 문단적 구도와 쟁점을 모두 거부하고 있다. 선생은 왜 이같은 유별난 선택을 스스로에게 요구하고 있는 것일까? 이것은 회색의 진공지대 위에 자신을 밀어넣어두기 위한 일이 아니다. 그는 문학의 순수를 말하기 전에 오히려 문학의 저항을 논하였고, 문학의 예술성을 논하면서 벌써 사회적 참여를 주장한 바 있다. 이같은 태도는 해방 직후의 상황에서 순수론으로 무장한 민족문학론이라는 것이 하나의 정치 시대의 산물에 불과한 것임을 인식한 데에서 비롯된 것이라고 할 수 있다. 좌파 문단의 정치적 요구로부터 문학의 본령을 지킨다는 측면에서 생각해본다면, 순수론은 어느 정도의 긴장된 의미를 갖는다. 하지만, 정부 수립 후 한국전쟁을 거치고 격동의 역사가 지속되는 동안 그 개념은 퇴색할 수밖에 없게 된다. 삶의 현실을 총체적으로 인식하고 그것을 문학적으로 형상화하고자 할 때, 역사와 현실을 초월하고 있는 순수한 문학이란 하나의 공허한 관념에 지나지 않는 것이다. 특히 민족문학의 개념이나 그 역사적 의미 등에 대한 논의가 순수문학론으로 대치됨으로써 그 실천적 방법 자체가 무색해져버리고 말았다는 점도 비판되지 않으면 안 된다. 문학의 사회적 가치나 이념적 속성을 외면하고 순수의 테두리에서 안주하게 될 경우 삶의 현실과 유리된 문학적 공간이 어떤 문제성을 띠게 될 것인지에 대해서는 김군도 충분히 알아차릴 수 있는 일이 아닌가?

김군.

이어령 선생 이후의 비평에 대해서도 간단히 논의해보기로 하자. 전후세대의 문학을 극복하는 과정에서 돌출한 비평적 쟁점이 1960년대 중반에 본격화된 순수/참여론이다. 문학의 사회적 참여 문제는 이어령 선생의 '저항의 문학'이라는 테마로부터 출발한 것이다. 「작가의 현실 참여」(1959)라는 선생의 평문이 던진 이 새로운 과제는 문단의 파문으로 번졌는데, 4·19혁명을 지나 다시 범문단적인 쟁점이 되어 그 중요성을 새롭게 인식할 수 있게 된 것이다. 선생은 전후의 혼란된 현실 속에서 인간의 삶과 그 존재방식에 대한 회의와 저항이 교차되면서 현실적 상황에 대응할 수 있는 문학의 요건을 중시하고 있다. 사회현실에 적극적인 관심을 갖고, 능동적으로 참여해야 한다는 문학의 참여의식은 우선적으로 작가가 현실에 대해 각별한 관심을 표명하는 데에서 출발한다. 그리고 현실에 입각하여 시대와 상황에 대한 책임을 자각하는 데에까지 이르는 것이다. 그런데 이같은 관점이 확대되자 현실의 부조리를 고발, 비판하는 문학의 정신을 리얼리즘과 연결시키기도 하고, 역사의식에 바탕을 둔 작가의 사회적 책임을 강조하기도 하는 참여문학론으로 발전한다. 이러한 참여론에 반대하는 입장에서 문학의 본질적 순수성을 옹호하는 문인들이 등장하자, 순수/참여론의 논쟁적 확대가 이루어지게 된 것이다.

1960년대 순수/참여론이 문학의 사회적 기능에 대한 평면적 인식에서 벗어나 자체 내의 논리를 갖기 시작한 것은 김붕구의 『작가와 사회』를 중심으로 한 앙가주망 운동의 이데올로기적 편향성에 대한 경고에서부터이다. 60년대 후반의 문학적 경향과 문단적 분파를 예견하게 하는 이 발언은 임중빈에 의해 반박되고, 다시 정명환에 의해 수정된다. 참여문학이란 문학의 한 경향이며, 참여의 개념 자체를 이단시할 것이 아니라, 집단의식과 자아의식의 결합관계로 규정해야 한다는 것이 정명환의 결론이다. 이 논쟁의 정점에 등장한 것이 바로 이어령 선생이며, 그 상대역이 시인 김수영이었다는 것은 너무나도 유명한 사건이다.

김수영은 언론의 무기력과 지식인의 퇴영성에 대한 비판으로부터 자신의 참여론을 논리화한다. 군사 독재의 획일적인 사회 문화에 대한 통제를 우려했던 그는 문학의 전위적 실험성이 억압당하고 있는 상황의 위기를 극복해야 한다고 강조한다. 그러나 참여론의 실마리를 쥐고 있던 이어령 선생은 문학의 위기를 극복하기 위해 먼저 문화 자체의 응전력과 창조력의 고양을 주장하였고, 시대적 상황 변화에만 추종하는 문학인들의 자세를 비판한다. 그 결과 문화의 자율성에 대한 신념을 내세운 이어령이 순수론의 옹호자로 인정되기에 이르는 것이다. 결국 순수/참여론은 문학의 자율성과 사회적 기능성에 대한 인식의 차이를 노정함으로써, 문학 자체의 가치성에 대한 판단의 기준도 이에 따라 달라지게 되는 결과를 초래하고 있다. 이 논쟁은 순수/참여라는 이분법으로 문학의 범주를 규정하고 있기 때문에, 문학이 본질적으로 지니고 있는 포괄적인 의미와 다양성을 깊이 있게 천착할 수 있는 폭넓은 관점을 유지하지 못하게 하는 인식의 한계를 드러내고 있다.

3

김군.

나는 다시 『저항의 문학』에서 출발하고 있는 이어령 선생의 두 가지 중요한 비평적 주제를 돌아보고자 한다. 그중 하나는 '우상의 파괴'이며, 다른 하나는 '언어 또는 비유의 발견'이라는 것이다. 이 두 가지 주제는 모두 하나의 단일한 목표를 지니고 있다. 그것은 바로 온전하게 '작품으로 돌아가기'라는 비평의 본질에 관한 문제이다.

'우상의 파괴'는 기성 작가들의 권위에 대한 신세대의 도전으로 오해되고 있는 테마이다. 이어령 선생은 평단의 거목이었던 백철을 공박하고 조연현을 비판하고 시단의 주역이었던 서정주를 몰아친다. 그리고 소설 문단의 김동리마저 용납하지 않는다. 이같은 비평적 도전은 당시의 문단에서는 하나의 당돌한 구상에 해당한다. 이미 그들은 모두 문단의 우상으로 떠받들어지고 있었으니까. 그러나 실상 이같은 도전이 의미하는 바는 아주 단순하고도 간명한 비평적 명제와 직결되어 있다. 이제 비평은 더이상 작가의 주변을 맴돌아서는 안 된다는 것, 오직 작품 자체로 돌아가야 한다는 것이다. 이 명제를 일반화시키기 위해 선생은 이른바 '작가 죽이기'에 선봉을 선 셈이며, 그 구체적인 작업이 바로 '우상의 파괴'라는 문단적 구호로 표출되었던 것이다.

　김군.

　이제 우리의 논의는 이어령 선생의 비평활동의 핵심에 근접해온 셈이다. 선생의 비평적 테마 가운데 '언어 또는 비유의 발견'은 가장 중요한 논리적 거점이 되고 있기 때문이다. 선생의 유명한 「이상론」이 대부분 이상 소설과 시의 언어적 표현 문제에 집중되어 있다는 것은 널리 알려진 사실이다. 문학이라는 것은 결국 언어적 기호의 산물이라는 것을 말하기 위해 선생이 주도했던 논쟁의 소용돌이를 돌아보면, 선생은 분명 순수론자는 아니다. 굳이 선생이 능란하게 활용하고 있는 비유적인 표현법을 따른다면, 선생은 문학을 거울이라고 생각하기보다 촛불이라고 생각한다. 미적 자율성이라는 문제에 대한 신념을 선생만큼 용이주도하게 이끌어온 평론가는 다시 찾아보기 어렵다. 어쩌면 안타깝게도 단명이었던 비평가 김현의 문화적 자유주의가 이어령 선생의 문학적 입장과 맥을 같이했다고 말할 수 있을지 모르겠다.

　김군.

　이어령 선생이 지니고 있던 언어적 기호의 산물로서의 문학이라는 것에 대한 믿음이 우리 문학비평에서 무시할 수 없는 명제로 자리하고 있는 이유는 무엇인가 생각해보자. 문학은 언어를 통해 이루어진다. 그리고 이것은 일상의 언어 소통 과정에서 화자가 상대에게 말을 거는 것처럼, 작가가 독자에게 작품을 내놓는 일종의 소통의 원리에 의해 성립된다. 물론 작품이라고 하는 언어적 텍스트는 현실의 삶의 내용과 연관된다. 그리고 이것은 어떤 특별한 동기에 의해 이루어진 구조적인 담론의 특성을 지니는 것이다.

우리는 그럼에도 불구하고 대체로 문학이 작가의 개성과 세계관의 표현이라는 관념을 승인하고 있다. 그리고, 문학이라는 것을 작가가 살고 있는 세계의 모방으로 이해하기도 한다. 작가의 개성의 표현으로서 문학의 의미를 강조한다든지, 현실세계의 모방으로서의 문학을 생각한다면, 문학에 대한 논의는 모두 개인과 현실의 세계에 대한 이해를 포괄해야 한다. 전통적인 문학비평이 문학의 제재에 대해서나 방법에 있어서 역사주의라는 이름으로 문학의 벽을 넘어서고 있었던 까닭이 여기에 있음을 알 수 있다.

그러나, 현대 문학비평, 특히 러시아 형식주의의 등장 이후에는 문학 연구의 직접적인 대상을 문학작품 그 자체에 국한시키고자 하는 경향이 점차 강화된 바 있다. 문학에 대한 연구의 본령을 문학적 텍스트 그 자체를 중심으로 고정시켜온 이러한 비평의 방법은 지금도 상당한 설득력을 유지하고 있다. 문학 연구에서 텍스트 자체에 대한 내재적인 연구는 언제나 문학의 자율성과 완결성을 전제하는 것이다. 그리고 텍스트 자체에 대한 분석적인 접근을 통해 구조적인 완결성의 미적 특성을 밝혀내는 작업을 중시하고 있다. 문학 연구에서 내재적인 접근 방법은 문학 텍스트와 그 텍스트의 존재 기반이 되는 사회 역사적인 배경을 문학의 부차적인 요소 또는 문학 외적인 요소로 인정한다. 그리고 이러한 사회 역사적인 요소를 문학 연구의 핵심으로부터 배척하려는 경향도 드러내고 있다.

김군.

이어령 선생의 비평에서 볼 수 있는 문학과 그 언어에 대한 관심은 문학 연구를 독자적인 기반 위에서 체계화하여 자율적인 분야로 고정시키고자 했던 형식주의의 관점과 일치한다. 형식주의자들은 문학 연구를 다른 분야의 연구 방법과 구별하고자 하였기 때문에, 문학을 철학 또는 역사학, 심리학 등과는 다른 독자적인 과학적인 방법으로 확립하고자 했던 것이 사실이다. 그러므로, 형식주의자들이 관심을 기울인 것은 '문학을 어떻게 연구하는가'라는 질문이 아니다. 그들은 오히려 '문학 연구의 제재가 무엇인가' 하는 점에 더 큰 관심을 집중하였다. 그리고 바로 이러한 질문으로 인하여 형식주의자들의 관심 대상 자체가 그들의 이론의 본질적인 성격을 규정하게 된다. 문학작품에 나타나 있는 언어의 문학적 고안과 그 기능에 착안했던 이어령 선생의 문학비평은 물론 형식주의와 이같은 러시아 형식주의와 연결되어 있는 것은 아니다. 이보다는 1950년대 말에 우리 문단에 소개된 미국의 신비평의 방법에 의해 더욱 정밀한 실천적 방법을 확보할 수 있게 된 것이다.

그런데 여기서 우리가 주목할 문제가 하나 있다. 이어령 선생의 비평적 관점과 방법은 실증주의에 대한 반작용 속에서 형성된 것이지만, 넓은 의미에서는 모더니즘 운동의 전반적인 흐름 속에서 그 위상이 분명하게 드러난다. 이선생은 그의 실제 비평작업에서 문학작품의 속성과 의미와 가치를 밝혀내기 위해 그 작품의 구조에 주목하고 있다. 문학작품의 구조는 다양한 요소들이 복합적인 관계로 상호 연결되고 있지만, 이들 사이의 균형과 대립, 갈등과 화해 속에서 비롯되는 긴장을 통해 전체적인 통일성을 유지한다. 그러므로, 이선생은 이같은 다양한 복합적인 요소들에 대해 관심을 갖고, 문학작품과 작가의 신념을 분리시켜놓고 있으며, 작품과 작품의 기반이 되는 역사와 사회를 분리시키고 있다. 이같은 비평의 비개성주의 또는 반역사주의적 경향은 하나의 독립된 객체로서의 문학 텍스트의 존재를 가능하게 하고자 하는 노력에 해당한다. 그리고 바로 이같은 방법에 의해 문학의 독자적인 의미 또는 효과를 미적 차원에서 중시할 수 있는 가능성을 열어가게 되는 것이다.

김군.

이제 우리는 『저항의 문학』을 넘어서야 하는 지점에 서 있다. 이 책에는 서문도 없고 후기도 붙어 있지 않다. 구차스런 개인적 진술을 거부하고 있는 젊은 비평가의 오만스러움이 이같이 드러나 있다고 말한다고 해도 나는 이를 부인하고 싶지 않다. "사랑하는 그리고 증오(憎惡)하는 모든 사람들에게"라고 하는 한 줄의 전언(傳言)만이 이 책의 첫 장에 나와 있으니까.

그러나 김군이 반드시 깊이 생각해야 할 몇 가지 명제들이 아직 남아 있다. 문학비평은 언어로 이루어진 독특한 예술 형태인 문학작품을 대상으로 한다는 점에서 다른 종류의 지적인 활동과 구별된다. 문학작품은 그 본래적인 성질 자체가 이미 스스로의 범주를 규정하는 독특한 속성을 지니고 있기 때문에, 문학에 대한 비평적 논의는 어느 시대에도 그것이 언어적 산물이면서 동시에 상상적 산물이라는 사실에서 크게 벗어난 적이 없다. 그러나 문학의 존재 의미는 전체적인 사회 문화적 맥락 속에서 규정될 수밖에 없다. 문학은 넓은 의미에서 하나의 사회 문화적 산물이며, 문학과 사회와 문화의 관계는 끝이 없는 것이다.

김군에게는 부끄러운 고백이지만, 나에게는 『저항의 문학』을 넘어설 자신이 없다. 그러나 『저항의 문학』 이전에 『저항의 문학』이 없었지만, 어찌 다시 『저항의 문학』 이후에 『저항의 문학』이 없겠는가에 대해 우리는 생각해야 한다. 나는 문학비평이 문학과 문화 사이를 중재하는 메타비평적 기능을 지녀야 한다고 믿는다. 물론 문학비평은 문학의 개념과 그 범위를 규정하는 방법과 관점에 따라 문학과 문화의 관계를 좁히기도 하고 넓히기도 한다. 문학작품의 내재적인 요건에 의해 문학적인 것의 본질을 규명하고자 한다면, 문학비평은 당연히 문학과 문학 외적인 요소로서의 사회 또는 문화를 분리시키고자 할 것이다. 반대로, 문학이라는 것을 사회 문화적 산물로 이해하고 그 전체적인 맥락 속에서 문학의 속성을 규정하고자 할 경우에는 문학비평은 그만큼 문학의 영역을 폭넓게 이해하고자 하는 관점을 유지하게 될 것이다.

그러므로 문학비평은 개념과 태도와 관점과 실천의 상반성을 드러내는 요건들에 의해 그 영역을 한정받게 된다. 예컨대, 문학적 텍스트는 사회적 문맥 속에서 존재하는 것인가, 독자적인 존재를 드러내는 것인가를 결정해야 하고, 비평 자체에서도 어떤 평가 기준을 제시해야 하는가, 기술적인 분석에만 치중할 것인가를 정해야 한다. 문학비평이라는 것이 판단과 상상력의 문제인가, 객관적인 과학의 세계인가를 결정하는 일도 필요하다. 한국의 현대문학사에서 문학비평의 확립이라는 과제가 본격적으로 제기되었을 때(1930년대의 김환태를 생각하라)에도, 이러한 비평의 관점과 태도 문제에 관심이 집중되었던 것은 우연한 일이 아니다. 대상으로서의 작품을 그 자체 내의 요건을 중심으로 실제 있는 그대로 보아야 한다는 순수비평의 방식은 매슈 아널드의 '몰이해적 관심'이라는 비평태도에 근거한 것이다. 그렇지만, 한국의 문학비평은 문학이라는 것을 독자적인 규범에 의해 범주화하고자 하는 데에는 아직도 실패하고 있는 것이 사실이다.

김군.

이제 『저항의 문학』의 마지막 장을 넘기면서, 나는 문학비평이 삶에 대한 관점을 함께 드러낼 수 있는 문학의 전체적인 모습을 균형지어주고, 그 범위를 확정해주어야 한다고 말하고 싶다. 이 경우에 가장 중요한 것은 비평적 방법의 수립이다. 방법이란 하나의 목표에 이르는 과정이다. 무질서하게 분산되어 있는 상태의 어떤 대상에서 개별적인 인식을 가능케 해주는 방식이라고도 할 수 있다. 문학비평의 방법이란 그러나 결정론적 사고방식을 가장 경계한다. 방법이란 방법 그 자체로서의 의미에 국한되는 것이지, 결코 그것이 목표가 되지 못한다. 문학비평의 방법은 그 대상으로서의 작품이 없으면 성립되기 어려운 것이며, 문학비평의 방법에 대한 다양한 논의는 결국 다시 작품으로 떳떳이 돌아오고자 하는 목표에서 이루어지는 것이다. 그렇기 때문에 문학비평의 확립이란 그 방법론의 모색이 어느 정도 성공적이냐를 따지는 데에서 만족될 수 없으며, 그러한 방법론의 적용이 얼마나 작품의 의미에 활기를 불러일으켜주느냐에 더 큰 의미를 부여할 수 있을 것이다.

　나는 김군과 함께 우리 문학비평의 방법과 실천을 문화의 범주 안에서 새로이 이해해야 한다고 주장하고자 한다. 이 경우 문학은 하나의 문화적 산물, 또는 문화적 현상으로 파악되어야 한다. 그리고 문학비평이라는 것도 보편적인 개념으로서의 문화가 아니라, 구체적이고도 개별적인 문화현상들 속에서 이루어지는 하나의 문화적 실천으로 인식되어야 하는 것이다. 문학비평이 하나의 새로운 '문화적 시학'을 지향해야 한다는 것은 부인할 수 없는 사실이다. 문학이라는 것이 지니고 있는 사회 문화적인 속성을 통합적으로 이해하기 위한 방법으로서의 '문화의 시학' 말이다!

시조의 형식 혹은 운명의 형식을 넘어서기

—조오현 시집 『아득한 성자』를 보면서

적멸을 위하여

2005 만해축전 세계평화시인대회의 기념 시집에는 '평화, 그것은' 이라는 제목이 달려 있다. 세계 각국에서 축제에 참가한 시인들이 손수 쓴 자필시가 원고를 그대로 수록했다. 시집을 열면 누구나 탄성을 올릴 수밖에 없다. 그 묵언(默言)의 함성들이 정교하게도 무게 잃지 않은 채 자리잡고 있기 때문이다. 이 시들의 원본은 모두 백담사 만해마을의 '평화의 벽'에 걸려 있다.

나는 이 시집을 넘길 때마다 이 시집에 수록되지 않은 아주 짤막한 시 한 편을 떠올린다. 시인들의 평화 시낭송의 대미를 장식했던 조오현의 「적멸을 위하여」라는 시조다.

(1)
삶의 즐거움을 모르는 놈이
죽음의 즐거움을 알겠느냐

어차피 한 마리
기는 벌레가 아니더냐

이 다음 숲에서 사는
새의 먹이로 가야겠다.

　　　　　　　　　　　—「적멸을 위하여」 전문

　이 시의 낭송은 당초 예정에 없던 일이다. 자가본으로 펴낸 『만악가
타집萬嶽伽陀集』에 이 시조가 실려 있다. '죽음' 혹은 '적멸'을 화두로
하고 있는 이 작품을 시인은 '평화를 위하여'라고 고쳐 큰 소리로 외운
다. 즉석 통역이 이루어진다. 시조를 쓰는 스님으로 소개하자 모두가
박수한다.

　아프리카 나이지리아 태생의 노벨문학상 수상자인 월레 소잉카 시인
이 만찬장을 떠나면서 내게 묻는다. 스님이 읊은 시가 불교의 전통 노
래인가 하고 말이다. 혹시 선시(禪詩) 또는 범패(梵唄)인가를 묻는다.
나는 아니라고 답한다. 그리고 한국의 '시조(Sijo)'라고 말한다. 소잉카
시인은 '시조?' 하고 되묻는다. 그는 이 시조를 쓰는 스님의 마지막 시
낭송에 축제의 주제가 다 들어 있다면서, '대단한 인물이군요' 하고 시
인 조오현을 가리킨다.

　나는 월레 소잉카에게 시조 이야기를 한다. 미국 프린스턴 대학 출판
부가 펴낸 유명한 『프린스턴 시학사전』이 1993년도 신판을 만들면서
한국의 전통적인 시 형식인 '시조'를 독립된 항목으로 수록한 일을 소
개한다. 3행 형식의 짧은 시 형태는 유교적 전통 위에서 완결된 형식미
를 자랑한다고 덧붙인다. 소잉카는 승려인 조오현이 왜 유학적 전통에
기초한 시조를 쓰게 되었는가를 묻는다. 나는 이에 대해 달리 할 말이

없다. 시조를 짓고 노래하는 일이 예전에는 일상처럼 자연스러웠다는 말밖에.

왜 시조인가, 그리고 시조란 무엇인가?

나는 시집 『아득한 성자』를 놓고 시조시인 조오현을 생각한다. 그리고 월레 소잉카가 내게 물었던 질문을 혼자서 되뇐다. 시조란 무엇인가? 이 질문을 앞에 두고 다시 수많은 질문들이 이어진다. 시조를 어떻게 이해할 것인가? 시조의 시적 형식은 그것이 추구하고 있는 시 정신과 어떤 관련을 지니는가?

시조의 시적 형식에 대한 질문은 현대시조의 등장과 함께 각별한 관심의 대상이 된다. 고시조에서 현대시조로의 변화는 오늘의 시조가 왜 시조로 존재하고 있는가를 이해하는 데에 결정적인 단서를 제공하고 있다. 고시조와 현대시조는 상당히 복잡한 장르 변동의 과정을 통해 서로 분화되고 있다. 고시조는 장르의 제시 방법 자체가 창곡에 의존한 음악적인 요건을 중시한다. 그러나 고시조는 가창되는 음악으로서의 성격을 벗어나면서 그 창곡과의 분리 과정을 통해 해체된다. 그리고 바로 여기서 현대시조로의 전환이 이루어진다. 현대시조는 음악으로 가창되는 것이 아니라 시로서 읽힌다.

그런데 고시조에서 현대시조로의 전환이 노래에서 시라는 본질적 변화를 거치는 것임에도 불구하고 시조의 3장 분장 형식은 고정적이다. 현대시조가 3장 분장의 형식을 깨고 새로운 형식을 추구했다면, 아마도 그것은 시조라는 이름으로 더이상 존재하기 어려웠을 것이다. 현대시조가 여전히 시조인 이유가 여기에 있다. 시조가 지니고 있는 3장 형식은 불변의 것이다. 그러므로 시조에 대한 시학적 해명 또한 이 시적 형식에 대한 새로운 해석에 기초해야 한다.

현대시조는 시적 구성 원리로서 3장을 고수한다. 고정적 형식으로 3장을 유지하는 것이라기보다는 시적 형식으로서 3장을 지향하고 있다는 편이 정확한 표현일지도 모른다. 시조 3장에는 각 장마다 유사하게 이어지는 율격을 바탕으로 언어가 배열된다. 우리말의 어휘들이 보편적으로 드러내고 있는 음절량과 그 이음새에서 나타나는 말의 마디가 그대로 자연스럽게 시조의 율격을 결정한다. 그리고 호흡의 장단에 맞춰 각 장의 길이가 적절하게 조절된다. 이것은 시조의 시적 형식이 어떤 틀로 고정되어 있는 것이 아니라, 그렇게 형성되는 것임을 말해주는 요건이 된다. 시조의 3장 형식과 어우러지고 있는 4음보의 율격은 반드시 규칙적인 것은 아니다. 각 장에 배열되는 4음보는 앞뒤로 짝을 이루어 2음보씩 서로 조응한다. 각 음보 자체가 율격 구성의 기본적 원리인 음절량의 점층적 경향을 드러내어 3음절의 음보와 4음절의 음보가 짝을 이루는 것도 자연스럽다. 3장의 분장 형식 안에서 이루어지고 있는 언어의 자유로움이 확보될 수 있을 때 시조가 완결된 시적 형식을 드러낸다는 것은 당연한 일이다.

(2)
감감히 뻗어간 황악(黃嶽)
하늘 밖에 가 잠기고

금릉 빈 들녘에
흩어진 갈대바람

구만리
달 돋는 밤은

한등 하나 타더이다

—「한등寒燈」 전문

(3)
우리 절 밭두렁에
벼락 맞은 대추나무

무슨 죄가 많았을까
벼락 맞을 놈은 난데

오늘도 이런 생각에
하루해를 보냅니다.

—「죄와 벌」 전문

    조오현의 시조는 3장 형식의 시적 완결성을 벗어나지 않는다. 앞의 두 작품에서 시적 텍스트를 구성하고 있는 시행은 비록 각각 6행의 짜임새로 드러내고 있지만, 1행과 2행이 결합되어 시조의 초장을 이루고, 3행과 4행이 결합되어 중장을 이루고, 5행과 6행이 결합되어 종장을 만들고 있다는 것은 쉽게 알 수 있는 일이다. 이것은 시적 텍스트의 행과 시조 3장의 율격적인 틀을 자연스럽게 일치시킴으로써 얻어진 것이다. 시적 율조와 의미의 압축을 통해 자연스럽게 그 형식이 3장의 형태를 지향하고 있기 때문에, 다른 어떤 방식으로도 표현할 수 없는 궁극적인 요소로서 3장의 형식이 빚어지는 것이다.

    그러나 3장 분장의 외적인 균형 속에서 그 변화가 가능하고 시 정신 자체도 자유로움을 지향할 수도 있다는 것을 간과해서는 안 된다. 이것은 시조가 3장의 형식 안에서 추구하고 있는 미의식의 자유로움과 관련된다. 시조의 3장은 각각 하나의 의미 단위로서의 성격을 유지하고 있지만, 독자적으로 존재하는 것은 아니다. 초장에서 중장으로, 그리고 다시 종장으로 이어지면서 시적 의미의 전개와 음악적인 변화를 자유자재로 추구하고 있다. 때로는 각 장의 길이가 길어지기도 하고 율격의 패턴이 깨지기도 한다. 앞에 인용한 (2)의 경우에는 시조의 시적 형식이 3장의 틀 안에서 조금씩 파격을 시도한다. 특히 종장에 해당하는 제3연을 3행으로 구분함으로써, 시적 텍스트의 행 구분에 있어서 약간의 변형을 시도하고 있다.

조오현의 시조는 외형적인 율격의 규칙을 유지하면서도 그 율격의 조성과 변화를 위해 어떤 새로운 고안을 요구한다. 이 새로운 고안을 제대로 이해하기 위해 시조의 형식적 요건이 되고 있는 3장 분장의 틀 대신에 시행의 구분의 변화를 주목해야 한다. 여기서 행은 규칙적인 리듬에 규제되지 않는다. 행과 행의 결합과 반복도 마찬가지다. 각각의 행은 자체적인 리듬의 요소를 스스로 만들어낸다. 그리고 그것이 그 뒤에 오는 시의 행에 어떤 영향을 미치게 된다. 이런 방식으로 하나의 연이 구성되고 그것이 작품 전체에 어떤 시적 리듬의 틀을 조성한다. 행의 배열을 통해 드러나는 시행 자체의 통사적 구조는 시의 행이 어떻게 그 의미와 기타의 요소들에 의해 결정되는지를 보여준다.

조오현은 전통적으로 시조가 지켜온 3장 분장의 형태적인 정형성을 여러 가지 방식으로 변형시키면서 연시조의 형태를 통해 시적 형식의 긴장과 이완을 실험하기도 한다. 이것은 평시조가 추구해온 시적 주제의 압축과 긴장보다는 시적 의미의 심화와 확대에 더 큰 관심을 두고 있음을 말하는 것이다. 연시조는 단형의 평시조를 중첩시켜 시적 의미를 확대시켜놓는 특징을 지닌다. 이것은 시조의 단형적 형태가 지니는 한계를 극복하고자 하는 시도와 상통한다. 『만악가타집』에 수록되어 있는 연시조는 시조의 형식적인 변형과 확대를 의미한다. 이러한 시조의

형태적 개방성은 단형시조로서의 평시조가 지니고 있는 형태적인 고정
성과 제약성을 벗어나기 위한 것이라고 할 수 있다.

(4)
이른 봄 양지 밭에 나물 캐던 울 어머니
곱다시 다듬어도 검은 머리 희시더니
이제는 한 줌의 귀토(歸土) 서러움도 잠드시고

이 봄 다 가도록 기다림에 지친 삶을
삼삼히 눈 감으면 떠오르는 임의 얼굴
그 모정 잊었던 날의 아, 허리 굽은 꽃이여

하늘 아래 손을 모아 씨앗처럼 받은 가난
긴긴 날 배고픈들 그게 무슨 죄입니까
적막산 돌아온 봄을 고개 숙는 할미꽃

—「할미꽃」 전문

(5)
화엄경 펼쳐놓고 산창을 열면
이름 모를 온갖 새들 이미 다 읽었다고
이 나무 저 나무 사이로 포롱포롱 날고……

풀잎은 풀잎으로 풀벌레는 풀벌레로
크고 작은 푸나무들 크고 작은 산들 짐승들
하늘 땅 이 모든 것들 이 모든 생명들이……

하나로 어우러지고 하나로 어우러져
몸을 다 드러내고 나타내 다 보이며
저마다 머금은 빛을 서로 비춰주나니……

　　　　　　　　　　　　　　　—「산창을 열면」 전문

　앞에 인용한 두 작품은 시조의 형식에서 느낄 수 있는 특유의 균제미를 자랑한다. 그러나 작품의 전체적인 짜임새를 연작의 기법이라는 차원에서 좀더 세밀하게 분석해보면, 시적 주제의 형상화 과정이 예사롭지 않은 긴장을 내포하고 있음을 확인할 수 있다. 이 두 편의 시조는 외형적으로 각각 독립된 세 편의 평시조를 병렬적으로 연결하고 있는 것처럼 보이지만, 텍스트의 구조 자체가 통합된 하나의 작품을 위해 견고하게 짜여 있음을 알 수 있다. 그러므로 이 두 편의 시조에서 연작을 통한 형식적인 확장에 전체적인 균형을 부여하며 시적 긴장을 이끌어가는 것은 형식적 고안에 의해서 이루어진 것이 아니다. 시적 주제의 응축과 그 확산의 과정을 전체적으로 통제하고 있는 내적인 질서에 의해 가능해지고 있는 것이다.
　(4)의 경우 시적 정조는 절절한 사모(思母)의 정으로 이어져 있다. 첫 연의 종장 구절 "이제는 한 줌의 귀토 서러움도 잠드시고"는 이 작품의 주제를 드러내기 위한 하나의 시적 발단에 해당한다. 어머니의 죽음을 말하고 있기 때문이다. 그런데 여기서 시적 주제는 이미지의 변용을 통해 둘째 연의 '허리 굽은 꽃'으로 표상되고, 마지막 연의 종장에서 '적막산 돌아온 봄을 고개 숙는 할미꽃'으로 형상화된다. '한 줌의 흙'에서 '고개 숙는 할미꽃'에 이르는 시적 이미지의 변용에는 설화적 모티프가 포함되어 있다. 이 설화적 모티프를 하나의 시적 주제로 발전시키기 위해 이 작품은 세 개의 연을 통합하여 하나의 연시조를 만들어낸다. 세 개의 연은 각각 독립된 평시조로 읽어지지 않는다. 그것은 시적

주제를 발견하는 각각의 과정 또는 단계를 말해줄 뿐이다.

(5)의 경우는 보다 더 파격적인 형식적 실험을 보여준다. 이 작품에서도 시적 주제의 발전을 위해 외형적으로 독립적인 형태를 지닌 평시조 세 편이 텍스트 내에서 세 개의 연으로 결합된다. 그러나 자세히 보면 첫째 연이나 둘째 연이나 마지막 연 어느 것도 실상은 독립된 평시조의 형태라고 하기 어렵다. "화엄경 펼쳐놓고 산창을 열면/이름 모를 온갖 새들 이미 다 읽었다고/이 나무 저 나무 사이로 포롱포롱 날고……"에서 "이 나무 저 나무 사이로 포롱포롱 날고……"는 전체 텍스트의 의미구조에서 시적 정황을 제시하는 데에 목표를 둔다. 그리고 둘째 연과 셋째 연으로 이어갈 수 있도록 하는 의미의 연결을 통사적으로 요구할 뿐이다. 둘째 연의 "하늘 땅 이 모든 것들 이 모든 생명들이……"를 셋째 연과 이어놓고 보면, "하나로 어우러지고 하나로 어우러져"라는 셋째 연의 초장과 통사적으로 직접 연결되는 것임을 알 수 있다. 그럼에도 불구하고 통사적인 인접성을 무시하고 의도적으로 시조의 연과 장을 구분해놓고 있다. 이러한 특징은 운문의 구조에서 주목하게 되는 시행의 구분 방식과 일치한다. 산문에서의 의미는 지속적인 것인 데 반하여, 시의 경우는 그 구조적 특성에 대한 인식을 위해 행의 구분이 필수적이다. 특히 시 읽기에서 행의 구분은 어법과 의미구조에 긴장관계를 유지하도록 하는 핵심적 기능을 수행한다. (4)의 둘째 연의 경우 행(초장 중장 종장)의 구분은 문장 단위와 일치되지 않는다. 여기서 볼 수 있는 일종의 행간 걸침 현상은 행의 구분이 얼마나 의도적인 고안인가를 말해준다. 행간 걸침을 이루고 있는 이 구절에서 독자는 통사적으로 하나의 행에서 다음 행으로 이끌려간다. 이같은 행의 구분은 문법적인 문장의 구분에 맞서서 긴장을 유지하도록 하는 것이라고 생각할 수 있다. 그러므로 이 시조에서 행의 구분 자체가 시조의 격식을 뛰어넘으면서도 시적 의미 단위가 되고 있는 연의 구분에 규칙성을

부여함으로써 개방적이면서도 유기적인 연시조 형식의 창조에 이르고 있는 것이다.

시조 그 운명의 형식을 넘어서기

조오현의 시집 『아득한 성자』에서 시조의 형식적 변화를 감지하며 그 특이한 내적 대화의 공간을 만나는 것은 참으로 행복한 일이다. 『아득한 성자』는 시조집은 아니다. 이 시집은 여러 가지 방식으로 시적 형식의 긴장과 이완을 보여준다. 그리고 시조가 만들어낸 균제의 미를 넘어서는 형식의 해체와 언어적 변화를 경험할 수 있게 한다.

주지하다시피 시조의 미학적 성격은 그 고정된 형식에서 비롯되는 균제의 미에서 찾아진다. 이것은 흔히 유학의 정신에서 요구하고 있는 절제의 미와 통하는 것으로 설명되곤 한다. 시조는 하나의 권위적인 목소리에 의해 시적 진술 전체가 통제된다. 이 짧은 3행의 텍스트가 드러내는 단성적(單聲的) 어조에 다른 목소리가 끼어들 여지가 없다. 그러므로 시조는 언제나 시적 주체의 서정적 진술에 의존한다. 물론 시가 양식의 장르 변화 과정에서 볼 때, 시조의 고정적 형식미가 발전적으로 해체를 보이게 된 사설시조를 주목할 필요가 있다. 사설시조의 등장은 조선 후기 서민의식의 성장과 새로운 미의식을 기반으로 한다. 사설시조에서 볼 수 있는 고정적인 율격 파괴와 산문화 경향은 조선 후기 사회 서민층의 미의식을 대변하고 있는 것으로 이해되고 있는 게 보통이다. 사설시조는 비교적 고정적인 율격을 지켜나가려고 하는 부분(초장, 그리고 종장의 첫머리)을 기반으로 시조의 형태적 고정성을 지키면서도 그 규칙적인 율격을 파괴하고자 하는 부분(중장, 그리고 종장의 첫머리를 제외한 부분)이 서로 결합되면서 형식상의 긴장상태를 유지한다. 하지만 근대문학의 성립 이후 사설시조의 형식은 적극적으로 계승되지 못한다.

조오현은 이러한 시조의 단성적 어조와 평면적 진술을 극복하기 위해 새로운 언어적 실험에 착안한다. 그의 시조의 언어는 통일적이고도 규범적인 질서를 넘어서는 과정에서 그 파격의 미를 자랑한다. 그것은 하나의 유일하고도 절대적인 정신에 봉사하기 위한 것이 아니라 모든 언어의 가능성과 그 의미의 외연을 확대시키기 위한 시적 고안이라고 할 수 있다. 이 격식을 깨치면서 언어는 요동치는 생명의 한복판에 자리하여 끊임없이 탈중심화를 꿈꾼다.

(6)
울지 못하는 나무 울지 못하는 새
앉아 있는 그림 한 장

아니면
얼어붙던 밤섬

그것도 아니라 하면 울음큰새 그 재채기
—「2007. 서울의 밤」 전문

(7)
강원도 어성전 옹장이
김영감 장롓날

상제도 복인도 없었는데요 30년 전에 죽은 그의 부인 머리 풀고 상여 잡고 곡하기를 "보이소 보이소 불길 같은 노염이라도 날 주고 가소 날 주

고 가소" 했다는데요 죽은 김영감 답하기를 "내 노염은 옹기로 옹기로
다 만들었다 다 만들었다" 했다는 소문이 있었는데요

　　사실은
　　그날 상두꾼들
　　소리였데요.

　　　　　　　　　　　　　　　　　　　　　　　—「무설설」 전문

　앞의 두 작품에서 두드러지게 드러나는 것은 시조의 형태적 고정성
을 뛰어넘는 파격적인 형식미이다. (6)의 경우는 텍스트의 행의 구분에
서 확인할 수 있는 '행간 걸침'의 방식이 시적 공간에 특이한 긴장을 불
어넣고 있다. (7)의 경우는 다성적(多聲的) 어조를 기반으로 하는 사설
조의 실현이 특히 주목된다. 시조에서 사용되는 시적 언어는 발화적 주
체가 되는 시인의 단일 어조에 묶이는 것이 보통이다. 그러나 앞의 두
작품에서는 조오현은 언어 내적 대화성을 시적 진술 속에서 살려낸다.
그러므로 몇 개의 목소리가 함께 공존하는 대화적 공간을 구축한다. 이
들 작품에서는 생생한 대화적 공간과 목소리의 다양성을 살림으로써
언어가 본래대로 살아나고 그 살아난 언어의 활력을 타고 극적이고도
역동적인 대화적 공간이 만들어지고 있다. 이 공간 속에 독자들이 함께
참여하여 말참견을 할 수도 있고, 흥겹게 추임새를 넣을 수도 있다. 이
시에서 언어는 독자들의 참여를 유도하는 대화적 공간을 열어두고 있
기 때문이다.
　조오현은 시조의 균제된 형식 속에서 역동적인 대화적 공간을 열어
놓는다. 기존의 시조에서 말하는 주체의 하나의 목소리로 모든 사물이
포섭되던 방식과는 달리 앞의 시조들에는 몇 개의 목소리가 끼어들어
내적 대화의 공간에 참여한다. 그러므로 이 시조들에서 모든 언어는 그

것들이 발화되는 순간의 소리를 그대로 담아내는 언술의 구체성을 획득하고 있다. 살아 있는 말은 결코 하나의 대상과 그대로 일치하지는 않는다. 말과 그 대상, 말과 말하는 사람 사이에 긴장된 관계가 성립되면서, 말들이 끌어들이는 서로 다른 공간과 상황이 상호작용한다. 여기서 언어는 시적 정황에 맞춰 개별화되고 생명력을 획득한다.

조오현의 시조는 시적 정황 자체를 정적인 데에서 동적인 것으로 끌어간다. 이 역동적 힘은 그가 동원하고 있는 언어의 일상성에서 비롯된다. 그의 말은 단순히 발화되는 것이 아니다. 그 언술의 공간 안에서 발화되고 부딪치고 갈등한다. 이러한 말에 의해 대상은 그 언술 속에서 차별화되고 그 본질을 드러내기도 하고 감추기도 한다. 그가 시조의 시적 형식 속에 끌어들이고 있는 말은 다른 말과 대화적 관계를 맺으면서 그 형태적 구체성을 획득한다. 말은 언제나 답변을 야기하고 대답을 선취하고 대답을 지향한다. 그리고 드디어는 내적 대화성이 표현되는 새로운 이야기를 만들면서 그 자체가 하나의 시적 형식의 발견으로 나아가게 된다.

(8)

지난 입춘 다음다음날 여든은 실히 들어보이는 얼굴의 캉캉한 촌 노인이 우리 절 원통보전 축대 밑에 쭈그리고 앉아 아주 헛기침까지 해가면서 소주잔을 홀짝홀짝거리고 있었는데 그 모양을 본 노전스님이 "어르신, 여기서 술을 마시면 지옥 갑니다. 저쪽으로 나가서 드십시오" 하고 안경 속의 눈을 뜨악하게 치뜨자 가뜩이나 캉캉한 얼굴을 짱땅그려 노전스님을 치어다보던 노인이 두 볼이 오므라들도록 담배를 빨더니 어칠비칠 걸어 나가면서 "요 절에도 중 냄새 안 나는 시님은 없다캐도. 내 늙어 요로코롬 시님들이 괄대할 줄 알았다캐도 고때 공비놈들이 대흥사에 불 쳐지를라칼 고때 구경만 했을끼라캐도. 쪄대는 무논에서 뼈 빠지게 일을 했다캐도 타작마당에서는 뼈 빠진 놈은 허접숭런 쭉정이뿐이라캐도 시님들 공부 잘하시라고 원망 한번 안했는디 아 글쎄 공비놈들이 나타나고 전쟁이 터지자 생사(生死)가 똑같다카든 대흥사 시님들은 불사처(不死處)를 찾아 다 떠나고 절은 헌 벌집처럼 헹뎅그렁 비어 있을 고때 여름 장마에 담장과 축대가 허물어지고 총소리와 비행기 소리에 기왓장이 다 깨지고 잡초가 무성하고 빗물이 기둥과 서까래를 타고 내릴 고때 공비놈들이 은신처가 되었을 고때 공비놈들이 소 잡아묵고 떠나면서 대웅전에 불을 지를라칼 고때 그 불 누가 막고 그 절 누가 지켜나캐도…… 그 절 지킨 스님 있으마 당장 나와봐라캐도. 화재 막고 허물어진 축대 담장 쌓고 잡초 뽑아내고 농사지어놓으니 불사처에서 돌아와 검누렇게 뜬 낯짝 쌍판대기가 게접스러운데다 어깨와 갈빗대가 뼈 가죽을 쓰고 있는 것 같은 소작인들을 불러놓고 절 중수한다꼬칼 고때도 요로코롬 시님들이 업신여기고 박절하게 괄대 천시할 줄 알았다캐도 고때 나도 불구경이나 했을 끼이라캐도……"

이렇게 욕지거리를 게워내는 것이었는데 그 욕지거리를 우리 절 일주문 밖 개살구나무가 모조리 다 빨아먹고 신물이 들대로 다 들어 올봄 상춘객에게 이 세상에서 제일로 환한 꽃을 보여주었습니다. 이 세상에서 제일로 환한 웃음을 선사하였습니다.

—「이 세상에서 제일로 환한 웃음」 전문

(9)

어제 그끄제 일입니다. 뭐 학체 선풍도골(仙風道骨)은 아니지만 제법 곱게 늙은 어떤 초로의 신사 한 사람이 낙산사 의상대 그 깎아지른 절벽 그 백척간두의 맨 끄트머리 바위에 걸터앉아 천연덕스럽게 진종일 동해의 파도와 물빛을 바라보고 있기에,

"노인장은 어디서 왔습니까?"

하고 물었더니,

"아침 나절에 갈매기 두 마리가 저 수평선 너머로 가물가물 날아가는 것을 분명히 보았는데 여태 돌아오지 않는군요"

하고 혼잣말로 중얼거리는 것이었습니다. 그런데 그 다음날도 초로의 그 신사는 역시 그 자리에 그 자세로 앉아 있기에,

"아직도 갈매기 두 마리가 돌아오지 않았습니까?"

했더니,

"어제는 바다가 울었는데 오늘은 바다가 울지 않는군요"

하는 것이었습니다.

　　　　　　　　　　　　　　　　　　　　—「신사와 갈매기」 전문

(10)

하루는 천은사 가옹스님이 우거(寓居)에 들러,

"내가 젊었을 때 전라도 땅 고창읍내 쇠전거리에서 탁발을 하다가 세월을 담금질하는 한 늙은 대장장이를 만난 일이 있었어. 그때 '돈벌이가 좀 되십니까?' 하고 물었는데 그 늙은 대장장이는 사람을 한번 치어다보지도 않고 '어제는 모인(某人)이 와서 연장을 벼리어 갔고 오늘은 대정(大釘)을 몇 개 팔고 보시다시피 가마를 때우고 있네요' 한단 말이야. 그래서 더 묻지를 못하고 떠났다가 그 며칠 후 찾아가서 또다시 '돈벌이가 좀 되십니까?' 하고 물었지. 그러자 그 늙은 대장장이는 '3대째 전승해 온 가업(家業)이라……' 하더니 '젠장할! 망처기일(亡妻忌日)을 잊다니!' 이렇게 퉁명스레 내뱉고 그만 불덩어리를 들입다 두들겨패는 거야" 하고는 밖으로 나가 망연히 먼 산을 바라보고 서 있기에,

"어디로 가실 생각입니까?"

하고 물었더니 가옹스님은

"그 늙은 대장장이가 보고 싶단 말이다"

하는 것이었습니다.

—「스님과 대장장이」 전문

앞의 인용에서 볼 수 있듯이, 시조의 격조를 뛰어넘으면서 조오현이 발견한 것은 독특한 대화적 공간과 그 속에서 이루어지는 이야기이다. 이를 위해 고안된 것이 시 속에 등장하는 말하는 사람들이다. 일반적으로 서정시의 공간은 시적 화자인 시인 자신이 주도한다. 그러므로 시적 공간 안에서 시인은 언제나 권위적인 것처럼 보이기도 한다. 그러나 이 작품들에는 다양한 인물들이 등장한다. 각각의 인물들은 모두가 시인과 관계없이 각자의 입장에서 말한다. 각자의 입장에서 말하기 때문에 그것은 시인의 목소리로 통제되지 않는다. 그만큼 자유롭고 그만큼 제각각이다.

이 작품들에서 텍스트의 대화적 공간은 크게 세 가지 층위로 나누어진다. 하나는 시적 화자의 층위이다. 이것은 시적 공간의 표층을 형성한다. 그리고 또하나는 텍스트 내적인 공간에 등장하는 인물의 층위이다. 이들은 시적 공간 안에서 각각 자신들의 목소리로 말하고 있기 때문에 시적 화자의 간섭에서 벗어난다. 그리고 텍스트의 안팎에 시인 자신의 목소리가 스며들어 있다. 이 세 가지 층위의 소리들은 각각 특이한 어조와 관점을 보여준다. 그러면서도 하나의 공간에 담겨 있다. 이들의 상호 연관성은 이 목소리들을 모두 포괄하고자 하는 대화적 결합성 때문에 가능해진다.

이 작품들 속에 담겨 있는 다양한 목소리들은 살아 있는 일상적 공간을 그대로 반영한다. 이것들은 정제되어 있지 않은 듯하면서도 나름대로의 질서를 살린다. 여기서 문제가 되는 것이 시적 공간에 끌어들인 서사적 요건이다. 직접적이면서도 현장 지향적인 이 목소리가 결합하여 하나의 특이한 이야기를 만들어내고 있기 때문이다. 물론 이 텍스트

속의 이야기는 시적 정서의 한 부분으로 작동하는 것이지 객관적 현실 속에 존재하는 객관적인 이야기는 아니다. 이 이야기는 시인의 목소리에 의해 조정되지 않지만 내면으로 스며드는 음조를 무시하지는 않는다. 그러므로 가장 산문적인 이야기이면서도 시적인 무드를 살린다. 이 무드의 시학을 살려내면서 이야깃조의 새로운 시 형식이 만들어진다.

이 시를 읽는 동안 독자는 일상생활 속에서 말하는 모든 사람과 그들의 말에 관한 이야기를 듣는 것처럼 그렇게 이야기를 듣게 된다. 사람이 말하는 것에 대하여 이야기하기, 이것은 여러 가지 의견이나 주장, 정보와 지식을 전달하는 것이기도 하고, 어떤 말을 음미하고 상기하며 거기에 동의하거나 반대하기도 하는 등 모든 말하기가 포함된다. 여기서는 '~이(가) ~하는데 ~하더라'는 식의 표현이 가능해진다. 이러한 말하기는 시적 모방의 대상이라기보다는 시적 재현(再現)의 방식에 해당한다. 그러므로 그 목소리가 말하는 이의 개성과 결코 분리되는 법이 없다. 하나의 말을 재현하고 동시에 이 말의 안팎에서 소리를 내고 이 말에 대해 이 말 속에서 함께 말하는 능력 덕분에 말의 특이한 감응력이 그 공간 내에서 창출된다. 하나의 말 속에서 다른 말을 섞어넣는 이러한 진술 방식은 말의 공간에 존재하는 모든 가능성을 의미한다. 이것은 설명조에 빠져들기 쉬운 진술 자체를 언어적 이미지로 바꾼다. 그리고 여러 가지 목소리를 특이한 풍자와 패러디의 수법으로 포괄한다. 작품 속에 등장하는 목소리들은 그것이 작동하는 순간마다 말의 특성에 따라 차별화되어 나타난다. 현재와 과거 사이에, 현재의 서로 다른 사회적 집단들 사이에, 그리고 다양한 이념 사이에 존재하는 갈등과 모순이 이 말들에 숨겨진 채 인격화되어 새로운 이야깃조를 만들어낸다.

여기서 시인이 이끌어가고 있는 것은 통일적이고도 독백적인 언어가 아니다. 시인은 여러 목소리를 각자의 언어로 해방시킨다. 그러므로 이들 작품에서는 언어는 일상적인 생활 속에서 각각 자기 목소리를 가지고 나타난다. 수많은 억양과 목소리가 들리는 가운데 다양한 암시와 기지와 비유가 그 속에서 살아 움직인다. 시인이 이 말들을 자기 목소리로 통제하는 것이 아니라 그 본래의 자리로 본래의 소리로 풀어놓고 있기 때문이다. 결국 이들 작품은 모든 언어의 가능성을 드러내면서 그 이야깃조의 시적 특성을 살려낸다.

조오현의 새로운 시법은 구어의 직접적인 수용을 통해 생생하게 살아 있는 말들의 현장인 삶의 일상적 공간을 그대로 시적 공간 속에 재현한다는 점에 그 특징이 있다. 그러므로 이들 살아 있는 말들은 서로 뒤섞이면서 다양한 목소리의 대화적 상황을 연출한다. 이 대화적 공간이야말로 조오현의 시가 창조해내고 있는 새로운 시적 영역이다. 이 공간 안에서 다양한 목소리의 충동을 없애는 것이 아니라 그것을 살려내고 그 충동을 다시 시적 긴장으로 변용한다. 여기서 중요한 것이 말과 말들의 대화이다. 이 대화는 정적으로 존재하는 것이 아니라 역동적으로 상호 충돌하면서 삶의 본질적인 문제들을 이야기하게 되는 것이다.

아득한 성자의 길, 혹은 시인의 길

조오현의 시적 출발은 시조로부터 시작된다. 그러나 그는 시조의 시적 형식을 선험적으로 존재하는 요건으로 여기지는 않는다. 그는 스스로 시조의 3장 형식에 집착하면서도 그 내적 역동성을 주목한다. 시조 3장의 형식은 시조의 시적 형식이 도달해야 할 궁극적인 것이다. 시조가 추구할 수 있는 시적 형식의 완결의 미는 시조만이 지닐 수 있는 독특한 가치이다. 그러나 시조는 그 형식의 완결성을 넘어서서 도달할 수 있는 여러 가지 미적 가치에 대한 자기규정을 필요로 한다. 조오현의 초기 시조는 완결된 형식에서 발견할 수 있는 절제의 미를 강조한다.

시적 정서의 충동을 극심하게 경험하고 있는 독자들에게 조오현의 시조는 감정의 절제를 가르친다. 조오현이 굳이 시조를 택한 이유가 여기 있다고 할 수 있다. 그는 새로운 시조의 시학이 바로 이 절제의 미학에 현대적 의미를 부여하는 데에서 출발해야 한다는 신념을 지키고 있다.

조오현의 시조는 말을 다스리는 법도를 보여준다. 그의 시조는 불필요한 언어를 최대한 제거하고, 오직 그 자리에 꼭 필요한 최소한의 언어만을 선택하여 다듬어낸다. 그리고 바로 그러한 과정 속에서 감정의 충일 상태가 가다듬어지고 정서의 충동이 절제된다. 물론 조오현의 시조에서 중시되고 있는 절제의 언어는 언어에 대한 구속을 뜻하는 것은 아니다. 시조의 언어는 구속에 의해 압축되는 것이 아니라 시조의 시적 형식 속에서 자연스럽게 절제되는 것이다. 절제 속에 드러나는 자유로움이 시조의 언어가 갖고 있는 묘미이다. 시조의 절제의 미는 항상 조화와 균형을 요구한다. 시조 3장은 시적 형식의 논리에서뿐만 아니라 시적 의미구조의 실현이라는 점에서 가장 적절하게 균형을 유지하고 있다. 단조로우면서도 변화 있는 시조의 율격과 3장의 형식은 각 장이 서로 통합적으로 추구하고 있는 완결성의 미학을 위해 균형을 무너뜨리지 않는다.

그런데 조오현의 근작들은 시조의 고정적인 틀을 넘어서면서 그 형식의 해체와 새로운 시형의 창조를 보여준다. 그는 여러 가지 목소리를 하나의 시적 정황 속으로 끌어들이며 그 속에서 시적 긴장을 만들어낸다. 이것을 달리 '이야깃조의 시'라고 말할 수 있을 것이다. 이 새로운 시법은 시조가 자랑해온 균제의 미를 넘어서면서 더 넓고 더 높은 '포괄의 미학'을 확립한다. 시조의 정신이 현실 속에서 하나의 인간적 가치를 발견하는 데에 있다면, 조오현의 이야깃조의 시는 모든 계층의 인간의 말과 소리들을 포괄하고자 한다. 여기서 대화적 공간을 형성하고 있는 목소리들은 절간의 승려의 것이기도 하고, 산간 초부(樵夫)의 것이기도 하다. 그리고 시정의 대장장이처럼 평범한 하층민들의 것이기도 하다. 이것은 살아 있는 말 그 자체에 해당하기 때문에 하나로 통일된 언어로 표출되지 않는다. 이 목소리들은 내적으로 이미 대화화된 말들이다. 따라서 이 목소리를 드러내는 말들의 내적 대화성은 시적 주제를 형상화하기 위해 늘 존재하며 그 대화적 가능성을 끊임없이 현실화한다.

인간의 말과 사물의 소리는 궁극적으로 그 존재가 살아 있음을 뜻하는 징표이다. 소리가 없다는 것은 죽음을 의미한다. 인간의 삶은 곧 말이고 사물의 소리는 곧 그 생명에 해당한다. 그러므로 살아간다는 것은 인간의 말과 사물의 소리가 서로 섞여 하나의 이야기를 빚어내는 것이다. 조오현은 바로 이 살아가는 것들의 말과 소리를 담아 이야깃조의 시를 만들어내면서 시인으로서 아득한 성자의 길에 나선다.

하루라는 오늘
오늘이라는 이 하루에

뜨는 해 다 보고
지는 해도 다 보았다고

더이상 더 볼 것 없다고
알 까고 죽는 하루살이 떼

죽을 때가 지났는데도
나는 살아 있지만
그 어느 날 그 하루도 산 것 같지 않고 보면

천 년을 산다고 해도

성자는

아득한 하루살이 떼

　　　　　　　　　　　　—「아득한 성자」 전문

　말과 소리는 시간의 굴레를 벗어나지 못한다. 그러나 시인은 사람의
말소리를 부리면서 그리고 모든 사물의 소리를 끌어안으면서 시간의
굴레로부터 벗어나고자 한다. '뜨는 해'와 '지는 해'라는 말로 암시하
고 있는 시작과 종말의 의미를 넘어서면 거기서 무엇이 가능할 것인가?
이 질문이야말로 우문(愚問)에 해당한다. 시인은 이미 중생의 소리를
담아내기 위한 이야깃조의 시를 만들고 있지 않은가? 말이라는 것은 존
재를 넘어서는 곳에서 비로소 시가 되는 법이니까……

개인적 경험과 서사의 방법

— 이문구를 생각하며

1

이문구의 소설이 우리 문학에 문제적인 의미는 무엇인가? 이러한 질문을 내세우면서 먼저 손꼽을 수 있는 작품이 『관촌수필』(1977)이다. 이 작품은 1972년부터 발표하기 시작한 「일락서산」「화무십일」「행운유수」「녹수청산」「공산토월」「관산추정」「여요주서」「월곡후야」 등 여덟 편의 중단편소설을 연작의 형태로 한데 묶어놓고 있다. 『관촌수필』은 「암소」(1970)를 비롯하여 「으악새 우는 사연」(1978), 『우리 동네』(1981) 등으로 이어지는 소설적 작업의 한복판에 자리하면서, 한국전쟁의 참상을 중심으로 농촌의 급작스런 변모와 그 전통적인 질서의 와해 과정을 내밀하게 추적하고 있다. 이 작품이 이문구의 대표적인 소설적 성과로 평가되고 있는 것은 1970년대 초부터 제기되기 시작한 민족의 분단 상황에 대한 비판적 인식과 함께, 산업화 과정에서 점차 소외되기 시작한 농촌의 현실 문제를 새로운 소설적 기법을 통해 사회적 관심사로 형상화하고 있기 때문이다.

2

소설『관촌수필』에서 주목되는 것은 전쟁과 함께 야기된 농촌사회의 변모와 농민들의 삶의 변화를 작가 자신의 체험의 영역으로 끌어들여 서사화하고 있는 소설적 화자의 위상과 그 목소리라고 할 수 있다. 이 작품의 제목에서도 암시하고 있는 것처럼, 이 소설은 삶의 현실에 대한 객관화를 의도적으로 회피하면서 오히려 주관적인 진술을 바탕으로 이야기를 이끌고 있다. 작가 자신도 여러 곳에서 밝히고 있는 것처럼, 이 작품 속에서 그의 집안과 마을, 유년 및 소년 시절의 여러 일들을 개인적 회상의 방법으로 기술하고 있는 것이다.

『관촌수필』만은 남의 이야기도 아니고 하여 좀더 낫게 써보려고 나름으로는 무던히 애쓴 편이었다. 읽는 분에게 참고가 될까 하여 대강 잡기하면, 내가 이 나이 먹도록 벗어나지 못하는 것의 하나가 이미 유년 시절부터 몸에 밴 조부의 훈육이기도 하지만, 이야기를 늘어놓기 전에 먼저 나부터 소개함이 바른 순서 같아 말머리를 삼은 것이 「일락서산」이다. 이 책 속에는 실화를 그대로 필기한 「화무십일」 같은 것도 있고, 「여요주서」「월곡후야」처럼 지금도 그 자리에 살고 있는 동창생이나 친척의 이야기도 있으며, 후제 내 자식이나 조카들에게 읽히기 위해 소설이니 문학이니를 떠나 눈물지어가며 쓴 고인에 대한 추도문 「공산토월」 같은 글도 있다.(『관촌수필』 후기)

『관촌수필』은 현실 속에서 어쩔 수 없이 거쳐야 했던 고향의 변화를 회상적인 진술로 그려내고 있다. 이 소설의 화자가 '나'라는 일인칭의 인물이라는 점은 여러 가지 의미를 가진다. 이러한 일인칭 화자의 설정은 물론 형식적인 면에서 서사적 기법의 문제에 속하지만, 이야기 속에서 서술상의 초점과 성격의 초점을 일치시키고 있다는 점을 주목할 필요가 있다. 그 이유는 작가 자신의 체험 영역이 작중화자인 '나'의 회상을 통해 재현됨으로써 작가와 화자의 위상이 서로 겹치게 되었기 때문이다. 다시 말하면, 이 소설에서 작중화자인 '나'는 작가 자신임을 알 수 있다.

『관촌수필』의 이야기는 작중화자인 '나'를 중심으로 서사의 근간을 이루고 있는 시간과 공간이 각각 이중적으로 배치된다. 왜냐하면, '나'의 머릿속에서 회상된 과거의 고향과 그 속에 살았던 사람들의 모습들이 지금은 전혀 달라져버린 고향의 모습에 겹쳐 드러나고 있기 때문이다. 작중화자는 오랜만에 고향 관촌을 찾는다. 이 고향 찾기의 동기는 이야기 속에서 크게 강조되지는 않고 있다. 그러나 이것은 전체 이야기의 흐름 속에서 서서히 중요성을 더해간다. 작중화자는 고향을 찾아오지만, 이미 퇴락해버린 고향 집과 떠나버린 고향 사람들, 그리고 도시처럼 변해버린 고향 마을의 모습에 충격을 받는다.

『관촌수필』에서 작중화자가 회상하고 있는 고향의 모습 가운데 한국전쟁이라는 비극적인 체험이 자리하고 있다는 것은 의미심장하다. 작중화자가 그려내고 있는 소년 시절의 경험 가운데 전쟁은 가장 큰 상처로 남아 있다. 그것은 부친의 죽음으로 비극성을 고조시키기도 하고 가족의 몰락과 이산으로 고통을 배가시킨다. 어린 시절의 추억에 담긴 모든 소중한 것들이 전쟁을 통해 무너지고 사라져버린 것이다. 「일락서산」에서는 엄정한 자세로 덕망을 유지했던 조부의 모습과 좌익운동가로 활약하다가 죽음을 당한 부친의 모습이 대조된다. 「화무십일」에서도 전쟁의 경험이 중심을 이루지만, 화자의 시선은 이웃으로 옮겨진다. 전쟁으로 인한 이웃의 몰락도 놓치지 않고 있다. 「행운유수」와 「녹수청산」에서는 화자의 기억 속에 각인된 옹점이와 대복이라는 인물이 그려진다. 옹점이는 화자의 집에서 함께 기거하며 부엌일을 도맡아 했던 인물이다. 그녀는 전쟁으로 인해 남편을 잃어버린 채 결국은 약장수 패거리와 함께 떠돌이 신세로 전락한다. 화자의 단짝 친구였던 대복이는 어린 시절 아름다운 추억을 함께 나눌 수 있는 존재였지만, 전쟁으로 인해 완전히 변해버린다. 「공산토월」에서는 이웃의 석공의 모습을 그려낸다. 화자의 부친을 따랐던 석공은 부친으로 인해 야기된 온갖 피해에도 불구하고 끝까지 화자의 집안일들을 돌봐주었던 인물이다.

　이러한 여러 이야기 속에서 가장 큰 문제의 지점에 자리하고 있는 것이 한국전쟁이다. 이 전쟁은 소설적 화자의 회상을 통해 가족의 몰락과 이산, 고향 사람들의 참변과 변모, 고향 자체의 붕괴라는 비극을 야기하고 있다. 작가 이문구는 바로 이 역사적 비극에 정면으로 대응하면서, 작중화자의 개인적인 회상적 진술이라는 소설적 장치를 이용하여 몰락해버린 자기 가족을 재구해보기도 하고, 흩어진 고향 사람들을 다시 모으기도 하며 잃어버린 고향을 그려낸다. 물론 이러한 접근방식은 전쟁이라는 것이 가지는 의미를 더이상 개인사의 차원에 묻어두지 않겠다는 작가 자신의 의도와 관련된다. 그러므로 『관촌수필』은 전쟁의 비극적인 체험을 소설적으로 재현하고자 하는 노력의 일환으로 평가할 수 있다. 작가 이문구가 문제 삼고 있는 전쟁과 가족의 몰락과 고향의 상실은 단순한 과거의 사실이 아니라 자기 체험의 영역이라는 점에서 더욱 치열한 긴장 상태를 노정한다. 소년 시절의 성장 과정 속에서 민족 분단과 전쟁을 체험한 그가 한 세대를 넘어서는 시간적인 간격을 유지하면서 조심스럽게 자기 체험을 객관화하고자 하는 의욕을 드러내고 있기 때문이다. 이문구는 『관촌수필』의 작중화자처럼 객관적인 시간적 간격을 유지할 수 있게 됨으로써, 1950년대의 전후소설이 보여준 자폐적인 공간을 뛰어넘을 수도 있고, 1960년대 소설의 소시민적인 피해의식도 극복해낼 수 있는 가능성을 확보하게 된다. 그리고 지극히 인간적인 태도로 자기 체험의 과거 속을 넘나들고 있다.

『관촌수필』의 이야기 속에서 작중화자는 소년 시절에 겪었던 전쟁 체험 자체에 집착하지 않는다. 오히려 당시의 전쟁과 그 비극적 양상이 오늘의 현실에서 어떻게 인식될 수 있는지를 문제 삼는다. 분단과 전쟁과 피란의 과정을 통해 이루어진 삶의 근원의 상실, 그로 인한 현실적 갈등을 더 큰 문제로 제기하고 있는 것이다. 결국 이 소설은 시간적인 간격을 갖고 있는 전쟁의 체험을 현실적 상황과 결부시킴으로써 과거와 현재의 중첩, 상황성의 지속적인 조건 등을 동시에 포괄하고 있으며, 훼손된 공동체로서의 고향의 재구성을 기획한다. 이같은 방법은 회상적 진술, 시점의 이중성, 이데올로기로부터의 영향 밖에 존재했던 소년 시대의 관점을 동원하는 소설적인 장치까지 마련해오면서 그 진폭을 확대하고 있는 것이다.

3

『관촌수필』은 연작소설이라는 독특한 형식을 취함으로써 그 형식적 요건과 기법상의 문제가 중시된다. 연작소설은 문자 그대로 여러 편의 독립된 삽화들을 모아 더 큰 하나의 이야기가 되도록 고안해낸 소설의 형태를 말한다. 『관촌수필』 속에는 모두 여덟 편의 중단편소설이 한데 결합되어 커다란 한 덩어리의 이야기를 만들고 있다. 하나의 큰 이야기를 이루기 위해 중단편소설들이 하나의 이야기 단위를 이루는 삽화처럼 이어져 있는 셈이다.

일반적으로 연작소설의 형태에서 작은 단위의 삽화들이 결합되는 방식은 이야기의 계기적인 연속성에 근거할 수도 있고, 독립된 삽화들이 어떤 외형적인 틀에 의해 배열될 수도 있다. 모두가 주제의식의 방향에 따라 결합되는 것이기 때문에 연작으로 묶이는 이야기들의 상호관계에 의해 연작소설의 성격이 규정된다. 연작소설의 형태로 묶이는 하나하나의 중단편소설들은 일단 연작으로 묶이는 순간부터 이미 독립된 작품으로서의 성격보다는 연작소설이 추구하는 더 큰 덩어리의 이야기 형식에 종속된다. 각각의 중단편소설이 그 자체로서 지탱하고 있는 특성을 유지하면서 동시에 더 큰 이야기 덩어리의 전체적인 균형 속에 묻혀버리는 것이다. 다시 말하면, 중단편소설의 형식으로서 각각의 작품들이 지켜나가고자 하는 분절성의 특징과 함께 더 큰 이야기로 묶이고자 하는 연작성의 특징을 공유하는 것이다. 그러므로 연작소설은 작은 것과 큰 것, 부분과 전체의 긴장 속에서 연작으로 확장된 소설 공간을 기반으로 하여 삶의 다양성과 전체성을 동시에 표출하게 되는 것이다. 이러한 특징은 단편소설만으로는 불가능하며, 전체적인 구조를 염두에 두어야 하는 장편소설만으로도 접근하기 어려운 점이다. 연작소설이라는 중간적 형태가 지니고 있는 독특한 이완적인 속성에서 이같은 양면적 특징이 비롯되고 있기 때문이다.

『관촌수필』은 그 속에 결합되어 있는 이야기들의 계기적 연속성은 별로 중시되지 않고 있다. 오히려 각각의 삽화적인 이야기들을 하나의 서사 공간 속으로 끌어들이기 위해 작가가 의도하고 있는 서사적 병치와 그 공간의 통합이 강조된다. 다시 말하면 여덟 편의 독립된 중단편소설의 형태로 발표된 작품들을 모아 하나의 큰 이야기로 만든 것이므로, 각각의 단편소설들이 갖고 있는 독자적인 분절성의 의미와 전체적인 큰 이야기 덩어리의 연작성 사이에 독특한 긴장을 유지하도록 고안되어 있다고 할 수 있다. 그만큼 연작의 형태로 발표된 작품들이 이야기의 연속성을 의도하지 않고도 어떻게 내적인 결속을 확보할 수 있는가에 주력하고 있는 것이다. 『관촌수필』이 연작소설로서 다른 어떤 소설의 형태보다도 소설적 구조의 긴장과 이완을 드러내고 있는 것은 바로 이같은 특징에서 비롯되는 것이다.

『관촌수필』이 보여주는 이러한 연작으로서의 특징은 독립된 중단편 소설로 발표되었던 작품들이 한 덩어리로 묶일 때에 그 구체적인 내용과 형식이 드러나는데, 그것은 작품이 발표되는 방식과 그것을 수용하는 저널리즘의 요구에 따라 달라지고 있다. 흔히 연작소설의 형태가 작품 발표의 방식과 저널리즘의 요구에 대응한다는 것은 바로 이러한 속성에서 비롯된다. 『관촌수필』에 연작으로 묶인 첫 작품은 「일락서산」으로, 1972년 5월 잡지 『현대문학』에 발표되고 있다. 그후 5년에 걸쳐 여덟번째 작품 「월곡후야」가 1977년 1월 『월간중앙』에 발표됨으로써 전체 작품의 완결을 보게 된다. 이처럼 『관촌수필』의 작품들은 연작소설의 형태를 취함으로써, 특정 지면에 고정되어 지속적으로 발표해야 하는 연재소설과는 다르게 얼마든지 발표지면을 이동하며 지면의 고정성을 탈피하여 여러 가지 방식으로 발표할 수 있게 된 것이다. 이러한 발표 방식은 발표지면의 확보에 유리하다는 점도 고려할 수 있지만, 특히 독립된 단편소설의 형태로 한 편씩 발표되는 동안, 독자들에게 현실의 삶을 누리는 과정과 흡사하게 삶의 여러 단계를 체험할 수 있도록 유도하고 있다. 이러한 방법은 소설 속에서 독자들이 더욱 적극적으로 삶의 창조 과정에 상상적으로 참여할 수 있도록 하는 것이므로, 잘 만들어진 전체적인 이야기의 윤곽을 미리 염두에 둘 필요가 없는 것이다. 『관촌수필』의 연작 방법은 결국 발표지면의 자유로운 이동과 함께 전체적인 이야기의 틀을 보다 개방적으로 운용하면서 형성된 것이라고 할 것이다.

『관촌수필』을 소설적 양식의 요건과 연관지어본다면, 무엇보다도 중요시해야 할 것이 장르 확대의 개념이다. 이미 언급한 것처럼 이 작품 속에 연작소설의 형태로 묶이고 있는 중단편들은 각각 독립적으로 발표되었으며, 각각의 중단편들이 공유하고 있는 서사 공간의 연작성의 요건에 의해 더 큰 덩어리의 이야기로 묶이고 있다. 이러한 방식은 장르 확대라는 기법상의 문제를 제기하는 것으로, 여러 개의 짤막한 이야기를 모아 더 큰 이야기를 만들려고 하는 상상력의 본질과도 연관된다. 우리 소설의 경우 이같은 현상을 소설사의 전체적인 흐름 속에서 설명할 수 있다. 전후소설 이후 1960년대까지 소설사의 주류를 형성했던 것이 단편소설이었던 점을 생각한다면 1970년대 연작소설 형태는 단편소설의 장르적 한계에 대한 인식과 직결된다는 점에서 더욱 중요하다. 1970년대에 들어서면서 소설에 대한 대중적 관심이 확대되었고 소설의 내용 또한 사회적으로 관심을 확장시키는 변화를 보이게 된 것이다. 그 결과로 장편소설이 전작의 형태로 많이 발표되었으며, 중편소설이 그 장르적인 위치를 고정시키면서 상당한 영향력을 발휘하게 된다. 말하자면 소설의 내적인 공간이 확장되어 그 길이가 길어지는 경향을 드러내게 된 것이다. 연작소설의 형태가 성행하게 된 것은 이러한 소설의 장르적인 확대 경향을 그대로 입증해 보이고 있는 셈이다.

이문구의 연작소설 『관촌수필』은 전체 이야기의 결합 방식 자체가 다분히 분절적이다. 하나의 연작소설로 묶이는 개개의 중단편소설들이 독자적인 완결성을 유지하면서 외형적인 틀 안에 포괄되고 있기 때문이다. 각각의 단편소설들은 이야기의 계기적인 연관성에 따라 그 순서가 정해지는 것이 아니라, 외형적인 틀 속에서 분절적으로 병치되어 있을 뿐이다. 그러므로 전체적인 이야기 줄거리는 연작성의 방법을 통해 발전해가는 것이 아니라, 유사한 삽화가 반복되는 가운데 주제를 심화시킨다.

4

소설 『관촌수필』에서 「관산추정」 「여요주서」 「월곡후야」 같은 이야기에는 어린 시절의 추억이나 전쟁의 기억이 전면에 배치되지 않는다.

오히려 이 작품들은 현실 속의 고향과 그 속에 살고 있는 사람들의 모습을 사실적으로 그려내고 있다. 과거의 추억담 속에서 회상의 방식으로 진술하던 농촌의 풍경이 아니라 당대적 현실의 한 장면을 차지하는 농촌의 면모를 보여주고 있는 것이다.

이문구가 『관촌수필』에서 그려내고 있는 변모된 농촌의 현실과 농민들의 모습은 연작의 형태로 발표된 『우리 동네』에서 집약되어 나타나고 있다. 모두 아홉 편의 단편소설로 구성된 이 작품에서는 농촌의 황폐화 현상이 세 가지 측면에서 비판적으로 제시된다. 첫째는 각종 공해로 인한 자연환경의 오염을 들 수 있다. 둘째는 농촌경제의 궁핍화 현상이다. 도시 상업자본의 농촌 침투는 물론이며, 소비문화에 대한 동경과 환상이 낳는 부작용도 함께 포괄하고 있다. 셋째는 농촌의 삶에서 자랑으로 여겼던 인간관계가 점차 단절되면서 상호불신 풍조가 확대되는 현상을 지적하고 있다. 농협의 횡포, 농촌지도자들의 독선이 농민들의 신뢰를 받기 어려운 상태여서 농민 자신들도 서로를 불신하는 상황에 직면하고 있다는 것이다. 이문구가 그의 소설에서 지적하고 있는 이러한 문제들은 오늘의 농촌이 내적인 붕괴를 일으키고 있음을 말해주는 것들이다.

『우리 동네』의 소설적 형식에서 주목해야 할 것은 상황과 주제를 반복시키면서 총체적인 문제인식에 도달하도록 하는 연작성의 기법이라고 할 것이다. 이 작품은 『관촌수필』과 마찬가지로 소설 속의 이야기가 계기성을 바탕으로 이어지는 것이 아니라 상황성을 바탕으로 병치되고 있기 때문에, 서사적인 시간의 확장을 중시하지 않는다. 그러므로 아홉 편의 작품들 사이에 내적인 연관성이 긴밀하게 작용하고 있지 않으며, 발전적인 인물의 성격 형성도 전혀 드러나 있지 않다. 각각의 단편소설이 서로 다른 각도에서 농촌의 현실을 보여주며 결합함으로써 그 상황성의 확대를 가능하게 하고 있는 것이다. 『우리 동네』는 단편소설의 연결 자체가 내적인 연관성보다는 외적인 틀에 의해 이루어지고 있으므로 연작성의 방법에 있어서 폐쇄적인 것은 아니다. 얼마든지 유사한 삽화가 중첩될 수 있다. 그렇지만, 중첩의 가능성이 열려 있는 형식임에도 불구하고 『우리 동네』에서 상황과 주제의 단계적인 발전을 찾아볼 수 없다. 이런 현상은 외형적인 틀이 암묵적으로 요구하고 있는 병치의 방법이라는 것이, 이야기 자체의 지속적인 발전을 차단시키고 있는 점과 직결된다. 그리고 바로 이같은 특징으로 인하여 주체적인 자기 발전을 실현하기 어려운 상황에 갇혀 있는 오늘의 농촌의 현실을, 『우리 동네』가 연작소설의 형태를 통해 구현하고 있는 것이라고 설명할 수 있는 것이다. 결국 『우리 동네』의 연작소설 형태는 구체적인 농촌 현실의 다양한 면모를 제시하기에 알맞은 새로운 이완된 형식으로 자리잡고 있는 셈이다.

시 정신의 높이와 시학의 깊이
—시인 오세영의 경우

1

시의 세계는 오롯하다. 시는 시를 통해서만 그 내면을 드러낸다. 시를 통하지 않고는 시라는 것을 달리 말하기 어렵다. 시는 항상 시 자체에 그 정신을 해명하는 자기 논리를 준비하고자 한다. 그리고 그럴 경우에만 시 정신의 고양이 가능해진다. 그러므로 시 정신의 높이에 비평적 인식의 폭과 깊이를 더한다는 것은 시인이 누릴 수 있는 최대의 행복이다. 시인 오세영이 바로 이러한 경우에 해당한다.

오세영은 시의 정신과 비평적 인식을 하나의 문학적 지평으로 통합해온 시인이며 문학 연구가이다. 오세영의 글쓰기는 두 개의 영역으로 나누어진다. 하나는 시의 길이다. 첫 시집 『반란하는 빛』(1970)에서부터 『무명연시』(1986), 『적멸의 불빛』(2001) 등을 거쳐 최근의 시집 『문 열어라』(2006)에 이르기까지 그가 실천해온 시적 글쓰기가 여기에 해당한다. 다른 하나는 문학 연구의 길이다. 『한국 낭만주의 시 연구』(1980)에서부터 『20세기 한국시 연구』(1989), 『한국 현대시 분석적 읽기』

(1998), 『시의 길, 시인의 길』(2002)에 이르는 비평적 글쓰기는 문학 연구가로서 오세영이 쌓아올린 시학의 실체이다. 이 두 가지는 어느 하나도 간단한 것이 아니다. 이 두 가지 글쓰기는 서로 다른 가치를 지향하는 것이므로 그 상호관계 자체가 하나의 모순이다. 이 모순의 글쓰기에서 자기 중심을 지키는 일은 아무나 할 수 있는 일이 아니다. 그럼에도 불구하고 오세영은 시인의 길과 학자의 길을 동시에 걸어오면서 두 가지 글쓰기를 통해 문학적 가치의 구현에 집중해오고 있다.

나는 나 자신이 시인 오세영을 논할 만한 자리에 서 있지 않다는 생각을 많이 한다. 오세영의 시는 내게 있어서 감당하기 힘든 짐이다. 그 이유를 이야기하자면 내가 문학이라는 것을 업으로 삼겠다고 결심했던 철부지 대학생 시절로 거슬러 올라가야 한다. 내가 문학도로서 살아온 긴 세월은 오세영 시인의 시적 행보와 문학 연구의 길에 서로 얽혀 있다. 나는 1960년대 말에 문리대 교정에서 처음 오세영 시인을 만났다. 문학이라는 것이 존재의 이유여야만 했던 시절에 나는 오세영 시인의 첫 시집 『반란하는 빛』을 보았고, 대학원에서 한국 현대문학을 공부하기 시작하면서도 우리보다 훨씬 앞서가고 있던 문학 연구자 오세영의 글들을 읽어야 했다. 그러므로 나는 오세영 시인에게 있어서 한 사람의 독자로서 늘 만족해야 했다.

오세영 시인의 시집, 시론집, 문학 연구서, 그리고 산문집까지도 모두 내 서재에 꽂혀 있다. 한 사람의 시인이 보여주는 도저한 글쓰기의 모든 것들을 이렇게 오롯하게 내 앞에 놓을 수 있다는 것이 흐뭇하다. 이 책들은 오세영 시인의 목소리로 만들어진 것이지만, 거기에는 지난 70년대 이후 한국문학에서 들을 수 있는 모든 목소리들이 담겨 있다. 오세영 시인의 목소리는 결코 목청을 돋우어 내는 큰 소리가 아니다. 그러나 문학이라는 이름으로 이야기할 수 있는 정론의 영역에서 그는 결코 비켜선 적이 없다. 바로 이러한 일관된 자세가 오늘의 한국문단에

'오세영의 시학'이라는 것을 가능하게 한 것이라고 생각한다.

2

　오세영의 근작시 「먹을 갈며」를 보면 그의 글쓰기에 드러나는 가치론적 지향이 무엇인가를 짐작할 수 있다. 이 시에서 글쓰기는 삶과 등가의 형식으로 자리한다. 글을 쓴다는 것은 무엇인가? 이 문제에 대한 고뇌를 놓고 보면 오세영의 삶의 자세에 대해서도 다시 생각하게 된다.

　　진해서도 안 된다.
　　묽어서도 안 된다.
　　먹으로 곱게 벼러서 적당히
　　까맣게 된 물,
　　붓에 함빡 찍어
　　한 줄의 인생을 가다듬는다.
　　일필휘지(一筆揮之)
　　내려갈기는 초서(草書)도 많지만
　　나의 서체는 한지에 또박또박 쓴
　　해서(楷書),
　　쓰고 보니 허사(虛辭)가 많고
　　오자(誤字)도 적지 않다.
　　도서(圖署)를 찍기엔 아직 실패작
　　필봉(筆鋒)이 무뎌서가 아니다.
　　운필(運筆)이 막돼서가 아니다.
　　애초에 꿇고 앉아 제대로 갈고 닦지 못한

심안(心眼),

연적(硯滴)의 갇힌 이성과

먹의 투박한 감성과

벼루의 게으른 육신과……

—「먹을 갈며」 전문

인간에게 있어서 글쓰기는 자기 주체를 통해 객체로서의 현실을 인식하는 방법이다. 그러므로 전통적인 의미에서 글은 인간 그 자체로 이해되기도 한다. 인간의 삶의 도리를 담아놓은 것이 글이라는 동양적인 관점은 꺼낼 필요도 없는 당연한 이치라고 할 수 있다.

오세영 시인은 앞의 시를 통해 글쓰기 작업에서 두 가지 자세를 요구하고 있다. 하나는 정신적 기품을 지키는 일, 다른 하나는 논리적 객관을 잃지 않는 일이다. 그는 자신의 글쓰기에서 "진해서도 안 된다, 묽어서도 안 된다"는 진술 그대로 농담(濃淡)의 감각과 균형을 중시한다. 이러한 태도는 호활한 시 정신이라든지 언어적 자유로움과 거리가 멀다. 그럼에도 불구하고 글쓰기가 언제나 '적당히' 짙은 것이어야 할 이유가 무엇이겠는가? 그것은 글 자체의 무게와 그것이 감당해야 하는 균형 때문이다.

오세영은 글쓰기라는 것을 통해 '일필휘지'를 자랑하지 않는다. 글자체의 힘도 내세우는 법이 없다. '내려갈기는 초서'의 매력을 높이 평가하지도 않는다. 그는 언제나 '적당히 까맣게 된' 먹물을 묻혀 깨끗한 한지 위에 또박또박 '해서'체로 메운다. 그러므로 그의 글쓰기는 결코 자기감정에 스스로 빠져드는 법이 없다. 이 글쓰기의 정결성은 오세영이 추구해온 시의 언어적 완결성과 연관된다. 물론 보는 이에 따라서는 이 완결성에 대한 신념이 너무 답답할 수 있다. 너무 느리고 변화가 없어 보일 수도 있다.

오세영은 자신의 글쓰기에 대해 '실패작'이라는 판단을 내린다. 그리고 이 실패가 모두 자신에게서 비롯된 것임을 강조한다. "애초에 끓고 앉아 제대로 갈고 닦지 못한/심안,/연적의 갇힌 이성과/먹의 투박한 감성과/벼루의 게으른 육신과……"에서 볼 수 있는 겸허의 자세는 오세영의 글쓰기의 도처에서 발견된다. 그러나 '일필휘지'의 충동도 짙은 먹물의 유혹도 스스로 억누르지 않고는 시의 길과 학문의 길이라는 두 개의 길을 동시에 이어갈 수 없는 법. 여기에 오세영의 글쓰기의 고뇌가 놓여 있긴 하다.

다 아는 바와 같이 나는 교수이자 시인이다. 나로서는 이 두 가지 일 그 어떤 것도 소홀할 수 없고 소홀히 해오지도 않았다. 그것은 아마 나의 완벽주의 성격 때문일지도 모른다. 이 자리에서 솔직히 고백하건대 나는 지금까지 내 인생의 전부를 바쳐 시쓰기에 몰두한 적이 없다. 그 절반은 항상 학문하는 일에 투자할 수밖에 없었기 때문이다. 돌이켜보면 50대 이전까지는 오히려 학문하는 일에 더 많은 노력을 기울였던 것 같다. 그러한 의미에서 문단에서는 나의 반쪽을 보고 있는 셈이다. (…)
전업 시인이 아니라면 다른 분들도 마찬가지이겠으나 나 역시 일상 생활인으로부터 시인으로, 즉 생활하기에서 시쓰기로 전환하는 일은 그리 쉽지 않다. 직업이 학문을 하는 대학교수인 까닭에 더 그러할 것이다. 학문이란 이성과 논리에 의해서, 시창작이란 감성과 직관을 통해 이루어지는데 이 양자는 본질적으로 상반되는 관계에 있기 때문이다.(「나의 시 쓰기」, 『한국대표시인 101인 선집 — 오세영』, 344~345쪽)

오세영은 위와 같은 자기 고백에도 불구하고 시창작과 학문 연구라는 두 가지 글쓰기의 영역을 가장 성공적으로 헤쳐나온 시인에 해당한다. 오세영이 실천해온 시적 글쓰기는 시라는 문학적 양식의 자기규정성으로 인하여 그 성격을 간단히 규정하기 어렵다. 그러나 시의 영역도 일차적으로 언어적 텍스트로서의 속성을 중심으로 할 수밖에 없다. 오세영 시인 자신이 여러 글에서 강조하고 있거니와 시적 글쓰기는 일상적 언어로부터 자유로워져야만 가능하다. 그러므로 다음과 같은 몇 가지 질문을 자신을 향하여 열어두지 않으면 안 된다. 시가 언어적 텍스트라면, 모든 언어적 텍스트 가운데 시적 텍스트의 속성을 어떻게 규정할 수 있는가? 시가 언어적 텍스트라면, 텍스트의 소통 과정에서 작가 그리고 독자와의 관계를 어떻게 이해할 것인가? 시적 텍스트와 현실의 관계를 어떻게 볼 수 있는가? 이러한 질문에 대한 정당한 해명을 요구하고자 할 때, 비로소 시에 대한 논의는 '시적인 것'에 대한 관심으로 좁혀진다. 나는 이것을 시학으로서의 비평의 수준에 이르는 길이라고 말하고 싶다. 오세영 시인은 다음과 같이 이를 설명한 적이 있다.

'시적인 것'은 무엇일까. 물론 이를 규명한다는 것은 매우 어렵고 막연한 일일 것이다. 그러나 한 가지 사실만큼은 분명하다. 모든 시적인 것은 상상력의 토대에서 생성되며 또 상상력을 본질로 하고 있다는 사실이다. 이 세상에서 그 어떤 예술도 상상력에 토대하지 않고 이루어지는 것이란 없다. 상상력의 있고 없음이야말로 바로 과학과 예술의 경계를 이루기 때문이다. 과학은 대상을 이성과 유추로 탐구하나 예술은 감성과 상상력으로 수용한다. 그러므로 예술의 핵심인 시에서 상상력의 중요성은 아무리 강조해도 지나치지 않을 것이다. (…) 아주 당연한 말이지만 시는 상상력으로 쓴다. 사물이나 세계를 지적이고 이성적인 의미로 파악하는 것은 과학이지만 상상력으로 파악하는 것은 '시적인 것'이 되기 때문이다. 그러므로 훌륭한 시는 훌륭한 상상력으로 쓰인 시라고 말할 수 있다. 훌륭한 상상력이란 무엇인가. 그것은 참신하면서도 독창적인 상상력을 일컫는 것이다. 인간의 삶을 가치 있게 하는 데 기여하는 상상력을 일컫는 것이다. 아름다움과 감동을 느끼도록 만드는 상상력을 일컫는 것이다. 정신의 새로운 영역을 개척해주는 상상력을 일컫는 것이다.(「상상력과 체험」, 『한국대표시인 101인 선집―오세영』, 365~366쪽)

오세영 시인의 또다른 글쓰기는 문학 연구라는 영역에 자리한다. 이 산문적 글쓰기는 한국 현대시 연구에서 '시적인 것'의 요구, 다시 말하면 시학의 정립이라는 과제에 맞닿아 있다. 시학으로서의 비평은 시 또는 문학이 그 자체를 정당화할 필요가 있을 때 긴요하게 요구되는 하나의 인식 행위이다. 그것은 시의 내용이나 의미에 대한 판단에 의해 수립되는 것이 아니다. 시학으로서의 비평은 시적 텍스트의 전체적인 모습을 있는 그대로 보여줄 수 있는 관점을 열어줄 때에만 성립된다. 그러므로 비평이 의도하는 것은 시를 다른 어떤 사상으로 대치시켜놓는 일이 아니라, 시가 시로서의 존재 의미를 가능하게 하는 여러 가지 속성들을 밝혀주는 작업이라고 할 수 있을 것이다.

오세영 시인은 자신의 글쓰기에서 시의 창작과 문학 연구의 상반되는 속성을 지적하기도 하였지만 그의 문학 연구는 언어로 이루어진 독특한 예술 형태인 시를 대상으로 하고 있다는 점에서 다른 종류의 지적인 활동과 구별된다. 이미 언급한 대로 시는 그 본래적인 성질 자체가 이미 스스로의 범주를 규정하는 독특한 속성을 지니고 있기 때문에, 시에 대한 비평적 논의는 어느 시대에도 그것이 언어적 산물이면서 동시에 상상적 산물이라는 사실에서 크게 벗어난 적이 없다. 오세영의 시적 글쓰기와 비평적 글쓰기는 결국 '시적인 것'의 미학적 정립이라는 하나의 목표를 지향하고 있다.

3

오세영의 시적 글쓰기는 그 시기의 선후와는 별로 상관없이 대개 세 가지 부류로 나누어진다.

첫째로는 시적 의지를 중심으로 하는 경우이다. 여기서 시적 의지란 시인 자신이 추구하고 있는 가치와 의식에 기초하여 이루어진 실체적 인 시 정신을 말한다. 오세영 시인은 시단에 등단한 초기 시작활동에서 부터 일상에 자리하고 있는 물질주의적 세계의 허상을 끈질기게 파헤 치면서 왜곡된 삶의 현실을 비판적으로 제시한 바 있다. 이러한 시적 모티프는 사물에 대한 생태적인 관심과 그 존재의 가치에 대한 해석으 로 발전하면서 다양한 현실적 스펙트럼을 제시하고 있다. 예컨대『아메 리카 시편』『바이러스로 침투하는 봄』등의 시집으로 묶인 일련의 작품 들은 오세영 시의 세계에서 이색적이라고 할 수 있는 소재들을 모아놓 고 있는데, 그 풍자의 언어 자체가 현대성의 비판적 해석으로 인식될 수 있는 것임은 물론이다.

둘째는 시적 감성을 중심으로 하는 경우이다. 이것은 오세영 시인이 시적 글쓰기에서만이 아니라 비평적 글쓰기에서도 깊은 관심을 기울였 던 영역이다. 흔히 낭만적이라는 말로 단순하게 규정되기도 하는 이 시 적 경향은 오세영 시인이 성장기부터 간직해온 풍부한 감성과 시적 정 서를 기반으로 하여 시적인 것의 핵심에 해당하는 서정성으로 발전한 다. 오세영의 시 가운데 유별나게 꽃이라든지 강과 산을 노래하고 있는 다양한 형태의 시들이 존재하는 것은 이러한 경향을 그대로 말해주는 사례라고 할 수 있다. 『꽃 피는 처녀들의 그늘 아래서』라든지 『님을 부 른 물소리 그 물소리』에 수록된 서정시편이 이에 해당한다.

셋째는 오세영 시인이 가장 힘을 들이고 있는 시적 영역이다. 이것은 오세영 시인의 시세계에서 '시적인 것' 의 참 영역에 해당한다고 할 수 있다. 여기에 굳이 이름을 붙인다면 일종의 정신주의적 경향이라고 할수 있다. 이 경우에 오세영의 시는 자기 일상의 경험을 분석하는 일에치중하는 것도 아니고 초월적 영역만을 고집하는 것도 아니다. 그는 생활인으로서 시인이기를 원하고 있으며 시인으로서 일상의 현실을 소중하게 생각한다. 이러한 시작 태도로 인하여 오세영의 시는 표면적으로는 일상성의 시적 해체라는 주제와 연결된 것처럼 보인다. 그러나 사물의 존재와 그 가치에 대한 그의 깊은 해석은 철학과 종교의 영역을 넘나들 정도로 심오하다. 특히 오세영의 시는 일상의 삶을 불교의 진리를통해 자기 나름대로 새롭게 해석하면서 시적 대상과의 일정한 거리 두기에 성공한다. 그의 시에서 확인할 수 있는 이 언어적 자기규정 작업은 『무명연시』 『불타는 물』 『적멸의 불빛』 『문 열어라』 등으로 이어지면서 오세영 시의 중심에 자리하고 있다.

이같은 세 가지 영역에서 오세영의 시가 보여주는 상상력의 변주는섬세한 감각과 시적 긴장감을 동시에 살려낸다. 그러나 이것은 미묘함을 자랑하지 않으며 현학적인 것으로 흐르지 않는다. 오히려 일상에서가장 흔한 것이면서도 궁극적인 의미를 가지는 것을 중시한다. 오세영시인이 이른바 한국시단의 실험시의 한 계보로 이어져온 '무의미시'의맹목성과 관념성의 미망을 혹독하게 비판하곤 하는 것은 이러한 자신의 시적 태도와 관련된다.

오세영 시인이 발견하고 있는 '시적인 것'의 의미는 존재와 그 가치사이의 긴장관계 속에서 구체적인 여러 가지 이미지로 표상된다. 다음의 시에서 보이는 것과 보이지 않는 것, 현상적인 것과 본질적인 것, 구체적인 것과 추상적인 것, 물질적인 것과 정신적인 것을 대조적으로 결합시키고 있는 시적 모티프를 쉽게 찾아볼 수 있다.

흙이 되기 위하여

흙으로 빚어진 그릇
언제인가 접시는
깨진다.

생애의 영광을 잔치하는
순간에
바싹
깨지는 그릇,
인간은 한 번
죽는다.

물로 반죽되고 불에 그슬려서
비로소 살아 있는 흙,
누구나 인간은
한 번쯤 물에 젖고
불에 탄다.

하나의 접시가 되리라.
깨어져서 완성되는
저 절대의 파멸이 있다면,

흙이 되기 위하여
흙으로 빚어진
모순의 그릇.

　　　　　　　　　　　　　　　　—「모순의 흙」 전문

이 시에서 반복적으로 사용되고 있는 시어는 '흙'과 '그릇'이다. 이 시의 진술법에서 '흙'과 '그릇'이라는 시어의 의미를 어떻게 이해하느냐 하는 것은 시인 오세영의 독특한 시법의 비밀을 알아낼 수 있는 중요한 길이다. 그러나 이 두 가지 시어의 외연과 내포를 구획하여 그 상징성이나 비유적 의미를 굳이 따질 필요는 없을 듯하다. 시인이 이 시에서 주목하는 것은 '흙' 그 자체는 아니다. 여기서 '흙'은 구체적 형상보다는 본질적인 것에 속한다. 그러므로 사물의 존재를 들어 이야기할 때 존재의 궁극에 해당한다고 할 수 있다. 이에 비해 '그릇'은 어떤 구체적인 공간성을 요구하는 형체를 가진다. 우리가 눈으로 보는 대부분의 사물은 바로 이 '그릇'과 같은 것들이다. 그러나 '그릇'이라는 것은 현상적인 것일 뿐, 존재의 본질을 의미하지는 않는다.

이 시에서 시인이 주목하는 것은 무형의 '흙'과 조형적인 '그릇' 자체의 의미가 아니라, '흙'과 '그릇'이라는 두 사물의 관계이다. 하나의 '그릇'이 되기 위해 존재하는 '흙'과 다시 '흙'이 되기 위해 깨어져야 하는 '그릇'의 관계를 놓고 본다면, 이 두 가지 대상 사이에는 본질적인 것과 현상적인 것, 무형의 것과 조형적인 것 사이에 일어나고 있는 일종의 모순과 변증적인 통합과 그 변화의 역동성이 내재해 있다. 시인은 바로 여기서 사물과 사물 사이의 상호 모순된 긴장관계를 읽어내고, 사물의 존재방식에 내재하는 특이한 의미구조를 발견한다. 나는 이것을 달리 '존재의 모순적 순환구조'라고 이름 붙이고 싶다.

깨진 그릇은
칼날이 된다.

절제와 균형의 중심에서
빗나간 힘,

부서진 원은 모를 세우고
이성의 차가운
눈을 뜨게 한다.

맹목(盲目)의 사랑을 노리는
사금파리여,
지금 나는 맨발이다.
베어지기를 기다리는
살이다.
상처 깊숙이서 성숙하는 혼(魂)

깨진 그릇은
칼날이 된다.
무엇이나 깨진 것은
칼이 된다.

—「그릇 — 그릇 1」 전문

차라리 깨진다.
바닥으로 밀려난 그릇.
자리를 찾지 못한
인생은 서성이는데,
손님은 아직도
밀려드는데,
잔칫상 모퉁이에서
바싹
깨지는 그릇.

자리에서 밀린 그릇은

차라리 깨진다.

깨짐으로써 본분을 지키는

살아 있는 흙,

살아 있다는 것은

스스로 깨진다는 것이다.

제 몫의 빵을 얻지 못해

자리를 다투는 인간이여,

언제인가 썩을

한 개의 빵을 먹기 위해

너는 그릇을 움켜쥐지만

영원히 주어진 자리란 없다.

잔칫상의 타오르는 불꽃 아래서

스스로 깨지는 그릇 하나,

사기 그릇 하나.

—「살아 있는 흙 — 그릇 14」 전문

　오세영 시인이 발견하고 있는 사물의 존재와 그 가치 사이에 내재하는 모순구조는 그의 연작시 「그릇」을 통해 때로는 격렬하게 때로는 비장하게 그리고 어떤 경우에는 심오하게 형상화된다. 그리고 이것은 오세영 시인만의 시법으로 고정되어 일상의 현실 또는 자연의 법칙에 내재되어 있는 모순의 미학으로 발전한다.

　이 시에서 노래하고 있는 세계는 모든 현상적인 것들이 본질적인 것을 통해 만들어지고 있다는 엄연한 사실이다. 그러나 시인은 이 단순한 논리에만 집착하지 않는다. 모든 현상적인 것들이 다시 본질적으로 돌아가기 위해 스스로 그 현상적인 것의 틀을 깨는 일이 필요하다는 점을 시인은 새로이 착안한다. 그리고 이 새로운 착안을 바탕으로 하여 사물의 생성과 소멸을, 인간의 삶과 죽음을 새롭게 해석하고자 한다.

오세영 시인은 이 과정에서 시를 통한 오묘한 조화의 세계가 총체적인 진리의 세계를 향하여 열려 있음을 발견한다. 이를테면 선과 악, 진실과 허위, 사랑과 증오, 긍정과 부정 등으로 대립하는 두 가지 영역이 시의 세계에서는 하나로 통합된다. 그는 시의 세계에서 서로 대립 혹은 모순되는 여러 가치들이 투쟁하면서 보다 완전한 세계로 지양되어가는 과정을 그려 보이기 위해 주력한다. 그러므로 오세영 시인의 시에는 지성과 감성의 대립, 사물과 관념의 대립, 더 나아가 역설 그 자체로서의 갈등과 긴장을 전달하는 시적 해석의 원리가 자리하고 있음은 부정할 수 없는 사실이다.

시적 진리가 총체적 진리이고 시의 본질이 대립되는 가치의 갈등에 있다면 총체적 진리는 또한 시에 내재한 가치들의 갈등에서 해명되지 않으면 안 된다. 문제는 시에 있어서 가치의 갈등이 그 모순의 관계가 조화됨에 의해서 궁극적으로 완전성에 도달한다는 사실이다. 즉 '갈등하는 가치'가 '초월된 가치'로 전환을 이룩하기 위해서는 모순이 해소되지 않고는 불가능하다. 나는 편의상 모순을 해소시키는 가치들의 자기 초월을 조화라고 부르고자 하는데 그것은 흡사 변증법에서 모순되는 두 개의 가치가 하나로 지양되면서 전혀 새롭고 완전한 가치에 도달되는 것과 유사하다.

총체적 진리는 이렇게 서로 적대적이고 모순되는 가치 즉 부분적 진리들이 그 모순의 관계에서 해방되어 조화된 완전성을 이룩할 때 탄생하는 진리이다. 현실적으로는 모순되지만 그 모순을 초월함으로써 완성에 이르는 진리, 그것은 조화의 진리이자 시적 진리라 할 수 있다. 상상해보라! 완전한 세계, 가령 천국과 같은 곳에 모순이 과연 존재할 수 있을 것인지를. 천국에 시계가 없는 것과 마찬가지로 완전한 세계에서 모순은 초월된다.

이에 대해서 과학적 진리는 일방적이며 배타적이다. 그것은 부분적인 특징을 띠고 있기 때문에 모순의 조화나 초월 같은 것을 상상할 수 없다. 그것은 초월보다는 질서를, 조화보다는 논리를 본질로 한다. 따라서 부분적 진리들이 각자 만나게 된다면 거기엔 충돌과 배척만이 있고 모순은 결코 조화되거나 해소될 수 없다. 원래 모순이란 불완전한 세계에서만 존재할 수 있는 사물의 관계성인 것이다.

모순은 또한 구속을 의미하기도 한다. 그것은 하나의 사물이 다른 것과 관계를 형성하는 한 가지 방식이라고 할 수 있다는 점에서, 불교 인식론으로 말한다면 연기의 업, 혹은 윤회의 한 양태라고도 말할 수 있을 것이다. 따라서 우리는 이로부터 자연스럽게 시와 종교의 관련성에 눈을 돌리게 된다. 인간의 삶을 가리켜 근원적으로 유한한 존재라 부르는 것은 이 세계 자체가 불완전함을 뜻하는 것이며 불완전한 세계에 통용되는 진리가 부분적일 수밖에 없음 또한 당연하기 때문이다. 부분적 진리는 그 반영하고자 하는 세계가 불완전하므로 그 자신도 불완전하며 그들 사이에 모순성을 내포하는 것이다.(「총체적 진리와 부분적 진리」, 『한국대표시인 101인 선집 — 오세영』, 362~363쪽)

오세영 시인이 발견하고 있는 사물의 존재와 그 가치의 상호모순은 사물의 무질서와 불균형과 갈등을 부추기기 위한 것은 아니다. 인간이 살아가는 현실세계는 완전한 실체는 아니다. 그것은 끊임없이 변화하며 충돌하고 언제나 불완전하다. 바로 여기서 사물의 존재가 드러내는 모순의 구조가 발견된다. 물론 그것은 불완전성이나 불균형성만을 드러내는 것이 아니라 그 속에서 끝없이 조화와 질서와 균형을 모색한다. 이것이 바로 존재의 본질이며 그것이 드러내고 있는 모순구조에 해당한다.

오세영 시인은 이 존재의 모순구조를 벗어나는 길을 시의 길이라고 한다. 과학이 추구하고 있는 논리의 세계가 서로 모순되는 요소들을 배척함으로써 얻어지는 질서의 세계를 의미한다면, 시는 모순이 되는 요소들의 자기 극복 또는 초월을 통해 조화를 추구하는 세계이다. 결국 '시적인 것'은 사물에 내재하는 모순구조를 인식하고 시적 상상력을 통해 그것을 초월하여 얻게 되는 조화의 세계임을 알 수 있다.

> 너희들의 비상은
> 추락을 위해 있는 것이다.
> 새여,
> 알에서 깨어나
> 막, 은빛 날개를 퍼덕일 때
> 너희는 하늘만이 진실이라 믿지만,
> 하늘만이 자유라고 믿지만
> 자유가 얼마나 큰 절망인가는
> 비상을 해보지 않고서는 모른다.
> 진흙 밭에 뒹구는
> 낟알 몇 톨,
> 너희가 꿈꾸는 양식은
> 이 지상에만 있을 뿐이다.
> 새여,
> 모순의 새여.
>
> ─「지상의 양식」 전문

오세영 시인이 그리고자 하는 현실세계의 모순은 앞의 시에서 극명하게 드러난다. 이 시에서 '새'는 매우 포괄적인 의미를 지니는 시적 대상이다. 새가 하늘을 날아가는 일과 땅 위의 낱알을 쪼아야 하는 일 사이에는 그것이 추구하는 목표에 따라 엄청난 의미상의 괴리가 나타난다. 이것은 존재론적 차원에서 현실적 삶의 문제성을 동시에 보여준다. 어찌 이것이 '새'의 문제에만 국한될 수 있겠는가?

인간의 삶도 마찬가지다. 인간은 언제나 현실과 이념, 생존과 가치 사이에서 갈등한다. 그러나 결코 이 두 가지 영역 가운데 어느 하나만을 고집할 수 없다. 바로 여기에 삶의 모순이 있다. 일상의 삶과 정신의 초월은 둘 사이에 어느 하나가 부재하는 순간 그 긴장을 잃고 의미를 상실한다. 생존의 기반을 잃는다면 가치와 이념이란 아무 의미를 가지지 못한다. 초월의 정신을 추구하지 못한다면 일상의 삶은 또한 어떤 의미도 부여받지 못한다. 그러므로 이 두 가지 요소는 대립하여 갈등하고 부조화를 드러내는 것이지만 그 대립과 갈등을 상호 지양하는 가운데에서 새로운 조화의 세계를 빚어낼 수 있는 것이다.

4

오세영 시인이 자신의 시를 통해 발견하고 있는 사물의 모순구조는 그 자체로서 의미를 가지는 것이지만 시인은 여기에 머무르지 않는다. 그는 이 모순구조를 초월하여 도달할 수 있는 조화의 세계를 꾸준히 꿈꾸고 있다. 그렇기 때문에 어찌 보면 오세영 시인의 작품세계 자체가 매우 극단적인 두 가지 영역을 모두 포괄하는 것처럼 보이기도 한다. 한편으로는 사물의 세계에 내재하는 모순구조의 실체에 접근하는 일, 다른 한편으로는 그러한 모순구조를 내적으로 극복하여 도달할 수 있는 조화의 세계를 그려내는 일이 바로 그것이다.

오세영 시인의 시세계를 굳이 시작활동의 시기에 따라 구분하고자 한다면, 1980년대까지의 시에서는 바로 사물의 모순구조의 실체를 시적으로 규명하는 작업에 더 많은 힘을 기울이고 있음을 보게 된다. 그러나 1990년대 이후의 시에서는 은일과 정관(靜觀)의 세계를 보여주는 작품들이 많이 있다. 이들 작품들은 오세영 시인이 관심을 기울이고 있는 불교적인 선(禪)의 세계와도 서로 연관되어 있다. 이 관조의 세계에서는 모든 사물들이 서로 맞물려 나름대로의 질서와 조화를 보여준다. 이 새로운 세계의 발견은 시적 주체의 자기 초월을 통해 확립된 것이다. 이것은 시인 자신의 시적 역량과 관련될 수도 있고 일종의 삶의 경륜과도 연관될 수 있다. 나는 이것을 삶에 대한 자기 초월을 통해 이루어낸 조화와 정일(靜逸)의 세계라고 말하고 싶다.

(1)
단풍 곱게 물드는
산(山)
아래
금 가는 바위.
아래
무너지는 돌미륵.
아래
맑은
옹달샘.
망초꽃 하나 무심히 고개 숙이고
파아란 하늘 들여다보는
가을,
상강(霜降).

—「무심히」 전문

(2)
바람 불자
만산홍엽(萬山紅葉), 만장(輓章)으로 펄럭인다.

까만 상복(喪服)의
한 무리 까마귀 떼가 와서 울고

두더쥐, 다람쥐 땅을 파는데

후두둑
관에 못질하는 가을비 소리.

—「가을비 소리」 전문

앞의 시 (1)에서 오세영이 그려내고 있는 세계는 오묘하다. 오묘하다는 말밖에는 달리 그 깊이를 다 헤아리기 어렵다. 시적 대상에 대한 소묘적 접근을 시도하면서도 절제된 감정과 그 언어의 묘미를 이렇게 오롯이 살려내고 있는 경우를 달리 어디서 찾아볼 수 있겠는가? 이 시에서 시인이 그려내고자 하는 '가을'은 몇 개의 정적인 이미지를 통해 조화롭게 구현된다. 단풍이 곱게 든 산이 있고, 그 산 아래에는 바위들이 널려 있다. 그 바위 아래 풍상을 견디며 미륵불이 서 있다. 그리고 그 미륵불 아래 작은 옹달샘, 옹달샘 옆에는 망초꽃이 고개를 숙이고 있다. 이같은 시적 진술을 위해 시인이 동원하고 있는 여러 가지 이미지 가운데 옹달샘에 비친 파란 가을하늘이야말로 이 시가 도달하고 있는 고조된 정서의 영역에 해당한다. 그것은 만상(萬象)의 조응(照應)에 다를 바가 없다. 시인은 옹달샘 곁의 망초가 되어 옹달샘 물 위로 어리는 가을하늘과 단풍 든 산과 바위와 미륵불의 모습까지도 모두 함께 보고 있다. 결국 옹달샘이라는 구체적인 심상을 통해 시인은 가을을 발견한다. 이것은 자연이 이루어낸 조화의 세계이다. 시각적 심상만을 동원하여 빚어놓고 있는 이 세계야말로 현상의 모순과 불균형과 갈등을 모두 넘어선 궁극의 경지라고 할 수 있다.

이러한 시법의 경지는 (2)의 시에서도 발견된다. 그러나 여기서는 시적 대상이 모두 동적인 이미지로 그려진다. 그리고 그 생동감을 살려내기 위해 청각적인 이미지가 적극 활용된다. 만장처럼 바람에 날리는 단풍, 하늘을 날며 울고 있는 까마귀 떼, 땅속에 구멍을 파는 두더지와 다람쥐들이 절제된 언어로 제시된다. 그리고 이 시의 시상이 극적 결말을 드러내는 마지막 대목에 이른다. "후두둑/관에 못질하는 가을비 소리"라는 이 대목을 보지 않고는 누구도 조락(凋落)의 의미가 어떻게 이 시에서 하나의 구체적인 형상성을 드러내게 되는지를 알 수가 없다. 이시의 소묘적 진술은 철저한 자기감정의 절제를 기반으로 가능해진 것이다. 시인은 만산홍엽의 가을단풍을 보면서 이미 현란의 극치에 이른 가을산의 뒷모습을 그려보고 있다. 그것은 바로 소멸에 이르는 길이며 그 자체가 자연의 이치임을 부인할 수가 없다.

(3)
어젯밤 하늘이 몰래 내려와
산과 잠자고 가더니
이 아침
고사리 새순 도르르 말려
그것이 한 개 우주로구나.
풀잎에 떨어뜨린 별들을 보고
내 알았지,
쫑긋 귀 기울여 천둥소리 듣고

베시시 눈 떠 흰 구름 보고……

그러므로 누구에게 물어보랴.
한 방울의 이슬 속에서 푸른 하늘을 보거니.

— 「산의 잠」 전문

(4)
아침에는 산새가 창밖에서 우짖고
저녁에는 여우가 숲에서 운다.
한나절 퍼붓던 폭설이 지자
밤새 달빛이 쌓이는 소리
무심한 산옹(山翁)은 잠들었는데
머무는 나그네는 시름도 많다.
적막한 외로움 견딜 수 없어
살포시 뜰 위로 내려와 서면
우지끈 이마를 때리는 소리,
눈더미에 부러지는 솔가지 소리.

— 「적멸」 전문

   오세영 시인은 삶의 세계와 죽음의 종말을 굳이 구별지으려 하지 않
는다. 그의 시에는 사랑이 미움과 함께하며 생성과 파멸이 공존한다.
'그릇'이 되기 위해 '흙'이 빚어지고 다시 '그릇'은 '흙'으로 돌아가기
위해 깨어져야 한다는 모순의 세계를 오세영 시인은 이미 일찍부터 노
래하지 않았던가? 만상의 세계는 '그릇'만의 세계가 될 수 없고, '흙'
만의 세계일 수도 없는 일이다. 이 엄연한 이치를 오세영 시인은 '시적
인 것' 또는 '조화'라는 이름으로 주로 자연을 통해 더욱 극명하게 보

여준다.

앞의 시 (3)의 경우는 만물의 소생을 조화로운 생성의 이치로 풀이해준다. 시인은 산과 하늘이 함께 잠자고 난 후에 고사리순이 돋아나는 것을 발견한다. 그리고 하늘이 풀잎에 별을 떨어뜨렸다는 사실을 알아차린다. 그 별처럼 맺힌 이슬 속에 하늘이 담겨 있음을 본 연후에야 생성의 이치가 바로 자연의 조화임을 깨닫는다. 이 작고 아름다운 세계는 자기감정의 절제가 없이는 결코 발견하기 어려운 세계이다. 시 (4)의 경우에도 '적멸'이라는 표제는 마지막 두 개의 시행을 위한 시상의 집중과 긴장을 일컫는다는 것을 충분히 이해할 수 있다.

5

오세영 시인이 그동안 업으로 삼아온 대학의 강단을 떠난다. 대학의 후배로서 시인의 모습을 지켜본 나로서는 시적 글쓰기와 비평적 글쓰기를 조화롭게 추구해온 시인의 삶에 감탄할 수밖에 없다. 오세영 시인이 이룬 개인적 성취는 학문으로서의 문학과 예술창작으로서의 문학을 일치시켜보고자 하는 노력에 따른 것이다. 문학이라는 것이 자리해야 할 영역을 '문학 그 자체'에서 찾아야 한다는 것을 신념처럼 강조해온 것이 오세영 시인이다. 그렇기 때문에 그는 이념에 의해 구획된 문단적 권력을 질시한다. 당대의 문인 가운데 오세영 시인의 이러한 태도를 놓고 보수적이라고 지적하는 경우도 있지만, 나는 이 엄격주의가 오늘의 오세영 문학을 가능하게 했다고 생각한다.

오세영 시인은 요즈음 불교의 세계에 심취해 있다. 나는 그 종교적 의미나 깊이를 알지 못한다. 그렇지만 사물에 내재하는 모순을 발견하게 된 시인의 선택이라는 점에서 이것은 하나의 예사롭지 않은 시법의 길

일 수 있다고 생각한다. 왜냐하면 자기 세계의 모순을 그 안에서 스스로 극복하는 길은 종교적인 것밖에 달리 찾을 수 없을 것이다. 그런 까닭에 나는 오세영 시인이 발견하여 하나의 시어로 완성한 '무명(無明)'이라는 말의 의미를 다시 생각한다. 이것은 '모순'이라는 말이 드러내는 어휘의 논리성을 훨씬 뛰어넘는다. '무명'의 세계에서 '조화'를 꿈꾸는 시인에게 내가 달리 더할 말이 없다. 나는 여전히 오세영 시인의 독자일 뿐이다.

　이제 내가 좋아하는 오세영 시인의 시 한 편을 여기 소개하는 것으로 정년을 맞는 시인께 드리는 축하의 말씀을 대신하고자 한다. 그리고 더 아름다운 시를 많이 쓰시라는 말씀으로 이 글을 맺는다.

> 멀리 있는 것은
> 아름답다.
> 무지개나 별이나 벼랑에 피는 꽃이나
> 멀리 있는 것은
> 손에 닿을 수 없는 까닭에
> 아름답다.
> 사랑하는 사람아,
> 이별을 서러워하지 마라,
> 내 나이의 이별이란
> 헤어지는 일이 아니라 단지
> 멀어지는 일일 뿐이다.
> 네가 보낸 마지막 편지를 읽기 위해선
> 이제
> 돋보기가 필요한 나이,
> 늙는다는 것은

사랑하는 사람을 멀리 보낸다는
것이다.
머얼리서 바라다볼 줄을
안다는 것이다.

　　　　　　　　　　　　　　　—「원시遠視」 전문

제4부

한국 근대문학사의 연구 방법

근대소설의 기원으로서의 신소설

한국 근대문학의 성립과 식민주의 담론

한국 현대문학비평의 논리

한국 근대문학사의 연구 방법

문학과 문학사 연구

한국사회에서 근대적인 문학이 형성 전개되어온 과정은 한 세기 정도에 불과한 짤막한 기간이다. 한국문학은 19세기 중반 이후 전통사회가 붕괴되고 새로운 근대적인 사회가 확립되는 상황 속에서 근대적인 변혁의 과정을 거쳤으며, 개화계몽 시대에서 일본 식민지 시대로 이어지는 정치적 격변 속에서 문화적 자기 정체성의 가장 중요한 징표로 자리하고 있다.

한국 근대문학사는 문학의 역사이기 때문에, 한국의 근대사라는 말이 지시하는 시대적 범주를 벗어날 수 없다. 한국 근대문학은 한국사회의 근대적 변혁 과정에서 형성된 공동체의 산물이다. 이러한 규범적 의미는 한국 근대문학의 범위를 설정하기 위한 하나의 전제조건이 된다. 그렇지만, 한국의 근대문학은 문학이 기반하고 있는 역사적 조건으로서의 근대를 어떻게 규정하느냐에 따라 필연적으로 그 성격과 내용이 달라질 수밖에 없다.

한국 근대문학사의 대상과 그 범주는 문학의 보편성과 역사적 실재성에 근거한 논리적 체계로 이해되어야 한다. 이 경우 필연적으로 직면하게 되는 문제가 문학과 역사의 본질에 대한 인식의 문제이다. 그리고 역사에 있어서의 근대의 개념과 문학에 있어서의 근대적인 것의 개념에 대한 규정이다. 여기서 주목되는 것이 한국 근대문학이 추구해온 문학의 보편적 특성과 그 역사적 이해라고 할 수 있다.

일반적인 의미에서 역사는 과거 사실에 대한 기술로 그 본질이 규정된다. 역사는 그 대상이 과거에 있었던 일이라는 점에서 사실성 자체를 중시한다. 그리고 그 논의의 객관성을 강조한다. 역사에서 다루어지는 모든 사실은 원인과 결과를 중심으로 하는 일련의 전개 과정으로 설명된다. 그러므로 여기에는 하나의 진행과 발전이라는 의미가 내포된다. 이것은 역사의 전개라고 명명되기도 하고 역사적 진보라는 개념으로 규정되기도 한다. 그러나 역사상의 모든 사건들은 각각의 개별적인 속성이 강조되기보다는 그것들이 드러내고 있는 공통적인 성격을 바탕으로 보편적인 가치개념을 중시하게 된다. 시대적 성격이라든지 집단적 의미라든지 하는 것이 역사에서 중시되는 이유가 여기 있다고 할 것이다.

문학의 경우는 이와 다르다. 문학은 그것이 어느 시대에 등장한 것이든지 간에 그 시대적인 위상이나 역사적 조건이 강조되는 것은 아니다. 문학이란 인간의 사상이라고 하는 합리적 논의의 영역만이 아니라 인간의 정서라고 하는 개인적 감정까지도 함께 다룬다. 언어를 통해 이루어지는 인간 표현의 모든 영역이 문학 속에 포함되기 때문이다. 문학적 사실로서의 개개의 문학 텍스트는 어떤 원인과 결과를 통해 드러나는 일련의 사건으로 인식될 수 없다. 문학 텍스트는 언제나 그 자체의 존재가 중시되며 당대의 현실 속에서 재인식되고 재평가된다. 그러므로 문학 텍스트는 특정의 시대에 등장한 것이지만, 반드시 그 특정의 문맥에 고정되는 것이 아니라 전체적인 사회 문화적 맥락을 통해 그 의미를 구체화시킨다.

문학 텍스트는 그 본질이 고정된 것이 아니며 역동적이다. 문학의 체계 역시 선험적인 것이 아닌 가능성의 구조라고 할 수 있다. 여기서 주의해야 할 것은 모든 문학 텍스트들이 이미 주어진 것이 아니라 역사적 체계로서 새롭게 구성해야 할 대상이라는 점이다. 문학 텍스트는 완결된 형태로 고정된 위치에 자리하는 것처럼 보이지만, 언제나 열려 있는 역동적 실체로 존재한다. 그것은 분명 그때 거기에 있었던 것임에도 불구하고, 언제나 새로운 가능성으로 새 시대의 독자와 만난다. 문학 텍스트는 각 시대의 개별적인 작가의식의 창조적 산물이다. 그렇지만 그 시대와 함께 사라지는 것이 아니라 언제나 당대의 문학 속에 함께 어울려 존재한다. 다시 말하면, 과거의 것들과 현재의 것들이 함께 축적되어 있는 것이다. 문학 텍스트는 어떤 발전의 단계를 따라 연속적인 역사적 흐름을 보여주지 않는다. 그러나 역사적 실체로서 문학 텍스트를 이해하기 위해서는 문학 텍스트로서의 본질적인 속성만이 아니라 역사적으로 형성 부여되는 시대적 의미를 동시에 포괄해야 한다. 문학 텍스트의 의미와 가치는 그 사회 문화적 기반에 대한 이해를 통해서만 더욱 풍부하게 조직화될 수 있기 때문이다.

　문학사는 개별적으로 존재하는 문학 텍스트를 역사적 실체로 취급하며, 그 존재 방식과 의미와 가치를 하나의 역사적 관점으로 설명하고자 한다. 문학사 연구에서 다루어지고 있는 문학 텍스트는 과거 속으로 사라져버린 역사의 자취가 아니다. 문학사는 이미 소멸되어버린 역사의 흔적을 찾아나서는 작업이 아니라, 시대의 흐름 속에서 그 존재를 실현하고 있는 실체로서의 문학 텍스트에 대한 역사적 해석을 그 목표로 한다. 그러므로 문학사는 과거의 문학 텍스트를 통해 새로운 시대의 의미를 능동적으로 발견하고 재구성해야 할 논리적 체계라고 할 수 있다. 문학사 연구가 문학에 대한 끊임없는 질문인 동시에 발견의 과정이라고 하는 논리적 근거가 여기에 있다.

국문체와 문학의 근대적 기반

한국의 근대문학은 국어와 국문이라는 단일한 언어 문자의 기반 위에서 성립된다. 한국인들은 오랫동안 중국으로부터 전래된 한자를 중심으로 하는 이원화된 언어 문자 생활을 영위해왔다. 그런데 15세기 중반에 훈민정음을 창제하면서 구술언어와 문자언어가 국어와 국문이라는 단일한 언어 문자 체계로 일원화할 수 있는 가능성을 확보하게 된다. 이러한 가능성은 19세기 중반에 이르러 한국사회가 근대적 변혁 과정을 거치는 동안 구체적인 사회 문화적 현상으로 실현되기 시작한다. 개화계몽운동이 대중적으로 확산되는 과정 속에서 한문을 버리고 국문이라는 하나의 언어체를 통해 언문일치의 이상을 실현하고자 하는 국어국문운동이 자연스럽게 촉발된 것이다. 이 시기의 국어국문운동은 한국사회에서 새롭게 형성되기 시작한 근대적인 가치를 구현할 수 있는 가장 핵심적인 문화적 기반이 되고 있다.

개화계몽 시대 국어국문운동에서는 언어와 문자의 민족적 고유성을 내세움으로써 언어 민족주의적 관점이 무엇보다도 강조되었다는 점을 주목할 필요가 있다. 국어와 국문이라는 말을 통해 암시되는 언어 문자의 민족적 고유성에 대한 인식은 민족의 동일성과 정체성의 핵심적인 요건이다. 이 경우 동일성의 정립은 민족의 자주 독립의 당위성을 주장할 수 있는 근거로 활용되기도 한다. 그리고 민족적 동일성과 그 정체성을 강조하는 과정에서 한문 배제의 논리가 자연스럽게 담론화하고 있다. 국어국문운동을 통해 한문의 절대적인 권위에 대한 새로운 도전이 이루어지자, 그동안 지배층의 전유물이었던 한문이 더이상 참된 글자라는 뜻의 진서가 아니며, 한낱 중국의 글에 불과하다는 타자성(他者性)에 대한 인식이 확산된다. 이러한 인식의 변화는 조선시대 지식층들이 모든 가치개념을 중화적 사상에 근거하여 한문으로 표현하고자 했던 태도에 대한 비판적 도전을 가능하게 하였으며, 신성하고 유일한 의미와 진리의 상징물로 인식되어왔던 한문의 몰락과 함께 중화주의적 세계관의 붕괴를 초래하게 되었던 것이다.

국어국문운동은 민족어로서의 국어와 국문의 재발견을 통해 한문 중심의 세계에서 벗어나고자 하는 언어적 의미론적 탈중심화의 지향을 강화하고 있다. 국어국문운동이 지향하고 있는 담론의 혁명성은 문화적으로나 의미론적인 면에서 단일하고 일원적인 언어체였던 한문의 지배로부터 모든 담론을 근본적으로 해방시켜놓고 있다는 점에서 쉽게 확인된다. 누구나 새로운 지식과 정보를 쉽게 접할 수 있는 국문의 대중적인 실용성은 한문 중심의 지배층의 문자생활이 보여주었던 계급적 폐쇄성의 파괴를 겨냥한다. 한문 중심의 과거제도가 폐지되고 신식 교육이 실시되자, 한문은 오랜 역사 속에서 지켜내려온 지배층의 문자로서의 지위를 잃게 되고, 그 교육 문화적 기능과 정보 기능도 현저하게 약화된다. 그 대신에, 국문 교육이 제도화되고 국문의 활용이 사회적으로 확대된다. 개화계몽 시대의 새로운 지식과 정보, 문화와 교양은 모두 국문을 통해 수용되고 다시 재창조되어 계급적인 구분이 없이 대중적으로 확산된다. 한국의 민중들은 자신들을 억압했던 한문 중심의 낡은 사고와 가치를 모두 벗어버리고 국문을 통해 새로운 서구의 문물과 제도와 가치를 받아들인다. 낡은 것들이 모두 무너지고 새로운 것들이 그 자리에 대신 들어서는 변혁의 과정을 겪으면서, 한국의 민중들은 한국사회가 '낡은 조선'에서 벗어나 새롭게 변화할 수 있다는 신념을 키울 수 있게 된다. 그리고 그들의 삶을 새롭게 변화시키는 것이 권력이 아니라 지식이라는 새로운 힘임을 국문을 통해 인식하게 된다. 그 결과로 한국사회는 개화계몽 시대의 국어국문운동을 통해 문화적 민주주의의 기반을 확립할 수 있게 되는 것이다. 국어국문운동이 개화계몽 시대 이후 한국사회의 문화적 변혁의 근대성을 말해주는 핵심적인 징표가 되는 까닭이 바로 여기에 있다.

국문은 일상적인 현실 언어에서 말하는 것과 그것을 글로 쓰는 것이 그대로 일치되고 있음을 보여주는 언어체이다. 일상의 언어를 포함하고 그것을 기술하며 또한 그것을 가장 극명하게 드러낼 수 있다는 점에서, 국문으로의 글쓰기는 구체적인 삶과 현실의 직접적인 언어 표현에 해당한다. 사물을 일상의 언어로 명명하고 그것을 그대로 글로 적을 수 있다는 언문일치의 이상은 일상적인 언어에 기반을 두고 있는 국문을 통한 글쓰기에 의해서 실현될 수 있는 것이다. 그러므로 개화계몽 시대의 국문과 그 언어체로서의 국문체는 현실 속에서 살아 있는 모든 사회적인 담론의 유형을 포괄하며, 일반 대중의 일상적인 언어의 모순적이면서도 다층적인 목소리를 하나의 표현구조로 담론화한다. 국문체는 언어와 문자를 통한 사물에 대한 인식 방법의 통합을 가능하게 함으로써, 언어체의 변혁이라는 문화적 기호의 전환이 한 사회의 사상과 이념과 가치를 혁명적으로 전환시킬 수 있음을 보여준다. 일상의 언어가 하나의 구체적인 행위라면 그 행위를 문자화한 국문체는 새로운 담론의 생산이며 창조에 해당한다고 할 수 있다. 국문을 통해 삶의 세계에 존재하는 말의 다양성을 그대로 문자로 구현할 수 있게 되자, 국문체는 일상의 언어에 담겨 있는 사건, 의미, 이념, 감정 등을 구체적인 담론의 형태로 산출할 수 있게 된다. 그리고 사물에 대한 사고와 인식의 체계를 전환시켜놓는 일종의 문체혁명을 가능하게 하고 있다.

개화계몽 시대 국문의 확대는 지배층의 폐쇄적인 문화적 공간으로부터 소외되었던 서민층의 언어생활을 전근대적인 설화 공간으로부터 근대적인 문자 공간으로 변화시켜놓고 있다. 조선 사회에서 글을 읽고 쓴다는 것은 지배층만이 누릴 수 있는 특권으로서 그들에게만 적용되는 정치 문화적인 기호였던 것이다. 평민 이하의 계층에서는 누구도 한문으로 이루어진 글을 읽지도 쓰지도 못하게 되어 있기 때문에 글쓰기와 글 읽기가 정보의 소통보다는 사회 정치적 지배 이념과 직결되어 있다. 이러한 제약은 전통사회의 글쓰기와 글 읽기가 지니고 있는 사회 문화적 폐쇄성을 말해준다. 글쓰기와 글 읽기가 특정 집단의 전유물이었던 시대에 일반 서민층에서 이루어지는 모든 이야기는 입에서 입으로 전해지는 설화성을 지니고 있었다. 누군가가 이야기를 말해주고 누군가가 그 이야기를 듣고 누군가에게 다시 전하는 설화적 전통이 지속된 것이다. 언문체의 고전소설은 글로 씌어진 것임에도 불구하고 글 속에 설화성이 반영되어 나타난다. 예컨대 운문 지향적인 문체와 설화적 문투가 그것을 말해준다. 한문으로 시를 짓고 즐기는 것은 지배층의 전유물이었기 때문에 서민층은 모두 이것을 이야기나 노래로 대신한다. 이들이 부르는 노래와 말해주는 이야기들은 입에서 입으로 전승된다. 서민예술로 각광을 받았던 판소리도 설화성을 가장 중요한 특성의 하나로 드러내고 있다. 그런데 개화계몽 시대 이후 국문체가 확대되면서 글쓰기와 글 읽기가 점차 자유로워지자, 이러한 설화성의 전통이 무너지고 있다. 조선시대 대표적인 시가문학 형태인 시조와 가사는 대체로 가창을 위한 곡조가 붙어 있었던 것이 보통이다. 가곡이니 평시조니 사설시조니 하는 것이 모두 음악적인 곡조의 성격을 고려하여 붙여진 명칭이라는 점은 이들 양식이 그만큼 음악적 창곡의 성격이 강함을 말해주는 것이다. 그러나 개화계몽 시대의 시조는 창곡을 목적으로 하는 것이 아니다. 개화가사도 노래를 위한 것이 아님은 물론이다. 이들은 비록 그 형식적인 전통을 전대의 시가 양식을 통해 계승하고 있지만, 눈으로 보고 읽기 위한 시의 형태로 새롭게 변화하고 있다. 창으로 불렸던 시조와 가사가 창곡을 벗어나면서 개화시조와 개화가사라는 새로운 읽는 시의 형태가 된다. 소설의 경우에도 비슷한 현상이 나타나고 있다. 조선시대의 고전소설은 구송을 위해 그 문체가 운문적인 특성을 드러낸다. 그러나 개화계몽 시대의 신소설에서부터 이같은 운문적 속성이 약화되고 산문 문체를 실현하게 된다. 이것은 신소설이 이야기로 전달되거나 구송되기보다는 책으로 읽히는 새로운 글쓰기의 산물임을 말해준다.

개화계몽 시대의 국어국문운동은 문자생활에서 국문 사용을 보편화하고 국문체를 정착시키면서 국문을 통한 여러 가지 새로운 글쓰기 방식을 가능하게 한다. 당시 새로운 대중적인 매체로 관심의 대상이 되었던 신문이나 잡지를 보면, 시문(詩文)과 사장(詞章)을 중심으로 발전했던 한문과는 달리, 국문을 이용한 여러 가지 새로운 글쓰기 방법이 등장하고 있다. 신문 잡지를 통해 다양한 계몽적 담론을 일반화시킨 국문 논설은 조선시대에는 유례를 찾기 어려운 새로운 글쓰기 양식으로서, 그 자체가 지니고 있는 관점, 접근 방법, 어조 등에 의해 담론의 성격이 규정된다. 국문 논설 양식은 설명, 묘사, 서사 등의 일반적인 기술 방식에서부터 대화, 토론, 연설, 풍자 등의 여러 가지 글쓰기 방식을 함께 활용함으로써 그 담론의 구조를 사회적으로 확대하고 있다. 이러한 현상은 조선시대 소설의 언문체에서는 확인하기 어려운 것들이다. 조선시대에 언문이라는 이름으로 격하되어 있던 국문은 한문으로 이루어진 사상과 이념을 번역하는 수단으로 이용되거나, 아녀자들의 의사전달 수단으로 고정되거나, 가사나 소설과 같은 일부 문학 양식의 문체로 남아 있었던 것이다. 경서의 번역에 널리 이용된 언문체는 인간의 삶의 규범과 이념을 제시하는 장중한 문체로 고정되어 있어서, 언어의 실제적인 가치를 규정해주는 대화적 공간을 제대로 유지하지 못하고 있다. 언문체의 가장 확실한 기반이 되었던 고전소설의 경우에도 서술자의 어조가 작가의 단일한 목소리로 고정되어서 어조의 단일성이 강조되고 있다. 그러나 개화계몽 시대의 국문 논설 양식은 일상적인 언어 현상에서 가능한 모든 담론의 방식을 산문 양식을 통해 구현함으로써, 그 언어적 생동감과 어조의 다양성을 살려내고 있다. 이것은 개화계몽 시대의 현실 속에서 확인할 수 있는 사회적 담론의 다양성을 뜻한다. 그리고 바로 그러한 다양한 담론 형식의 분출이 논설 양식의 다채로운 전개를 가능하게 했다고 할 수 있다. 이 시대의 논설적 산문 양식의 다양한 분화는 국문체를 통해 수용할 수 있었던 다양한 담론 형식의 내적 분화를 통해 성립되고 있기 때문이다. 특히 논설 양식에서 담론화되고 있는 새로운 가치와 이념이 국문체에 의하여 그 현실적 기반을 확보할 수 있게 되었다는 점은 국문체의 또다른 가능성을 확인해볼 수 있는 중요한 특징이라고 할 것이다.

개화계몽 시대 국문을 통한 새로운 글쓰기에서 논설 양식과 함께 다양한 양식적 분화를 드러내고 있는 것은 신소설을 비롯한 서사 양식이다. 신문이나 잡지들이 제공하고 있는 기사들은 대체로 논설 양식과 서사 양식의 범주에 속하는 것들이 많다. 신문 잡지의 사건 기사는 모두 짤막한 서사이며, 사건에 대한 해설 기사도 서사가 주축을 이룬다. 심지어는 논설까지도 서사적 성격이 강하다. 어떤 경우는 운문으로 이루어진 가사 형식의 짤막한 글조차도 서사적 요소가 지배적인 것을 볼 수 있다. 소설이나 우화나 전기도 모두 서사가 중심을 이룬다. 신소설은 문학적 형상성을 추구하는 본격적인 서사 양식에 해당한다. 이러한 서사 양식들은, 논설 양식이 한자를 혼용하는 방식을 선호하였던 점과는 달리, 국문체를 수용하면서 다양한 분화를 이루게 된다. 서사 양식이 국문체를 수용하면서 그 양식의 특징적인 표현구조를 조직하게 되는 것은 국문체가 서사적 주체의 구현에 기능적이라는 점과도 관련된다고 할 수 있다. 물론 국문체의 서사 양식은 일반적인 담론의 성격과 마찬가지로 모두가 사회적 지식의 영역에 해당한다. 그리고 이것은 어떤 대상을 사회적으로 구성하고 그 존재의 사회적 재생산을 담당한다. 이 경우 담론의 공간에 대한 지배라는 차원에서 볼 때, 국문체가 가장 개방적인 성격을 띠는 것임은 물론이다.

문학 양식과 근대적 제도로서의 문학

문학의 양식은 문학 연구의 기초 개념이면서 동시에 문학적 현상에 대한 역사적 기술의 핵심을 이룬다. 문학의 역사적 전개 과정을 이해하는 데에 있어서 문학의 양식 개념이 없다면 우리는 한 시대의 문학을 서로 연결시켜 그 보편적 성격과 공통된 경향을 갖는 총체적인 문학사를 서술할 수가 없다. 문학의 흐름 속에 등장하는 수많은 문학작품과 작가들의 활동을 놓고 그들이 보여주는 어떤 공통적인 경향을 드러내고 있음을 확인할 수 있는 경향은 우선적으로 양식 개념에 기초한다. 문학의 양식 개념은 구체적이며 개별적인 수많은 작품들을 하나의 관념 속으로 끌어들여 논의할 수 있는 유일한 논리적 실체이기 때문이다.

문학의 양식은 본질적인 면에서 일종의 제도적 질서 개념이다. 그러므로 이 제도적 질서로서의 문학의 양식 개념을 내세울 경우 그 제도와는 다른 문화적인 관습에 의해 이루어진 문학 양식들은 모두 규범으로부터 이탈한 것으로 보이게 된다. 개화계몽 시대에는 전통적인 글쓰기의 관습이 변화하면서 새로운 근대적인 글쓰기의 방법이 등장한 시기이다. 이러한 변혁의 과정에서 등장한 다양한 문학 양식은 어떤 하나의 규범으로 절대적인 기준을 삼아 논하기 어려운 것이 사실이다. 이러한 문제성을 극복할 수 있는 하나의 가능성은 양식의 규범과 그 가치의 차원을 넘어서는 길이다. 이 새로운 가능성은 문학적 텍스트들을 문화 연구의 틀 속으로 확대 적용할 경우 열리게 된다. 개화계몽 시대야말로 다양한 글쓰기 방법을 기반으로 형성된 문학적 담론이 그 근대성의 의미를 구현하기 시작한 시대이기 때문이다. 한국의 근대문학은 국문체를 기반으로 성립된 새로운 문학 양식의 총체이다. 한문에 근거한 전통적인 글쓰기에는 문학이라는 말이 없다. 일반적인 글을 가리키는 문(文)이라는 말이 이것을 대신한다. 글쓰기 또는 글 읽기를 모두 포괄하는 이 '문'이라는 말은 넓은 뜻으로 교양과 지식을 의미한다. 글을 읽고 쓴다는 것은 인간의 삶의 도리를 익히는 하나의 수양의 과정이다. 글은 인간의 감성이나 취향의 영역에 속하는 것이 아니라, 본질적인 가치의 영역에 속하는 '인간의 삶의 도리를 담아놓는 그릇(載道之器)'에 해당한다. 그러므로 조선시대의 지배계층은 글이라는 것이 인간의 삶의 도리를 배우는 것이라는 전통적인 효용론적 관점을 바탕으로 한문의 권위와 품격을 지키기 위해 노력하였던 것이다.

개화계몽 시대부터 새로운 글쓰기로서의 '문학'이라는 개념이 정립된다. 이 시기부터 국문을 기반으로 하여 개방적이며 대중적인 문자생활이 가능해지자, 다양한 글쓰기 방식이 등장한다. 이광수는 '문학'이라는 용어를 서양의 '문학(literature)'과 일치시켜 그 개념을 '정적 분자를 포함한 문장'[1]이라고 한정한 바 있다. 이것은 문학이라는 말이 전통적인 글 또는 '문'의 개념을 벗어나 새로운 정서적 영역의 글쓰기로 규정되고 있음을 말한다. 이광수가 전통적인 '문'의 개념과는 다른 '문학'의 가치를 강조하고 있는 것은 일본에서 습득한 서구적 지식에 근거하는 것이지만, 이같은 관점의 변화를 통해 가치와 윤리의 영역까지 포괄하고 있던 문의 개념이 정서와 취향의 영역에 자리하고 있는 새로운 문학 개념으로 전환되고 있음을 확인할 수 있다. 이것은 학식과 교양과 덕망을 뜻하던 전통적인 문의 개념 대신에 예술 창조로서의 재능이 강조되는 전문적인 글쓰기 영역으로서의 문학에 대한 인식이 자리잡기 시작하였음을 말해주는 것이다.

여기서 주목해야 하는 것은 새로운 '문학' 개념과 함께 등장한 '신소설'이나 '신시' 등과 같은 새로운 문학 양식이다. 이 새로운 문학 양식

---

1) 문학이라는 말의 개념을 서양의 'literature'의 번역어로 규정한 것은 이광수가 발표한 평문 「문학의 가치」(『대한흥학보』 11호, 1910. 3)에서 처음으로 나타난다.

은 그 지시 범위가 포괄적이고도 모호한 것이 특징이다. 당시의 신문이나 잡지에서 쓰고 있는 소설이라는 말은 그 범위가 매우 넓어서, 오히려 오늘날 우리가 사용하고 있는 장르 명칭이라기보다는 더 큰 범주의 서사 양식 전반을 지칭하는 것으로 볼 수 있다. 실제로 개화계몽 시대의 신문이나 잡지에서 사용하고 있는 소설이라는 말의 범위를 자세히 검토해보면, 어떤 경우에는 야담이나 전설을 소설이라고 표시하기도 하고, 어떤 경우에는 전기를 소설이라고 지칭하기도 한다. 풍자나 우화와 같은 것들도 모두 소설이라는 명칭으로 분류되고 있다. '신시'라는 이름으로 지칭하고 있는 시가문학의 경우에도 그 양식의 특성에 대한 이해를 바탕으로 이러한 명칭을 사용하고 있는 경우를 찾기 어렵다. 이 시대의 문필가들이 이러한 명칭을 사용했다고 하더라도, 그 대상이 되고 있는 작품의 문학적 형태를 어떻게 이해하고 있었는지 확인한다는 것은 쉬운 일이 아니다. 이 명칭들은 작가 자신이 붙인 것도 있고, 출판사에서 편의상 붙인 것도 있는 것이다. 어떤 경우에는 내용상의 구분을 생각한 것 같기도 하고, 어떤 경우에는 형태적인 특성을 중요시한 것 같기도 하다.

개화계몽 시대에 이루어진 새로운 문학 양식에 대한 관심과 이해는 문학 양식에 대한 시대적 구분을 바탕으로 하는 지칭을 통해 그 방향이 어느 정도 드러나고 있다. 조선시대부터 오랫동안 읽혔던 소설들은 모두 구소설이라는 명칭으로 불리고, 개화계몽 시대에 새롭게 등장한 소설은 신소설이 된다. 마찬가지로 시가문학에서 일반화된 신시라는 말도 널리 쓰이게 된다. 여기서의 '신'과 '구'는 단순히 시대적인 차이만을 뜻하는 것이 아니다. 문학의 내용과 형식의 차이가 더욱 중요한 요건으로 문제시되고 있다. '신-'이라는 투어가 붙어 있는 문학 양식은 기존의 문학 양식과 구별되는 형식과 내용상의 새로움으로 인해 우선적으로 그 존재 의미를 인정받는다. 그리고, 무엇보다도 내용에 반영된 새로운 시대상이 그 중요한 특징으로 인정되고 있다고 할 것이다. 개화계몽 시대의 문학에 대한 논의는 이처럼 문학 양식이 지니고 있는 특성에 대한 미학적인 관심과는 별로 상관없이 이루어지고 있음을 알 수 있다. 이 시기의 신소설이라든지 신시라는 말은 그 용어를 사용하는 사람에 따라 서로 다른 가치개념을 드러내고 있기 때문에, 여러 가지 형태의 작품들 사이에 각각 나타나 있는 특징과 차이를 분별해내는 일이 중요하다.

개화계몽 시대에 신소설이나 신시와 같은 새로운 문학 양식이 등장한 것은 근대문학의 성립과 직접적으로 연관되어 있다. 신소설과 신시는 그 양식적 특성의 새로움으로 인하여 서구적인 문학 형태의 수용과 그 토착화 과정을 통해 등장한 것으로 이해되기도 한다. 이같은 외래적인 문학 양식의 등장을 중심으로 신문학의 성립을 논했던 문학사 연구가들은 한국의 신문학이 전통문학과 역사적 단절을 초래하고 있음을 지적하기도 하였고, 한국의 근대문학이 전대의 고전문학과는 전혀 다른 별개의 문학처럼 그 주변성을 과장하여 서술하기도 하였다. 그러나 문학 양식 자체가 지니는 복합적인 문화적 속성을 생각할 경우, 한 시기의 특정한 문학 양식의 출현과 소멸을 그렇게 단순화된 논리로 규정하기는 어려운 일이다. 이것은 문화적인 면에서 간과하기 쉬운 식민주의 담론의 영향을 말해주는 것이기도 하다. 임화가 주장한 모방과 이식으로서의 신문학이라는 개념이 상당한 기간 동안 설득력을 발휘하게 되었던 것도 이 때문이 아닌가 생각된다.

개화계몽 시대 이후 등장한 새로운 글쓰기로서의 문학은 전문적인 문인 계층에 의해 직업적으로 수행되면서 하나의 사회 문화적 현상으로 자리잡고 있다. 이 시기부터 직업으로서의 문필업이 등장하게 된 것은 물론 국문운동에 의해 독자 대중이 사회적으로 확대된 것과 연관된다. 그리고 이들 대중적 독자층을 상대로 하는 서적 출판과 판매라는 자본주의적 유통구조가 제도적으로 자리잡으면서 전문적인 문필업이 새롭게 정착되었다고 할 수 있다. 실제로 개화계몽 시대에 등장한 신문사나 잡지사에는 신문 잡지의 읽을거리를 만들어내는 전문적인 글쓰기에 종사하는 기자가 생겼고 소설을 쓰는 전문적 작가도 등장하였다. 이들이 쓰는 글은 조선시대의 지식층이 인간의 도리를 익히고 덕망을 쌓기 위해 행하는 글쓰기와는 그 성격이 전혀 다르다. 그것은 보다 현실적인 목적에 따라 이루어지는 하나의 문화적 생산에 해당한다. 그러므로 이 시기의 글쓰기는 인간의 보편적인 지적 도덕적 행위가 아니라 보다 전문적인 직업적 문필활동으로 인식될 수 있는 것이다.

개화계몽 시대에 새롭게 등장한 독립신문, 황성신문, 제국신문, 대한매일신보, 만세보, 경향신문, 대한민보 등과 같은 대중적인 신문은 전문적인 문필업의 형성을 위한 사회적 기반을 제공하고 있다. 그리고 보성관(普成館), 회동서관(滙東書館), 광학서포, 보급서관(普及書館), 동양서원(東洋書院), 박문서관(博文書館) 등의 상업적인 출판사는 전문적인 글쓰기에 종사하는 사람들과 직간접적으로 연관을 맺으면서 그들의 글쓰기 활동을 지원하였다. 신문사들은 전문적인 문필가들을 기자로 채용하였으며, 출판사들은 전문적인 문필가와 대중 독자 사이를 연결하는 매개적인 역할을 담당하였다. 문필가들이 쓰는 글은 출판사에서 서적으로 발간되어 일반 독자들에게 읽을거리로 제공되었다. 이에 따라 일반 독자들은 마치 자기 취향과 욕구에 맞는 물건을 구입하고 그것을 소비하듯이 글을 대하며 책을 구입하게 되었으며, 출판사는 일정한 이익을 문필가에게 제공할 수 있게 된 것이다. 이 시기에 신문에 연재되고 뒤에 단행본으로 출판되었던 신소설은 바로 이같은 대중적 욕구를 고려한 근대적인 글쓰기의 최초의 산물이라고 할 수 있다. 지적 산물에 해당하는 소설이 본격적으로 상품화되어 근대적인 상업적 유통 관계에 의해 독자 대중과 만나는 최초의 사례가 바로 신소설인 셈이다.

문학이라는 것을 개인의 예술적 창조력과 상상력의 소산이라고 규정하게 되는 과정을 정확하게 설명한다는 것은 매우 복잡한 일이다. 개화계몽 시대는 언어와 문자가 사회적인 지위나 학식과 덕망을 상징하는 것이 아니라, 누구에게나 새로운 지식과 정보를 전달하는 합리적이고도 공공적인 매체로 인식되기 시작한 시대이다. 이 시대에 새로이 성립된 직업으로서의 문필업은 돈을 받고 그 대가로 글을 쓰는 일이 가능해졌음을 말해준다. 글쓰기라는 것이 상업적 목적으로 이루어지는 노동이라는 특수한 개념으로 범주화되고 있는 셈이다. 이같은 변화를 보면 인간과 사회의 여러 관계가 인습에 따라 규정되는 것이 아니라, 정치적 경제적 문화적인 질서 내에서의 특수한 기능들로 규정될 수 있음을 확인할 수 있다. 이러한 변화 속에서 문학은 모든 인간에 대한 제약을 벗어나는 충만하고도 해방감을 주는 상상력 혹은 창조성을 지향한다. 문학적 담론이라는 것이 상상력과 창조력의 소산이라는 특수 영역으로 구분되기 시작하는 것이다. 이러한 인식의 변화는 심미적인 것이 하나의 새로운 인간적인 가치로 자리잡기 시작하였음을 의미한다. 글쓰기와 글 읽기의 폐쇄성을 벗어나 개방적인 언어문자 생활이 가능해지기 시작한 새로운 글쓰기의 시대, 바로 여기서부터 근대적인 것들의 실질적인 출현이 이루어지고 있다. 근대라는 것은 바로 이같은 사회제도의 변화를 내포하는 담론의 근대성으로부터 그 본질적인 의미를 확인할 수 있는 것이다.

근대문학과 문학의 근대성

개화계몽 시대 이후 한국문학은 현실주의적 상상력을 통해 구현할 수 있는 새로운 근대성의 이념과 가치에 의해 그 존재 의미를 스스로 규정하고 있다. 개화계몽 시대에 새로운 글쓰기 방식의 하나로 등장한 문학에서는 고전의 세계를 구축하고 있던 신화적 상상력과 그 서사담론의 설화성이 소멸되고 있다. 고전문학은 현실세계와는 다른 신화적 또는 설화적인 세계라고 할 수 있는 요소들이 중심을 이룬다. 이 세계는 현실을 살고 있는 인간들에게는 잃어버린 낙원과도 같다. 고전소설에 그려진 신화적인 이야기와 그 마술적인 요소들은 모두 인간의 의식과 밀접하게 관련되어 있다. 소설 『구운몽』에서 세속의 주인공 양소유는 내면의식 깊숙이 자리하고 있는 성스러운 세계와의 연결을 통해 일상의 삶과 주변의 세계에 참여한다. 그리고 그는 세속의 생활을 마친 뒤에 다시 성스러운 세계로 귀환한다. 신성의 세계로부터 떨어져 인간으로 태어났다가 다시 신성의 세계로 올라가는 '원천으로 돌아가기'의 모티프는 고전소설이 보여주는 이른바 신화적 상상력의 원형에 해당한다. 고전문학에서는 인간과 세계, 주체와 대상에 대한 엄격한 구별이 존재하지 않는다. 인간과 신의 관계, 인간과 자연의 조화, 자연적인 세계와 초자연적인 세계의 상호작용은 고전의 세계에서 흔히 볼 수 있는 일이다. 고전소설의 주인공에게는 삶과 죽음의 경계가 없다. 홍길동은 율도국에서 영생하고 인당수의 제물이 된 심청은 용궁에서 환생한다. 양소유가 인생의 허무를 깨닫고 다시 신성의 세계로 돌아가는 것으로 그의 현실적인 삶을 마감하는 것도 마찬가지 의미를 지닌다. 이것은 인간을 신의 경우와 마찬가지로 존재의 영원성으로 인식하고 있음을 말한다. 신화적 상상력은 영원한 회귀성의 개념을 모든 존재에 부여하는 것이 특징이다.

개화계몽 시대의 새로운 문학은 신성의 세계가 소멸하고 환상이 제거된 자리에 일상의 현실공간을 배치한다. 이 시기의 대표적인 서사 양식으로 등장한 신소설의 경우 그 주인공에게는 고전소설 『흥부전』의 홍부가 횡재를 누렸던 비현실적 공간도 주어져 있지 않으며, 『구운몽』의 양소유가 지향했던 초월적인 신성의 세계도 주어져 있지 않다. 이들의 운명은 신에 의해서 계시되는 것이 아니라 자신들의 삶에 의해서 결정된다. 이들의 삶에는 선험적으로 주어진 생의 좌표가 없다. 그렇기 때문에, 신소설에 등장하는 주인공은 그가 떠나온 천상의 세계로 다시는 돌아가지 못하는 인간이다. 서사의 전체적인 구조에서 결말이라는 것이 언제나 신의 세계인 시원(始原)으로 귀착되었던 고전적 서사의 회귀적인 패턴이 깨어지고 있기 때문이다. 신소설 이후의 근대적 서사에서 인간은 자신이 스스로 자기 삶의 좌표를 만들어야 하며, 신의 품으로 돌아가지 못한 채 자신을 둘러싸고 있는 세계와 거리를 두고 대상으로서의 세계를 인식하고 자신의 삶을 꾸려나가야 한다. 현실세계 속에서 자신의 운명을 스스로 살아야 하기 때문에, 이제 인간에게는 현실의 삶과 그 운명이라는 것이 비로소 자신의 몫이 된다.

일반적인 의미에서 근대문학은 일상적인 인간이 살아가는 현실공간으로 채워진다. 인간의 역사성과 그 의미를 중시하고, 인간적인 현실과 역사적 시간의 흐름에 어떤 형식을 부여하며, 일상적 삶의 현실 속에서 개인을 통해 근대적 주체의 인식을 가능하게 한다. 여기서 인간은 역사적인 시간과 구체적인 공간을 배경으로 하여 비로소 하나의 개인적인 주체로 자리잡는다. 개화계몽 시대의 신소설에서부터 문학적 근대성이 발현되기 시작하였다고 한다면 그것은 일상적인 개인의 발견을 통해 그 서사적 구조가 성립되고 있기 때문이다. 신소설에 등장하는 인간은 신성의 세계가 개입하여 만들어낸 고귀한 신분도 아니고, 천상에서 인간의 세계로 하강한 선녀의 화신도 아니다. 그들은 일상의 공간과 시간속에서 일상적인 삶을 살아가며, 자기 주변에 있는 일상적인 인간들과 어울리면서 여러 사건에 참여한다. 신소설의 주인공은 하나의 개인으로서 대상으로서의 현실세계와 일정한 거리를 두고 자신의 입장에서 자기 생각을 자기 입으로 말할 줄 안다. 일상의 세계 안에서 자신의 존재에 대해 질문하면서 자기 주체를 발견하고 그 정체성을 확인하게 되는 것이다. 그리고 자기 자신의 정체를 확인하면 바깥 세계를 일정한 각도에서 바라볼 수 있는 전망을 갖게 된다. 사물을 보는 각도와 거리가 인식되고 서술의 초점이 분명해지는 것이다. 모든 것이 무한하게 열려 있는 것이 아니라 자신의 관점에 따라 인식된다는 것은 매우 중요하다. 서사에서 서술상의 초점이 명확해지고 서술상의 거리가 생긴다는 것은 개별적인 인간이 주체의 정체성을 확보하기 시작하였음을 의미하는 것이다.

그렇지만 개화계몽 시대의 과도기적인 현실에서 신소설의 주인공은 사회적인 존재로서의 개인의 의미와 가치를 제대로 구현하지 못하고 있으며 삶의 실재성의 의미에 도달하지 못하고 있다. 한국사회의 근대적 변혁 과정이 개인의 삶과 그 존재 의미를 사회적인 요건에 의해 규정할 수 있을 정도로 성숙된 상태에 이르지 못하고 있었기 때문이다. 그러므로 신소설에서 개인의 운명은 외부적으로 주어진 이념적 속성에 의해 새것과 낡은 것의 갈등을 표상하는 신/구 대립의 서사구조로 표상된다. 이러한 서사구조는 이 시대에 등장한 모든 계몽 담론을 공통적인 기반으로 삼고 있다. 신소설의 주인공은 낡은 전통과 사회적 규범의 속박으로부터 벗어나 개화라는 이름으로 제시되는 새로운 가치를 추구하며 문명개화의 길을 걸어가게 된다. 이 새로운 세계를 향한 길이 바로 신교육의 길이며 계몽의 정신이다. 신소설에서 볼 수 있는 신/구 대립의 서사구조는 일본 식민지 시대에 들어서면서부터 그 긴장을 상실한다. 개화계몽운동의 목표가 되었던 바람직한 근대적 사회의 성립이 불가능한 상태에 이르자, 일본을 매개로 하여 문명개화의 세계에 이르는 과정을 서사화하고자 하였던 신소설의 서사 담론 자체도 자기모순에 빠진 것이다. 문명개화의 매개항으로 설정해놓았던 일본이 오히려 모든 담론을 강압적으로 장악해버린 식민지 한국의 지배자로 군림하게 되었기 때문이다.

한국사회는 1910년 이후 일본의 식민지 지배로 인하여 개화계몽 시대에 추구했던 문명개화의 이상을 실현하지 못한 채 핍박과 굴종의 시대에 접어들게 된다. 한국사회의 근대화 과정 자체가 식민지 지배에 따라 왜곡되기 시작하였으며, 한국의 모든 산업이 식민지 지배에 종속된다. 특히 식민지 교육 정책에 의한 일본어 교육의 강화로 인하여 한국인의 언어와 생활 속에 깊숙이 일본어가 침투한다. 그 결과로 일본 식민지 시대에 한국사회에는 모방과 굴종, 창조와 저항이라는 양가적인 속성을 지니는 독특한 식민지 문화가 형성된다. 일본의 식민지 지배 정책은 한국민족의 존재와 그 역사적 전통에 대한 정당한 의식을 부정하는 방향으로 전개된다. 그렇지만 한국민족은 민족적 자기 인식을 확립하고 민족 자존의 의지를 세우고자 일본의 식민지 지배 정책에 대항하는 다양한 반식민주의(反植民主義) 담론을 형성한다. 한국민족의 식민지 현실 문제에 대한 비판적 인식을 바탕으로 일본의 지배논리를 거부하였던 것이다.

일본 식민지 시대의 한국문학을 보면, 소설의 경우 주체적인 자아와 객관적인 현실을 전체적으로 인식하고자 하는 실천적인 노력이 지속되는 가운데, 시에 있어서는 한국인의 정서와 호흡에 근거한 시적 리듬을 바탕으로 근대시 형태로서의 자유시를 한국적 토양에 정착시켜놓고 있다. 그리고 외래적인 문학 형태로서의 희곡을 한국어를 통해 한국문학의 형태로 재창조하였고 그 무대 공연을 실현함으로써 새로운 예술 양식의 토착화를 가능하게 한다. 한국문학은 일본의 식민지 지배 상황 속에서 민족의 정서와 생활상을 국어와 국문을 통해 예술적으로 형상화하는 창조적인 문학활동을 지속할 수 있게 된 것이다. 결국 한국문학은 일본을 통해 배운 서구적인 문학 형식을 모방하는 단계에서 벗어나 국어국문을 기반으로 하여 독자적인 문학 양식과 미적 가치를 창조해 나아가는 근대적인 문학을 확립하게 된 것이다.

근대문학사의 시대 구분

한국의 근대문학은 근대문학 이전의 문학과 근대문학 이후의 문학이 모두 한국문학사라는 전체적인 체계 내에서 연속성을 지니는 역사적 실체로 존재한다. 물론 문학사의 전체성이라는 개념은 문학적 사실에 대한 기록의 문제가 아니라 사실에 대한 해석의 문제라고 할 수 있다. 여기서 제기되는 중요한 과제 중 하나가 근대문학의 기점 설정과 그 시대 구분이다. 이 문제는 문학에 있어서 근대적 양식의 생성과 변화라는 개념을 놓고 어떻게 전근대 문학과 경계를 긋고 문학의 전개 양상에 따라 각각 시간적 휴지부를 어떻게 찍느냐를 결정해야 하는 하나의 논리적 가설에 속한다. 문학의 흐름 그 자체는 결코 시대 구분에 의해 구획될 수 있는 것과 같은 구획을 그으면서 전개되는 것은 아니기 때문이다.

문학사 연구에서 시대 구분은 문학 텍스트의 시대적 순서 개념과 그 문학적 본질 개념을 상대적으로 통합하는 일종의 역사적 인식 행위에 해당한다. 이것은 문학 텍스트에 대한 심미적 이해와 역사적 인식을 결합시키는 논리라고 할 수 있다. 문학 텍스트는 이미 앞 장에서도 언급한 바 있듯이 문학사에서 일반화되고 범주화되는 것보다 더 많은 다양성으로 역사 속에 존재한다. 그리고 그것은 한 시대에서 다른 시대로 이어지면서 지속적으로 변화한다. 이러한 문학 텍스트의 다양성과 변화를 이해하기 위해 문학사 연구에서는 문학의 전개 양상 속에 존재하지 않는 시대를 구분하게 되는 것이다.

문학사 연구는 각각의 시대에 등장한 문학을 통하여 이른바 시대 정신이라는 추상화된 가치를 추구하고자 한다. 한 시대의 문학이 보여주는 본질적인 가치 문제를 다루고자 할 경우, 필연적으로 문학과 시대 정신에 관한 논의를 외면할 수 없는 일이다. 문학사의 시대 구분은 문학적 사실에 대한 일종의 순서 개념에 해당하는 것이지만 그 기준은 문학적 본질 개념에 대한 해석과 그 시대적 배열을 통해 이루어진다. 문학사의 시대 구분은 문학 텍스트의 시간적 순서 개념과 텍스트의 미적 가치에 대한 이해를 동시에 만족시켜야만 하기 때문이다.

한국의 근대문학은, 그 시대적 순서 개념을 따른다면, 개화계몽 시대에 성립되어 그 사회 문화적 기반이 확대된다. 그리고 일본 식민지 시대에 들어서면서 여러 가지 문학 양식의 분화와 함께 각 양식의 특성에 따라 문학의 정신과 기법이 다채로워진다. 개화계몽 시대의 문학과 일본 식민지 시대의 문학은 근대문학이라는 하나의 범주에 포함되는 것이지만 이들 사이에는 문학적 경향의 상당한 차이가 드러난다. 그리고 식민지 시대의 문학을 놓고 보더라도, 1920년대까지의 식민지 전반기의 경우와 1930년대 이후 식민지 후반기의 경우, 그리고 그 중반기에 자리하고 있는 계급문학운동이 각각 서로 다른 문학적 특성을 보여준다. 이를 문학의 본질 개념과 연결시켜 논의해본다면 다음과 같은 구분이 가능하다.

(1) 개화계몽 시대: 근대문학의 성립

한국의 근대문학은 개화계몽 시대의 국어국문운동을 기반으로 하여 성립된다. 새로운 글쓰기로서의 문학은 민족어의 재발견이라는 명제로 요약되는 국어국문운동이 사회적으로 확대되는 과정에서 그 개념이 정립되고 있다. 신문, 잡지 등 대중매체의 등장, 상업적 출판사의 출현, 전문적인 문필가의 활동과 함께 문학이라는 것이 하나의 사회 문화적 제도로 자리잡게 된다. 전통적인 문학 양식이 근대적 변혁 과정을 겪는 동안 신소설, 영웅전기, 개화가사, 창가 등과 같은 새로운 문학 양식이 출현한다.

(2) 식민지 시대 전반기: 문학의 양식적 분화

한국사회는 1910년부터 일본의 강압적인 식민지 지배가 이루어지자 개화계몽 시대에 추구했던 문명개화의 이상을 실현하지 못하게 되었으며, 모방과 굴종, 창조와 저항이라는 양가적인 속성을 지니는 독특한 식민지 문화가 형성되기 시작한다. 한국문학은 이같은 식민지 현실 문제에 대한 비판적 인식을 바탕으로 민족적 주체의 확립과 함께 근대적인 문학 양식을 정착시킨다. 소설의 경우 주체적인 자아와 객관적인 현실을 전체적으로 인식하고자 하는 근대적 장편소설이 출현하고 단편소설의 형태가 등장하여 소설문단을 주도한다. 한국인의 정서와 호흡을 바탕으로 형성된 자유시 형태로서의 근대시가 한국적 토양에 정착되고 새로운 희곡문학이 등장하여 무대공연을 실현한다. 한국문학은 일본의 식민지 지배 상황 속에서도 민족의 정서와 생활상을 국어와 국문을 통해 예술적으로 형상화하는 한국인의 창조적인 활동 영역으로 확대된다.

(3) 식민지 시대 중반기: 문학과 이념의 대립

한국문학은 1919년 3·1운동을 거치면서 식민지 현실에 대한 비판적인 인식을 주축으로 그 시야를 확대한다. 이 시기에 한국 민중의 궁핍한 생활상을 총체적으로 형상화하고 그 모순을 비판하는 현실주의적 문학의 경향이 마르크스주의와 결합하면서 조직적인 계급문학운동으로 전개된다. 계급문학운동은 조선프롤레타리아예술가동맹을 기반으로 노동자 농민들에게 계급투쟁 의식을 고양하고 식민지 현실의 계급적 모순을 극복하기 위해 정치투쟁으로 진출할 것을 촉구한다. 이같은 정치적 경향성으로 인해 계급문학운동은 일본의 혹독한 탄압을 받았지만, 식민지 상황으로 왜곡된 한국사회의 근대화 과정에서 드러나고 있는 사회적 모순에 가장 치열하게 대응하는 탈식민주의적 담론을 생산하게 된다. 그 결과로 노동자 농민들의 의식 수준과 생활방식에 관련되는 이른바 노동소설, 농민소설, 계급시 등의 형식을 창안하여 문학을 통한 계급적 이데올로기의 구현에 치중하게 된다.

(4) 식민지 시대 후반기: 문학 정신과 기법의 전환

한국문학은 1935년 조선프로예맹의 강제 해체 이후 집단적 이념 추구의 경향이 사라지고, 개인적 정서에 기초한 문학의 다양한 경향이 뚜렷하게 드러난다. 이 시기의 모더니즘 문학은 계급문단의 붕괴와 리얼리즘적 경향의 퇴조에 뒤이어 등장하고 있다는 점에서 문학적 순수주의 또는 순수문학의 경향으로 평가되기도 한다. 이 새로운 문학에서는 그 주제의식에서 일상성의 의미가 강조되고 있으며, 문학의 기법과 언어와 문체를 중시하고 있다. 시 정신의 건강성을 강조하면서 인간의 원초적인 생명력을 관능적으로 표현하는 시적 경향이 나타나고, 삶의 허무를 극복하고자 하는 의지의 표상들이 많이 등장한다. 식민지 말기에는 일본의 황민화 정책에 대응하면서 전통론이 새롭게 제기된다. 고전적 전통론은 한국 민족문화의 정체성 확립을 지향하면서 자연의 발견이라는 문학적 주제와 짝을 이루어 한국 근대문학의 중요한 정신적 기반을 형성하게 된다.

문학사 연구의 방향

　문학사의 목표는 그 연구 대상이 되는 작품들에 대한 역사적 관련성과 그 역사적 위치를 규정하는 작업이다. 이 작업은 창작을 둘러싼 모든 사회 문화적 조건들을 검토하고 그 속에서 양식의 발전 과정에 결합시켜야 한다. 문학사 연구는 한편으로는 역사적 사실로서의 문학작품의 실체에 대한 확인작업을 필요로 하며 동시에 그것이 드러내는 양식적 특성에 대한 비평을 수행해야 한다. 이때 무엇보다도 다양한 문학적 사실을 놓고 이루어지는 종합에 대한 감각의 중요성을 인식할 필요가 있다.

　문학사 연구는 문학 텍스트에 대한 역사적 설명과 문학적 해석을 동시에 수반한다. 문학사 연구가는 문학 텍스트로부터 추상할 수 있는 지배적 관심을 통해 그 텍스트의 존재 의미를 규정한다.

　한국문학은 다른 민족의 문학과 구별될 수 있는 특정의 역사적 토대와 문화 기반 위에서 생성된 구체적 역사성을 가지고 있다. 문학사 연구는 바로 이러한 한국문학의 본질 해명에 필요한 논리적 근거의 확보를 위해 존재해야 하는 것이다. 문학사 연구의 방법은 한국문학의 현상을 논리적으로 설명하기 위한 원리로서 의미를 지니는 것이다. 그러나 문학사적 체계의 논리적 완결성에 집착한 나머지 한국문학의 다양성을 단순화시켜서는 안 된다. 문학사 연구를 통해 한국문학에서 하나의 잘 짜인 통일된 질서를 발견하고자 하는 것은 문학사 연구자의 욕망이다. 한국문학을 역사적으로 연구한다는 것은 문학의 다양한 현상을 놓고 거기서 어떤 질서를 발견하고자 하는 탐색의 과정이라고 할 수 있다.

　그러므로 한국 근대문학사 연구는 문학의 역사적 연구라고 하는 방법론적 차원에서 논의될 성질의 것만은 아니다. 문학사는 창조적인 예술로서의 문학을 학문이라는 논리적 범주 속에서 해석하고 평가하는 것을 목표로 한다. 물론 여기서 해석과 평가라는 것 자체가 가지는 실천적 의미를 무시할 수는 없다. 문학사 연구는 독자적인 방법론에서 출발하는 것이 아니라, 역사상 등장한 모든 문학적 현상들을 하나의 과제로 상정하고 그것을 다양한 각도로 해석하고자 하는 시도를 통해 실천되는 것이다.

근대소설의 기원으로서의 신소설

신소설의 의미

한국문학에서 근대란 무엇인가? 이 질문에는 여러 방향의 대답이 가능하다. 근대라는 것이 시간의 흐름에 따라 저절로 거쳐가게 되는 역사적인 단계를 의미한다면, 그것은 인식의 중립지대에 자리한다. 그러나 근대가 하나의 사회 문화적인 가치 영역에 속한다면 그 대답은 간단할 수 없다. 근대는 이미 인간의 삶을 새로운 가치로 규범화하고 있는 제도이며 이념에 해당하는 것이 아닌가?

한국문학에서 근대적인 것의 출발을 문제 삼을 경우 가장 먼저 내세울 수 있는 것이 바로 신소설이다. 신소설은 일본적 식민주의 담론의 질서 위에 자리하고 있지만, 그 서사 방식의 문제성을 간단히 규정할 수는 없다. 신소설은 국문체를 통해 일상생활 속에서 살아 있는 언어를 그대로 묘사해낸 최초의 문학 양식이다. 신소설처럼 일상의 공간에서 이루어지는 모든 언술을 풍부하게 담론화하고 있는 문학 양식은 그 이전에는 존재한 적이 없다. 이같은 일상의 구현은 바로 신소설이 서사 담론으로서 추구하고 있는 새로운 가치라고 할 수 있다. 신소설이 말 그대로 '새로운 소설'을 의미한다면, 그 새로움의 정체를 여기서 찾아볼 수 있는 것이다.

신소설이란 무엇인가? 이 질문은 서사적 본질을 묻는 질문일 경우에만 문학사적인 의미를 갖는다. 신소설을 일본적 식민지주의 담론의 질서 위에서 논한다든지 그 정치성의 함의를 문제 삼는 것은 양식론의 범주와는 다른 영역의 문제이다. 신소설의 서사적 본질과 그 속성을 논의하는 일은 신소설을 한 시대의 주도적인 문학 양식으로 이해할 경우 언제나 선행해야 할 작업이다. 신소설에서 볼 수 있는 서사적 본질은 바로 신소설을 그 이전의 고전소설이나 그 이후의 근대소설과 다른 장르로 인식할 수 있게 하는 장르적인 속성에 해당하기 때문이다.

여기서 신소설을 그 이전의 구소설 또는 고전소설의 경우와 대비할 필요가 생긴다. 물론 과거의 문학사가들이 이같은 대비 작업에도 손을 댄 바 있다. 신소설의 작가들도 고전소설이 황당하고 허황된 이야기라고 비판하고, 고전소설의 내용에서 교훈이 될 만한 것이 없다고 지적한 적이 있다. 대부분의 문학사가들은 고전소설의 설화성이나 비현실성이 극복되는 과정을 신소설의 특징으로 내세운다. 신소설에 등장하기 시작한 새로운 제도, 새로운 이념, 새로운 사물 들을 신소설의 새로움을 밝히는 중요한 근거로 제시한 경우가 많다. 신소설이 그만큼 진보된 문학 양식인 것처럼 주장했던 것이다. 그러나 이같은 주장에는 상당한 문제가 가로놓여 있다. 서사담론의 영역에서 새로움이란 소재의 문제가 아니다. 인간의 삶의 방식이 바뀌어가는 과정을 생각한다면, 이같은 소재 영역의 새로움이란 언제나 존재한다. 더구나 서사에서 설화성이 산문성보다 열등하다는 것을 입증할 수도 없고, 비현실성이 현실성보다 저급하다고 말할 수도 없는 일이다. 그것은 바로 문화적 징표이며, 담론의 형식일 뿐이다.

고전소설은 언문체가 구현하는 설화적 담론을 통해 현실세계와는 다른 신화적 또는 설화적인 세계라고 할 수 있는 요소들을 담아놓고 있다. 이 세계는 현실을 살고 있는 인간들에게는 잃어버린 낙원과도 같다. 고전소설에 그려진 신화적인 이야기와 그 마술적인 요소들은 모두 인간의 의식과 밀접하게 관련되어 있다. 고전소설의 이야기 속에는 성스러운 것과 속된 것이 함께 드러나는 경우가 많다. 소설『구운몽』의 경우 주인공 성진이가 도를 닦고 있던 남악 형산은 성스러운 세계이며, 양소유가 살았던 인간의 세계는 세속의 세계이다. 신성/세속을 이같이 가치와 윤리의 차원에서 구획하려 한 것은 고전소설의 시대에 살고 있던 사람들의 삶의 기본적인 자세라고 할 수 있다. 실제로 소설『구운몽』에서 세속의 양소유는 내면의식 깊숙이 자리하고 있는 성스러운 세계와의 연결을 통해 일상의 삶과 주변의 세계에 참여한다. 그리고 그는 세속의 생활을 마친 뒤에 다시 성스러운 세계로 귀환한다. 신성의 세계로부터 떨어져 인간으로 태어났다가 다시 신성의 세계로 올라가는 '원천으로 돌아가기'의 모티프는 고전소설이 보여주는 이른바 신화적 상상력의 원형에 해당한다. 그런데 양소유가 성스러운 것과의 연결을 통해 현실세계에 참여한다는 것은 그가 개인적 주체로서 완전히 구별되는 개별성을 지니지 못하고 있음을 말해준다. 양소유는 남악 형산이라는 신성의 세계를 향해 자신을 열어놓는다. 그러므로 주체는 세계를 통해 열려 있을 뿐이다. 그가 가야 할 궁극의 길은 이미 제시되어 있으니까. 이렇게 본다면,『구운몽』에서 양소유는 엄격한 자립적인 주체가 되지 못하고 있다고 할 수 있다. 마찬가지로 양소유의 주변의 세계도 하나의 구별되는 객관적인 대상이 되지 못하고 있다. 주체와 대상이 뒤섞여 한 덩어리가 되고 있는 것이다. 그러므로, 양소유의 면에서 본다면 대상으로서의 세계에는 언제나 자연과 초자연이 함께 공존하고, 대상으로서의 세계를 놓고 본다면 양소유의 내부에도 인간적인 것과 초인간적인 것이 공존한다.

고전소설의 주인공은 자신의 생활 가운데에서 일어나는 모든 사건을 객관적으로 관찰하거나 기록하지 않는다. 모든 일들은 그렇게 일어나고 그렇게 끝난다. 주인공은 다만 그러한 일들이 그렇게 일어나고 그렇게 끝나게 되는 데에는 어떤 특정한 무엇인가가 있다는 생각을 한다. 그러한 일을 주재하는 하늘이 있다든지 옥황상제가 있다든지 용왕이 있다든지 하는 것이다. 이처럼 자신의 주변에 무엇인가가 있다는 생각을 하게 되면, 그 생각 자체가 사고와 활동을 규제하기 때문에 사물의 현상에 대해 지극히 수동적으로 대응하고 운명론적으로 인식하게 된다. 그러므로 존재론적인 고뇌란 사실 주체의 문제가 아니라 배면에 있는 그 무엇인가에 대한 것일 뿐이다. 모든 사물의 존재 이면에 숨겨진 근거에 대한 인식과 두려움은 고전소설의 주인공들에게는 거의 숙명적으로 주어진다. 그것은 『구운몽』의 양소유에게도 있고, 『홍길동전』의 홍길동에게도 있고, 『심청전』의 심청에게도 있다. 고전소설의 주인공들은 언제나 이 신성의 세계를 향해 창문을 열어놓고 인간적인 주체를 초월하여 인간 위에 군림하는 성스런 힘을 얻을 수 있게 된다.

고전소설의 이야기에는 인간과 세계, 주체와 대상에 대한 엄격한 구별이 존재하지 않는다. 내부의 세계와 외부의 세계를 엄격하게 구별하는 일도 고전소설의 세계에서는 전혀 드러나지 않는다. 인간과 신의 상호작용, 자연적인 세계와 초자연적인 세계의 상호작용은 고전소설의 세계에서 흔히 볼 수 있는 일이다. 고전소설의 주인공에게는 삶과 죽음의 경계가 없다. 홍길동은 율도국에서 영생하고 인당수의 제물이 된 심청은 용궁에서 환생한다. 양소유가 인생의 허무를 깨닫고 다시 신성의 세계로 돌아가는 것으로 그의 현실적인 삶을 마감하는 것도 마찬가지 의미를 지닌다. 이같이 고전소설의 주인공에게는 삶과 죽음의 경계가 없다. 이것은 인간을 신의 경우와 마찬가지로 존재의 영원성으로 인식하고 있음을 말한다. 신화적 상상력은 영원한 회귀성의 개념을 모든 존재에 부여한다. 신화적 세계는 경험적으로 인식되는 시간과는 아무런 관계가 없이 지속된다. 오직 영원성의 시간이 있을 뿐이다.

신화적 상상력이 잔존하고 있는 고전소설에서 서사구조의 이중성이 자주 드러난다. 고전소설의 이같은 특징을 이상택 교수는 신성사와 세속사의 갈등이라는 구조적인 관계로 파악한다. 실제로 고전소설의 서사구조는 현실의 세계와 이상의 세계로 구획되기도 하고 사실과 환상으로 대비되기도 한다.『구운몽』은 확연하게 현실의 세계와 이상의 세계가 욕망의 영역과 가치의 영역으로 구획된다.『흥부전』이나『심청전』의 경우 전반부와 후반부는 현실과 환상의 세계로 나누어진다. 물론 욕망의 세계와 가치의 실현이 윤리적인 덕목으로 묶여 있다. 이러한 서사구조는『춘향전』의 경우에도 마찬가지다.

영웅소설이라는 고전소설의 한 유형을 중심으로 하여 한국소설의 이론을 정립하고자 했던 조동일 교수는 자아와 세계의 상호 우위라는 추상적 개념을 도식화하여 고전소설의 장르적인 본질을 규정한 적이 있다. 그러나 자아와 세계가 주체와 객체의 관계로 정립되는 것은 근대소설에 와서야 가능한 일이며 고전소설의 경우에는 해당되지 않는다고 나는 생각한다. 이미 지적했듯이 고전소설의 경우 자아와 세계의 구분이 모호하다. 주체에 대한 존재론적인 인식이 확립되지 않으면 대상으로서의 세계에 대한 객관적 인식도 가능하지 않다. 자아와 세계를 동일시하는 신화적 상상력이 고전소설에 잔존하고 있다는 것은 고전소설에서 자아와 세계의 구분이라는 것이 의미를 지니기 어려움을 말해주는 것이다. 또한 조동일 교수는 고전소설의 주제를 표면적인 것과 이면적인 것으로 구분하고 주제의 양면성을 강조한다. 그러나 이것은 미학의 근본 원리에서 벗어난다. 예술작품의 주제는 궁극적인 것이다. 궁극적인 것은 하나이지 둘이 될 수 없다. 서사구조의 이중성에서 드러나는 문화적 기호의 대립 양상을 주제의 양면성으로 파악하는 것은 잘못이다. 주제는 바로 그같은 대립 양상을 통해 궁극적인 것으로 드러난다. 『춘향전』의 경우, 춘향의 개인적인 욕망이 규범적인 가치에 승리한다. 그리고 춘향은 결국 자신의 욕망으로부터 해방되는 것이다. 봉건적인 가치 규범이 흔들리기 시작한 시대에 등장한 춘향이 새로운 모럴의 상징이 될 수 있는 것은 바로 이같은 욕망으로부터의 해방 때문이다.

고전소설이 그려내는 신화적 세계 또는 설화적 공간은 언문체로 포착된 것들이다. 언문체는 권위의 서술자가 자신의 목소리로 모든 언술을 통제하는 단일 어조의 담론적 특성을 보여준다. 그러므로 이야기의 요약적 서술에 매우 기능적이다. 고전소설의 서사담론이 요약적이라는 것은 대상에 대한 구체적인 묘사가 부족하다는 점과 상통한다. 서사의 구성 원리 가운데 가장 중요한 요소가 되는 시간도 그만큼 축약되고 있다. 고전소설의 경우는 대화가 모두 지문 속에 묻혀 있다. 그러므로 인물들이 서로 주고받는 말이 살아 있는 대화적 공간을 만들지 못한다. 오히려, 등장인물들의 대화가 서술자의 어조에 따라 통제되고, 서술적인 변형을 드러내기도 한다. 이같은 서사적 변형 때문에 인물들이 주고받는 대화마저도 경험적인 시간보다 축약되어 표출된다.

고전소설의 주인공은 물론 소설의 장면 속에서 다른 인물들과 대화를 나눈다. 그러나 이 대화의 담론적인 속성은 이념적으로 어떤 독자적인 특징을 지니는 것이 아니다. 그 이유는 주인공의 대화가 사실은 화자의 어조에 의한 것이며, 또한 그것이 바로 작가의 말을 의미하는 것이기 때문이다. 물론 작가의 말 자체도 고전소설의 세계가 지향하는 하나의 일원적이고도 단일한 신념체계를 표상하고 있을 뿐이다. 모든 가치과 이념이 공유되는 세계에서는 담론의 질서마저도 그렇게 통합되는 것이다.

이같은 언문체의 담론적 특성을 잘 드러내고 있는 징표는 서사담론에서 가장 많이 쓰이는 '-더라' 체의 종결형이다. '-더라' 체의 종결형은 과거 어떤 행동이 미완의 상태로 진행중임을 나타내기도 하고, 이미 지난 과거의 사실 자체를 회상하는 방식으로 쓰이기도 하기 때문에 시제상의 징표와 서법상의 징표를 공유하고 있다. '-더라' 체에서 가장 중요한 요소는 '-더'라는 형태소이다. 이 '-더' 구문은 언제나 과거의 사건을 내용으로 하여 서술자로서의 화자가 발화하는 현재의 시점에서 말하는 형식을 취한다. 그러므로, 독자가 '-더' 구문을 읽어나갈 경우, 항상 화자가 그 구문을 읽는 현재의 순간에 등장하여 그 구문에 해당하는 이야기를 들려주는 방식으로 대화적 공간이 형성된다. 그리고 바로 이 같은 공간 안에서 이루어지는 이야기 자체는 언제나 과거의 사실처럼 처리되는 것이다.

고전소설의 언문체에서 드러나는 '-더라' 체의 특성을 화자의 입장에서 자세히 살펴보면, 그 발화 내용을 화자가 이미 인지하고 있음을 언제나 전제한다. 발화 내용에 대한 인지가 없다면 '-더라' 체가 쓰일 수 없다. '-더라' 체에서 사건과 내용에 대한 서술자의 인지가 강조된다는 것은 화자가 발화 내용을 전체적으로 통제하고 있음을 의미한다. 그리고 '-더라' 체는 언제나 구체적인 청자(독자)의 존재를 필요로 한다. 청자의 존재를 상정하지 않을 경우에는 이같은 표현이 불가능하다. '-더라' 체가 구체적인 청자의 존재를 전제하면서 인지된 사건을 전달하는 화법적인 기능을 가진다는 것은 바로 '-더라' 체의 설화적인 속성을 말하는 것이다.

결국 고전소설의 언문체에서 가장 널리 발견되는 '-더라' 체의 종결형은 화자의 단일 어조로 모든 담론을 통제하는 데에 효과적이지만, 서사의 공간 안에 배치되는 다양한 인물들이 자기의 개성적인 목소리를 제대로 살려낼 수 없게 하고 모든 언술을 화자의 목소리로 통일시켜버린다는 한계가 드러난다. 그러므로, 이같은 종결형 문장이 중심이 되는 서사담론을 보면 화자와 서술 대상 간의 간격을 제대로 유지하지 못하는 약점이 있다. 그리고 '-더라' 체의 종결형 문장은 모두가 현재의 화자를 중심으로 하나의 이야기를 회상하여 전달하는 설화성에 역점을 두는 것이므로, 서사담론 전체가 화자 중심의 서술이라는 담론구조의 평면성을 벗어나지 못하고 있음을 알 수 있다. 앞서 지적했듯이 고전소설에서는 등장인물의 대화가 모두 지문에 묻혀버림으로써, 화자의 어조로 변형되어 '-더라' 체의 종결형 문장에 포함되고 있다. 그러므로 대화의 주인공의 목소리를 제대로 살려낼 수 없다. 서사 내적인 모든 담론이 화자의 단일한 어조로 통제되고 있는 것이다.

서사공간으로서의 일상적 현실

개화계몽 시대의 신소설은 고전소설의 세계에서 볼 수 있는 신화적 상상력과 그 서사담론의 설화성이 소멸된 자리에 새롭게 등장한다. 신소설에서는 신성의 세계가 소멸하고 환상이 제거된다. 서사의 주인공은 인간의 세계에서 다시는 천상의 세계로 돌아가지 못한다. 서사의 전체적인 구조에서 결말이라는 것이 언제나 시원으로 귀착되었던 고전소설의 회귀적인 패턴이 깨지게 된 것이다. 고전소설에서는 서사의 주인공에게 선험적인 생의 좌표가 상정되어 있었지만, 신소설의 서사의 주인공은 자신이 스스로 자기 삶의 좌표를 만들어야 한다. 그러므로 신소설의 이야기를 보면, 주인공이 신의 품으로 돌아가지 못한 채, 자신을 둘러싸고 있는 세계와 거리를 두고 대상으로서의 세계를 인식하고 자신의 삶을 꾸려나가는 것이다. 이때 주인공은 자신을 둘러싸고 있는 모든 대상들에 대해 일정한 거리를 둠으로써, 드디어 신화적 금기로부터 벗어나고 주술의 마력에서 헤어난다.

신소설의 주인공이 만나는 세계는 일상의 현실공간이다. 주인공은 일상에 널려 있는 하찮은 일들과 말과 행동을 시간의 흐름에 비추어 세밀하게 관찰한다. 신소설에서 서사는 특정한 시간에 특정의 장소에서 일어나는 사건을 기반으로 구조화하고, 하나의 특정한 형식으로 구체화한다. 여기서 가장 중요한 역할을 담당하는 것이 일상의 언어를 담론의 형식으로 표출하고 있는 국문체다. 신소설의 서사담론을 보면 시간을 범주화하고 모든 대상의 개별성을 규정하는 것이 바로 국문체의 담론적 기능임을 알 수 있다. 신소설의 주인공은 일상어의 공간에서 말하고 생각하고 사물을 인식하게 되는데, 이 모든 것들이 곧바로 신소설에서 국문체로 표상된다. 이 과정에서 신소설의 주인공은 역사적인 시간과 구체적인 공간을 배경으로 하여 비로소 하나의 개인으로 자리잡는 것이다. 다시 말하면, 자신의 생각과 행동을 일상의 언어로 기술하고 모든 대상을 일상의 언어로 인식함으로써, 신소설의 주인공은 비로소 개별적인 주체로 서게 된다고 할 수 있다.

신소설은 고전소설과는 달리 인간의 역사성과 그 의미를 중시하고 인간적인 현실과 역사적 시간의 흐름에 어떤 형식을 부여하고 있다. 『혈의 누』는 첫 장면에서 인간의 삶의 조건을 되묻게 만드는 전쟁의 참혹성을 그려낸다. 이러한 역사성과 사회성을 인식함으로써 신소설의 인물들은 자기 주체를 구체화하며, 일상의 현실과 그 사회적 조건 속에서 인간의 삶과 풍습과 감정이 서로 관련되어 나타난다. 다시 말하면, 신소설의 주인공은 구체적인 현실의 조건에 얽매임으로써 주체로서의 존재가 명료해지고 역사화되었다고 할 수 있다. 신소설 주인공은 자신의 주변에서 어떤 일이 일어나는 과정 자체를 수동적으로 인식하던 태도에서 벗어나서, 왜 그렇게 일이 일어났는지를 생각하고 거기에 무슨 의미가 있는지를 일상의 언어로 묻는다. 그는 넓게는 우주의 의미, 인간의 삶과 죽음의 의미, 언어의 의미에 대해서도 의식적으로 질문하고 있다. 그리고 역사의 시간은 아무것도 다시 처음부터 시작할 수 없다는 한계를 분명히 알게 된다. 영원성의 신화에 대한 믿음 대신에 신소설은 모든 것이 일정한 진행에 따라 어떤 결말에 이른다는 근대적 서사의 질서에 도달하게 되는 것이다. 신소설의 주인공은 언제나 분명한 자신의 이념적인 경계 안에서 행동한다. 그는 자신의 사상적 세계 안에서 살고 행동하며 그의 행동과 담론에 의해 구현되는 자기 자신의 세계 인식을 안고 있다.

신소설은 국문체를 통해 일상적인 언어에서 가능한 모든 언술들을 특징적인 담론의 형태로 구현한다. 그러므로 내적인 대화적 공간이 확대되고 있으며, 다양한 언술의 형태들이 그 대화적 공간을 차지하고 있다. 이같은 표현구조를 통해 신소설은 언문일치의 이상에 접근한 산문 문체의 근대성을 실현하기 시작한다. 신소설의 서사담론에서 가장 주목되는 문체론적 징표는 '-더라' 체의 종결형과 함께 '-ㄴ다' 체가 새롭게 등장한다는 점이다. 이 새로운 문장의 유형은 특정 장면의 객관적인 제시에 주로 동원되고 있으며, 인물의 행동이나 배경의 변화가 주는 직접적인 인상을 묘사하는 데에 쓰이고 있다. 다음의 예를 보자.

치악순으로 병풍삼고 사는 사롬들은 그 순밋에 논을 푸을고 밧 이러셔 오곡 심어 호구ㅎ고 그 순의 솔을 버여다가 집을 짓고 그 순에 고비 고사리를 캐여다가 반찬ㅎ고 그순에서 흘러 느려가는 물을 먹고 스는 터이라 때 못버슨 우즁즁호 순일지라도 사롬의 싱명이 그 순에 만히 달녓눈디 그 순밋에 뎨일 크고 일홈눈 동내눈 단구역말이라. 치악순 놉흔 곳에서 션을 호 가을 바롬이 이러나더니 그 바롬이 슬슬 도라서 기 짓고 다듬이 방망이 소러나는 단구역말로 드러간다. 돌 밝고 이슬 차고 볏쟝이 우는 쳥양호 밤이라 쇼쇼한 바롬이 홍참의 집안 뒤것 오동 느무가지를 흔드럿눈디 오동입에서 두세 방울 찬 이슬이 뚝뚝 떠러지며 오동 아릐 돔장 우에서 기와 한 장이 철셕 떠러진다. (이인직, 『치악산』)

앞의 예문에서 볼 수 있듯이 '-ㄴ다' 체의 종결형 문장은 대상에 대한 직접적인 묘사를 위해 쓰이고 있으며, 서사공간 안에서 화자와 서술 대상 사이의 일정한 거리를 유지할 수 있게 한다. 이 서술적 거리로 인하여 묘사의 객관성이 보장되고 객관적인 실재성의 구현이 가능해진다. 이러한 특징은 개화계몽 시대의 신소설이 고전소설에서와 같은 설화성의 담론구조를 벗어나고 있음을 말해주는 것이다. '-ㄴ다' 체 종결형 어미는 서사적인 공간을 감당하기 어려운 현재형이라는 시제의 불안정을 드러내고 있지만, 이광수와 김동인을 거치면서 '-았(었)다' 라는 서사적 과거시제의 종결법으로 고정되고 있다.

개화계몽 시대의 서사 양식은 인물의 대화가 모두 직접화법으로 처리되고 있다. 고전소설에서는 지문과 대사의 구분이 없이 모든 대사가 지문에 섞여 간접적으로 제시되고 있기 때문에, 등장인물의 대화가 화자의 어조에 묻혀버리고 만다. 그러므로 인물의 대화를 통해 성격을 형상화한다는 것이 거의 불가능하다. 그러나 신소설과 같은 개화계몽 시대의 서사 양식은 대사를 지문과 구분함으로써, 화자의 어조와는 달리 등장인물의 개성적인 목소리를 그대로 살려내고 있다.

　　부인이 이 편지를 집어들고 깜짝 놀나며 주셔히 보지 안코 사랑에 잇는 리시종을 청ᄒ야 그 편지를 쥬며 덜덜 떠는 말노
　　(부인) 이거 변괴요구려 요런 방졍마진 년 보아
　　(리)　왜 그리야 이게 무엇이야……응
　　ᄒ고 그 편지를 밧아보는디 부인의 마음에는 그 딸이 죽어셔 나간 듯이 셔운셥셥ᄒ야 비죽비죽 울며 목민 목소리로
　　(부인) 고년이 평일에 동경 유학을 원ᄒ더니 아마 일본을 갓ᄂ 보. 고년이 자식이 아니라 이물이야.(최찬식, 『추월색』)

위의 예문에서 소설 속에 등장하는 부부의 대화를 보면, 각각의 처지와 성격이 어느 정도 짐작된다. 대화의 직접적인 묘사는 곧 일상의 언어가 서사담론에 그대로 구현된다는 것을 의미하는데, 이 경우에는 대화의 주체가 분명하게 표시되기 때문에 서술자의 간섭이 완전 차단된다. 등장인물이 하는 말이 그대로 구현된다는 점에서 신소설의 대화는 경험적인 시간과 서사 내적인 시간을 자연스럽게 일치시킨 부분이다. 신소설의 대화에서 일상의 경험적 시간과 서사 내적인 시간이 그대로 일치하고 있음을 보게 된다는 것은 신소설의 서사담론이 실재성의 구현에 그만큼 진전되어 있음을 말해주는 것이다.

시간과 공간의 서사적 재구성

신소설의 서사구조에서 주목되는 것은 일상적 시간의 재구성이다. 신소설은 신화적 구조의 영원성의 시간을 벗어나면서 경험적인 일상의 시간과 만난다. 일반적으로 서사 양식에서 서사구조를 지탱하게 하는 가장 중요한 요소는 시간이다. 시간에 대한 인식이 없이는 서사는 성립되지 못한다. 시간이란 거꾸로 돌이킬 수 없는 변화를 수반하며, 서사에서 인물 또는 행위자의 존재와 그 행위의 진행을 구체화시켜준다.

고전소설의 서사구조는 실제로 발생한 행위의 시간적 순서대로 서술된다는 점에 그 특징이 있다. 이러한 시간의 순차적 구조는 자연적 시간에 따른 시간 순서의 인식이 서사 내에서 이루어지고 있음을 의미한다. 고전소설의 경우 인물에 관한 모든 정보가 서사의 전체적인 내용을 구성한다. 이때 서사구조를 지탱하는 이야기의 근간은 인물 또는 행위자의 전체적인 생애이다. 『구운몽』이나 『홍길동전』의 경우를 생각해보라. 그러나 고전소설의 서술자는 인간의 생애를 신화적인 영원성의 시간에 걸쳐놓기 위해 주인공의 탄생 이전부터 이야기를 시작하여, 출생의 내력이나 출생 과정에 나타나는 이적(異蹟)을 서두에 길게 제시한다. 주인공의 탄생이 신의 뜻에 의한 것이며 그의 삶이 영원성의 시간 위에 놓여 있는 것임을 보여주기 위해서다. 고전소설의 이야기가 끝나는 장면은 주인공의 죽음에 이르는 순간이다. 그러나, 이 장면에서 주인공이 현실적인 삶을 마감하지만 이것이 생의 종말은 아니다. 주인공은 현실의 생을 마감하면서 그가 처음 인간 세상에 태어났을 때 벗어났던 신화적인 공간으로 돌아간다. 주인공의 삶은 서사의 결말에서 영원성의 시간 속으로 이어진다. 그러므로 고전소설의 서사는 시작과 종말을 주인공의 탄생과 죽음이라는 명확한 개념으로 규정할 수 있지만, 서사 내적인 시간은 지속되고 있는 셈이다. 고전소설의 서술자는 자연적 시간의 질서 위에서 인물의 행위를 순차적으로 엮어놓고, 이 자연적 시간을 신화적인 영원성의 시간으로 회귀시킨다.

고전소설은 서사 내적 시간이 경험적 시간보다 훨씬 짧게 요약되지만, 순차적인 시간구조를 벗어나는 법이 없다. 고전소설에서 흔히 볼 수 있는 '화설'이나 '각설', 그리고 '차설'과 같은 투어들은 서사의 방식과 연관되어 있는데, 이것이 서사 내적인 공간의 변화와 함께 서사 내적인 시간의 변화를 뜻하는 말임은 쉽게 짐작할 수 있다. 물론 이 변화의 요체는 이야기를 요약하는 데에 있다. 고전소설의 서사적 담론은 병치와 대조에서 오는 변화를 이용하여 서술 문장을 장문화하는 경향이 강하다. 그리고 하나의 긴 문장 안에서 하나의 사건이나 하나의 장면을 모두 서술자 중심으로 서술한다. 앞서 지적한 '-더라' 체의 종결법은 하나의 사건 또는 하나의 장면을 화자의 입장에서 회상하여 권위 있는 목소리로 요약하여 서술하는 방법이다. 이것은 고전소설의 설화성을 구현하는 데에 기능적인 언문체 담론의 특징이기도 하다.

신소설은 이와는 다른 서사구조를 보여준다. 신소설은 서사 내적 시간의 변형과 재구성이 가능해진 최초의 서사 양식이다. 사건과 행위의 연쇄를 시간적 순차구조로 이해하지 않고, 논리적으로 모든 행위를 재구성한다. 어떤 행위는 순차적인 시간보다 앞서 제시되는 이른바 사전 제시에 의해 미리 보여지기도 하고, 어떤 행위는 순차적인 시간보다 뒤에 제시되는 시간적인 퇴행을 보여주기도 한다. 그리고 이미 상당 부분 진행된 것으로 볼 수 있는 행위의 중간에 끼어들어 이야기를 시작하기도 한다. 이같은 서사적 고안은 이야기 내에서 사건의 간격을 떼어놓거나 그 간격을 채우기 위해 동원된 것이다. 그리고 이러한 서사구조는 자연의 시간이 인간의 인식 논리에 의해 얼마든지 변형될 수 있음을 보여준다. 자연적 시간에 대한 이같은 배반은 신성의 세계가 주도하고 있는 자연적 질서에 대한 인간의 도전이 이미 시작되었음을 말하는 것이다. 『혈의 누』는 평양성 일원에서 일어난 청일전쟁의 한 장면 속에서 밤중에 딸을 찾아 헤매는 여인을 중심으로 소설이 시작되며, 『추월색』은 가을밤 일본 동경 우에노 공원을 산책하던 조선인 여자 유학생이 괴한에 의해 겁탈의 위기에 빠지는 장면부터 이야기가 시작된다. 이같은 이야기의 시작은 자연의 시간이나 신화적 질서와는 아무런 관계가 없이 하나의 이야기를 서사적으로 구성하는 작가의 의도에 따라 선택된 것이다.

신소설은 행위의 선후를 시간적 순차구조에 따라 배열하는 것이 아니라, 인식의 논리에 의해 구성한다. 이때 서사구조의 변형이 일어나고 이야기 구조의 재질서화가 가능해진다. 신소설의 서술자는 특정 정보에 대한 제시를 유보시켜두거나 소급도 할 수 있을 정도로 서사의 틀을 구조화한다. 순차적인 시간적 질서에 따라 이루어진 행위를 인위적으로 재배열하고자 할 때, 바로 거기서 서사구조의 변형이 이루어지는 것이다. 신소설에서 이같은 서사구조의 변형이 가능해진 이유는 어디에 있는가? 이것은 물론 사물에 대한 존재론적인 인식이 가능해진 것과 관련되는 것이지만, 국문체가 지니고 있는 묘사적인 담론적 특성이 이를 뒷받침하고 있다고 할 수 있다. 고전소설의 언문체는 서술자의 권위에 의해 모든 행위를 요약 전달하는 설화적 특성 때문에 서사 내적인 시간이 전체적으로 단축된다. 그러나 신소설의 국문체는 등장인물의 대화를 정확히 묘사하고 등장인물의 내면에서 이루어지고 있는 갈등과 지나버린 일들에 대한 회상까지도 그대로 서술해낼 수 있다. 등장인물의 행동과 등장인물이 처해 있는 공간에 대한 묘사도 치밀하게 이루어지고 있어서 전체적으로 장면화의 경향이 강하다. 이같은 국문체의 담론적인 특성으로 인하여 서사 내적인 시간은 때로는 경험의 시간과 그대로 일치되기도 하고, 오히려 경험의 시간보다 지연되거나 연장되기도 한다. 신소설에서 등장인물의 대화는 대부분 직접화법의 형태로 일상적인 언어 그대로 묘사된다. 이러한 대화의 묘사에서는 경험적 시간과 서사 내적 시간의 일치를 보여준다. 그런데 신소설에서 흔히 보이는 장면화된 공간은 경험적 시간보다 서사 내적인 시간을 지체시킨다. 이같은 시간의 변형 방법이 신소설의 서사구조를 고전소설의 그것과 다르게 만든 요소의 하나라고 할 수 있다.

개인의 발견 혹은 주체의 근대적 인식

신소설이 담론의 근대성에 더욱 가깝게 근접할 수 있었던 것은 일상적인 개인의 발견 때문이다. 신소설의 서사적 주인공은 일상적인 인간들이다. 그들은 신성의 세계가 개입하여 만들어낸 고귀한 신분도 아니고, 천상에서 인간의 세계로 하강한 선녀의 화신도 아니다. 『혈의 누』의 주인공처럼 전쟁중에 부모와 헤어져 고아가 된 일상적인 인간일 뿐이다. 신소설의 주인공들은 일상의 공간과 시간 속에서 일상적인 삶을 살아간다. 그들은 자기 주변에 있는 일상적인 인간들과 어울리면서 여러 가지 사건에 참여한다. 자신을 둘러싸고 있는 사물들을 인식하고 자기 자신에 대해 성찰하기도 한다.

신소설의 주인공은 일상의 현실 속에 살면서 자신을 둘러싸고 있는 세계에 대해 경계를 분명하게 긋고 그 세계를 객관적인 대상으로 인식한다. 모든 사물의 개념에 경계가 생기고 그 본질에 대한 객관적인 인식도 가능해지기 시작한다. 신소설의 주인공은 하나의 개인으로서 대상으로서의 현실세계와 일정한 거리를 두고 자신의 입장에서 자기 생각을 자기 입으로 말할 줄 안다. 그들의 말은 일상의 언어로 이루어지며, 신소설의 서사담론 속에 국문체를 통해 그대로 표상된다. 신소설의 주인공들이 보여주는 이같은 사물에 대한 인식 과정과 언어적 활동은 이들에게 이미 대상으로서의 사물과 맞선 존재로서 개별적인 주체가 성립되고 있음을 확인할 수 있게 한다. 신소설의 주인공들이 개별적인 주체를 확립하고 있다는 것은 대상에 대한 이성적인 인식이 가능해지고 있음을 의미하는 것이다. 인간이 지니는 이성적 태도야말로 담론의 근대성을 논할 수 있는 가장 중요한 근거이다. 인간과 세계, 삶과 죽음, 주체와 객체의 구분은 인간에 대한 존재론적인 인식의 기본적인 틀이 된다. 이같은 존재론적인 사고의 가장 큰 특징은 모든 담론에서 대상으로서의 세계에 대한 새로운 지식을 구한다는 점에 있다. 사물의 현상 가운데, 하나의 원인이 있다면 반드시 그 원인을 규명해야 하고 그 원인이 규명되면 그 원인에 내재하는 원인까지 밝혀야 한다.

신소설의 주인공들이 대상으로서의 일상의 세계와 분명한 구획을 짓고 거리를 두는 것은 개인으로서 스스로의 범주를 규정하고 주체로서의 위상을 세우고 있음을 의미한다. 일상의 세계 안에서 자신의 존재에 대해 질문하면서 자기 주체를 발견하고 그 정체성을 확인하게 되는 것이다. 그리고 자기 자신의 정체를 확인하면 바깥 세계를 일정한 각도에서 바라볼 수 있는 전망을 갖게 된다. 사물을 보는 각도와 거리가 인식되고 서술의 초점이 분명해지는 것이다. 모든 것이 무한하게 열려 있는 것이 아니라 자신의 관점에 따라 인식된다는 것은 매우 중요하다. 서사에서 서술상의 초점이 명확해지고 서술상의 거리가 생긴다는 것은 개별적인 인간이 주체의 정체성을 확보하기 시작하였음을 의미하는 것이다.

고전소설의 서사담론에서는 서술의 초점의 문제가 중시되지 않는다. 절대적인 권위를 지닌 화자가 모든 것을 자기 마음대로 서술한다. 서술의 거리도 유지되지 않는다. 『춘향전』의 첫 장면에 서술자는 이도령과 방자를 봄나들이에 내세운다. 화자의 서술 초점은 주로 이도령에게 놓여 있다. 이도령이 광한루에 올라서서 누각 건너편에서 그네를 타는 춘향을 발견하는 대목에 이르러서는 초점이 갑자기 춘향에게로 옮겨진다. 그리고 춘향의 맵시를 설명하기 시작하는데, 춘향이 입고 있는 속옷까지도 모두 들춰 보인다. 『구운몽』의 경우 남악 형산에서 수도하던 성진이 염라대왕에게 끌려갔다가 인간의 세계로 추방되는 대목은 고전소설의 화자가 서사 내적인 세계를 얼마나 완벽하게 장악하고 있는가를 잘 보여준다. 양소유로 태어나는 성진의 출생 장면에서 아무런 인식 능력이 없는 태아인 양소유에게까지 서술의 초점을 부여하고 있다. 서사담론에서 서술적 간격과 초점이 명확하지 않으면, 서술의 주체와 대상 사이의 거리가 무너지고 서사적 긴장을 유지하기 어렵게 된다. 조선 시대의 전통적인 산수화를 보면 원근법이 지켜져 있지 않다. 이것은 서사에서 초점이 분명하지 않은 것과 비슷한 현상을 드러낸다. 그림을 그리는 사람이 대상이 되는 자연에 대해서 일정한 간격을 두지 않고 구경꾼처럼 그림 속의 풍경을 넘나들며 이곳저곳을 돌아보고 있는 것이다. 이같은 현상은 고전소설의 시대에 살았던 사람들이 사물에 대한 객관적이고도 합리적인 인식과 전망을 지니지 않았음을 말해준다. 다시 말하면, 합리적인 주체가 제대로 확립되지 못한 시대의 서사 양식에서 볼 수 있는 담론적 특징이라고 할 것이다.

신소설의 주인공들은 이미 언급했듯이 일상적인 개인들이다. 이것은 신소설이 개인적인 운명의 양상을 추구하는 서사담론임을 말한다. 물론 개화계몽 시대의 전기도 개인적인 주인공이 등장한다. 그러나 전기는 그 서사담론의 구조가 실재의 사실을 바탕으로 하고 있다는 점에서 허구성에 근거하는 신소설과 구별된다. 『애국부인전』이나 『을지문덕』과 같은 전기를 신소설이라고 지칭하는 것은 잘못이다. 전기가 역사와 구별되는 것은 시간과 공간의 정확한 계산이나 사건의 인과적 해석에 집착하지 않는다는 점이다. 전기는 사실 자체에 대한 입증보다 그 속에 담겨진 영웅적 주인공의 인품과 덕성과 지략을 중요시한다. 개화계몽 시대의 서사 양식 가운데 신소설과 마찬가지로 일상적인 개인이 주인공으로 등장하는 경우는 풍자가 있다. 『거부오해』나 『소경과 안즘방이 문답』이나 『절영신화』와 같은 작품은 흔히 '토론체 소설'이라고 구분하여 신소설의 범주에 넣고 있지만, 이같은 장르 구분도 이치에 맞지 않는다. 풍자는 신소설과는 전혀 다르게, 인간의 여러 가지 정신적 태도를 다룬다. 그러므로 이것은 관념적인 주제나 이론을 중심으로 그 주제에 대한 강렬한 비판과 조소를 가하기도 한다. 『거부오해』에 등장하는 인력거꾼이나 『소경과 안즘방이 문답』에 나오는 소경과 앉은뱅이는 모두 행동의 주체로서 이야기를 이끌어가는 것이 아니라, 하나의 이념의 대변자일 뿐이다. 그러므로 풍자에는 서사구조를 지탱하는 행동도 없고, 일정한 이야기의 줄거리도 없다. 풍자는 이념과 공상과 도덕의 결합체이기 때문에, 등장인물의 대화, 토론, 연설 등에 의해 서술된다는 점이 담론의 특징이다. 풍자에서는 등장인물의 갈등이 성격과 행동을 통해 구체화되는 것이 아니라, 진술되고 있는 주제와 가치와 관념의 대립에 의해 이루어지는 지적인 갈등이 흥미의 초점을 이룬다.

개화계몽 시대 신소설의 등장인물은 일상의 세계 속에서 자신의 운명을 스스로 살아야 한다. 이들의 운명은 신에 의해서 계시되는 것이 아니라 자신들의 삶의 방식에 의해서 결정된다. 신소설의 서사구조에 이르러서야 운명이라는 것이 비로소 인간의 몫이 된다. 신소설에서 가장 널리 쓰이는 서사공간은 가정이라는 혈연적 사회이다. 신소설의 이야기는 주로 봉건 사회제도를 지탱해온 가정이라는 혈연적 사회가 파괴되는 과정에서 드러나는 개인의 문제들을 중심으로 이루어진다. 조선 사회에서 가장 완고하게 제도로서의 가족 또는 가정을 지켜준 도덕적 관념들이 무너지기 시작하면서 가족 구성원으로서의 개인의 위치가 불안정한 상태에 빠지게 되자, 신소설은 이 불안정한 위치의 개인적 운명을 새롭게 담론화하고 있다. 『혈의 누』에서는 전쟁으로 인해 한 가정이 붕괴되고, 『은세계』에서는 탐관오리의 학정에 의해 한 가정이 파탄에 이른다. 그러나 이 작품들의 결말을 보면, 해외유학에서 돌아온 주인공들이 다시 가족 또는 가정이라는 혈연적 사회의 재결합에 집착하면서 아무런 구체적인 사회적 삶을 보여주지 못한다. 신소설의 주인공들이 개별적인 주체의 확립 단계에 접어들어 있으면서도 사회적 존재로서의 개인의 의미를 제대로 구현하지 못하고 있다는 것을 여기서 확인할 수 있다. 물론, 개화계몽 시대의 사회현실 자체도 문제이다. 신소설의 시대는 개인의 삶과 그 존재 의미가 사회적인 요건에 의해 규정되고, 그 사회적인 요건들이 다시 개인의 삶에 의해 새롭게 규정되는 근대적인 사회에는 아직 이르지 못하고 있는 것이다.

신소설이 일상적 개인의 발견이라는 새로운 서사 양식의 주제를 놓고 일상적 언어에 기반을 둔 국문체를 특징적인 담론으로 구조화했다는 것은 주목해야 한다. 그러나 신소설이 그려내고 있는 개인이 합리적인 주체로서의 개별적 존재가 되고 서구적인 의미의 근대적 주체로서의 개인을 만족시킬 수 있는 개념이 되기 위해서는 그 존재 기반이 되는 사회가 근대라는 가치개념으로 함께 조건지어져야 한다. 이러한 개인의 존재를 우리는 1920년대 염상섭의 소설에서 비로소 만날 수 있다. 이때에야 신소설에서 유학의 길에 올랐던 인물들은 자신들에게 개화의 길을 열어준 매개항으로서의 일본, 새로운 문명개화의 세계로 동경해 마지않았던 일본이 무서운 지배자로 변해버린 식민지 조선으로 돌아온다. 문명개화의 시대 대신에 제국주의 식민지 착취구조 속에서 힘겹게 식민지 백성으로 살아야 하는 그야말로 운명의 개인이 된 채로.

신소설과 담론의 가치 지향성

고전소설의 서사구조에서는 모든 행위의 규범으로 내세워졌던 것이 선과 악의 가치 구분이다. 행위자는 누구나 등장하는 순간부터 이 두 가지 가치 영역의 하나를 차지한다. 선을 대변하는 자는 끝까지 자신의 가치 영역을 지키고 그것을 대변하며, 악으로 표상된 자는 끝까지 악의 영역에서 징벌당한다. 그러므로 고전소설의 서사구조에서 행위자들은 이야기의 등장인물이라는 관점에서 본다면 모두가 성격의 평면성을 벗어나지 못한다. 서사의 진행과는 아무 상관 없이 자신에게 부여된 성격을 고정적으로 지켜나가기 때문이다. 그러나 신소설에서는 이같은 가치의 규범의 윤리성이 약화된다.

신소설의 서사구조에서 가장 중요한 것은 낡은 것과 새것의 대립구조이다. 낡은 것과 새것의 대립은 물론 신소설에서만 볼 수 있는 것은 아니다. 모든 개화계몽 담론에서는 이 대립이 담론의 기본구조로 등장한다. 그리고 이 대립구조를 바탕으로 낡은 것으로부터 새것으로의 역사의 진화와 사회의 발전의 당위성을 강조한다. 신소설은 서사담론으로서의 속성을 지켜야 하기 때문에 서사 속의 행위자가 새것을 추구하는 과정을 형상화해야 한다. 이때 필요한 것이 행위자가 새것을 찾아

나서는 이유를 해명해줄 수 있도록 그 행위에 동기를 부여하는 일이다. 신소설은 이 단계에서 고전소설이 보여주었던 선과 악의 윤리적 대립 개념을 빌려, 낡은 것은 악으로 표상하고 새것을 선으로 표상한다. 이 렇게 함으로써, 신소설의 주인공들이 악에 해당하는 낡은 것을 부정하고 선에 해당하는 새것을 찾는 명분을 윤리적으로 규정해주게 된다. 문명개화를 주장하고 있는 신소설의 계몽적 담론에서 신/구 개념의 대립 위에 윤리적 가치 영역의 선/악 개념의 대립구조가 덧씌워짐으로서 신소설의 서사는 담론구조의 이중성을 가지게 되는 것이다.

신소설의 서사구조에서 볼 수 있는 담론의 이중구조에서 신/구의 대립 양상이 두드러지게 드러나는 경우는 한일합방 이전의 신소설에서이다. 합방 이후의 신소설은 신/구의 대립 양상이 약화되고 오히려 선/악의 대립구조가 강조된다. 이같은 이유 때문에 합방 이후의 신소설의 서사구조가 고전소설의 패턴으로 되돌아가고 있는 것처럼 보이게 된다. 문명개화라는 사회 역사 발전의 과정에 대한 서사적 담론화가 아무런 설득력을 가질 수 없는 식민지 상황이, 서사담론에서 신/구 대립의 기호 공간을 제거해버리고 있었던 것이 이유 중 하나가 아니었나 생각된다.

신소설에서 신/구와 선/악의 대립적 담론구조는 서사의 주인공들의 존재 방식과 운명을 통해 구체적인 형상성을 획득한다. 신소설의 인물 성격이 신/구라는 이념적인 것에 의해 규정되는 경우 신소설의 서사담론은 당시의 개화계몽 담론과 상호텍스트성을 유지한다. 서사담론 자체가 개화 이념에 대한 지향성을 강하게 드러내기 때문이다. 실제로 『혈의 누』『추월색』 같은 신소설의 주인공들은 파괴된 가정을 벗어나면서, 도덕적 전통과 사회적 규범의 속박으로부터 자유로워진다. 그리고 새로운 가치개념으로서의 문명개화의 길을 향해 걸어가게 된다. 그러나, 이들이 추구하는 문명개화란 당시 조선의 현실 속에서는 그 실체를 찾을 수 없는 이상의 세계이다. 그러므로 문명개화의 세계를 찾아 나서는 과정 자체를 서사의 중심축으로 이용한다.

　신소설의 주인공들이 선/악의 윤리 개념에 얽혀 있는 경우는 개인적인 욕망이 가치의 삶을 앞지르는 경우가 많다. 『귀의 성』이나 『치악산』과 같은 작품을 보면 아비가 돈을 구하기 위해 자식을 팔고, 행랑의 식솔이 주인을 배신하고, 가장이 아내를 버린다. 물질적인 것에 대한 욕망과 집착이 마치 삶을 지배하는 거대한 원리처럼 자리잡고 있다. 신소설의 시대에 내세워진 문명개화라는 것이 사실은 이러한 어둠의 장면을 뒷면에 감춘 화려한 카드의 전면이라는 것을 당시에 벌써 눈치채고 있었던 것일까? 그러나 신소설은 일제 식민지 시대에 접어들면서 바람직한 근대적 사회의 성립이 불가능한 상태에 이르자, 개인의 삶의 근거인 가정의 황폐화를 흥미 본위로 그려내는 데에 만족한다. 계몽의 담론이 허무하게 무너지자, 그 대신에 신소설의 서사 양식에 넘쳐나는 것이 허무와 퇴폐를 몰고 오는 유희적 담론뿐이다. 신소설이라는 개화계몽 시대 서사 양식의 운명은 바로 그 시대의 운명처럼 타락한다.

한국 근대문학의 성립과 식민주의 담론

문제의 제기

일본에서 한국을 연구하는 사람들은 사쿠라이 요시유키(櫻井義之)라는 서지학자를 모르는 사람이 없다. 그는 경성제국대학 법문학부에 신설된 경제연구실에 근무하면서 한국관계 문헌자료의 수집 정리에 주력하여 수많은 한국의 전적들을 모으고 정리했던 경력의 소유자이다. 그가 모아둔 한국관계 서적은 사쿠라이문고(櫻井文庫)라는 이름으로 동경경제대학 도서관에 보존되어 있다. 그가 심혈을 기울여 정리한 문헌자료들 가운데『조선연구문헌지朝鮮硏究文獻誌 — 메이지 다이쇼 편明治 大正編』(東京; 龍溪書舍, 1979)을 보면 일본 근대화 초기부터 일어났던 일본인들의 조선에 대한 관심과 그 집착, 그리고 철저와 심도를 짐작할 수 있다. 그의 정리 목록을 보면서 느끼는 감정 가운데 제일 먼저 가지게 되는 것은 일본이라는 나라가 이렇게 한국을 철저히 연구했구나라는 것. 그리고 나서는 조선의 구석구석을 파헤쳐놓고 조선에 대해 무어라고 주장하는 일본 사람들의 집착에 대해 탄복한다. 조선이라는 것이 이런 식으로 연구의 대상이 되고 관심의 대상이 되어본 적은 역사상 없다. 메이지 다이쇼 연간에 한국에서 한국인의 손에 의해 한국에 대해 연구되어 책으로 발간된 것이 몇 권이나 되겠는가?

일본인들은 조선의 모든 것에 대해 조사하고 그 내용을 책으로 엮어 내고 있다. 조선의 역사와 지지에 대해서는 300여 종, 사회에 대해서는 240여 종, 조선의 산업에 대해서는 220여 종이 넘는 연구서가 메이지 다이쇼 연간에 발간되고 있다. 이뿐이 아니다. 한국 땅에 자생하는 풀과 나무에 대해서까지도 조사하였고, 한국인들이 먹고 사는 먹을거리와 몸에 걸치는 입성에 대해서도 조사하였다. 한국의 지도만 해도 80여 종에 이른다. 이러한 연구는 대개가 조선에 대한 식민지 경영의 일환으로 이루어진 것들이다. 그리고 그것은 그 자체로서 하나의 방법적인 체계를 갖추면서 하나의 담론적인 질서를 사회적으로 구조화하고 있다. 일본이 서양으로부터 배운 모든 근대 학문의 방법과 원리가 조선이라는 목표를 놓고 시험되고 실습되었다는 것은 재미있는 일이다. 그들은 서양의 제국주의자들에게서 배운 침략과 착취의 방법을 근대적인 국제 질서라는 이름으로 바로 이웃의 조선을 상대로 실천했는데, 바로 그 제국주의 학문의 방법도 조선이란 상대를 놓고 철저하게 실천하고 있었던 것이다. 학문과 실천을 완전하게 병행할 수 있는 연구 대상을 가진다는 것은 얼마나 행복한 일인가?

메이지 다이쇼 연간의 일본인 가운데 조선에 대한 연구에 관심을 가지고 있었던 대부분의 인물들은 일본 정부의 관리이거나 군인이거나 총독부의 관리를 겸한 경우가 많다. 그들은 그들이 판단한 대로 조선인들에게 지시하면서 그 내용을 조선에 대한 연구 내용으로 기록한다. 그들이 관리하고 싶은 대로 관리하고 정리하고 싶은 대로 정리하면서 그것이 조선에 대한 연구라고 적어놓는다. 일본인들이 이 시기에 조선을 이렇게 자기들 멋대로 파헤치고 연구한 이유가 무엇이었을까? 일본인들은, 아니 메이지 다이쇼 연간의 일본인들은 조선이라는 것을 있는 그

대로 실재하는 정치적 역사적 문화적 존재로 연구한 것이 아니다. 그들
은 결코 그들이 가져보지 못한 조선의 오랜 문화 전통을 찬양한 적도 없
다. 조선이라는 것이 지니는 허술한 빈틈을 확대하고 조선이 지니는 자
연스러움을 무질서와 체계 없음으로 내몬다. 그러고는 자기들의 필요
에 의해 자기 입장에서 자기들이 판단하는 대로 조선을 서술한 후 그러
한 판단에 대해 실증이라는 이름을 붙여 합리화하고 있는 경우가 많다.
일본의 식민지 지배가 시작되면서 식민 조선에서 일어난 반식민주의
운동의 가장 핵심적인 경향을 이른바 문화적 민족주의라고 할 수 있는
데, 이것은 일본이 만들어낸 이같은 어처구니없는 연구의 결과에 대한
대응 담론이었던 것이다.

　일본인들이 조선에 대하여 만들어낸 '일본적 식민주의 담론'[1]의 몇
가지 중요한 개념들이 있다. 그 하나는 조선과 내지(內地)라는 지형적
공간 구획이다. 대륙과 섬으로 구별되는 지형적 조건을 놓고 본다면,
일본인들이 만들어낸 내지라는 말은 쉽게 이해가 가지 않는다. 그러나
이 내지라는 말은 식민지 조선에서 바라본 지배자 일본을 의미한다. 자
연적인 지역적 형상을 가리키는 말에 정치적 지배의 층위를 부여하여
그 말의 당초의 의미마저 전도시킨다. 이것은 보이지 않는 언어적 위압
이다. 조선에 대한 모든 선택은 내지로부터 비롯된다. 조선은 내지에
철저하게 종속된 채 내지에서 오는 지시대로 움직여야 한다. 내지로서
의 일본은 모든 가치의 중심이 된다. 조선인들에게 내지로 가는 것은

---

1) 이 말은 서구 제국주의의 식민주의 담론(colonial discourse)이라는 말과 구별하기 위
해 만들어낸 것이다. 일본은 서구 제국주의 방식을 배운 뒤 이를 한국에 실험하고 있기 때
문에 제국주의적 경영 방식에 일본적 특성을 드러낸다. 일본이 한국을 식민지화한 것은 공
간적으로 소련이 서로 잘 아는 주변 지역의 국가들만을 식민지화한 것과 유사하다. 그러나
그들이 배운 식민지 경영 방식은 유럽의 제국주의이다. 유럽 제국주의 국가들은 그들이 알
지 못했던 미지의 동양과 아프리카에 대한 경제적인 지배에서부터 식민지 경영을 시작했
던 것이다.

그러므로 압제의 땅 식민지로서의 조선을 벗어나는 것이다. 조선이라는 야만의 땅에서 내지의 일본 문명의 땅으로 간다는 것이 얼마나 가슴 설레는 일이었겠는가? 그리고 그 억압의 땅에 숱한 사람들을 묶어두고 현해탄을 건너간다는 것이 또 얼마나 가슴 아픈 일이었겠는가? 식민지 조선을 벗어나기 위해 다시 식민지 지배자의 품인 내지로 간다는 것이 얼마나 엄청난 모순[2]인가? 그러나 조선인들은 모두가 내지를 꿈꾸었다. 일본인들이 조선 식민지 지배의 최후의 수단으로 동원한 것이 바로 조선이 내지가 되는 길이라는 치욕적인 정치담론이었다. 내지의 환상을 미끼로 하여 조선인을 전쟁에 동원했던 저 황당한 '내선일체의 사상'이야말로 일본적 식민주의 담론이 가지는 기만성을 가장 명징하게 보여준다. 얼마나 많은 일본의 입들이 황민화를 주장하고 얼마나 많은 일본의 머리들이 대동아공영권을 구상하고 얼마나 많은 조선 사람들이 드디어 이 허망한 담론의 논리가 지시하는 대로 자기 말을 못 하고 자기 성과 이름을 일본식으로 바꾸면서 열심히 신사에 참배하고 대일본의 황국신민이 되어 무참히 죽어가는 것도 감수했는가?

또다른 예를 하나 든다면 '조센진'이라는 말이 있다. 이 말은 일본인들이 자신들과 똑같은 인간적 존재로 조선 사람을 지칭하기 위해 만든 것이 아니다. 일본인과 다른 '인종', 일본인보다 훨씬 저급한 야만인으로서 조선인을 말하기 위해 이렇게 부른다. 이것은 참으로 놀라운 인종주의이다. 이 '조센진'이라는 말은 일본이 지배하는 조선이라는 전제 아래 조선에 살고 있는 열등한 족속을 통칭한다. 조선적인 것에 대해 일본인들이 가지고 있었던 인종적 편견이 이 말을 만들어낸 것이다. 이

---

2) 이같은 모순의 논리는 양가성(ambivalence)이라는 개념으로 규정되기도 한다. 식민지 지배 권력의 중심부를 향하는 지향과 그에 대한 거부가 항상 함께 존재하기 때문이다. Homi K. Bhabha, *The Location of Culture*, London; Routledge, 1994, pp. 129~138 참조.

말과 함께 짝을 이루고 따라붙는 수식어들이 여럿 있다. 창조력이 없는 열등한 조센진, 교활하고 신의가 없는 조센진, 자발적이지 못하고 의타적인 조센진, 의심이 많지만 둔감한 조센진, 더러운 조센진, 게으른 조센진…… 이런 개념을 만들어놓고 일본인들은 한국인들을 호되게 길들인다. 이것도 조선에 대한 일본적 식민주의 담론이다. 한국인들은 지배자 일본이 만들어낸 이 담론에 길들여지면서 스스로 자기 비하에 빠져든다. 저 악명 높은 춘원의 민족개조론이라는 것이 보여주었던 패배주의는 모두 일본이 만들어낸, 일본의 관점에서 그려놓은 표상으로서의 조선에서 비롯된 것이 아닌가?

일본은 조선이라는 땅과 조선인이라는 사람만을 차별한 것이 아니다. 조선 땅에 있는 모든 것들, 조선인들에 의해 이루어진 모든 것들에 대해서도 마찬가지로 깎아내린다. 조선의 모든 것들은 일본적인 시각에서 볼 때 비체계적이고 자기 전통이 없어 보인다. 이른바 조선적인 것들은 반도적 후진성을 드러낸다. 이들은 이같은 주장을 합리화하기 위해 조선이 자리한 반도의 지정학적인 위치의 문제성을 마치 조선적인 모든 것의 숙명인 것처럼 말한다. 대륙의 문명과 문화를 맨 끝에서 수용하기만 하고 자기 창조성을 발휘하지 못한 것이 바로 조선이라는 것이다. 그 조선의 것을 물려받으며 살아온 자기네 조상들에 대해 일본인들이 무엇이라고 말하고 있었는지 생각해보라. 이런 논리는 지배자로서의 일본의 권위를 치켜세우기 위해 조작된 담론이다. 이 담론에 길들여진 한국의 역사가들이 동아시아적 후진성이라든지, 반도적 의존성이라든지 하는 터무니없는 논리를 진리처럼 받아들였고, 조선의 역사가 모두 파쟁의 역사인 것처럼 기술한 적도 있었다. 참으로 어처구니없는 일이지만 이 반도적 숙명론이라는 제국주의적 식민지 담론에 대해 식민지 사관의 극복이라는 관점에서 숱한 쟁론이 거듭되었던 것을 우리는 생생하게 기억하고 있다.

여기서 우리는 일본인들이 메이지 다이쇼 연간에 만들어낸 조선에 대한 모든 연구가 지닐 수 있는 학문적 가치 이전에 조선에 대한 일본의 식민주의적 태도와 어떤 연관을 지니고 있는가를 다시 주목해야만 한다. 그 이유는 조선에 대한 모든 논의가 궁극적으로는 조선의 영토와 조선인에 대한 일본의 식민지 지배의 방향과 직결되고 있기 때문이다. 당시에 일본인들에 의한 조선 연구에서 공통적으로 내세우고 있는 조선의 후진성은 그것이 당시 상황으로 보아 사실임에도 불구하고 열등한 존재로서의 조선과 우월한 일본의 위상을 강조하는 지배구조의 담론화 과정과 일치한다. 그리고 이것은 일본인들이 만들어낸 조선에 대한 지식 자체를 유형화시키는 데에 일조한다. 이러한 유형화된 지식은 실재에 대한 객관적 인식을 강조하는 것이 아니라 그 대상에 대한 편향된 태도나 입장을 강화하는 방향으로 작용한다. 바로 여기서 문제가 되는 것이 실제의 조선과는 상관없이 조선의 현실에 영향을 미치게 되는 '일본적 식민주의 담론'인 것이다.

일본인 신문 한성신보의 성격

한국사회의 근대적 변혁의 첫 단계에 해당하는 개화계몽 시대는 온갖 새로운 '지식들'이 난무하던 시대이다. 이 새로운 지식들은 개화계몽 시대를 살았던 한국인들에게는 그 실재성의 의미에 대한 확인 절차가 불가능한 것들이다. 그러나 문명개화를 위한 신지식이라는 이름으로 수많은 지식들이 생산되고 공급된다. 이 새로운 지식의 생산과 공급에서 가장 중요한 매개적 역할을 담당한 것이 바로 신문이다.

신문은 작은 하나의 지면 위에 왕궁에서 일어나는 황제의 동정과 어떤 마을의 아무개라는 인물이 저지르는 패륜적 행동을 함께 보여준다.

가장 지엄한 존재에서부터 가장 별볼일없는 하층의 인간에 이르기까지
의 모든 일들이 신문 기사라는 이름의 하나의 서사 형식으로 엮여 동시
적[3]으로 제시된다. 신문은 지구 반대쪽의 영국과 미국에서 일어나는 일
들을 조선에서 일어나고 있는 일과 함께 전달한다. 그러므로 한국인들
의 삶과는 아무런 관계가 없이 거기에 그렇게 살고 있던 사람들의 삶이
한국인들의 삶 속에 서사적인 담론의 형태로 끼어든다. 높은 곳에서 일
어나는 일과 낮은 곳에 벌어지는 일, 가까운 곳의 일과 먼 곳의 일들이
모두 신문이라는 지면을 통해 동시적으로 제시된다. 이 동시성의 의미
는 전혀 다른 두 공간의 이야기를 하나의 지면에 동시에 올려놓는 정보
성이라는 매체의 속성뿐만이 아니라 결코 함께 한 자리에 오를 수 없는
서로 다른 계급이 동시에 한 지면에서 이야기되고 있다는 평등의 이념
성을 표상한다. 이로 인해 신문은 대중적 성격을 쉽게 확대할 수 있게
된다. 신문의 지면을 통해 신문을 보는 주체로서의 나와 나를 둘러싸고
가까운 곳과 먼 곳, 위와 아래에 존재하는 타자로서의 대상이 함께 인
식되는 이같은 동시성에 대한 인식은 신문을 계몽의 시대를 주도할 수
있는 대중매체로 등장시킨 것이다.

1883년에 발간된 한성순보(漢城旬報)는 근대적인 신문의 효시로 손
꼽히고 있는데, 이것은 민간신문이 아니라 정부에서 일어나고 있는 일
들을 널리 알리기 위한 일종의 관보이다. 이 신문은 1886년 한성주보로
제호가 바뀌고 한문 기사 외에도 국한문 혼용 기사, 순국문 기사를 게
재하면서 그 체제도 변화를 이루게 된다. 그리고 이를 전후하여 많은
민간신문이 등장한다. 당시의 민간신문은 한국인 발간 신문과 외국인
발간 신문으로 크게 나누어볼 수 있다. 한국인 신문으로는 1900년 이전

---

3) 신문이라는 매체가 지니고 있는 이 동시성이라는 성격은 베네딕트 앤더슨이 사용한 개
념이다. 베네딕트 앤더슨,『민족주의의 기원과 전파』, 윤형숙 옮김, 나남, 1991, 89쪽 참조.

에 이미 독립신문(1896), 제국신문(1898), 황성신문(1898), 시사총보 (1899) 등이 나왔으며, 일본인들이 만든 조선신보(1892), 한성신보 (1895), 대한신보(1898) 등과 서양 기독교 선교사들이 만든 대한그리스 도인회보(1897), 그리스도신문(1897) 등이 등장한 바 있다. 1900년대 에 접어든 후 황성신문과 제국신문은 독자층이 더욱 넓어지면서 국한 문 또는 국문판을 발간하게 되었고, 새로이 대한매일신보(1904), 경향 신문(1906), 만세보(1906), 대한민보(1909) 등 많은 민간신문들이 간행 되기에 이른다. 이들 민간신문의 등장은 새로운 지식과 정보의 대중적 보급을 통해 개화계몽 담론의 대중적인 확대를 가능하게 하고 있다. 대 부분의 신문들은 논설이라는 고정란을 두어 독자적인 정론적 주장들을 널리 펼치고 있으며, 잡설이라는 일반 기사에서 국내는 물론 세계 각국 에서 일어나고 있는 새로운 사건들을 보도하고 있다. 그리고 각 신문들 은 그 신문을 만들고 있는 집단의 계급적 이념적 성격에 따라 그 편집 방향과 기사의 논조를 달리하고 있으며, 신문이 목표로 하고 있는 독자 층의 성향에 따라 그 내용과 체제도 달리하고 있다.

개화계몽 시대에 등장한 신문 가운데 1895년 1월 일본인들이 창간한 한성신보(漢城新報)는 여러 가지 문제성을 지니고 있다. 이 신문은 조 선에 대한 일본의 정책을 널리 홍보하기 위해 일본 정부의 자금을 받아 간행한 일종의 정보 기관지이다. 일본을 제대로 알리기 위해서라기보 다는 일본이 원하는 조선, 일본이 의도하는 조선을 만들기 위한 일본적 정보의 담론화에 앞장섰던 것이다. 그런데 그들이 바로 이 신문에서 처 음으로 소설이라는 이름을 내걸고 다양한 국문 서사 양식의 연재[4]를 시 도하였다는 것이 이채롭다.

---

4) 한성신보의 연재소설에 대해서는 그 서지적 사항이 한원영, 『한국 개화기 신문연재소설 연구』(일지사, 1990), 221∼268쪽에서 상세히 다루어지고 있다. 이 작품들의 성격에 대해서 는 졸고 「한성신보와 최초의 신문연재소설」(『문학사상』 1997. 5)에서 다시 논의한 바 있다.

일본이 이 시기에 한성신보와 같은 신문사를 조선에서 경영해야 할 필요가 어디 있었을까 하는 점에서부터 이야기를 시작해보자. 이 신문의 창간을 주도한 아다치 겐조(安達謙藏)가 한성신보의 창간을 회고하고 있는 내용[5]으로 본다면, 한성신보는 단순한 민간인 신문이 아니다. 1894년 일본 공사 이노우에(井上馨)와 아다치가 서로 만나 조선에 대한 일본의 정책을 널리 홍보하기 위해 신문의 필요성을 인정하고 신문의 창간에 합의하였다든지, 일본 공사 이노우에가 신문사의 설립 비용을 모두 외무성의 지원금으로 충당하고 매월 신문사의 운영자금 전부를 일본 공사관에서 지급하기로 약속한 점 등은 이 신문사의 정체가 무엇인가를 충분히 짐작하게 하는 부분이다. 아다치는 일본의 구마모토(熊本) 현의 동향 출신자로서 천황 주권론자들을 대거 불러모아 신문사의 설립을 서둘렀다. 조선의 친일 정객 안경수(安駉壽)의 주선으로 신문사의 건물을 구한 후에 아다치는 곧바로 신문의 창간 작업에 들어가 드디어 1895년 1월 한성신보의 창간을 보게 된 것이다. 한성신보는 발간과 함께 조선의 개혁을 역설하는 논설을 수록하고 조선의 개방에 장애가 되는 쇄국정책을 썼던 대원군을 공격하는 글도 발표하여 명성황후의 환심을 사려고 노력한다. 신문은 주로 조선 궁중에 무상으로 뿌려졌는데, 일본 공사관에서는 한성신보를 통하여 내외의 정세를 탐색하고 여론을 조장하려고 애썼던 흔적이 남아 있다.

한성신보가 발간된 시기는 청일전쟁 직후이다. 이 시기에 이루어진 조선을 둘러싼 국제적 정세의 가장 큰 변동은 일본 세력이 조선에 대해 새로운 위협적인 강자로 등장한 일이라고 할 수 있다. 일본은 청국을 제압함으로써, 조선에 대한 청국의 간섭을 배제하게 되었고 조선을 근거로 하여 대륙으로의 진출을 꿈꿀 수 있게 된다. 일본은 조선에서의

---

5) 아다치 겐조, 『아다치 겐조 자서전安達謙藏 自敍傳』(東京; 新樹社, 1960), 47~48쪽.

친일적인 정권을 수립하게 하고 갑오농민혁명에서 드러난 농민의 개혁 요구를 외면할 수 없게 된 조선왕조와 정권의 입장을 이용하여 갑오개혁이라고 일컬어지고 있는 대대적인 개혁을 지원하게 된다. 1894년 하반기부터 실시된 갑오개혁은 전통적인 조선의 통치체제를 근대 서양과 일본의 제도에 근접시켜놓고자 한 점에 가장 큰 특징이 있다. 그러나 이 개혁은 국민생활과 관련되는 토지제도나 조세 문제 등에 대한 배려가 없다든지 왕권의 약화를 보강해줄 수 있는 국방제도나 의회제도 등에 대한 인식이 부족했다는 평을 받고 있으며, 일본의 지시에 따라 일부 집권세력이 개혁을 주도했다는 점에서 국민적인 지지를 얻지 못하고 있다.

조선의 왕실에서는 갑오개혁 이후 일본의 세력이 확대되고 관료들의 친일 성향이 높아지자 이를 견제하기 위해 러시아의 위력을 업고 일본에 대항하려는 새로운 움직임이 일어나기 시작한다. 당시 일본이 1895년 4월 러시아 프랑스 독일의 요구에 따라 청국으로부터 빼앗은 요동반도를 다시 반환하면서 그 위세가 약화되자, 고종은 명성황후와 함께 새로운 내각을 구성한 후 그동안 추진했던 각종 개혁정책을 대부분 폐지하고 일본군 장교가 교관이 되어 훈련시켜온 훈련대마저 해산시켜 궁중 안에서 일본 세력을 모두 제거하고자 한다.

일본은 이러한 변화를 보면서 육군 중장 출신의 미우라 고로(三浦梧樓)를 조선 주재 일본 공사로 임명하였다. 일본 공사 미우라는 조선의 형세가 일본에 점차 불리해지고 있음을 보고, 왕실과 거리를 두고 있던 대원군을 이용하여 일본을 배척하고 있는 궁중세력을 제거하기 위한 계략을 세우게 된다. 미우라의 계략은 궁중의 중심세력으로 일본을 배척하는 데에 앞장서고 있는 명성황후를 제거함으로써, 조선 왕실과 러시아의 결탁을 차단하고자 하는 것이었음은 물론이다. 아다치 겐조는 일본 공사 미우라가 자신을 자주 불러 정세를 논의하면서 조선 궁중 내의 변화를 주시하였다고 하는데, 한성신보의 정치성이 극명하게 드러나는 대목이 바로 이 대목이다. 일본인 자문단이 각 아문에서 쫓겨나고 일본 교관에 의해 조련되던 훈련대마저 왕궁에서 해산될 운명에 처하자, 미우라는 한성신보 사장 아다치를 공관으로 불러 그의 수하에 있는 한성신보에 몇 사람이 동원 가능한지를 묻고 사태의 긴박성을 말했다는 것이다. 아다치는 한성신보의 편집장 고바야가와(小早川秀雄), 주필 구니토모(國友重章), 기자 기쿠치(菊池謙藏), 사사키(佐佐木友房), 요시다(吉田友吉) 등과 논객이었던 시바(柴四郎) 등을 중심으로 30여 명을 집합시켜 미우라의 명령을 기다린다. 1895년 10월 7일 훈련대 해산이 정식으로 통고되자, 일본 공사 미우라는 자신의 계책을 실천에 옮기기 위해, 한성신보사 아다치 사장의 수하에 있던 인물들에게 거사를 지시하였으며, 이들은 10월 8일 새벽을 기해 대원군을 입궐시키는 한편 궁중에 침입하여 명성황후를 시해하는 만행을 저지르게 된다.

명성황후를 시해한 뒤에 미우라 공사는 그 책임을 벗어나기 위해 사건의 내용을 위장하기 시작한다. 미우라는 해산의 위기에 직면한 조선 훈련대가 대원군과 결탁하여 일으킨 정변이라고 이 사건을 꾸며대고, 일본군은 시위대와 훈련대의 쟁투를 진압하기 위해 국왕의 요청에 의해 궁중으로 출동하였으며, 황후의 시해는 전혀 아는 바가 없다고 주장한다. 그러나, 미우라의 위장을 아무도 신뢰하지 않았다. 이미 궁중에서 일본인 폭도들이 저지른 엄청난 만행을 목도한 사람들이 많이 있었기 때문에, 미우라 자신이 거짓을 감출 수가 없었던 것이다. 일본은 이 사건이 몰고 올 국제적인 파문을 미리 막기 위해, 일본 정부와는 관계 없이 일본 공사 미우라가 독단으로 저지른 우발적인 사건인 것처럼 사건을 호도하려 한다. 그리하여 미우라 등 명성황후 시해 사건의 관련자 48명에게 모두 조선에서 퇴거 명령을 내렸고, 일본 입국 즉시 히로시마 감옥에 수감시켜 조사를 받게 한다.

조선 왕실에서는 명성황후 시해 사건 후 김홍집 친일내각을 내세웠으나, 이들은 황후 시해 사건의 해결을 위해 어떤 결단도 내리지 못한다. 오히려 이들은 일본 공사 미우라가 황후 시해 사건과는 무관하다는 증명서를 주기도 하였고, 일본의 지시대로 모든 사실을 왜곡하여, 훈련대의 해체에 불만을 품은 세력의 소행으로 얼버무리려고 하였으며, 여러 가지 우여곡절을 거치면서 결국은 훈련대의 몇몇 인물을 명성황후 시해의 범인으로 지목하여 처형하게 된다. 이같은 범인 날조와 처형으로 인하여 명성황후 시해의 참극은 일본과 무관한 것처럼 되어버렸고, 조선은 일본의 압력에 의해 오히려 황후 시해의 죄과를 뒤집어쓰는 결과를 초래하게 된다. 반면에 1896년 1월 20일 일본 히로시마 지방 재판소에서 이루어진 조선 왕국 고종의 황후 민비의 시해 사건에 관련되어 조선에서 추방된 48명에 대한 예심종결 재판에서는 피고 전원에게 증거불충분이라는 이유를 내세워 면소 처분과 함께 방면을 결정하게 된다. 외국에 파견된 일본의 외교관이 흉도들을 이끌고 주재국의 왕실에 침입하여 황후를 시해한 이 엄청난 사건을 일본 정부는 이렇게 간단히 처리하고 말았던 것이다. 이 재판이 이루어지기 며칠 전에 이미 일본 제5사단 군법회의에서도 이 사건과 연루된 일본 장교들을 모두 무죄로 석방하였으며, 그후 일본은 이 우스꽝스런 재판으로 자기네가 저지른 역사의 죄를 모두 벗어난 것처럼 태연을 가장하고 있다.

그러나, 이 사건은 우발적인 것이 아니라 치밀하게 짜인 계획적인 것이다. 이 사건의 핵심적인 열쇠는 일본 공사관에 있고 그 배후에는 일본 외무성이 있고 일본 정부가 있다. 사건에 직접적으로 관련된 한성신보의 일본인들은 단순한 일본인 낭인패가 아니라 일본 공사관이 운영하던 언론기관의 직원들이다. 일본인 민간신문으로만 간단하게 알려져 있는 한성신보가 민간신문사로 위장한 채 일본 외무성의 조선 내 정보기관 역할을 하고 있었기 때문이다. 한성신보사의 설립 비용을 일본 공사관이 모두 부담하고 그 운영 경비를 보조하였던 것이 바로 이를 방증한다고 생각한다. 결국 명성황후 시해의 주역이 일본 공사 미우라였으며, 그 행동대원은 모두 민간인 신문사 직원으로 위장된 일본의 공작원들이었다고 할 수 있는 것이다.

한성신보 연재소설『신진사문답기』

한성신보가 보여주고 있는 정치적인 성격은 이 신문에서 일종의 민심 수습 방법으로 시도한 것으로 생각되는 소설의 연재에도 잘 드러나고 있다. 한성신보는 명성황후 시해 사건 직후 관련자들이 모두 일본으로 송환되었기 때문에 한때 폐간의 위기에 몰리기도 했지만, 일본 정부는 사건이 수습되자 그 운영자금을 지속적으로 제공하였다. 그리고 한국인 독자들에게 가까이 접근하기 위해 신문 지면을 개편하였다. 신문의 1, 2면을 국문으로 하고, 특히 소설을 1면에 연재[6]하여 흥미를 끌고자 하였던 것이다. 이인직의 신소설『혈의 누』가 만세보에 연재되기 10년 전 한성신보에 소설이라는 이름으로 처음 연재된 작품들 가운데에서『나파륜전』『미국신대통령전』과 같은 번역 전기도 있고,『목동애전』과 같은 서구 소설의 번안도 실려 있다.『기문전』과『경국미담』은

---

6) 한성신보에 연재된 작품들은 저자 표시가 없이 소설이라는 표제 아래 수록되었다.『나파륜전拿破崙傳』(1895. 11. 7~1896. 1. 26),『조부인전趙婦人傳』(1896. 5. 19~7. 10),『신진사문답기申進士問答記』(1896. 7. 12~8. 27),『기문전紀文傳』(1896. 8. 29~9. 4),『곽어사전郭御使傳』(1896. 9. 5~10. 28),『몽유역대제왕연夢遊歷代帝王宴』(1896. 10. 26~12. 24),『이소저전李小姐傳』(1896. 10. 30~11. 3),『성세기몽醒世奇夢』(1896. 11. 6~11. 18),『미국신대통령전米國新大統領傳』(1896. 11. 12~11. 24),『김씨전金氏傳』(1896. 12. 4~12. 14),『이씨전李氏傳』(1896. 12. 28~1897. 1. 17),『무하옹문답無何翁問答』(1897. 1. 22~2. 15),『목동애전木東涯傳』(1902. 12. 7~1903. 2. 3),『경국미담經國美談』(1904. 10. 4~11. 2) 등이 있다.

일본 작품의 번역이다. 『조부인전』의 경우는 전래의 소설에서, 나머지 작품들은 대개 조선시대의 야담 또는 설화를 재편한 것이다. 이 작품들은 모두 당시 한성신보사에서 활동한 일본인들이 창작하거나 번역하여 연재[7]한 것으로 볼 수 있다. 이 작품들 가운데 일본 지향적인 정치 이념과 가치관을 강조한 『신진사문답기』와 『무하옹문답』, 일본의 설화작품을 소개한 『기문전』, 정치소설을 번역한 『경국미담』은 서사 양식을 통해 정치적 의도를 어떻게 구현하고 있는가를 잘 보여준다. 이 가운데에서 『신진사문답기』는 당대의 조선 현실과 관련하여 일본이 주장했던 여러 가지 정치적 견해를 가장 구체적인 서사적 형상을 통해 담론화하고 있는 작품이다.

『신진사문답기』는 갑오개혁을 전후한 시기의 한국의 정치 상황과 가장 밀접하게 연결되어 있던 주체/타자의 구획이라든지, 신/구의 대립 등을 모두 일본 지향적인 것으로 재구성하여 제시하고 있다. 『신진사문답기』에는 경상도 안동의 양반 신진사와 그의 친구 이학사가 등장한다. 두 인물은 임진란 당시 왜적과 싸우다 전사한 신립 장군과 이순신 장군의 후예인데, 신진사는 일본 유학을 거쳐 개명한 양반으로, 이학사는 보수적인 태도를 여전히 지니고 있는 인물로 등장한다. 이같은 인물 설정은 당대 한국사회에서 지식층들이 보여주고 있는 개화와 보수라는 상반된 현실 인식 태도를 유형화하기 위한 서사적 고안에 해당한다. 작품의 전체적인 내용은 서두에서 간략하게 서술된 신진사의 일본 유람 과정을 제외하고는 이 두 인물이 주고받는 대화가 중심을 이룬다. 그러므로 서사에서 인물 행위의 실재성이 훼손되어 있고, 두 인물의 대화

---

7) 『아다치 겐조 자서전』을 보면, 한성신보에 윤돈구(尹敦求)라는 조선인 직원이 한 사람 있었는데 그는 주로 한국어 기사의 교열을 담당했다고 한다. 조선인이 쓴 글을 기사화했다든지 조선인을 통해 소설이라든지 어떤 기사를 작성하게 한 경우가 있었는지에 대해서는 아무 기록이 없다.

속에서 대화 내용의 주제가 발전되는 과정을 통해 논리적인 대립과 이념의 갈등과 긴장이 드러난다. 이같은 특징으로 본다면 이 작품은 소설이라기보다는 풍자에 속하는 것으로 그 장르를 구분할 수 있다.

이 작품의 이야기는 신진사가 일본 유람의 기회를 갖게 되면서 시작된다. 그는 세상의 추세를 알아보기 위해 일본에 건너간다. 그리고 10년 동안이나 일본에서 살면서 발전한 일본의 문물을 익히게 된다. 그는 일본의 산천이 수려하고 문물이 발전한데다가 풍속도 정제되어 있는 것을 보고 놀란다. 특히 개명한 일본 사회의 여러 제도에 크게 감명을 받는다. 일본에서 돌아온 신진사는 새로운 세계에 대해 개안하게 된 개화인이 되어 친구 앞에 나타난다. 이 작품에서 그는 친구인 이학사에게 일본에서 보았던 개명한 세상을 칭송하고 일본의 우수한 문물에 대해 호감을 나타낸다. 이학사는 신진사의 태도에 놀라면서 일본에 대해 경계심을 드러낸다. 그러나 신진사는 조선도 일본을 배워 문명개화의 길을 걸어가야 한다고 주장한다. 이 작품에서 강조하고 있는 일본 배우기는 전통적인 보수층의 유학자들이 일본에 대해 지니고 있는 반감과 배척적인 태도를 유화적으로 다루고자 하는 담론의 정치성을 잘 드러내고 있다.

신진사의 주장 가운데 우선 주목되는 것은 당시 조선의 주변 정세를 예로 들어 외세를 경계하고자 하는 대목이다. 그는 청국과의 오랜 종속 관계를 벗어나야 한다는 점, 러시아의 남하 정책의 흉계를 경계해야 한다는 점, 서양의 침략 야욕에 유혹되지 말아야 한다는 점, 그리고 일본을 모범 삼아야 하고, 일본이 추구하는 아시아에서의 역할을 따라야 한다는 점을 강조하고 있다.

(1) 대져 웬슈라 ᄒ는 것슨 당쟈라도 풀고 화협ᄒ면 그만이여놀 홈을며 십여디가 지는 후에 풀고 화친ᄒ엿는디 무산 말을 다시 홀 것시 잇스며

조샹이 우희ㅎ여 계셔도 피츠에 국스룰 위ㅎ여 ㅅ망이 잇슨 것시지 ㅅ현이 잇슨 것시 아니여니와 가령 예젼 널노써 보아도 임진 젼징은 츰에 죠션이 피ㅎ엿다가 나죵에ᄂ 일본이 피ㅎ여 갓슨 즉 웬슈될 것시 업고 쳥국 ᄀᆞᆺᄒᆞᆫ 나라ᄂᆞᆫ 본릭 북방의 융젹으로 대명을 멸ᄒᆞ고 됴션을 음습ᄒᆞ야 항복을 밧을ᄉᆞᆯ 군샹을 변신으로 삼ᄉᆞᆯ 부녀룰 탈취ᄒᆞ여 갓스니 슈치가 빅셰의 시슬 슈 업거ᄂᆞᆯ 이것슨 붓그러운 줄 아지 못ᄒᆞ고 도리여 일본을 함협ᄒᆞ니 이ᄂᆞᆫ 분기가 업ᄂᆞᆫ 말이요

(2) 쳥국은 이왕붓허 번속의 신뇨로 알고 외방에 노예로 디졉ᄒᆞ엿거ᄂᆞᆯ 병ᄌᆞ년의 겹박ᄒᆞ야 항복 밧든 욕과 슈빅년 업슈이 녀기든 슈치를 싱각지 안코 무엇시 못 잇쳐셔 다시 싱각ᄒᆞ며 ᄯᅩ다시 신첩의 례로 공폐를 밧치던 것슬 분ᄒᆞᆯ 줄 모로나뇨 지어 아라ᄉᆞᄒᆞ여ᄂᆞᆫ 디경은 비록 연졉ᄒᆞ엿다 ᄒᆞ오나 그 실샹은 동셔가 현격ᄒᆞᆫ지라 됴션의 연졉ᄒᆞᆫ ᄯᆞ의난 사ᄅᆞᆷ도 업고 희삼위 ᄯᆞ에 시로 긔항ᄒᆞ엿스ᄂᆞ 희삼위 ᄯᆞᆫ은 본릭 죠션 ᄯᆞ이여ᄂᆞᆯ 괴휼노써 감안이 취ᄒᆞ엿스니 그 연경 졉계되ᄂᆞ 것슨 엇지 큰 환 아니리요 흠을 며 그 도읍은 티셔에 디즁희가의 잇고 인류ᄂᆞᆫ 빅인죵 즁에도 우극음흉ᄒᆞ야 텬하를 병탄ᄒᆞᆯ 마음인 줄을 우부우부라도 아ᄂᆞᆫ 비요 일은바 호랑지국이라 텬하각국이 우려워ᄒᆞ고 실여ᄒᆞ지 아ᄂᆞᆫ 나라이 업거ᄂᆞᆯ 하필 됴션이 혼쟈 두려운 줄도 아지 못ᄒᆞ고 그 탐욕ᄒᆞᄂᆞ 뜻슬 ᄭᅢ닷지 못ᄒᆞ니 이ᄂᆞᆫ 어리셕기가 심ᄒᆞ고 우슴을 텬하의 세치ᄂᆞ 바이라 엇지 붓그럽지 아니ᄒᆞ며 엇지 분ᄒᆞ지 아니ᄒᆞ리요

(3) 티셔 각국인즉 지혜가 농활ᄒᆞ야 물리를 궁통ᄒᆞ고 심력이 셩근ᄒᆞ야 긔예를 극교히 일우어셔 긔계를 부리미 인려보담 십비나 리롭고 샹고를 힘쓰미 토디 소산이여셔 빅비나 늘여셔 이에 국부병강ᄒᆞ야 텬하의 힝ᄒᆞᆯ시 동양졔국을 나와본 즉 ᄯᅡ이 긔음지고 물산이 풍요ᄒᆞᆫ디 인심이 나약ᄒᆞ고

풍속이 환산호지라 크게 깃버호며 깁히 반가워호야 몬저 남히변으로 인
도긋흔 됴호며 큰 쌍은 영국에 속국이 되고 월남긋흔 유명흔 쌍은 법국에
속디가 되고 그 다음에 여러 셤덜은 터셔 각국에 논하 가진 비 되얏는디
그 셜심 쥬계호는 법을 본 즉 일죠일셕의 급히 취호랴는 닐이 업고 쟝원
심호게 경륜을 호되 일변으로는 통샹을 호야셔 지리를 거두고 일변으로
는 텬쥬 야소교를 베프러서 인심을 항복밧을 시 의슐노써 은혜도 보이며
지물노써 권세도 부리고 병혁으로써 위염도 베플되 일호도 션실기도호
야 취죨 잡히는 닐은 업고 호말이라도 남의 취죨만 살피되 저의게 리히
업는 것슨 용셔호는 체호고 저의 리히되는 닐은 일분이라도 지는 법이 업
셔셔 나죵은 병혁이라도 부려셔 익의구나 긋치니 그 형셰와 권력이 졈졈
커저셔 츰에는 흔 자리만흔 쌍을 츠지호얏다가 나죵에는 필경 왼 디경을
졈녕홀시 그 형셰와 조즘이 졈졈 동양으로 일으올시 청국과 조션과 일
본에 셰 나라는 본리 슈쳔 년을 국민의 법도와 디방의 경계가 분명호야
아모리 욕심이 나도 급작히 호는 슈 업는지라 더구나 경영을 쟝원이 호며
계교를 깁게 호여셔 욕심을 크게 차리는지라 그러흔 사긔를 주세이 알진
딘 그 두려운 마음과 분흔 싱각을 엇다가 비호리요

(4) 일본인즉 그 인민의 신톄를 보면 대소쟝단이 죠션과 쏙긋고 이목
구비에 명낭청슈흔 것시 됴션사룸과 달을 거시 업스며 그 힝동거지를 보
면 승품에 강명호고 됴리ㅂ른 거시 됴션사룸과 긋흐며 인즈호고 다졍흔
것시 죠션사룸만 못홀 거시 업고 지어 문쩌언어에도 리치와 믹낙이 셔로
긋흐니 이는 다름이 아니라 두나라이 한 가가지로 동방에 잇셔셔 흔 분야
속이요 긔후가 긋흔 연고이라 만닐 의복을 곳쳐셔 복식이 긋흐며 언어를
강습호야 셔로 이톄홀 것시 업시 되면 죠션사룸과 일본사룸을 분변치 못
홀지라 이러케 셔로 긋흔 나라인디 죠션을 위호야셔 인명을 허다히 허비
호며 지물을 누억만거익을 덜어셔 십비ㄴ 큰 청국을 씩거셔 물니치고 됴

선의 쟈쥬독닙홀 긔초를 열어쥴 시 본국에 인명과 지물 허비된 것슨 후회 치 아니코 죠선이 그 뜻슬 밧어서 려경도치ᄒ야 즁흥ᄒ는 수업을 일우지 못ᄒ는 것만 분히 녀기니 그 후의를 감격히 녀기지 안는 사롬은 지견이 열니지 못홈이요

　앞의 인용에서 신진사는 청국과의 단절, 서양 제국과 러시아에 대한 경계, 일본을 모범 삼는 개혁과 일본과의 우호 협력이라는 정치적인 입장을 분명히 한다. 청국과의 단절은 조선이 오랜 역사적인 종속관계를 벗어나 명실상부한 자주 독립국으로 바로 서는 것을 의미한다. 이러한 주장은 이미 주체/타자의 구획 논리를 바탕으로 하는 계몽담론의 핵심 과제였으므로, 개명한 신진사의 입장에서 본다면 당연하다고 할 수 있다. 그런데, 서구 제국과 러시아에 대한 경계를 강조하고 있는 부분에서부터 신진사의 정치적인 입장이 일본 지향적 성향을 드러냄을 알 수 있다. 당시 조선왕조는 청일전쟁의 승리로 동북아에서 일본이 차지하게 된 국제적 지위와 군사적인 우위에 더 큰 위협을 느꼈기 때문에, 러시아의 힘을 빌려 일본을 견제하고자 했던 것이다. 이른바 아관파천이라고 알려진 고종의 러시아 공관으로의 피신은 바로 이같은 상황을 말해주는 장면이다. 『신진사문답기』에서 러시아의 음흉성을 비판하고 있는 신진사의 태도는 이러한 조선왕조의 외교적 자세를 비판하고 있는 것으로 볼 수 있다.

　신진사의 일본 지향적인 자세는 몇 가지 특징을 지니고 있다. 첫째는 인종적인 태도이다. 신진사는 일본인들이 조선 사람과 비슷하고 인자하며 다정하고 문자와 언어에도 이치와 맥락이 서로 같다고 말한다. 그러므로 비슷한 동양인으로서의 일본을 배우기가 훨씬 쉽다고 말한다. 더구나 서양인들의 침략을 막아내기 위해 동양인들이 서로 합력하여 서양인들의 침략에 대응해야 한다고 주장하고 있다. 둘째는 일본적 문

명개화의 모델을 익혀야 한다는 점이다. 일찍이 서구 문명의 장점을 취해 문명개화를 이룬 일본을 배우는 것이 조선의 이득이라고 주장하기도 한다. 일본은 동양의 정신적인 바탕이 되는 유학을 버리지 않고 이를 바탕으로 서학의 장점을 받아들였으므로 이를 본받아야 한다는 것이다. 특히 가까운 일본을 배우는 것이 조선의 경제 면에서도 도움이 된다고 주장하고 있다.

그러나 이같은 신진사의 주장에는 논리적 모순을 일으키는 대목이 많다. 특히 청일전쟁에 대한 신진사의 설명은 역사적인 사실 자체를 오도하고 있다. 일본과 청국이 조선에 대한 지배력의 확대 문제를 놓고 충돌했던 전쟁에 대해 신진사는 일본이 조선의 자주 독립을 위해 수많은 인명을 희생하고 상당한 경제적인 손실까지 감수하면서 청국을 물리쳤다고 주장한다. 이러한 신진사의 청일전쟁에 대한 이해는 그의 현실 인식이 얼마나 일본에 편향되고 있는가를 그대로 말해준다. 그리고 특히 일본이 동양의 이웃 나라들과 서로 연대하여 서양의 침략을 막고자 하는 원대한 이상을 갖고 있다는 주장도 이미 청일전쟁 자체를 통해 허구임이 드러났다는 점을 지적할 수 있을 것이다.

신진사가 궁극적으로 주장하고 있는 것은 일본이 조선에 적대적인 타자가 아니라 서로 대등한 입장에서 관계를 맺고 있는 우호적인 동반자이며 원조자라는 점이다. 그리하여 일본인들이 가지고 있는 커다란 경영이라는 것을 "첫지는 기명흔 사롬의 수업인즉 남을 인도시기는 것시 졔일 놉흔 닐이라 인도를 시겨셔 흔 가지로 기명흔 나라이 되교쟈 ᄒ는 욕심이요 둘지는 동류를 앗기는 마음으로 인국으로 더브로 친근ᄒ야 동심 합녁ᄒ야 이류의게 슈모를 밧지 안코쟈ᄒ는 경영이요 셋지는 법령과 덕화가 갓ᄀ온 디로 좃차셔 멀니 밋쳐셔 텬하의 놉흔 디졉을 밧고자 홈이라"고 말하고 있다. 이쯤 되면 신진사는 조선의 선비로서 그 소견을 밝히고 있다기보다는 일본 정부를 그대로 대변하고 있다고 해야 할 것이다. 실제로 신진사가 주장하고 있는 내용은 모두 메이지 시대 일본이 만들어낸 정치담론에 불과하기 때문이다.

일본이 메이지유신(明治維新) 이후 청국과 조선에 대해 보여준 정치적인 입장[8]은 크게 두 가지로 요약된다. 그 하나는 일본의 탈아시아 정책에 관련되는 문명론이며, 다른 하나는 문명론에 근거하여 내세운 인종론이다. 이 두 가지 논리는 일본이 근대화의 과정에서 스스로 정립해 놓은 자기 정체성과도 연관되어 있다. 일본이 서양에 문호를 개방하고 빠른 속도로 서구 문명을 수용한 것은 대내적으로 근대적인 국가 체제를 형성하는 과정과 연결되며, 대외적으로 화이론적(華夷論的) 세계관에 얽혀 있던 중화적 질서를 벗어나 서구적 국제 질서에 편입하는 과정과도 연결된다. 이 과정에서 한때 정한론(征韓論)과 같은 과격한 확대주의가 등장하기도 하였고, 대만 출병과 같은 군사적인 행동이 나타나기도 한다. 그러나 서구 제국이 만들어낸 문명론에 근거하여 근대적인 독립국가로서 서구의 문명국가들이 상호 유지하고 있는 보편적 질서와 가치를 주체적으로 구현하는 작업에 치중한다. 이 과정에서 일본은 자신들이 성취한 문명개화를 바탕으로 서구의 아시아 침략을 막을 책임이 자신들에게 있음을 천명하고 청국과 조선에게는 무력으로 그 개화를 협박하고 문명으로 이들을 인도할 것을 주창하게 된다. 일본이 청국과 조선의 문명개화에 대해 이처럼 큰 관심을 가지게 된 것은 이 두 나라에서 문명개화가 이루어져 서구 제국과 대등한 관계를 가져야만 일본의 독립 자존도 가능하다고 전망했기 때문이다. 일본은 반개화 상태의 청국과 야만 상태의 조선이 조속히 문명개화에 힘쓰고 아시아가 서로 연대하여 서구 제국에 대응한다는 이른바 아시아 연대론을 제기한

---

8) 야마무로 신이치(山室信一), 「아시아 인식의 기축 アジア認識の基軸」(古屋哲夫 編, 『近代日本のアジア認識』, 東京; 綠蔭書房, 1996), 3~40쪽 참조.

적도 있다. 이러한 일본의 주장은 한때 황색인종과 백인종의 대립구조를 염두에 두고 있는 인종주의적인 성격을 드러내고 있다. 조선을 사이에 두고 남하정책에 관심을 기울이고 있던 러시아와 대립하면서 러일전쟁이 촉발되고 일본이 이 전쟁에서 승리하자, 전쟁의 승리에 대한 일본의 자기규정이 한때 황인종과 백인종의 인종적 대결에서 황색 인종의 승리를 말하는 것으로 귀결된 적도 있다.

그러나 일본이 문명개화의 단계에서 시도하고 있는 아시아에 대한 새로운 인식은 그 논리가 어떠하든지 간에 문명론과 인종론을 근거 삼아 아시아에서의 일본의 지배력 확대 또는 일본의 대륙 진출을 담론화한 것에 지나지 않는다. 일본은 스스로 동양적 정신과 서양의 문명을 결합시켰기 때문에 동양에 대해서는 서양 문명의 설명자가 되고 서양에 대해서는 동양 문명의 대변자로 나설 것을 강조하고 있다. 이같은 논리에 근거하여 일본은 조선에서의 지배력 확보를 놓고 벌인 청국과의 전쟁도 문명 개진을 위한 문명과 야만의 전쟁으로 규정하게 되는 것이다. 하지만 이것은 문명이라는 이름을 내세워 우승열패의 힘의 논리를 합리화하고자 한 것에 지나지 않는다. 일본은 그들이 서양으로부터 배운 문명을 앞세우면서 서구 침략에 대응하기 위한 아시아 연대론을 만들어내기도 했지만 이것은 대륙 진출 의도를 감추기 위한 논리적인 위장이라고 할 수 있다. 특히 일본의 도움을 받아 새로운 개화 문물을 익히도록 하기 위해 조선을 보호해야 한다는 조선 보호론은 일본적 식민주의 담론의 중요한 하나의 유형이라고 할 수 있다. 이 담론을 지배하던 정치적인 권력의 실체가 바로 일본 통감부이며, 통감정치가 결국 조선에 대한 식민지 지배로 이어진 것이다.

『신진사문답기』에서 또 한 가지 주목해야 하는 것은 신진사와 이학사가 당시 국가적인 문제가 되었던 두 가지 중대 사건을 논의하고 있는 태도이다. 하나는 명성황후 시해와 그 사건에 대한 일본 정부의 처리 과정에 관한 것이며, 다른 하나는 김홍집 친일내각의 붕괴와 그들이 일본을 등에 업고 실행하고자 했던 각종 개혁의 중단에 관한 것이다. 이 두 가지 사안은 모두 정치적으로 일본과 관련된 사건이기 때문에 이들이 이 문제에 대해 어떤 견해를 보여주고 있는가를 검토할 필요가 있다. 먼저 을미사변으로 지칭되고 있는 명성황후 시해 사건에 대한 쟁론을 보면 다음과 같다.

니훅쟈ㅣ 굴으디 (…) 무릇 사름에 도리가 저의 부모를 사랑ᄒ면 남의 부모도 사랑ᄒ고 저의 임군을 위ᄒ면 남의 임군도 위홀 것시여늘 팔월사변은 쳔고의 업는 피역ᄒ 즛슬 범ᄒ엿스니 일로써 보면 셩풍과 힝사가 그에셔 더한 독홀 슈가 업고 츙셩과 효도는 아지 못ᄒ는 무리라 우리 신쟈 된 쟈의게는 만셰의 심쉬라 그러케 ᄒ고야 엇지 인심을 감복ᄒ리요 신진사ㅣ 답 왈 무릇 죄인은 원범과 죵범이 잇셔셔 경둥이 판이ᄒ거늘 함을며 무죄ᄒ 쟈를 엇지 아올나 의논ᄒ리요 향쟈의 란포ᄒ당류덜이 만히 왓다가 피역ᄒ 닐을 범ᄒ 것시여늘 엇지 일본 사룸을 통칭ᄒ며 함을며 졍부에 본의는 졍녕이 아니라 엇지 졍부야 탓ᄒ리요 니훅쟈ㅣ 굴으디 형의 말솜도 일본 사쳔만 인구가 일심이라 ᄒ오니 일심의 마음이 엇지 각립이 되오며 만닐 졍부의 본의가 아닐진딘 엇지ᄒ야 죄인을 잡어셔 명법을 아니ᄒ고 광도지판이라고 ᄒ다가 흐리 마리ᄒ여버리니 일노써 보면 엇지 의심되지 아니ᄒ리요 신진사ㅣ 굴으디 형의 말솜이 혹 괴이치 아니ᄒ되 내 소견으로만 싱각ᄒ시고 남의 소견은 싱각지 아니 ᄒ시는도다 우리 신쟈 된 사룸의 마음은 골슈의 믓친 분한을 셜치ᄒ여도 쾌치 못ᄒ려니와 저 사룸덜로 볼진딘 졔나라 위ᄒ고 시분 마음이 골돌ᄒ야 남의 나라를 어지럽게 ᄒ엿스니 아모리 졍부 명령을 어긔여셔 피악ᄒ 죄에 범ᄒ엿스ᄂ 저의 나라 ᄉ업을 위ᄒ야 죽기를 도라보지 아니ᄒ 츙셩은 쟈지이 잇는지라 공으로써 죄를 속ᄒ여도 가홀 것시어늘 엇지ᄒ야 우리 마음에 쾌ᄒ도록 졍법을 ᄒ여쥴 리치가 잇스리요 ᄯ호 사쳔만 인구의 일심이라 ᄒᄂ는 것슨 나라 위홀 마음이 굿다 ᄒ년 것시라 엇지 그 소견과 쥬의가 쏙굿다 ᄒ리요 니혹ᄌᆡ 굴ᄋᆞ디 아모리 저의 사졍으로ᄂᆞ는 층셩인 듯ᄒ나 저의 나라를 위ᄒ고쟈 홀진된 남의 나라도 위ᄒ야 디졉홀 것시니 그 죄인덜을 졍법ᄒ지 아니ᄒ고야 엇지 우리나라와 더브러 의가 잇다 ᄒ며 엇지 우리나라를 위ᄒ다 일커르리요 신진사ㅣ 왈 우리나라를 아모리 위ᄒ다 ᄒ기로니 속국과 노예가 아니거든 엇지 저의 나라보담 더 위홀 리치가 잇스며 ᄯ엇지 우리나라면 알어쥬고 저의 나라는 도라보지 아니리요 그ᄯᅦ에 범죄ᄒ 사롬덜은 들은즉 ᄒ나도 과인도 아니요 모다 평민의 진보당이라 저의 ᄶᆞ쟌은 공로도 ᄇ란 것시 아니요 일단 위국가불고사홀 마음으로 저즈려 ᄒ 것시니 저의 셰리 싱각홀 지경이면 그 츙심을 샹쥴 만ᄒ 것시 죄쥴만ᄒ 것시여셔 큰지라 그 츙심을 포샹ᄒ여야 신민을 권장이 될 것시여놀 엇지 도리여 명법ᄒ거를 ᄇ라리요 소위 광도지판이라고 ᄒ야셔 십슈삭 증계된 것만 ᄒ여도 우리나라를 디졉ᄒ 모양이니 형은 깁히 싱각ᄒ여 보라

이학사와 신진사가 쟁론하고 있는 사건은 한성신보사가 개입되어 있던 명성황후 시해 사건의 전말이며, 그 사건에 관련된 일본인들의 처벌에 관한 내용이다. 이 글에서 신진사는 우리가 주목해야 할 두 가지 중요한 문제에 대해 언급하고 있다. 첫째는 범죄 행위의 주체가 되는 범인이 누구냐 하는 점이다. 신진사가 "향쟈의 란포ᄒ당류덜이 만히 왔다가 퓌역ᄒ 닐을 범ᄒ 것시여놀 엇지 일본 사롬을 통칭ᄒ며 함을며 졍부에 본의ᄂᆞ는 졍녕이 아니라"라고 말한 부분이다. 이 부분의 내용대로 한다면, 한성신보에서는 명성황후 시해의 범인이 분명 일본인임을 인정하고 있다. 다만, 일본 정부의 개입만은 부정한다. 이같은 해명은 지금껏 명성황후 시해의 범죄 자체를 자신들과 무관하다고 주장해온 일본 측의 주장이 허위였음을 밝혀주는 근거가 된다. 이 신문이 일본 공사관

의 지원금으로 운영되었던 점을 생각한다면, 이같은 진술이 매우 중요한 것임을 알 수 있다. 그리고 증거 불충분의 이유로 범인을 방면한 일본 정부의 히로시마 재판이 부당했음을 역으로 입증하는 것으로 볼 수 있다. 둘째는 히로시마 재판의 판결의 부당성을 지목한 부분이다. 이 부분에서 신진사는 범인들이 비록 조선으로 본다면 패역의 죄인이지만 일본으로 본다면 오히려 충성을 보인 것이니 죄를 물을 것이 아니라 상을 줄 수 있다는 해괴한 논리를 펼친다. 오히려 여러 달을 감옥에 가두었던 것만 해도 조선을 대접한 것이라고 말하고 있다. 이같은 신진사의 입장은 철저하게 일본의 입장을 대변하는 것이며, 사건의 핵심을 감추는 데에만 급급하여 논리의 빈약을 드러내는 것으로 볼 수 있다.

명성황후 시해 사건에 이어 이루어지는 갑오개혁의 과정과 성과에 대한 논란도 주목해볼 필요가 있다. 다음의 인용을 보자.

니흑ᄌ| 굴ᄋ디 ᄉ오ᄒ 형에 말ᄉᆷ 굿홀진딘 인륜도리ᄂᆫ 동방의 나려오던 것슬 닥그며 리용후ᄉᆼ은 틱셔의 법을 비호ᄂᆫ 것시 올타 ᄒ엿거늘 의복관딕를 변ᄒ지 말고 예와 굿치ᄒ며 틱셔의 기예만 본밧으면 엇더ᄒ야셔 굿히여 의복만 변ᄒᄂᆫ 것도 아니라 머리ᄶᅥ지 싹그랴 ᄒ니 그 ᄯᅳᆺ슬 아지 못ᄒ노라 신진사| 왈 뎨도 과연 의관을 변ᄒ고 두발을 싹넌 것시 됴타ᄒᄂᆫ 게 아니로디 당금에 텬하 운슈가 크게 변ᄒᄂᆫ 줄에 우리나라의 사긔가 심히 위급ᄒ지라 하로 밧비 부국강병지슐을 ᄒ여야 쓸 터인디 과원과 인민이 안일ᄒ고ᄂᆫ 되지 못ᄒᆯ 닐이라 만닐 옛풍속에 나려오는 의관을 변치 안코도 능히 근금을 부려셔 국부병강ᄒ여지고 남의게 놉흔 디졉을 밧을진딘 뉘가 됴치 안타ᄒ며 오작 깃부리요마는 만닐 의관을 그디로 두어셔 졈졈 안일흔 긔샹과 히타흔 마음과 ᄉ치흔 풍속만 잘ᄋ셔 근금을 힝ᄒ지 못ᄒ고 나라이 졈졈 빈궁ᄒ야셔 아주 쇠삭흔 후에 남의게 큰 우셰를 밧어도 엇지ᄒᆯ 슈 업ᄂᆫ 디경에 일으면 아모리 후회를 흔들 쓸 디 잇스리요 일노

써 싱각ᄒ면 ᄒ라리 거쥭에 의복관ᄃᆡ를 변ᄒ고 근금을 부려셔 부국강병을 일우어셔 인류대의나 일치 안코 더욱닥거셔 타국으로 ᄒ여금 본밧게 ᄒ면 이ᄂ 것ᄒ 변ᄒ여도 속은 직희ᄂ 것시여니와 만닐 것ᄉ 직희랴다가 속ᄶᅥ지 일ᄒ면 그 경즁과 리히가 엇더ᄒ리요 니혹ᄌᆞ 글ᄋᄃᆡ 대저 국부병강ᄒ랴ᄂ 도리ᄂ 과연 근금에 잇거니와 근금ᄒᄂ 도리ᄂ 엇지 반ᄃ시 의복변제와 두발 셰삭ᄒᄂ ᄃᆡ 잇다 ᄒᄂ뇨 형용과 의복을 그ᄃᆡ로 두고ᄂ 근금을 부려셔 부국강병치 못홀 것시 무엇시뇨 신진사ᅵ 왈 그 연유가 비단 ᄒ 가지ᄲᅷᆫ이 아니라 여러 가지가 잇스니 대강 말ᄉᆞᆷ ᄒ오리라 대저 인심이란 것ᄉ 크게 격동을 시긴 후에야 과단과 농밍을 부리기가 쉬운 법이니 승현과 녕웅 렬사라도 ᄐᆡ평안일홀 적 마음과 환란딜고 잇슬 적 마음이 ᄀ지 못ᄒ거든 홈을며 범샹지인이야 격동ᄒ야 흔들지 아니코 웃지 그 심녁을 다ᄒ기롤 ᄇᆞ라리요 그런 즉 셰샹인민을 경동시기랴면 변복ᄒ고 단발ᄒ년 것만큼 큰 닐이 업스니 불가불 변복단발홀 닐에 ᄒ 가지요 ᄯᅩᄂ 사름이 아관박ᄃᆡ로 잇스면 한가ᄒ 긔샹과 안일ᄒ ᄐᆡ도가 절노 자라셔 근간을 부리기가 쟈연이 어려우며 복식이 여러 가지면 쟈연이 ᄉ치홀 마음이 자라셔 부즈런을 부리기가 어렵고 의복을 번화ᄒ게 입고 미긔탄긔 긔계 속에셔 닐을 ᄒ자면 쟈연이 가루 것 치기도 잘ᄒ며 드럽기도 잘 ᄒ야셔 아모랴도 검은 빗스로 경쳡ᄒ게 입은 복식만 못홀 것시오 ᄯᅩᄒ 인민의 마음이란 것ᄉ 웃사름이 찬란ᄒ 복식을 ᄒ면 즘션ᄒ야셔 본밧고쟈 홀시 리히를 도라보지 아니ᄒ리니 부득불 샹하가 일졔히 검은 빗스로 복식을 흐러ᄀ치 ᄒ 연후에 상하가 모다 편갈ᄒ리니 이것시 불가불 셔양을 좃차셔 변복단발홀 일에 두 가지요 됴션은 갓득 나타ᄒ고 빈한ᄒ 나라이 의관에 심녁을 씨되 일야로 자자불이ᄒ야 여간 잔잉ᄒ ᄌᆞ물은 모다 의복의 드리고 다른 여가가 업스니 엇지 만망치 아니ᄒ리요 무릇 양복은 ᄒ번 쟝문ᄒ기에 힘을 듸려노ᄒ며 심히 견고ᄒ고 드러울 넘녀가 업셔셔 밋힛식 입을 터이니 그리 히가 엇지 적으리요 이것시 복식을 불가불변 홀 닐에 셰

가지니라 쏘 그러ᄂ 데는 써 일으되 복식을 변ᄒ기를 너머 급히 ᄒ랴면
도리여 급호 히가 조금 잇슬지라 급히 일제이 변ᄒ게 말고 차차 싸러오게
ᄒᆯ 것시오 위션 두발만 몬져 싹그면 쟈연이 되리라 ᄒ노라 니흑쟈ㅣ 글ᅌ
딕 셔젼의 ᄒ엿스되 오븍으로 오쟝지라 ᄒ얏스며 즁용에 ᄒ엿스되 지명승
복이라 ᄒ얏스며 쥬쟈 말슴에 졍거의관ᄒ며 존기쳠시라 ᄒ셧스니 만닐
의관을 일제이 변ᄒ면 이우에 말슴은 모다 쓸딕업스리로다 신진사ㅣ 왈
셜영 양복으로 변복ᄒ기로니 양복에는 오복오쟝이며 지명승봉이며 졍기
의관을 ᄒ지못홀 것시 무엇 잇스리요 대져 텬하리치가 변역지 아닌는 법
이 업스니 변역ᄒᄂ 리치로써 볼진든 고금이 박귀여셔 셔로 샹반이 될지
니 예젼의ᄂ 쟝발이 귀룝더니 지금은 단발을 귀룝게 녀길 거시 리치 속
이요 지어 용신동작에도 편리홀 터이며 위싱방에도 유익ᄒ려니와 대져
여러 말을 다 그만 두고 아주 ᄭ닷기 쉬운 것시 군즁복식은 쟈고로 평복
과는 다른지라 지금 세샹은 왼 세계 각국이 모다 젼진이라 사롬마다 병
졍이라 모다 병졍예 복식으로 지니는쥴노 알진딕 가히 다르리라

앞의 긴 인용에서 논란의 대상이 되고 있는 것은 1895년 8월 명성황
후의 시해 직후 일본의 압력에 따라 이루어진 각종의 개혁 조치이다.
고종은 일본의 위협 속에서 친일적인 김홍집 내각을 조직하였고, 일본
의 지시대로 개혁 조치를 시행하게 되었는데 이를 흔히 제4차 갑오개혁
이라고 말하고 있다. 제4차 개혁의 핵심은 주로 일반 백성의 생활 관습
에 대한 것으로 태양력의 시행, 단발령, 양복 착용 등이 강제로 시행된
다. 그리고 교육제도로서는 소학교의 설치와 군대제도로서 서울에 친
위대와 지방에 진위대를 설치하는 것 등이 가장 큰 과제였다고 할 수 있
다. 그러나 이 개혁 조치는 일본의 요구를 그대로 반영한 것이었기 때
문에, 명성황후 시해 사건으로 인한 일본에 대한 반감까지 겹쳐서 심한
반발이 일게 된다. 특히 복식과 두발 문제까지 개혁의 과제로 내세워

강제로 민간생활의 관습을 일시에 변혁시키고자 하자, 이 개혁안에 대한 국민들의 분노가 일어났고, 단발령과 복장 개혁에 대한 반발이 전국적인 저항으로 이어지면서 의병활동과 연계되기에 이르는 것이다.

이같은 개혁의 과정에서 중요한 것은 개혁을 실천하는 방법이다. 이 방법의 선택에서 조선왕조는 국민의 신망으로부터 벗어나고 있다. 여기서 신진사가 주장하고 있는 논리가 바로 문제가 된다. 신진사는 오직 생활의 편리와 위생의 문제를 들어 복식과 단발을 강조하고 있을 뿐 국민들의 오랜 관습과 그에 따른 정서를 외면하고 있다. 이같은 신진사의 태도는 오히려 조선의 백성들의 정서를 전혀 도외시하고 있던 일본의 입장을 말해주는 것으로 볼 수 있다. 당시 일본은 야만의 상태에 있는 조선을 개화시키기 위해 첫째, 문명의 정신을 충분히 교육시키고, 둘째, 정치 사회 제도를 모두 개혁하고, 셋째, 의식주와 관련한 생활 관습을 모두 개혁한다는 3단계의 개혁 과정을 중시하였다. 이들은 만일에 이 개혁의 과정을 따르지 않을 경우 이를 가르치고 무력으로 시행하게 한다는 주장도 서슴지 않았던 것이다. 그러므로 갑오개혁의 개혁 프로그램은 정치 사회 제도의 개혁에서부터 민간생활 관습의 개혁까지 모두 정부가 주도하여 명령하고 이를 강제로 시행하는 방법을 채택하게 하였던 것이다.

『신진사문답기』는 작품의 결말에서 아시아에서의 일본의 역할론을 강조하는 것으로 끝난다. 일본이 제시하고 있는 개혁의 과정을 착실하게 따라야 하고, 그 결과를 성급하게 평가하지 말아야 한다는 당부까지 덧붙여져 있다. 특히 일본과 조선은 인종과 언어가 비슷하고 생활습관도 유사한 점이 많기 때문에 같은 동양인으로서 서양의 침략에 힘을 합쳐 대응해야 한다는 점이 강조된다. 그리고 설혹 일본이 조선 땅에서 이익을 취한다 하더라도 서양인들이 취해가는 것보다는 낫다고까지 말하고 있다. 조선의 실정으로 보아 서양인들의 침략이 박두하고 있는 터이므로 일본의 힘을 빌려 서양을 막는 것이 도리라고 주장하고 있는 결말에서 우리는 일본의 식민주의적 담론의 구조가 그 실체를 드러내고 있음을 보게 된다. 이같은 견해는 서양이라는 침략 세력과 강대해진 일본의 위협에 대한 조선인 선비들의 대응 논리라기보다는 오히려 서양의 침략 위협을 구실 삼아 조선에 대한 지배력을 강화하고 그것을 합리화하고자 했던 일본인들의 지배논리에 해당한다는 것을 짐작할 수 있는 것이다.

한국의 근대문학과 일본적 식민주의 담론

한성신보의 『신진사문답기』는 민감한 정치적 사안과 거기에 관련된 담론을 서사 양식을 통해 일본 지향적으로 재구성함으로써, 한국의 독자층이 지니고 있는 이념적 성격과 대중적 취향을 검증하기 위한 정치적 의도를 담고 있다. 대중적으로 확대되기 시작한 국문체를 기반으로 일본인이 직접 한국인 독자들을 상대로 그들의 사상과 이념을 담은 서사담론을 생산하여 투입하기 시작했다는 것은 이후에 그 영향력을 더욱 확대하게 된 일본적 식민주의 담론의 성격을 미리 짐작하게 하는 특이한 사례에 해당한다. 물론 이 신문에 연재된 다른 작품들은 순전히 이야기의 흥미를 위주로 하는 유희적인 것들도 있다. 전래의 야담이나 설화를 새롭게 구성하여 독자들의 흥미를 돕고 있기 때문이다. 이러한 사실을 놓고 본다면, 한성신보에서 국문체의 다양한 서사 양식들을 소설이라는 이름으로 연재한 것은 한국의 대중적 독자층을 향하여 서사 양식이 지닌 담론의 정치성과 유희성을 최대한 활용한 경우에 해당한다고 하겠다.

한성신보의 연재소설에서 드러나고 있는 것과 같은 식민주의적 관점이 한국의 근대문학에서 어떤 문제성을 지니게 되는가를 논하는 것은 그리 어려운 일이 아니다. 그리고 이미 오래전부터 한국 근대문학에 대한 연구의 상당 부분이 일본 식민주의와 한국 근대문학의 관계 양상에 대한 여러 가지 논의를 거쳐왔다. 그러나 대개의 연구가 개별적인 작가의 친일적 성향에 대한 비판적 검토를 위주로 하거나 일제에 대한 저항적인 성격을 밝혀내는 데에 관심을 집중해온 것이 사실이다. 이같은 개별적인 작가적 성향에 대한 검토는 개별적인 윤리적 판단에 도달하는 것으로 만족할 수밖에 없는 한계를 지닌다.

개화계몽 시대 이후 조선에 대한 일본의 모든 관심은 일정한 경향을 드러낸다. 그것은 동아시아에 있어서 일본의 헤게모니의 지속과 확대를 추구한다는 목표에 의해 타자로서의 조선에 대한 일본의 정치적 야망을 드러낸다. 조선에 대한 관심 자체가 정치적 문화적 전략에 의해 이루어지고 있으며, 그것이 특정의 방향으로 조장되거나 반복됨으로써 특정의 성격을 지닌 식민주의 담론으로서의 구조를 드러내게 된다. 조선에 대해서 일본이 만들어내고 있는 모든 지식은 조선에 대한 일본적인 '재현(representation)'[9]에 불과하다. 조선에 대한 모든 논의는 조선에 대한 일본의 정치적인 야욕에 근거하고 있기 때문에, 조선에 대해 만들어낸 지식과 조선을 지배하고자 하는 일본의 권력의 관계를 드러내는 문화적 징표가 된다. 그러므로 식민주의 담론의 분석은 식민지적 상황 속에서 산출된 담론의 구조 속에 은폐되어 있는 것과 노출된 것, 주도적인 것과 주변적인 것, 그리고 어떤 관념과 제도 사이의 연관성을 추적할 수 있게 만들어준다. 그리고 이같은 접근법을 통해 언어와 문화, 그리고 여러 가지 사회제도와 같이 일상적 현실을 규정해주는 것들

---

9) Leela Gandhi, *Postcolonial Theory*, New York ; Columbia University Press, 1998, p. 143.

을 통해 식민지 지배권력이 어떻게 작용했는지를 밝힐 수 있게 되는 것이다.

개화계몽 시대에 이루어진 계몽적 담론 가운데에서 우리가 주목해보아야 할 것은 타자로서의 일본에 대한 인식과 그 관계 설정이다. 주체/타자의 담론에서 일본이 어떻게 인식되었는가 하는 문제라든지, 신/구의 담론에서 일본이 어떤 모델로 등장하였는가 하는 문제는 한국을 식민지화하여 오랜 기간 착취하였던 일본의 권력이 이 시기의 담론구조에 어떻게 작용하고 있었는가를 이해하는 데에 중요한 근거가 된다. 특히 이것은 20세기 초반 한국에서 이른바 일본적 식민주의 담론구조가 사회 문화적으로 확대되는 과정을 이해하는 데에도 필수적인 것임은 물론이다.

식민주의 담론은 식민지 단계에서 식민지를 유지하기 위해 사회적 실재와 사회적 재생산을 구성하는 복합적인 기호와 그 기호의 실현[10]이다. 여기서 문제가 되는 것은 식민주의 담론에서 구현되는 대상으로서의 세계에 대한 리얼리티이다. 이 리얼리티는 실제 그대로가 아닌 식민지 지배자의 입장으로 재해석되거나 그들의 눈을 통해 반영된 것이라는 한계를 지닌다. 말하자면, 일본적 식민주의 담론은 일본 중심의 사고방식에 깊이 침윤되어 있다. 그러므로 이 담론은 식민지 조선의 현실과는 거리가 멀다.

실제로 개화계몽 시대의 한국의 입장에서 본다면 일본은 거의 절대적인 문제의 대상이었지만, 일본에 대한 모든 것들과 일본이 만들어낸 조선에 대한 문제들은 실제 사실과는 관계없이 조작된 '진실'이었다는 것이 자명하다. 이미 일본은 서구에 대한 문호 개방(1854)을 통해 서구적 세계 질서에 편입하기 시작하였고, 메이지유신을 통해 국내의 정치

---

10) *Ibid*., p. 77.

체제에 대한 개혁(1868)을 완료한 바 있다. 이 과정에서 일본은 유신과 개혁에 대한 대내적인 불만을 해소하기 위한 방법으로 이른바 정한론이라고 일컫는 조선 정벌을 획책한 바 있고, 이 문제가 국내 정치세력 사이의 갈등으로 무산되자 대만 출병(1874)을 기도한다. 대만 출병은 일본의 존재와 군사력이 서구의 세계에서도 긍정적으로 평가되는 계기를 만들었고, 일본 자체 내에서도 자국의 외교력과 군사력에 대한 자존심을 내세울 수 있는 기회가 되었던 것으로 생각된다.

이같은 이유 때문에 개항을 전후한 시기에 한국 내에서는 한때 '왜양일체(倭洋一體)'에 대한 주장[11]이 제기된 적도 있다. 이것은 소수의 지식층에 의해 제기된 문제였지만, 당시로서는 심각하게 검토했어야 할 사안이었다. 일본은 강화도조약 이후 청국을 견제하면서 조선 문제에 대한 주도권을 유지하기 위해 정한론과 같은 과격한 정치논리를 배제하고 이른바 '아시아 연대론'을 내세우고 있다. 이 아시아 연대론의 핵심은 일본이 침략 세력인 서양과 다르다는 점, 일본과 청국과 조선이라는 아시아 3국이 연합하여 서양의 동방 침략을 막아야 한다는 것이다. 그러나 이 주장이 허구적인 논리에 불과하다는 것은 청일전쟁으로 판명된다. 그리고 일본은 러시아의 남하정책을 막기 위해 러일전쟁을 도발한 후 이 전쟁의 승자가 되자, 아시아 연대론을 '대동합방론'으로 바꾸었다. 이 새로운 주장은 대한제국 시대 이후 한국의 병탄을 위한 논리적 근거가 되었다. 이같은 일본의 논리는 아시아에 대한 일본의 독점적 영향력을 강화하기 위한 정치적 담론으로서 식민주의적 성격을 분명하게 드러내고 있다.

그런데 근대적인 개혁의 실천적 주체로서의 능동성과 힘을 구비하지

---

11) 이 주장은 일본과 강화도조약을 맺을 무렵에 최익현에 의해 제기된 것인데, 최익현은 이 상소 이후 유배되기도 하였다. 한영우, 『우리 역사』, 경세원, 1997, 428쪽.

못한 한국 내의 일부 집권세력은 개혁이라는 명분을 내세우면서 일본과 연계되었기 때문에 이같은 일본의 침략논리를 제대로 인식하지 못했다. 그들은 일본을 적대적 타자로 설정하여 이를 경계한 것이 아니라, 한국의 자주와 독립을 지켜주고 근대적인 개혁을 도모해줄 수 있는 절대적인 강자로 인정하면서 오히려 일본의 아시아 연대론이나 대동합방론에 동조하는 경향도 나타내고 있다. 바로 여기서 일본적 식민주의 담론의 형성이 가능해지게 된다.

일본적 식민주의 담론의 초기 형태는 식민지 지배세력으로 성장한 일본이 그들의 우월한 힘에 의해 만들어내는 정보로부터 비롯된다. 일본이 지니고 있는 군사력에 대한 과대한 선전으로 한국을 비롯한 여러 나라에 대해 군사적인 위협과 공포를 느끼게 하고, 동아시아에서의 강자로서의 일본의 역할을 강조한다. 한편으로는 조선이 처해 있는 위기의 상황을 과장적으로 내세워서 한국인들이 서구 제국의 침략에 대한 공포를 느끼도록 조장한다. 그리고 조선이 국제적인 자주국가로서의 입장을 지니기 위해서는 청국과의 조공적인 관계를 청산해야 한다는 점, 조선의 산업을 개발하고 국력을 신장하기 위해서는 일본의 보호와 지원이 필요하다는 점을 선전한다. 이러한 담론의 조작은 지배세력인 일본의 힘에 의해 만들어지는 것이지만, 한국인의 입장에서는 객관적인 사실적 근거를 확보하지 못하고 있기 때문에 이같은 정보와 담론의 구조 속에서 스스로를 인식할 수밖에 없게 된다. 그러므로 여기서 만들어지는 정보가 한국인들에게는 당시의 상황에 대한 일정한 지식과 신념의 체계를 형성하게 만들어주는 하나의 진실이 되어버리는 것이다.

일본적 식민주의 담론의 확대는 침략세력인 일제의 조선에 대한 지배력 확대 과정과도 맞물려 있다. 일제의 침략세력이 확대되는 과정은 민간 중심의 정치적 활동과 주체/타자의 구획에 근거한 정치적 성격의 담론이 억제되어버리는 과정과 일치한다. 실제로 1905년 통감부의 설치 이후부터 사회적 제도와 행위로서의 민간단체의 정치적 조직활동은 모두 사라지고 이와 관련된 주체/타자와 관련된 정치적 담론도 억제된다. 뒤에 남은 것은 신/구의 구획논리에 근거한 개화론이다. 이 논리는 정치적 성향을 제거한 계몽적 담론으로 유지되긴 하였으나, 문명개화라는 이름을 앞세우고 조선을 착취하고자 했던 일제의 식민주의 담론과 겹치게 된다. 일제의 식민주의 담론에서는 과장된 신/구의 구획 논리를 바탕으로 허상으로서의 개화를 확대재생산하는 데에 주력하게 되는 것이다.

일본이 강제력을 동원하여 언론을 장악하고 한국인들의 여론을 조장하기 시작한 것은 통감부 당시 1907년에 공포된 신문지법과 1908년의 출판법이라는 언론 검열법이다. 이 법은 식민지 지배가 시작되면서는 치안유지법과 함께 연결되었는데, 담론에 대한 허용과 규제의 규칙이 일본의 입장에서 만들어진 악법이다. 이 악법에서부터 조선 사회에서 일본에 대해 저항하거나 비판하는 주장과 행위가 규제의 대상이 되며 그 보도도 금지된다. 조선에서 행해지는 일본의 경제적인 착취 행위에 대한 언급도 불가능해진다. 식민지 지배를 위한 권력의 형성 과정과 정치 상황에 대한 보도가 금지된다. 그리고 기존의 출판 도서들에 대해서도 광범위한 검열을 지속하여 앞의 사항과 연관되는 것은 모두 발매 반포의 금지 조치를 내리게 되는 것이다.

일본에 의해 만들어진 일본적 식민주의 담론에서 가장 가공할 만한 것은 차별화와 동질화라는 이중적인 논리로써 조선을 규정했다는 점이다. 이 두 가지 방법과 논리는 언제나 일본의 선택에 의해 조선에 적용된다. 어떤 경우에는 차별화의 논리가 앞세워지고 어떤 때는 동질화의 논리를 내세운다. 어떤 경우에는 이 두 가지 논리를 동시에 내세우기도 한다.

일본이 만들어낸 '내지'로서의 일본과 식민지로서의 조선에 대한 정치 경제 군사 문화적 구획은 차별화의 논리에 근거한 식민주의 담론구조의 전형에 해당한다. '내지'는 모든 권력의 근거이며, 정치행위의 주체이며, 문화의 중심이다. 그러므로 식민지 조선에서 '내지'는 하나의 꿈이며 환상이다. 개화된 문명, 발달된 산물, 풍부한 지식, 정비된 제도, 자유로운 활동을 상징하는 것은 모두 '내지'이다. 그러나 당시 조선을 거쳐간 일본의 지식인들이 조선에 대해 기술한 대부분의 견문 기록들은 모두 조선은 미개의 땅이며, 조선인들은 야만의 원시인들이라고 기술한다. 사회적으로 지니고 있는 야만성과 종족의 원시성을 강조하기도 하고, 반도적 근성으로서의 창조력의 결핍, 오랜 당쟁으로 인한 인간적 신뢰성의 붕괴를 꼬집기도 한다. 조선인들이 지니고 있는 나태한 관습과 사기적인 행위와 비위생적인 생활습관이 조소의 대상이 되기도 한다. 그리고 조선은 모든 일본인들에게 자연스럽게 누구나 마음만 먹으면 '한탕'할 수 있는 착취의 땅으로 각인된다. 이같은 기술은 일본의 지배 아래 놓여 있는 조선 식민지의 비참한 상황과 일본인들의 포악한 강제적인 지배력의 문제성을 모두 은폐시키고 조선이 본래부터 지니고 있던 것으로 간주되는 후진성을 과장하는 데에 동원되는 것이다. 이들은 일본의 지배 이후에 이루어지는 식민지 조선의 제도적인 정비, 산업의 개발, 문화의 발전 등을 끊임없이 강조함으로써 일본의 지배력을 대내에 널리 선전한다. 이러한 일본적 식민주의 담론은 식민지 시대를 벗어난 오늘에 이르기까지도 일부 일본인들과 일부 한국의 지식인 사이에도 여전히 그들의 행동과 사고에 영향을 미칠 정도로 그 파급력을 유지하고 있다.

한국의 개화계몽 시대에 등장하기 시작한 일본적 식민주의 담론은 식민지화된 조선에 대해 만들어진 당대의 모든 텍스트에 적용된다. 그것은 조선을 식민지 체제로 지배하면서 일본인들이 그들의 필요에 의해 운용해온 식민지 지배의 논리로 특징화된 언술의 체계[12]를 드러내고 있기 때문이다. 그러나 이 식민주의 담론은 서구 제국의 식민지 경영의 방법을 그대로 모방한 일본적인 것에 불과하다.

일본적 식민주의 담론이 형성되던 시기에 한국 내에서 이루어진 개화계몽 담론은 그 이념적 실체가 반식민주의적 민족주의에 뿌리를 두고 있다. 이러한 이념적 성격은 일본이나 서구 제국의 어떤 모델을 차용한 결과는 아니다. 한국의 개화계몽운동 시대는 비록 그 출발이 외세의 침략 위협에 대응하기 시작한 때부터 이루어지고 있지만, 한국 민족은 한반도에서 수천 년 동안 독자적인 문화적 규범을 형성하며 하나의 공동체로서 존재했던 것이다. 한국에서 이루어진 개화계몽운동은 물질적 세계와 정신적 세계를 항상 구별하고자 했던 것이 사실이다. 서구 문물의 적극 수용에 의해 문명개화를 이루고자 하는 것은 물질적인 세계에서의 외래적인 요소의 수용을 적극화한 것을 말해준다. 그러나 외래적인 물질세계의 변화에도 불구하고 정신적 세계는 외래적인 것과의 차별성을 유지하고 그 독자성을 지키고자 했던 것이 특징이다.

그러므로 강압적인 일본의 식민지 정책에도 불구하고 한국인들이 사회 문화적으로 유지해온 관습과 질서에 일본의 요구가 쉽게 스며들지는 못한다. 그 가장 중요한 사례의 하나가 일본이 강행하고자 했던 한국어와 한글의 말살정책이다. 식민지 시대에 들어서면서 일본은 국어와 국문이라는 용어를 일본어와 일본글을 의미하는 것에만 사용하게 한다. 개화계몽 시대에 이루어진 계몽운동 가운데 가장 실천적으로 사회적 확대가 가능했던 국어국문운동은 그러므로 식민지 시대 초기

---

12) Sara Mills, *Discourse*, New York: Routledge, 1997, p. 106에서 설명하고 있는 식민주의 담론의 개념은 푸코의 담론 개념을 그의 오리엔탈리즘에 적용했던 에드워드 사이드의 개념을 그대로 원용한 것이다. 식민주의 담론은 식민지에 관한 텍스트의 저변에 형성되어 있는 사고의 방법적 조작, 텍스트의 산출과 삭제의 규칙 등을 드러내고 있다는 점을 주목해야 한다.

에 한때 쇠퇴의 길을 걷게 된다. 일본 식민지 지배세력은 국어를 조선어로 격하시켰고 국문은 언문이라는 과거 조선시대의 치욕적인 명칭으로 바꾸어놓는다. 바로 이같은 식민주의 정책으로 인하여 한국인들은 언어와 문자의 독자성을 지키는 길을 반식민주의운동의 하나로 실천한다. 1919년 3·1운동 이후에 국어국문운동은 가장 생명력이 있는 민족문화운동으로 다시 살아난다. 일본에게 빼앗긴 국문이라는 명칭 대신에 '한글'이라는 빛나는 이름을 다시 만들어 가지게 되었으며, 일본의 군국주의가 확대되는 시기에 한글맞춤법통일안을 일본의 식민지 교육제도와는 관계없이 주체적으로 규범화하여 일상적으로 활용하도록 했던 것이다.

일본적 식민주의 담론 가운데 동질화의 논리에 근거한 황민화운동은 엄밀하게 따질 경우 대륙으로 대양으로 확대되기 시작한 전쟁에 조선인들을 동원하기 위한 술책에 지나지 않는다. 식민지 노예가 그 식민지의 주인과 마찬가지로 주인이 될 수 있다는 것을 헤겔은 '노예와 주인의 변증법'을 통해 가르친 바 있다. 헤겔의 도식에 의하면 노예가 주인이 되고 그 주인이 노예로 변하는 것이지만, 일본은 노예와 주인이 더 큰 세계의 새로운 주인이 될 수 있다고 떠벌린 것이다. 대동아 공영권의 주인공이 되기 위해 황국의 신민이 되어야 했던 조선인들은 자기 성과 이름을 강제로 고쳐야 했고 고유의 언어마저 빼앗겨버린 것이다. 조선인들이 황민화운동에 적극 동참하여 일본인처럼 주인으로 대접되었는지 하는 것은 관심을 둘 여지도 없다. 왜냐하면 이 거창한 식민주의 담론은 사실 좀더 멀리 본다면 조선인과 조선인들이 만든 역사와 문화를 모두 함께 말살시키기 위한 무서운 정책이 되었기 때문이다.

일본적 식민주의 담론은 그것이 만들어진 식민지 시대의 지배논리를 대변했던 것임에도 불구하고 여전히 문제성을 드러내고 있다. 그것이 일본인들의 한국에 대한 사유와 행동에 적지 않은 영향을 미치고 있고,

한국인들의 사유구조와 행동방식에도 작용하고 있기 때문이다. 최근에 중요한 쟁점이 되고 있는 한국의 근대화와 한국사회의 근대성의 문제에 대한 논의를 예로 들어보면 그 문제성을 쉽게 짐작할 수 있다. 일본의 식민지 지배가 한국의 근대화에 미친 영향을 논의하면서 일본인들은 언제나 일본을 시혜적 입장에 세워두고 있다. 한국인들 가운데에도 이같은 주장에 편승하는 인사가 있다. 그리고 인정해야 할 역사적 사실을 인정하는 것이 지식인의 의무라고 논변을 덧붙이기도 한다. 참으로 가석한 일이다. 일본이 세워둔 학교, 일본이 만든 철도와 도로와 항구, 일본이 만든 공장이 진정으로 한국의 근대화의 초석이 되었다면, 그리고 그 엄청난 시혜를 인정해야 한다면, 바로 그같은 투자(?)를 통해 이루어낸 일본의 경제적 착취와 왜곡된 경제구조와 전도된 가치체계와 조선인들의 희생과 고통을 어떻게 설명할 것인가?

이제 다시 한 가지 사실을 언급하고 우리의 논의를 마치기로 한다. 이미 앞서 일본적 식민주의에 대응하여 만들어낸 개화계몽 담론의 이념적 속성을 민족주의라고 규정한 바 있다. 여기서 말하는 민족주의는 서구적인 것의 수용이나 일본적인 것의 모델을 통해 성립된 이념이 아니다. 조선이 일본의 지배하에 놓이게 되었지만, 한민족이라는 공동체는 이미 그 이전부터 존재해왔던 것이다. 더구나 한국인들이 식민지 지배의 상황에서 체험한 일본적 모델의 근대 체험이라는 것은 지배/피지배의 착취구조로 왜곡된 서구적 제국주의 질서였던 것이 사실이다. 이것은 한국인들에게는 여전히 봉건주의 지배방식과 다를 바가 없었던 것이다. 한국의 반식민주의 담론 가운데 이같은 모순을 가장 극명하게 제시하고 있는 것이 식민지 시대의 사회주의 운동[13]이었다는 것은 암시하는 바가 크다.

---

13) 졸저, 『한국 계급문학 운동사』, 문예출판사, 1998, 354쪽.

한국 현대문학비평의 논리

머리말

한국문학은 3·1운동 직후 1920년대부터 다양한 비평적 담론을 통해 문학비평의 독자성을 확보하고 있다. 한국의 문학비평은 그 출발점에서 전통적인 심미사상을 제대로 계승하지 못했지만, 스스로 어떤 방법을 창조하기 위해 여러 가지 시험을 거쳤다. 일본의 식민지 지배를 벗어난 해방 이후에는 서구 문예이론의 폭넓은 수용이 이루어지면서 방법론 자체에 대한 이해와 함께 문학적 현상에 대한 새로운 분석과 해석을 가능하게 하였다. 그렇기 때문에 오늘의 한국 문학비평은 방법론의 자기 모색 단계를 벗어나고 있다.

한국의 문학비평은 그 방법과 형태가 비평의 정신적 지향과 맞물려 대부분 문학 외적인 현실 이념에 깊이 연관되어 있다. 이것은 문학 자체가 시대적 조건이나 상황 변화에 밀착되어 있는 데에서 비롯된 현상이 아닌가 생각된다. 물론 문학비평은 그 방향이 어떠한 속성을 드러내고 있든지 간에, 한국문학의 존재 의미를 정당화해나가기 위해 필요한 방법과 정신을 대변해온 것이 사실이다.

해방 이후 민족분단의 역사적 상황을 배경으로 하는 한국 현대문학에서 지속적인 관심사로 제기된 비평적 쟁점은 문학의 가치에 대한 인식을 둘러싸고 이루어진 일련의 논쟁들이다. 해방 직후 민족문학의 새로운 건설을 놓고 문단의 좌우 세력이 서로 갈등하면서 제기한 계급/순수론, 60년대 중반 이후 문학과 사회 현실의 관계를 재정립하기 위해 논했던 순수/참여론, 70년대 중반부터 문학과 민족 전체의 삶에 대한 인식의 방법을 중심으로 논란을 거듭한 민족문학론 등이 모두 여기에 속한다. 이들 논쟁은 그 성격상 가치론의 범주에 속하는 것인데 문학 외적인 시대 상황의 변화에 따라 그 방향이 결정되고 있다.

이 글은 한국 현대문학비평의 전반적인 흐름 속에서, 비평의 관점과 방법의 문제를 중심으로 하는 여러 가지 비평적 담론의 형성 과정을 개괄적으로 검토하는 데에 목표를 둔다. 특히 한국 현대문학비평의 성격을 규정지어놓고 있는 중요한 비평적 쟁점을 중심으로, 서구 문학이론의 수용과 함께 비평적 방법론의 주체화 문제를 거론하게 될 것이다.

현대문학과 비평의 쟁점

(1) 민족문학의 이념적 갈등, 순수성과 계급성

해방 직후의 문단에서 제기된 중요한 비평적 담론은 새로운 민족문학의 건설 문제이다. 이것은 한국문학의 정신적 좌표를 설정하기 위한 비평적 작업과 직결된다. 그러나 그 구체적인 실천의 방법에서는 문단적 분위기를 지배하고 있던 이데올로기의 요구에 따라 서로 다른 지향을 드러내고 있다. 문단의 조직이 좌익과 우익으로 분열되면서 그 이념적 대립이 심화되었던 것이다.

좌익문단의 경우, 조선문학건설본부가 결성된 후 조선프롤레타리아 문학동맹이 다시 조직되어 문학운동의 이념적 정통성과 노선 문제를 놓고 갈등을 드러내게 된다. 조선문학건설본부는 '인민에 기초한 새로운 민족문학'을 내세웠고, 조선프롤레타리아문학동맹은 '계급에 기초한 프롤레타리아문학'을 주장하면서 문학운동의 방향을 설정하고 서로 조직의 우위를 점하기 위한 활동을 전개한다. 그러나 좌익문단의 조직 분열은 조선공산당이 장안파와 합류하면서 정치운동의 단일노선을 구축하게 되자 곧 해소되기에 이른다. 두 조직의 통합으로 조선문학가동맹의 결성을 보게 되면서 좌익문단의 조직 분열과 이념적 갈등도 극복되고 있는 것이다.

좌익문단의 민족문학에 대한 논의는 조선문학가동맹의 결성과 동시에 새로운 단계에 접어들고 있다. 조선문학가동맹은 그 강령에서 1) 일본 제국주의 잔재 소탕, 2) 봉건주의 잔재의 청산, 3) 국수주의 배격, 4) 진보적 민족문학의 건설, 5) 조선문학의 국제문학과의 제휴 등을 내세우고 있다. 여기서 진보적 민족문학의 이념적 성격은 민족문학이 노동계급의 이념에 기초한다는 점을 밝힌 임화의 주장을 통해 분명하게 규정된다. 임화는 좌익문단의 조직을 주도하면서 인민에 기초한 문학, 진보적인 민족문학, 민주주의적 민족문학이라는 개념들에 내포되어 있던 이념적 불투명성을 제거하고, 민족문학의 건설이 노동계급의 이념성에 의해 규정되는 계급문학임을 분명히 하고 있는 것이다. 이들이 각기 다르게 내세운 바 있는 '진보적' '민주주의적' 등의 관형어들은 모두 문화통일전선운동을 전개하기 위한 방편으로 동원된 것이라고 할 수 있는데, 노동계급을 민족해방의 동력으로 내세우고 있는 이념주의자들의 정치운동이 문학운동의 노선을 완전히 장악하고 있다는 점도 간과할 수 없는 사실이다.

그렇지만, 좌익문단의 민족문학론은 미군정 당국에 의해 조선공산당의 모든 정치활동이 금지되자, 조선문학가동맹의 중요 구성원들이 대부분 월북해버림으로써 점차 그 영향력이 좁아지게 된다. 그리고, 민족문학에 대한 논의 과정 자체도 정치운동과 문화운동의 접근을 시도했던 이념론자들의 논리에 의거한 것이었기 때문에, 계급문학으로서의 민족문학은 현실적인 정치조직의 기반이 와해되기 시작하면서 실천적인 입지를 잃고 있다고 할 것이다.

민족계열의 우익문단에서는 조선문학가동맹을 통해 좌익문단의 통합이 이루어지자, 이에 대응하여 문단을 정비하고 전조선문필가협회를 조직하게 된다. 그리고 소장파 문인들이 중심이 되어 조선청년문학가협회를 조직하면서부터 민족문학에 대한 새로운 논의를 전개하고 있다. 전조선문필가협회와 조선청년문학가협회의 문학노선은 문학의 자율성과 순수성에 대한 주장을 통해 공식주의적인 문학의 경향을 배격하고 문학의 독자적인 영역을 강조하고 있다. 특히 문학의 순수성을 강조함으로써 그 이념적 편향을 경계하고 있으며, 표현론적 관점에 입각하여 문학의 본질적인 미적 가치 자체를 중시하고 있다. 그러나 이같은 순수문학론은 역사와 현실로부터의 문학의 초월적인 입장을 고수한다는 점에서 좌익문단으로부터 반역사적인 문학주의로 매도되고 현실도피적인 문학으로 비판되기도 한다. 그렇지만 김동리, 조지훈, 조연현 등에 의해 순수문학에 대한 논의가 거듭 제기되면서 그 영향력을 확대하고 있다.

김동리는 민족문학과 순수문학을 등질적인 관계로 설명한다. 문학의 본질적인 속성이란 김동리의 주장에 의하면 인간성 옹호, 개성 향유를 전제로 한 인간성의 창조의식의 신장 등으로 요약된다. 그는 이러한 정신이 휴머니즘에 맞닿는 것이기 때문에, 휴머니즘의 정신에 바탕을 둔 순수문학이 민족문학의 실체임을 강조하게 되는 것이다. 김동리는 민족정신이라는 것을 민족 단위의 휴머니즘이라고 주장함으로써 임화가 내세웠던 노동계급의 이념으로서의 민족의 이념이라는 개념에 정면으로 충돌하고 있다. 민족 단위의 휴머니즘을 민족정신이라고 할 경우, 민족에 대한 계급적 인식을 초월하는 포괄적인 관점을 취할 수밖에 없다는 것은 당연한 일이다.

그런데, 김동리가 주장하고 있는 순수문학론은 이헌구, 조연현, 조지훈 등에 의해 다시 강조되면서 한국문학의 새로운 지표로 귀결된다. 김동리를 중심으로 하는 조선청년문학가협회가 정부 수립 후에 문인집단의 중심을 이루게 되었으며, 그 문학적 지표가 모두 김동리의 순수문학적 입장과 동일선상에 놓여 있었던 점이 바로 이를 입증해주고 있다. 당시의 상황으로 보아 이러한 방향 정립은 정치적 판도에 따른 것이지만, 민족문학 자체의 속성이나 그 역사적 의미에 대한 논의가 문학의 순수 본질론으로 대치되었다는 점을 알 수 있다.

결국 해방 직후의 문단에서 제기된 새로운 민족문학의 건설 문제는 민족문학의 본질 개념을 놓고 문단의 좌우 분열에 따라 상반된 이념과 가치를 지향한다. 일제의 식민지 지배로부터의 해방과 민족, 국토의 분단으로 이어지는 상반된 역사체험을 놓고 볼 때, 이같은 현상은 문학운동 노선 자체가 이미 이데올로기의 대립과 민족분단의 논리에 자연스럽게 편승하고 있음을 알 수 있다. 그 결과로, 좌익문단의 민족문학은 계급문학으로 귀착됨으로써 계급적 이념을 추종한 문인집단의 월북을 낳았고 그 문학적 파탄을 초래하게 된다. 우익문단의 순수문학론은 한국 사회의 변혁 과정에서 역사적 현실로부터의 초월과 이데올로기로부터의 도피를 당연시함으로써 문학의 사회적 기능을 협애한 것으로 만들어놓게 된 것이다.

(2) 문학의 사회적 기능, 참여론과 순수론

한국의 현대문학은 민족과 국토의 분단이라는 역사적 질곡과 한국전쟁이라는 고통의 현실을 겪으면서 인간의 삶과 그 존재방식에 대한 회의와 비판을 중요한 문학적 경향으로 드러낸다. 그리고 1960년 4·19혁명을 거치면서 전쟁의 피해의식에서 벗어나게 된다. 한국 사회에서 자유와 권리에 대한 자기 각성, 사회적 현실에 대한 비판적인 인식, 민족의 역사에 대한 신념을 다시 불러일으켜놓은 4·19혁명은 자유민주주의에 대한 거대한 열망과 부정부패에 대한 단호한 비판을 동시에 내포함으로써, 정치 사회적인 측면만이 아닌 삶의 모든 영역에서 하나의 중대한 정신사적인 전환점을 이루게 되는 것이다.

4·19혁명은 전후문학이 빠져들었던 위축과 나태와 무기력에서 벗어날 수 있는 기회를 제공하고 있다. 순수의 언어를 꿈꾸던 시인도, 대중의 삶에서 등을 돌렸던 작가도 모두 이 힘찬 물결 속에서 자기 영역만을 고집할 수가 없게 된다. 모든 문학인들은 현실적 상황에 대한 구체적인 인식이 가능해지면서 자기 각성과 새로운 변모를 꾀하기 시작했으며, 문학의 세계가 보다 적극적으로 포괄의 힘을 발휘해야 한다는 사실도 인지할 수 있게 되었던 것이다.

1960년대 중반을 지나면서 한국문학에는 문학과 현실에 대한 새로운 역사적 인식이 자리잡게 된다. 우선 문학이 역사와 현실에 대한 신념을 표출할 수 있어야 한다는 당위론이 제기되면서 현실 지향적인 문학의 정신이 고양되기 시작한다. 이러한 변화는 비평의 영역에서 이른바 참여론과 순수론의 갈등으로 노정되기도 하였지만, 문학이 삶의 영역을 초월하는 것만으로 만족될 수 없다는 것은 당연한 주장으로 받아들여진다. 그리고 민족문학의 정통성에 대한 새로운 각성과 함께 단절의 논리로만 해석되었던 전통론의 방향이 전통의 계승과 극복이라는 변화와 발전의 의미로 이해되기에 이른다. 문학이 개인적인 정서 영역에서 자족적인 것으로만 존재할 수 없다는 주장도 나오고, 민족문학이라는 이름 아래, 민족 전체의 삶을 총체적으로 형상화할 수 있는 방법이 모색

되기도 한다.

전후의식의 극복 과정에서 가장 커다란 진폭을 남기고 있는 비평적 쟁점은 문학의 현실참여와 관련된 문단의 분파적 논쟁이다. 1960년대 중반 혼란한 현실 속에서 인간의 삶과 그 존재방식에 대한 회의와 저항이 노골화되자, 현실적 상황에 대응할 수 있는 문학의 힘이 요구되기 시작한다. 문학이 사회 현실과 역사에 대해 적극적인 관심을 갖고 능동적으로 참여해야 한다는 것은 당대적 상황에 대한 비판적 인식에서 비롯된 것이지만, 그러한 지적인 분위기는 2차대전 이후 사르트르를 중심으로 하는 프랑스 실존주의자들의 앙가주망 운동에 간접적으로 영향받은 바 크다.

문학에서의 현실참여는 우선적으로 작가 자신이 현실에 대해 각별한 관심을 표명하는 데에서 출발한다. 그리고, 현실에 입각하여 시대와 상황에 대한 문학의 역할을 자각하는 것이 필요하다. 이러한 문학의 기능을 '저항의 문학'이라는 테마로 규정한 것이 이어령이다. 그러나, 보다 적극적인 문학의 사회참여를 주장하며, 현실의 부조리를 비판하고 고발하는 문학정신을 강조하는 견해들이 4·19혁명 이후 문단의 관심을 모으게 된다. 김우종, 홍사중, 김병걸, 장백일, 임중빈 등이 내세운 참여문학론은 순수문학의 예술지상주의가 지니고 있는 허구성을 지적, 비판하면서 새로운 파문을 일으키고 있다. 이들은 문학의 비판정신을 리얼리즘의 정신과 연결시키기도 하고, 역사의식에 바탕을 둔 작가의 사회적 태도와 그 책임을 모럴 의식으로 내세우기도 한다. 문학의 현실참여론이 문단의 관심사가 되자, 이에 대한 비판론도 만만치 않게 등장하고 있다. 문학의 순수성과 그 예술적 가치를 옹호하고 나선 김동리, 조연현 등의 구세대는 물론이고, 김상일, 이형기, 김양수 등이 이에 동조하게 되어, 순수론과 참여론의 논쟁이 확대된다. 문학의 사회참여론이 문학의 사회적 역할이라는 효용적 기능론에서 벗어나게 된 것은 김붕구에 의해 앙가주망 운동의 이데올로기적 편향에 대한 경고가 있은 뒤부터이다. 정치적인 사회참여의 경향을 따르기 시작한 한국문단에서는 이 무렵에 작가의 글쓰기 행위가 지니는 의미를 본질적으로 검토할 수 있는 기회를 갖게 된다.

참여론의 문단적 파장이 문화 전반에 걸쳐 확대된 것은 김수영의 자유주의적인 참여론이 제기되는 것과 때를 같이한다. 김수영은 4·19혁명의 좌절과 군사정권의 등장 이후 나타난 언론의 무기력과 지식인의 퇴영성에 대한 비판으로부터 그의 참여론의 단서를 끌어낸다. 그는 정치적 이데올로기에 의해 획일화되고 있는 문화현상을 우려하면서, 문학의 자유와 그 전위적 실험성이 억압당하고 있는 상황의 위기를 극복하기 위해 문학의 현실참여가 요청된다고 주장한다. 이러한 주장과 각도를 달리하여 이어령은 문화 자체의 응전력과 창조력의 고갈을 먼저 문제 삼아야 함을 강조하면서, 시대 상황과 현실의 논리만 추종하는 참여론의 한계를 지적하게 된다.

참여론은 문화의 자율성에 대한 인식 문제와 충돌하면서 문학의 효용과 가치에 대한 새로운 미학적 기반을 요구하게 된다. 그리고, 표현론적 차원의 순수성을 절대적인 기준으로 설정하고 있던 순수문학에 대한 반발이라는 점에서보다는 문학의 사회적 기능과 작가의 양심이라는 사회윤리적 가치론의 차원을 리얼리즘의 정신과 방법에 연결시키고자 한 것이 중요한 의미를 가지는 점이다. 물론 이 논쟁은 전후문학의 폐쇄적인 분위기를 극복할 수 있는 정신적 충격을 가져온 것도 사실이고, 4·19혁명의 좌절 이후 지성의 위축과 정신문화의 피폐에 빠져든 사회 현실에 비판을 가하고 있는 것도 사실이다. 특히 1970년대 이후의 민족문학론의 단서를 제공하고 있는 점도 주목된다. 그러나, 문학을 참여/순수로 나누어버리는 이분법적 사고를 일반화시킴으로써, 문학의 본질과 그 포괄성을 단순화시켜버린 점을 지적할 수 있을 것이다.

(3) 민족문학과 민중론

　한국사회의 산업화가 급속하게 추진된 1970년대 이후 한국의 문학비평은 순수／참여론의 연장선상에서 민족문학론과 그 뒤를 이은 민중문학론이 그 쟁점을 이루고 있다. 민족문학론은 신문학 60년을 정리하기 위한 일련의 작업 가운데에서 관심사가 되었던 전통론과도 맥락을 같이한다. 그리고 한국문학의 새로운 진로를 모색하기 위한 것이었다는 점에서 문학의 당대적 가치성에 관심을 부여했던 순수／참여론의 시각에서도 벗어날 수 있는 계기를 마련하게 된다. 민족문학의 개념이나 그 성격, 민족문학의 방향 등에 대한 대부분의 논의는, 순수문학론의 연장선상에서 민족문학의 의미를 규정하고 있는 이형기, 민족문학의 국수주의적 경향을 반대하는 김현 등의 견해가 있었지만, 이데올로기에 의해 훼손된 민족의 동질성을 회복하고, 민족적 독자성과 삶의 총체성을 구현할 수 있는 민족문학의 확립을 천명하게 된다. 민족문학론은 백낙청에 의해 '민족의 주체적 생존과 인간적 발전'에 긴밀하게 연관되는 문학으로 그 개념이 규정된 후 민중의식의 구현이라는 정신적 지향점을 분명히 하게 된다.

　1970년대 초반부터 평단의 관심을 모았던 민족문학의 본질과 그 방향에 대한 논의는 염무웅, 백낙청, 신경림, 임헌영 등에 의해 적극적으로 확대되었으며, 김현, 이형기, 천이두, 김주연 등의 소극적인 견해를 수렴하면서 자체의 논리를 정비하게 된다. 백낙청은 민족문학의 개념을 철저히 역사적인 성격의 것으로 규정하면서 민족문학의 주체가 되는 민족이 있고, 그 민족의 온갖 문학활동 가운데에서 그 민족의 주체적 생존과 인간적 발전을 위해 요구되는 문학을 민족문학이라고 범주화하고 있다. 그리고 민족문학의 역사적 실체는 식민지 체험 속에서 성장한 반봉건·반식민지의 민중적 의식의 문학적 표출에서 구체적으로 드러나고 있기 때문에 그와 같은 전통 위에서 우리의 민족문학은 민중적 의식을 반영할 뿐만 아니라 민족 생존권의 수호와 함께 민중의 각성된 인식과 실천을 이끌어갈 수 있는 특유의 능동성을 지니지 않으면 안된다고 주장한다. 특히 민족문학의 성립에 필수적으로 따르는 자기 인식과 자기 분열 극복의 작업이 반드시 전제되어, 민족문학이 세계문학으로서의 선진성을 획득해야 한다는 것이다. 이같은 백낙청의 주장은 당시 문단에서 일어나고 있던 민족주의 논의의 관념성과 보수성을 극복하면서 문학적 보편성에 집착해 있던 자유주의적인 견해의 비현실적인 속성도 비판하고 있는 것으로 보인다.

민족문학론의 논리적 전개 과정은 민족문학의 방법과 그 실천 방향에 대한 논의로 이어진다. 이 단계에서 가장 주목되는 것은 민족문학의 방법으로서의 리얼리즘론과, 민족문학을 보는 관점으로서의 제3세계 문학론, 문학적 실천의 주체로서의 민중론의 확대이다. 백낙청의 경우는 방법으로서의 리얼리즘론과 관점으로서의 제3세계 문학론 그리고 주체로서의 민중론은 모두 민족문학의 틀 속에 포괄시키고자 하는 의욕을 보이지만, 이 가운데에서 민중론이 1970년대 말엽부터 점차 독자적인 문학론으로 발전하여 새로운 이론틀을 갖추고 민족문학론의 논리에서 벗어나기 시작하는 조짐을 보이게 되는 것이다. 그러나 1970년대 민족문학론은 그 방법적 실천으로서의 리얼리즘론을 근거로 구체적인 문학적 성과를 낳게 되었으며, 민족문학에 대한 논의의 시각도 제3세계 문학론에 입각하여 새로운 전망을 획득하고 있음은 사실이다. 특히 민족문학의 실천적 방법으로서의 리얼리즘론은 염무웅, 백낙청, 김병익, 구중서, 김종철, 김현, 유종호 등에 의해 현실적인 삶에 근거한 경험적 진실의 추구라는 어느 정도 합의된 지표에 도달한다. 그리고 역사의식의 문학적 인식이 중요시되면서 구조주의적 관점이나 신화적 해석이 갖는 반역사주의적 맹점이 지적되기도 한다.

1970년대 민족문학론에서 그 이념적 실체와 실천의 주체 문제에 대한 인식의 확대를 요구하면서 등장한 가장 진보적인 성격의 문학론이 바로 민중론이다. 민중론은 문학적 이념으로서의 민중의식과 그 실천의 주체로서의 민중의 존재를 문제 삼는 데서 출발하여, 민족문학의 수용 기반으로서의 민중과 그 문학적 양식 개념으로서의 민중적 양식 창조에 이르기까지 폭넓게 논의되어오고 있다. 특히 1980년대 이후의 민중론은 실천 개념으로서의 민중문학운동을 가장 중요시하고 있으며, 1970년대 민족문학론이 확대시켜온 민중적 기반을 바탕으로 그 논리적 자생력을 키우고 있음은 물론이다.

민중론은 민족문학론에서 비롯되어 그 속에서 지지 기반을 넓혔고, 민족문학론의 논리적 한계를 극복하고자 하는 데에서 그 독자성의 의미를 가능하게 하였지만, 아직도 이 두 가지 개념 사이에는 동어반복적인 속성이 개재되어 있다. 그 이유는 민족문학론의 출발 자체가 민중의식이라는 역사적인 개념을 내세우는 과정으로 이어졌고, 그 문학적 기반을 민중적인 삶에서 찾고자 했다는 사실에서도 쉽게 확인할 수 있는 일이다. 실제로 민중에 대한 논의는 민족문학론의 출발 단계에서부터 자연스럽게 민족문학과 민중문학의 등질적인 상관관계가 중시되었고 민중문학으로서의 민족문학이 논의의 초점이 되곤 하였던 것이다. 민족문학론의 틀 속에서 민중론이 차지하고 있던 비중은 리얼리즘론이 안고 있는 실재성의 의미와 가치 추구와 동일시된다. 말하자면, 문학은 민중적인 삶의 현실을 진실하게 그려내야 하며, 그 속에서 민중적인 삶이 요구하는 인간성의 회복을 강조해야 한다는 것 등으로 요약될 수 있을 것이다. 이같은 논리는 1970년대 민족문학론이 지향하고 있던 가치론의 성격을 가장 명료하게 제시해주는 대목이기도 하지만, 민족문학을 적극적으로 실천해나갈 수 있는 주체로서의 민중과 그 기반에 대한 명확한 인식이 결여되고 있음을 알 수 있다. 그리고 바로 이러한 문제적인 상황의 비판적 인식이 민중론의 출현을 가능하게 했다고 할 것이다.

민중론은 민중적인 삶과 그 정신의 문학적 형상화를 지향한다는 점에서 민족문학론의 논리적 기반을 바탕으로 출발하고 있다. 이 경우에 문제가 되는 민중의 개념은 민족문학에서의 민족 개념보다 훨씬 더 역사적 현실적 구체성을 지닌다. 그러나 민중문학은 단순히 소시민적 지식인에 의해 이루어지는 '민중을 위한 문학' 또는 '민중의식을 형상화한 문학'으로 만족될 수 없다는 새로운 주장에 직면하게 된다. 1980년대에 들어서면서 일어나기 시작한 민중문학운동은 '민중의 문학'을 지향하고 있다. 민중 자신이 생산 주체가 되는 문학이 민중문학의 바람직한 방향이라는 주장이 나오면서 문학적 전문성에 대한 논란이 일어나고, 운동으로서의 문학이라는 실천논리가 강조된다. 노동해방문학이라는 슬로건이 나오고, 집체창작이 시도되고, 창작주체 논쟁이 일어나기도 한다. 이러한 논리적 과격성은 기존의 문학적 제반 요건에 대한 충격적 효과를 겨냥할 수는 있으나, 실제적인 창작적 성과를 끌어들이지 못한 채, 비평가 자신의 신념이나 세계관만을 강조하는 것으로 만족하는 경우도 적지 않게 발견된다. 특히 문학과 사회현실의 관계 양상에 있어서도 극단적인 결정론적인 해석에 치우침으로써, 가치론적 해석과 그 평가에 치중할 수밖에 없는 한계를 드러내고 있다.

현대문학과 비평의 방법

한국 현대문학의 비평적 담론 가운데 순수론은 이데올로기의 대립과 정치적 이념의 분열이 이루어지는 동안, 정치와 이념으로부터 문학의 순수성을 지켜야 한다는 현실적 요구에 의해 제기된 것이다. 순수문학에 대한 지향은 분단이 고착화되면서 상당한 세력으로 확대되었고, 분단상황에 대한 비판적 인식과 이데올로기에 대한 논의 자체가 불가능해지면서 문학의 방법과 관점을 규정하는 가장 중요한 논리가 되어버렸다. 문학과 이데올로기를 전혀 무관한 것처럼 단절시켜버린 이같은 태도는 결국 분단논리의 범주 안에서 문학의 자율성과 자족성에 만족하고자 하는 경향으로 고정되기에 이른 것이다. 그 결과 분단 이데올로기의 정체를 문학의 영역에서 문제 삼는 일은 금기처럼 여겨졌고, 정치 권력의 횡포를 조장해온 분단상황의 구조적 모순은 당위성의 현실로 인정되어야 했다. 그렇기 때문에, 순수론은 그 자체가 문학의 자율성을 강조하면서 그 순수 미적 가치를 절대개념으로 내세우고 있다 하더라도, 이미 분단논리 위에 안주하면서 그 논리에 의해 구축되고 있는 정치 이데올로기를 암묵적으로 추종하는 또다른 하나의 이데올로기로 확대되는 아이러니를 드러내게 되었다. 다시 말하면, 정치와의 무관을 강조하거나 이데올로기를 배격한다는 신념 자체가 다른 각도에서 볼 때 또하나의 정치적인 이데올로기로 자리잡게 되었다는 것이다.

한국문학에서 문학의 자율성과 순수 예술적 가치의 중요성은 분석주의 비평 방법에 의해 그 영향력을 확대해왔음을 확인할 수 있다. 1950년대부터 본격적으로 적용되기 시작한 비평의 분석적 방법은 『문학의 이론』(르네 웰렉 · 오스틴 워런)이 백철에 의해 번역 소개되면서 한국적 적용 가능성을 인정받고 있다. 특히 분석주의 비평의 실천적 모델이 된 미국의 신비평은 영문학자인 김용권의 이론 소개 작업과 함께, 송욱 『시학평전』, 김종길 『시론』 등에 의해 이론적 해명이 가해지고, 유종호 『비순수의 선언』 등을 통해 한국문학에 폭넓게 적용된다. 국문학 연구에서는 60년대 이후 신동욱 『한국 현대문학론』, 김용직 『한국문학의 비평적 성찰』 등이 신비평의 이론에 기초한 분석주의 비평을 문학작품의 분석과 해석에 적용하면서 여러 가지 성과를 거둔 바 있고, 박철희, 오세영, 이승훈 등도 현대시 연구에서 이같은 비평 방법론을 상당 부분

차용하고 있다.

분석주의 비평은 작품 자체에 대한 분석과 해석을 문학 연구의 출발이자 그 목표라고 주장한다. 그 이유는 작품 자체만이 그 작품을 창조해낸 작가와 그 작가의 삶, 그리고 작가의 사회적 환경에 대한 모든 관심을 정당화하고 있기 때문이다. 분석주의 비평가들은 문학작품에 대한 연구에서 작가를 제거하고, 작품과 그 사회적인 연관성을 단절시키며, 문학적 전통을 거부한다. 그 대신에 문학작품의 내재적 요소를 분석한다. 작품의 내적 구조의 원리에 입각하여 그 구성요소의 상호관계를 파악하고, 작품 발전의 과정이나 단계를 이해하고자 한다. 이 경우에 작품의 내용과 형식과 구조는 하나의 전체로 이해된다. 작품의 전체적인 구조의 개념은 부분의 통일을 통해 확립되며, 부분의 다양성이 또한 문제시된다. 물론 여기서의 부분적 다양성과 그 통일은 작품 내적인 미학상의 원칙에 근거하여 판단되는 것이지만 철저하게 역사적 현실과 단절된 상태에서 그 기준이 성립됨을 알아야 할 것이다.

한국 현대문학비평에서 분석주의 비평의 수용은 분석적 방법의 실천성을 확보하고 문학의 본질적 의미를 문학 내적 원리로 이해할 수 있는 방법을 제공한다. 그러나, 순수론의 비평적 지향과 분석주의 비평 방법의 만남은 문학의 의미를 지나치게 협소하게 제한하는 반역사주의의 입장을 강화시켜놓고 있다. 문학의 미적인 본질 개념에 집착한 나머지 삶의 조건과 역사적 현실로부터의 문학이 일정한 거리를 두도록 하는 결과를 초래하기도 하였고, 문학 연구에서 문학 외적인 사회현실과 이념의 문제를 배제함으로써 이른바 '분석주의 또는 형식주의의 오류'에 빠져든 경우도 적지 않다. 특히 민족 분단의 현실적 모순을 극복하기 위한 의지를 제대로 구현하지 못한 채, 분단의 현실에 안주하며 문학의 순수와 초월을 강조했던 점을 비판적으로 돌아보지 않을 수 없게 하고 있다.

한국문학에서 분석주의 비평 방법은 1960년대 후반에 들어서면서부터 구조주의 문학비평의 수용과 함께 더욱 논리적인 성격을 갖추게 된다. 김치수에 의해『구조주의와 문학비평』으로 정리된 구조주의 문학비평은 60년대 말부터 이상섭, 김현, 김화영, 곽광수 등의 이론 소개에 힘입어, 기호학, 러시아 형식주의, 문학사회학 등의 새로운 비평이론을 끌어내는 선도적 역할을 담당하게 된다. 한국문학 연구의 영역에서는 김열규『한국 민속과 문학 연구』, 조동일『한국 소설의 이론』, 이승훈『시론』등이 구조주의 문학비평의 방법을 수용하고 있는 대표적인 업적이라고 하겠다.

　　구조주의 문학비평의 수용은 문학연구 방법의 조직화 또는 과학화를 가능하게 하는 중요한 계기가 되고 있다. 구조주의적 방법의 비역사적 성격이나 추상적 보편주의에 대한 비판에도 불구하고, 문학작품의 내재적 원리와 구조를 해명함으로써, 그 의미 해석의 객관성에 접근하고 있는 점은 방법론으로서의 구조주의가 갖고 있는 미덕이다. 실제로 한국문학 연구와 비평에서 구조주의적 방법은 서사 양식에서의 신화소, 기능단위, 모티프, 테마 등에 대한 새로운 인식을 심어놓고 있다. 시의 경우에는 리듬의 분석, 이미지와 상징의 기법에 대한 인식 등이 새롭게 강조되고 있다. 그러나, 구조주의 문학비평은 그 이론의 출발점이 되는 언어학의 이론에 대한 이해를 전제로 한다는 점에서 고도의 논리성을 필요로 한다. 구조주의 문학비평과 맥락을 같이하는 기호학의 방법이 한국에서 제대로 수용되지 못하고 있는 점은 하나의 시사점이 된다고 할 것이다.

　　한국 현대문학비평은 구조주의 문학비평의 수용과 함께 방법론의 다양한 추구 과정에 돌입한다. 문학비평의 쟁점도 참여론의 확대를 계기로 점차 그 폭이 넓어지고 있다. 참여문학론은 50년대 후반부터 비평적 관심의 대상이 되어온 것이다. 전후 혼란의 현실 속에서 인간의 삶과 그 존재 방식에 대한 회의와 저항이 문학의 주된 내용을 이루게 되었으며, 4·19혁명을 겪으면서 현실에 대한 적극적인 참여의 문제가 문학인들의 새로운 의식을 일깨우게 된다. 그러나 문학의 순수성과 자율성을 강조하는 순수문학론이 이에 대응하게 되면서 문학의 본질적 가치와 사회적 가치에 대한 인식의 차이가 노정된다. 순수/참여라는 이분법은 문단의 분파를 초래하면서 문학의 범주도 양분하게 되었고, 비평의 방향을 작품의 해석보다 가치판단에만 매달리게 만드는 편향성을 피할 수 없게 된 것이다.

순수/참여론의 양분법적 대립의 논리를 극복하기 위한 노력은 70년대 이후의 비평에서 구체화되고 있다. 70년대 벽두부터 재론되기 시작한 민족문학론은 문학의 현실적 기능과 가치에만 매달렸던 참여론의 과격성과 문학의 본질적 의미만을 강조했던 순수론의 편협성을 극복하고 민족적 동질성의 회복이라는 새로운 지표를 내세우게 된다. 민족의 당대적 현실 문제에 관심을 기울이면서 산업화 시대의 문학에 대한 논의가 다양하게 전개된 것이라든지, 민족 개념의 역사적 현실의 구체성을 천명하기 위해 민중문학론이 제기된 것도 모두 이 시기 민족문학론의 포괄성을 말해주는 것이라고 할 수 있다. 80년대의 민중문학운동은 문학의 민주화를 궁극적인 목표로 내세움으로써 기존의 문학적 장치의 제반 요건에 충격을 가하고 있으나, 문학의 전문성에 대한 부정과 문학의 심미적 가치에 대한 무관심 등 논리적 과격성에 빠져들면서, 민족문학론의 방향에서 점차 벗어나고 있다.

그런데, 순수/참여론에서 민족문학론, 민중문학론으로 이어지는 비평적 쟁점은 공통적으로 문학의 사회적 역사적 가치 문제에 집중된다. 문학비평의 방법 자체도 역사주의적 방법 또는 문학사회학적 방법이 다양하게 활용되고 있다. 백낙청 『민족문학과 세계문학』, 염무웅 『민중시대의 문학』 등이 문학을 삶의 현실 전체와의 연관성 속에서 논의하면서 민족문학론을 내세우는 동안, 김윤식『한국 근대문예비평사 연구』 등 사회학적 역사주의적 방법의 중요한 연구성과가 나오게 된다. 문학과 문학 외적 현실의 상호 연관성을 중시하는 사회학적 역사주의적 비평은 아르놀트 하우저『문학과 예술의 사회사』가 번역 발간된 후 더욱 그 영향력을 확대하고 있다. 발생론적 구조주의 입장에서 문학과 사회의 상동구조를 규명한 뤼시앵 골드만의 문학사회학이 김우창, 김치수, 오생근 등에 의해 연구되어 한국문학 연구에도 그 방법론을 적용할 수 있게 된다. 죄르지 루카치의 마르크스주의 미학이론이 한국문학 연구의 방향을 가치론의 차원으로 전환시키는 데에 결정적인 영향을 미치고 있다.

그런데, 민족문학론의 전개 과정에서 논의된 문학사회학의 방법, 가치론적 관점, 리얼리즘의 정신 등은 그 성과에도 불구하고 몇 가지 문제성을 드러내고 있다. 문학작품에서 그 내재적 원리나 미적 요소보다 삶의 실상이나 사회적 현실을 중시하는 소재주의적 태도가 나타나기도 한다. 또한 문학작품이 어떠한 내용을 통해 어떻게 사회현실에 영향을 미칠 수 있는가 하는 문제가 중심 테마가 되는 경우가 많다. 문학의 사회적 의미를 강조하는 데에서 그치지 않고, 삶에 충실한 방향으로 문학의 실천을 유도해야 한다는 주장도 나오고 있다. 이 경우에 특히 주목되는 것은 문학작품에 담겨 있는 사회적 사실의 인식을 위해 문학과 사회의 관계가 강조되는 것이 아니라, 삶의 전제적 조망을 가능하게 하기 위해 사회성을 중시하고 있다는 점이다. 결국 문학은 문학의 고유 영역에 있는 것이 아니라 하나의 폭넓은 사회현상으로 취급되는 것이다. 이러한 비평 방법은 작품에 대한 이해보다는 작품의 사회적 의미나 가치에 대한 판단에 관심을 기울이며, 거기에 평자 자신의 주관적 세계관이나 개인적 신념을 내세우는 데에 문제가 있다. 이러한 문제성을 극복하기 위해서는 문학과 사회의 외적 연관성만을 중시할 것이 아니라 그 내적 관계를 중시해야 한다. 문학과 사회는 어떤 의미에서 소재 내용의 관계만은 아니다. 그 사회적 내용이 문학 속에서 어떻게 미학적으로 구체화되는가 하는 것이 더욱 중요한 일이라고 할 것이다.

한국 현대문학비평에서 제기된 민족문학론이 문학사회학이나 마르크스주의 미학 등의 사회학적 역사주의적 비평 방법에 의해 그 논리를 정립하는 동안 한국문학의 역사적인 정리 작업이 비평적인 관심과 결부되어 새롭게 실천된다. 김윤식, 권영민의 비평사 연구, 이재선, 조남현, 최원식, 김영민의 소설사 연구, 정한모, 김용직, 오세영, 김재홍, 최동호 등의 시문학사 연구, 유민영, 서연호의 희곡사 연구 등은 한국 현대문학의 사적 체계화를 위한 기본적인 작업으로 평가되고 있다. 특히 1980년대 이후 한국의 비평계는 한국사회가 직면해 있는 전환기적 국면에 대응하여 문학의 영역에서도 새로운 관점과 방법의 전환을 요구하고 있다. 여기서 말하는 방법과 관점의 전환은 궁극적으로 비평의 논리와 그 방법의 확대로 귀결된다. 비평의 논리와 그 방법의 확대는 한국적인 비평 방법의 모델을 확립하고자 하는 의욕과는 별도로, 비평의 대상인 문학에 대한 관점과 그것을 이해하고자 하는 논리를 어떻게 다양화할 수 있는가 하는 문제에 관계되는 개념이다. 말하자면 비평 대상인 문학의 독자성 또는 특수성에 의해 비평의 시각과 논리가 특정의 가치에 의해 규정되어서는 안 된다는 것을 의미한다. 한국 현대문학은 한국민족의 특수한 역사적 조건 속에서 형성된 것이지만, 그같은 조건을 주체적으로 인식하고 문제화하면서도 문학의 보편적인 가치를 찾아가는 폭넓은 관점과 논리를 부여하는 일이 필요하다. 그러므로 정과리, 김성곤, 성민엽, 홍정선, 이동하, 김재용, 정호웅, 진형준, 이남호, 구모룡 등이 보여주고 있는 방법론의 새로운 모색만이 아니라, 비평 대상에 대한 다양한 접근 태도에 우선적인 관심을 기울여야 할 것이다. 이들은 한국문학이 직면하고 있는 여러 가지 과제를 주체적으로 인식하고, 거기에 따라서 관점과 논리를 부여하기 위해 노력하고 있다.

한국 현대문학비평의 과제

한국 현대문학비평은 그 역사적 전개 양상이 비평의 방법론의 추구 과정과 직결되고 있다. 그러나 문학에 대한 관점의 확립을 생각하지 않고 방법론에 치중한 문학비평은 여러 가지 문제를 남겨놓고 있다. 그 이유는 방법론의 적용 대상에 대한 심각한 검토와 깊이 있는 이해가 전제되지 않았기 때문이다. 근대적인 문학비평이 전개되기 시작한 후 문학비평이 걸어온 길은 방법론의 모색과 그 적용의 실패로 이어진다. 한국 현대문학비평은 해방 이후 서구문학 이론의 수용과 비평 방법의 다양성이 이루어지고 있음에도 불구하고 비평의 위치가 여전히 불안정하다.

한국 현대문학비평의 논리적 주체화를 위해서는 무엇보다도 먼저 한국 현대문학의 범주와 체계를 한정하고 있는 단절론을 청산하고, 비평적 관점의 배제론적 편협성도 극복해야 한다. 그리고 비평의 전문성에 대한 인식도 또한 필요하다. 비평의 전문성은 물론 비평 행위의 전문성을 뜻하는 것이 아니라 그 방법과 논리의 전문성을 뜻하는 것이다. 문학이라는 복잡한 사회적 산물을 하나의 전체적인 논리 속에 질서화하는 비평의 방법은 목적에 도달하기 위한 인식의 과정이라는 측면에서 이미 그 중요성이 인정된다. 말하자면 비평이 스스로 감당해야 하는 자기 논리를 지켜야 한다는 점을 생각할 수 있을 것이다. 비평의 방법은 이미 언급한 바 있듯이 그 시각과 논리의 주체화를 통해야만, 문학현상에 대한 포괄적인 이해에 도달할 수 있다. 방법론에만 집착할 경우, 문학현상에 대한 주체적인 이해의 부족을 드러낼 위험이 있으며, 방법의 비논리에 빠질 경우, 문학현상의 해석과 평가 자체를 망칠 것은 당연한 일이다.

　오늘의 한국문학비평이 자리해야 할 곳은 한국인의 역사적 삶 속에서 생성된 문학의 한복판이다. 역사와 현실을 초월하는 문학적 입장이란 비평논리의 주체화라는 명제에서 벗어나는 것이며, 올바른 비평정신의 확립을 위해서도 가당찮은 태도이다. 문학이라는 것은 언제나 한 시대의 살아 있는 정신으로 기록된다. 그 정신의 자체 내의 척도가 비평이라면, 문학비평은 문학의 양심이라고 할 수 있을 것이다. 그러나 여기서 척도라는 말의 의미를 정확 면밀한 기준으로 한정시킬 필요는 없다. 비평의 의미는 문학에 대한 어떤 요구에 있는 것이 아니다. 비평이 직접적으로 창작에 대해 요구할 수 있는 것이 있다면, 그것은 이념에의 추종이 아니라, 실제적인 자아가 현실세계에서 살고 있는 것처럼 새로운 인생을 제시할 수 있도록 하라는 것뿐이다. 비평은 예술적 체험에 의해 이루어진 작품을 지적 표현으로 바꾸어놓긴 하지만, 문학을 어떤 다른 사상으로 대치시켜놓지는 않는다. 문학이 문학으로서의 존재 의미를 가능하게 하는 여러 가지 속성을 밝혀주면서, 비평가 자신의 자아에 대한 비전의 진실한 표현이 가능해질 때에 비평의 독자적 확립이 가능한 것이다.

| ㄱ |

「가짜신선 타령」 222

〈강릉 매화전〉 222

강용환 233

『개벽』 14, 16

『거부오해』 355

『경국미담』 372~373

경향신문 326, 367

고수관 218

골드만, 뤼시앵 413

곽광수 411

광학서포 121, 124, 326

구모룡 414

『구운몽』 328~329, 340~342, 349, 354

구인회 197

『시와 소설』 197

구중서 406

국어국문운동 316~317, 320, 333, 394~395

권삼득 218

권영민 170, 414

그리스도신문 367

『기문전』 372~373

김광섭 246

김남천 245

김동리 25, 27, 244~246, 249, 400~ 401, 403

김동인 348

김민수 170

「시각예술의 관점에서 본 이상 시의 혁명성」 170

김병걸 403

김병익 406

김봉구 248, 403~404

『작가와 사회』 248

김상일 403

김성곤 414

김성옥 218~219, 222

김세종 221~223, 237

김세준 234

김소월 11~31, 60

『소월시초』 17~19, 21

『진달내꼿』 14, 16, 19, 24

「산유화」 25~30

「진달래꽃」 13~25

김수영 248, 404

김양수 403

김억 17~21

김열규 411

『한국 민속과 문학 연구』 411

김영랑 13, 31~58, 60

『영랑시선』 41, 46

『영랑시집』 31, 33, 41~42
「가늘한 내음」 55~58
「가야금」 50
「강물」 52~55
「달」 41~45
「모란이 피기까지는」 13, 33~41, 57
「사행시 30」 51
「연」 45~51
「연2」 51~52
김영민 414
김용권 409
김용직 26, 28, 409, 414
　『한국문학의 비평적 성찰』 26, 409
김우종 403
김우창 141~142, 413
　『궁핍한 시대의 시인』 142
　「한용운의 소설」 142, 165
김윤식 413~414
　『한국 근대문예비평사 연구』 413
김재용 414
김재홍 28, 34, 64, 98, 104, 142, 414
　『한국 현대시인 연구』 28, 98
　『한국 현대시 시어사전』 64, 104
　『한용운 문학 연구』 142
　「소설론」 142
김정근 217~220, 222, 237
김정문 221
김종길 91, 97~98, 409
　『시론』 409
　『시에 대하여』 98
김종철 406
김주연 405
김창룡 234
김창환 221, 225, 229, 233

김채만 221, 225
김치수 411, 413
　『구조주의와 문학비평』 411
김하명 113
김현 250, 405~406, 411
김화영 411
김환태 254

| ㄴ |

『나파륜전』 372
『논어』 180~181

| ㄷ |

대한매일신보 228, 230, 232, 326, 367
대한민보 326, 367
대한신문 123
대한신보 367
독립신문 326, 367
동양서원 326
동편제 221~222
『두시언해』 84

| ㄹ |

러시아 형식주의 251~252, 411
루카치, 죄르지 413

| ㅁ |

만세보 117, 121~124, 326, 367, 372
매일신보 123~124
명성황후 368~372, 380, 382, 385

~ 시해 사건 370~372, 381~383, 385

모홍갑 218

『무하옹문답』 372~373

『문장』 84, 101

미우라 고로 369~372

| ㅂ |

박만순 221~222

박문서관 326

박용철 31

박유전 221

박철희 409

박화성 152~167

　「논 갈 때」 161, 167

　「비탈」 163, 166~167

　「온천장의 봄」 158~160

　「중굿날」 158, 160

　「추석전야」 154~155

　「춘소」 157~158

　「하수도 공사」 167

　「헐어진 청년회관」 161~162, 167

〈배비장 타령〉 222

백낙청 405~406, 412

　『민족문학과 세계문학』 412

『백민』 51

백철 113, 141, 241, 249, 409

벤야민, 발터 195

〈변강쇠 타령〉 222

보급서관 326

보드리야르, 장 195

보성관 326

보패 233

| ㅅ |

사르트르 403

사쿠라이 요시유키 360

　『조선연구문헌지』 360

『삼천리』 149~150, 152

서연호 414

서정주 249

서편제 221, 223

성민엽 414

『소경과 안즘방이 문답』 355

소잉카, 월레 257~258

송만갑 225, 229, 233~234

송우룡 221

송욱 85, 409

　『시학평전』 85, 409

송흥록 218, 220

〈수궁가〉 222

『시문학』 31

시사총보 367

신경림 405

신동욱 96~98, 409

　『우리 시의 역사적 연구』 97

　『한국 현대문학론』 409

신문지법 174, 392

신석정 54

　「등반」 54

신석초 104

신재효 214, 222

　〈광대가〉 214

『신진사문답기』 372~387

〈심청가〉 219~220, 222~223, 232~233

『심청전』 341~342

| ㅇ |

아널드, 매슈 254
아다치 겐조 368~370
안경수 368
안국선 120
　『공진회』 120
　「기생」 120
안상수 170
　「타이포그라피적 관점에서 본 이상 시
　에 대한 연구」 170
『애국부인전』 355
『여성』 46
염계달 218
염덕준 233
염무웅 405~406, 412
　『민중 시대의 문학』 412
염상섭 357
오생근 413
오세영 27, 38, 287~310, 409, 414
　『꽃 피는 처녀들의 그늘 아래서』 294
　『님을 부른 물소리 그 물소리』 294
　『무명연시』 287, 295
　『문 열어라』 287, 295
　『바이러스로 침투하는 봄』 294
　『반란하는 빛』 287~288
　『불타는 물』 295
　『시의 길, 시인의 길』 288
　『아메리카 시편』 294
　『20세기 한국시 연구』 287
　『적멸의 불빛』 287, 295
　『한국 낭만주의 시 연구』 27, 287
　『한국 현대시 분석적 읽기』 38, 287
〈옹고집 타령〉 222

〈왈자 타령〉 222
5·15사건 183~184
워런, 오스틴 409
　『문학의 이론』 409
원각사 230~234
웰렉, 르네 409
유민영 414
유성준 225
유종호 406, 409
　『비순수의 선언』 409
을미사변 → 명성황후 시해 사건
『을지문덕』 355
이광수 120, 323, 348, 364
　『무정』 120
이근화 199
　「어느 낭만주의자의 외출」 199
이기문 19~20
　「소월 시의 언어에 대하여」 19
이날치 222~223, 225
이남호 414
이누카이 쓰요시 183~184
이동백 214~237
이동하 414
이명재 142
　「만해소설고」 142
이문구 277~286
　『관촌수필』 277~285
　『우리 동네』 277, 285~286
　「공산토월」 277~279
　「관산추정」 277, 284
　「녹수청산」 277, 279
　「암소」 277
　「여요주서」 277~278, 284
　「월곡후야」 277~278, 283~284

「으악새 우는 사연」 277
「일락서산」 277~279, 283
「행운유수」 277, 279
「화무십일」 277~279
이상 168~196
  『이상전집』 177
  「출판법」 168~186, 192
  「파첩」 168, 170~171, 186~195
이상섭 411
이상택 342
이숭원 199
  『원본 정지용 시집』 199
  『정지용 시의 심층적 탐구』 199
이승훈 20, 39, 409, 411
  『시론』 411
  『한국 현대시 새롭게 읽기』 20, 39
이어령 241~255, 403
  『저항의 문학』 241~255
이원조 245
이육사 86~109
  『육사시집』 102, 106
  「광야」 87~93
  「독백」 93
  「반묘」 102~106
  「자야곡」 91
  「절정」 93~102
  「파초」 106~109
이인직 113, 117, 120~123, 125~127,
  130, 231~234, 347, 372
  『귀의 성』 231, 359
  『모란봉』 123~124, 128~129
  『은세계』 233~234, 356
  『치악산』 231, 347, 359
  『혈의 누』 113, 117, 120~130, 346,

  351~353, 356, 358, 372
이재선 414
이필화 230
이하윤 31
이헌구 246, 401
이형기 403, 405
이희승 20, 37~39, 44, 50, 64, 101,
  104
  『국어대사전』 20, 37~39, 44, 50, 52,
  64, 101, 104
  『인문평론』 102~103
  『일념홍』 116~120
임중빈 248, 403
임헌영 405
임화 113, 245, 325, 399~400

| ㅈ |

『자오선』 186, 190
〈장끼 타령〉 222
장백일 403
장봉환 227~228
〈적벽가〉 222
전광용 113
전도성 221, 225
전조선문필가협회 400
『절영신화』 355
정과리 414
정노식 218, 221
  『조선창극사』 218, 221
정명환 248
정정열 234
정지용 31, 58~85, 197~213
  『백록담』 59, 61, 84, 197

『정지용시집』 59
「구성동」 65
「내금강 소묘」 69
「비」 79~85
「영랑과 그의 시」 58
「유선애상」 197~213
「절정」 66~71
「춘설」 71~74
「폭포」 74~78, 82
「향수」 62~66
정진석 174
정창업 222
정한론 379, 390
정한모 414
정한숙 93, 95, 99~100
정호웅 414
제국신문 122~124, 326, 367
『조광』 226
조남현 414
조동일 142, 342, 411
『한국문학통사5』 142
『한국 소설의 이론』 411
『조부인전』 372~373
『조선과 건축朝鮮と建築』 173, 179
『조선말대사전』 104
조선문학가동맹 245, 399~400
조선문학건설본부 399
조선성악연구회 234
조선신보 367
조선중앙일보 132, 149
조선청년문학가협회 400~401
조선프롤레타리아문학동맹 399
조선프롤레타리아예술가동맹(조선프로
예맹) 334~335

조연현 244, 246, 249, 400~401, 403
조오현 256~276
『만악가타집』 257, 261
『아득한 성자』 256, 265
「무설설」 267
「산창을 열면」 263
「스님과 대장장이」 271
「신사와 갈매기」 270
「아득한 성자」 276
「이 세상에서 제일로 환한 웃음」 269
「2007. 서울의 밤」 266
「적멸을 위하여」 256~257
「죄와 벌」 260
「한등」 260
「할미꽃」 262
조중응 231~232
조지훈 104, 246, 400~401
「무고」 104
진형준 414

| ㅊ |

천이두 405
최동호 81~82, 199, 414
『다시 읽는 정지용 시』 199
『하나의 도에 이르는 시학』 81
최원식 414
최익현 390
최찬식 348
『추월색』 348, 351, 358
『춘추』 106, 108, 233, 235
〈춘향가〉 222, 228, 232~233
『춘향전』 118~119, 235, 342~343,
354

출판법 174~175, 392

|ㅍ|

『표준국어대사전』 13, 21, 50, 104
『프린스턴 시학사전』 257

|ㅎ|

하우저, 아르놀트 413
한글맞춤법통일안 395
한글학회 37, 50, 64
　『우리말 큰사전』 37, 50, 64
한성순보 366
한성신보 365, 367~368, 370~373,
　382, 387
한성준 233, 235~236
한용운 132~151, 256
　『박명』 132~133, 136, 138~141,
　144~146, 148

『죽음』 132, 139
『철혈미인』 132
『후회』 132, 149
『흑풍』 132~136, 140~141, 143~144,
　148~149
헤겔 395
현철 232
　「반도 극계의 소하담」 232
협률사 227~229, 230, 232~234
『홍길동전』 341, 349
홍도 233
홍사중 403
홍정선 414
황성신문 228, 230, 232, 326, 367
황현산 199
　「정지용의 '누뤼'와 '연미복의 신사'」
　199
회동서관 326
〈흥보가〉 222
『흥부전』 328, 342

문학동네 평론집

문학사와 문학비평
ⓒ 권영민 2009

초판인쇄 │ 2009년 2월 6일
초판발행 │ 2009년 2월 13일

지은이 권영민
펴낸이 강병선
책임편집 이연실 오경철
마케팅 장으뜸 방미연 정민호 신정민
제작 안정숙 차동현 김정후

펴낸곳 (주)문학동네
출판등록 1993년 10월 22일 제406-2003-000045호
주소 413-756 경기도 파주시 교하읍 문발리 파주출판도시 513-8
전자우편 editor@munhak.com │ 전화번호 031)955-8888 │ 팩스 031)955-8855

ISBN 978-89-546-0760-5 03810

www.munhak.com